AF178495

PETRA **JOHANN**

DER
**BUCH
HÄNDLER**

atb aufbau taschenbuch

Petra Johann, Jahrgang 1971, ist promovierte Mathematikerin. Sie arbeitete mehrere Jahre in der Forschung und in der Softwarebranche, bevor sie sich entschloss, Schriftstellerin zu werden. Sie ist im Ruhrgebiet aufgewachsen und lebt mittlerweile in Niedersachsen.
Bei Rütten & Lening und im Aufbau Taschenbuch sind ebenfalls ihre Spannungsromane »Die Frau vom Strand« und »Die Schwester« lieferbar. Zuletzt erschien von ihr der Thriller »Der Steg«.

Nach einem Vorfall, der sein ganzes bisheriges Leben auf den Kopf gestellt hat, verlässt der vierunddreißigjährige Erik Lange seine Heimat und wagt einen Neustart. Im idyllischen Ort Neukirchen kauft er eine Buchhandlung. Die Bewohner der Kleinstadt nehmen Erik freundlich auf, doch dann verschwindet die Tochter eines seiner neuen Freunde. Hauptkommissarin Judith Plattner, die nach einem Schicksalsschlag an ihren kriminalistischen Fähigkeiten zweifelt, übernimmt mit ihrer jungen Kollegin Pia Meyer die Ermittlungen. Eine groß angelegte Suchaktion beginnt.
Auch Erik beteiligt sich an der Suche und unterstützt die Eltern des vermissten Mädchens. Zunächst sind alle voller Zuversicht, das Kind schnell zu finden, doch je länger die Suche dauert, desto mehr schwindet die Hoffnung. Stattdessen wächst das Misstrauen, als Judith und Pia Hinweise finden, dass jemand aus dem nahen Umfeld des Mädchens für sein Verschwinden verantwortlich ist. Die Stimmung in Schönblick wird immer explosiver. Und dann gerät Erik unter Verdacht …

PETRA **JOHANN**

DER
BUCH
HÄNDLER

Thriller

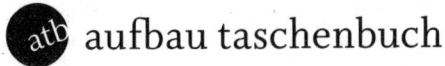 aufbau taschenbuch

MIX
Papier | Fördert
gute Waldnutzung
FSC® C083411

ISBN 978-3-7466-4075-4

Aufbau Taschenbuch ist eine Marke der
Aufbau Verlage GmbH & Co.KG

1. Auflage 2024
Vollständige Taschenbuchausgabe
© Aufbau Verlage GmbH & Co. KG, Berlin 2022
www.aufbau-verlage.de
10969 Berlin, Prinzenstraße 85
Die Originalausgabe erschien 2022 bei Rütten & Loening,
einer Marke der Aufbau Verlage GmbH & Co.KG
Der Verlag behält sich das Text- und Data-Mining nach § 44b UrhG vor,
was hiermit Dritten ohne Zustimmung des Verlages untersagt ist.
Umschlaggestaltung www.buerosued.de, München
unter Verwendung eines Bildes von
© Magdalena Russocka / Trevillion Images
Satz Greiner & Reichel, Köln
Druck und Binden CPI books GmbH, Leck, Germany

Printed in Germany

PROLOG

Die Pausen zwischen den einzelnen Schlägen wurden immer länger, doch der Mann, der gefesselt am hölzernen Stützbalken der alten Scheune hing, nahm es kaum noch wahr. Sein ganzer Körper brannte vor Schmerzen, als würde er in Flammen stehen, und er hatte längst aufgehört, seine Verletzungen zu zählen. Er ahnte, dass er mehrere gebrochene Rippen hatte, vielleicht einen gebrochenen Kiefer und ein gebrochenes Jochbein. Er fürchtete, dass er innere Verletzungen von den Schlägen in die Magengrube davongetragen hatte. Aus einer Platzwunde auf der Stirn sickerte beständig Blut und verklebte sein linkes Auge. So sehr der Mann auch blinzelte, sah er doch nichts außer roten Schlieren. Das andere Auge konnte er gar nicht mehr öffnen, es war zugeschwollen.

Ein weiterer Schlag traf den Mann gegen den Kiefer, sein Kopf wurde zur Seite geschleudert.

»Wo ist sie?« Die Frage begleitete jeden Schlag. »Wo ist sie? Sag mir, wo sie ist!«

Der Mann antwortete nicht. Selbst wenn er hätte antworten wollen, hätte er es nicht geschafft. Das Blut sammelte sich schneller in seinem Mund, als er es ausspucken konnte. Auch zwei Zähne hatte er schon ausgespuckt.

Ein weiterer Schlag. Sterne tanzten vor den Augen des Mannes. Verzweifelt kämpfte er dagegen an, das Bewusstsein zu verlieren. Er ahnte, dass er aus der Dunkelheit einer Ohnmacht nicht zurückkehren würde. Mit dem Bewusstsein würde sein letztes bisschen Lebenswillen erlöschen, und er würde hier sterben.

Doch er wollte nicht sterben. Nicht hier. Nicht jetzt. Es hatte eine Zeit gegeben, da hatte er aufgeben wollen. Stattdessen hatte er mit dem Monster gekämpft und es besiegt. Er hatte alles richtig gemacht. Er hatte nicht versagt. Wieso war er dann jetzt hier?

Ein weiterer Schlag ließ den Mann aufstöhnen, Blut quoll aus seinem Mund, lief über sein Kinn.

»Wo ist sie?«

»Ich weiß es nicht«, versuchte er zu flüstern, brachte jedoch nur ein Gurgeln hervor.

»Was hast du mit ihr gemacht?«

Sein Peiniger stand plötzlich so dicht vor ihm, dass der Mann dessen keuchenden Atem spüren konnte. Seine Angst verdoppelte sich. Er wollte den anderen anflehen aufzuhören, wollte um Gnade für sein Leben winseln, doch wieder brachte er nur ein Gurgeln zustande. Er begann zu weinen. Tränen quollen aus seinen Augen, vermischten sich mit dem Blut. Mit größter Anstrengung öffnete der Mann das linke Auge, und für einen Moment konnte er klar sehen. Er sah genau in das Gesicht seines Peinigers. Er sah dessen Hass und dessen Angst, die genauso groß war wie seine eigene. Dann sah er erneut eine Faust auf sich zu fliegen und verlor das Bewusstsein.

Der Mann tauchte aus der betäubenden Dunkelheit auf, ging wieder unter, tauchte wieder auf. Vor seinen Augen zogen bunte Bilder in zuckenden Blitzen vorbei. Vertraute Orte, vertraute Gesichter. Erinnerungsfetzen. Sein Vater, der eine Bücherkiste in die Buchhandlung trägt. Seine Mutter, die sich über die Abrechnungen beugt. Seine Schwester Klara, die den Siebtklässler ohrfeigt, der ihn Brillenschlange genannt hat. Sein bester Freund Ralf, der beim Volleyball den entscheidenden Punkt erschmettert und die Hand zum High five hebt.

Der Mann wusste, was die Erinnerungsfetzen bedeuteten. Sagte man nicht, im Sterben zog das gesamte Leben an einem vorbei? Jetzt war es also so weit.

Als Nächstes sah er Tamara, mit irgendeinem Typen knutschend, dann nackt unter sich, dann mit weit aufgerissenen Augen im Kreißsaal. Joelle, immer wieder Joelle. Blutverschmiert, winzig und lauthals brüllend aus Protest, dass man sie aus dem warmen Kokon von Tamaras Gebärmutter gerissen hat. Dann ruhig in ein weiches Handtuch gehüllt in seinem Arm. Joelle stolz mit ihrer Schultüte. Zärtlich mit ihrem Pflegepferd. Verzweifelt, als er ihr sagt, dass er gehen müsse …

Er hätte sie nie verlassen dürfen! Er hätte sich von Tamara nicht verjagen lassen dürfen! Er hätte nicht an diesen verfluchten Ort kommen dürfen!

Die Bilder zogen immer schneller an dem Mann vorbei. Weil er sich dem Ende näherte? Joelles fünfzehnjähriges Gesicht verschwand, wurde ersetzt durch ein Kindergesicht. Braune vorstehende Augen hinter dicken Brillengläsern. Eine blutige Nase. Ein Kinderarm mit blauen Flecken. Die Flecken verschwammen zu zwei Augen, kornblumenblauen Augen.

Nein, er hätte nicht hierherkommen dürfen.

Teil I

Erik

1

Nachfolger gesucht für Buchhandlung in Neukirchen.
Kleinstadt mit 10 000 Einwohnern.
Einzige Buchhandlung vor Ort.
80 m² Verkaufsfläche.
Stabiler Umsatz > 400 000 €/Jahr.
Viele Stammkunden.
Kontaktaufnahme über …

Drei Tage nachdem ich die Anzeige gelesen habe, fahre ich zum ersten Mal nach Neukirchen, doch die Fahrt steht von Beginn an unter keinem guten Stern. Erst komme ich zu spät los, weil Klara unerwartet auftaucht, um mich noch einmal vor dieser Schnapsidee zu warnen (»Wir finden eine andere Lösung.«), und mir dann, als ich nicht nachgebe, ihr Navigationsgerät in die Hand zu drücken. (»Bei deinem Orientierungssinn verliere ich dich sonst endgültig.«) Dann bremst mich ein Stau aus, und schließlich zwingt mich eine Baustelle auf eine lausig ausgeschilderte Umleitung, die vor einer zweiten Baustelle endet. Ich programmiere Klaras Navi neu, wende meinen Opel Corsa und fahre weiter. Als ich an einem Kreisverkehr in die einspurige Straße einbiege, die Bruce Willis (Klaras Wahl) mir ansagt, ist es zehn vor drei, und ich bin ziemlich nervös. Laut Navi dauert die Fahrt zwar nur noch acht Minuten, aber ich hasse es, abgehetzt zu Terminen zu kommen.

Die Straße windet sich durch einen lichten Mischwald. Es ist

Februar, die Bäume sind unbelaubt, Sonnenlicht fällt zwischen den Stämmen hindurch. Der Anblick entspannt mich ein wenig, was man vom Zustand der Straße nicht sagen kann. Sie wird immer schmaler und holpriger. Bin ich hier wirklich richtig?

Ich werfe einen Blick auf das Navi. Es teilt meine Zweifel nicht. Der kleine rote Pfeil, der meine Position anzeigt, befindet sich genau auf der hellblauen Route. Allerdings ist der Bildausschnitt zu klein, um mir zu zeigen, ob die hellblaue Route wirklich an mein gewünschtes Ziel führt oder doch vielleicht in die Hölle oder in eine der anderen zehn Gemeinden namens Neukirchen, die es in Deutschland gibt.

Ich beuge mich vor, tippe auf das Navi, um aus der Karte herauszuzoomen, da passiert es. In meinem rechten Augenwinkel blitzt etwas auf. Ich sehe nicht viel mehr als eine gelbe Bewegung, da stehe ich auch schon auf der Bremse. Ich war nicht sehr schnell unterwegs, dennoch werde ich nach vorn geschleudert und dann vom Sicherheitsgurt zurückgerissen. Eine Schrecksekunde lang sitze ich starr da, dann löse ich den Gurt, drücke die Fahrertür auf und laufe um meinen Wagen herum. Direkt vor dem rechten Vorderreifen liegt ein Kind in einem sonnengelben Sweatshirt.

Shit! Habe ich es angefahren? Wieso habe ich keinen Aufprall gespürt?

Das Kind liegt still, doch als ich mich nähere, hebt es den Kopf und funkelt mich aus braunen, leicht vorstehenden Augen an.

»Die Straße ist nur für Forstfahrzeuge!«

Das Kind ist ein Mädchen, vielleicht zehn oder elf, mit einer auch in dieser Situation kräftigen Stimme. Mir fallen tonnenweise Steine vom Herzen.

Die Kleine macht Anstalten aufzustehen, doch ich strecke meine Hand aus. »Warte, wir sollten erst sehen, ob du verletzt bist. Tut dir etwas weh?«

»Das geht Sie nichts an.« Sie schlägt meine Hand weg und rappelt sich auf. »Mir geht's gut.«

»Deine Nase blutet, und deine Knie sind aufgeschürft.«

»Das hatte ich schon vorher.«

Meine Erleichterung verfliegt. Die Kleine hat offenbar einen Schock erlitten. Oder hat sie eine Gehirnerschütterung? »Ich habe dich angefahren«, erkläre ich behutsam.

Sie schüttelt den Kopf, dass Blutstropfen in alle Richtungen spritzen. »Das ist nicht wahr. Ich bin ausgerutscht. Aber nur, weil Sie mich erschreckt haben«, fügt sie anklagend hinzu. Und wiederholt dann: »Die Straße ist nur für Forstfahrzeuge.«

Der Hinweis scheint ihr wichtig zu sein. »Das wusste ich nicht. Und es tut mir leid, dass ich dich erschreckt habe. Soll ich mir mal deine Nase ansehen?«

»Fassen Sie mich nicht an!«

»Natürlich nicht, wenn du nicht möchtest, aber …« Ich bin ein wenig ratlos. Ihre Reaktion ist eigentlich vernünftig, auch ich habe Joelle wieder und wieder eingebläut, sich nicht von fremden Männern ansprechen zu lassen. Die Nase sieht jedoch nicht aus, als würde die Blutung von allein stoppen. »Dann lass mich dir wenigstens ein Taschentuch geben.« Ich greife in meine Hosentasche, doch sie wartet nicht ab.

»Brauch ich nicht.« Sie wischt mit dem sonnengelben Ärmel ihres Sweatshirts über ihre Nase, dann rennt sie über den Waldweg davon.

Ich blicke ihr nach. Ein seltsames Kind. Allein mitten im Wald. Und woher das Nasenbluten und die aufgeschürften Knie? Ich sehe mich um. Mein Blick fällt auf ein Holzkreuz, das am Wegesrand steht. Eine frische, leicht zerdrückte Tulpe liegt davor. Laut Inschrift ist das Marterl einer Renata gewidmet, die vor einem Jahr im April gestorben ist. Eine Verwandte des Mädchens?

Ich setze mich wieder in den Wagen und fahre weiter, langsam, damit die Kleine nicht denkt, ich verfolge sie.

Zwei Wochen später stehe ich an der Kasse der Buchhandlung Brandl am Neukirchener Marktplatz und versuche einer älteren Dame mit unordentlichem grauem Haarknoten zu erklären, dass ich ihr auf ein Hardcover keinen Rabatt geben kann, nur weil die Folie, in die das Buch eingeschweißt ist, angerissen ist. Ich habe die Frau noch nie gesehen, vermute jedoch, dass ich Marga Grandauer vor mir habe, vor der Georg Brandl mich gewarnt hat.

Georg Brandl und ich sind uns bereits bei unserem ersten Treffen handelseinig geworden. Ich werde seine Buchhandlung am ersten April übernehmen, doch schon im März mitarbeiten, so dass er mich einweisen und den Kunden vorstellen kann. Letzteres ist mir wichtiger als Ersteres. Ich habe in den letzten Jahren in der Buchhandlung meiner Eltern mitgearbeitet, ich weiß, wie der Hase läuft. Doch in einer Zehntausend-Seelen-Gemeinde wie dieser ist ein guter Draht zu den Menschen vor Ort für jeden Geschäftsinhaber überlebensentscheidend. Und wenn Georg Brandl vielleicht auch nicht jeden Neukirchener persönlich kennt, so doch jeden zweiten. In den vergangenen drei Tagen hat er mir so viel über die Menschen hier erzählt, dass ich die Stammbäume der meisten Familien herunterbeten könnte. Marga Grandauer ist die Witwe eines Urologen, die darauf besteht, mit Frau Doktor angeredet zu werden, mit wahrem Sherlock-Holmes-Gespür ein Haar auch in der klarsten Suppe findet und generell nur das Haus verlässt, um Angst und Schrecken über ihre Mitmenschen zu bringen. Ihr letztes Lebensziel ist es, niemals den vollen Preis für irgendetwas zu zahlen.

»Es tut mir leid«, versuche ich es erneut. »Ich darf Ihnen wirklich keinen Rabatt geben. Die Buchpreisbindung verhindert das.« Und der gesunde Menschenverstand!

»Aber die Buchpreisbindung gilt wohl kaum für Folien.«

»Das ist korrekt, aber der Preis bezieht sich nur auf das Buch. Die Folie ist gratis.«

Ich erkläre ihr das nicht zum ersten und nicht zum letzten Mal. Fünf Minuten später verabschiedet sie sich endlich, ohne das Buch gekauft zu haben. Ich bezweifle, dass sie es überhaupt lesen wollte, und wende mich der Schlange der wartenden Kunden zu, die das Gespräch augenverdrehend verfolgt haben. Ich verkaufe einem jungen, übernächtigt aussehenden Vater mit Zwillingskinderwagen den bestellten Baby-Schlaf-Ratgeber, einer Grundschülerin das geheime Sternenschweif-Zauberbuch und berate eine hektische Mittvierzigerin, die ein Geschenk für eine »anspruchsvolle, literarisch gebildete Freundin« sucht. Dann ist der Laden leer, ich atme tief ein und spüre, wie sich ein ungewohntes Gefühl der Ruhe in mir ausbreitet. Ich kann mich kaum erinnern, wann ich das letzte Mal richtig durchgeatmet habe. In den vergangenen zwei Monaten – mit Tamaras Ultimatum im Nacken – hatte ich ständig das Gefühl zu ersticken, und die letzten vierzehn Tage verliefen so hektisch, dass ich kaum zum Schlafen kam. Der Papierkram wegen der Übernahme; Vorwürfe von Freunden, dass ich verrückt sei, einfach so mein Leben von heute auf morgen umzukrempeln; der Umzug in die kleine Wohnung, die über der Buchhandlung liegt; der schmerzvolle Abschied von Joelle …

Doch daran möchte ich nicht denken, lieber blicke ich mich in der Buchhandlung um. Mir gefällt, was ich sehe. Die deckenhohen Holzregale, die sich an den Wänden entlangziehen. Die zwei gemauerten Säulen, die die gewölbte Decke stützen. Der blaue abgewetzte Teppich. Die Nischen, die dem Laden eine urige Gemütlichkeit verleihen – und vermutlich der Traum eines jeden Ladendiebes sind. Ich mag mein zukünftiges Geschäft jetzt schon, und was mir nicht gefällt, werde ich nach und nach ändern, angefangen mit dem Ausmisten der Ladenhüter in den obersten Regalreihen, die dort seit Jahren vor sich hin stauben. Insbesondere die im Heimatsegment!

Ich schiebe den Tritthocker vor das Regal, auf dessen unteren Borden Wanderkarten der Umgebung liegen, und greife mir wahllos ein Buch aus der obersten Reihe. Es trägt den Titel »Eine kleine Geschichte Neukirchens« und ist vom Leiter des Heimatmuseums verfasst worden. Ich schlage es auf, werfe einen Blick auf den ersten Satz und erschauere. Der Satz zieht sich über zehn Zeilen, verschachtelt sich über vier Ebenen und stellt sieben Personen mit vollem Namen vor. Nur ein masochistischer Deutschlehrer würde so etwas freiwillig lesen. Ich klappe das Buch wieder zu, als ich eine Stimme höre.

»Wie viele Bücher sind in diesem Laden?«

Ich zucke zusammen. Ich hätte geschworen, dass ich allein bin. Mit dem Buch in der Hand schaue ich nach unten, direkt in ein Paar braune, durch dicke Brillengläser vergrößerte Augen. Sie gehören zu einem Mädchen, dessen Kopf sich im Moment auf Höhe meiner Oberschenkel befindet.

»Wo kommst du denn her?«, frage ich scharf.

»Na, von da.« Das Mädchen deutet mit ausgestrecktem Zeigefinger zu der Leseecke im hinteren Teil des Geschäfts, die aus zwei schäbigen alten Sesseln besteht, die durch ein Bücherregal abgeschirmt sind. »Wussten Sie das etwa nicht?«

»Nein.«

Sie starrt mich streng an. »Aber Sie müssen wissen, wie viele Leute da sind. Sie hätten mich einschließen können.«

»Das ist ja zum Glück nicht passiert.«

Ihr Blick bleibt streng. Ihr Gesicht eignet sich gut für strenge Blicke. Sie hat dichte dunkelbraune Augenbrauen, die sich dabei über ihrer Nase vereinigen. »Sie sind der Nachfolger«, stellt sie fest.

»Von Herrn Brandl? Ja.«

»Warum?«

»Warum was?«

»Warum wollen Sie den Buchladen kaufen? Meine Mutter sagt, nur Idioten übernehmen heute noch Buchläden.«

Charmante Mutter, charmante Tochter. Wobei die Mutter nicht unrecht hat. »Dann bin ich wohl ein Idiot. Und jetzt muss ich weiterarbeiten.« Ich quetsche die kleine Geschichte Neukirchens ins Regal zurück.

»Sagen Sie mir erst, wie viele Bücher es sind.«

»Wie viele Bücher was sind?«

»In diesem Laden.«

»Das weiß ich nicht.«

Wieder der strenge Blick. »Aber Sie müssen es wissen, wenn Sie den Laden kaufen.«

»Muss ich nicht.« Noch nicht. Erst nach der Inventur, die zusammen mit dem Umbau ansteht.

»Doch. Herr Brandl hat gesagt, ich soll Sie fragen.«

Na, vielen Dank, Herr Brandl, denke ich, doch dann dämmert mir etwas. In seinen ausführlichen Erklärungen zu den Neukirchener Biografien hat Georg Brandl auch eine gewisse Pauline erwähnt, eine von ihrem Vater vernachlässigte Zehnjährige, die regelmäßig die Geschäfte am Marktplatz heimsuche und eine kleine Nervensäge sei.

»Bist du Pauline?«

Sie nickt, und ich betrachte sie näher. Sie ist kein hübsches Kind. Dunkelbraune Haare, die strähnig an ihrem Kopf herunterhängen, die vorstehenden Augen hinter den dicken Brillengläsern, die Balkenaugenbrauen. Dazu der strenge Gouvernantenblick. Der Blick kommt mir bekannt vor, und dann erinnere ich mich endlich.

Ich steige von meinem Hocker. »Du bist das Mädchen aus dem Wald. Ich habe dich fast angefahren.«

»Das waren Sie?«

»Erkennst du mich nicht?«

»Ich hatte keine Brille auf.«

Was vermutlich der eine Grund ist, dass ich sie ebenfalls nicht gleich erkannt habe. Der andere ist, dass sie jetzt kein Blut an der Nase hat.

»Geht's deiner Nase wieder gut?«

Pauline nickt.

»Prima. Tja, es freut mich, dich kennengelernt zu haben, Pauline.«

Doch so leicht lässt sie mich nicht davonkommen. »Wie viel kostet der Laden?«

In den nächsten Wochen lerne ich viele weitere Stammkunden kennen, und auch Pauline schneit regelmäßig herein, allerdings nicht um zu lesen, sondern um mir durch den Laden zu folgen und mich mit Fragen zu löchern, am liebsten mit solchen, deren Antworten sie nichts angehen. (»Haben Sie eine Frau? Kinder? Geschwister? Wie alt sind Sie? Warum sind Sie nach Neukirchen gezogen? Woher?«) Pauline verschont mich mit ihren Besuchen nur während der ersten zwei Aprilwochen, in denen ich die Buchhandlung für einige Umbaumaßnahmen schließe, doch am Tag der Wiedereröffnung, einem Samstag, stürmt sie als Erste durch die Ladentür, um die veränderte Anordnung der Abteilungen zu kritisieren und mir mitzuteilen, dass ihr der neue Kassentresen nicht gefällt. Vermutlich würde sie noch mehr kritisieren, doch mehr habe ich nicht geändert, dazu fehlt mir das Geld.

Zum Glück scheinen die anderen Gäste der Eröffnungsfeier ihre Ansichten nicht zu teilen. Bereits um halb zehn ist die Buchhandlung rappelvoll. Zahlreiche Neukirchener drängeln sich vor den Regalen, greifen zu den Gläsern mit Sekt und Orangensaft, knabbern Chips und Salzstangen. Es gibt ein bisschen Verwirrung über die Neuanordnung der Abteilungen, Begeisterung über das deutlich angewachsene Krimi-Thriller-Segment und viel Lob für den neuen Kassentresen. Gegen elf Uhr erscheint die Bürgermeisterin, der Reporter der Lokalzeitung – den Kontakt hat Georg Brandl hergestellt – macht einige Fotos, danach flaut der Ansturm ab. Ich greife zu einem Glas Orangensaft und proste Christa Baumann zu, meiner einzigen Mitarbeiterin, die ich von Georg Brandl übernommen habe, als ich hinter mir eine ungeduldige Stimme höre.

»Und wo finde ich nun die englische Literatur?«

Ich drehe mich um. Vor dem neuen Kassentresen steht eine große schlanke Frau um die vierzig in einem feuerroten taillierten Kurzmantel. Sie hat eine asymmetrische Kurzhaarfrisur von der Sorte, die vermutlich mithilfe eines Geodreiecks gestylt wird, und kühle graue Augen.

»Hallo. Kann ich Ihnen helfen? Darf ich Ihnen zur Feier des Tages ein Glas Sekt anbieten?« Ich nehme ein volles Sektglas und halte es ihr hin.

»Keine Zeit. Ich suche …« Sie unterbricht sich und mustert mich näher. Es ist ein intensiver Blick, abschätzend, als wollte sie im nächsten Moment ein Bewertungskärtchen zücken. Ihr scheint zu gefallen, was sie sieht, denn ihre gereizte Miene verschwindet, und sie lächelt mich an. »Warum nicht? Wenn Sie mittrinken.«

Sie nimmt das Glas, wobei ihre kühlen Finger meine berühren. Ich greife zu einem der Gläser mit alkoholfreiem Sekt und stoße mit ihr an.

»Nora Vogt.«

»Erik Lange.«

»Ich weiß. Erwarten Sie nicht, dass Sie in einem Nest wie diesem die Buchhandlung übernehmen können, ohne dass jeder über fünf ihren Namen buchstabieren kann. Es wurde Zeit, dass jemand den Laden entstaubt. Ich bezweifle, dass Georg Brandl je etwas gelesen hat, das nach der Jahrtausendwende erschienen ist.« Sie mustert mich wieder intensiv. »Sie sind aber ursprünglich nicht von hier, oder?«

»Ich komme aus Altenstein.«

»Und was treibt Sie hierher?«

Ich mache eine Handbewegung, die den Laden umfasst.

Sie zieht ihre Augenbrauen hoch. »Sie sind hergezogen, um die Buchhandlung zu übernehmen? Ich dachte, Buchläden sterben heutzutage wie die Fliegen. Hätten Sie in Altenstein keinen finden können, der auf dem Totenbett dahinsiecht?«

Ich finde den Vergleich nicht sehr geschmackvoll, lächle jedoch mein freundlichstes Der-Kunde-hat-immer-recht-Lächeln. »Keinen so hübschen. Also, was kann ich für Sie tun? Englische Literatur finden Sie hier.« Ich gehe zu dem entsprechenden Regal voraus. »Was suchen Sie?«

»Etwas für meine Tochter. Sie geht in die vierte Klasse und hat seit zwei Jahren Englischunterricht. Nicht, dass sie in der Grundschule wirklich viel lernt, ich dachte, man könnte das vielleicht beschleunigen. Aber kommen Sie mir nicht mit irgendwelchen Lerntrainern, die haben wir schon durch. Vielleicht …« Sie unterbricht sich und hebt dann die Stimme. »Pauline, wo willst du hin?«, ruft sie quer durch den Laden.

Pauline? Überrascht folge ich Nora Vogts Blick und sehe meine persönliche Nervensäge Pauline, die gerade auf die Ladentür zusteuert. Beim Klang der lauten Stimme dreht sie sich um und macht ein schuldbewusstes Gesicht. Auf eine Handbewegung von Nora Vogt hin trottet sie mit hängenden Schultern zu uns herüber.

»Ich wollte nach draußen, vor dem Laden ist so ein süßer Hund angebunden.«

»Du kannst nicht einfach rausrennen, ohne Bescheid zu sagen. Außerdem möchte ich dir jemanden vorstellen. Herr Lange, meine Tochter Pauline.«

Pauline streckt gehorsam die Hand aus. »Guten Tag, Herr Lange.«

Sie ist so brav, dass ich mir ein Lachen verkneifen muss. Und ich gebe zu, ich bin überrascht. Ich hätte diese elegante Frau nicht mit dem plumpen zehnjährigen Mädchen in Verbindung gebracht. »Hallo, Pauline, schön dich wiederzusehen.«

Nora Vogt runzelt die Stirn. »Sie kennen sich schon?«

Ich will das bestätigen, doch Pauline macht einen Schritt zurück halb hinter ihre Mutter, starrt mich an und schüttelt heftig den Kopf.

»Nun, ich …«

Pauline schüttelt den Kopf heftiger und zwinkert mit beiden Augen. Dann schaut sie zu ihrer Mutter hoch. »Ich war doch schon heute Morgen hier, Mama, als du beim Friseur warst. Da habe ich schon mit Herrn Lange geredet.«

»Ach so. Ich hoffe, du hast ihn nicht genervt.« Nora Vogt sieht mich fragend an.

Ich versichere, dass Pauline ganz reizend gewesen sei, fühle mich jedoch nicht wohl dabei. Dann werde ich durch einen Ruf abgelenkt.

»Mama, da ist Pauline!«

Im nächsten Moment stürmt ein Mädchen auf uns zu, dessen Anblick mir schier den Atem verschlägt. Ich schätze sie auf neun Jahre, und sie ist so schön, dass es fast schmerzt. Kornblumenblaue strahlende Augen, honigblonde Locken, die ihr bis auf den Rücken fallen, ein kleines rundes Kinn mit einem Grübchen.

Dann blicke ich hoch und frage mich, ob ich vielleicht den ganzen Morgen doch Sekt statt Orangensaft getrunken habe, denn ich sehe doppelt. Hinter dem Mädchen kommt seine Kopie auf uns zu. Sie ist dreißig Zentimeter größer und fünfundzwanzig Jahre älter, hat jedoch die gleichen kornblumenblauen Augen, die gleichen Haare, das gleiche Grübchen. Sie trägt sogar ähnliche Kleidung: blaues Kleid, helle Strickjacke, Stiefel.

Ich spüre Nora Vogts Hand auf meinem Arm. »Erik, darf ich Ihnen meine Freundin vorstellen.«

Ich bin so überwältigt von der feenhaften Schönheit vor meinen Augen, dass ich gar nicht richtig mitbekomme, was Nora Vogt sagt. Zwei Namen, Viola und Theresa, doch ich kann nicht zuordnen, welcher zur Mutter gehört, welcher zur Tochter. Die Tochter sagt flüchtig und etwas atemlos »Hallo!«, bevor sie Pauline ein Stückchen zur Seite zieht, um ihr irgendetwas zu erzählen. Die Mutter schüttelt meine Hand, ihre ist warm und weich, doch ich ziehe meine schnell zurück, damit sie nicht merkt, wie mir der Schweiß ausbricht. Sie sagt etwas, das ich nur zur Hälfte mitbekomme, dann sieht sie mich erwartungsvoll an. Ich reiße mich zusammen.

»Das ist sehr nett von Ihnen.« Ich glaube, sie hat die Veränderungen im Laden gelobt. Sicher bin ich nicht, aber die Antwort scheint zu passen, denn sie fährt fort:

»Und der Tresen passt wunderbar hier rein. Tessi wollte ihn unbedingt sehen, deswegen sind wir gekommen. Sie ist keine große Leseratte.« Die Frau streicht flüchtig über den Kopf ihrer Tochter.

Ich starre auf die Hand in den Haaren, an ihrem rechten Ringfinger glänzt ein schwerer goldener Ehering. Ich suche nach einer passenden Antwort, als Nora Vogt sich wieder einmischt.

»Apropos Leseratte, haben Sie jetzt einen Tipp für mich?«

Dankbar wende ich mich ihr zu. Ich bin froh, das Gespräch mit der Feenmutter abbrechen zu können. Noch lieber würde ich allerdings in diesem Moment davonlaufen. Denn mir ist das schon einmal passiert: nicht Liebe auf den ersten Blick, daran glaube ich nicht, doch Anziehung auf den ersten Blick, Begehren auf den ersten Blick, sich rettungslos verknallen auf den ersten Blick. Ich wollte das nie wieder erleben.

2

Die Eröffnung der Buchhandlung Lange – vormals Bücherstube Brandl – ist ein voller Erfolg. Der Umsatz am Eröffnungstag liegt vierzig Prozent über dem eines normalen Samstags, und auch in den Wochen danach verkaufen Christa Baumann und ich mehr als üblich. Ob das allerdings ein dauerhafter Trend ist oder nur ein kurzfristiger Effekt, weil die Neugier auf den Neuen die Neukirchener in den Laden treibt, kann ich nicht sagen.

Die Neukirchener sind aber nicht nur neugierig auf mich, sondern auch sehr willkommen heißend. Ich lebe jetzt seit über zwei Monaten hier und fühle mich erstaunlich wohl – angesichts der Tatsache, dass ich nicht freiwillig umgezogen bin. Allerdings hätte ich ohnehin wenig Zeit, mit der Entscheidung zu hadern.

Wenn ich nicht in der Buchhandlung bin – von montags bis samstags, von morgens bis abends –, renoviere ich meine Wohnung. Sie liegt über der Buchhandlung, ich habe sie zusammen mit dieser gemietet. Da sie jahrelang leer stand, war sie bei meinem Einzug nicht in bestem Zustand. Mittlerweile habe ich die alten Böden herausgerissen und Laminat verlegt, außerdem eine Ikeaküche eingebaut und die Wände gestrichen. Beim Einbau der Küche hat mir Marco Brunner geholfen, einer der drei ortsansässigen Schreiner, der auch den neuen Kassentresen für die Buchhandlung gebaut hat. Christa Baumann hatte ihn mir empfohlen, er sei der Beste.

Nun, ich kann nicht beurteilen, wie gut die anderen Schreiner sind, doch Marco ist sehr gut. Darüber hinaus ist er ein ausgesprochen angenehmer Zeitgenosse. Er ist wie ich Mitte dreißig und einer dieser glücklichen Menschen, die genau wissen, wo sie herkommen und wo sie hingehören. Seine Familie besitzt seit Generationen einen Bauernhof in Schönblick, dem südlichsten Ortsteil von Neukirchen. Sein älterer Bruder hat den Hof übernommen, Marco hat auf dem Grundstück eine erfolgreiche Schreinerei aufgebaut. Er hat eine Frau und zwei Kinder und sitzt für die CSU im Stadtrat. Auf den ersten Blick haben wir nicht viel gemeinsam, dennoch haben wir uns angefreundet, weil wir eine Leidenschaft teilen: Volleyball. Beim Kücheneinbau hat Marco mir vom Neukirchener Sportverein erzählt und mich zum Training der Ü30-Freizeitmannschaft eingeladen. Seitdem spiele ich an jedem Donnerstag Volleyball. Da wir anschließend immer auf ein Bier in den Ratskeller gehen, kenne ich die Mitspieler mittlerweile auch ein wenig privat, und heute werde ich sie noch besser kennenlernen, denn ich bin unterwegs zu Marcos Geburtstagsfeier.

Es ist der zweite Samstag im Mai. Das Wetter ist zu warm für die Jahreszeit. Fünfundzwanzig Grad, Sonnenschein, strahlend blauer Himmel. Ich fahre mit dem Rad. Schönblick liegt etwa ein Kilometer südlich von Neukirchen. Im Ort heißt es, dort zögen die Bonzen hin, und seit das so sei, gehörten auch die Brunners zu den Bonzen. Marco behauptet, das sei maßlos übertrieben. Zwar hat seine Familie vor zehn oder zwölf Jahren einen Teil ihres Grundes verkauft, aber darauf hätten ganz normale Familien ganz normale Häuser gebaut.

Als ich kurz darauf durch Schönblick radle, muss ich Marco recht geben. Hier stehen keine Bonzenvillen, sondern Einfamilienhäuser. Allerdings große Einfamilienhäuser auf großen Grundstücken mit großen Autos davor. Irgendwie merkt man ihnen an, dass sie von doppelt verdienenden Akademikerpaaren mit ein bis drei Kindern bewohnt werden.

Marcos Haus ist ebenfalls nicht klein, besitzt ein tiefgezogenes Dach und einen rundumlaufenden Balkon, an dem Kästen mit Petunien und Zauberglöckchen hängen. Als ich ankomme, stehen ein Mann in den Vierzigern und ein Teenager davor, eine hübsche Sechzehn- oder Siebzehnjährige mit langen, glatten, braunen Haaren. Sie lacht über etwas, das der Mann sagt, schallend, mit nach hinten geworfenem Kopf. Ich muss an Joelle denken, und der altbekannte Schmerz durchzuckt mich. Denn so beschäftigt ich in Neukirchen auch bin: Natürlich vermisse ich meine Tochter jeden Tag, und unsere heimlichen wöchentlichen Telefonate sind nicht genug.

Das Mädchen sieht mich, und ihre gute Laune verfliegt. Sie zieht einen Flunsch, sagt etwas zu dem Mann und verschwindet dann durch ein Gartentor ums Haus herum. Der Mann kommt auf mich zu. Es ist Matthias, kurz Mats, unser Volleyballtrainer.

»Erik, schön dich zu sehen. Hätte ich gewusst, dass du kommst, hätten wir zusammen fahren können.« Er grinst breit, das macht er bei den meisten Anlässen.

»Nein, danke, nach hundert Metern hätte ich nur noch deine Staubwolke gesehen.«

Das ist die reine Wahrheit. Mats ist Sportlehrer am Neukirchener Gymnasium, und zwar keiner von der Sorte, die nur Anweisungen erteilt, sondern von der, die immer vorneweg rennt.

»Deine Tochter mag mich anscheinend nicht sonderlich«, fahre ich fort, während ich mein Rad absperre. Von unseren Ratskellerabenden weiß ich, dass Mats ein Exschönblicker ist. Vor einem Jahr hat er Frau und Tochter verlassen – oder sie haben ihn hinausgeworfen, so genau weiß ich das nicht – und ist in eine Zweizimmerwohnung überm Ratskeller gezogen.

Mats schüttelt den Kopf. »Marie ist nicht meine Tochter, meine ist erst zehn. Marie gehört zu Jens. Er hat mich gebeten, mal mit ihr zu reden. Er ist sauer, weil sie sich Fridays for Future angeschlossen hat.«

»Hat er was gegen die Rettung unseres Planeten?«

»Er hat was dagegen, dass Marie freitags die Schule schwänzt. Er macht sich Sorgen um ihren Abischnitt – obwohl sie erst in der Zehnten ist.«

Das ist typisch für Jens, den ich ebenfalls vom Volleyball kenne. Jens ist besessen von Leistung. Er ist der Einzige im Team, dem ausgearbeitete Trainingspläne lieber sind als eine Runde lockeres Spiel.

»Und hast du bei Marie etwas erreicht?«

Mats zieht seine Basecap vom Kopf, um sich durch seine Haare zu fahren. Ich glaube, er trägt die Basecap, weil er am Hinterkopf langsam kahl wird, was seiner Coolness allerdings keinen Abbruch tut. Mit den schulterlangen zotteligen Haaren und dem Vollbart sieht er aus wie ein Aussteiger, der einen Surfladen auf Hawaii aufgemacht hat. »Ich hab's gar nicht versucht. Ich habe sie zum Lachen gebracht, ich wette, das hat Jens das letzte Mal versucht, als sie drei war. Also, dann stürzen wir uns mal ins Gewühl.«

Er öffnet das Gartentor, durch das Marie verschwunden ist, und geht voraus über einen gepflasterten Weg und an hübsch gepflegten Blumenbeeten vorbei. Ich höre Lachen und Rufen, und als wir um die Hausecke biegen, wird mir klar, wieso Mats von Gewühl gesprochen hat. Schätzungsweise fünfzig Personen stehen in kleinen Grüppchen im Garten der Brunners herum, sitzen auf Bierbänken oder liegen im Gras. In einer Ecke ist eine behelfsmäßige Bar aufgebaut, daneben ein Tisch mit einem Dutzend Kuchenplatten. Es geht zu wie an einem Feiertag im Biergarten, dabei hatte Marco etwas von einer kleinen Grillparty im engen Freundeskreis gesagt.

Ich halte Ausschau nach dem Gastgeber und sehe ihn mit einer Gruppe von Leuten zusammenstehen. Ein finster dreinblickender, grauhaariger Hüne, ein Jugendlicher mit mürrischem Gesichtsausdruck, ein älteres Paar in Tracht und Nora Vogt mit Pauline. Als wir uns nähern, winkt Marco uns zu sich.

»Erik, Mats, endlich ist das Team komplett.«

Es klingt, als hätte er sehnsüchtig auf uns gewartet, und mir wird klar, dass das einer der Gründe ist, warum ich Marco mag. Er gibt sich immer Mühe, damit andere sich wohlfühlen. Eigentlich ist das eher ein Frauending – oder ein Politikerding. Vielleicht stimmt doch, was Mats mal angedeutet hat, dass Marco Ambitionen auf das Bürgermeisteramt hegt, sobald die jetzige Amtsträgerin in Ruhestand geht.

Ich überreiche mein Mitbringsel, eine Flasche Wein, und Marco macht mich mit den anderen Gästen bekannt. Der grimmige Hüne entpuppt sich als sein fünfzehn Jahre älterer Bruder Josef, der mürrische Teenager als sein Sohn Leon, das ältere Paar sind Marcos Schwiegereltern.

»Und Nora und Pauline«, sagt Marco schließlich. »Nora ist …«

»Wir kennen uns schon. Hi, Erik, schön, dich zu sehen.« Nora begrüßt mich mit Wangenküsschen, was ich nach einer einmaligen Begegnung etwas übertrieben finde. Dann lässt sie ihren Blick an Mats abwärts wandern, über dessen verwaschenes T-Shirt mit AC/DC-Aufdruck, die abgeschnittene, ausgefranste Jeans und die offenen Flipflops. »Mats, wie immer passend zum Anlass gekleidet.«

Mats' Dauergrinsen gefriert, während er einen abschätzigen Blick in den tiefen Ausschnitt von Noras rotem Cocktailkleid wirft. »Wir haben es halt nicht alle nötig, unsere Waren auszustellen.«

»Und das sagt der Mann, der seine Ware jeder aufdrängt, die nicht bei drei auf dem Baum ist.«

»Wenigstens ist meine Ware gefragt. Hallo, Kleine!«

Das Letzte gilt Pauline, die ihn mit einem vorwurfsvollen Blick empfängt. Ich frage mich, was der Blick über Paulines Beziehung zu Mats aussagt, da geht mir reichlich verspätet ein Licht auf, und prompt bestätigt Pauline meinen Verdacht.

»Du hast gesagt, du kommst um drei bei uns vorbei, Papa.«

»Ich wurde aufgehalten.«

»Aber ich wollte dir etwas zeigen.«

»Was denn?«

»Das sage ich jetzt nicht mehr.«

Pauline presst ihre Lippen zusammen zum Zeichen, dass es ihr ernst ist. Mats reagiert mit einem typischen genervten Elternblick. Mehr bekomme ich von der familieninternen Debatte nicht mit, denn Marco fasst mich am Arm. »Und das ist der Rest meiner Familie.«

Ich drehe mich um und erstarre zur Salzsäule. Über den Rasen kommen Viola und Theresa auf uns zu, die Feenwesen aus dem Buchladen. Sie sehen noch schöner aus als bei unserer ersten Begegnung. Beide tragen weiße, weit schwingende Sommerkleider, die Haare glänzen offen in der Sonne, darauf tragen sie Blumenkränze, als wären sie zu einer schwedischen Sonnwendfeier unterwegs.

»Erik, meine Frau Viola, meine Tochter Theresa. Ihr zwei, das ist Erik Lange.«

»Ja, wir sind uns schon begegnet, als wir den neuen Kassentresen bewundert haben.« Viola lächelt mich an. »Ich freue mich, dich wiederzusehen.«

Ich versuche zurückzulächeln, produziere jedoch eher eine entsetzte Grimasse. Ich hatte nicht damit gerechnet, die beiden hier zu sehen, und obwohl ich in den letzten Wochen einige Male an sie denken musste, wollte ich sie auch ganz bestimmt nicht hier treffen. Und ich wäre auch nie auf den Gedanken gekommen, sie könnten zu Marco gehören. Ich möchte nicht gemein sein, Marco ist ein prima Kerl, aber niemand würde ihn für einen gut aussehenden Mann halten. Er ist kaum ein Meter siebzig groß, hat einen Bauchansatz und höchstens noch die Hälfte seiner Haare. Neben seiner Frau wirkt er wie einer von Schneewittchens Zwergen.

Ich reiße mich zusammen. »Hallo!« Dann sehe ich zu Theresa hinunter und sage noch einmal: »Hallo!«

Sie sagt ebenfalls »Hallo!« Sie hat eins von diesen dünnen, hauchigen Stimmchen wie viele Mädchen ihres Alters. Sie scheint schüchtern zu sein, denn sie sieht mich nur ernst an und sagt kein weiteres Wort.

Ich blicke wieder zu ihrer Mutter hoch. »Die Blumenkränze sind wunderschön. Haben Sie … Hast du sie selbst gebunden?«

Sie freut sich sichtlich über das Kompliment. »Ja. Tessi hat neulich eine Dokumentation über Mitsommerfeiern in Schweden gesehen. Und da ich Floristin bin …«

»Viola arbeitet bei *Anschnitt* in der Hauptstraße«, wirft Marco ein, »aber eigentlich träumt sie davon, ein eigenes Geschäft aufzumachen.«

»Tatsächlich?«, frage ich höflich.

Viola neigt den Kopf zur Seite. »Na ja, es ist nur ein halber Traum. Vielleicht, wenn Tessi groß ist.«

»Ich bin schon groß«, haucht Theresa prompt.

»Klar, entschuldige.«

»Also, ich finde, Viola sollte lieber ein Café aufmachen, für ihre Erdbeerrolle würde ich morden«, mischt Mats sich ein. Er nimmt Viola in den Arm. »Du siehst toll aus.«

»Danke, du auch.« Sie macht sich los, recht schnell, wenn ich das richtig deute. »Apropos Erdbeerrolle, ich glaube, die erste ist schon weg. Ich habe noch eine zweite im Kühlschrank, ich hole sie schnell. Tessi, hilfst du mir?«

Zehn Minuten später sitze ich auf einer Bierbank im hinteren Teil des Gartens, vor mir ein Stück Erdbeerbisquitrolle und eine Tasse Kaffee. Nach der Begegnung mit Marcos Familie möchte ich erst einmal in Ruhe meine Gedanken sortieren, bevor ich mich unter die anderen Gäste mische, doch ich bleibe nicht lange allein. Ich habe gerade meinen zweiten Bissen Kuchen im Mund, da steht Nora Vogt vor mir, in jeder Hand ein Glas Aperol Spritz. Eins drückt sie mir in die Hand, mit dem anderen prostet sie mir zu.

»Auf Marco.«

Notgedrungen stoße ich mit ihr an, nippe jedoch nur an dem Drink, bevor ich ihn abstelle und zur Kaffeetasse greife.

Nora bemerkt es. »Nichttrinker?«

»Wenigtrinker.«

Sie zieht ihre Augenbrauen hoch. »Aber kein trockener Alkoholiker, oder?«

Ich bin etwas verblüfft über diese Schlussfolgerung. »Nein, es schmeckt mir nur nicht sonderlich.« Die erste Hälfte der Antwort ist wahr, die zweite ist gelogen. Ich mag Alkohol, tatsächlich hätte ich jetzt Lust auf ein kühles Bier, aber nach dem Abend mit Ralf vor fünf Monaten habe ich mir geschworen, nie wieder auch nur in die Nähe eines Rausches zu kommen.

»Gut«, sagt Nora. »Wenn du ein Problem mit Alkohol hättest, dann müsste ich wieder gehen, denn ich habe vor, jede Menge zu trinken. Nüchtern ertrage ich den Anblick meines Exmannes nicht.«

»Ich wusste nicht, dass Mats dein Exmann ist.«

Sie hebt ihre schmalen Schultern. »Wieso auch? Mats ist ein Meister darin, es sich gut gehen zu lassen und alles zu verdrängen, was ihn daran hindern könnte. Nochehefrau, Tochter, Verpflichtungen allgemein. Wieso sollte er über mich reden, wenn es doch so viele aktuellere Themen gibt – wie zum Beispiel, wen er gerade bumst oder wo ein neuer Stripclub aufgemacht hat?« Ihre kühlen Augen werden schmal, als ich erröte. »Habe ich ins Schwarze getroffen?«

Ich schüttele abwehrend den Kopf.

»Doch. Also, wen bumst er?«

»Ich habe wirklich keine Ahnung.«

»Dann will Mats mit dir in einen Stripclub?«

Natürlich bestreite ich es, doch sie glaubt mir nicht, und damit liegt sie richtig. Tatsächlich hat Mats uns beim vorletzten Ratskellerabend von einem neuen Erotikclub in Neustadt vorgeschwärmt und vorgeschlagen, gemeinsam hinzugehen. Wir haben abgelehnt.

Ich wechsle das Thema. »Wie hat Pauline eigentlich *Alice im Wunderland* gefallen?« Ich habe Nora am Eröffnungstag das Buch in einer zweisprachigen Version verkauft.

Nora runzelt die Stirn, wobei sich ihre Augenbrauen zusammenschieben. Ihr kritischer Gesichtsausdruck erinnert mich an den ihrer Tochter. »Die Geschichte an sich hat ihr gut gefallen, aber der Lernerfolg war begrenzt, weil sie immer auf den deutschen Text geschielt hat. Ich hätte doch kein zweisprachiges Buch kaufen sollen.«

Das Letzte klingt vorwurfsvoll, als trüge ich die Schuld an einem monumentalen Fehlkauf. In gewisser Weise stimmt das auch. Als Nora nach englischer Lektüre für Pauline fragte, habe ich sie darauf hingewiesen, dass eine klassische englische Geschichte für eine Viertklässlerin mit nur zwei Jahren Englischunterricht zu früh komme.

»Und *The testaments*?« Den Roman von Margaret Atwood hat Nora an dem Tag für sich gekauft.

»Den fand ich hervorragend – größtenteils. Sagtest du nicht, du hättest ihn ebenfalls gelesen. Wie fandest du …?«

Die nächsten zwanzig Minuten diskutieren wir diverse Aspekte des mit dem Booker Prize ausgezeichneten Romans. Das Thema scheint Nora sehr zu interessieren, denn sie redet immer schneller, gestikuliert viel und ist von unserer Diskussion so abgelenkt, dass sie unbewusst auch zu meinem Aperol Spritz greift.

»Wow«, sagt sie schließlich, nachdem sie beide Gläser geleert hat. »Das hat richtig Spaß gemacht. Ich kann mich gar nicht erinnern, wann ich das letzte Mal mit jemandem diskutiert habe, der wirklich Ahnung von Büchern hat. Vermutlich während des Studiums. Germanistik und BWL«, fügt sie auf meinen fragenden Blick hinzu.

»Dann liest du gern und viel?«

»Gern ja, viel nein. Zeitmangel. Ich habe die Germanistik an den Nagel gehängt, weil man mit BWL mehr verdient. Und du?«

»Gern ja und viel ja. Trotz Zeitmangel. Das bringt der Job mit sich, ich muss ja wissen, was ich empfehlen kann.«

Nora nickt. »Und wie sieht's mit anderen Interessen aus? Theater? Kino? Stehst du auf politisches Kabarett? Die Gewinnerin des bayrischen Kabarettpreises kommt nächsten Monat nach Neustadt. Hast du Lust, mit mir hinzugehen?«

Die Frage kommt aus dem Nichts, und ich zögere mit der Antwort. Die Diskussion gerade war wirklich spannend, Nora ist intelligent und schlagfertig, aber das heißt nicht, dass ich einen ganzen Abend mit ihr verbringen möchte. »Ist die nicht längst ausverkauft?«

»Das deichsele ich, ich habe Kontakte.« Nora greift zu den leeren Gläsern und steht auf. »Ich brauche Nachschub. Also, ich kümmere mich um Karten und melde mich bei dir.«

Sie stöckelt über den Rasen davon. Sie trägt zwar High Heels, kann sich jedoch trotz zweier Cocktails und trotz des unebenen Untergrundes elegant bewegen. Ich sehe ihr nach, während ich hoffe, dass wir uns nicht gerade zu einem Date verabredet haben.

»Bleib sitzen!«

Ich will gerade aufstehen, um mich unter die Gäste zu mischen, als Jens sich neben mich setzt, in der Hand ein Glas Mineralwasser. Ich trinke wenig Alkohol, Jens trinkt gar keinen, und ich beneide ihn um die Fähigkeit, das in einer Gesellschaft durchzuziehen, in der Bier und Wein zum guten Ton gehören. Er muss sich an jedem Donnerstagabend im Ratskeller Frotzeleien über seine Abstinenz anhören, doch statt sich unwohl und unzugehörig zu fühlen, wie es mir erginge, lässt er sich jedes Mal über einen anderen schädlichen Aspekt regelmäßigen Alkoholkonsums aus. Jens gehen nie die Argumente aus, bei keinem Thema, und wenn sie es doch tun, fängt er wieder von vorne an. Er ist einer dieser Menschen, die alles bis ins letzte Detail ausdiskutieren müssen. Dass zwei Menschen verschiedener Meinung sein oder gar aufgrund derselben Faktenlage zu unterschiedlichen Schlussfolgerungen gelangen können, gehört zu den vielen Dingen, die für ihn schwer erträglich sind.

Auch jetzt scheint ihm etwas auf der Seele zu liegen, denn nachdem er einen Schluck Mineralwasser getrunken hat, seufzt er tief. »Ich kann nicht glauben, dass ich das sage, aber manchmal wäre ich gerne wie Mats. Wie schafft er das nur?« Er deutet mit dem Glas zum vorderen Teil des Gartens.

Ich weiß sofort, was Jens meint. Mats hat sich von irgendwoher einen Liegestuhl besorgt und auf dem Rasen aufgestellt. Er fläzt darin, ein Bierglas in der rechten Hand, einen Teller mit einem Stück Kuchen balanciert auf seinem Bauch. Um ihn herum sitzen ein halbes Dutzend Jugendliche im Gras, darunter Jens' Tochter Marie und Marcos Leon. Mats erzählt irgendetwas, und die Teenies hängen an seinen Lippen. Es sieht aus, als würde Mats Hof halten. Oder als wäre er ein Guru, der seine Jünger um sich geschart hat.

»Wie macht er das nur?«, wiederholt Jens. »Wenn ich mit Marie rede, dann sieht sie mich spätestens beim dritten Satz an, als sei ich ein Alien, und spätestens beim fünften schaltet sie geistig komplett ab – wenn sie dann noch im Zimmer ist. Nichts von dem, was ich sage, erreicht sie. Marco geht es mit Leon genauso, aber Mats … Sieh ihn dir doch an!«

Ich sehe mir Mats an, der gerade bei irgendeiner Pointe angelangt zu sein scheint. Er verzieht das Gesicht zu einer Grimasse, und die Teenies um ihn herum johlen vor Vergnügen.

»Vermutlich redet er mit ihnen über Themen, die sie interessieren«, mutmaße ich. »Oder er gibt gerade eine seiner Geschichten zum Besten. Du weißt doch, wie Mats ist: der geborene Entertainer.«

Jens schüttelt den Kopf. »Er erreicht die Kids auch bei ernsten Themen. Vor ein paar Monaten war Marie totunglücklich, weil wir ihr verboten hatten, an irgendeinem schwachsinnigen Modelwettbewerb teilzunehmen. Sie heulte den ganzen Tag und wurde jedes Mal aggressiv, wenn Sabine oder ich sie angesprochen haben. Und dann hat Mats mit ihr geredet, und innerhalb kurzer Zeit war sie wie ausgewechselt, besser drauf als je zuvor.«

Ich bin beeindruckt. »Was hat Mats zu ihr gesagt?«

»Er behauptet, nichts Besonderes. Man müsse die Kids und ihre Sorgen einfach nur ernst nehmen. Aber das kann nicht alles sein. Ich nehme Marie ernst, sie mich allerdings nicht. Wenn ich mir Sorgen über ihre Zukunft oder ihre Schulnoten mache, behauptet sie einfach, das ginge mich nichts an.«

»Tja, das ist dann wohl die Pubertät.«

Jens reagiert gereizt auf die Floskel. »Pubertät – das sagen alle. Aber damit ist das Problem höchstens benannt, nicht gelöst. Ich kann doch Marie nicht einfach ein paar Jahre in Ruhe lassen und wieder mit ihr reden, wenn die Pubertät vorbei ist. Bis dahin hat sie ihr Abi versaut und ihre ganze Zukunft und …«

Ich schalte ab, als Jens sich auf sein Steckenpferd schwingt. Ich verstehe zwar, dass er sich Sorgen um die Zukunft seiner Tochter macht, finde aber, dass er maßlos übertreibt. Soviel ich weiß – er redet ja oft genug darüber –, ist Marie eine gute Schülerin, doch Jens reicht das nicht. Meiner Ansicht nach sollte er einfach dankbar sein, dass Marie gesund ist und dass er an ihrem Leben teilnehmen darf. Ich würde sonst was dafür geben, wenn ich nicht zwei Stunden von Joelle entfernt leben müsste.

Ich verkneife mir jedoch einen Kommentar und murmele in den nächsten Minuten nur gelegentlich »Ja, ja«, während ich meinen Blick durch den Garten schweifen lasse. Es ist noch voller geworden. Marco unterhält sich mit Christa Baumann und der Bürgermeisterin, Viola versorgt ihre Eltern mit Kaffee und Kuchen. Ihr Vater sagt etwas, worüber sie herzlich lacht. Theresa fotografiert die Szene mit einem Handy. Ich reiße mich von dem Anblick los und schaue mich weiter um. Nora leert einen weiteren Aperol Spritz, die Gruppe um Mats löst sich auf, als Mats aufsteht. Mats schüttelt den Kopf auf eine Bemerkung eines Teeniemädels hin, das ihn offen anhimmelt, dann stürmt Pauline auf ihn zu und zerrt ihn am Arm weg. Leon zieht Marie auf die Füße, sie boxt ihm freundschaftlich gegen den Arm. Mein Blick schweift weiter, kehrt jedoch immer wieder zur Kuchentheke zurück. Jetzt hat Marcos Bruder Josef sich zu Viola und Theresa gesellt – wenn man von gesellen reden kann. Er steht einfach neben den beiden und schaut grimmig drein. Ich frage mich, ob das sein üblicher Gesichtsausdruck ist.

»Erde an Erik. Bist du noch da?«

»Bitte? Entschuldige, Jens, was sagtest du gerade?« Ich drehe mich zu ihm um.

Er grinst mich süffisant an. »Pass bloß auf, dass Marco dich nicht erwischt.«

»Bitte?«

Jens nickt in Richtung Kuchentheke. »Marco neigt zur Eifersucht. Oder möchtest du behaupten, dass deine sehnsüchtigen Blicke nicht Viola galten, sondern der Obsttorte?«

»Ich habe nicht …« Ich schlucke den Rest hinunter, als Jens' Grinsen breiter wird. »Was ist eigentlich mit Marcos Bruder los?«, frage ich stattdessen. »Guckt der immer so grimmig, oder hasst er einfach Partys?«

»Beides.« Jens' Miene wird ernst. »Er hat vor einem Jahr seine Frau und seine Tochter verloren. Traurige Geschichte.« Er schweigt einen Moment lang. »Sag mal, stimmt es, dass du auch eine Tochter hast? Marco erwähnte es.«

Mir stockt kurz der Atem. »Das stimmt. Joelle.«

»Ich dachte, du lebst allein.«

»Sie lebt bei ihrer Mutter in Altenstein.«

»Ihr seid geschieden?«

»Wir waren nie verheiratet.« Da Jens fragend guckt, füge ich hinzu: »Es ist eine komplizierte Geschichte.« Was die Untertreibung des Jahres sein dürfte.

»Das ist es immer, oder?« Jens seufzt. »Wie alt ist denn deine Tochter?«

»Fünfzehn.«

»Und ist sie gut in der Schule?«

Ich unterdrücke ein Stöhnen. »Ich glaube, ich muss mal den Kaffee wegbringen.«

Es ist nicht nur eine Ausrede, ich muss wirklich, also gehe ich über die Terrasse ins Haus. Doch als ich mir einige Minuten später im Gäste-WC die Hände wasche, kann ich mich plötzlich nicht mehr aufraffen, in den Garten zurückzukehren. Vielleicht, weil Jens von Joelle und Josefs verstorbener Tochter im selben Atemzug gesprochen hat. Ich starre mein Gesicht im Spiegel über dem Waschbecken an und frage mich, was zum Teufel ich hier tue. Ja, ich bin in einer hübschen Stadt gelandet, ja, ich bin auf einer Party mit lauter netten Menschen, aber nein, ich gehöre nicht hierher. Ich bin zwei Stunden entfernt von meinem Zuhause, von meiner Tochter, von meinen Eltern und meiner Schwester, von meinen Freunden. Zwei Stunden entfernt von meinem Leben. Nur, dass das nicht mehr mein Leben ist – dafür hat Tamara gesorgt. Mein Leben ist jetzt hier.

Ich trockne mir die Hände ab und lasse mich gegen die Tür sinken, während die Depression meine Schultern tiefer und tiefer drückt. Einige Minuten verharre ich so, dann beschließe ich, das Einzige zu tun, was ich in dieser Situation tun kann. Ich verlasse das Gäste-WC und gehe durch die Haustür hinaus vor das Haus. Ich ziehe mein Handy aus der Gesäßtasche meiner Jeans, doch bevor ich Klaras Nummer wählen kann, poppt eine SMS auf. »Können wir reden? Ralf.« Ich lösche die SMS meines ehemals besten Freundes sofort. Ralf ist der einzige Mensch, mit dem ich noch weniger sprechen möchte als mit Tamara.

Ich wähle Klaras Nummer, doch sie geht nicht ran, stattdessen lausche ich ihrer Stimme auf der Mailbox. Sofort fühle ich mich besser. Noch besser würde ich mich fühlen, könnte ich mit Joelle reden, doch Tamara kontrolliert ihr Handy, deswegen haben wir ausgemacht, dass immer sie mich anruft und anschließend den Anruf aus ihrer Anrufliste löscht.

Ich stecke mein Handy wieder weg. Und jetzt? Mein Blick fällt auf mein Fahrrad. Ich könnte zu meiner Wohnung über der Buchhandlung zurückradeln, zuvor muss ich mich allerdings von Marco verabschieden.

Doch als ich mich umdrehe, um in den Garten zurückzugehen, sehe ich Leon auf einer Bank vor dem Haus. Er sitzt so still da, dass ich ihn gar nicht bemerkt habe. Umgekehrt muss er mich gesehen oder wenigstens gehört haben, doch er ignoriert mich und starrt mürrisch auf das Gras zwischen seinen Füßen, das Bild eines frustrierten, mit sich und der Welt hadernden Teenagers. Mir schießt der Gedanke durch den Kopf, dass Leon nicht ganz zu Unrecht hadert. Die Pubertät kann eine grausame Zeit sein, doch zu ihm ist sie besonders unfreundlich. Er trägt eine Zahnspange, und seine Stirn ist übersät von Pickeln, die von den strähnigen Ponyfransen seines Undercuts nur teilweise verdeckt werden. Außerdem sind seine Augen gerötet, als hätte er Heuschnupfen.

Ich will ihn ebenfalls ignorieren, doch irgendetwas an seiner Miene rührt mich. Leon sieht weniger mürrisch aus als unglücklich. Einem Impuls gehorchend, spreche ich ihn an. »Hi. Leon, nicht wahr?«

Er reagiert nicht, zieht lediglich ziemlich geräuschvoll die Nase hoch.

»Alles okay?«

Er reagiert wieder nicht, und ich gebe auf.

»Tja, dann …«

In dem Moment springt Leon auf. »Alles wäre okay, wenn es keine perversen alten Säcke wie euch gäbe.« Dann stößt er mich zur Seite und rennt in Richtung Wald davon, der direkt hinter dem Haus der Brunners beginnt.

Ich blicke ihm nach, perplex und etwas beunruhigt. Alte Säcke okay, aber pervers? Wen meint Leon damit? Und was meint er damit? Oder ist pervers mittlerweile eine ähnlich inhaltsfreie unspezifische Schulhofbeleidigung wie Schwuchtel?

Nachdenklich gehe ich zurück in den Garten, wo ich vergeblich Ausschau nach Marco halte. An einem der Biertische unterhalten sich Viola und Nora mit Jens und einer mütterlich wirkenden Rothaarigen, vermutlich seiner Frau. An einem anderen prostet Mats mit erhobenem Weißbierglas ein paar Jungs vom Volleyball zu. Ich beschließe, mich zu ihnen zu gesellen, als ich streitende Stimmen zu meiner Rechten höre. Zwischen einigen Johannisbeer- und Himbeersträuchern windet sich ein mit Steinplatten belegter Pfad hindurch. Ich folge ihm und stehe in einem Gemüse-Obst-Garten. Unter einem blühenden Apfelbaum streiten sich Pauline und Theresa.

»Ich sag's dir nicht.«

»Aber das ist unfair. Es geht mich auch was an.«

»Er hat gesagt, es geht niemanden etwas an. Es ist sein Geheimnis.«

»Aber ich will es wissen. Zeig es mir!« Pauline versucht, Theresa etwas aus der Hand zu reißen, doch Theresa zieht die Hand weg.

»Nein.«

»Doch!«

»Nein, aua, lass das!«

»Aber ich will …«

In dem Moment bemerkt Pauline mich und hält inne. Theresa nutzt die Gelegenheit und sucht das Weite. Als sie an mir vorbeiläuft, sehe ich, dass sie in ihrer Hand ein Handy hält.

Pauline sieht mich vorwurfsvoll an. »Das war eine private Unterhaltung!«

»Das konnte ich nicht wissen. Alles klar?«

Ich frage das, weil Pauline überhitzt und zerzaust aussieht. Der Schnürsenkel an ihrem linken Turnschuh ist offen, und ihr T-Shirt steckt halb in der Hose, halb hängt es heraus.

Sie furcht ihre Stirn. »Tessi hat ein Geheimnis und will es mir nicht sagen.«

»Na ja, das ist bei Geheimnissen so. Wenn man sie jedem erzählt, sind sie nicht mehr geheim.«

»Aber es geht mich auch etwas an.«

Die Antwort verwundert mich nicht, Pauline ist grundsätzlich der Meinung, dass alles sie etwas angeht. Ich überlege, ob ich den Pädagogen heraushängen lassen und ihr erklären soll, dass auch die beste Freundin ein Recht auf Privatsphäre hat, habe aber keine Lust, die Erziehungsarbeit von Mats und Nora zu leisten. Außerdem fällt mein Blick in dem Moment auf Paulines Oberarm.

»Was hast du da?«

»Nichts.« Sie schiebt hastig den T-Shirt-Ärmel hinunter, der hochgerutscht war.

»Das ist nicht nichts. Das ist ein ziemlich dicker blauer Fleck.«

»Ist es nicht.«

»Ist es doch. Woher hast du den?«

»Das geht Sie nichts an!« Sie lässt mich stehen und läuft ebenfalls zurück in den Garten.

3

»Mats, können wir reden?«

Es ist Donnerstagabend nach dem Volleyballtraining. Mats und ich sind allein in der Umkleidekabine, die anderen sind schon zum Ratskeller vorgegangen. Zu der kleinen Turnhalle der Grundschule, in der wir spielen, gehören nur zwei Duschen. Mats duscht immer als Letzter, heute habe ich auf ihn gewartet.

»Klar. Worum geht's?« Mats knöpft seine Jeans zu, setzt sich auf die Bank und zieht seine Socken an.

»Um Pauline. Ich will mich nicht einmischen, aber mir ist am Samstag etwas aufgefallen. Pauline hatte einen dicken blauen Fleck am Oberarm.«

»Ach ja? Und?«

»Er war ziemlich groß. Ich dachte, das solltest du wissen.«

Mats greift zu seinen Schuhen und wirft mir von unten einen Blick zu. »Kein Grund zur Sorge, Mann. Pauline bekommt schnell blaue Flecken. Sie tobt gern herum, wenn Nora sie lässt – was viel zu selten vorkommt. Wenn's nach Nora ginge, würde Pauline den ganzen Tag lernen. Sie ist fast so schlimm wie Jens.«

»Aber der Fleck war ziemlich groß. Es sah aus, als hätte jemand Pauline fest gepackt. Und neulich habe ich sie allein mitten im Wald getroffen, da hatte sie Nasenbluten.«

Jetzt reagiert Mats doch. Er hat seine Schuhe zugebunden und lehnt sich an die Wand. »Allein, mitten im Wald? Da hat sie nichts verloren. Wo war denn das?«

»Auf der Straße nach Neustadt. Bei dem Marterl.«

»Welches Marterl?«

»Ich vermute, es ist für irgendein Unfallopfer. Renata oder so.«

»Renata? Ach, du meinst Josefs Frau, Marcos Schwägerin. Die hatte keinen Unfall, sie hat sich das Leben genommen.« Er überlegt einen Moment. »Allerdings würde ich das nicht ›mitten im Wald‹ nennen. Es ist an der Straße, nur einen halben Kilometer von Schönblick entfernt.«

»Aber findest du's okay, dass Pauline da allein herumläuft? Und wie gesagt, sie hatte Nasenbluten. Oder neigt sie dazu?«

Mats schüttelt langsam den Kopf. »Normalerweise nicht, nein. Hast du sie gefragt, woher sie es hatte und was sie da wollte?«

»Sie sagte, es ginge mich nichts an.«

Mats grinst. »Das klingt sehr nach ihr. Okay, danke für die Info, ich werde sie mal fragen.« Er greift zu seiner Tasche. »Oder ist sonst noch was?«

Eigentlich wollte ich Mats noch darauf ansprechen, dass Pauline anscheinend heimlich in die Buchhandlung kommt, doch in dem Moment klingelt mein Handy. Ich ziehe es sofort aus meiner Gesäßtasche. Joelles Anruf ist seit zwei Tagen überfällig.

»Oh, Papa, rate, was passiert ist! Rate, rate, rate!«

Joelle ist so aufgeregt, dass ihre Stimme regelrecht quietscht, aber ich höre ihr an, dass es eine positive Aufregung ist. Erleichtert lasse ich mich auf die Bank in der Umkleidekabine sinken.

»Heißt das, ich darf dreimal raten?«

Joelle lacht glockenhell. »O nein, nur einmal. Länger halte ich es nicht aus, dir davon zu erzählen.«

»Es ist also etwas Tolles?«

»Etwas genial gigantisch Tolles!«

»Tja, das klingt doch sehr nach … Tommy?«

»Oh, ich wusste, du würdest es erraten«, sprudelt sie los. »Er hat mich endlich gefragt, ob wir zusammen zum Abschlussball gehen. Am Montag schon. Und dann meinte er, wir sollten uns mal zum

Extratanztraining treffen. Aber das war nur ein Vorwand. Wir haben uns in der Eisdiele verabredet, und dann waren wir im Kino, und dann, als es gruselig wurde, hat er behauptet, dass er Angst hat, und hat meine Hand genommen, und dann, als die Lichter wieder angingen, hat er gesagt, dass er am liebsten ewig so sitzen bleiben würde, und dann habe ich ihn geküsst und dann ...«

Während der nächsten zehn Minuten sitze ich vollkommen glücklich in einer nach Männerschweiß stinkenden Umkleidekabine und höre zu, während meine Tochter alles vom ersten Abend mit ihrem zweiten Freund erzählt. Zumindest alles, was sie mir erzählen möchte, und das ist ziemlich viel. Joelle und ich hatten immer ein enges Verhältnis. Wäre es weniger eng, wäre Tamara vielleicht weniger eifersüchtig und weniger besessen von dem Verlangen, es zu zerstören.

»Und deshalb habe ich dich nicht angerufen, weil ich doch vorgestern mit Tommy zusammen war – und gestern natürlich auch«, sagt Joelle schließlich atemlos. »Aber du bist nicht sauer, oder?«

»Nein, mein Schatz, ich habe mir allerdings Sorgen gemacht. Könntest du mir bitte beim nächsten Mal eine kurze SMS schreiben?«

Sie verspricht es. »Und wie geht es dir? Wie war die Party von deinem Freund?«

Ich erzähle Joelle ein bisschen von Marcos Geburtstagsfeier, und sie erzählt mir von den – im Vergleich zu Tommy natürlich megaunwichtigen – Dingen, die sie seit unserem letzten Telefonat sonst noch erlebt und gedacht hat. Seit ich in Neukirchen lebe, ist dies meine einzige Möglichkeit, an Joelles Leben teilzuhaben, und ich lechze nach Details.

»Und ach ja, am Montag nach der Schule habe ich zufällig Ralf an der Bushaltestelle getroffen.«

Mir wird schlagartig erst heiß, dann kalt. »Und?«

»Er hat gesagt, dass er lange nichts von dir gehört hat. Ich soll dich grüßen, du sollst ihn anrufen. Alles okay, Paps?«

Joelle hat unglaublich feine Antennen, selbst in einem Schweigen kann sie die Zwischentöne hören.

»Ja, alles bestens«, sage ich ruhig, obwohl ich vor Wut zittere. »Ich hatte nur in letzter Zeit viel zu tun, ich rufe Ralf gleich mal an.«

Doch das tue ich nicht. Stattdessen schreibe ich ihm eine SMS, sobald Joelle aufgelegt hat.

»Halt dich von meiner Tochter fern, du Arschloch!«

In den folgenden Tagen höre ich nichts von Ralf, und auch Joelle begegnet ihm nicht mehr scheinbar zufällig. Dafür begegne ich Nora. Sie kommt zwei Wochen nach Marcos Geburtstag in die Buchhandlung, um mir zu sagen, dass sie Tickets für die Kabarettpreisträgerin besorgt habe. Außerdem sei es ihr gelungen, eine Tischreservierung bei einem angesagten französischen Restaurant gleich neben der Veranstaltungshalle zu ergattern. Ob ich sie am achtzehnten Juni um halb sechs abholen könne?

Ich hatte Noras Idee eines gemeinsamen Kabarettbesuchs total vergessen. Als sie jetzt die Abendplanung herunterrattert, klingt das für mich mehr denn je nach einem Date, und ich frage mich, wie ich aus der Nummer herauskomme. Doch Nora scheint nicht in meinem Laden aufgetaucht zu sein, um mich vor eine Wahl zu stellen, und da zwei Kunden unser Gespräch interessiert verfolgen, stimme ich ihren Vorschlägen zu.

Am siebzehnten Juni kaufe ich mir eine neue Krawatte, einen Tag später ziehe ich den besseren meiner zwei Anzüge an und hole Nora wie gewünscht ab. Ich bin nervös bei der Aussicht auf einen ganzen Abend ohne Fluchtmöglichkeit mit einer Frau, die ich kaum kenne, doch der Abend verläuft erstaunlich harmonisch. Wäre es ein Date, wäre es perfekt. Das Essen ist gut und unsere Unterhaltung noch besser. Nora ist witzig und schlagfertig. Okay, auch sarkastisch und scharfzüngig, aber da ihre Spitzen nicht gegen mich und nur selten gegen Mats gerichtet sind, haben wir nicht nur einige interessante Diskussionen über aktuelle Bücher, sondern auch viel Spaß. Auch der Kabarettbesuch ist ein Erfolg, die Gesellschaftskritik beißend, aber immer pointiert, und ich gestehe, dass die bewundernden und neidischen Blicke anderer Männer, die Nora und mir folgen, mir einen Kick geben. Nur die vielen Drinks, die Nora konsumiert, irritieren mich. Eine Flasche Wein zum Essen – ich lehne ab mit der Begründung, dass ich fahren muss – und dann einige Cocktails in der Pause. Doch Nora wirkt lediglich etwas angeheitert, als ich die Beifahrertür meines Wagens für sie aufhalte.

Auf der Rückfahrt nach Neukirchen reden wir hauptsächlich über das Kabarettprogramm. Ich fühle mich wohl. Ich fahre gerne nachts Auto, wenn wenig los ist und etwaige Drängler getrost überholen können. Außerdem mag ich es, wenn die Landschaft geheimnisvoll an mir vorbeizieht, nur von einzelnen Lichtern erhellt. Als ich eine entsprechende Bemerkung mache, stimmt Nora zu und erzählt mir, dass sie nach harten Tagen oft zum Runterkommen nachts herumfahre. Auch ich entspanne mich mit jedem Kilometer mehr, doch damit ist es jäh vorbei, als Nora plötzlich sagt: »Okay, genug an der Oberfläche gekratzt. Verrat mir dein Geheimnis.«

Die Frage kommt aus dem Nichts, völlig unverhofft, wie ein Reh, das aus dem Wald vor ein Auto springt. Interessanterweise reagiert mein Körper auch wie auf einen unerwarteten Wildwechsel. Mein rechter Fuß hebt sich vom Gaspedal und schwenkt zur Bremse hinüber.

»Wie kommst du darauf, dass ich ein Geheimnis habe?«

»Jeder Mensch hat eins.« Sie lacht, etwas zu laut, vielleicht wegen des Alkohols. »Nein, ich korrigiere mich. Jeder sollte eins haben. Menschen ohne Geheimnis sind langweilig. Aber du hast eins, und ich glaube, es hat dich nach Neukirchen getrieben.«

Ich schüttele den Kopf. »Tut mir leid, dich enttäuschen zu müssen. Ich habe dir schon gesagt, warum ich hergekommen bin. Ich wollte die Buchhandlung übernehmen.«

»Nur, dass ich dir das nicht glaube. Du hast vorhin beim Essen erzählt, dass du in Altenstein in der Buchhandlung deiner Eltern gearbeitet hast. So, wie du über sie geredet hast, versteht ihr euch gut, und du hast dich dort wohlgefühlt. Warum hättest du gehen sollen?«

»Ich wollte mein eigener Chef sein.«

»Dann hättest du auch die Buchhandlung deiner Eltern übernehmen können, immerhin wollen sie sich ebenfalls bald zur Ruhe setzen.«

Ich drehe meinen Kopf so schnell zu Nora um, dass ich fast das Lenkrad verreiße. »Woher weißt du das?«

»Ich habe geraten, aber das war nicht schwer. Du bist vierunddreißig, deine Eltern sollten also mindestens in den Sechzigern sein, es sei denn, sie haben dich so jung bekommen wie du deine Tochter.«

Ich schüttele den Kopf.

»Okay, warum bist du dann hergekommen?«

Ich schweige einen Moment. »Wegen meiner Ex«, sage ich schließlich, und das ist die Wahrheit, zumindest ein Teil von ihr. »Es ist eine komplizierte Geschichte, über die ich nicht gerne rede.« Und damit wir von dem Thema wegkommen, stelle ich die Frage, die ich mir den ganzen Abend lang verkniffen habe. »Wie war das denn mit Mats und dir? Warum habt ihr euch getrennt? Oder ist das auch kompliziert?«

Sie lacht wieder dieses zu laute Lachen. »Nein, überhaupt nicht. Ich habe ihn im Bett mit unserem Au-pair erwischt. In unserem Bett.«

»Das tut mir leid.« Es überrascht mich nicht, ich hatte schon vermutet, dass Mats fremdgegangen sein könnte. Aber mit dem Au-pair? Im Ehebett? Ich verstehe langsam, wieso Nora einen so starken Groll gegen ihn hegt.

Den Rest der Fahrt schweigen wir, bis ich kurz darauf vor Noras Garage parke. Ich drehe mich zu Nora um, die mich erwartungsvoll ansieht.

»Tja«, beginne ich, »es war ein sehr schöner Abend. Vielen Dank für die Tickets.«

Meine rechte Hand liegt auf der Handbremse, Nora streckt ihre linke aus und streicht zart mit einem Finger über meine. »Ich denke, der Abend ist noch nicht vorbei«, sagt sie mit einem bedeutungsvollen Lächeln.

Genau das habe ich befürchtet. Ich ziehe meine Hand zurück. »Ich fürchte schon, ich muss, äh, morgen früh raus.« Im nächsten Moment könnte ich mich ohrfeigen für diese alberne Ausrede.

Nora scheint die Ausrede ebenfalls albern zu finden, sie bricht in schallendes Gelächter aus. »Okay, Erik, du spielst die Rolle des Schüchternen wirklich gut. Aber jetzt reicht's. Komm schon!«

Sie greift nach meiner Hand, doch ich mache sie los. Stattdessen tastet sie nach dem Verschluss meines Sicherheitsgurtes, um ihn zu öffnen, doch ich halte ihre Hand fest. »Nein, Nora, ich …«

»Was ist denn los mit dir? Ist es Pauline? Ich habe dir doch schon gesagt, dass sie bis Sonntag bei Mats ist.«

»Nein, es ist nicht Pauline.«

»Dann bist du wirklich schüchtern? Nur gut, dass ich das Problem nicht habe.«

Sie lässt meine Hand los, und ich bin erleichtert, doch nur kurz, denn im nächsten Moment umfasst Nora meinen Kopf mit ihren Händen, zieht ihn zu sich heran und küsst mich, dass mir die Luft wegbleibt. Und dann ist sie über mir, auf mir, ihre Hände sind plötzlich überall.

Es geht so schnell, dass ich zunächst nicht angemessen reagieren kann und sogar automatisch meinen Mund für ihre Zunge öffne. Dann drehe ich meinen Kopf zur Seite. »Nein, Nora, hör auf!«

Doch sie hört nicht auf. Sie nutzt die Gelegenheit, mit ihren Lippen über meine Wange zu fahren, und beginnt, an meinem Krawattenknoten zu nesteln.

In dem Moment ahne ich, wie weibliche Opfer sexueller Übergriffe sich fühlen müssen, wenn der Mann, mit dem sie ausgegangen sind, meint, ein paar gemeinsam verbrachte Stunden, ein gemeinsames Abendessen, gemeinsames Lachen gebe ihm das Recht auf ihren Körper. Nur, dass ich natürlich einen gewaltigen Vorteil gegenüber diesen Frauen habe. Ich muss in diesem Moment keine Angst habe, da ich ein Mann und somit stärker bin.

Ich greife nach Noras Händen und halte sie fest. »Nein!«

Jetzt reagiert Nora. Sie biegt ihren Oberkörper nach hinten und starrt mich an. Ich fühle es mehr, als dass ich es sehe, da die Innenbeleuchtung des Wagens sich ausgeschaltet hat. Nur von einer Straßenlaterne dringt ein schwacher Lichtschein ins Auto.

»Was ist denn los mit dir?«, fragt sie.

»Nichts ist mit mir los.«

»Bist du vielleicht schwul?«

Auch das noch. »Nein, Nora, ich bin nicht schwul. Ich möchte einfach nicht, okay?«

»Du möchtest einfach nicht?«, äfft sie mich nach. »Das glaube ich nicht.«

Mit einem Ruck befreit sie ihre linke Hand und schiebt sie mir zwischen die Beine. Einen Moment lang herrscht Stille, den einen Moment lang, den Nora benötigt, um zu fühlen, dass ich tatsächlich nicht will. Dann zieht sie ihre Hand zurück, holt aus und verpasst mir eine schallende Ohrfeige. »Du Arschloch!« Im nächsten Moment krabbelt sie von mir herunter und aus dem Auto. Die Beifahrertür fällt mit einem lauten Knall ins Schloss.

Ich bleibe allein zurück, allein mit meiner Ungläubigkeit über das, was gerade geschehen ist. Ich atme mehrmals tief durch, dann rücke ich meine Krawatte gerade, überlege es mir anders, lockere den Knoten, zerre die Krawatte von meinem Hals und schleudere sie auf den Beifahrersitz.

Scheiße!

Scheiße, Scheiße, Scheiße!

Es dauerte nicht mal eine Minute, und schon ergehe ich mich in Selbstvorwürfen. Ich hätte es nicht so weit kommen lassen dürfen. Ich hätte Nora früher klarmachen müssen, dass ich nicht an ihr interessiert bin. Ich hätte gar nicht mit ihr ausgehen sollen. Ich hätte mit der verdammten Frau niemals reden sollen.

Scheiße!

Ich sitze noch eine Weile still da, während im Haus das Licht angeht. Dann wende ich den Wagen und fahre zurück. Als ich an einigen Büschen jenseits der Laterne vorbeifahre, sehe ich eine Bewegung. Jemand steht dort im Schatten. Jemand, der vermutlich alles beobachtet hat. Ich hoffe, es ist niemand, den ich kenne.

Eine halbe Stunde später liege ich im Bett. Ich habe Noras Geruch abgeduscht, doch natürlich kann ich nicht einschlafen. Meine Gedanken kreisen immer noch um das, was in meinem Auto passiert ist. Was denkt Nora jetzt von mir? Wird sie anderen davon erzählen? Und was werden die denken? Was werden sie über einen Mann denken, der die Gelegenheit nicht ergreift, eine attraktive Frau zu vögeln, die sich ihm aufdrängt?

Ich liege noch eine ganze Weile wach und wälze mich hin und her. Als ich endlich einschlafe, versucht mein Gehirn das Geschehen in wilden Träumen zu verarbeiten, irgendwann aber werden sie ruhiger, und ich erlebe einen dieser sanften, süßen Träume, in denen ich mit Sara zusammen bin. Nur, dass Sara dieses Mal kornblumenblaue Augen und honigfarbene Haare hat. Der Traum ist so intensiv, dass ich beim Erwachen eine Erektion habe. Es ist mir länger nicht mehr passiert, und meine erste Reaktion ist Scham, doch dann gönne ich mir die Entspannung.

Als ich eine Stunde später die Buchhandlung aufsperre, bin ich immer noch entspannt. Ich habe sogar die Sache mit Nora vergessen, werde jedoch an sie und an Schönblick erinnert, als die Türglocke bimmelt und Jens den Laden betritt. Er trägt eine gepolsterte Fahrradhose und einen Fahrradhelm, darunter sieht er besorgt aus.

»Erik, war Theresa Brunner heute zufällig schon hier? Sie ist verschwunden.«

Teil II

1

Kriminalkommissarin Pia Meyers Handy klingelte, als sie im Fitnessstudio gerade dabei war, vierundsechzig Kilogramm zu drücken. Es war Samstagmittag, früher als ihre übliche Trainingszeit, doch ihr Tinderdate am Vorabend hatte sich als Reinfall erwiesen. Der Typ hatte zwar von seinem kernigen 44er-Bizeps bis zu den süßen Segelohren so ausgesehen wie auf seinem Profilbild, dafür hatte das, was sich zwischen den Segelohren befand, nicht gehalten, was die witzigen Nachrichten versprochen hatten, die sie drei Tage lang ausgetauscht hatten. Nach dem ersten Bier war Pia überzeugt gewesen, dass der Typ die Texte nicht selbst formuliert hatte, nach dem zweiten, dass er sie nicht einmal selbst getippt hatte, weil er vermutlich Analphabet war. Nach dem dritten Bier hatte sie ihn in die Wüste geschickt und sich zu Hause einen gemütlichen Abend gemacht. Wozu brauchte frau auch einen Kerl, wenn sie zehn Finger und genügend sexuelle Fantasien für eine ganze Armada von Erotikautoren besaß?

»Wer ist das?«, schnaufte sie.

Ihr Trainingspartner griff zu ihrem Handy, das neben der Flachbank auf dem Boden lag. »Roman Söring.«

Das Präsidium! Die Hantelstange klirrte, als Pia sie zu schwungvoll auf die Ablage zurückbeförderte. Das Handy war glitschig in ihren schweißnassen Händen. »Ja?«

Roman Sörings Stimme war so weich und leise wie immer. Pia fand, dass sie besser zu einem Sozialarbeiter gepasst hätte als zu einem leitenden Kriminalbeamten. »Großlage. Vermisstes Kind. Kannst du umgehend ins Präsidium kommen?«

Der Anruf erreichte die Erste Kriminalhauptkommissarin Judith Plattner in der Kirche. Es dauerte einige Sekunden, bis ihr klar wurde, dass das Vibrieren an ihrer Hüfte nicht daher rührte, dass ihr Hintern auf der harten Holzbank eingeschlafen war. Sie hatte sich in dem Moment geistig weggebeamt, als der Organist die ersten Takte von »Großer Gott, wir loben dich« gespielt hatte. Judith war nicht der Ansicht, dass Gott Lob verdiente. Angesichts des Zustands der Welt sollte man ihn eher zur Fahndung ausschreiben – falls es ihn denn wirklich gab, was sie bezweifelte. Für sie persönlich war er ein Jahr zuvor zusammen mit Simon gestorben, und sie hatte sich mit der Gedenkmesse nur einverstanden erklärt, weil sie Saskia Trost zu spenden schien – einen Trost, den sie selbst ihrer Tochter nicht geben konnte.

So unauffällig wie möglich zog Judith ihr Handy hervor und warf einen Blick aufs Display. Der Anruf war dienstlich, natürlich. Sämtliche Freunde, Verwandte und nähere Bekannte der Familie saßen schließlich in den Reihen hinter ihnen, dafür hatte Saskia gesorgt.

Judith drückte das Gespräch weg, beugte sich zu ihrer Tochter hinüber und murmelte an deren Ohr: »Es tut mir leid, Schatz, aber ich muss mal kurz raus.«

Saskia drehte ihr ruckartig den Kopf zu. »Jetzt?«

Nur das eine Wort, doch der empörte und zugleich zutiefst verletzte Ton schnitt Judith ins Herz.

»Es ist wichtig.« Sie warf einen Blick zu ihrem Mann, der auf Saskias anderer Seite saß und prompt reagierte. Er legte einen Arm um Saskia und zog sie an sich. Judith lächelte ihn dankbar an, dann rutschte sie zur Kirchenbank hinaus und verschwand so unauffällig wie möglich durch das Seitenschiff.

Zwei Minuten später stand sie im gleißenden Junisonnenschein auf dem Vorplatz der Kirche und wählte die Nummer des Büros des Polizeivizepräsidenten. Seine Sekretärin nahm das Gespräch an. In ihrer sonst so mütterlichen Stimme schwang ein Anflug von Zorn mit.

»Frau Plattner, vielen Dank, dass Sie sich melden. Wie geht es Ihnen? Nein, sagen Sie nichts, ich kann es mir vorstellen. Es tut mir wirklich wahnsinnig leid, dass ich Sie stören muss. Ich habe ihm gesagt, er solle Sie nicht anrufen, er solle Sie wenigstens heute in Ruhe lassen, aber auf mich hört ja keiner.«

»Worum geht es denn?«

»Das wird er Ihnen selbst sagen, ich verbinde Sie.«

Kurz darauf hatte Judith die Stimme ihres direkten Vorgesetzten im Ohr, der im Gegensatz zu seiner Sekretärin klang wie immer. Ein Übermaß an Empathie gehörte weder zu Wilfried Zöllners Fehlern noch zu seinen Tugenden. »Frau Plattner, gut, dass Sie sich melden. Es tut mir leid, Sie zu stören. Ich weiß, dass heute ein schlechter Tag für Sie ist, aber Sie wissen ja, wie das ist. Wir brauchen Sie.«

»Natürlich«, sagte Judith resigniert. »Worum geht es?«

»Ein Kind wird vermisst, ein neunjähriges Mädchen aus Neukirchen. Die Vermisstenmeldung kam um neun Uhr dreißig rein, doch die Kleine ist mindestens drei Stunden länger abgängig. Die Kollegen vom Kriminaldauerdienst sind vor Ort, sie schätzen die Lage als sehr ernst ein.«

Judith gab jegliche Hoffnung auf, dass sich die Sache vielleicht am Telefon klären lassen würde. In Deutschland wurden jeden Tag zweihundert bis dreihundert Menschen vermisst gemeldet. Die meisten waren Routinefälle, doch es gab Ausnahmen. Dazu gehörten Kinder. Nicht Jugendliche, die rissen oft genug von zu Hause aus, sondern Kinder. Ein vermisstes Kind bedeutete immer eine Großlage, die alle verfügbaren Einsatzkräfte auf den Plan rief.

»Ich verstehe. Ich nehme an, ich soll sofort ins Präsidium kommen?« Eigentlich war die Frage überflüssig, die Antwort konnte nur ja lauten. Allerdings wunderte Judith sich, dass sie für diese

Information mit ihrem Chef verbunden worden war, das hätte ihr auch dessen Sekretärin mitteilen können.

»Nein. Ich möchte, dass Sie nach Neukirchen fahren und die Ermittlungen vor Ort leiten.«

»Bitte?«

»Sie haben mich schon verstanden.«

»Aber ich habe seit einem Jahr keine Ermittlungen geführt. Ich mache keinen Außendienst mehr, ich …«

Zöllner schnitt ihr das Wort ab. »Erzählen Sie mir was Neues. Im KK zwölf gibt es einen Engpass. Lassen Sie sich das später von Roman Söring erklären. Also, kann ich auf Sie zählen?«

Judith war nicht so dumm zu glauben, dass sie eine Wahl hatte, nur weil Zöllner den Befehl als Frage formuliert hatte. »Selbstverständlich.«

»Gut. Dann hören Sie zu: Kennen Sie Kriminalkommissarin Pia Meyer? Sie ist seit zwei Monaten im KK zwölf. Sie haben sie bestimmt schon gesehen, durchschnittlich groß, aber mit mehr Muskeln als Schwarzenegger. Sie wird Sie abholen und auf dem Weg nach Neukirchen briefen. Wo sind Sie?«

Polizeivizepräsident Wilfried Zöllner legte den Hörer auf die Gabel seines Telefons und warf dem Ersten Kriminalhauptkommissar Roman Söring, dessen hagere Gestalt am Türrahmen seines Büros lehnte, einen Blick zu.

»Und? Zufrieden?«

Roman nickte langsam. »Ja. Ich danke dir, ich schulde dir was.«

Zöllner musterte seinen alten Weggefährten. Sie hatten gemeinsam die Ausbildung durchlaufen, doch Zöllner hatte es weitergebracht, weil er ehrgeiziger war – und härter. »Und ich werde es einfordern – falls du dann noch hier bist. Dir ist doch wohl klar, dass du deinen Kopf hinhalten wirst, wenn das schiefgeht.«

»Es wird nichts schiefgehen. Judith ist die Beste für den Fall.«

»Nur, dass das nicht der Grund ist, warum du sie wolltest.«

Roman schwieg.

»Und?«, fragte Zöllner neugierig. »Was sagst du ihr, falls sie herausfindet, dass es keinen Personalengpass bei dir gibt?«

Roman lächelte unerwartet. »Falls? Du meinst wenn. Und was soll ich ihr schon sagen? Die Wahrheit.«

Pia reagierte mit Begeisterung auf die Information, dass sie an den Vor-Ort-Ermittlungen in Neukirchen teilnehmen sollte. In ihren ersten zwei Monaten beim zwölften Kriminalkommissariat, zuständig für Vermisstenanzeigen, hatte sie hauptsächlich Routinefälle bearbeitet und nach jugendlichen Ausreißern und dementen Senioren gefahndet, die sich verlaufen hatten. Insgeheim hatte sie bereits auf einen Fall gewartet, der ihren kriminalistischen Spürsinn stärker fordern würde, und eine Großlage rund um ein vermisstes Kind war in ihren Augen eine gute Gelegenheit, auf ihre Fähigkeiten aufmerksam zu machen. In ihre Vorfreude mischte sich allerdings Überraschung, als sie erfuhr, dass sie die Erste Kriminalhauptkommissarin Judith Plattner unterstützen sollte, und dann Irritation, als Roman Söring ihr erklärte, wo sie die Frau abholen sollte.

»Ich soll sie von der Gedenkmesse für ihren Sohn wegholen? Ist das dein Ernst?«

Pia war Judith Plattner nur einmal vorgestellt worden, doch ein Kollege hatte ihr deren Geschichte erzählt: Judith Plattners Sohn Simon hatte sich ein Jahr zuvor im Alter von neunzehn Jahren suizidiert. Plattner, die bis dahin Sörings Stellvertreterin im KK zwölf gewesen war, hatte sich daraufhin zum Führungsstab des Polizeivizepräsidenten versetzen lassen. Warum genau, das war Gegenstand zahlreicher Spekulationen. Plattner war Ermittlerin mit Leib und Seele gewesen, keiner ihrer Exkollegen hatte damit gerechnet, dass sie sich je mit einem Schreibtischjob anfreunden würde.

Roman nickte. »Ja, Pia, das ist mein Ernst. Wenn ich Befehle erteile, habe ich mir in der Regel etwas dabei gedacht.«

Pia grinste schief. »Entschuldigung, das ist mir so rausgerutscht.«

»Dann achte darauf, dass dir bei Frau Plattner nichts rausrutscht. Am besten erwähnst du ihren Sohn ihr gegenüber gar nicht. Ich möchte nicht, dass sie in eine unangenehme Situation gebracht wird.«

Pia war der Meinung, dass die Situation bereits unangenehm genug war, verkniff sich jedoch einen weiteren Kommentar. »Alles klar, Chef, sonst noch was?«

»Frau Plattner hat keine Ausrüstung dabei, bring ihr die mit.« Er reichte ihr eine Aktentasche.

Fünf Minuten später startete Pia den nagelneuen Dienst-BMW, den der für den Präsidiumsfuhrpark zuständige Beamte ihr zugeteilt hatte, als er hörte, wen sie chauffieren sollte, und schaltete als Erstes die Klimaanlage ein. Ihr war ohnehin meist zu warm, und laut Anzeige am Dashboard waren es draußen neunundzwanzig Grad. Seit fünf Wochen war das Thermometer höchstens nachts unter zwanzig Grad gesunken, der Sommer schickte sich an, einen neuen Wärmerekord aufzustellen.

Zur Johanniskirche war es nicht weit. Der Platz davor war voller Menschen in dunkler Kleidung, doch Pia entdeckte Judith Plattners große, schlanke Gestalt im anthrazitfarbenen Kostüm mühelos. Sie unterhielt sich mit einer jungen Frau von vielleicht achtzehn Jahren, die genauso hochgewachsen war wie sie selbst, und einem deutlich kleineren Mann vom Typ knuddeliger Teddybär. Doch kaum erblickte sie den BMW am Straßenrand, verabschiedete sie sich von den beiden und kam zu Pia herüber. Die junge Frau warf ihr einen feindseligen Blick hinterher.

»Frau Meyer«, grüßte Judith Plattner, während sie sich auf den Beifahrersitz gleiten ließ. Sie entdeckte die Aktentasche im Fußraum. »Was ist das?«

»Roman hat sie für Sie packen lassen.«

Plattner zog ihre Augenbrauen hoch und öffnete die lederne Tasche. »Worauf warten Sie?«

Pia fädelte den BMW in den fließenden Verkehr ein. Während sie ihn durch den Stadtverkehr lenkte, warf sie immer wieder verstohlene Blicke in Richtung der Ersten Kriminalhauptkommissarin, die den Inhalt der Aktentasche untersuchte. Zwar hatte Pia keine Ahnung, warum Judith Plattner die Vor-Ort-Ermittlungen in diesem Fall leiten sollte, doch in ihren Augen war es ein Glücksfall. Nicht nur konnte sie von Plattner, die den Ruf einer hervorragenden Ermittlerin hatte, lernen, die Zusammenarbeit bot ihr auch die Möglichkeit, einen guten Kontakt zu einer Beamtin aus der obersten Führungsetage des Präsidiums zu knüpfen, und Pia war entschlossen, diese Chance zu nutzen.

Doch zunächst konzentrierte Plattner sich ganz auf den Inhalt der Aktentasche, erst als Pia das Ortsschild passierte und auf der Staatsstraße nach Neukirchen beschleunigte, zog sie ein DIN-A5-Heft und einen Stift hervor.

»Okay, ich weiß bisher nur, dass ein neunjähriges Mädchen aus Neukirchen vermisst wird. Berichten Sie! Aber wenn Sie weiterhin zwanzig Kilometer pro Stunde über dem Limit fahren wollen, blicken Sie dabei bitte auf die Straße statt ständig zu mir.«

Pia warf einen Blick auf den Tacho und nahm etwas Gas weg, ehe sie antwortete. Sie hatte in Gedanken längst einen – wie sie fand – kurzen, knappen und klaren Bericht verfasst. »Das Mädchen heißt Theresa Brunner, neun Jahre, vierte Klasse Grundschule. Eltern Marco und Viola Brunner, beide sechsunddreißig, ein Bruder, Leon, fünfzehn. Sie wohnen in einem Einfamilienhaus, Adresse: Schönblick zwei in Neukirchen, laut Karte ein abgelegener Ortsteil mit nur wenigen Häusern, der direkt an einen Wald grenzt. Der Vater besitzt eine Schreinerei, die Mutter arbeitet halbtags als Floristin. Die Eltern sind heute Morgen gegen halb sieben aufgewacht und gegen sieben Uhr aufgestanden. Sie haben in aller Ruhe zu zweit gefrühstückt. Gegen acht Uhr hat Viola Brunner sich gewundert, wo Theresa blieb, die normalerweise eine Frühaufsteherin ist. Sie hat in ihrem Zimmer nachgesehen, doch Theresa war nicht da. Die Mutter hat dann festgestellt, dass die Shorts und das T-Shirt, die Theresa gestern trug, nicht da waren. Außerdem war die Haustür nicht abgeschlossen, und aus der Garage fehlte Theresas Tretroller. Die Mutter hat deshalb vermutet, dass Theresa schon früh aufgewacht ist und das Haus verlassen hat. Das macht sie manchmal, allerdings soll sie in solchen Fällen einen Zettel schreiben, was sie heute nicht getan hat. Der Vater hat dann den Bruder geweckt, und die beiden haben draußen nach Theresa gesucht, während die Mutter herumtelefoniert hat. Um halb zehn hat der Vater den Notruf gewählt«, schloss Pia und verkniff sich einen Seitenblick, um zu sehen, wie ihr Bericht ankam.

Judith Plattner hatte sich Notizen gemacht. »Schließsituation?«, fragte sie knapp.

Auch auf die Frage war Pia vorbereitet. »Nach Aussage der Brunners schließen sie die Haustür nachts ab, ebenso alle Fenster im Erdgeschoss. Im ersten Stock, wo die Schlafräume sind, waren die meisten Fenster wegen der Wärme gekippt. Die Kollegen von der Funkstreife, die als Erste vor Ort waren, haben eine Überprüfung auf Einbruchspuren durchgeführt. Nichts. Es sieht so aus, als hätte Theresa das Haus freiwillig …«

Pia brach ab, als Plattner ihr das Wort abschnitt. »Keine Schlussfolgerungen, bitte, nur die Fakten. Hat Theresa einen eigenen Haustürschlüssel?«

Pia überlegte kurz, musste jedoch eingestehen, dass sie es nicht wusste.

»Fehlt außer dem Roller etwas von Theresas Sachen?«

»Soweit wir das bisher wissen, nicht.«

»Hat Theresa ein Handy?«

»Nein.«

»Und wann wurde sie zuletzt gesehen?«

»Gestern Abend um zehn nach zwölf von ihrem Vater. Er hat noch mal bei ihr rein gesehen, bevor er und seine Frau ins Bett gegangen sind. Da habe sie geschlafen.«

»Wie hat die Familie den Abend verbracht?«

»Nach ihrer Aussage ganz normal. Der Sohn war auf einer Party im Jugendzentrum, die Eltern und Theresa haben nach dem Abendessen Karten gespielt. Um neun musste Theresa ins Bett, die Eltern haben ferngesehen. Leon kam gegen elf nach Hause, sie redeten noch ein bisschen, und kurz darauf gingen alle schlafen.« Pia bremste ab, als das Ortsschild von Neukirchen am Straßenrand auftauchte. »Und das ist alles, was ich Ihnen sagen kann, bis auf eins.« Sie griff zu ihrem Tablet, das sie in die Ablage zwischen den Sitzen gelegt hatte, klappte es auf und gab den Logincode ein, während sie mit einem Auge auf den Verkehr achtete. »Das ist Theresa.« Sie reichte Plattner das Tablet, und im nächsten Moment sog die Erste Kriminalhauptkommissarin hörbar die Luft ein.

Die Reaktion verwunderte Pia nicht. Genauso hatte sie selbst auf Theresa Brunners Anblick reagiert. Das Mädchen war nicht einfach nur hübsch, nicht bloß süß oder niedlich wie die meisten Mädchen ihres Alters – Pia selbst war allerdings anders gewesen –, sondern atemberaubend schön. Es war eine Tatsache, die durchaus von Bedeutung für die Ermittlungen sein konnte.

Plattner klappte das Tablet wieder zu und legte es zurück. Pia lenkte den BMW durch Neukirchen hindurch, an einem Marktplatz mit hübschen Fachwerkhäusern und kleinen Geschäften vorbei, bis die Straße sie im Süden wieder aus dem Ort hinausführte. Selbst ohne Navi hätte Pia gewusst, dass sie sich ihrem Ziel näherten. Linker Hand lag ein Maisfeld, rechts der Straße zog sich eine bestimmt zwei Hektar große Wiese hin, die vermutlich zur Futtermittelproduktion diente, heute jedoch einem Parkplatz glich. Zahlreiche Fahrzeuge standen darauf, Mannschaftsbusse der Polizei, Streifenwagen, Zivilfahrzeuge, einige Fahrzeuge der Freiwilligen Feuerwehr Neukirchen, Lieferwagen einer Neukirchener Bäckerei und eines Neukirchener Getränkehändlers, wie Pia an den Logos erkannte.

»Sieht aus, als wäre Neukirchen eine Gemeinde mit intakten sozialen Strukturen«, murmelte Judith Plattner.

Pia gab ihr recht. Mindestens dreihundert Personen bevölkerten die Wiese. Sie standen in kleinen Gruppen zusammen, liefen zwischen den Fahrzeugen hin und her oder halfen, den Inhalt der Lieferwagen auszuladen. Nur einige wenige trugen Uniform, die meisten Freizeitkleidung, Jeans, Shorts, T-Shirts, Wander- oder Turnschuhe. Zweifellos waren die Polizeibeamten, die mit den Bussen herangekarrt worden waren, längst im Einsatz, um das Gebiet großräumig zu durchkämmen. Die Zivilisten waren Freiwillige, die die Suche unterstützen wollten. In dem Moment griff ein Uniformierter, ein Bär von einem Mann, zu einem Megafon, um eine Durchsage zu machen. Sofort strömten die Menschen zu ihm, begierig zu erfahren, wie sie helfen konnten.

Pia fuhr weiter. Die Straße stieg ein wenig an. Das Maisfeld auf der linken Seite grenzte an einen Wald, in den eine schmale Straße hineinführte. Nach zweihundert Metern zweigte links eine weitere Straße ab, zu der zwei Streifenwagen die Zufahrt versperrten. Auf dem Radweg, der parallel zur Straße nach Neukirchen verlief, parkten ein Übertragungswagen des Bayerischen Rundfunks und weitere Zivilfahrzeuge. Journalisten, dachte Pia beim Anblick der jungen Männer und Frauen, die telefonierend an den Wagen lehnten, und im nächsten Moment bestätigte sich ihr Verdacht. Als sie vor der Straßensperre das Fenster herabließ, um einem der Streifenhörnchen ihre Dienstmarke zu zeigen, stürmten die Reporter auf sie zu, riefen ihnen Fragen durch das Fenster zu und fotografierten sie. Pia hielt ihren Blick stur geradeaus gerichtet, dann fuhr der Beamte einen der Streifenwagen zur Seite und ließ sie nach Schönblick hinein.

2

Die Straße *Am Schönblick* war eine Sackgasse mit fünf Einfami-
lienhäusern zur Linken und vier zur Rechten, an deren Ende
eine zweistöckige Holz-Glas-Konstruktion stand, die ein Schild
als *Schreinerei Brunner* (Hausnummer eins a) auswies und die
den Blick auf den dahinterliegenden Bauernhof (Hausnummer
eins) versperrte. Theresa Brunners Familie wohnte in Schönblick
Nummer zwei, dem letzten Haus auf der linken Seite. Als Judith
mit Pia Meyer darauf zuging, kamen zwei Männer durch die
reich mit Schnitzereien verzierte Haustür, einer Ende zwanzig,
der einen Laptop in einem durchsichtigen Beweismittelbeutel
unter dem Arm trug, der andere doppelt so alt. Als Letzterer
Judith erblickte, wurde sein längliches, säuerliches Gesicht noch
säuerlicher.

»Hallo, Judith, du lässt dich also wieder zu niederen Tätigkei-
ten herab?«

Judith wunderte sich nicht über den wenig begeisterten Emp-
fang. Sie kannte Kriminaloberkommissar Lothar Schmied seit
zwanzig Jahren und hatte ihn lange als bescheidenen, freund-
lichen, kompetenten Kollegen geschätzt. Doch sowohl Lothars
Freundlichkeit als auch seine Kompetenz hatten gelitten, nachdem
er bei Beförderungen immer wieder zugunsten weniger zurück-
haltender Kollegen übergangen worden war. Irgendwann hatte er
beschlossen, dass überdurchschnittlicher Einsatz sich nicht lohnte,
und machte seitdem nur noch Dienst nach Vorschrift. Außerdem

hatte er eine Aversion gegen höhere Dienstränge entwickelt, insbesondere Judith schien er die Beförderung zur Ersten Kriminalhauptkommissarin übel zu nehmen.

»Sieht wohl so aus«, entgegnete Judith gleichmütig. »Bringst du mich auf den neuesten Stand?«

Lothars Bericht fiel erwartungsgemäß kurz aus. Er gab Judith einen Überblick über die bisher erfolgten Maßnahmen und schloss mit: »Wir haben uns im Haus umgesehen, um sicherzustellen, dass die Kleine sich nicht irgendwo versteckt hat. Die gründliche Untersuchung überlassen wir den Jungs von der Kriminaltechnik. Die Brunners haben zugestimmt, ein Team ins Haus zu lassen. Das Einzige, das wir mitgenommen haben, ist der Laptop, mit dem Theresa gelegentlich im Internet gesurft hat. Er soll schnellstmöglich zum LKA, allerdings verspreche ich mir nicht viel von der Auswertung. Der Laptop gehört der Mutter, und sie ist entweder dabei, wenn Theresa im Internet surft, oder überprüft hinterher den Browserverlauf. Die Chancen, dass irgendein Perverser das Mädchen angechattet hat, sind also klein.« Er räusperte sich. »Des Weiteren haben wir die Nachbarn gebeten, auf ihren Grundstücken nach dem Mädchen zu suchen. Einige wollten sich den freiwilligen Suchtrupps anschließen, aber wir haben sie aufgefordert, zu Hause zu bleiben. Alle haben zu Protokoll gegeben, Theresa heute nicht gesehen zu haben, doch ich nehme an, du wirst trotzdem mit ihnen sprechen wollen.«

Judith nickte.

»Na dann …« Lothar warf seinem Kollegen einen Blick zu, der daraufhin Judith zwei eng beschriebene DIN-A4-Bögen hinhielt.

»Ich habe einige Informationen zu den Nachbarn zusammengetragen«, erklärte er eifrig. »Ich dachte, das wäre vielleicht nützlich.«

Judith bedankte sich und steckte die Liste ein, bevor sie sich wieder an Lothar wandte. »Was ist mit Mantrailern? Habt ihr ein Team angefordert?«

Lothar zuckte mit den Achseln. »Es war schon eins hier. Hat nichts gebracht. Der Hund hatte Schwierigkeiten, die Spur überhaupt aufzunehmen. Er ist zwar ein Stück in den Wald gelaufen«, Lothar deutete mit dem Kopf in Richtung eines Trampelpfades, der am Garten der Brunners entlang in den dahinterliegenden Wald führte, »hat aber nach ein paar Metern abgebrochen.«

Judith runzelte die Stirn. »Wieso hatte der Hund Schwierigkeiten? Das Mädchen wohnt hier, es muss von ihren Spuren nur so wimmeln. Oder konnte er die frischeste nicht identifizieren? Wer war es denn?«

Lothar nannte ihr einen Namen, den Judith nicht kannte. »Was ist mit Niemann?«, fragte sie.

»Die hat keine Bereitschaft.«

Judith verkniff es sich, die Augen zu verdrehen. Früher wären Bereitschaftspläne Lothar so egal gewesen wie der sprichwörtliche Sack Reis in China. »Ich will sie hier haben. Ruf sie an!«

Lothar schien protestieren zu wollen, überlegte es sich jedoch anders. »Natürlich, Chefin, sonst noch was?«

Judith sah sich um. »Sorge dafür, dass der Trampelpfad in den Wald gesperrt wird. Und weitere, falls es welche gibt.«

Lothar verzog skeptisch das Gesicht. »Du willst die Presse draußen halten? Das wird kaum gelingen. Sie werden im Zweifelsfall quer durch den Wald kommen und durch die Gärten trampeln.«

»Mag sein, aber ich will es ihnen so schwer wie möglich machen.«

Lothar nickte langsam. »Ich kümmere mich darum.« Er holte ein Handy aus der Tasche, und Judith betrat mit Pia Meyer das Haus.

Die erste Person, die Judith und Pia Meyer drinnen antrafen, war Franka Dietz vom Kommissariat für Opferschutz. Sie führte die Kripobeamtinnen in ein großes Wohnzimmer, in dem sich sechs Personen aufhielten – nach der stickigen Luft zu urteilen, schon länger. Auf einem breiten Sofa kauerten die Eltern und der Bruder von Theresa Brunner. Viola Brunner saß in der Mitte. Die Ähnlichkeit mit ihrer vermissten Tochter war verblüffend, nur dass das Gesicht der Mutter in diesem Moment kalkweiß und vor Sorge verkniffen war. Sie hatte ihren linken Arm um ihren Sohn gelegt und ihn eng an sich gezogen, was diesem nicht zu behagen schien. Leon Brunner war ein wenig attraktiver Teenager mit Akne und fettigen dunklen Haaren, die ihm in die Stirn hingen. Er trug eine abgeschnittene Jeans, seine Schienbeine waren zerschrammt, und er scharrte nervös mit den Füßen, die in schmutzigen Turnschuhen steckten. Auf Viola Brunners rechter Seite und ihre Hand haltend saß ihr Mann, kleiner als sie, doch mit einem beachtlichen Bizeps unter seinem weißen Hemd. Als Judith und Meyer den Raum betraten, rissen die drei wie auf Kommando die Köpfe hoch und blickten ihnen entgegen. Judith musste sich zusammenreißen, um vor der Furcht in ihren Augen nicht zurückzuzucken.

Hinter dem Sofa stand, als wolle er die Brunners beschützen, ein großer Mann in einem karierten, nicht allzu sauberen Hemd mit hochgekrempelten Ärmeln. Er hatte volles dunkles, grau gesprenkeltes Haar und einen grauen Dreitagebart. Sein Blick war finster, doch auch in seinen Augen spiegelte sich Angst, so wie in denen des älteren Paares, das auf einem zweiten Sofa saß und sich an den Händen hielt. Alle sechs wirkten erschöpft, was Judith nicht verwunderte. Nichts zermürbt schneller als Angst, und Theresa war jetzt schon seit mindestens acht Stunden verschwunden. Bei einem neunjährigen Mädchen war das eine lange Zeit.

Franka Dietz übernahm die Vorstellung. Das ältere Paar waren die Eltern von Viola Brunner, der Hüne hinter dem Sofa war der ältere Bruder von Marco Brunner, Josef Brunner, dem der Bauernhof gehörte. Er war der Erste, der etwas sagte. Als Judith erklärte, dass sie einige Fragen stellen müsse, blaffte er: »Uns stehen Ihre Fragen bis da.« Er schlug sich mit der Handkante gegen seinen Hals. »Wir wissen nicht, wo Theresa hin wollte oder wo sie ist. Verdammt, was soll das bringen, wenn wir hier herumhängen und reden?« Seine großen kräftigen Hände öffneten und schlossen sich. Lange schwarze Haare bedeckten die Handrücken.

Judith sah dem Mann ruhig in die Augen. »Die Situation tut mir sehr leid, Herr Brunner. Mir ist bewusst, dass Sie alle sich große Sorgen machen, und ich verstehe, dass es Sie verrückt macht, hier zu sitzen und zu warten, während Sie nicht wissen, wo Theresa ist und ob es ihr gut geht. Sie haben das Bedürfnis, aktiv zu werden, aber ich bitte Sie, mir zu vertrauen, wenn ich Ihnen sage: Meine Fragen zu beantworten ist das Beste, was Sie für Theresa tun können. Jetzt gerade sind über hundert Polizisten draußen im Einsatz und durchsuchen den Wald und die Umgebung. Wir haben Suchhunde und Hubschrauber angefordert. Theresas Bild wurde an alle Polizeistationen im Land übermittelt, jeder Polizeibeamte in Bayern hält nach ihr Ausschau. Und falls Ihnen das noch niemand gesagt hat: Am Ortseingang haben sich einige Hundert Freiwillige versammelt, die ebenfalls helfen wollen. Alle diese Menschen können nach Theresa suchen, sie können durch den Wald laufen und nach ihr rufen, doch sie können uns keine Informationen über sie geben. Das können nur Sie tun. Daher bitte ich Sie: Beantworten Sie unsere Fragen! Auch wenn Sie Ihnen sinnlos vorkommen oder Sie den Eindruck haben, es seien wieder und wieder dieselben. Wir wollen einfach nichts übersehen.«

Die Ansprache verfehlte ihre Wirkung nicht. Josef Brunner atmete einmal tief durch, seine verkrampften Schultern lockerten sich ein wenig.

Marco Brunner richtete sich auf und schob sich auf dem Sofa etwas nach vorn. »Vielleicht möchten Sie sich setzen.« Er machte eine Handbewegung in Richtung eines massiven Buchenholztisches. Der Tisch war noch fürs Frühstück gedeckt, zwei Teller und Tassen waren benutzt, je zwei unbenutzt.

»Danke.« Judith zog sich einen Stuhl vom Tisch zum Sofa und bedeutete Pia Meyer, es ihr gleichzutun. »Zunächst möchte ich

Sie bitten, mir noch einmal genau zu schildern, wie Sie heute entdeckt haben, dass Ihre Tochter nicht da ist.«

Judith zog DIN-A5-Heft und Stift hervor und ließ sich von Marco Brunner berichten, wie er und seine Frau aufgestanden waren und gefrühstückt hatten. Schließlich wandte Judith sich an seine Frau. »Und um acht Uhr gingen Sie nach oben, um zu sehen, wo Theresa blieb, richtig?«

Viola Brunner, die so fest die Hand ihres Mannes umklammerte, dass ihre Knöchel weiß durch die Haut schimmerten, nickte. »Es kam mir einfach seltsam vor, dass Tessi so gar nicht wach zu werden schien. Normalerweise steht sie am Wochenende immer vor uns auf oder höchstens zur selben Zeit. Selbst unter der Woche ist sie oft schon wach, wenn ich sie um halb sieben wecken will. Sie schläft wirklich wenig. Wir haben uns deswegen schon Sorgen gemacht, aber der Kinderarzt meint, bei manchen Kindern sei das einfach so und dass es Tessi offensichtlich gut gehe und sie genug Energie habe. Und das stimmt. Sie ist immer unterwegs, sie hat einfach Hummeln im Po.« Der Hauch eines Lächelns erhellte für einen kurzen Augenblick ihr bleiches Gesicht.

»Was schoss Ihnen als Erstes durch den Kopf, als Sie sahen, dass Theresa nicht in ihrem Bett war?«

Viola Brunner überlegte. »Als Erstes dachte ich, sie sei im Bad. Doch da war sie nicht, daher wurde mir klar, dass sie schon vor uns aufgestanden und rausgegangen sein musste. Tatsächlich war die Haustür nicht verschlossen, und Tessis Schlüssel fehlte, deshalb ging ich nach draußen vors Haus und in den Garten. Ich habe nach Tessi gerufen, doch sie antwortete nicht, deshalb habe ich in der Garage nachgesehen. Sie war offen, der Schlüssel steckte, und Tessis Roller fehlte, und da …«

»Einen Moment bitte«, unterbrach Judith. »Wo bewahren Sie den Garagenschlüssel üblicherweise auf?«

»Nachts hängt er am Schlüsselbrett neben der Haustür, wie alle unsere Schlüssel. Der Erste, der morgens in die Garage will, schließt sie auf. Wir lassen sie dann immer den ganzen Tag offen, weil es praktischer ist. Es ist ja so abgelegen hier. Wir dachten bisher immer …« Sie brach ab und biss sich auf die Unterlippe.

Judith konnte sich denken, wie sie den Satz beenden wollte. Sie hatten gedacht, es wäre hier sicher. Judith hatte den Satz schon zu oft gehört und schon zu oft erfahren, dass es keinen sicheren Ort auf dieser Welt gab. Nicht für Kinder, für niemanden.

»Sie stellten also fest, dass Theresas Roller fehlte. Was taten Sie dann?«

Ein Hauch Röte überzog Viola Brunners Wangen. »Ich wurde ärgerlich, denn wir hatten Tessi explizit verboten, morgens mit dem Roller wegzufahren. Sie hat das schon einmal gemacht, im letzten Herbst, weil sie uns mit frischen Semmeln überraschen wollte. Das war eigentlich sehr lieb von ihr, aber ich habe mit ihr geschimpft, weil sie nicht Bescheid gesagt hatte. Und danach haben wir ausgemacht, dass sie einen Zettel schreiben soll, wenn sie weiter wegfährt. Allerdings haben wir ihr auch gesagt, dass sie morgens, wenn wir noch nicht wach sind, in der Nähe bleiben muss, im Garten oder vorn auf der Straße.« Sie wandte sich um Unterstützung heischend an ihren Mann. »Nicht wahr? Das haben wir ihr doch gesagt.«

Marco Brunner nickte stumm und drückte die Hand seiner Frau fester.

»Und wann begannen Sie, sich Sorgen zu machen?«

Viola Brunner holte tief Luft. »Als mir klar wurde, wie lange Tessi schon unterwegs sein musste. Wir sind um halb sieben aufgewacht, wäre sie dann noch im Haus gewesen, hätte ich sie gehört. Und als ich in der Garage nachsah, war es schon nach acht. Deswegen weckte ich Leon, aber er wusste auch nicht, wo Tessi ist. Und da wurde mir klar, dass etwas nicht stimmte.« Sie riss ihre wunderschönen kornblumenblauen Augen weit auf. »O mein Gott, wir hätten ihr nie erlauben dürfen, morgens früh allein rauszugehen. Es muss etwas passiert sein. Sie wäre doch längst zurück, wenn alles in Ordnung wäre. Sie müsste längst wieder da sein. Sie müsste …« Viola Brunner brach mit zitternder Stimme ab. Tränen schossen ihr in die Augen, und sie schluckte und blinzelte, bis sie sie unter Kontrolle hatte.

Es lag Judith auf der Zunge, der jungen Frau zu versichern, dass sie richtig gehandelt habe, dass man Kinder schließlich nicht einsperren könne, irgendetwas Triviales in der Art. Doch das war nicht ihre Rolle, und eins war ohnehin klar: Sollte Theresa etwas zugestoßen sein, würde ihre Mutter sich für den Rest ihres Lebens deswegen Vorwürfe machen. Es war die Aufgabe von Eltern, ihre Kinder zu beschützen. So wie es Judiths Aufgabe gewesen war, Simon zu beschützen. Sie hatte versagt.

»Und haben Sie irgendeine Vermutung, wohin Theresa gefahren sein könnte? Ich weiß, das haben meine Kollegen Sie schon gefragt, aber vielleicht ist Ihnen mittlerweile etwas eingefallen? Oder dir?«

Bei der letzten Frage wandte Judith sich an Leon, der das bisherige Gespräch stumm, aber aufmerksam mit nervös scharrenden Füßen verfolgt hatte. Er schien verunsichert, dass er plötzlich einbezogen wurde. Er schüttelte bloß den Kopf und zog ihn zwischen die Schultern.

»Wir haben alle angerufen, zu denen Tessi gefahren sein könnte«, sagte Marco Brunner, »Tessis Freundinnen, sogar beim Bäcker, sogar in dem Blumengeschäft, in dem meine Frau arbeitet. Aber niemand hat sie gesehen.« Er klang verzweifelt.

Judith blickte durch die breite Terrassentür in den Garten, dahinter ragten dunkle Fichten auf. »Was ist mit dem Wald?«

Marco Brunner schüttelte den Kopf. »Da haben wir auch gesucht. Aber normalerweise nimmt Tessi den Roller nicht mit in den Wald. Die Wege sind zu uneben. Mit dem Roller fährt sie eigentlich immer nur vorne auf der Straße oder über den Radweg in die Stadt.«

»Aber Ihre Tochter geht manchmal allein in den Wald? Oder hat sie Angst davor?«

Er verneinte. »Sie liebt den Wald. Sie interessiert sich für Tiere und Pflanzen, sie will immerfort da rein.«

»Und darf sie das?«

Marco und Viola Brunner tauschten einen Blick. »Ein Stück weit«, erklärte Marco Brunner. »Neben unserem Haus führt ein Trampelpfad in den Wald, der nach vielleicht hundert Metern in einen breiteren Wirtschaftsweg mündet. Tessi darf bis dahin gehen, nicht weiter. Das ist die allgemeine Regel für die kleineren Kinder hier.« Auf Judiths Nachfrage hin fuhr er fort: »Wir haben uns mit den anderen Eltern abgesprochen. Wenn die Kinder draußen zusammen spielen, ist es schwierig, wenn wir ihnen unterschiedliche Grenzen setzen. Wir haben uns geeinigt, dass die Kleinen bis zur Wegkreuzung gehen dürfen. So war es auch bei Leon. Mittlerweile hat sich sein Radius natürlich vergrößert.«

»Und halten die Kinder sich an diese Regel?«

Judith richtete die Frage an die Eltern, behielt jedoch den Sohn im Auge. Während Marco Brunner mit »Ja, natürlich« antwortete und Viola Brunner zögernd nickte, starrte Leon angestrengt auf seine Füße, obwohl er Judith bisher nicht aus den Augen gelassen hatte. Judith war das Antwort genug.

»Dann kommen wir zu einem anderen Punkt. Halten Sie es für möglich, dass Theresa weggelaufen ist?«

Es dauerte einen Moment, bis die Bedeutung ihrer Worte zu den Brunners durchdrang, dann reagierten sie gleichzeitig. Viola Brunner riss die Augen auf, Marco Brunner zuckte zurück, als hätte Judith ihn geschlagen. Josef Brunner machte einen Schritt nach vorn und stieß ans Sofa.

»Nein, auf keinen Fall«, stieß Viola Brunner hervor.

»Natürlich nicht. Wie kommen Sie …« Marco Brunner wurde puterrot.

Judith hob beschwichtigend eine Hand. »Ich muss diese Fragen stellen. Theresa war also nicht unglücklich in letzter Zeit?«

»Nein!«, erwiderte Marco Brunner scharf.

»Hatte sie irgendwelche Probleme?«

»Nein!«

»Hat sie sich mit jemandem gestritten? Vielleicht mit einem von ihnen?«

Judith sah die Brunners der Reihe nach an, auch Theresas Onkel und die Großeltern, alle verneinten. Auch Leon schüttelte den Kopf, allerdings so zögerlich, dass Judith nachhakte.

»Bist du sicher? Hast du dich vielleicht mit ihr gestritten? Falls ja, dann musst du keine Angst haben, dass …«

»Nein, ich habe mich nicht mit ihr gestritten«, unterbrach Leon heftig. Es klang ehrlich.

»Wer dann?«

Leon warf unter seinem Pony hervor einen Blick in Richtung seiner Eltern. »Tessi hat sich mit Pauline gestritten«, erklärte er schließlich.

»Und wer ist Pauline?«

»Sie wohnt nebenan. Sie ist Tessis beste Freundin. Na ja, sie war es. In letzter Zeit haben sie nicht mehr miteinander gespielt. Sie gehen zwar immer noch zusammen zur Schule, weil sie das müssen, aber wenn ich dabei bin, reden sie nicht miteinander. Und neulich hat Pauline gesagt …«

Er brach ab, als sein Vater dazwischenplatzte. »Herrgott, Leon, das interessiert die Polizei doch nicht. Sie will nicht wissen, ob Tessi sich mit einer gleichaltrigen Freundin gezankt hat. Es geht um ganz andere Dinge. Sagen Sie es ihm!«, forderte er Judith auf.

Judith ignorierte den barschen Ton. »Eigentlich interessieren mich solche Details sogar sehr«, erwiderte sie freundlich.

Brunner sah sie verwirrt an. »Aber sie haben mit Tessis Verschwinden doch offensichtlich nichts zu tun.«

»Nun, wenn Ihre Tochter unglücklich wegen des Streits war, dann …«

Weiter kam sie nicht. Marco Brunner hieb mit seiner rechten Hand auf die Sofalehne. »Wie oft noch?«, brüllte er. »Tessi ist nicht weggelaufen! Außerdem ist die Sache mit Pauline Wochen her.« Er beugte sich vor, als wollte er aufspringen, doch seine Frau hielt ihn zurück.

»Marco.«

Sie sagte es so leise, dass Judith nicht ausmachen konnte, ob ihr Tonfall erschreckt oder vorwurfsvoll oder besorgt klang, doch ihr Mann reagierte sofort. Er atmete einmal tief durch und wischte sich mit dem Handrücken den Schweiß von seiner Stirnglatze. »Entschuldigen Sie bitte.« Er wandte sich an seinen Sohn. »Es tut mir leid, Leon, ich hätte dich nicht anfahren dürfen. Es ist nur … Ich mache mir Sorgen«, sagte er mit belegter Stimme, bevor er den Kopf senkte.

Judith wartete einen Moment ab, bevor sie sich an seine Frau wandte. »Können Sie mir sagen, worum es bei dem Streit ging?«

Viola Brunner löste ihre Hand aus der ihres Mannes und strich ihm beruhigend über den Rücken. »Tessi und Pauline haben sich wegen der Schule gestritten«, erklärte sie. »Vor ein paar Wochen gab es die Übertrittszeugnisse. Pauline hat es aufs Gymnasium geschafft, Tessi nicht. Pauline hat sie deswegen gehänselt. Das hat Tessi natürlich verletzt, und deswegen ist die Freundschaft zwischen den beiden ziemlich abgekühlt.«

»Hat Ihre Tochter darunter gelitten?«

Viola Brunner schüttelte den Kopf. »Kaum. Sie hat viele Freundinnen. Ich glaube, für Pauline ist es schwieriger, sie ist nicht sehr beliebt.«

»Ich meinte, ob Theresa darunter gelitten hat, dass sie den Übergang aufs Gymnasium nicht geschafft hat.«

»Ach so. Nein, überhaupt nicht.« Viola Brunner schnitt eine leichte Grimasse. »Wir gehören nicht zu diesen überehrgeizigen Eltern, die glauben, ohne Abitur geht die Welt unter. Nicht jedes Kind kann überdurchschnittlich sein. Ich habe Tessi das erklärt. Und sie lernt ohnehin nicht gerne.«

Sie zuckte leicht mit den Achseln, als wollte sie sagen, das Thema sei keiner weiteren Betrachtung wert. Die Reaktion erstaunte Judith. In Bayern wurde das Zwischenzeugnis in der vierten Klasse, das über den Wechsel auf die weiterführende Schulform entschied, nicht umsonst Grundschulabitur genannt.

Die meisten Eltern – gerade aus der Mittelschicht – maßen ihm eine immense Bedeutung zu, und die wenigsten nahmen es gelassen hin, wenn das eigene Kind es »nur« auf die Realschule schaffte. Auch viele Kinder betrachteten das als Makel. Andererseits lag die Zeugnisvergabe tatsächlich schon einige Wochen zurück, ein akuter Anlass zum Weglaufen wäre sie demnach nicht gewesen.

Judith beschloss, das Thema im Hinterkopf zu behalten, und bat um eine Liste aller Personen, mit denen Theresa in den letzten drei Monaten Kontakt gehabt hatte, woraufhin Marco Brunner ihr einige DIN-A4-Blätter über den gläsernen Couchtisch zuschob. »Ihre Kollegen haben bereits danach gefragt.«

Beim Anblick der vielen Namen stöhnte Judith innerlich auf. Es waren über hundert, die Brunners waren offensichtlich gesellschaftlich sehr aktiv. Wenigstens waren die Namen sortiert. Namen und Adressen von Theresas Freundinnen und Klassenkameraden, von ihren Lehrern und Lehrerinnen inklusive der Namen des Reitlehrers und der Trainerin im Turnverein, Namen einiger Tanten, Onkels und Cousins väterlicherseits, die in Neukirchen und Umgebung lebten, Namen von Nachbarn, von Freunden der Eltern, von Marco Brunners Mitarbeitern und sogar von Stadtratskollegen. Nur eine Rubrik fehlte: die Freunde des Sohnes. Als Judith ihn danach fragte, wurde Leon rot.

»M… meine Freunde?«, stotterte er. »Aber die haben doch nichts mit Tessi zu tun. Das sind doch meine.« Er betonte das Possessivpronomen.

»Aber vermutlich kennt deine Schwester sie, oder?«

»Na schon, aber …« Er sah Judith unsicher an und zog geräuschvoll seine Nase hoch. »Die haben nie mit ihr gespielt oder so. Ich meine, die interessieren sich für ganz andere Sachen. Die wissen bestimmt nicht, wo sie ist.«

Judith lächelte ihn beruhigend an. »Das glaube ich dir. Aber wir müssen mit jedem sprechen, den deine Schwester kennt. Um sicherzugehen, nichts zu übersehen.«

Judith sah dem Jungen an, dass er nicht überzeugt war, doch auf ein aufforderndes Nicken seiner Mutter hin griff er zu einem Kugelschreiber und ergänzte die Liste. Er gab sich sogar Mühe, leserlich zu schreiben, was durchaus wichtig war. Tatsächlich waren die Namen, die er aufschrieb, von großem Interesse. Leon war fünfzehn, seine Freunde wahrscheinlich im selben Alter. Es wäre nicht das erste Mal, dass ein pubertierender Teenager mit Hormonstau sich an der wehrlosen kleinen Schwester seines Freundes vergriffen hätte.

Während Leon schrieb, bat Judith die Brunners, über Theresas Alltag zu erzählen, ihre Hobbys, ihre Freundinnen und so weiter. Schließlich hatte Leon die Liste vervollständigt, und Judith wandte sich an seine Mutter. »Jetzt würde ich mir gerne Theresas Zimmer ansehen. Vielleicht können Sie es mir zeigen, Frau Brunner?«

Theresas Zimmer lag im ersten Stock und wirkte in seinem halbaufgeräumten Zustand (freier Fußboden, dafür Chaos in den Regalen und ungemachtes Bett) wie das typische Kinderzimmer einer Neunjährigen. Allerdings sah man dem Raum an, dass Theresas Vater Schreiner war. Hier gab es keine Möbel von Ikea, keine bunten Plastikkörbe für den Krimskrams oder Billyregale für die Schulsachen. Theresas Möbel – vom Hochbett über den Einbauschrank und die Einbauregale bis zum Schreibtisch – waren hochwertig aus Massivholz gearbeitet –, und zwar nach Theresas Wünschen. Das vermutete Judith zumindest beim Anblick der geschnitzten Pferdeköpfe, die die Bettpfosten zierten.

Pferde beziehungsweise Tiere allgemein schienen Theresas große Leidenschaft zu sein. An einer Wand hingen Pferdeposter – vom niedlichen Fohlen bis zum kitschigen Einhorn mit wallender Mähne vor einem türkisfarbenen Hintergrund –, an einer anderen war ein großes Korkbrett befestigt, an das Dutzende Fotos gepinnt waren. Einige zeigten Theresas Eltern und ihren Bruder, einige Theresa selbst im Kreis ihrer kichernden und feixenden Freundinnen, doch die meisten waren Naturaufnahmen. Bilder aus dem Wald, ein Feld voller Sonnenblumen, ein Schimmel im Galopp über eine neblige Koppel, eine Nahaufnahme eines Tagpfauenauges auf der Blüte einer Mittagsblume, ein Schwarzspecht, der aus seiner Baumhöhle lugte. Die Aufnahmen waren nicht von großer Qualität, doch Judith vermutete, dass zumindest in einige viel Liebe und Geduld geflossen waren.

»Hat Theresa die Bilder gemacht?«, fragte sie Viola Brunner, die neben ihr in der Tür stand.

Die Frau zog ihre blaue Strickjacke, die für das Wetter viel zu warm sein musste, fester um sich, als suchte sie Trost darin. »Tessi liebt es zu fotografieren. Sie hat ständig ihre Kamera dabei. Neulich hat sie sogar gesagt, sie möchte später Fotografin werden, weil Tierärztin nicht mehr geht, aber ich weiß nicht, wie ernst sie das meint.«

»Ist es eine Digitalkamera?«

»Ja, das heißt, eigentlich ist es mein altes Handy, ein Samsung S4 mini, ohne SIM-Karte. Zum Geburtstag im August soll Tessi eine richtige Kamera bekommen.«

»Hätten Sie etwas dagegen, wenn wir das Handy mitnehmen?«, fragte Judith.

Viola Brunner sah sie überrascht an. »Dagegen nicht, nein. Aber wozu soll das dienen?«

»Wir könnten die Fotos analysieren. Vielleicht liefern sie einen Hinweis, wo Theresa sein könnte. Ein Ort, den sie öfter fotografiert hat, zum Beispiel.« Außerdem konnten sie die Bilder mit der Umgebung abgleichen und feststellen, wie weit Theresa sich bei ihren Ausflügen in den Wald an die Regeln ihrer Eltern gehalten hatte.

»Natürlich.« Viola Brunner nickte. »Es müsste auf dem Schreibtisch liegen.«

Sie wollte ins Zimmer treten, doch Judith hielt sie zurück. »Wenn es Ihnen nichts ausmacht, übernehme ich das.«

Sie zog ein Paar Handschuhe aus ihrer Aktentasche und ging zu Theresas Schreibtisch, der unter dem Hochbett stand. In Judiths Augen war es eine seltsame Platzwahl, und als hätte sie den Gedanken laut ausgesprochen, bemerkte Viola Brunner:

»Der Schreibtisch stand früher vor dem Fenster, allerdings war Theresa da bei den Hausaufgaben so abgelenkt. Wenn Sie Licht brauchen, der Schalter ist am Kopf der Schreibtischlampe.«

Doch Judith benötigte kein Licht, um zu erkennen, dass auf dem Schreibtisch kein Handy lag, auch nicht zwischen den Schulheften oder unter den Schulbüchern.

»Vielleicht auf dem Fensterbrett?«, schlug Viola Brunner vor.

Da war das Handy ebenfalls nicht, und auch sonst konnte Judith es nirgendwo entdecken. Weder zwischen dem Krimskrams auf einem der Regalbretter – ein Hufeisen, eine kleine Schatulle mit Armbändchen und bunten Haargummis, Sticker, Kartenspiele, Pferdefiguren – noch zwischen den Kuscheltieren auf dem Bett und auch nicht in Theresas Schulranzen, der unter dem Schreibtisch stand und in dem Judith Theresas Geldbörse fand. Sie war aus buntem Leder, hatte die Form eines Marienkäfers und enthielt elf Euro und fünfundsechzig Cent.

»Dann hat Tessi das Handy mitgenommen«, sagte Viola Brunner schließlich.

»Wäre das ungewöhnlich?«

Viola Brunner schüttelte den Kopf. »Nein, eigentlich hat sie es immer dabei, wenn sie nicht gerade nur vors Haus geht.« Sie schlug sich eine Hand vor den Mund. »O Gott, das muss heißen, sie ist weiter weggefahren. Aber wir haben ihr doch gesagt …« Ihr Stimme wurde schrill, und sie brach ab. Tränen schossen in ihre Augen, und sie tastete mit fahrigen Händen in den Taschen ihrer Strickjacke nach einem Taschentuch. »O Gott, Sie müssen sie einfach finden!«

»Wir tun unser Bestes, Frau Brunner.« Judith wartete einen Moment, bis die Frau sich geschnäuzt hatte. »Gehen wir also mal davon aus, dass Theresa das Handy mitgenommen hat, außerdem den Roller. Gibt es noch etwas, das sie mitgenommen haben könnte? Irgendetwas, das hier drin fehlt? Vielleicht können Sie sich umschauen, ohne allzu viel zu berühren?«

Viola Brunner steckte das zusammengeknüllte Taschentuch weg, kam langsam ins Zimmer und drehte sich einmal um die eigene Achse. Als ihr Blick auf Theresas Kopfkissen fiel, auf dem ein reichlich abgeliebtes Stoffpony lag, traten erneut Tränen in ihre Augen. Sie streckte die Hand aus, beherrschte sich jedoch. »Nein, ich wüsste nicht, was fehlen sollte.«

»Was ist mit Taschen?«, fragte Judith. »Fehlt eine Tasche, ein Rucksack, irgendetwas?«

Viola Brunner schüttelte den Kopf.

»Kleidung?«

»Kleidung?«, wiederholte sie. Dann erkannte sie, was hinter der Frage steckte. »Hören Sie, Sie müssen uns wirklich glauben. Theresa ist nicht weggelaufen. Sie ist ein glückliches Mädchen.«

»Würden Sie trotzdem nachsehen?«

Viola Brunner seufzte, dann öffnete sie hastig einmal alle Schranktüren. »Es fehlt nichts.«

Judith bezweifelte, dass die Frau das nach einer derart kurzen Überprüfung wissen konnte, doch sie insistierte nicht. »Dann möchte ich noch einmal auf heute Morgen zurückkommen.«

Viola Brunner lehnte sich erschöpft gegen das Hochbett. »Ich habe Ihnen wirklich alles gesagt, was ich weiß.«

»Ich habe nur eine Frage. Wieso waren Sie so sicher, dass Theresa in ihrem Bett lag, während Sie mit Ihrem Mann frühstückten?«

Viola Brunner wischte sich verwirrt eine Haarsträhne aus der Stirn. »Ich verstehe die Frage nicht.«

»Nun, Sie sagten, dass Ihre Tochter üblicherweise vor Ihnen aufsteht. Dennoch dachten Sie bis acht Uhr, sie sei noch im Bett.«

»Das stimmt, ja.«

»Und warum?«

»Nun ja, weil …« Viola Brunner überlegte, dann riss sie plötzlich ihre Augen weit auf. Sie leuchteten unnatürlich blau in ihrem kalkweißen Gesicht. »Weil Tessi nicht gefrühstückt hat.«

»Leon, lass das!« Marco Brunners geblaffte Aufforderung durchbrach die stickige Stille im Wohnzimmer wie ein Donnerschlag, wofür Pia, die das gemeinschaftliche Schweigen nervös machte, dankbar war.

Seitdem Judith Plattner mit Theresas Mutter nach oben gegangen war, hatte niemand mehr etwas gesagt. Die Brunners hatten auf ihren Plätzen verharrt, als wären sie dort festgetackert. Marco Brunner saß vorgebeugt, die Ellbogen auf den Knien und starrte vor sich hin. Sein Bruder stand wie ein Monument mit verschränkten Armen hinter ihm, nur ein nervöser Tick in seinem linken Auge verriet, dass er nicht zu Stein erstarrt war. Seine Schwiegereltern hielten sich immer noch an den Händen. Nur Leon hatte in den letzten Minuten unablässig mit seinem rechten Fuß gescharrt, ihn über den gefliesten Boden vorgeschoben und zurück, vor und zurück – genau im Blickfeld seines Vaters.

Jetzt blickten alle erschreckt auf.

»Was denn?«, fragte Leon in beleidigtem Tonfall.

»Das weißt du ganz genau!«, blaffte sein Vater.

»Aber ich mach doch gar nix …«

»Das mit deinen Füßen. Das macht mich wahnsinnig.«

Jetzt blickten alle auf Leons Füße, der sie daraufhin zurückzog und so weit wie möglich unter das Sofa schob. Anschließend saß er stocksteif da, um nur ja keine weitere Kritik auf sich zu ziehen.

Dafür regte sich sein Onkel. Er hieb mit der Handkante auf die Rückenlehne des Sofas. »Das bringt doch alles nichts. Ich schließe mich der Suchmannschaft an.« Er warf Pia einen herausfordernden Blick zu, als sollte sie es ja nicht wagen, ihn aufzuhalten, dann ging er mit langen Schritten zur Terrassentür, öffnete sie und verschwand in den Garten.

Als wollte sie sich ein Beispiel an ihm nehmen, erhob sich auch Viola Brunners Mutter. »Ich werde Kaffee kochen. Möchte jemand eine Tasse?« Niemand antwortete, dennoch ging sie in die Küche, woher kurz darauf das Klappern von Schranktüren zu hören war.

Auch Marco Brunner stand auf. Er lief ein paar Schritte hin und her, schien jedoch kein Ziel zu haben. »Ich halte das nicht aus.« Seine Stimme war rau vor Sorge. »Sie!« Er blieb vor Franka Dietz stehen. »Sie sagten, Sie würden uns auf dem Laufenden halten. Warum tun Sie das nicht? Warum sagen Sie nichts?«

Die Kollegin vom Kommissariat für Opferschutz blickte ruhig zu ihm auf. »Herr Brunner, ich versichere Ihnen, sobald es etwas Neues gibt, wird man uns informieren. Gerade jetzt geschieht Folgendes …«

Sie begann, die üblichen polizeilichen Abläufe bei Vermisstenfällen zu schildern. Nicht zum ersten Mal an diesem Tag, vermutete Pia, doch sie wusste, dass bereits das bloße Aufzählen von Maßnahmen eine beruhigende Wirkung auf Angehörige entfalten konnte. Marco Brunner brauchte etwas, irgendetwas, an dem er sich festhalten oder auf das er sich zumindest konzentrieren konnte.

Pia nutzte die Gelegenheit, stand ebenfalls auf und ging zu dem gekachelten Kamin hinüber, der eine Wand des Wohnzimmers dominierte und in ihren Augen grässlich altmodisch war. Auf dem Sims standen ein Strauß Sommerblumen und einige Fotos der Familie, hauptsächlich professionelle Aufnahmen in sorgfältig ausgewählten Rahmen. Ein Hochzeitsbild von Marco und Viola Brunner, ein Bild von Viola Brunners Eltern, eins von einem älteren Paar, vermutlich Marco Brunners Eltern. Ein Hochzeitsfoto von Josef Brunner mit einer großen, hageren Frau mit einem ovalen Gesicht. Bilder von Theresa und Leon am jeweils ersten Schultag, ein Familienporträt. Das letzte Foto war ein Schnappschuss von Theresa und einem gleichaltrigen Jungen mit braunen Knopfaugen, aufgenommen auf einem Spielplatz, beide hingen kopfüber in einem Klettergerüst und grinsten den Betrachter verkehrt herum an. Pia fragte sich, wer der Junge sein mochte, der es als einziges Nichtfamilienmitglied auf den Kaminsims geschafft hatte.

»Die Ähnlichkeit ist wirklich verblüffend, nicht wahr?« Viola Brunners Vater war neben Pia getreten. »Schon vom ersten Tag an sah Tessi aus wie Viola. Meine Frau und ich konnten es gar nicht fassen, als wir Viola im Krankenhaus besuchten und die Kleine zum ersten Mal sahen.«

In Pias Augen sahen alle Babys rot und schrumpelig und bis auf die Menge an Haaren ohnehin gleich aus, doch sie nickte höflich. »Und wer ist der Junge neben ihr?«

»Na, Marco natürlich.«

Pia benötigte einen Moment, bis ihr die Bedeutung des Gesagten aufging. »Soll das heißen, das ist Viola, nicht Theresa?« Sie deutete auf das Mädchen auf dem Klettergerüst.

Er nickte. »Davon rede ich doch. Das sind Viola und Marco vor sechsundzwanzig Jahren. Sie haben sich in der ersten Klasse der Realschule kennengelernt. Für Marco war es Liebe auf den ersten Blick, obwohl er damals erst zehn war.«

»Ist das ungewöhnlich, dass sie nicht gefrühstückt hat?« Judith dachte an die Beschreibung und die Fotos von Theresa. Das Mädchen war ausgesprochen zierlich, fast zu dünn wie die meisten Mädchen heutzutage, die teilweise schon in der Grundschule mit Diäten begannen.

Viola Brunner nickte heftig. »Absolut. Ich weiß, Tessi sieht aus wie ein Leichtgewicht, sie ist auch eins, aber sie hat eigentlich ständig Hunger, und sie verdrückt genauso große Mengen wie Leon in dem Alter.«

»Und isst sie auch regelmäßig?«, fragte Judith zweifelnd. »Ich erinnere mich an meine beiden, die wollten oft nicht frühstücken, haben dafür mittags aber dann drei Portionen verschlungen.«

Wieder nickte Viola Brunner. »Ich weiß, das erzählen mir andere Mütter auch, doch bei Tessi ist das anders. Ich muss lediglich darauf achten, was sie isst. Am liebsten würde sie immer nur Toast und Nutella in sich hineinstopfen. Am Wochenende erlaube ich ihr das auch, aber unter der Woche achte ich darauf, dass sie vor der Schule etwas Gesundes isst. Vollkornbrot oder Müsli.«

»Und warum sind Sie so sicher, dass sie heute nicht gefrühstückt hat?«, fragte Judith. »Vielleicht hat sie Teller und Tasse gespült? Oder in die Spülmaschine geräumt?«

Viola Brunner lächelte verkrampft. »Glauben Sie mir, so ordentlich ist sie nicht. Und selbst wenn Tessi den Teller weggeräumt hätte, hätte sie Krümelspuren hinterlassen. Irgendetwas. Außerdem lag die Toastpackung heute früh noch in der Speisekammer, nicht angebrochen.« Sie griff nun doch zu dem Stoffpony und zupfte mit nervösen Fingern an der Mähne herum. »Was kann das bedeuten?«

Judith schossen mehrere Möglichkeiten durch den Kopf. »Wie ist es, wenn Theresa nervös oder aufgeregt ist? Zum Beispiel vor Schularbeiten oder Geburtstagsfeiern? Isst sie dann auch? Oder schlägt ihr das auf den Magen?«

Viola Brunner zögerte. »Normalerweise nicht, sie kann wirklich immer essen.«

»Ist es möglich, dass Theresa abgelenkt wurde, bevor sie frühstücken konnte?«

»Was soll sie denn abgelenkt haben?«

Judith überlegte. »Nun, wenn sie zum Beispiel in der Küche gestanden und etwas oder jemanden durchs Fenster gesehen hätte. Es geht doch auf die Straße hinaus, oder? Was ist, wenn ein Nachbarskind oder ein Nachbar ihr durchs Fenster zugewinkt und ihr bedeutet hätte, dass sie rauskommen soll?«

Viola Brunner schüttelte verwirrt den Kopf. »Aber wieso hätte das jemand tun sollen? Noch dazu vor halb sieben an einem Samstagmorgen? Außerdem hat Marco doch schon bei allen Nachbarn geklingelt, sie hätten ihm gesagt, wenn sie Tessi gesehen hätten.« Sie drückte das Pony an ihre Brust. »Mein Gott, das Ganze ist ein Albtraum. Ich will meine Tochter zurück.« Dann fing sie hysterisch an zu schreien. »Ich will meine Tochter zurück!«

In dem Moment klingelte es an der Tür, das Team der Kriminaltechnik war eingetroffen.

»Und was bedeutet das?«, fragte Roman Söring eine Viertelstunde später.

»Woher zum Teufel soll ich das wissen?«

Judith hatte sich in den Garten der Brunners zurückgezogen, um ungestört telefonieren zu können. Von hier aus konnte sie das Fenster von Theresas Zimmer und einen der Kollegen von der Kriminaltechnik sehen, der – in den obligatorischen weißen Einwegpapieranzug gekleidet – mithilfe einer Lupe den Fensterrahmen auf Einbruchspuren untersuchte. Judith war überzeugt, dass er keine finden würde, doch Polizisten hatten sich nicht nach Überzeugungen zu richten, sondern nach Fakten.

Sie konzentrierte sich auf Roman. »So wie ich das sehe, gibt es drei Möglichkeiten«, sagte sie. »Die erste: Theresa hat ihr Elternhaus freiwillig verlassen, und dann ist ihr irgendwo draußen etwas zugestoßen. Dafür spricht, dass es ihre Gewohnheit ist, früh aufzustehen und zum Spielen rauszugehen, und die Tatsache, dass ihr Roller verschwunden ist. Zwar haben ihre Eltern ihr verboten, morgens das Grundstück zu verlassen, aber das heißt bekanntermaßen nicht viel. Möglichkeit zwei: Theresa ist weggelaufen. Ich will das nicht ausschließen, allerdings halte ich es nach dem jetzigen Stand der Dinge für unwahrscheinlich. Ausreißer sind in der Regel älter, und Theresa scheint außer ihrem Roller und ihrem Fotohandy nichts mitgenommen zu haben. Zwar können wir bei der Kleidung nicht sicher sein, aber ihr Lieblingskuscheltier und ihr Portemonnaie sind noch da, und sie wäre bestimmt nicht ohne Geld losgezogen. Möglichkeit drei: Theresa hat das Haus nicht freiwillig verlassen. Dafür spricht, dass sie nicht gefrühstückt hat.«

»Ein schwaches Indiz«, bemerkte Roman.

Judith wechselte das Handy ans andere Ohr und ging tiefer in den Garten hinein. »Ich behaupte nicht, dass es so war, aber nach der Aussage der Mutter ist es sehr ungewöhnlich, dass Theresa nichts gegessen hat. Das könnte darauf hindeuten, dass noch andere ungewöhnliche Dinge geschehen sind, bevor sie das Haus verlassen hat – oder dass sie es gar nicht verlassen hat, zumindest nicht lebendig und freiwillig, dass stattdessen jemand ihren Schlüssel, ihre Kamera und ihren Roller genommen hat, um das vorzutäuschen.«

Roman stöhnte vernehmlich. »Du denkst an eine Tat innerhalb der Familie?«

Judith zuckte mit den Achseln. »Es ist viel zu früh, an irgendetwas zu denken.«

»Und was hältst du von der Familie?«

Judith trat aus der prallen Sonne in den Schatten einer Eiche, in deren Ästen jemand, vermutlich Marco Brunner, ein Baumhaus errichtet hatte. Sie musste gegen das unerwartete Bedürfnis ankämpfen, hinaufzuklettern und sich darin zu verstecken. Stattdessen lehnte sie sich an den Stamm.

»Auf den ersten Blick macht die Familie einen intakten Eindruck. Die Brunners hören einander zu, es gibt viel Körperkontakt, zumindest zwischen den Eltern und zwischen der Mutter und dem Sohn. Zwischen dem Vater und dem Sohn scheint es ein paar Spannungen zu geben, aber Leon pubertiert, das ist also nicht ungewöhnlich. Alle drei haben völlig angemessene Reaktionen gezeigt, die Eltern sprechen sehr liebevoll über Theresa. Mir ist nur ein Punkt aufgefallen: Theresa hat den Übertritt aufs Gymnasium nicht geschafft, und ich hatte den Eindruck, dass das für den Vater ein sensibles Thema ist, über das er nicht gerne spricht. Mag sein, dass es deswegen Probleme gab – in den meisten Familien wäre das so –, allerdings hat Viola Brunner das bestritten.«

»Also alles gut?« Roman klang hoffnungsvoll.

Judith zögerte. »Fast alles«, sagte sie dann. »Meyer ist da etwas aufgefallen. Anscheinend haben Marco und Viola Brunner sich kennengelernt, als die beiden zehn waren, ein Jahr älter, als Theresa jetzt ist. Marco Brunner hat sich damals Hals über Kopf in Viola verknallt.«

»Und?«

»Und Theresa sieht heute haargenau so aus wie Viola damals.« Nachdem Meyer ihr davon erzählt hatte, hatte Judith sich das Foto selbst angesehen. Die Ähnlichkeit hatte sie verblüfft und erschreckt.

Roman stöhnte erneut. »Wir haben einen Scheißjob«, murmelte er.

Judith wusste, was er meinte. Es war ein Teil ihrer Arbeit, mit dem sie sich nie so recht angefreundet hatte: das zwanghafte Misstrauen, das Kriminalbeamte entwickeln mussten und das aus den zwei banalen Tatsachen, dass ein Kind nicht gefrühstückt hatte – wofür es tausend Gründe geben konnte – und dass es seiner Mutter stark ähnelte, einen Missbrauchs- und Mordverdacht gegen einen Vater konstruierte, der vermutlich völlig unschuldig war. Judith hatte sich immer bemüht, dieses Misstrauen abzulegen, wenn sie abends von der Arbeit nach Hause gefahren war. Sie hatte ihr Privatleben nicht damit beschmutzen wollen. Sie hatte sich einbilden wollen, dass es in ihrer ach so heilen Familie keinen Grund für Misstrauen gab. Und das war der größte Fehler von allen gewesen.

»Hast du gewusst, dass wir eine Trauerfeier für Simon abhalten?«, fragte sie abrupt, bereute die Frage aber im nächsten Moment. Sie wollte nicht mit Roman über ihr Privatleben diskutieren, obwohl er früher ein enger Freund gewesen war. Früher – vor einem Jahr, in einem anderen Leben.

»Nein, natürlich nicht. Warum hast du nichts gesagt? Ich wäre gekommen. Wir alle wären gekommen.«

Judith lachte auf, kurz und bitter. »Dann hätte es einen Massenexodus aus der Kirche gegeben, als die Vermisstenmeldung kam. Ich glaube kaum, dass Saskia darüber sehr erfreut gewesen wäre.«

Roman schwieg einen Moment. »Gibt sie dir immer noch die Schuld?«

»Natürlich. Zu Recht.«

»Das ist einfach nicht wahr.«

Judith schüttelte den Kopf. Sie wusste besser als jeder andere, dass es sogar die zweifache Wahrheit war. Denn sie hatte doppelte Schuld auf sich geladen. Sie hatte ihren Sohn als Letzte gesehen. Als Letzte der Familie und als letzte Person überhaupt. Sie hatte mit Simon geredet, mit ihm gelacht, ihm von ihrer Arbeit erzählt – und weder ihr Mutterinstinkt noch ihre Ausbildung zur Kriminalbeamtin hatten Alarm geschlagen, hatten ihr irgendeinen Hinweis gegeben, dass er in dem Moment schon seinen Tod plante. Und später hatte sie es nicht geschafft, eine Erklärung zu finden, warum Simon es getan hatte. Sie wusste bis heute nicht, was ihren wundervollen, sensiblen, beliebten Sohn in den Tod getrieben hatte.

Judith riss sich von dem Gedanken los, als sie Pia Meyers massige, muskelbepackte Gestalt hinter dem Panoramafenster des Wohnzimmers erblickte. »Warum hast du mir eigentlich ausgerechnet Meyer geschickt?«, fragte sie.

»Wieso? Gibt es ein Problem?«

»Ich kenne sie nicht. Taugt sie was?«

Roman lachte leise. »Sie selbst ist auf jeden Fall davon überzeugt.«

Judith runzelte die Stirn. »Mir wäre es lieber, wenn sie mehr als einen Fan hätte.«

»Keine Sorge, wenn ich nicht an sie glauben würde, hätte ich sie dir nicht geschickt.«

»Heißt das, du hattest eine Wahl? Ich dachte, bei dir herrscht Personalknappheit.«

Judith entging nicht, dass Roman mit seiner Antwort zögerte. »Das erkläre ich dir, wenn wir uns heute Abend sehen.«

3

Die erste Nachbarin, die sie befragten, war Nora Vogt aus Nummer vier, deren Garten an den der Brunners grenzte. Pia war zufrieden, als Plattner sie bat, die Befragung zu übernehmen. Die passive Rolle, die sie bisher gespielt hatte, behagte ihr nicht.

Nora Vogt gehörte zu jenen dünnen, stilsicheren Frauen, die Erfolg und Selbstsicherheit ausdünsteten wie eine Pommesbude Fettgerüche und die Pia früher, als sie noch eine pummelige Studentin an der Polizeihochschule gewesen war, mit einem einzigen abfälligen Blick in ein Häufchen Elend hatten verwandeln können. Seitdem hatte Pia sich allerdings nicht nur eine dicke Schutzschicht aus Muskeln antrainiert, sondern ihr Selbstvertrauen auf ein Level gesteigert, das ältere, streng hierarchiegläubige Kollegen durchaus zu irritieren vermochte. Daher fiel es ihr nicht schwer, gelassen zu bleiben, als Nora Vogts Blick kurz, aber mit wahrnehmbaren Missfallen über ihre Gestalt streifte.

»Ich habe Sie erwartet. Ihre Kollegen sagten heute Morgen, Sie würden noch einmal mit mir reden wollen. Ich helfe natürlich, so gut ich kann, muss Ihnen aber gleich sagen, dass ich keine Ahnung habe, wo Theresa sein könnte. Bitte!«

Nora Vogt führte sie in ein Wohnzimmer, das sie ebenfalls stilsicher eingerichtet hatte – weiß, minimalistisch mit dünnbeinigen Möbeln, die zu schweben schienen. Es gefiel Pia besser als das der Brunners mit seinen wuchtigen Massivholzmöbeln, allerdings fragte sie sich, wie wohl sich eine Viertklässlerin hier fühlen mochte.

»Also, was kann ich für Sie tun?«, fuhr Nora Vogt fort. »Gibt es etwas Neues? Haben Sie schon irgendeinen Anhaltspunkt, wo Theresa sein könnte?«

»Leider nein.« Pia setzte sich auf ein weißes Sofa, Plattner zog ihr Schreibheft hervor.

»Wie schrecklich! Die arme Viola und der arme Marco.«

»Kennen Sie die Familie gut?«

»Sehr gut. Wir sind seit acht Jahren Nachbarn und Freunde.«

»Wie haben Sie denn von Theresas Verschwinden erfahren?«

Nora Vogt lehnte sich zurück und schlug elegant ein Bein über das andere. Sie trug eine Leinenhose, eine makellos glatte weiße Bluse und Highheels. »Als ich heute Morgen von ein paar Erledigungen nach Hause kam. Das war nach acht, vielleicht Viertel nach oder so. Marco sprach mich vor meiner Garage an, ob ich Theresa gesehen hätte. Er sagte, dass sie irgendwann vor halb sieben das Haus verlassen haben müsse.« Sie warf einen Blick auf eine schmale goldene Uhr an ihrem Handgelenk. »Gott, das sind jetzt schon über zehn Stunden.«

»Und hatten Sie Theresa gesehen?«, fragte Pia.

Nora Vogt schüttelte den Kopf. »Als ich heute Morgen aufgebrochen bin, war es noch vollkommen still in der Straße.«

»Wann war das?«

»Genau weiß ich es nicht.« Sie überlegte. »So gegen sieben? Ich bin um sechs Uhr aufgewacht, das tue ich meistens, weil unter der Woche um diese Zeit mein Wecker klingelt. Ich hatte eine lange Liste von Dingen, die ich erledigen musste, unter anderem zwei Kostüme aus der Reinigung holen. Die macht schon um sieben auf, deswegen bin ich schnell los.«

»Zu Fuß?«

»Mit dem Wagen. Die Reinigung in Neukirchen hat mir mal eine Bluse versaut, seitdem bringe ich meine Sachen zu *Adrett* in Neustadt.« Sie dachte nach. »Theresa muss da schon weg gewesen sein, sonst hätte ich sie auf der Straße bemerkt. Wie gesagt, es war nichts los.«

Judith Plattner sah von ihrem Notizheft auf. »Ist Ihnen irgendetwas Ungewöhnliches aufgefallen?«

»Etwas Ungewöhnliches? Was meinen Sie damit?«

»Irgendetwas, das anders war als sonst, eine kleine Abweichung von der Norm. Das Auto eines Nachbarn, das vor der Garage stand statt darin. Etwas in der Art.«

»Nein.« Nora Vogt klang irritiert. »Allerdings verstehe ich die Frage nicht. Was haben die Autos meiner Nachbarn mit Theresas Verschwinden zu tun?«

»Wir wollen uns nur einen Überblick verschaffen.«

Pia übernahm wieder. »Wann haben Sie Theresa zuletzt gesehen?«

»Warten Sie … Vor ein paar Tagen, glaube ich, ja, am Mittwoch. Ich kam von der Arbeit nach Hause, und Theresa fuhr mit ihren Inlinern auf der Straße.«

»Wie wirkte sie da auf Sie?«

Nora Vogt hob ihre schmalen Schultern und ließ sie wieder fallen. »Ich habe nicht groß auf sie geachtet. Ich hatte es eilig. Ich habe sie gegrüßt, und sie rief: ›Hallo, Nora!‹ Das war's im Wesentlichen.« Sie strich über eine kurze blonde Haarsträhne, die ohnehin schon perfekt an ihrem Platz lag. »Theresa wirkte wie immer, fröhlich, ein bisschen verträumt, in ihr Spiel vertieft. Sie hatte mit Kreide auf die Straße gemalt, einen Hindernisparcours oder so. Wenn ich mich richtig erinnere, fuhr sie im Slalom um die Symbole herum. Ist das wichtig?«

»Insofern, als wir Theresa ein bisschen besser kennenlernen möchten. Sie sagen, sie sei fröhlich und verträumt gewesen. Sind das zwei typische Eigenschaften von ihr?«

Nora Vogt überlegte. »Fröhlich schon, ja. Sie hat meistens gute Laune. Verträumt manchmal, wenn sie intensiv mit etwas beschäftigt ist, das sie interessiert. Aber oft ist sie auch zappelig, so sehr, dass sie sich teilweise nicht konzentrieren kann. Ich habe mich schon mal gefragt, ob sie nicht an ADHS leidet, aber Viola bestreitet das.«

»Sie haben Theresas Mutter darauf angesprochen?«

Nora Vogt verzog das Gesicht. »Ja, und das hätte ich wohl besser gelassen. Viola hat ziemlich beleidigt reagiert. Dabei wollte ich nur helfen, eine Erklärung für Theresas schwache Leistungen in der Schule zu finden.«

Die Reaktion ihrer Freundin schien Nora Vogt tatsächlich unverständlich zu sein. In Pias Augen sagte das einiges über ihr Einfühlungsvermögen beziehungsweise einen gewissen Mangel daran aus, doch sie griff das Thema gerne auf. »Frau Brunner erwähnte, dass Theresa den Übertritt aufs Gymnasium nicht geschafft hat«, sagte sie beiläufig.

»Gymnasium?« Nora Vogt beugte sich vor und gestikulierte mit ihren Händen. Goldene Ringe funkelten an ihren Fingern. »Theresa hat es noch nicht einmal auf die Realschule geschafft, sie muss ab September auf die Mittelschule! Dabei habe ich Viola schon vor einem Jahr gewarnt, dass sie sich dahinterklemmen muss, damit Theresa mehr lernt. Man kann seinem Kind wohl kaum etwas Schlimmeres antun, als es auf die Mittelschule zu schicken, aber Viola behauptete ernsthaft, es sei ihr wichtiger, dass Theresa eine entspannte Kindheit habe. Entspannt! Auf der Mittelschule!« Sie sagte es in einem Ton, als habe Viola Brunner ihr erklärt, sie werde ihre Tochter zu deren Vergnügen in die Klapsmühle stecken. Dann lehnte Nora Vogt sich wieder zurück. »Aber darum geht es hier ja nicht.«

»Vielleicht doch. Halten Sie es für möglich, dass Theresa weggelaufen ist?«

»Wegen Schulproblemen?« Sie schüttelte entschieden den Kopf. »Bestimmt nicht! Ich glaube, sie war noch nicht einmal traurig, dass sie den Übertritt nicht geschafft hat. Ihr fehlt jeglicher Ehrgeiz, und wie gesagt hat Viola ihr auch nicht klargemacht, wie wichtig die Schule ist. Ja klar, nachdem das Kind in den Brunnen gefallen war, war Marco mal kurz sauer, aber er kann Theresa nie lange böse sein. Er vergöttert sie und verwöhnt sie nach Strich und Faden. Beide tun das, das ist ja gerade das Problem. Theresa fehlt es an Disziplin, sie nimmt die Schule nicht ernst genug.«

»Aber sie hat Paulines Hänseleien ernst genug genommen, dass sie die Freundschaft beendet hat«, warf Judith Plattner ein.

Nora Vogt wandte ihr ruckartig den Kopf zu. »Bitte? Wie meinen Sie das?«

»Nun, Theresa hat doch die Freundschaft zu Pauline beendet, nachdem diese sie wegen des nicht geschafften Übertritts gehänselt hat.«

»Wie kommen Sie denn darauf? Das ist Blödsinn. Pauline würde so etwas nie tun. Tessi ist ihre beste Freundin.«

»Haben Sie etwas dagegen, wenn wir mit Pauline sprechen?«, fragte Pia.

»Sie ist nicht hier, sie verbringt das Wochenende bei ihrem Vater. Wir leben getrennt.«

»Können Sie uns die Adresse geben?«

Nora Vogt schob ihre Augenbrauen zusammen. »Sie wollen bei Mats mit Pauline reden? Auf keinen Fall!«

»Und warum nicht?«

Sie verdrehte die Augen. »Man merkt, dass Sie meinen Nochehemann nicht kennen. Mats ist ein unsensibler Klotz mit dem Taktgefühl einer halben Scheibe Toastbrot. Ich werde sicherlich nicht zustimmen, dass er als Einziger dabei ist, wenn meine Tochter von der Polizei befragt wird. Abgesehen davon – warum wollen Sie überhaupt mit ihr reden?«

»Wir wollen mit allen Freundinnen Theresas sprechen. Vielleicht hat sie einer von ihnen anvertraut, wohin sie heute Morgen wollte, auch wenn sie dies ihren Eltern nicht erzählt hat.«

Nora Vogt trommelte unschlüssig mit ihren perfekt manikürten Fingernägeln auf die Sofalehne. »Ehrlich gesagt, am liebsten wäre es mir, wenn Pauline gar nichts von dem ganzen Drama mitbekäme. Ich möchte sie nicht beunruhigen. Ich war schon froh, dass sie heute nicht hier ist.«

»Das verstehen wir, aber es ist wirklich sehr wichtig. Momentan wissen wir nicht, wo wir nach Theresa suchen sollen. Falls Pauline uns also irgendeinen Hinweis geben könnte …«

Nora Vogt stimmte schließlich zu. »Aber ich werde dabei sein. Ich werde Pauline bei Mats abholen, Sie können sie dann hier befragen.« Sie erhob sich. »Ich nehme an, das war's.«

»Ja, vielen Dank, dass Sie sich Zeit genommen haben.« Pia stand ebenfalls auf und folgte ihr zusammen mit Judith Plattner zur Haustür. »Nun, falls Ihnen noch irgendetwas einfällt …« Sie reichte Nora Vogt eine Visitenkarte.

Die nahm sie, ohne einen Blick darauf zu werfen. Sie schien von irgendetwas auf der Straße hinter Pia fasziniert zu sein. Pia drehte sich um, doch da waren nur die Häuser auf der anderen Straßenseite.

»Nun denn …« Pia machte einen Schritt Richtung Gartentor, als Nora Vogt sie zurückhielt.

»Sie fragten doch vorhin, ob mir heute Morgen irgendetwas Ungewöhnliches aufgefallen sei.«

»Ja?«

Nora Vogt lachte nervös. »Ich bin sicher, es hat keine Bedeutung, aber als ich heute Morgen losfuhr, waren die Rollos gegenüber bei Nummer drei noch unten. Das sind sie für gewöhnlich um die Zeit nicht.«

Haus Nummer drei gehörte Familie Bierko, Eltern Sabine (Beamtin beim Neustädter Finanzamt, fünfzig) und Jens (selbstständiger Informatiker, neunundvierzig), Kinder Marvin (zwanzig) und Marie (sechzehn). An diesem Wochenende waren jedoch nur Jens und Marie Bierko zu Hause. Marvin studierte Maschinenbau in München, Sabine war am Freitagnachmittag zu ihrer pflegebedürftigen Mutter nach Rüdesheim gefahren. Als Pia klingelte, öffnete Marie, eine ausgesprochen hübsche Brünette mit braun gebrannter, kurviger Modelfigur, die nur knapp von einem kurzen, weit schwingenden Kleid mit Spaghettiträgern bedeckt wurde. Sie führte die Kriminalbeamtinnen ins Wohnzimmer und bot an, ihren Vater zu holen, doch bevor sie das Wohnzimmer verließ, sagte sie kryptisch: »Nur eine kleine Warnung: Wundern Sie sich nicht über ihn – er ist immer so.« Dabei grinste sie verschwörerisch.

Jens Bierko war ein drahtiger, asketisch anmutender Mann. Mit seinen bis auf einen Millimeter abrasierten Haaren und den eingesunkenen Wangen hätte er krank ausgesehen, wäre er nicht ebenfalls braun gebrannt gewesen. Bereits nach wenigen Minuten mit ihm wurde Pia klar, was seine Tochter mit ihrer Bemerkung gemeint hatte. Jens Bierko war ein ausgesprochen rastloser Mann, für den Reden so notwendig zu sein schien wie Atmen. Er hatte mindestens zwei Tics (Augenzwinkern und ruckartiges Vorschieben des Kopfes) und die nervige Angewohnheit, mit einem Schlüsselbund in der Tasche seiner beigefarbenen Chinos zu spielen.

»Gut, dass Sie kommen, dann können wir loslegen, obwohl ich wirklich nicht weiß, was Sie noch von mir wissen wollen«, sprudelte er hervor, als hätte er Angst, jemand käme ihm zuvor. »Ich habe Ihren Kollegen schon gesagt, was ich weiß, nämlich gar nichts. Ich habe Theresa heute Morgen nicht gesehen, und ich habe keine Ahnung, wohin sie mit ihrem Roller gefahren sein könnte. Und ich denke, mittlerweile ist doch ohnehin klar, was passiert ist. Irgendein Perverser hat sie erwischt, als sie allein unterwegs war. Es sind mittlerweile fast elf Stunden. Wenn ihr nichts zugestoßen wäre, wäre sie längst zurück, und wenn sie einen Unfall gehabt hätte, wäre sie längst gefunden worden. Sie sollten sich also darauf konzentrieren, den Kerl zu finden, bevor noch mehr passiert.« Er ließ sich auf die Couch fallen und steckte sofort wieder seine linke Hand in die Hosentasche, um mit seinen Schlüsseln zu klimpern. »Gott, ich möchte nicht in Marcos Haut stecken. Das wird ihn umbringen. Er ist ein guter Mann, er hat sich nichts vorzuwerfen, schließlich hat er Tessi verboten, allein wegzufahren. Aber die Kids machen einfach, was sie wollen.

Und sie werden immer frühreifer, vor allem die Mädchen. Marie wollte schon mit zwölf geschminkt in die Schule gehen. Natürlich haben wir ihr das verboten, aber wer weiß, ob sie es nicht heimlich gemacht hat.« Er zwinkerte.

Pia warf Marie einen Blick zu, die sich hinter dem Rücken ihres Vaters auf einen der hohen Hocker an dem Tresen, der das Wohnzimmer vom Küchenbereich trennte, gesetzt hatte. Bei seinen letzten Worten nickte sie heftig und grinste Pia an, dann holte sie ein imaginäres Schminktäschchen aus der Luft und begann, mit imaginärer Mascara ihre Wimpern zu tuschen.

»Sie finden, dass Theresa frühreif ist?« Es war nicht die erste Frage, die Pia zu stellen geplant hatte, doch sie hatte gelernt, dass es bei Zeugenbefragungen selten sinnvoll war, gegen den Strom zu schwimmen.

Bierko zwinkerte heftiger. »Das habe ich nicht gesagt, legen Sie mir keine Worte in den Mund! Allerdings hat Marco mir erzählt, dass Tessi sich an seinem Geburtstag die Lippen bemalen wollte. Mit neun! Zum Glück hat Viola ihr das ausgeredet. Viola kann das gut, Tessi hört normalerweise auf sie. Und Viola ist vernünftig – meistens zumindest. Am Donnerstag beim Volleyball hat Marco mir erzählt, dass sie Tessi ein Handy schenken will, wenn sie in die fünfte Klasse kommt. Ich halte das für viel zu früh, das habe ich Marco auch gesagt. Man kann doch nicht kontrollieren, was die Kids alles machen, mit wem sie chatten und so weiter. Wenn ich nicht ständig hinterher wäre, würde Marie den ganzen verdammten Tag lang auf ihr Display starren. Außerdem gibt es Studien, die besagen, dass häufige Smartphonenutzung schlecht für die geistige Entwicklung ist – und Tessi hat so schon genug Probleme in der Schule.«

Er hielt inne, um Atem zu schöpfen. In seinem Rücken zog seine Tochter ein imaginäres Handy aus einer imaginären Tasche und las mit viel Augengeklimper imaginäre Nachrichten. Ihre Mimik war so übertrieben grotesk, dass Pia sich ein Lachen verkneifen musste.

»Sie scheinen die Brunners gut zu kennen«, bemerkte sie.

»Ja, klar«, entgegnete Bierko, »wir sind Nachbarn, wir verstehen uns alle hier sehr gut. Als meine Frau vorschlug herzuziehen, war ich ziemlich skeptisch. Nur neun Häuser in isolierter Lage, da hängt man aufeinander, ob man will oder nicht. Aber die Leute sind wirklich nett. Gutes Bildungsniveau, hauptsächlich Akademiker. Marco hat zwar nur einen Realschulabschluss, aber er ist ein heller Kopf und ein guter Geschäftsmann. Seiner Familie gehörte das Land hier, und im Prinzip hat er den Grundstücksverkauf daran geknüpft, dass wir Schreinerleistungen bei ihm einkaufen. Clever – im Gegensatz zu seinem Bruder. Ich habe nicht das Gefühl, dass der das meiste aus seinem Hof rausholt.« Er zwinkerte wieder. »Also, was unternehmen Sie? Haben Sie eine Liste von Sexualstraftätern oder Pädophilen aus der Umgebung, die Sie durchgehen?«

»Nun«, sagte Pia vorsichtig, »bis jetzt weist nichts darauf hin, dass Theresa einem Verbrechen zum Opfer gefallen ist.« Als sie sah, dass Bierko zu Widerspruch ansetzte, redete sie weiter. »Ich versichere Ihnen, wir ergreifen alle notwendigen Maßnahmen. Eine ist, dass wir mit Ihnen noch einmal durchgehen möchten, wie Sie den Vormittag verbracht haben. Reine Routine, damit wir nichts übersehen.«

Pia erwartete halb, dass Jens Bierko, der offenbar eine genaue Meinung darüber hatte, wie andere ihre Arbeit verrichten sollten, widersprechen würde. Doch er überraschte sie.

»Sehr vernünftig. Nur Idioten glauben, dass sie beim ersten Mal alles richtig machen. Ich habe schon Programmierer kennengelernt, die verzichten sogar aufs Codereview. Aufs Codereview! Vieraugenprinzip ist wichtig. Dann erzähle ich noch mal, ja?« Er wartete die Antwort nicht ab. »Also, ich bin um sechs aufgestanden, weil mein Wecker geklingelt hat. Ich schlafe immer genau von elf bis sechs, regelmäßige Zeiten, dann ist man fitter. Ich nehme immer um genau halb elf eine Schlaftablette, sonst komme ich nicht runter. Ich habe mich gewaschen, gefrühstückt und mich anschließend in mein Arbeitszimmer gesetzt. Ich habe am Freitag einen Abgabetermin, wichtiger Auftrag, großer Kunde. Ich habe gerade nach einem Kompilierfehler gesucht, als Marco klingelte. Das war genau acht Uhr elf, ich gucke immer auf die Uhr, wenn es klingelt. Marco fragte, ob ich wisse, wo Tessi sei. Er war ziemlich aufgelöst.« Sein Kopf schoss nach vorne.

»Und Sie haben angeboten, bei der Suche zu helfen?«, hakte Pia nach.

»Selbstverständlich. Freunde in Not lässt man nicht im Stich. Ich bin mit dem Fahrrad nach Neukirchen gefahren und habe alle Straßen abgesucht. Ich habe auch ein paar Leute gefragt, ob sie ein kleines Mädchen gesehen haben, aber nichts. Um halb zehn war ich wieder hier. Marco telefonierte gerade mit der Polizei.«

»Und was haben Sie dann getan?«

»Ich musste weiterarbeiten.« Bierko beugte sich vor. »Und? Habe ich Ihnen etwas Neues erzählt?« In seiner Stimme schien echte Neugier mitzuschwingen.

Pia lächelte. »Bis jetzt nicht, aber vielleicht kommt das ja noch. Waren Sie heute Morgen in der Küche?«

»In der Küche?« Er zwinkerte überrascht. »Natürlich, als ich mein Frühstück gemacht habe.«

»Haben Sie zufällig mal aus dem Fenster auf die Straße gesehen?«

Jens Bierko überlegte. Dann huschte ein Lächeln über sein hageres Gesicht, und er nickte beifällig. »Sie wollen wissen, ob ich Theresa gesehen habe? Gute Frage, die hat Ihr Kollege nicht gestellt. Die Antwort ist leider nein, ich habe nicht aus dem Fenster gesehen. Die Rollläden waren noch unten. Ich habe mir nicht die Mühe gemacht, sie hochzuziehen, weil ich mich schnell an meinen Schreibtisch setzen wollte.«

Er lehnte sich wieder auf dem Sofa zurück. Ausnahmsweise klimperte er nicht mit den Schlüsseln und zwinkerte auch nicht, für einen Moment wirkte er regelrecht entspannt. Pia wartete schweigend ab, ob Jens Bierko noch etwas hinzufügen würde, doch das tat er nicht. Stattdessen warf er einen Blick auf die Sportuhr an seinem Handgelenk.

»Wollen Sie sonst noch etwas wissen?«, fragte er.

»Nur von Ihrer Tochter.« Pia blickte zu Marie hinüber, die das ganze Gespräch mit Grimassen und Pantomimen untermalt hatte. »Erzählst du uns, was du heute Morgen gemacht hast?«

Doch bevor Marie antworten konnte, drehte ihr Vater sich mit einer zackigen Bewegung um. »Warst du etwa die ganze Zeit hier?«, fragte er scharf. »Ich dachte, du würdest längst wieder an deinem Schreibtisch sitzen. Verdammt, Marie, du schreibst am Montag Mathe und …«

Seine Tochter fiel ihm ins Wort. »Ich will auch wissen, was mit Tessi ist, Jens!«

Es schien eine absichtliche Provokation zu sein, auf die ihr Vater prompt reagierte. »Wie oft noch? Nenn mich nicht so! Ich bin dein Vater. Und wie sitzt du eigentlich da? Zieh dich gefälligst ordentlich an.«

Tatsächlich zeigte Marie ziemlich viel von ihren langen Beinen, und während ihres Herumgehampels waren die Spaghettiträger ihres Kleidchens heruntergerutscht, so dass die Ansätze ihrer Brüste zu sehen waren. Nach Pias Eindruck war Marie sich dessen bewusst gewesen, hatte es vermutlich sogar absichtlich geschehen lassen. Jetzt zog sie die Träger aufreizend langsam wieder hoch, wobei sie devot »Natürlich, Paps« flötete, woraufhin ihr Vater rot anlief. Dann wandte sie sich an Pia und fragte in geschäftsmäßigem Ton: »Was wollen Sie denn wissen?«

Die Befragung dauerte nicht lange. Im Gespräch mit Pia verzichtete Marie auf jegliche Faxen. Sie erzählte, dass sie am Vorabend auf derselben Party im Jugendzentrum gewesen war wie Leon Brunner. Da sie ein Jahr älter war, hatte sie bis Mitternacht bleiben dürfen, dann war sie mit ihrer Freundin, Leonie Leyhe aus Nummer zehn, nach Hause geradelt. »Und ja, Papa«, sagte sie genervt in Richtung ihres Vaters, »ich war pünktlich hier.«

Am Morgen hatte sie bis halb zehn geschlafen. Sie hatte keine Ahnung, wo Theresa sein könnte. Nach ihrer Meinung zu dem Mädchen gefragt, das sie wie alle Kinder in der Straße gut kannte, sagte sie mit tiefem Ernst: »Sie ist einfach krass schön! Ich bin total neidisch auf ihre Wimpern. Sie könnte ein Vermögen als Kindermodel verdienen.«

»Und? Haben wir da was?«, fragte Pia Meyer, als sie wieder draußen auf der Straße standen.

Judith antwortete nicht sofort. Sie blinzelte in die Spätnachmittagssonne, und zum zweiten Mal an diesem Tag überkam sie ein Impuls zur Flucht. Sie sehnte sich nach Hause in ihren Garten, sie sehnte sich danach, in einem Liegestuhl zu entspannen, sich die Sonne ins Gesicht scheinen zu lassen, vielleicht ein Buch zu lesen oder sich mit ihrem Mann zu unterhalten. Sie wünschte sich weit weg von hier, weit weg von dem Drama um ein verschwundenes Kind. Doch dann dachte sie daran, was sie zu Hause erwartete, und der Impuls verflüchtigte sich.

»Sie meinen die Sache mit den Rollläden? Ich glaube nicht, dass etwas dahintersteckt. Bierko wirkte ziemlich entspannt bei Ihrer Frage.«

»Genau! Aber die ganze Zeit vorher war er nervös. Es war eindeutig eine Verhaltensänderung. Und die Antwort war lahm. Er hat die Rollläden nicht hochgezogen, weil er möglichst schnell an seinen Schreibtisch wollte? Es hätte ihn keine zehn Sekunden gekostet.«

Judith zuckte mit den Achseln. »Warum hätte er sich die nehmen sollen, wenn ihm der Zustand der Rollläden egal war?«

»Weil er es laut Nora Vogt an jedem Morgen macht«, entgegnete Meyer prompt. »Wieso heute die Abweichung von der Routine?« Sie sah Judith herausfordernd an.

Der Blick erinnerte Judith an ihre eigene Anfangszeit bei der Kripo. Auch sie hatte in jeder noch so harmlosen Bemerkung eine Spur gewittert und am Scharfsinn der älteren Beamten gezweifelt, die ihr erklärten, dass kleine Widersprüche zur menschlichen Natur gehörten wie Überstunden zur Polizeiarbeit. Es schien eine Ewigkeit her zu sein.

»Kennen Sie Occams Rasiermesser?«, fragte sie. »Das Prinzip, dass die einfachste Erklärung in der Regel die richtige ist? Bierkos Frau ist übers Wochenende verreist, das ist hinreichend Abweichung von der Routine, um die Rollläden zu erklären. Was mich an der Sache mehr interessiert, ist …«

Doch Judith brach ab, als die Haustür der Brunners geöffnet wurde und eine junge Frau herauskam, die in dieser gepflegten Straße so fremd wirkte wie ein Soldat in voller Kampfmontur an einem FKK-Strand. Tatsächlich trug die Frau auch eine Art Kampfmontur: eine Hose mit Tarnmuster, die Teil einer Bundeswehruniform zu sein schien, dazu schwere Wanderstiefel und eine kakifarbene Weste mit unzähligen, von mysteriösem Inhalt ausgebeulten Taschen. Doch Hose und Weste waren das Einzige an der Frau, das möglicherweise der Tarnung dienen mochte, denn dazu trug sie ein neongelbes T-Shirt, außerdem hatte sie ihre langen dicken Haare in einem knalligen Pinkton gefärbt. Am auffälligsten war jedoch das Benehmen der Frau. Sie hüpfte die Treppe hinunter wie ein greller Flummi. In ihrer rechten Hand hielt sie einen durchsichtigen Beweismittelbeutel mit einem lilafarbenen Stück Stoff darin, den sie schwenkte, als plante sie einen Rekordversuch beim Gummistiefelweitwurf. Bei Judiths Anblick stieß sie ein Quieksen aus und stürmte auf sie zu wie eine überdrehte Dreijährige beim Anblick der Micky Maus in Disneyland.

»Judith, ich habe gehört, dass du wieder dabei bist. Willkommen zurück. Ich habe dich vermisst.« Sie machte eine Bewegung, als wollte sie Judith in die Arme schließen, doch Judith machte einen Schritt zurück.

»Valerie, schön dich zu sehen. Kennst du Pia Meyer schon?«

Valerie grinste breit. »Klar, wir haben neulich zusammen einen Opi aus dem Johannispflegeheim gesucht – und gefunden, was dem armen Kerl gar nicht gefallen hat. Die Heimleiterin behauptete, er habe sich verlaufen, weil er dement sei, doch ich wette, er ist vor dem Essen geflohen. Angeblich servieren sie dort das, was selbst die Polizeikantine ablehnt.« Sie lachte schallend, weitaus schallender, als es der Witz oder der Situation angemessen war.

Das Lachen war typisch für Valerie, genauso wie ihre überschwängliche Art. Judith wusste, dass es Kollegen gab, die mit diesem Verhalten ein Problem hatten und dazu tendierten, Valerie nicht ernst zu nehmen. Doch das war ein Fehler. Man sollte diese junge schrille Frau dringend ernst nehmen, denn sie war brillant. Valerie Niemann war die beste Personensuchhundeführerin, mit der Judith je zusammengearbeitet hatte. Sie gehörte zu einer ehrenamtlich arbeitenden Rettungsstaffel, die die Polizei mangels eigener Leute regelmäßig anforderte, und hatte sich zusammen mit ihrer Labradorhündin Salome einen fast legendären Ruf erworben. Irgendwer hatte mal gesagt, sollte man Salome einen alten Schuh von Neil Armstrong unter die Nase halten, wäre sie in null Komma nix auf dem Weg zum Mond.

Judith wartete geduldig ab, bis Valerie sich beruhigt hatte. »Ich bin froh, dass du da bist«, sagte sie. »Hast du etwas Geeignetes gefunden?«

Valerie schwenkte den Plastikbeutel. »Ihre Schlafanzughose. Die Mutter meinte, Theresa trage die schon seit fünf Tagen und sie selbst hätte sie nicht mehr angefasst, seit sie sie in den Schrank gelegt hat.«

»Und wen hast du mitgebracht? Salome?«

»Nein, sie hat sich eine Pfote verletzt, weil irgendein Riesenarsch eine Glasflasche direkt vor meinem Gartentor zerbrochen hat.« Valerie sonst so fröhliches Gesicht verfinsterte sich für einen Augenblick. »Ich habe Stella mitgebracht. Du kennst sie noch nicht. Sie hat gerade erst ihre Prüfung abgelegt. Das ist ihr erster großer Einsatz.« Sie hob eine Hand, als sie Judiths entsetzte Miene sah. »Keine Sorge, sie ist supergut. Komm, sieh sie dir an.«

Sie ging voraus zu einem dunkelblauen Volvo Kombi mit dem Logo der Rettungsstaffel und öffnete die Heckklappe. In einer

Hundetransportbox saß eine leberfarbene Bloodhoundhündin, deren große dünne Ohren bis über ihren Unterkiefer hinunterhingen, und schlabberte geräuschvoll die letzten Schlucke aus einem Napf. Wie alle Hundeführer legte Valerie Wert auf Rituale. Sie gab ihren Mantrailern vor jedem Sucheinsatz Leberwurstwasser, damit diese wussten, dass Arbeit wartete.

Jetzt öffnete Valerie die Box, und auf einen Befehl hin sprang Stella, die bereits ihr Führgeschirr trug, aus dem Wagen und lief schwanzwedelnd um ihr Frauchen herum. Judith zog sich ein Stück weit zurück und beobachtete, wie Valerie die lange Führleine befestigte und mit der Hündin zum Haus der Brunners ging. Dort öffnete sie die Plastiktüte und hielt der Hündin die Riechprobe von Theresa Brunner unter die Nase.

»Riech!« Stella plusterte die Backen auf, als sie den Geruch einsog. »Und such!«

Der zweite Befehl war überflüssig, Stella hatte sich bereits in Bewegung gesetzt. Die Nase dicht am Boden lief sie zunächst Richtung Haustür. Sie schnüffelte an den Stufen, lief ein paar Schritte, schnüffelte am Gartentor, lief ein paar Schritte, schnüffelte am Garagentor, drehte sich einmal um sich selbst, bevor sie auf die Straße und dann schnurstracks und mit fliegenden Ohren Richtung Straßensperre lief. Valerie, die mit der plötzlichen Tempoverschärfung offensichtlich gerechnet hatte, winkte Judith noch einmal zu und rannte dann mit wehendem pinkfarbenem Pferdeschwanz hinterher.

»Sieht so aus, als hätten die Brunners recht«, murmelte Pia Meyer, die neben Judith getreten war. »Theresa hat die Straße genommen.«

Judith nickte nachdenklich. »Die Frage ist nur, wann. Sie ist hier zu Hause, es muss von ihren Spuren nur so wimmeln. Wir können nur hoffen, dass Stella die neueste erwischt hat.« Sie warf einen Blick auf ihre Uhr. »Es ist schon fast sechs. Was halten Sie davon, wenn wir uns mal aufteilen?«

Während Judith und Pia die Schönblicker befragten, saß Roman Söring an seinem Schreibtisch und leistete von dort aus seinen Beitrag zur Suche nach Theresa Brunner. Soeben beendete er ein Gespräch mit dem Leiter des Suchteams und legte den Hörer auf die Gabel seines Telefons, überzeugt, dass das verdammte Ding mit seinem Ohr verwachsen würde, wenn er noch einen einzigen weiteren Anruf annahm. Warum nur war sein Headset ausgerechnet am Montag kaputtgegangen und warum nur schaffte es der deutsche Beamtenapparat nicht, innerhalb einer Woche Ersatz heranzuschaffen?

Müßige Fragen, mit denen Roman sich von den schlechten Nachrichten ablenken wollte, die vermehrt eintrafen, je später es wurde. Die Hundertschaft Polizisten hatte mittlerweile den halben Wald zwischen Neukirchen und Neustadt durchkämmt, ohne auch nur die kleinste Spur von Theresa Brunner gefunden zu haben. Die freiwilligen Zivilisten, die für einfacheres Terrain eingeteilt worden waren, meldeten nach und nach, dass auch die Felder rund um Neukirchen sauber waren. Der erste Suchhund hatte kein Ergebnis geliefert, die Hubschrauber hatten bisher ebenfalls nichts entdeckt. Nichts, nichts, nichts. Nur dass keine Nachrichten im Falle eines verschwundenen Kindes keine guten Nachrichten waren.

Roman streckte sich und wollte aufstehen, um sich die Beine zu vertreten, als sein Telefon erneut klingelte. »Ja? Söring?«

Er lauschte, dann ballte er die Faust. Endlich! Doch im nächsten Moment schlug er mit der Faust auf seinen Schreibtisch. Verdammt, wieso nur hatte er gedacht, keine Nachrichten seien schlechte Nachrichten? Er hätte es besser wissen müssen.

4

Das letzte Haus, das Judith aufsuchte, war Nummer zehn, am Beginn der Sackgasse auf der linken Seite. Nach der Befragung der
Bierkos hatten Judith und Pia Meyer die restlichen Nachbarn aufgeteilt. Judith hatte Nummer sechs und Nummer acht aufgesucht.
Die Familien, mit zwei beziehungsweise drei Kindern im Alter
zwischen null und sechs Jahren, hatten identische Aussagen geliefert: Niemand hatte Theresa morgens gesehen. Niemand hatte
eine Ahnung, wohin sie mit ihrem Roller gefahren sein könnte.
Zur Familie Brunner befragt, waren die Antworten ebenfalls iden-
tisch ausgefallen. Die Brunners seien eine harmonische Familie,
nette, fürsorgliche Eltern, Theresa ein liebenswertes Kind, Leon
eigentlich ein netter Junge, in der Pubertät halt etwas schwierig.
Niemand konnte sich vorstellen, dass Theresa weggelaufen war.

Irgendwie bezweifelte Judith beim Anblick von Nummer
zehn, dass sie von dessen Bewohnern, einer Familie Leyhe, etwas anderes hören würde. Es war ein großes Holzhaus im schwedischen Stil, dessen Verschalung eine silbergraue Patina angenommen hatte. Es stand inmitten einer blühenden Wiese, die
mehr Löwenzahn als Grashalme enthielt. Einige knorrige Obst-
bäume reckten ihre Äste in den blauen Himmel.

Das Haus strahlte den Anschein tiefen Friedens aus, als hätte
es nichts von dem Drama um es herum mitbekommen. Doch
die Idylle trog. Als Judith einen Finger auf den Klingelknopf am
Gartentor presste, wurde die Stille durch ein schrilles, Mark und

Bein durchdringendes Kläffen zerrissen, und im nächsten Moment kam ein Hund um die Ecke des Hauses gefegt und jagte über die Wiese auf sie zu. Nach der Lautstärke seines Gebells hätte Judith mindestens einen Bernhardiner erwartet. Der Hund schien auch durchaus genügend Haare für einen Bernhardiner zu besitzen, doch es war ein Pekinese, genauer gesagt eine Mischung mit viel Pekinese drin, noch genauer gesagt eine schwarze Mischung, ganz genau gesagt das hässlichste Tier, dem Judith je begegnet war. Als würde der Hund den Gedanken wittern, kläffte er noch schriller und warf sich geifernd gegen das Gartentor, wohl in dem Bemühen, die Frevlerin zu stellen. Er hörte damit auch nicht auf, als sein Herrchen über den Rasen herankam.

»Lass das, Attila! Aus! Aus!«

Hätte der Mann mit Wattebäuschen geworfen, hätte er den gleichen Effekt erzielt. Erst als er beherzt zupackte und den Hund hochhob, hörte Atilla auf zu geifern und verwandelte sich vom furchterregenden Hunnenkönig in ein friedliches Schoßhündchen, das Judith jetzt mit einer Miene betrachtete, die man nur als triumphierend bezeichnen konnte.

Sein Herrchen, ein kleiner zierlicher Mann mit dichtem rötlichgrauem Haar und einer Nickelbrille, lächelte Judith einnehmend an. »Entschuldigen Sie bitte die rabiate Begrüßung. Attila denkt, er sei ein Dobermann. Eine schwere Form von Wahnvorstellung, der wir durch die Namensgebung Vorschub geleistet haben. Nostra culpa. Was kann ich für Sie tun?«

Judith stellte sich vor, woraufhin der Mann das Gartentor öffnete.

»Ulf Leyhe, wir haben Sie schon erwartet. Das ist wirklich eine furchtbare Geschichte. Kommen Sie!«

Doch in dem Moment klingelte Judiths Handy. Mit einem entschuldigenden Lächeln zog sie es hervor. »Ja? Roman? Wirklich? Wo? Ein Marterl? In Ordnung, ich bin unterwegs.«

Sie steckte das Handy weg. »Entschuldigen Sie bitte, ich muss Ihre Befragung leider verschieben.«

Das letzte Haus, bei dem Pia klingelte, war Nummer neun, gegenüber von Nummer zehn. Es war das einzige Haus in Schönblick, das nicht von einer Familie mit Kindern, sondern von einer einzelnen Person bewohnt wurde, einer Witwe namens Marga Grandauer. Dass im Haus keine Kinder lebten, war zweifellos besser so, denn Marga Grandauer hasste Kinder – ebenso wie Hunde, Katzen, den Lärm der Hubschrauber, die auf der Suche nach Theresa Brunner über dem Wald kreisten, Polizisten, die unangemeldet bei ihr klingelten, Radfahrer, Rollerfahrer, Inlineskater – und noch eine lange Liste von anderen Dingen, durch die Pia sich bei ihrer Befragung hindurcharbeiten musste. Doch die Mühe lohnte sich. Zwar hatte Marga Grandauer nichts Erhellendes über Theresa zu sagen – »frech und vorlaut wie alle Kinder hier; malt die ganze Straße voll mit ihrer Kreide; isst, während sie Roller fährt« –, doch die Liste ihrer Beschwerden umfasste auch den Punkt »nächtliche Ruhestörung«.

»Und Sie sind sicher, dass es um drei Uhr nachts war?«, fragte Pia noch einmal nach.

»Selbstverständlich«, schnarrte Frau Grandauer. Sie zupfte den Seidenschal zurecht, den sie um ihre mageren Schultern geschlungen hatte, und lehnte sich auf ihrer geblümten Couch zurück, während Pia auf einem harten Holzstuhl vor ihr saß. »Ich habe die Glocke von Sankt Matthäus gehört. Und es war ein Fußgänger. Dieser grässliche Hund der Leyhes machte einen Lärm, dass ich dachte, ich würde zum Jüngsten Gericht gerufen. Wenn Autos vorbeifahren, tut er das nicht. Ein grässliches Vieh, hässlich und unerzogen. Die Leute glauben immer, kleine Hunde müsse man nicht erziehen, dabei haben gerade die es nötig! Bei Kindern wartet man auch nicht, bis sie groß sind. Wobei man froh sein muss, wenn Kinder heutzutage überhaupt noch erzogen werden. Früher hat man ihnen den Hintern versohlt, das war effektiver und billiger und ...«

Pia hörte nur mit einem halben Ohr hin, während sie sich fragte, was die Aussage von Marga Grandauer bedeuten mochte.

Jemand war nachts um drei Uhr durch diese Straße gegangen. Eigentlich nichts Ungewöhnliches in einer schönen warmen Frühsommernacht von Freitag auf Samstag. Vielleicht war einer der Anwohner von einem Kneipenbesuch oder einem Abend bei Freunden heimgekehrt. Allerdings hatten alle bisher Befragten ausgesagt, um die Zeit im Bett gewesen zu sein.

Pia wartete, bis Marga Grandauer Atem schöpfen musste. »Können Sie sagen, in welche Richtung der Fußgänger ging?«

»Natürlich nicht«, schnarrte Marga Grandauer. »Glauben Sie, ich springe mitten in der Nacht aus dem Bett und schnüffle meinen Nachbarn hinterher?«

Pia hatte sie tatsächlich so eingeschätzt. »Aber Sie sind sicher, dass er oder sie zu Fuß unterwegs war? Oder würde der Hund Ihrer Nachbarn auch bellen, wenn kein Fußgänger, sondern eine Person auf einem Roller oder einem Fahrrad vorbeikäme?«

»Natürlich, das habe ich doch schon erklärt. Nachts bellt er bei jedem, der nicht in einem Auto sitzt. Deshalb hat er ja auch eine halbe Stunde später nicht gebellt. Aber das hat mir nichts mehr genützt, schließlich war ich schon wach, denn natürlich konnte ich nach diesem Wahnsinnslärm nicht mehr einschlafen. Diese angeblichen Schlaftabletten von Dr. Ammer taugen nichts. Doktor, pah, der Mann ist Allgemeinmediziner. Mein Mann war Urologe …«

Pia musste sich eine weitere Klage anhören, bevor sie nach dem Auto fragen konnte. Als sie sich wenige Minuten später verabschiedete und durch das massive Holztor trat, mit dem Marga Grandauer sich vom Rest der Welt abgrenzte, war sie tief in Gedanken versunken.

Um drei Uhr nachts war jemand – zu Fuß oder mit einem Roller oder mit einem Fahrrad – am Garten von Nummer zehn vorbeigekommen. Eine halbe Stunde später hatte ein Auto Schönblick verlassen. In diesem Fall war Marga Grandauer sich der Bewegungsrichtung sicher, da die Scheinwerfer des Wagens durch die halb geöffneten Vorhänge hindurch einen hellen Fleck auf ihre Schlafzimmerwand geworfen hatten.

Während Pia einen Hubschrauber beobachtete, der in einiger Entfernung über dem Wald kreiste, fragte sie sich, ob diese Beobachtungen ihre Ermittlungen betrafen. Gab es einen Zusammenhang mit Theresas Verschwinden? Bisher war sie davon ausgegangen, dass das Mädchen kurz vor halb sieben sein Elternhaus verlassen hatte, wie es seine Gewohnheit war – oder zumindest nach Sonnenaufgang, der so gegen fünf gewesen war. Doch vielleicht hatte sie sich nachts um drei davongeschlichen? Aber zu welchem Zweck? Oder hatte sie um halb vier in dem Auto gesessen? War es der Wagen ihrer Eltern gewesen? Der eines anderen Nachbarn?

Nun, möglicherweise bekam Plattner gerade in einem der Häuser mit gerader Nummer Antworten auf diese Fragen. Pia holte ihr Handy hervor, schrieb der Ersten Kriminalhauptkommissarin eine SMS, dass sie ihre Seite der Sackgasse abgearbeitet hatte, und ging dann die Straße hoch zu dem Dienstwagen, den sie auf dem gekiesten Platz vor der brunnerschen Schreinerei geparkt hatte. Sie war verschwitzt und durstig, da keiner der Schönblicker auf den Gedanken gekommen war, ihr etwas zu trinken anzubieten.

Während Pia an dem BMW lehnte, eine Dose eklig warmes Red Bull in ihre trockene Kehle rinnen ließ und einen der Energieriegel aß, die sie vorsorglich im Fitnessstudio eingesteckt hatte, kündigte ihr Handy brummend den Eingang einer SMS an. »Können Sie Nummer zehn (Leyhe) übernehmen? JP.« Keine weiteren Erklärungen. Pia steckte das Handy wieder weg. Klar konnte sie – nach ihrer Pause. Sie riss einen zweiten Energieriegel auf.

Die Sackgasse lag in der Abendsonne friedlich da. Die Nachbarn waren in ihren Häusern, selbst die Straßensperre war nicht mehr von Journalisten belagert, was Pia wunderte. Verschwundene Kinder boten immer einen hohen Nachrichtenwert. Hatten die Reporter ein anderes Objekt für ihr Interesse entdeckt? Momentan war außer den beiden Streifenpolizisten nur ein Mann an der Sperre, der kurz zuvor auf einem Mountainbike angekommen war. Jetzt zog er etwas hervor, vermutlich einen Ausweis, und zeigte ihn einem der Beamten.

Während Pia die beiden beobachtete, dachte sie weiter über den Fall nach. Sie war mittlerweile sicher, dass es sich um einen Fall handelte. Es war halb acht, Theresa war seit mindestens dreizehn Stunden verschwunden. Die Wahrscheinlichkeit, dass ihr nichts Schlimmes zugestoßen war, war mit jeder Stunde geschrumpft, mittlerweile betrachtete Pia sie als minimal. Nach den Aussagen der Eltern und der Nachbarn bezweifelte sie, dass Theresa freiwillig weggelaufen war. Das ließ grob zwei Möglichkeiten übrig: Theresa hatte das Haus und Schönblick freiwillig verlassen, und ihr war irgendwo draußen etwas zugestoßen, vielleicht war sie das Zufallsopfer irgendeines Fremden geworden. Oder die Erklärung für ihr Verschwinden lag hier, in Schönblick, in ihrem Elternhaus oder vielleicht in einem der anderen Häuser dieser kleinen Gemeinschaft.

Pia schob sich den letzten Bissen Energieriegel in den Mund und warf die Packung in den Innenraum des BMW, dann dachte sie an Plattners potenzielle Reaktion, fischte das Papier wieder heraus und steckte es in die Hosentasche. Zeit für Familie Leyhe.

Doch auf dem Weg zu Nummer zehn wurde Pia abgelenkt. Der Beamte an der Straßensperre hatte sich endlich entschlossen, den Mountainbiker, wenn auch ohne sein Fahrrad, nach Schönblick hereinzulassen. Jetzt kam der Mann die Straße hoch. Er schien auf dem Weg zu den Brunners, doch als er auf der Höhe von Nummer vier war, kam Nora Vogt aus dem Haus geschossen, rannte auf ihn zu und brüllte ihn an.

Pia konnte nicht verstehen, was sie sagte, doch Tonfall und Lautstärke nach zu urteilen, war es keine warmherzige Begrüßung. Der Mann erwiderte etwas, dann redeten beziehungsweise schrien beide gleichzeitig, und plötzlich holte Nora Vogt aus, um dem Mann eine Ohrfeige zu verpassen, die dieser jedoch leicht abfing.

Pia setzte sich in Bewegung. »Kann ich Ihnen helfen?«

Das streitende Paar fuhr zu ihr herum. Nora Vogts sorgsam geschminktes Gesicht war vor Wut verzerrt. Die Miene des Mannes war genervt.

»Nein, alles bestens.« Er ließ Nora Vogts Arm los.

»Von wegen«, keifte die. »Du hast Pech gehabt, Mats, mich vor der Polizei anzugreifen. Sie können ihn gleich wegen häuslicher Gewalt verhaften.« Sie krempelte ihre weiße Bluse hoch und entblößte ihren Unterarm, der deutlich gerötet war. »Da!«

Der Mann schüttelte den Kopf. »Du bist ja verrückt, Nora. Soll ich etwa die andere Wange hinhalten, wenn du zuschlägst?« Er wandte sich an Pia. »Sind Sie wirklich von der Polizei? Dann haben Sie hoffentlich gesehen, was passiert ist. Meine liebe Nochfrau wollte mich schlagen.«

»Dann verhaften Sie ihn halt wegen Entführung.«

Trotz der Abendsonne, die mit fast unverminderter Intensität schien, lief Pia ein kalter Schauer über den Rücken, während der Mann mit dem Fahrradhelm unter seiner Sonnenbräune schlagartig blass wurde. »Meine Güte, Nora, bist du jetzt völlig übergeschnappt? Wie kannst du so etwas sagen? Noch dazu in dieser Situation?«

»Du hast Pauline entführt.«

»Das ist doch Schwachsinn. Ich habe dir gerade gesagt, dass sie bei meinen Eltern ist.«

»Aber das war nicht ausgemacht. Du solltest sie an diesem Wochenende nehmen. Du kannst sie nicht einfach zu deinen Eltern abschieben, weil du irgendein Flittchen bumsen willst. Die Vereinbarung lautet, dass ich zu jedem Zeitpunkt weiß, wo sie ist. Du hast kein Recht ...«

Er unterbrach sie. »Herrgott, jetzt reg dich nicht so künstlich auf! Sie ist viel lieber bei meinen Eltern als sonst wo. Ich habe ihr einen Gefallen getan.«

»Du hättest mich fragen müssen!«

»Als ob du zugestimmt hättest! Außerdem ist dafür doch wohl

jetzt nicht der richtige Zeitpunkt. Pauline ist in Sicherheit, Tessi wird vermisst. Verdammt, ich will zu Marco und Viola.«

»Und warum wird Tessi vermisst?«, zischte Nora Vogt. »Weil die Polizei nicht die Möglichkeit hat, adäquat nach ihr zu suchen. Weil du Pauline vor ihnen versteckst.«

»Was soll der Schwachsinn?«

Nora Vogt deutete triumphierend auf Pia. »Kriminalkommissarin Meyer. Sie möchte Pauline fragen, wo Theresa sein könnte. Aber da du Pauline ja zu deinen Eltern geschafft hast und den ganzen Tag nicht an dein Handy gehst und …«

»Ich habe es dir erklärt, ich war mit dem Mountainbike unterwegs, ich hatte das Handy zu Hause vergessen. Ich habe vorhin erst erfahren, was los ist.« Er schüttelte sich und atmete einmal tief durch, bevor er sich an Pia wandte. »Ist das wahr, dass Sie mit meiner Tochter reden wollen?«

Pia nahm sich einen Moment Zeit, den Mann zu mustern. Er sah auf eine verschwitzte Weise gut aus, selbst mit Fahrradhelm, was in Pias Augen eigentlich unmöglich war. Er war muskulös gebaut und auch ansonsten sehr gut ausgestattet, wie unter der engen, Dreck bespritzten Fahrradhose gut zu erkennen war.

»Wir möchten mit allen Freundinnen von Theresa sprechen, für den Fall, dass sie einer von ihnen etwas anvertraut hat, das ihre Eltern nicht wissen.«

Der Mann nahm seinen Helm ab und fuhr mit der Hand durch seine zotteligen blonden Haare. »Ja, das verstehe ich, und es tut mir leid. Wenn ich geahnt hätte … Allerdings kann ich mir nicht vorstellen, dass Theresa Pauline etwas anvertraut hat. Die beiden haben sich gestritten, vor einigen Wochen schon, seitdem gehen sie sich aus dem Weg.«

Bevor Pia antworten konnte, fuhr Nora Vogt ihn an: »Was redest du denn da? Die beiden haben nicht gestritten.«

»Doch, wegen der Schule. Mein Gott, Nora, du hast keine Ahnung, was im Kopf deiner Tochter vorgeht, und mir machst du Vorwürfe …«

Pia schaltete sich ein, bevor der Streit wieder eskalieren konnte. »Herr Vogt …«, begann sie, wurde jedoch sofort unterbrochen.

»Hering«, sagten die Nocheheleute wie aus einem Munde, ein seltener Moment der Eintracht. »Matthias Hering«, ergänzte er.

»Herr Hering, wir würden gerne dennoch mit Pauline reden, möglichst schnell. Wo wohnen Ihre Eltern denn?«

Er sagte es ihr.

Pia unterdrückte einen Fluch. Das waren hin und zurück mindestens drei Stunden Fahrzeit. »Könnten Sie Ihre Tochter trotzdem holen? Heute noch?«

Matthias Hering nickte, doch Nora Vogt fuhr dazwischen. »Das mache ich selbst, und ich werde ein Wörtchen mit deinen Eltern reden und ihnen erklären, dass Pauline ohne mein Einverständnis bei ihnen ist. Ich vermute, sie wissen es nicht.«

Hering zuckte bloß mit den Achseln.

»Gut«, wandte Pia sich an Nora Vogt, »dann werden wir vermutlich heute nicht mehr mit Ihrer Tochter reden, sondern erst morgen früh. Aber vielleicht können Sie sie schon mal fragen, ob sie irgendeine Idee hat, wo Theresa sein könnte, und uns dann anrufen?«

»Selbstverständlich«, erwiderte Nora Vogt huldvoll, offensichtlich bestrebt, sich im Gegensatz zu ihrem Ex als verantwortungsbewusstes Mitglied der Gesellschaft hervorzutun. »Sonst noch etwas?«

»Eine letzte Frage: Würden Sie mir verraten, wie Sie den gestrigen Abend verbracht haben? Ob Sie zu Hause waren oder ob Sie weggefahren sind, und falls ja, wann Sie wiedergekommen sind?«

Im nächsten Augenblick wurde Pia klar, dass sie nicht den besten Zeitpunkt für die Frage gewählt hatte. Nora Vogt schob ihre perfekt gezupften Augenbrauen zusammen. »Ich wüsste nicht, was Sie das angeht.« Der gerade noch so wohlwollende Ton ihrer Stimme hatte sich deutlich abgekühlt.

Pia entschuldigte sich. »Ich weiß, es ist eine sehr persönliche Frage. Aber die Antwort könnte uns bei unserer Suche nach

Theresa helfen. Wir versuchen herauszufinden, wer heute Nacht wann durch diese Straße gegangen oder gefahren ist.«

Nora Vogt warf ihrem Nochehemann einen Blick zu. »Nun, ich war gestern Abend nicht zu Hause, ich hatte eine Verabredung.«

»Und wann sind Sie nach Hause gekommen? Sind Sie mit dem Auto gefahren?«

»Meine Verabredung ist gefahren. Wir waren etwa um Mitternacht wieder hier. Genügt Ihnen das?«

Eigentlich nicht, dachte Pia. Sie fragte sich, wie sie Matthias Hering am schnellsten loswerden konnte, um ihre nächste Frage zu stellen – ob nämlich Nora Vogts Verabredung über Nacht oder zumindest für einen Teil davon geblieben und eventuell gegen halb vier wieder weggefahren war. Sie bezweifelte, dass Nora Vogt die Frage in Herings Anwesenheit unbedingt ehrlich beantworten würde.

Doch der mischte sich ein. »Und? Ist Erik über Nacht geblieben?«, fragte er seine Nochehefrau. »Du hast nicht ernsthaft gedacht, die ganze Straße wüsste nichts davon, oder?«

Nora Vogt warf ihm einen Blick wie aus einer Steinschleuder zu. »Ich denke, das geht dich nicht das Geringste an«, sagte sie zuckersüß.

»Aber Frau Meyer will es wissen. Nicht wahr?« Hering grinste Pia breit an. »Falls Nora es Ihnen nicht sagt, können Sie ihn übrigens leicht selbst fragen. Erik Lange, ihm gehört die Buchhandlung direkt am Marktplatz. Nora ist ganz scharf auf ihn, vermutlich weil sie denkt, es verleiht ihr einen intellektuellen Anstrich, wenn sie sich an einen Buchhändler heranmacht. Ist es nicht so, Schatz?«

Sein Schatz musterte ihn kühl. »Weißt du, Mats, es ist wirklich gut, dass du an einem Gymnasium arbeitest, nicht in der Erwachsenenbildung. Ich bezweifle, dass irgendjemand über zwanzig über deine Witze lacht.«

»Du hast früher gerne darüber gelacht, wahrscheinlich kommen daher deine vielen Falten.«

Pia hörte nur mit einem Ohr hin, während die Expartner sich gegenseitig anmachten. Erik Lange – sie hatte mal einen Erik Lange gekannt. Er war am Gymnasium in derselben Jahrgangsstufe wie sie gewesen, sie war jahrelang heimlich in ihn verknallt gewesen, und seine Eltern hatten ebenfalls eine Buchhandlung besessen. Aber das war in Altenstein gewesen, vermutlich war dieser Erik Lange also ein anderer – zumal ihr Erik Lange damals Lehrer werden wollte.

Matthias Hering riss Pia aus ihren Gedanken. »Na, so ein Zufall, da kommt Erik gerade.« Er deutete in Richtung Straßensperre. »Was für ein Glücksfall, Frau Meyer, da können Sie ihn gleich fragen.«

5

Erik

Als ich nach meinem zweiten Sucheinsatz zurück zur Sammelstelle komme, halte ich es nicht mehr aus und wähle Joelles Nummer. Ich habe die Buchhandlung zwei Stunden früher als üblich geschlossen und den ganzen Nachmittag bei der Suche nach Theresa geholfen. Bei meinem ersten Einsatz habe ich zusammen mit anderen Freiwilligen, von denen ich keinen mit Namen kenne, obwohl ich einigen schon Bücher verkauft habe, das Maisfeld an der Straße von Neukirchen nach Schönblick durchsucht. Der Mais steht noch nicht sehr hoch, doch ein Kind könnte sich darin verstecken, deswegen marschieren wir in einer langen Reihe hinein – und erfolglos wieder heraus. Der zweite Einsatz hat uns zu einem Waldstück drei Kilometer westlich von Neukirchen geführt. Drei Stunden lang haben wir uns durchs Unterholz geschlagen, mit Stöcken im Laub gestochert und Theresas Namen gerufen – wieder erfolglos.

Dieser zweite Misserfolg ist schlimmer als der erste. Unser Optimismus, ausgelöst durch den Anblick Hunderter Freiwilliger an der Sammelstelle einige Stunden zuvor, weicht Frustration – und wachsender Beklommenheit. Theresa ist mittlerweile seit dreizehn Stunden verschwunden. Niemand spricht es aus, doch jeder von uns ist überzeugt, dass das nicht nur nichts Gutes, sondern etwas sehr Schlechtes bedeutet.

Daher mein Bedürfnis, Joelle anzurufen – obwohl ich weiß,

dass ich es nicht tun sollte, und obwohl ich weiß, wie irrational dieses Bedürfnis ist. Weil ein Mädchen hier in Neukirchen verschwunden ist, muss meine Tochter hundertfünfzig Kilometer entfernt nicht in Gefahr sein. Dennoch will ich wenigstens Joelles Stimme hören. Noch lieber würde ich zu ihr fahren, sie in meine Arme schließen und mich persönlich vergewissern, dass sie in Sicherheit ist. Da das keine Option ist, zücke ich mein Handy.

Doch im letzten Moment breche ich den Anruf ab. Was, wenn Tamara gerade neben Joelle sitzt? Natürlich wäre Joelle klug genug, den Anruf nicht anzunehmen, aber Tamara würde dennoch misstrauisch werden. Und sie hat sehr deutlich gemacht, welche Konsequenzen es hätte, wenn sie erführe, dass ich immer noch Kontakt zu Joelle halte.

Ich stecke das Handy wieder weg. Und jetzt? Ich bin erschöpft, verschwitzt und dreckig, doch aufgeben kommt nicht infrage, deshalb gehe ich zu der Bierbank, die im Schatten eines Busses der Freiwilligen Feuerwehr Neukirchen aufgebaut ist. Von dort leitet der Kommandant die Suche der Freiwilligen und koordiniert sie mit den professionellen Aktivitäten der Polizei. Einige meiner Mitstreiter sind bereits dort, doch als wir darum bitten, für einen weiteren Einsatz eingeteilt zu werden, schüttelt der Kommandant den Kopf.

»Zwei Einsätze an einem Nachmittag sind genug, ihr werdet unaufmerksam. Geht nach Hause, ruht euch aus – und betet, dass es nicht nötig sein wird, dass ihr morgen um sieben wieder hier seid.«

Ich bin sicher, dass der Mann seinen Job versteht und recht hat, doch ich kann seiner Aufforderung nicht nachkommen. Würde ich nach Hause gehen, hätte ich das Gefühl, Theresa im Stich zu lassen – und Marco und Viola. Wenn ich nichts für Theresa tun kann, will ich wenigstens etwas für ihre Eltern tun. Ich will für sie da sein, sie fragen, ob ich ihnen irgendwie helfen kann. Ich überlege kurz, sie anzurufen, doch ich will Marcos Handy nicht blockieren. In meiner Vorstellung starrt er darauf und wartet, dass es endlich klingelt und ihm die erlösende Nachricht bringt, dass seine Tochter wohlbehalten gefunden wurde. Stattdessen entschließe ich mich, zu ihm zu gehen.

Doch als ich die Streifenwagen sehe, die die Zufahrt nach Schönblick versperren, kommen mir Zweifel, ob das möglich sein wird. Ein Polizist in Uniform fragt mich, wer ich sei und wohin ich wolle. Als ich ihm meinen Namen sage und dass ich ein Freund der Familie Brunner bin, kommentiert er das zwar nicht, doch er sieht nicht so aus, als glaubte er mir.

»Darf ich Ihren Ausweis sehen? Warten Sie bitte.«

Der Beamte verzieht sich auf den Fahrersitz seines Wagens, wo er meinen Ausweis studiert und in sein Funkgerät spricht. Ich nutze die Gelegenheit, mich umzusehen. Ich vermute, die Straßensperre ist dazu da, Gaffer aus Schönblick fernzuhalten. Falls ja, ist sie verblüffend effektiv. Zwar parken einige Autos auf dem Radweg, doch die Fahrer kann ich nirgendwo erblicken. Auch die Sackgasse hinter der Sperre liegt friedlich in der Abendsonne da, was seltsam anmutet angesichts der Tatsache, dass ein Kind verschwunden ist. Ich sehe nur drei Personen, die vor Noras Haus stehen, und leider ist Nora dabei. Mist! Ich hatte sie und den Ausklang des gestrigen Abends völlig vergessen. Ich hoffe, dass der Polizist so lange für die Überprüfung meiner Daten benötigt, bis Nora sich wieder in ihr Haus verzogen hat. Doch natürlich beschließt der Mann in dem Moment, dass ich koscher bin, reicht mir meinen Ausweis und lässt mich passieren.

Ich gehe die Straße hoch. Vor Noras Haus stehen außer Nora auch Mats und eine massige Frau in einem marineblauen Anzug mit dunkelbraunem Pferdeschwanz, rot verschwitztem Gesicht und unglaublich breiten Schultern. Nora und Mats scheinen zu streiten, und ich hoffe, dass sie zu beschäftigt sind, um mich zu bemerken, doch dann sieht Mats in meine Richtung und brüllt: »Hi, Erik, dein Typ wird verlangt.«

Mir bleibt nichts anderes übrig, als mich zu den dreien zu gesellen. Ich nicke allen zu. Nora ignoriert meine Begrüßung, doch die andere Frau mustert mich so intensiv, dass ich mich unbehaglich fühle. Aus der Nähe kommt ihr Gesicht mir vage bekannt vor, doch ich bin sicher, ich würde mich an sie erinnern. Ich habe noch nie eine derart muskulöse Frau gesehen. Selbst Mats wirkt neben ihr wie ein Hänfling. Sie sieht aus, als könnte sie ihn mühelos bis zur Straßensperre schleudern.

Ich muss mich nicht lange fragen, warum mein Typ hier verlangt wird, denn Mats spricht es mit einem breiten Grinsen an. »Erik, du kommst wie gerufen. Das ist Kriminalkommissarin Meyer. Sie würde gerne wissen, ob du letzte Nacht mit Nora geschlafen hast, und falls ja, wie oft und wie lange und wann du wieder nach Hause gefahren bist.«

Was immer ich erwartet habe, das sicher nicht. Ich bin zu perplex für irgendeine sinnvolle Erwiderung, und für einige Augenblicke starren wir uns alle in peinlich berührtem Schweigen an. »Ist das ein Witz?«, frage ich schließlich.

»Natürlich ist das ein Witz, ein beschissener noch dazu«, sagt Nora. Ihr Tonfall ist feindselig, allerdings weiß ich nicht, ob die Schärfe Mats gilt oder mir. »Was soll man von einem Mann erwarten, der nicht nur den Humor, sondern auch den Verstand eines Fünfzehnjährigen hat?« Sie wendet sich an die breitschultrige Frau. »Wie gesagt, Frau Meyer, Herr Lange brachte mich gestern Abend gegen Mitternacht nach Hause, anschließend fuhr er direkt wieder. Und falls niemand etwas dagegen hat, werde ich das jetzt ebenfalls tun und meine Tochter abholen.«

Mit diesen Worten lässt sie uns stehen und stöckelt zu ihrer Garage. Wir beobachten sie, bis sie in ihrem Wagen sitzt.

»Könnte mir vielleicht jemand erklären, was hier los ist?«, frage ich schließlich.

Ich richte die Frage an Mats, der durchdringende Blick der Polizistin irritiert mich. Dennoch übernimmt sie die Antwort, indem sie mir die Hand hinstreckt. Ihr Händedruck ist fest.

»Kriminalkommissarin Meyer, wir ermitteln wegen des Verschwindens von Theresa Brunner. Sie kennen das Mädchen?«

Ich bestätige das. »Ich habe den ganzen Tag mit anderen Freiwilligen nach ihr gesucht. Ich bin mit ihrem Vater befreundet. Ich bin hier, um zu fragen, ob ich etwas für Viola und ihn tun kann. Allerdings verstehe ich nicht, was das mit meiner Verabredung mit Frau Vogt zu tun hat.«

Die Kriminalkommissarin erklärt es mir. »Wie Sie vielleicht gehört haben, verließ Theresa in der vergangenen Nacht zwischen Mitternacht und halb sieben Uhr morgens ihr Elternhaus. Wir befragen alle, die in dieser Zeit in dieser Straße unterwegs waren.«

»Sie wollen wissen, ob ich Theresa heute Nacht gesehen habe? Nein. Allerdings hatte ich das so verstanden, dass sie erst heute Morgen mit ihrem Roller weggefahren ist.«

Die Polizistin zuckt mit den Achseln. »Wir wissen es nicht, daher müssen wir diese Fragen stellen.«

Mir kommt das vor wie eine Floskel aus einem Krimi, und ich überlege, ob das wirklich nur Routinefragen sind. Doch bevor ich etwas erwidern kann, klingelt das Handy der Frau. Sie zieht es hervor, wirft einen Blick aufs Display und steckt es wieder weg.

»Vielen Dank für Ihre Hilfe, Herr Hering.« Sie nickt Mats zu, bevor sie sich wieder an mich wendet. »Es hat mich gefreut, Herr Lange.« Sie schüttelt noch einmal meine Hand, dann geht sie die Straße hinunter und klingelt am Gartentor des letzten Hauses vor der Straßensperre.

Ich starre ihr irritiert hinterher. Ich habe das dumpfe Gefühl, etwas verpasst zu haben. So banal das kurze Gespräch war, irgendetwas scheint unter der Oberfläche abgelaufen zu sein, das ich nicht verstehe. »Was war das denn?«, frage ich Mats.

Mats grinst. »Das war offenbar eine Frau, die total auf dich abfährt.« Er schraubt seine Stimme in ein seltsames Falsett hoch. ›Es hat mich gefreut, Sie kennenzulernen, Herr Lange.‹ Plus zweimal Händeschütteln. Ich habe nur ein Nicken bekommen.«

»Das meine ich nicht. Wieso hast du behauptet, sie wolle wissen, ob ich mit Nora geschlafen habe, obwohl sie nur wissen wollte, wann ich durch die Straße gefahren bin?«

»Weil es *mich* interessiert. Und, hast du?«

Ich schüttele den Kopf. »Nein, ich habe sie nach Hause gebracht, das war alles.«

Jetzt mustert Mats mich so intensiv wie zuvor Frau Meyer. »Du kannst es mir ruhig erzählen.«

»Es gibt nichts zu erzählen.«

Er zuckt mit den Achseln. »Glaube nicht, ich hätte was dagegen. Besser du als ich. Obwohl ...« Er leckt sich lüstern die Lippen. »Wenn ich Nora nur zum Vögeln bekommen könnte ... Sie ist eine Granate im Bett. Sonst hätte ich es nie so lange mit ihr ausgehalten.«

Ich muss Nora recht geben: Manchmal ist Mats reichlich geschmacklos. »Ich finde, wir sollten jetzt zu Marco und Viola gehen.«

Wir müssen zweimal klingeln, bevor jemand aufmacht, und dann ist es Josef, Marcos Bruder. »Was wollen Sie?«, blafft er, noch bevor er uns eines genauen Blickes würdigt. Dann erkennt er uns, doch der grimmige Ausdruck in seinem Gesicht wird nicht milder. Ich frage mich, ob er den ganzen Tag Journalisten und Gaffer abgewimmelt hat, die vielleicht durch den Wald nach Schönblick gekommen sind. Ich bezweifle, dass es auch nur ein Einziger an diesem Cerberus vorbeigeschafft hat.

»Wir wollen Marco und Viola unterstützen.« Selbst Mats klingt etwas konsterniert.

Josefs Miene verändert sich nicht, doch er tritt einen Schritt zurück, so dass wir uns an seiner hünenhaften Gestalt vorbeidrängen können. Dann schließt er die Tür und folgt Mats und mir ins Wohnzimmer, als wollte er sicherstellen, dass das wirklich unser Ziel ist.

Im Wohnzimmer ist es stickig, obwohl die Terrassentür weit geöffnet ist, und voll. Bestimmt zwanzig Personen sitzen oder stehen herum, dennoch herrscht eine gedämpfte Atmosphäre. Als wir eintreten, wenden sich uns zwanzig Augenpaare zu, um dann gleich wieder wegzusehen. Ich muss an eine Gruppe Schiffbrüchiger denken, die verzweifelt auf Rettung wartet und bei allem, was sich auf dem Wasser bewegt, Hoffnung schöpft, nur um sie wieder zu verlieren, wenn die Bewegung sich als Spiel der Wellen oder als ein Stück Treibholz entpuppt.

Viola kauert mit kalkweißem Gesicht und verweinten Augen auf der Couch, flankiert von zwei Frauen, die hilflos an ihr herumzupfen in dem Bemühen, ihr Trost zu spenden. Weitere Frauen stehen daneben, und Viola gegenüber sitzt ein Mann in einem schwarzen Hemd, den ich eine Schrecksekunde lang für einen Bestatter halte, bis ich den weißen Stehkragen bemerke. Es muss der Pfarrer von Sankt Matthäus sein. Marco hat einmal erwähnt, dass Viola in der Kirche sehr aktiv ist, während er selbst hauptsächlich ihr zuliebe zur Messe geht und weil sich das in einem kleinen bayerischen Ort für einen CSU-Mann halt so gehört.

Die vielen Besucher verunsichern mich. Ich frage mich, ob ich an Marcos und Violas Stelle das ganze Haus voller Leute haben wollen würde und ob ich mich nicht einfach wieder verdrücken soll, da kommt Marco aus der Küche. Er hält ein Glas Wasser in der Hand, doch bei unserem Anblick stellt er es auf den Esstisch, und im nächsten Moment liegen wir uns in den Armen. Wir haben uns noch nie umarmt – Marco ist eher der Typ, der einem einen kräftigen Schlag auf den Rücken verpasst –, aber jetzt klammert er sich an mich, dass ich erwarte, das Brechen von Knochen zu spüren.

»Ich bin froh, dass du da bist.«

»Es tut mir so leid«, murmele ich.

Marco nickt bloß, dann umarmt er auch Mats, und anschließend stehen wir drei stumm da. Auf dem Weg hierher habe ich mir einige tröstende Worte zurechtgelegt, doch jetzt kommen sie mir banal vor. Auch Mats sagt ausnahmsweise nichts.

Eine Frau – Violas Mutter, wenn ich mich richtig an Marcos Geburtstagsfeier erinnere – löst sich aus der Gruppe um ihre

Tochter. Sie trägt ein leeres Tablett. »Mögen Sie auch einen Kaffee?«, fragt sie Mats und mich. »Ich habe gerade unserem Pfarrer einen gebracht, ich koche gerne eine frische Kanne.«

Sie lächelt schüchtern, doch Marco lehnt brüsk ab. »Wir gehen raus.« Er zieht uns mit sich auf die Terrasse. »O Gott, diese Frau treibt mich in den Wahnsinn«, stöhnt er, kaum dass er die Terrassentür zugezogen hat. »Sie kocht schon den ganzen Tag Kaffee. Wenn ich noch eine einzige Tasse trinke, ja, wenn ich nur noch einmal Kaffee riechen muss, kotze ich. Als ob Kaffee irgendwem helfen würde! Ich habe ihr gesagt, sie soll keinen mehr machen, aber dann kam der Pfarrer, und natürlich ist sie dann sofort wieder in die Küche gerannt, denn natürlich muss der Pfarrer sein Koffein kriegen. Denn ohne Koffein kann er seinen Job ja nicht machen und Viola nicht erzählen, dass alles gut wird, weil Gott seine schützende Hand über Tessi hält. Aber wenn er das täte, dann wäre Tessi jetzt hier, dann …«

Marco wird immer lauter, seine Stimme droht sich zu überschlagen. Ich lege ihm eine Hand auf den Arm. Marco atmete einmal tief durch.

»Ich werde noch wahnsinnig«, sagte er dann leiser und lässt sich auf einen der Gartenstühle fallen, die sich um einen Teakholztisch gruppieren.

»Das verstehen wir.«

Ich setze mich neben ihn, Mats legt seinen Fahrradhelm auf den Tisch und nimmt gegenüber Platz. Wieder herrscht Schweigen, während Marco zwischen seinen Knien hindurch auf die Steinplatten starrt. Dann hebt er ruckartig den Kopf und ballt die Hände zu Fäusten.

»Diese Ungewissheit, dieses Nichtstun! Ich halte das nicht aus. Tessi ist irgendwo da draußen, ganz allein. Sie hat bestimmt Angst. Und die Polizei tut nichts. Nichts!« Seine Faust landet krachend auf dem Tisch.

»Ich glaube nicht, dass das richtig ist«, beschwichtige ich. »Ich bin sicher, die Polizei tut einiges.«

»Aber warum finden sie Tessi dann nicht? Sie haben Hubschrauber. Sie haben Hunde. Die Kommissarin, die heute hier war, hat gesagt, es seien Hunderte Polizisten auf der Suche nach ihr. Warum finden sie sie nicht?«

Mats und ich tauschen einen Blick. Die Antwort, die uns beiden durch den Kopf schießt, lautet: Weil Theresa nicht mehr hier in der Nähe ist. Weil ihr etwas zugestoßen ist.

»Warum?« Wieder schlägt Marco auf den Tisch, doch dieses Mal geht das Krachen im Dröhnen eines Hubschraubers unter, der über uns hinwegrattert. Er kommt aus der Richtung des Waldes. So tief, wie er fliegt, will er sicherlich bald landen, vermutlich auf der Wiese, auf der die Sammelstelle eingerichtet wurde.

Als das Knattern leiser wird, fragt Mats: »Gibt es denn überhaupt keine Spur? Was hat die Kommissarin denn gesagt? Hat die Polizei eine Theorie, was passiert sein könnte?«

Marco schüttelt erschöpft den Kopf. »Sie haben keine Theorie. Sie haben gar nichts. Ihre einzige Theorie ist, dass Tessi weggelaufen sein könnte. Viola sollte sogar in ihrem Kleiderschrank nachsehen, ob sie Kleidung mitgenommen hat. Das ist doch Schwachsinn!«

»Warum sollte Theresa denn weggelaufen sein?«, frage ich.

»Wegen der Schule! Weil sie den Übertritt aufs Gymnasium nicht geschafft hat! Dabei ist das absolut lächerlich! Der verdammte Test ist Monate her, und wir haben Tessi das genaue Ergebnis gar nicht gesagt. Wir sind doch nicht verrückt! Und sie wollte ohnehin nicht aufs Gymnasium. Sie will Fotografin werden, dafür braucht sie kein Abi. Sie war glücklich.« Er korrigiert sich sofort. »Sie ist glücklich.«

»Natürlich«, stimme ich zu.

»Sie ist ein glückliches Kind«, beharrt er. »Wir sind gute Eltern.«

»Natürlich.«

»Und wir waren nicht nachlässig. Wir haben Tessi gesagt, dass sie morgens die Straße nicht verlassen darf. Dass sie nur auf unserem Grundstück und auf dem Wendehammer spielen darf, weil sie so gerne mit ihren Inlineskates darauf herumfährt.« Er reibt sich mit beiden Händen durchs Gesicht, bis es ganz rot ist. Seine Augen sind blutunterlaufen, er sieht völlig fertig aus. »Ich verstehe das einfach nicht. Tessi hatte kein Geld dabei. Wieso hätte sie in die Stadt fahren sollen? Aber hier kann ihr auch nichts zugestoßen sein. Wir kennen doch alle hier! Wir hätten ihr doch sonst nicht erlaubt, draußen zu spielen.«

»Bist du denn sicher, dass sie nur zum Spielen raus ist?«, fragt Mats. »Und dass sie erst heute früh losgezogen ist?«

»Natürlich«, blafft Marco.

»Ich dachte bloß …« Mats wirft mir einen fragenden Blick zu. »Was?«, fragt Marco.

Mats rutscht mit seinem Stuhl ein Stück vor, die Holzbeine schrappen über die Steinplatten. »Wir haben vorhin eine Polizistin getroffen. Sie schien zu glauben, dass Tessi vielleicht schon nachts ausgebüxt ist. Sie wollte wissen, wann Erik heute Nacht hier war und …«

Weiter kommt er nicht, denn Marco ist schon aufgesprungen. »Wie oft noch?«, brüllt er. »Tessi ist nicht ausgebüxt. Sie hat nicht den geringsten Grund dafür. Sie …« Er unterbricht sich und starrt auf mich hinunter. Für einen kurzen Augenblick, für einen Sekundenbruchteil bloß, sehe ich Misstrauen in seinen Augen aufflackern. »Du warst heute Nacht hier? Und die Polizei hat dich befragt?«

Ich könnte Mats in den Hintern treten. Ungeschickter hätte er das nicht formulieren können. »Ich war gestern Abend mit Nora in Neustadt und habe sie anschließend nach Hause gebracht, deshalb war ich hier«, erkläre ich. »Nora hat das der Polizei erzählt, und die Polizistin, eine Kommissarin namens Meyer, hat mich gebeten, das zu bestätigen. Ich habe das so verstanden, dass die Polizei alle Nachbarn befragt, wann sie heute Nacht oder heute früh auf der Straße waren.«

»Aber warum?« Marco wird noch blasser. »Glauben Sie etwa, dass einer von hier etwas mit Tessis Verschwinden zu tun hat?«

»Ich glaube, sie gehen nach dem Ausschlussprinzip vor. Wenn Nachbar X um eine gewisse Uhrzeit draußen war und Tessi nicht gesehen hat, kann sie um die Zeit nicht unterwegs gewesen sein.«

Marco schüttelt müde den Kopf. Ich sehe ihm an, dass er Mühe hat, alles zu verarbeiten. »Aber Tessi war überhaupt nicht nachts unterwegs. Sie würde doch nicht im Dunkeln draußen herumschleichen. Wir haben der Polizei gesagt, dass sie meistens kurz vor uns aufsteht.« Er wird wieder lauter. »Verdammt, wieso glauben die uns nicht? Und wieso fragen sie …? Jens! Dich schickt der Himmel. Hat die Polizei dich befragt? Was wollte sie wissen?«

Ich habe nicht mitbekommen, dass Jens aufgetaucht ist. Als ich mich umdrehe, steht er in der offenen Terrassentür und klimpert mit dem Schlüsselbund in seiner Hosentasche. Er hat Marie mitgebracht, bei deren Anblick ich wieder an Joelle denken muss, und erneut überfällt mich diese irrationale Panik, meiner Tochter könnte ebenfalls etwas zugestoßen sein.

»Hallo, Marco«, sagt Jens. »Wir wollten sehen, wie es euch geht, und fragen, ob wir irgendwie helfen können. Sabine ist auch da, sie ist drin bei Viola, sie hat den Besuch bei ihrer Mutter abgebrochen.«

Marco verschränkt seine Arme. »Du kannst mir helfen, indem du mir sagst, was die Polizei von dir wissen wollte. Sie haben doch mit dir gesprochen, oder?«

Es ist Jens anzusehen, dass ihn die Frage irritiert, weil er eine andere Begrüßung erwartet hat und weil alles Unerwartete ihn über Gebühr irritiert. Er zwinkert einige Male und sieht erst mich, dann Mats fragend an, bevor er sich einen Stuhl heranzieht. »Ja, es waren zwei Polizistinnen da. Sie wollten wissen, was ich heute Morgen gemacht habe und ob ich Theresa gesehen hätte.«

»Haben sie auch gefragt, was du heute Nacht gemacht hast?«

»Nein, natürlich nicht. Warum sollten sie?«

»Aber du hast es von dir aus erzählt«, wirft Marie ein. Sie hat sich hinter einen freien Stuhl gestellt und ihre Arme so auf der

Lehne verschränkt, dass sie ihren üppigen Busen hochdrücken. Ich habe den Eindruck, sie macht das absichtlich, und ich frage mich, ob Joelle sich auch manchmal so freizügig und sexy präsentiert – und falls ja, ob sie das auch vor deutlich älteren Männern macht. Ich hoffe, nicht. »Du hast gesagt, dass du von elf bis sechs geschlafen hast. Also mussten sie dich nicht fragen.«

»Das stimmt«, gibt Jens zu. »Worum geht's denn überhaupt?«

Marco erklärt es ihm. »Die Polizei glaubt, dass Tessi vielleicht schon nachts das Haus verlassen hat.«

Ich protestiere sofort. Normalerweise ist Marco ein ruhiger, ausgeglichener Kerl, der nicht zu vorschnellen Urteilen neigt, doch jetzt scheint er sich an etwas festzubeißen. »Das hat Frau Meyer nicht gesagt, ich glaube, sie will es nur ausschließen.« Mein Einwand wird ignoriert.

»Warum bist du dir eigentlich so sicher, dass Theresa nicht nachts losgezogen ist?«, fragt Mats. »Ich finde das nicht so unwahrscheinlich. Sie ist schon neun, und die letzte Nacht war schön. Vielleicht wollte sie ein Mitternachtspicknick machen oder im Wald eine Eule beobachten oder so was. Du sagst doch immer, dass Natur sie fasziniert und dass sie für deinen Geschmack viel zu oft in den Wald rennt.«

»Aber doch nicht nachts! Und nicht mutterseelenallein! Außerdem hat sie um Mitternacht geschlafen. Ich habe nachgesehen, bevor Viola und ich ins Bett gegangen sind.«

»Und wenn sie später los ist? Vielleicht wollte sie sich heimlich mit einer Freundin treffen.«

Marco ballt die Fäuste. »Das ist Blödsinn. Tessi würde das nicht tun. Außerdem haben wir alle ihre Freundinnen angerufen, die hätten das doch gesagt.« Er wendet sich wieder an Jens. »Was wollte die Polizistin denn noch wissen? Wer war es denn überhaupt?«

»Es waren zwei, eine Kriminalkommissarin Meyer hat die Fragen gestellt. Muskeln wie der Hulk. Die Frau ist praktisch quadratisch.« Jens klimpert mit seinem Schlüsselbund, während er überlegt. »Wir haben über heute Vormittag geredet. Die Meyer wollte wissen, ob wir uns gut kennen, wie die Nachbarschaft hier so ist. Sie hat auch Marie nach Theresa gefragt. Und ach ja – sie fragte, ob Theresa frühreif sei.«

Das Letzte sagt Jens in einem harmlosen Ton, er hängt den Gedanken an wie ein harmloses Postskriptum, doch offensichtlich teilt Marco die Einschätzung nicht. Er hat sich seit Jens' Eintreffen nicht wieder gesetzt, jetzt macht er einen Schritt nach vorn und stützt sich mit beiden Händen auf dem Tisch ab. »Was soll das heißen?«

»Na ja, ob …«

»Ich weiß, was frühreif heißt«, brüllt Marco. »Wieso wollte die Frau das wissen? Was glaubt sie denn, wer sie ist? Tessi ist ein Kind, sie ist neun, sie ist noch nicht mal in der Pubertät. Sie ist doch nicht frühreif!«

Ich habe Jens noch nie so schnell zwinkern sehen. »Das habe ich ja auch gesagt und, und ich bin sicher, sie hat mir geglaubt«, versucht er, Marco zu beschwichtigen. »Sie fragte nur, weil ich ihr erzählt hatte, dass Theresa an deinem Geburtstag einen Lippenstift benutzen …«

Jens bricht den Satz ab, doch zu spät. Marco ist schon um den Tisch herumgerannt und hat sich vor ihm aufgebaut. Doch Mats und ich reagieren ebenfalls schnell. Wir springen auf, ich fasse Marco am Arm, Mats schiebt sich zwischen ihn und Jens, der entsetzt zu Marco hochsieht. Ich kann es ihm nicht verdenken, normalerweise ist Marco die Gutmütigkeit in Person, aber normalerweise hat er auch nicht Todesangst um seine Tochter.

»Du hast ihr was erzählt?«

Jens zwinkert wie wild. »Marco, du verstehst das falsch. Wir haben über Theresa geredet, dabei habe ich das mit dem Lippenstift erzählt, aber es war eine völlig harmlose Bemerkung. Ich weiß gar nicht mehr, in welchem Zusammenhang ich sie gemacht habe. Und wie gesagt, ich habe gesagt, dass Theresa nicht … dass sie sehr kindlich ist. Reg dich bitte nicht auf!«

Marco explodiert. »Wie soll ich mich nicht aufregen? Meine Tochter ist verschwunden. Meine neunjährige Tochter. Und die Polizei glaubt, dass sie frühreif ist und nachts allein das Haus verlässt und …« Er bricht ab und starrt uns alle mit einem Blick an, in dem sich Angst und Wut vermischen. Dann schluchzt er auf, streift meine Hand ab und läuft in den Garten.

Ich will ihm folgen, doch Mats hält mich zurück. »Lass ihn!«

Wir stehen mit betretenen Mienen da und schauen Marco hinterher, der am Ende des Gartens hin und her läuft. Erst Marie bricht das Schweigen.

»Na, das hast du ja super hinbekommen, Jens.«

Die Bemerkung schockiert mich weit mehr als Marcos Ausbruch, für den ich alles Verständnis der Welt aufbringe. Joelle würde nie so mit mir sprechen. Nicht, weil sie sich nicht traut, mir die Meinung zu geigen. Sie hat mir in pubertären Wutanfällen schon alles Mögliche an den Kopf geworfen, aber nie mit solch kalkulierter kühler Häme.

Jens protestiert nicht, er wirkt resigniert.

Es ist Mats, der schließlich etwas sagt. »Ich bin mir sicher, es gibt mindestens zehn andere Orte, an denen du jetzt gerade willkommener wärst, Marie.«

Mats macht sich nicht mal die Mühe, Marie anzusehen, weswegen er auch nicht den erstaunten Blick mitbekommt, mit dem sie den Tadel quittiert. Doch dann streckt Marie ihm die Zunge raus, grinst und marschiert mit provozierendem Hinterngewackel ins Haus. Wir setzen uns wieder.

Jens seufzt tief. »Sie hat ja recht. Das habe ich wohl wirklich vermasselt.«

Mats schüttelt den Kopf. »Du hast Marco ein Ventil gegeben. Der arme Kerl weiß gar nicht, wohin mit seiner Angst. Kein Wunder.« Er wirft einen Blick auf sein Handy. »Neun Uhr, es sind schon mehr als vierzehn Stunden – und bald wird es dunkel.«

»War das vorhin dein Ernst?«, frage ich. »Dass du glaubst, Theresa könnte nachts losgezogen sein?«

Mats spielt mit dem Kinnverschluss seines Fahrradhelms. »Ich halte es für möglich. Ich war letztes Jahr mit einer Horde Sechstklässler auf Klassenfahrt. Du würdest nicht glauben, was die nachts alles unternommen haben. Sie waren überall, nur nicht in ihren Betten. Außerdem weiß ich, dass Theresa sich öfter im Wald herumtreibt, als Marco glaubt. Du hast mich doch neulich angesprochen, weil Pauline einen blauen Fleck am Oberarm hatte. Den hatte sie von Theresa. Die beiden gehen manchmal in den Wald und raufen miteinander. Spaßkämpfe nennen sie das.«

»Der blaue Fleck war von Theresa?« Ich erinnere mich daran, wie die beiden Mädchen im Obstgarten gestritten haben. Pauline ist mindestens einen halben Kopf größer und deutlich robuster als Theresa.

»Ich war auch erstaunt, aber Pauline meinte, Theresa sei ziemlich stark.«

Mir kommt das höchst unwahrscheinlich vor. »Und du hast kein Problem damit?«

Mats zuckt mit den Achseln. »Wenn's den beiden Spaß macht, mal Dampf abzulassen. Pauline hat es definitiv nötig, so wenig Freiraum, wie Nora ihr einräumt.«

Ich frage mich, was Nora wohl dazu sagt, und vermute, dass sie es nicht weiß.

»Abgesehen davon ist das auch kein Thema mehr«, fährt Mats fort, »da die beiden sich gestritten haben. Sie reden kaum mehr miteinander.«

Das ist mir neu, doch es überrascht mich nicht. Pauline war in den letzten Wochen einige Male in der Buchhandlung. Sie wirkte jedes Mal bedrückt. Ich habe sie sogar darauf angesprochen, woraufhin ich die Standardantwort bekam, dass es mich nichts angehe.

»Geht es immer noch um Theresas Geheimnis?«, frage ich.

»Nee, um die Schule. Was für ein Geheimnis meinst du?«

»Die beiden haben sich auf Marcos Geburtstagsfeier gestritten. Ich habe es zufällig gehört. Theresa hatte irgendein Geheimnis,

Pauline verlangte, dass sie es ihr anvertraut. Theresa wollte das nicht, deswegen war Pauline sauer.«

»Und worum ging es bei dem Geheimnis?«

Ich zucke mit den Achseln. »Keine Ahnung. Allerdings ...« Mir fällt etwas ein, und ich blicke zum Obstgarten hinüber, um meiner Erinnerung auf weitere Sprünge zu helfen. »Es ging um Theresas Handy. Pauline wollte es sehen. Vielleicht ging es um einen Anruf?« Mir fällt noch etwas ein. »Und es ging um einen Er. Theresa sagte, etwas sei ›sein Geheimnis‹.«

»Es kann kein Anruf gewesen sein«, wirft Jens ein. »Theresa hat kein Handy, nur ein altes von Viola zum Fotografieren. Es kann nur ein Foto gewesen sein.«

Das Letzte sagte Jens leise. Wir sehen einander an, und ich bin sicher, wir denken dasselbe. Wir haben beide dieselben Assoziationen. Ein Kind ist verschwunden, ein bildhübsches kleines Mädchen. Ein Foto. Ein Er. Ein Geheimnis.

Beklommenheit breitet sich zwischen uns aus.

»Meint ihr«, frage ich zögernd, »dass ich die Polizei darüber informieren sollte?«

Beide sprechen gleichzeitig.

»Ja«, sagt Jens.

»Nein«, sagt Mats, und auf meinen fragenden Blick hin ergänzt er: »Du wirst sie nur von ihrer Arbeit abhalten, Erik. Der Streit um das Geheimnis ist Wochen her, vermutlich ging es um irgendetwas total Harmloses und Albernes, einen Klassenkameraden oder so.«

Ich sehe Jens an.

»Du solltest auf jeden Fall die Polizei informieren«, sagt Jens. »Natürlich kann es sein, dass etwas Harmloses dahintersteckt, aber was, wenn nicht?«

Ich sehe das genauso wie Jens und bin froh über seine Unterstützung. Ich hole die Visitenkarte aus meiner Gesäßtasche, die Kriminalkommissarin Meyer mir gegeben hat, und lese zum ersten Mal, was darauf steht. Pia Meyer – mir ist, als hätte ich die

Kombination aus Vor- und Nachnamen schon einmal gehört. Sie kommt mir so vage bekannt vor, wie auch die Inhaberin des Namens mir vage bekannt vorgekommen ist. Und dann fällt der Groschen. Pia Meyer ist auf dieselbe Schule gegangen wie ich. Damals war sie natürlich nur halb so alt wie jetzt, hatte kurze Haare und eine Brille und war zwar recht mollig, aber nicht so muskulös.

Ich ziehe mein Handy hervor, doch bevor ich ihre Nummer wählen kann, hören wir hysterisches Kreischen aus dem Wohnzimmer. Wir springen auf, Marco kommt über den Rasen herbeigesprintet und rennt uns fast über den Haufen. Wir drängen uns in der Terrassentür.

Im Wohnzimmer steht Viola am Esstisch und schreit hysterisch auf Leon ein, der, einen Kuchenteller in einer zitternden Hand haltend, auf einem Stuhl vor ihr sitzt.

6

Judith Plattner hatte beschlossen, zu Fuß zu dem Marterl zu gehen, dessen Lage Roman bei seinem Anruf beschrieben hatte. Als sie an die Straßensperre kam, wunderte sie sich über die Abwesenheit der Journalisten, die den Eingang nach Schönblick zuvor belagert hatten.

»Sie sind dem Mantrailingteam hinterher«, erklärte einer der Streifenbeamten. »Erst in Richtung Neukirchen, dann haben sie die Forststraße nach Neustadt genommen.«

Judith unterdrückte einen Fluch. Mantrailer – oder Personenspürhunde, wie die offizielle Bezeichnung bei der Polizei lautete – benötigten für ihre Arbeit Ruhe und möglichst wenig Ablenkung für Auge, Ohr und Nase – und vor allem keine lärmende Meute von Journalisten, deren Ausdünstungen die eigentliche Geruchsspur überlagerten. Andererseits: Nach dem, was Roman am Telefon gesagt hatte, hatten Valerie und Stella ihren Job ja dennoch erfolgreich erledigt.

Judith nahm ebenfalls den Fuß-Rad-Weg entlang der Staatsstraße nach Neukirchen. Die Forststraße zweigte nach etwa zweihundert Metern rechts ab. An der Einmündung stand ein einsamer Streifenbeamter, um Autofahrern die Zufahrt in den Wald zu verwehren. Die Forststraße war asphaltiert, auch wenn der Asphalt nicht mehr in bestem Zustand war. Nach kurzer Zeit krümmte sie sich nach links, und etwa hundert Meter weiter sah Judith die Journalisten, die sie am Eingang zu Schönblick vermisst hatte. Sie standen in einer Traube vor einem Absperrband, das quer über die Straße gespannt war. Als sie Judith kommen sahen, stürzten sie sich mit ihren Fragen auf sie. Judith gab ein paar nichtssagende Kommentare ab, dennoch begannen die Journalisten, wild auf ihren Tablets zu tippen und in ihre Handys zu sprechen. Judith wunderte das nicht. Ihre Anwesenheit war Bestätigung genug, dass an diesem Ort etwas Berichtenswertes vorgefallen war. Die Frage war nur, was genau.

Judith tauchte unter dem Absperrband durch. Die Straße wurde von Bäumen und Büschen gesäumt. Etwa fünfzig Meter weiter krümmte sie sich erneut nach links. Kurz vor dieser Biegung stand am linken Fahrbahnrand ein kunstvoll geschnitztes Marterl, vor das jemand eine Schale mit Begonien gestellt hatte, in der außerdem noch eine einzelne Rose steckte. Judith nickte einigen Beamten in Zivil zu, bevor sie zu Valerie Niemann ging, zu deren Füßen Stella im Platz saß. Valerie blickte auf die Hündin hinunter, doch als Judith sich näherte, sah sie auf.

»Habe ich es dir nicht gesagt? Ihr erster Einsatz, und Stella hat brilliert. Ja, hast du nicht brilliert, meine Süße, meine Riechkönigin, meine Spurengöttin?« Valerie ging neben ihrer Hündin in die Hocke und gab ihr einen unhygienischen Kuss auf den Kopf, bei dem es Judith grauste.

»Erzähl!«

Während die Spurengöttin neben ihr mit dem Schwanz wedelte, kam Valerie der Bitte nach. Ihr Bericht war kurz. Nachdem Stella Theresas Spur vor dem Haus der Brunners aufgenommen hatte, war sie schnurgerade die Sackgasse hinunter bis zur Straßensperre gelaufen. Die Beamten hatten die Streifenwagen zur Seite gefahren und dafür gesorgt, dass die Journalisten sich zurückzogen, um die Hündin nicht zu irritieren. Stella hatte eine Weile in der Einmündung der Sackgasse gesucht, bis sie die Spur wiederfand, war dann über den Radweg getrabt und ohne Zögern in den Wald und zum Marterl galoppiert. Hier hatte sie eine Weile gekreist und dann die Suche abgebrochen.

»Und sie hat in alle Richtungen gesucht?« Judith wusste, wie die Antwort lauten würde, doch sie musste sich vergewissern.

Valerie nickte. »Stella hat sich in den Sitz gesetzt, so zeigt sie ein weiches Negativ an. Das Mädchen muss in letzter Zeit öfter hier vorbeigekommen sein, doch die Spur von heute endet hier.«

Judith unterdrückte einen Fluch. In der Sprache der Hundeführer bedeutete ein Negativ entweder, dass ein Hund gar keine Spur aufnehmen konnte oder dass eine aufgenommene Spur endete. Dabei unterschieden die Hundeführer zwischen einem harten Negativ – die Spur endete – und einem weichen Negativ – die verfolgte Spur endete, doch ältere Spuren der vermissten Person führten weiter. Nur wenige Hundeführer schafften es, ihre Mantrailer darauf zu trainieren, dass sie den Unterschied exakt anzeigten. Valerie war eine von ihnen.

Judith unternahm einen letzten Versuch. »Was ist mit dem Bereich an der Straßensperre? Du sagtest, Stella habe dort eine Weile gesucht. Es muss in der ganzen Gegend hier von Spuren des Mädchens wimmeln. Kann es sein, dass Stella nach der Straßensperre eine ältere Spur aufgenommen hat?«

Valerie schnitt eine entschuldigende Grimasse. »Ich kann es nicht zu hundert Prozent ausschließen, aber ich glaube es nicht. Stella hat nicht sehr lange gesucht, und danach war sie wieder sehr klar. Ich vermute, die vielen neuen Gerüche, die sich da seit heute Morgen angesammelt haben, haben ihr die Arbeit erschwert.« Sie sah auf ihre Hündin hinunter. »Natürlich kann ich mich irren und Stella falsch gelesen haben, aber ich würde meinen kleinen Finger darauf verwetten, dass das Mädchen heute Morgen hier war. Es tut mir leid.«

Judith tat es auch leid. Wenn Theresa Brunner tatsächlich heute früh oder heute Nacht mit ihrem Roller hierhergekommen war und wenn ihre Spur tatsächlich hier endet, dann gab es dafür nur eine Erklärung: Theresa war von diesem Punkt aus weder weitergelaufen noch weitergerollt, sondern in einem Fahrzeug transportiert worden. Und ob sie nun freiwillig eingestiegen oder gezwungen worden war, es war auf jeden Fall eine schlechte Nachricht.

Nach drei Minuten in der Gesellschaft von Attila musste Pia Marga Grandauer recht geben – was sie während ihres Gesprächs mit der notorischen Nörglerin für unwahrscheinlich gehalten hatte. Der Hund von Familie Leyhe aus Nummer zehn war tatsächlich hässlich und unerzogen, und sein Gekläffe barg das Potenzial, die Grundstückspreise im Umkreis von einem halben Kilometer zu ruinieren. Nachdem Pia geklingelt hatte, veranstaltete das Vieh auf der anderen Seite des Gartenzauns einen Lärm, als stünden die Hunnen vor dem Tor, und gab erst Ruhe, als sein Herrchen herbeieilte und es auf den Arm nahm. Dieses Herrchen, Ulf Leyhe, war Pia deutlich sympathischer als der Hund. Er führte sie um das Haus herum auf eine Terrasse, bot ihr selbst gemachte Ingwerlimonade an und sagte dann: »Machen Sie es sich bequem, ich bin gleich zurück. Ich werde Attila oben einsperren, damit wir uns in Ruhe unterhalten können.«

Pia bezweifelte, dass das möglich war, es sei denn die Leyhes besaßen einen schalldichten Schrank, doch sie ließ sich dankbar in einen Korbstuhl fallen und schloss für einen Moment die Augen. Sie fühlte sich müde, seltsam ausgelaugt, was allerdings nicht an der Haus-zu-Haus-Befragung lag – die war Teil ihrer Routine, und Pia liebte sie –, sondern an ihrer Begegnung mit Erik Lange. Genauer gesagt an ihrer Begegnung mit ihrer jugendlichen Vergangenheit.

Es war selbst in der Rückschau eine beschissene Jugend gewesen. Pia ärgerte sich jedes Mal, wenn Promis versuchten, Sympathiepunkte zu ergattern, indem sie der Welt erzählten, sie seien in ihrer Jugend auch mal gehänselt worden. Models, weil sie zu groß oder zu dünn gewesen waren, Comedians, weil sie zu klein gewesen waren, Schauspielerinnen, weil sie einen winzigen Leberfleck besessen hatten.

Pia hätte als Teenager ihre Seele dafür verkauft, wenn man ihr nur »Bohnenstange« oder »Winzling« hinterhergerufen hätte – statt »fettes Monster«, »trächtige Walkuh« oder – in seiner Schlichtheit besonders grausam – »der Würfel«. Sie hätte alles dafür gegeben, nur wegen einer Sache gehänselt zu werden. Doch sie war wegen allem gemobbt worden. Wegen ihres Gewichts, ihrer Pickel, ihrer Brille, ihrer Klamotten, ihrer Unsportlichkeit, sogar wegen ihrer überdurchschnittlichen Intelligenz. Sie war gemobbt worden, wenn sie in der Schulmensa Gemüse aß, um abzunehmen, sie war gemobbt worden, wenn sie aus Kummer Süßes in sich hineinstopfte. Sie war das perfekte Opfer gewesen – mit dem Selbstbewusstsein eines Brühwürfels –, und wie jedes gute Opfer hatte sie irgendwann angefangen, die Arbeit ihrer Peiniger zu erledigen und sich selbst auszugrenzen, zum Beispiel, indem sie sich in der Pause auf dem Klo versteckte. Das hatte ihr tatsächlich ein gewisses Maß an Frieden beschert, allerdings nur, bis ihre Klassenkameradinnen dahintergekommen waren. Als sie nach der nächsten großen Pause die Mädchentoilette verließ, um zum Unterricht zu hetzen, warteten ihre Peinigerinnen bereits auf sie. Verschreckt ließ Pia die Tamponpackung fallen, die sie zurück in ihre Schultasche hatte stopfen wollen. Die Mädchen – allen voran Tamara Kürten – kreischten vor Vergnügen.

Pia konnte sich noch immer an die höhnischen Bemerkungen erinnern, die sie über sich hatte ergehen lassen, während sie mit zitternden Fingern und knallrotem Kopf die verstreuten Tampons einsammelte, die die anderen immer wieder außer Reichweite kickten. »Wie kann sie ihre Tage haben? Ich dachte, sie wäre mit einem Walbaby schwanger.« »Die armen Tampons! Stellt euch mal vor, sie müssen *da* rein.« »Hey Würfel, hast du keine Angst, die Dinger verschwinden irgendwo in dir und du findest sie vor lauter Fett nie wieder?« »Seht mal, es sind die großen! Ja, Monster, schieb sie dir richtig tief rein, sonst wird ja nie was bei dir reingeschoben.«

Natürlich hatte Pias verschrecktes sechzehnjähriges Ich schließlich die Tampons Tampons sein lassen und war geflohen. Allerdings nur drei Meter weit, dann war sie tränenblind in ein Hindernis gestolpert, das sich als Erik Lange herausstellte. Ausgerechnet Erik, mit Abstand der begehrteste Typ ihrer Jahrgangsstufe, gut aussehend, sportlich, lustig, sogar gut in der Schule, ohne dass er dafür gehänselt wurde. Die Hälfte von Pias Klassenkameradinnen war in ihn verknallt.

Natürlich entschuldigte Pia sich sofort und senkte den Kopf in Erwartung weiterer Häme. Stattdessen entschuldigte Erik sich seinerseits.

»Ich bin zu schnell um die Ecke. Hey, sind das deine Tampons? Sind die wegen mir runtergefallen? Warte, ich helfe dir.«

Ohne die geringste Scheu hatte er die Tampons eingesammelt und Pia die Packung überreicht. Dann war er gegangen, und bevor ihre Peinigerinnen, denen sein Anblick die Sprache verschlagen hatte, wieder zuschlagen konnten, hatte Pia ebenfalls das Weite gesucht.

»So, da bin ich wieder. Es hat etwas länger gedauert. Attila wollte keine Ruhe geben, der kleine Haustyrann.«

Pia verkniff sich die Frage, warum die Leyhes den Hund behielten. Nachdem sie die Tyrannen ihrer Jugend abgeschüttelt hatte, wäre es ihr nicht im Traum eingefallen, sich einen neuen ins Haus zu holen – ob nun tierischer oder menschlicher Gestalt.

Leyhe stellte zwei Gläser mit einer goldfarbigen Flüssigkeit auf den Tisch, in der Eiswürfel und Pfefferminzblätter schwammen, zog einen Stuhl heran und hielt inne. »Wollen Sie eigentlich auch mit meiner Frau und meiner Tochter sprechen? Sie sind bei Marco und Viola drüben, doch ich kann sie anrufen.«

Pia verneinte. Nach der Liste von Lothar Schmieds Kollegen war Ulf Leyhe Psychotherapeut. Pia hatte eine gespaltene Meinung zu Psychologen. Wenn sie an den Schulpsychologen dachte, der das Mobbing durch ihre Mitschüler auf ihr Gewicht zurückgeführt und damit ihr selbst die Schuld daran oder zumindest die

Verantwortung dafür aufgebürdet hatte, kam ihr immer noch die Galle hoch. Dennoch interessierte sie, wie Ulf Leyhe als Fachmann die Verhältnisse im Hause Brunner einschätzte, und möglicherweise würde er unter vier Augen gesprächiger sein als im Beisein seiner Familie.

Doch zunächst stellte Pia die üblichen Fragen. Ulf Leyhe hatte Theresa zuletzt zwei Tage zuvor beim Spielen auf der Straße gesehen. Am Vorabend hatten er und seine Frau eine Veranstaltung in Neustadt besucht. Sie waren um Viertel vor zwölf wieder zu Hause gewesen, kurz darauf war ihre Tochter Leonie von der Party im Jugendzentrum heimgekehrt. An diesem Morgen hatten die Eltern bis sieben geschlafen und waren um halb acht mit Fahrrad und Anhänger nach Neukirchen zum Bioladen gefahren, um die Wochenendeinkäufe zu erledigen. Bei ihrer Rückkehr um neun hatte Leonie ihnen erzählt, dass Marco Brunner auf der Suche nach seiner Tochter geklingelt hatte. Daraufhin war Leyhes Frau zu Viola Brunner hinübergegangen, er selbst hatte sich auf sein Fahrrad geschwungen und die Gegend abgesucht. Pias Frage, ob ihm in der Nacht etwas Ungewöhnliches aufgefallen sei, verneinte Leyhe zunächst, aber als sie explizit nach seinem Hund fragte, besann er sich.

»Doch, ich glaube, dass Attila einmal gebellt hat, allerdings ist das für uns nichts Ungewöhnliches. Er macht das manchmal, wenn jemand am Grundstück vorbeigeht. Er kann nachts raus, wir haben für ihn eine Art Hundeklappe eingebaut.«

»Können Sie sagen, wann das war?«, hakte Pia nach.

Leyhe verneinte. »Darf ich fragen, warum Sie das wissen wollen?«, fragte er dann. »Glauben Sie, dass Theresa nachts im Dunkeln losgezogen ist? Das kann ich mir nicht vorstellen.«

»Kennen Sie das Mädchen gut?«

»Seit ihrem ersten oder zweiten Lebensjahr. Wir sind mit ihren Eltern befreundet. Ich sehe Tessi fast täglich hier draußen herumlaufen, vor allem jetzt im Sommer. Sie ist ein liebenswertes Kind, lebhaft, neugierig, spontan.«

»Und warum glauben Sie, würde sie nachts nicht allein loszie-hen? Aus Angst?«

Leyhe schüttelte prompt den Kopf. »Ich halte sie nicht für ängstlich. Sie ist zwar zurückhaltend gegenüber Fremden, aber ohne dabei schüchtern zu sein. Ich kann mir nur nicht vorstellen, dass sie einen solchen Vertrauensbruch gegenüber ihren Eltern begehen würde.«

Das kam Pia ausgesprochen naiv vor. Ulf Leyhe war selbst Vater. Glaubte er ernsthaft, dass Kinder aufs Wort gehorchten? »Aber sie darf auch nicht morgens allein mit ihrem Roller loszie-hen und hat das allem Anschein nach dennoch gemacht.«

Leyhe trank einen Schluck von seiner Ingwerlimonade. »Das ist in meinen Augen etwas anderes. Ich behaupte nicht, dass Tessi nie Regeln übertreten würde – das wäre ja völlig unnatürlich. Aber ich denke, die Hemmschwelle, nachts im Dunkeln das Haus zu verlassen, wäre für sie zu groß. Sie ist nicht rebellisch, sondern noch recht kindlich für ihr Alter, sicherlich noch nicht in der Pubertät.«

»Und wenn sie einen guten Grund gehabt hätte, nachts das Haus zu verlassen?«

»Was für ein Grund sollte das sein?«

»Vielleicht ist sie ausgerissen.«

Im Gegensatz zu anderen Nachbarn, denen Pia dieselbe Frage gestellt hatte, schien Ulf Leyhe nicht überrascht. Seine Antwort war allerdings dieselbe, die Pia heute schon mehrfach bekommen hatte. »Das glaube ich nicht.« In seiner Stimme schwang nicht der geringste Zweifel mit.

Pia musterte ihn einen Augenblick lang. »Sagen Sie das als Nachbar oder als Fachmann? Sie sind doch Psychologe, oder?«

»Ich bin psychologischer Psychotherapeut«, bestätigte er, »aber ich habe meine Meinung als Nachbar und Freund der Familie geäußert.«

»Und würde es Ihnen etwas ausmachen, mir auch Ihre Mei-nung als Fachmann zu verraten?«

Für einen Moment dachte Pia, Ulf Leyhe würde die Frage nicht beantworten. Er legte seine Fingerspitzen aneinander und schwieg eine lange Zeit, während er über die Gärten der Nachbarhäuser hinweg in die Ferne schaute. Schließlich sah er Pia an. »Ich kann Ihnen gerne auch meine Meinung als Psychologe verraten«, sagte er dann, »zumal ich sie ohnehin schwer von meiner Meinung als Nachbar und Freund trennen kann. Aber nur, solange Sie nicht von mir erwarten, dass ich eine offizielle Diagnose stelle.«

Pia fand die Bemerkung überflüssig. Was Leyhe forderte, war eine Selbstverständlichkeit. Sie nickte auffordernd.

»Gut, dann sage ich Ihnen, dass ich auch als Psychologe vermute, dass Theresa nicht weggelaufen ist. Auch wenn man das natürlich nie mit hundertprozentiger Sicherheit sagen kann. Es gibt Kinder, die ihren Kummer verheimlichen – selbst großen und selbst vor ihren engsten Angehörigen. Theresa gehört meines Erachtens nicht in diese Kategorie, und selbst wenn sie es täte, würde ich annehmen, dass Viola es dennoch bemerken würde. Sie ist eine sehr liebevolle, aufmerksame Mutter und hat ein enges, vertrauensvolles Verhältnis zu Theresa.«

»Aber ihr Vater hätte es nicht bemerkt?«

»Das habe ich nicht gesagt.«

»Wie ist sein Verhältnis zu Theresa?«

»Ebenfalls liebevoll, allerdings ist er nicht so einfühlsam wie Viola – was bei Vätern nicht ungewöhnlich ist. Das muss nicht an einem Mangel an Empathie liegen, vielmehr ist es oft die Folge der eigenen Erziehung.«

»Und haben er und Theresa auch ein enges Verhältnis?«

Wieder zögerte Leyhe eine lange Zeit. Er trank einen Schluck Limonade und platzierte das Glas dann genau in der Mitte des Untersetzers. »Vielleicht können wir direkt zur Sache kommen, Frau Meyer? Eigentlich wollen Sie doch wissen, ob mir je Anzeichen dafür aufgefallen sind, dass Marco Theresa sexuell missbraucht. Die Antwort lautet nein.«

»Wie kommen Sie darauf, dass das meine eigentliche Frage ist?«

Leyhe lächelte schmallippig. »Weil Sie hoffentlich eine gute Polizistin sind. Sie kennen die Brunners nicht, daher müssen Sie sich und andere fragen, ob Theresa weggelaufen sein könnte. Und Sie müssen sich und andere nach möglichen Gründen fragen. Ein mögliches Motiv wäre Missbrauch – so wie er auch ein klassisches Motiv wäre für den Fall, dass Theresa heute vielleicht gar nicht allein losgezogen ist, sondern dass ihr zu Hause etwas zugestoßen ist. Und ich sage Ihnen, dass ich mir im Fall der Brunners so sicher bin, wie man sich als Psychologe nur sein kann, dass Sie in dieser Richtung nicht zu ermitteln brauchen.« Er sagte es mit einer gewissen Schärfe.

Pia musterte ihn. »Ich kann mir vorstellen, dass diese Fragen unangenehm sind für Sie.«

Er zuckte mit den Achseln. »Mir ist lieber, Sie stellen sie mir als Viola.«

»Dann stelle ich Ihnen noch eine: Woher nehmen Sie Ihre Sicherheit?«

Leyhe seufzte. »Weil ich Psychotherapeut bin und leider Erfahrung mit diesem Thema gesammelt habe. Missbrauchte Kinder reagieren in der Regel mit Verhaltensauffälligkeiten, zum Beispiel mit plötzlicher übermäßiger Ängstlichkeit, übermäßiger Aggressivität, Rückzugsverhalten oder Waschzwang. Bei Theresa habe ich nichts dergleichen beobachtet.«

Pia lehnte sich in ihrem Stuhl zurück. »Aber soweit ich weiß, kann es genauso gut sein, dass Kinder keins dieser Symptome aufweisen oder ganz andere. Gilt es nicht als ausgesprochen schwierig, Missbrauch zu erkennen? Zumindest aus der Ferne?«

Leyhe schüttelte den Kopf. »Ich sehe Theresa häufiger als die meisten meiner anderen Patienten. Ich versichere Ihnen, es ist keine Ferndiagnose.«

Er sagte es in einem Ton, der anzeigte, dass er das Thema abschließen wollte. Pia fragte sich, wieso. Und dann fiel ihr etwas auf. Was hatte Leyhe gesagt? »Meiner anderen Patienten«? Pia musterte Ulf Leyhe mit neuer Aufmerksamkeit, und schlagartig wurde ihr klar, warum der Mann so herumeierte und warum er so viel Wert auf den Hinweis gelegt hatte, dass seine Meinung keine offizielle Diagnose darstellte. »Therapieren Sie in Ihrer Praxis eigentlich Kinder oder Erwachsene?«, fragte sie.

Leyhe bemühte sich nicht sehr erfolgreich, ihrem Blick standzuhalten. »Was hat das mit Ihren Fragen zu tun?«

»Ich kann es auch in den Gelben Seiten nachsehen.«

Er zuckte mit den Achseln. »Ich bin Psychotherapeut für Kinder und Jugendliche.«

Pia hätte darauf gewettet. »Theresa ist Ihre Patientin.«

Judith wartete im Wald, bis ein Team der Spurensicherung eintraf, auch wenn sie wenig Hoffnung hegte, dass die Kriminaltechniker in der Umgebung des Marterls brauchbare Hinweise finden würden, nachdem den ganzen Tag Polizisten und Freiwillige auf der Suche nach Theresa hier entlangmarschiert waren. Dennoch gab sie den Kollegen detaillierte Anweisungen, bevor sie zu Fuß nach Schönblick zurückkehrte, wo Pia Meyer gerade durch das Gartentor von Nummer zehn auf die Straße trat.

Die junge Kriminalkommissarin strahlte gute Laune und Enthusiasmus aus, und nachdem Judith sich von ihren Gesprächen mit Marga Grandauer und Ulf Leyhe hatte berichten lassen, verstand sie auch den Grund dafür. Als junge Ermittlerin hatte sie sich ebenfalls für jede neu gewonnene Erkenntnis begeistert. Eigentlich war das bis vor einem Jahr so gewesen, aber mit Simons Tod hatte sich vieles verändert.

Doch Judith schob den Gedanken beiseite und konzentrierte sich auf den Fall. »Das heißt, Theresa war Leyhes Patientin, aber er hat Ihnen nicht gesagt, warum sie zu ihm gekommen ist?«, fragte sie.

Meyer macht eine wiegende Bewegung mit ihrem Kopf. »Streng genommen hat er nicht einmal zugegeben, dass sie seine Patientin ist. Er hat sich auf das Arztgeheimnis und auf den

Datenschutz berufen. Aber wenn sie es nicht wäre, hätte er das ja sagen können.«

Ganz so einfach war es in Judiths Augen nicht, doch ein anderer Punkt interessierte sie mehr. »Aber wenn Leyhe es mit dem Arztgeheimnis so genau nimmt, dann hätte er gar nicht mit Ihnen reden dürfen – beziehungsweise höchstens über Themen, die definitiv nur seine private Beziehung zu Theresa betreffen, nicht seine berufliche. Doch Sie sagen, er habe ausführlich über sie und ihre Beziehung zu ihren Eltern gesprochen. Wenn sie wirklich bei ihm in Therapie ist oder war – wie können diese Themen dann nicht zur Sprache gekommen sein?«

Meyer zuckte mit den Achseln. »Keine Ahnung, aber ich bin überzeugt, dass sie seine Patientin war. Ich verstehe nur nicht, warum. Nach dem, was Leyhe und auch andere Nachbarn sagen, ist Theresa ein glückliches Kind, das in einer stabilen, harmonischen Familie lebt. Keine Probleme weit und breit, bis auf die schlechten Schulnoten. Aber dafür hätte sie wohl eher einen Nachhilfelehrer gebraucht als einen Therapeuten.«

Judith überlegte. »Es sei denn, sie war nicht zur Therapie bei ihm, sondern zur Abklärung irgendeiner Diagnose, die mit den schlechten Schulnoten zu tun hat, ADHS zum Beispiel. Vielleicht hat Frau Brunner sich die Worte von Frau Vogt doch zu Herzen genommen. Wir werden die Brunners danach fragen. Wir müssen ohnehin noch einmal zu ihnen. Valerie und Stella haben Theresas Spur gefunden. Sie ist heute Morgen mit dem Roller zu einem Marterl etwa einen halben Kilometer von hier gefahren.« Judith beschrieb die Stelle und schloss mit: »Wenn Valerie recht hat, dann ist Theresa in einem Auto vom Marterl weggebracht worden, ob nun tot oder lebendig. Ich freue mich nicht darauf, es den Brunners zu sagen.«

Pia Meyer hatte aufmerksam zugehört. Jetzt blickte sie nachdenklich zum Haus Nummer neun hinüber. »Oder Theresa ist nicht heute früh zum Marterl gefahren, sondern schon nachts um drei. Es würde zu Marga Grandauers Aussage passen.«

Judith runzelte die Stirn. »Sie glauben, dass Attila wegen Theresa gebellt hat?«

»Alle anderen Nachbarn haben behauptet, sie seien um die Zeit im Bett gewesen.«

»Und warum sollte ein neunjähriges Mädchen nachts um drei ein Marterl im Wald aufsuchen?«

Meyer zuckte mit den Achseln. »Weil sie da verabredet war – mit der Person, die eine halbe Stunde später Schönblick mit dem Auto verließ. Das würde allerdings darauf hindeuten, dass es niemand aus ihrer Familie war, sondern einer der Nachbarn. Wie wäre es mit Jens Bierko? Seine Frau war letzte Nacht nicht da, er hätte also vermutlich unbemerkt das Haus verlassen können.«

»Und sein Motiv?«

»Das Übliche.« Meyer schnitt eine Grimasse. »Es wäre möglich.«

Judith sah zu Haus Nummer drei hinüber, in dem Familie Bierko lebte und das Wohlhabenheit und Selbstzufriedenheit ausstrahlte.

Natürlich war es möglich. In diesem Stadium der Ermittlungen war alles möglich. Und es wäre nicht ihr erster Fall gewesen, bei dem ein Nachbar ein Kind aus der Geborgenheit seines Elternhauses lockte, es missbrauchte und dann die Leiche irgendwo entsorgte – das Übliche, wie Meyer es formulierte. Zwar bezweifelte Judith, dass Jens Bierko der Typ war, dem ein neunjähriges Mädchen ohne Weiteres vertraute, doch Theresa kannte ihn, er war ein Freund ihrer Eltern. Und natürlich konnte er ihr sonst etwas versprochen haben, damit sie sich zu einem nächtlichen Treffen bereit erklärte. Ja, es war möglich, auch wenn Judiths Instinkt ihr etwas anderes sagte. Allerdings hörte sie nicht mehr auf ihn.

»Sie spekulieren mir zu viel, Meyer. Wir sollten erst mit den Brunners reden.«

Doch als Pia bei Haus Nummer zwei klingelte, öffnete ihnen niemand. Sie versuchte es erneut, wieder keine Reaktion. Als auch nach dem dritten Klingeln nichts geschah, sagte Judith Plattner: »Sie sind garantiert zu Hause, wir gehen hintenrum.«

Sie nahm den Fußweg, der in den Garten führte. Pia folgte ihr. Als sie sich der Hausecke näherten, hörten sie Stimmengewirr, und als sie die Terrasse erreichten, bot sich ihnen ein ungewöhnlicher Anblick. Durch das Panoramafenster waren zahlreiche Personen im hell erleuchteten Wohnzimmer der Brunners zu sehen. In der Terrassentür – und diese dadurch effektiv verstopfend – drängten sich drei Männer.

»Lassen Sie uns durch!«

Auf Plattners Aufforderung hin drehten die Männer sich um, Pia erkannte Erik Lange, Matthias Hering und Jens Bierko. Sie machten Platz, und Pia betrat hinter Plattner das Wohnzimmer, das sie mit den aufgeregt summenden Stimmen an einen Bienenstock erinnerte. Doch das Summen verstummte, als die Erste Kriminalhauptkommissarin ihre Stimme hob.

»Was ist hier los?«

Bisher hatten Viola Brunner, die am Esstisch stand, und Leon, der, einen Kuchenteller in der Hand haltend, auf einem Stuhl vor ihr saß und verstört zu ihr aufblickte, im Fokus der Aufmerksamkeit gestanden. Jetzt richteten sich alle Augen auf Judith Plattner.

»Was ist hier los?«, wiederholte diese, und diesmal reagierten auch Viola und Leon Brunner.

Viola begann zu zittern, sie schwankte so heftig, dass sie umgefallen wäre, hätte nicht jemand einen Stuhl unter sie geschoben. Ihre Beine knickten ein wie bei einer Marionette, deren Fäden abgeschnitten worden waren.

Leon begann zu stottern. »Ich … Ich weiß es nicht. Sie fing auf einmal an zu schreien. Dabei wollte ich nur ein Stück Kuchen essen, weil ich den ganzen Tag nichts hatte. Ich hatte Hunger und … und dann fing sie an zu schreien.« Ratlos blickte er zu seiner Mutter.

Plattner ging neben Viola Brunner in die Hocke und ergriff ihre rechte Hand. Die Geste schien Viola Brunner zu beruhigen, denn sie atmete mehrmals tief durch und hörte auf zu zittern. Schließlich strich sie sich eine Haarsträhne aus dem Gesicht und sagte dann mit fester Stimme:

»Entschuldigen Sie bitte den hysterischen Anfall. Mir ist nur etwas klar geworden.« Sie sah ihren Sohn an. »Es tut mir leid, dass ich dich erschreckt habe, Leon. Du hast nichts falsch gemacht, okay?« Sie legte eine Hand an seine Wange, dann wandte sie sich an Plattner. »Es war der Kuchen«, erklärte sie. »Ich habe ihn gestern gebacken. Gestern Abend waren noch zwei Drittel davon da, aber jetzt …« Sie machte eine Kopfbewegung zum Esstisch, auf dem unter einer Glashaube ein Marmorkuchen stand, von dem weniger als die Hälfte übrig war. »Ich bin sicher, Tessi hat den Kuchen zum Frühstück gegessen. Das macht sie gern am Wochenende. Und oft wickelt sie die Stücke einfach in Küchenpapier und nimmt sie mit nach draußen. Deshalb hat sie keine Krümel in der Küche hinterlassen.« Sie holte einmal tief Luft. »Ich hätte es mir gleich denken müssen, ich hätte Sie heute Morgen nicht in die Irre führen dürfen, ich …« Sie schüttelte den Kopf, dann wandte sie sich an ihre Nachbarn und Freunde, die um sie herumstanden. »Es tut mir leid, ich wollte euch nicht erschrecken.«

Allgemeines mitfühlendes Murmeln hob an, obwohl den Mienen der Nachbarn anzusehen war, dass sie keine Ahnung hatten, worum es ging.

Auch Judith Plattner murmelte etwas Verständnisvolles, bevor sie sagte: »Frau Brunner, ich würde gern mit Ihnen und Ihrem Mann in Ruhe sprechen. Könnten wir in ein anderes Zimmer gehen?«

Ein erschreckter Ausdruck flog über Viola Brunners Gesicht, doch sie stand auf. Ihr Mann legte einen Arm um ihre Taille, und gefolgt von Plattner verließen sie das Zimmer. Als Pia sich anschließen wollte, berührte jemand sie am Arm.

»Frau Meyer? Pia? Kann ich Sie … dich einen Moment sprechen? Da ist etwas, das ihr wissen solltet.«

7

»Dann ist dir also doch noch eingefallen, wer ich bin.«

Pia und Erik saßen auf der Terrasse. Sie waren allein, die anderen Nachbarn waren im Wohnzimmer geblieben, nervös tuschelnd, was das alles bedeuten mochte.

»Es hat ein bisschen gedauert«, gab Erik zu. »Du hast dich verändert, ich mich vermutlich auch. Warum hast du vorhin nichts gesagt?«

Pia zuckte mit den Achseln. »Es schien mir nicht die geeignete Gelegenheit zu sein.«

In Wahrheit war Pia froh gewesen, dass Erik sie nicht wiedererkannt hatte. Sie waren zwar in derselben Jahrgangsstufe gewesen – so wie über hundert weitere Schüler –, doch die einzige Situation, die sie gemeinsam erlebt hatten, war der Zwischenfall mit den Tampons gewesen, und der war kaum ein Anlass für fröhliches Schwelgen in alten Zeiten. Tatsächlich hatte es nach dem Zwischenfall für Pia und Erik nie wieder einen Grund gegeben, mehr als ein »Hallo!« auszutauschen. Wäre Pias Jugend weniger harte Realität und mehr amerikanische Highschoolromanze gewesen, dann hätte Erik sich natürlich nach der Sache mit den Tampons ihrer angenommen, wäre ihr Ritter in der weißen Rüstung geworden und hätte die Mobberinnen in ihre Schranken verwiesen. Sie hätten sich angefreundet, Pia hätte aus Freude über den neuen besten Kumpel ihre überflüssigen Pfunde verloren, sie hätte ihre Brille gegen Kontaktlinsen getauscht, wäre in einen schönen Schwan mutiert und schließlich gemeinsam mit Erik dem unvermeidlichen Happy End entgegengeglitten. Doch natürlich war nichts dergleichen passiert, abgesehen davon, dass Pia sich in Erik verknallt und ihn fortan aus der Ferne angehimmelt hatte. Er sah gut aus und war nett zu ihr gewesen – mehr hatte es damals nicht gebraucht.

»Außerdem war ich ziemlich überrascht, dass du jetzt in Neukirchen wohnst«, fuhr Pia fort. »Was hat dich hierher verschlagen?«

Erik lächelte. Es war dasselbe schüchterne Lächeln wie früher. Er hatte sich ohnehin wenig verändert. Dunkle, etwas zu lange Haare, treuherzige braune Augen. Allerdings trug er jetzt Brille statt Kontaktlinsen, im Gegensatz zu Pia. »Nichts Bestimmtes. Ich wollte mal was anderes machen – und was anderes sehen. Ich habe die Buchhandlung hier im Ort übernommen. Es war eine einmalige Gelegenheit, da musste ich zuschlagen. Ich habe ja früher schon bei meinen Eltern im Laden ausgeholfen.«

Daran erinnerte Pia sich, allerdings auch an etwas anderes. »Wolltest du nicht Lehrer werden? Hast du nicht Deutsch und Geschichte studiert?«

Erik zuckte mit den Achseln. »Ich habe die Idee während des Referendariats aufgegeben. Es war nicht das Richtige. Zu viele Kinder – du weißt schon.« Er grinste sie an, ein gequältes Grinsen, das so echt aussah wie das eines Gebrauchtwagenhändlers, der einem einen Diesel andrehen will. Es fachte Pias Neugier an.

»Apropos Kinder«, griff sie das Stichwort auf, »ist deine Tochter auch mit umgezogen? Du hast doch eine Tochter mit Tamara Kürten, oder?«

»Joelle. Sie lebt bei Tamara.«

»Dann hat es mit dir und Tamara nicht geklappt?«

Pia wusste, dass es so war, doch sie war neugierig, wie Erik auf die Frage reagieren würde. Sie war aus allen Wolken gefallen, als sie kurz vor dem Abi erfahren hatte, dass Erik Tamara geschwängert haben sollte. Ausgerechnet Tamara, die nicht nur zu Pias Hauptpeinigerinnen gehörte, sondern auch die Jahrgangsmatratze war. Sie ließ sich wahllos von allem flachlegen, was einen Schwanz hatte – ob nun aus Spaß am Sex oder weil sie mit achtzehn die Fünfzig vollmachen wollte oder weil sie heimlich einen Minderwertigkeitskomplex wegen ihrer nicht vorhandenen Brüste hatte.

Eriks Lächeln wurde noch gequälter, er rieb mit den Händen über seine Jeans, als wollte er einen Fleck entfernen. »Nein, es hat nicht geklappt. Wir waren nur ganz kurz zusammen. Aber was die Sache betrifft, über die ich mit dir reden wollte: Sie betrifft Theresa. Ich habe da etwas beobachtet. Vermutlich ist es nicht sehr wichtig, aber ich dachte, ich erzähle der Polizei besser davon.«

Pia hätte nichts dagegen gehabt, weiter über Eriks Privatleben zu reden. Wenn Zeugen meinten, der Polizei etwas mitteilen zu müssen, war es in neun von zehn Fällen etwas absolut Belangloses, das natürlich dennoch überprüft werden musste, was wertvolle Zeit – ihre wertvolle Zeit – in Anspruch nahm. »Ja?«

Erik fuhr sich mit einer Hand durch die Haare. »Vor ein paar Wochen hat Marco, also Marco Brunner, seinen Geburtstag gefeiert, und da habe ich mitbekommen, rein zufällig, wie Theresa sich mit ihrer Freundin Pauline gestritten hat. Das ist Nora Vogts Tochter. Bei dem Streit ging es um ein Geheimnis von Theresa.«

Während Erik die kurze Episode im Obstgarten schilderte, schob Pia die Gedanken an sein Privatleben beiseite und beugte sich konzentriert vor. »Also«, sagte sie schließlich, »Theresa hatte ein Geheimnis, und als Pauline wissen wollte, worum es ging, erwiderte sie, das könne sie nicht sagen, weil es nicht ihr Geheimnis sei, sondern das eines anderen. Kannst du dich an den genauen Wortlaut erinnern?«

Erik überlegte. »Nicht hundertprozentig, aber ich glaube Theresa sagte ungefähr: ›Er hat gesagt, dass es niemanden was angeht. Es ist sein Geheimnis.‹«

»Sein Geheimnis? Bist du sicher, dass sie ›sein‹ gesagt hat? Nicht ›unser‹?«

»Ja.«

»Und du hast keine Idee, was das für ein Geheimnis sein könnte?«

Erik zuckte mit den Achseln. »Wie gesagt, Pauline wollte Theresas Handy sehen, es könnte also etwas mit einen Foto zu tun haben. Glaubst du, dass die Sache irgendetwas mit Theresas Verschwinden zu tun hat?«, fragte er besorgt.

Pia hatte keine Ahnung. »Es ist auf jeden Fall gut, dass du es mir gesagt hast. Wir werden dem nachgehen.« Was bedeutete, dass sie noch dringender mit Pauline reden mussten. In Gedanken verwünschte Pia Matthias Hering, dass er seine Tochter ausgerechnet an diesem Wochenende zu seinen Eltern gebracht hatte. »Kennst du Theresa gut?«, wandte sie sich wieder an Erik.

Der schüttelte den Kopf. »Nein, überhaupt nicht. Ich habe sie nur zweimal getroffen, und beide Male war ihre Mutter dabei. Ich kenne hauptsächlich Marco und einige der anderen Männer hier, weil wir zusammen Volleyball spielen.«

»Und natürlich Nora Vogt«, ergänzte Pia.

»Ja, sie kenne ich auch ein wenig.«

Er wollte so offensichtlich nicht weiter darüber reden, dass Pia prompt nachhakte.

»War das gestern Abend euer erstes Date?«

Er nickte erst, dann schüttelte er den Kopf. »Ja, ich meine nein, das war kein Date. Nur ein gemeinsamer Kabarettbesuch.«

»Und war es gut?«

»Ja, durchaus. Es tat teilweise weh, aber politisches Kabarett soll ja kein Wellnessurlaub sein.«

»Ich meinte den Abend mit Nora.«

»Ach so.« Erik zögerte einen Augenblick zu lange. »Doch, natürlich, ja.« Er wich Pias Blick aus und schob seinen Stuhl zurück. »Tja, wenn sonst nichts ist … Das war's, was ich dir sagen wollte. Falls du keine Fragen mehr hast, gehe ich mal wieder zu den anderen. Es hat mich wirklich gefreut, dich zu treffen.« Er lächelte ihr noch einmal zu, bevor er durch die Terrassentür ins Wohn-zimmer ging. Es wirkte wie eine Flucht.

Pia blickte ihm nachdenklich hinterher, während sie sich fragte, wieso ein gutaussehender, offenbar beliebter Mittdreißiger so ner-vös auf ein paar harmlose Fragen zu seinem Privatleben reagierte. Zwar war Pia aufgeregte Zeugen gewöhnt – manche wurden schon beim bloßen Gedanken an eine polizeiliche Vernehmung ganz hibbelig –, aber die Fragen zu Theresas Geheimnis hatte Erik gelassen beantwortet. Im Gegensatz zu den Fragen nach Tamara und nach Nora Vogt und nach seinem Umzug hierher. Fragen, deren Antworten Pia streng genommen zwar nicht das Geringste angingen, aber in dem Punkt war sie derselben Ansicht wie die kleine Pauline: Wenn es sie interessierte, ging es sie etwas an.

Pia zog ihr Handy hervor, scrollte durch ihre Kontaktliste und tippte eine Nummer an. Während sie dem Freizeichen lauschte, stand sie auf und ging in den Garten, in dem mittlerweile die Däm-merung eingesetzt hatte. Schließlich hörte sie ein etwas atemlos hingehauchtes »Ja?«

»Hallo, Luisa, Pia hier. Ich wollte mal hören, wie es dir geht.«

Im nächsten Moment musste Pia ihr Handy vom Ohr weghal-ten, damit ihr Gehör bei dem Anprall von hysterisch anmutender Begeisterung keinen Schaden nahm. Luisa Abel war ebenfalls in Pias Jahrgang gewesen, das einzige Mädchen, mit dem sie etwas wie eine Freundschaft verbunden hatte – oder vielmehr ein Ge-fühl der Solidarität, denn Luisa war ähnlich dick gewesen wie sie selbst. Sonst hatten sie nie viel gemeinsam gehabt, weswegen die Freundschaft die Zeit nicht überdauert hatte. Seit einigen Jahren telefonierten sie nur noch an Geburtstagen, und an ihr letztes Treffen konnte Pia sich überhaupt nicht erinnern. Doch bei den Geburtstagstelefonaten versicherte Luisa ihr jedes Mal, sie solle sich doch häufiger melden, und möglicherweise war das ernst gemeint, wenn ihre jetzige Begeisterung ein ehrliches Indiz war.

»Das ist wirklich toll, du, ich freue mich wirklich wahnsin-nig«, sagte Luisa zum dritten Mal. »Ich habe nur leider gerade gar keine Zeit zum Reden, weil ich beim Meeting unserer Nachhaltigkeitsgruppe bin. Hatte ich dir nicht an meinem Geburtstag davon erzählt? Wir wollen eine Genossenschaft für einen Unverpacktladen gründen. Ich bin mir sicher, es wird ein Riesenerfolg.«

Pia lauschte einige Minuten, während Luisa trotz ihrer akuten Zeitnot von dem geplanten Projekt schwärmte. Sie wünschte der ehemaligen Freundin alles Gute, bezweifelte jedoch, dass bei dem Projekt etwas herauskommen würde. Das tat es bei Luisas Projekten selten.

»Rufst du eigentlich aus einem bestimmten Grund an?«, fragte Luisa schließlich etwas atemlos.

»Nur so«, behauptete Pia. »Ich musste an dich denken, weil ich heute jemanden aus unserer alten Jahrgangsstufe getroffen habe. Erik Lange. Er hat eine Buchhandlung in Neukirchen bei Neustadt übernommen. Wusstest du das?«

»Im Ernst? Erik?« Luisa schaffte es mühelos, auch mit vierunddreißig wie eine überdrehte Vierzehnjährige zu klingen. »Ich hatte keine Ahnung. Ich war neulich noch im Laden seiner Eltern, da hat er mir ein Buch verkauft. Na ja, neulich stimmt nicht ganz, vor Weihnachten war das. Wieso lebt er jetzt in Neukirchen?«

»Keine Ahnung. Es klang alles ein bisschen geheimnisvoll ...«

Einige Minuten später beendete Pia zufrieden das Gespräch. Luisa hatte versprochen, in den nächsten Tagen zurückzurufen. Und obwohl Pia sie nicht direkt gebeten hatte, Klatsch über Erik auszugraben, wusste sie, dass Luisa genau das tun würde, denn sie war so neugierig wie Pia und Pauline zusammen.

»Es tut mir sehr leid«, schloss Judith.

Sie hatten sich in ein Zimmer im Erdgeschoss gesetzt, das offenbar Viola Brunners Rückzugsraum war. Strickzeug in einem Korb (irgendetwas Helles, Flauschiges), eine Nähmaschine auf einem zierlichen Tisch mit gedrechselten Beinchen, daneben ein Stapel Modehefte und einige Frauenmagazine, Backbücher und historische Romane in einem Regal. Doch vor dem, was Judith zu sagen hatte – dass die Spur, die Theresa an diesem Morgen oder in dieser Nacht hinterlassen hatte, an einem Marterl im Wald endete –, konnten die Brunners sich nicht verstecken. Viola saß in einem abgewetzten Ohrensessel, indem sie trotz ihrer Größe verloren wirkte, und kämpfte mit den Tränen. Ihr Mann kauerte auf der Armlehne und hielt ihre Hand. Er schluckte immer wieder schwer, als versuchte er, die Information hinunterzuwürgen.

Nach einer langen Zeit blickte Viola auf. »Aber das heißt nicht, dass etwas Schlimmes passiert sein muss, oder?«, sagte sie zu Judith. »Vielleicht hat ja irgendein guter Mensch Tessi mitgenommen. Vielleicht hat sie sich verletzt, und der Jemand hat ihr geholfen und sie zum Arzt gebracht. Oder es war eine Frau, die sich ein Kind wünscht. Ich habe mal von einer Frau gelesen, die litt so sehr an ihrem unerfüllten Kinderwunsch, dass sie einfach ein Baby gestohlen hat. Solche Dinge passieren doch, oder? Oder?« Ihre Stimme wurde schrill, ihr Mann strich ihr beruhigend über den Rücken. »Und wenn es so war, dann würde die Frau Tessi doch gut behandeln. Sie würde ihr nichts tun, und so hätten Sie Zeit, sie zu finden, nicht wahr? Nicht wahr?« Viola sah Judith flehentlich an.

Judith fand den Blick schwer auszuhalten. Noch schwerer fand sie es, den Impuls zu bekämpfen, Viola Brunner zu versichern, dass sie natürlich recht hatte, dass ihre verzweifelt positive Interpretation bestimmt den Tatsachen entsprach, dass sie natürlich ihre Tochter wohlbehalten zurückbekommen werde. »Wir wissen im Moment noch nicht, was das bedeutet.«

»Aber es wäre doch möglich, oder?«, beharrte Viola.

»Aber sehr unwahrscheinlich. Es tut mir sehr leid, Frau Brunner. Wenn Theresa in einem Auto von diesem Marterl weggefahren ist – und davon müssen wir ausgehen –, dann ist das mit hoher Wahrscheinlichkeit keine gute Nachricht.« Judith schwieg einen Moment lang, während sie abzuschätzen versuchte, was sie den Brunners an diesem Abend noch zumuten konnte. »Um das allerdings besser einordnen zu können, benötigen wir weitere

Informationen. Ich weiß, das ist eine Zumutung, aber dürfte ich Ihnen einige Fragen stellen?«

Viola sah aus, als ob sie widersprechen wollte, doch ihr Mann nickte. »Was möchten Sie denn wissen?«

Judith wandte sich ihm zu. »Zunächst einmal: Haben Sie irgendeine Idee, warum Theresa zu dem Marterl gefahren sein könnte? Wie gesagt, es steht an der Forststraße nach Neustadt. Es ist einer gewissen Renata gewidmet, die genaue Inschrift lautet …«

»Ich kenne die Inschrift«, unterbrach Marco Brunner. »Ich habe das Kreuz selbst angefertigt. Renata war die Frau meines Bruders. Sie ist vor gut einem Jahr gestorben.« Er wich Judiths Blick aus und starrte auf die Hand seiner Frau in seiner. »Renata hat Suizid begangen. Sie litt schon lange an Depressionen. Dann wurde sie mit fünfundvierzig überraschend schwanger, erlitt jedoch eine Fehlgeburt. Kurz darauf hat sie sich erschossen. In einer Scheune. Ich habe sie gefunden. Es war sehr schwierig für uns. Vor allem für meinen Bruder.« Er sprach in kurzen, abgehackten Sätzen. Die Wunde mochte über ein Jahr alt sein, verheilt war sie nicht.

»Das tut mir aufrichtig leid.« Für einen kurzen Moment empfand Judith Wut auf diese unbekannte Tote – eine Wut, die gegenüber Simon zu empfinden, sie sich seit einem Jahr verbot. »Allerdings verstehe ich nicht …«

Brunner blickte auf. »Wieso wir das Marterl aufgestellt haben?« Er seufzte. »Wir wollten Tessi nichts von dem Suizid erzählen – sie war damals erst acht –, deshalb behaupteten wir, es sei ein Unfall auf der Forststraße gewesen. Tessi hatte ihre Tante sehr gern, sie beharrte darauf, dass wir ein Kreuz zur Erinnerung aufstellen. Ich habe gute Kontakte zur Gemeinde, deswegen habe ich die Genehmigung bekommen.«

»Und fährt Ihre Tochter manchmal mit ihrem Roller dorthin?«

Brunner nickte. »Allerdings muss sie vorher Bescheid sagen. Kurz nach Renatas Tod wollte sie fast täglich hin, weil es näher als zum Friedhof ist, nur etwa ein halber Kilometer. Mittlerweile fährt sie seltener, aber dann nimmt sie immer eine Blume mit, eine Rose aus dem Garten oder so. Erst gestern Nachmittag ist sie hingefahren.«

Seine Frau blickte zu ihm auf. »Gestern? Das wusste ich gar nicht.«

Er strich über ihr Haar. »Du warst beim Einkaufen. Tessi kam in die Werkstatt rüber und fragte um Erlaubnis.« Er sah Judith an. »Aber, kann das nicht bedeuten, dass dieser Hund ihre Spur von gestern gefunden hat?«

Judith schüttelte den Kopf. »Das ist sehr unwahrscheinlich. Normalerweise nimmt ein Personenspürhund die frischeste Fährte auf, und der Hund hat deutlich angezeigt, dass die Spur, die er verfolgt hat, im Bereich des Marterls endet.«

»Aber es wäre möglich?«, fragte er wie zuvor seine Frau. »Ihr Kollege heute Morgen hat erklärt, dass Mantrailing keine exakte Wissenschaft ist.«

Judith musste das zugeben, obwohl sie es nur ungern tat. Sie wollte keine Hoffnung anfachen, wo es ihrer Ansicht nach keine gab.

»Und warum hätte Tessi denn überhaupt zum Marterl fahren sollen«, fuhr Marco Brunner fort, »nachdem sie gestern schon da war? Sie wäre heute nicht schon wieder hin, schon gar nicht frühmorgens.«

Judith beugte sich etwas vor. »Darüber möchte ich mit Ihnen reden. Können Sie sich irgendeinen Grund vorstellen, warum Ihre Tochter doch heute Morgen hingefahren sein könnte?«

»Das sagte ich doch gerade: Nein!«

»Halten Sie es für möglich, dass sie mit jemandem verabredet war?«

»Nein.« Brunners Stimme wurde immer lauter.

Judith warf seiner Frau einen Blick zu, doch die schüttelte ebenfalls den Kopf. »Das einzige Kind in Schönblick in Theresas Alter ist Pauline«, erklärte sie. »Seit die beiden gestritten haben, wohnen Tessis Freundinnen alle in der Stadt. Keine von denen würde morgens um halb sieben bis zum Marterl fahren.«

Judith fiel auf, dass Viola Brunner ihrer Tochter die morgendliche Fahrt durchaus zuzutrauen schien, doch sie kommentierte es nicht. »Was ist mit älteren Kindern? Oder einem Erwachsenen? Hatte Ihre Tochter in letzter Zeit verstärkt Kontakt zu irgendeinem Jugendlichen oder Erwachsenen? Einem männlichen Jugendlichen oder Erwachsenen?«

Judith hatte die Frage an Viola Brunner gerichtet, doch die Antwort kam von ihrem Mann.

»Nein!«, blaffte er. Er war knallrot geworden.

Judith musterte ihn erstaunt. »Würden Sie bitte darüber nachdenken, bevor Sie es ausschließen?«

»Nein, das werde ich verdammt noch mal nicht.« Er ballte seine Hände zu Fäusten. »Ich werde Ihre Versuche nicht unterstützen, die Schuld für das, was passiert ist, unserer Tochter in die Schuhe zu schieben. Sie ist ein Kind, sie interessiert sich nicht für Jungs, sie ist nicht frühreif, egal, was Sie behaupten!«

»Ich habe nie …«

Brunner schnitt ihr mit einer Handbewegung das Wort ab. »Nicht uns gegenüber, aber unseren Freund Jens Bierko haben Sie gefragt, ob Tessi frühreif ist. Nur weil sie an meinem Geburtstag Lippenstift benutzen wollte! Haben Sie gedacht, er würde mir nicht erzählen, was Sie hinter unserem Rücken behaupten?«

Judith versuchte, sich an den genauen Wortlaut des Gesprächs zu erinnern. »Herr Brunner, ich glaube, da liegt ein Missverständnis vor. Wir haben nur nach der Möglichkeit gefragt, um sie auszuschließen. Wir haben nie angenommen …«

»Dann hätten Sie uns fragen können!«, schnauzte er. »Wir sind Tessis Eltern, wir kennen Sie am besten. Und sie macht sich einen Scheißdreck aus Jungs!«

»Ich glaube Ihnen.«

Die simple Feststellung nahm Brunner den Wind aus den Segeln. Er sah Judith verwirrt an, als bezweifelte er, dass sie es ernst meinte. Judith nutzte seine Atempause, um fortzufahren. »Dennoch bitte ich Sie, noch einmal nachzudenken, ob Tessi in letzter

Zeit häufig Kontakt zu einer männlichen Person hatte. Nicht, weil sie sich für diese Person interessiert hat, sondern aus dem umgekehrten Grund. Hat irgendein junger oder älterer Mann ihre Nähe gesucht?«

»Sie meinen, irgendein Kerl könnte …« Brunner brach leichenblass ab, er sah aus, als müsste er sich übergeben.

Judith fragte sich, ob ihm wirklich bisher nicht der Gedanke gekommen war, seine schöne Tochter könnte das unangemessene Interesse eines Mannes aus ihrer Umgebung geweckt haben. Konnte ein Vater so naiv sein? Doch die Frage provozierte eine andere: Konnte eine Mutter so naiv sein, konnten Eltern so naiv sein, den Suizid des eigenen Sohnes nicht kommen zu sehen?

Judith wandte sich an Viola Brunner. »Fällt Ihnen jemand ein, der Theresas Nähe gesucht hat? Hat sie in letzter Zeit irgendeinen Namen häufiger erwähnt? Hat sie vielleicht Geschenke bekommen? Oder hatte sie mehr Geld zur Verfügung als sonst?«

Viola Brunner nahm sich bei jeder Frage einen Augenblick Zeit zum Nachdenken, schüttelte dann jedoch jedes Mal den Kopf.

»Was ist mit den Freunden Ihres Sohnes?«, fragte Judith. »Hat Theresa einen von ihnen häufiger erwähnt?«

»Leons Freunde? Sie glauben …« Violas Augen weiteten sich erschrocken. »Nein, nein.« Es klang eher nach entsetzter Abwehr als nach einer überlegten Antwort.

»Sind Sie sicher?«, hakte Judith nach. »Ich möchte kein Misstrauen säen, wo keines angebracht ist, aber wir müssen das sicher ausschließen können.«

Viola Brunner fasste mit einer Hand an ihren Hals, als müsste sie ihn schützen. »Ich habe nichts dergleichen bemerkt. Und Leon bringt seine Freunde kaum noch nach Hause. In dem Alter treffen sie sich lieber im Jugendzentrum oder bei schönem Wetter im Stadtpark. Da würde ich Tessi natürlich nie mitgehen lassen – allerdings wollte sie das bisher auch nie.«

»Könnten Sie dennoch einmal mit Leon darüber sprechen? Und hätten Sie etwas dagegen, wenn wir mit ihm darüber reden?«

»Allein?« Die scharfe Nachfrage kam von Marco Brunner.

Ja, dachte Judith, doch sie sah Brunner an, dass er das an diesem Abend nicht erlauben würde, daher sagte sie: »Vielleicht können wir morgen gemeinsam mit ihm sprechen?« Sie hoffte, dass sie am nächsten Tag eine Möglichkeit finden würde, ungestört mit Leon zu reden.

Beide Eltern nickten. »Wollen Sie sonst noch etwas wissen?«, fragte Viola Brunner. Sie sah völlig erschöpft aus, und wieder verspürte Judith den Impuls, nicht als Kriminalbeamtin zu reagieren, sondern als mitfühlende Mutter und der Frau zu sagen, dass das tatsächlich alles sei, dass sie irgendein Beruhigungsmittel nehmen und sich ins Bett legen solle.

»Eine Frage noch. Es ist eine heikle Frage, ich bitte Sie dennoch, sie mir zu beantworten. Wir haben die Information erhalten, dass Theresa Patientin bei einem Kinderpsychologen war, bei Ihrem Nachbarn, Herrn Leyhe.«

Die Reaktion der Brunners ließ keinen Zweifel daran, dass Meyers Vermutung zutraf. Viola Brunner legte erschrocken eine Hand auf den Mund, ihr Mann biss seine Zähne so fest zusammen, dass die Kiefermuskeln deutlich hervortraten.

»Das geht Sie überhaupt nichts an!«

Judith lächelte freundlich. »Herr Brunner …«

»Nein!«, schnauzte er. »Ich habe es satt. Sie wollen Tessi als etwas abstempeln, das sie nicht ist. Erst behaupten Sie, sie ist frühreif, und jetzt … Nein!«

»Marco!« Seine Frau legte ihm eine Hand auf den Arm, doch er schüttelte sie ab und sprang auf.

»Nein! Wir haben entschieden, es niemandem zu sagen, und daran halten wir uns. Wir müssen Theresa schützen.«

Seine Frau erhob sich ebenfalls. »Marco, das ist doch etwas ganz anderes, ich glaube nicht, dass Frau Plattner …«

»Nein!« Er lief im Zimmer hin und her wie ein gefangenes Tier. »Ich lasse es nicht zu!« Er ballte die Hände zu Fäusten, seine Arme pendelten hin und her, und er sah so wütend aus, dass Judith sich bereit machte einzugreifen. Doch dann drehte Brunner sich um und hieb mit der Faust krachend gegen die Zimmertür, die in ihren Angeln erzitterte.

Seine Frau schloss für einen Moment die Augen, dann ging sie zu ihm und legte ihm von hinten die Arme um die Taille. Sie hielt ihn so lange fest, bis er schließlich die Hand sinken ließ. Seine Schultern bebten.

Judith wartete schweigend ab, was geschehen würde. Doch der Anblick der beiden bestätigte, was sie den ganzen Tag geahnt hatte. Viola Brunner besaß einen stärkeren Charakter und vermutlich auch einen stärkeren Willen als ihr Mann.

Irgendwann löste Viola ihre Arme von ihrem Mann und sagte leise etwas zu ihm. Zunächst reagierte er nicht, doch dann trat er von der Tür zurück. Viola öffnete sie, nahm seine Hand und führte ihn hinaus.

Judith blieb allein zurück. Sie stand auf und öffnete das Fenster, als könnte sie so das stickige Zimmer von den Gefühlen befreien, die hier gerade getobt hatten. Eine Weile stand sie still da und atmete die frische Luft ein, bevor sie das Fenster wieder schloss. Doch sie verließ den Raum nicht, denn sie war überzeugt, dass Viola Brunner zurückkehren würde. Und sie behielt recht.

8

Eineinhalb Stunden später schloss Judith die Haustür zu dem Ort auf, der einmal ihr Rückzugsort gewesen war. Ihr Hafen. Ihr Refugium. Ihre friedliche Idylle.

Judith war nicht so konservativ wie die meisten ihrer Kollegen, die mehrheitlich CSU wählten, doch in einem zentralen Punkt teilte sie deren Ansichten: Die Familie – nicht notwendig bestehend aus einer Heterofrau, einem Heteromann und deren Heterokindern – war für sie immer der zentrale Wert gewesen, an dem sich alle ihre Entscheidungen messen lassen mussten. Der Mittelpunkt ihres Daseins, der ihr Geborgenheit gab, Halt, einen Sinn im Leben, die Motivation, täglich zur Arbeit zu gehen, und vieles mehr. Martin, ruhig und souverän, Simon, sensibel und liebenswert, Saskia, clever und witzig. Ein befreundeter Mathematiker hatte Judith einmal vom Konzept der Clique erzählt, einer besonders stabilen graphentheoretischen Struktur bestehend aus einer Menge von Einheiten, Knoten genannt, die sich dadurch auszeichnete, dass nicht nur zwischen einigen, sondern zwischen allen Knoten eine direkte Verbindung bestand. Judith hatte ihre Familie in diesem Sinn immer als Viererclique angesehen. Fest verbunden, unzerstörbar. Dieses Haus war – auch nach Simons Umzug in eine WG – das Heim dieser Clique gewesen – und hatte es immer bleiben sollen.

Judith schloss die Haustür hinter sich, stellte die Aktentasche ab, die Pia Meyer ihr morgens mitgebracht hatte, und streifte ihre Pumps ab, ohne Licht einzuschalten. Durch die Glastür des Wohnzimmers fiel ein heller Schimmer. Vermutlich hatte ihr Mann eine Leselampe brennen lassen, um sie willkommen zu heißen. Dass er noch auf war, war unwahrscheinlich. Martin war eine echte Lerche. Zu Beginn ihrer Ehe hatte er dennoch darauf bestanden wachzubleiben, bis Judith selbst nach ungewöhnlich langen Arbeitstagen nach Hause kam, doch sie hatte ihm das ausgeredet, nachdem sie ihn einmal schlafend auf dem Sofa angetroffen hatte, während im Ofen der Auflauf verbrannte, den er für sie vorbereitet hatte.

Aber als Judith ins Wohnzimmer ging, war zu ihrer Überraschung doch jemand dort, nicht Martin, sondern Saskia. Sie saß kerzengerade im Schneidersitz auf der Couch, in der Hand ein Handy mit leuchtendem Display, auf dem sie vermutlich bis gerade eben herumgedaddelt hatte, und blickte Judith anklagend entgegen. Ihr starrer Rücken drückte pure Feindseligkeit aus.

Judiths Herz sank. Sie hatte gedacht, nein gehofft, dass Saskia wie an den meisten Wochenenden bei ihrem Freund übernachtete. Doch dann schalt sie sich selbst. Welche Mutter freute sich nicht, ihr Kind zu sehen? Sie zwang sich zu einem Lächeln. »Hallo, Liebes!«

Saskia setzte sich womöglich noch aufrechter hin. »Na, wie war dein Tag?« Ihre Stimme war eiskalt und klirrte vor aufgestauter Wut. »Interessant, hoffe ich doch, und spannend. Spannender zumindest als in der Kirche abzuhängen und an den toten Sohn zu denken. Also, worum ging's? Vermisstes Kind? Vergewaltigte Frau? Brutal abgeschlachteter Mann? Bestimmt war es etwas außerordentlich Wichtiges, Dringendes, Gefährliches, und wir anderen müssen froh und dankbar sein, dass die Topermittlerin der Kripo gleich losgezogen ist, um den Bösewicht ausfindig zu machen und in Ketten zu legen, damit wir sicher in unseren Betten schlafen können.«

Saskia legte eine Kunstpause ein, doch Judith war nicht so dumm, etwas zu sagen.

»Aber halt!«, fuhr ihre Tochter dann in dramatischem Ton fort. »Du bist ja nie eine Topermittlerin gewesen, und seit du die Gründe für den Tod deines eigenen Sohnes nicht herausfinden konntest, hast du die Ermittelei ja ganz an den Nagel gehängt und bist zum Führungsstab gewechselt, um immer rechtzeitig nach Hause zu deiner Restfamilie zu kommen. Also, was war der heutige Notfall? Hat sich etwa ein falsches Komma in den neuesten Bericht des Polizeivizepräsidenten geschlichen, das du verhaften musstest? Hat ein Unbefugter die Kekse im Besprechungszimmer gegessen? Oder hat gar ein Dieb das Toilettenpapier aus dem Präsidiumsklo geklaut? Nein, sag nichts, ich möchte dein sensibles Gewissen nicht überstrapazieren. Bestimmt ist die Sache mal wieder topsecret. Ich gehe ins Bett.«

Mit den letzten Worten entkreuzte Saskia ihre Beine und sprang mühelos auf. Es war eine einzige fließende Bewegung voller Grazie, der anzusehen war, dass Saskia bis vor einem Jahr Ballett getanzt hatte. Dann stolzierte sie mit hocherhobenem Haupt an ihrer Mutter vorbei.

Judith ließ sie wortlos passieren. Sie wusste, dass jede Erwiderung einen Streit provozieren würde, zu dem ihr an diesem Abend die Kraft fehlte. Stattdessen ging sie in die Küche, schloss die Tür und lehnte sich dagegen, während sie wartete, dass ihre Tränen versiegten. Schließlich wischte sie sich über die Augen, nahm sich ein Glas Bordeaux, ging zurück ins Wohnzimmer und, einer Eingebung folgend, hinaus auf die dunkle Terrasse. Ein Liegestuhl mit Polster, das Martin ins Haus zu räumen vergessen hatte, stand einladend auf dem mondbeschienenen Rasen, doch Judith fürchtete, sie würde dort einschlafen, daher setzte sie sich auf die harte Holzbank an der Hauswand.

Während sie an ihrem Wein nippte, versuchte Judith, nicht daran zu denken, wie ihre Tochter jetzt weinend in ihrem Bett lag. Dass es so war, wusste sie, weil sie Szenen dieser Art im vergangenen Jahr zu oft erlebt und weil sie die Tränen in den Augen ihrer Tochter gesehen hatte, als diese an ihr vorbeimarschiert war. Aber sie wusste auch, dass Saskia ihre Tür nicht für sie öffnen würde, deshalb konzentrierte sie sich stattdessen auf eine andere Tochter und auf das, was deren Mutter ihr erzählt hatte.

»Es begann vor über einem Jahr, als Tessi ihr erstes richtiges Zeugnis bekam«, erzählte Viola Brunner. Sie hatte sich nicht wieder in ihren Sessel gesetzt, sondern sich zu Judith ans Fenster gestellt. »In den ersten beiden Klassen waren es immer nur Beurteilungen ohne Noten gewesen. Auch aus denen konnten wir natürlich rauslesen, dass Tessi in der Schule zwar mitkam, jedoch keineswegs überdurchschnittlich war, aber das hat uns nie gestört. Marco und ich waren beide eher mittelmäßige Schüler und haben uns trotzdem ein schönes Leben aufgebaut. Zumindest ...«

Viola verstummte, doch Judith konnte den Satz leicht selbst beenden. Zumindest war ihr Leben bis zu diesem Morgen schön gewesen. »Und was änderte sich mit dem Notenzeugnis?«

Viola schluckte krampfhaft und starrte durch das Fenster auf die dunkle Straße hinaus. »Zunächst nichts«, sagte sie dann, »zumindest nicht für uns, aber erstaunlicherweise für andere. Ich wurde von den Müttern von mehreren von Tessis Freundinnen angesprochen, allen voran von Nora. Sie lag mir ständig in den Ohren, dass ich mehr tun müsse, damit Theresa es auch aufs Gymnasium schafft. Sie schlug sogar vor, ich solle mit ihr zu einem Psychologen gehen, vielleicht habe sie ADHS oder eine Lernstörung oder so etwas.« Viola Brunners lange schlanke Finger krallten sich um das Fensterbrett. »Ich habe Nora gesagt, wohin sie sich ihre Lernstörung stecken könne. Danach gab sie Ruhe, aber ...« Sie ließ das Fensterbrett los und sah Judith an. »Sie erwähnten heute Morgen, dass Sie Kinder haben. Dann wissen Sie ja, wie es in den Grundschulen mittlerweile zugeht. Spätestens ab der vierten Klasse herrscht Krieg, und niemand kann sich dem entziehen.«

Judith nickte, als bayerische Mutter wusste sie genau, wovon Viola Brunner sprach. In bayerischen Grundschulen herrschte tatsächlich Krieg, wobei der Gegner nicht die Lehrer waren, zumindest nicht in erster Linie, und auch nicht die anderen Kinder, der Gegner war die Note drei, ganz zu schweigen natürlich von der Note vier. Weil Kinder in Bayern nur mit einem Zeugnisdurchschnitt von 2,3 oder besser aufs Gymnasium gehen durften, taten einige Eltern von Grundschülern so gut wie alles, damit ihre Kinder Zweier oder besser noch Einser schrieben. Sie lernten mit ihnen, engagierten Nachhilfelehrer, drohten Lehrern juristische Schritte an – und sie übten Druck auf ihre Kinder aus, den diese dann an ihre Klassenkameraden weitergaben.

»Irgendwann am Anfang der vierten Klasse kam Tessi ganz aufgelöst nach Hause«, fuhr Viola Brunner fort, »weil ihre Mitschülerinnen ihr ausgemalt hatten, dass sie ohne Abitur eine rabenschwarze Zukunft vor sich hat. Und schließlich wurde auch Marco infiziert, hauptsächlich von Jens. Er meinte, wir müssten unbedingt etwas tun, einen Nachhilfelehrer engagieren oder Tessi gar«, ihre Stimme schraubte sich ungläubig nach oben, »zu irgendeinem Paukkurs schicken. Ich konnte ihm das zwar ausreden, aber nur, weil ich ihm versprach, selbst mehr mit Tessi zu lernen.« Sie schüttelte den Kopf, als könnte sie es auch im Nachhinein nicht fassen.

»Und war das erfolgreich?«, fragte Judith.

Viola Brunner lachte bitter. »Überhaupt nicht.« Sie strich sich eine Haarsträhne aus dem Gesicht. »Die Noten blieben gleich, dafür wurde Tessi immer unglücklicher. Weil sie für die zusätzliche Arbeit nicht belohnt wurde, weil sie ständig am Schreibtisch hocken musste – und weil Marco jedes Mal enttäuscht reagierte, wenn sie wieder eine Drei oder Vier nach Hause brachte. Er … er …« Sie brach ab und biss sich auf die Lippen.

»Ja?«, hakte Judith nach.

Viola Brunner legte einen Zeigefinger auf das Fensterbrett und zog ihn langsam in Schlangenbewegungen darüber. Sie schien nicht weitersprechen zu wollen, und Judith wurde klar, dass sie zu den seltenen Frauen gehörte, die es nicht gewöhnt waren, sich negativ über ihren Mann zu äußern.

Schließlich gab sie sich einen Ruck und sah Judith an. »Sind Sie verheiratet?«, fragte sie.

Üblicherweise redete Judith nicht über ihr Privatleben – Befragungen sollten in dieser Hinsicht Einbahnstraßen sein –, doch manchmal half es, Zeugen zum Reden zu bringen, wenn man etwas von sich preisgab. »Ja.«

»Darf ich fragen, wie lange?«

»Dreiundzwanzig Jahre.«

»Wie schön.« Viola schien es ernst zu meinen. »Marco und ich sind seit sechzehn Jahren verheiratet, aber schon über zwanzig Jahre zusammen, und in all der Zeit habe ich mir nie vorstellen können, ihn zu verlassen. Nicht eine Sekunde – bis zum letzten Herbst.« Sie wich Judiths Blick aus und starrte aus dem Fenster. »Ja, im letzten Herbst habe ich überlegt, mit den Kindern zu gehen«, fuhr sie mit Blick durch die Scheibe fort. »Nicht, weil ich Marco nicht mehr wollte oder nicht mehr liebte, sondern weil ich Angst hatte, dass sein Ehrgeiz Tessi kaputtmachen könnte.« Sie seufzte. »Tessi war immer ein so glückliches Kind gewesen, doch in den Monaten vor Weihnachten … Dabei wollte Marco natürlich nur das Beste für sie. So wie Nora das Beste für Pauline will und Jens das Beste für Marie. Sie können nur nicht sehen, was das Beste ist. Sie sind blind dafür, welch wundervolle Menschen ihre Kinder schon sind, ohne dass sie sie in irgendeine Form pressen. Blind vor Ehrgeiz, blind vor Angst …« Sie lehnte ihre Stirn gegen die Fensterscheibe.

Judith betrachtete sie, wieder spürte sie eine Welle von Mitgefühl, doch sie versuchte, diese auf Abstand zu halten, damit sie ihre Arbeit nicht beeinträchtigte. »Und wer von Ihnen hatte die Idee, Herrn Leyhe um Hilfe zu bitten?«

Viola hob ihren Kopf. »Ich. Ulf ist ein guter Freund von uns, deshalb erzählte ich ihm irgendwann von meinen Sorgen. Er schlug vor, mit Theresa einige Tests zu machen. Ich war zuerst dagegen, vor allem gegen den IQ-Test. Ich finde es schlimm genug, dass Kinder in der Schule auf Noten reduziert werden, ich wollte nicht, dass Tessi mit irgendeinem Testergebnis abgestempelt durchs Leben gehen muss. Aber Ulf meinte, wir müssten ihr ja gar nicht sagen, um was für Tests es sich handelt. Und Marco war dafür, weil Jens ihm eingeredet hatte, Tessi könne vielleicht hochbegabt sein. Das sei oft so, dass hochbegabte Kinder in der Schule schlecht abschnitten, weil die Lehrer sie nicht adäquat förderten. So ein Unfug!« Sie schnaubte verächtlich.

»Also stimmten Sie zu«, stellte Judith fest.

Viola atmete durch die Nase ein und langsam wieder aus, und ein Lächeln breitete sich auf ihrem Gesicht aus. In dem Moment war sie unglaublich schön. »Ja«, sagte sie dann, »und es war die beste Entscheidung meines Lebens. Der IQ-Test gab uns unser altes Leben wieder. Wir erfuhren das Ergebnis kurz vor Weihnachten, und es war das schönste Weihnachtsgeschenk, das ich je bekommen habe. Es war, als würden wir alle aus einem Albtraum aufwachen. Marco sah endlich ein, dass Tessi auf dem Gymnasium nicht gut aufgehoben wäre. Ihm wurde klar, dass er Tessi unrecht getan hatte, und er warf seinen falschen Ehrgeiz von einem Tag auf den anderen über Bord.« Sie sah Judith flehentlich an. »Sie müssen mir das wirklich glauben. Marco hat sich wahnsinnig dafür geschämt, dass er sich gegen seine eigene Tochter hat aufhetzen lassen. Er schämt sich immer noch. Deshalb reagiert er jedes Mal so aufgeregt, wenn das Schulthema zur Sprache kommt. Aber er hat es wieder gut gemacht. Er war in den letzten Monaten extra lieb zu Tessi. Und Tessi …« Ihre Stimme zitterte, und ihre Kornblumenaugen füllten sich mit Tränen. »Tessi war seit Weihnachten wieder glücklich. Die Sache hat ihr nicht geschadet, fragen Sie Ulf. Sie war wieder genau wie früher, mein glückliches Mädchen. Und sie wäre nie weggelaufen! Nie!« Sie legte Judith eine Hand auf den Arm. »Das müssen Sie mir glauben.«

Judith nippte an ihrem Rotwein, während sie an Viola Brunners letzte Worte dachte. Theresas Mutter hatte so sicher geklungen, so überzeugt von dem, was sie sagte, dass Judith ihr liebend gern geglaubt hätte. Doch sie wusste besser, wie trügerisch die Sicherheit war, in der Eltern sich wiegten, wenn es um das Gefühlsleben ihrer Kinder ging. Auch die besten Eltern wussten nie zu hundert Prozent, was in den Köpfen ihrer Kinder vorging. Sie selbst war bis zuletzt davon überzeugt gewesen, dass ihr Sohn sogar sehr glücklich war.

Denn Simon liebte seinen Job – er machte eine Ausbildung zum Erzieher in einem Kindergarten, und die Kleinen vergötterten ihn –, er liebte seine Freundin – Jana, die beiden waren seit der zehnten Klasse unzertrennlich –, er hatte ein tolles Verhältnis zu seiner Schwester und zu seinen Eltern, die ihn bei allen seinen Vorhaben unterstützten und die Miete für das Zimmer in der WG zahlten, in der er mit seinen beiden besten Freunden wohnte. Es war von außen betrachtet ein perfektes Leben gewesen – und dann hatte Simon dieses perfekte Leben beendet.

Erst im Nachhinein hatte Judith von Jana und Simons Freunden erfahren, dass dieses Leben nur eine perfekte Fassade gewesen war, hinter der sich ein Drama abspielte. Tatsächlich hatten Simon und Jana sich schon nach einem halben Jahr wieder getrennt, nur auf seine dringende Bitte hin hatte sie eingewilligt, seinen Eltern gegenüber gelegentlich weiterhin das glückliche Paar zu spielen. Auch die fröhlichen WG-Abende, von denen Simon seinen Eltern gern erzählt hatte, hatte es nicht so oft gegeben wie Abende, in denen er sich weinend in sein Zimmer eingeschlossen und mit Suizid gedroht hatte, sollten seine Freunde seinen Eltern etwas darüber verraten. Die Freunde hatten sich gefügt, aus Loyalität und Überforderung und weil Simon ihnen versprach, sich anderswo Hilfe zu suchen. Doch das hatte er nie getan. Er hatte nie jemanden ins Vertrauen gezogen, warum er so unglücklich war. Und obwohl Judith nach seinem Tod mit allen – buchstäblich mit allen – gesprochen hatte, die ihn gekannt hatten, war es ihr nicht gelungen, es herauszufinden.

Was war geschehen, dass aus dem glücklichen Kind mit dem sonnigen Gemüt – und Judith war noch immer überzeugt, dass es das einmal gegeben hatte – ein junger Mann geworden war, der die Menschen, die ihn liebten, verzweifelt belog und sich schließlich die Pulsadern aufschnitt? Die einzige Antwort, die Simon in seinem Abschiedsbrief hinterlassen hatte – »Es tut mir leid, aber glaubt mir: Es ist besser so!!!!!« –, war keine.

Judith war überzeugt, dass es einen konkreten Anlass oder Auslöser für Simons Suizid gegeben haben musste, doch sie konnte beim besten Willen nicht sagen, was passiert war – oder wann. Zusammen mit ihrem Mann war sie wieder und wieder ihre Erinnerungen durchgegangen auf der Suche nach Hinweisen oder Anzeichen von Problemen, die Simon vielleicht gehabt und die sie übersehen oder unterschätzt hatten, allerdings vergeblich. Natürlich war Simon während der neunzehn Jahre seines Lebens nicht stets in derselben heiteren Stimmung gewesen. Natürlich hatte es andere Zeiten gegeben. Trauer, nachdem seine Lieblingsoma, Martins Mutter, gestorben war. Schmerz, nachdem er beim Fahrradfahren gestürzt war und sich ein Bein gebrochen hatte. Angst, als er sich danach zum ersten Mal wieder aufs Fahrrad setzte. Und während seiner Pubertät hatte es Phasen gegeben, da war er schweigsam gewesen, hatte unglücklich oder gereizt gewirkt. Aber Judith und Martin hatten das für normale pubertäre Stimmungsschwankungen gehalten – ungewöhnlich höchstens in der Hinsicht, dass sie weniger stark ausgefallen waren als bei Gleichaltrigen, sicherlich weniger stark als bei Saskia. Aber was war dann passiert? Und – noch wichtiger: Wieso hatte Simon ihnen nichts davon erzählt? Wieso hatten seine Eltern es nicht geschafft, ihm zu vermitteln, dass er mit ihnen über alles reden konnte?

Als Judith sich jetzt zum tausendsten Mal diese Frage stellte, rann ein kalter Schauer ihren Rücken hinab, und sie zitterte.

»Falls du jemanden brauchst, der dich wärmt, stelle ich mich gerne zur Verfügung.«

Judith sah auf. Martin, in Pyjama und Bademantel und mit zerzausten Haaren, stand in der Terrassentür, in der einen Hand ein leeres Weinglas, in der anderen die Flasche Bordeaux.

»Ich dachte, du schläfst.«

»Das habe ich auch. Aber dann habe ich geträumt, ich hätte mich in einem Labyrinth verlaufen, und dachte, wach mal besser auf und frag eine Polizistin nach dem Weg.«

Er kam barfuß zu ihr, beugte sich zu ihr hinunter und küsste sie auf den Mund. Dann schenkte er ihr Wein nach, goss sich selbst ein Glas ein und setzte sich neben sie. Judith kuschelte sich mit einem kleinen Seufzer an ihn.

»Und?«, fragte er nach einer Weile. »Möchtest du darüber reden?«

Die Frage war typisch für ihn, fand Judith. Martin fragte sie nie, wie ein Fall war oder woran sie gerade dachte. Es war nicht seine Art, anderen ein Gesprächsthema aufzudrängen. Er war so zurückhaltend, dass er erst einmal nachfragte, ob jemand überhaupt etwas erzählen wollte.

Doch Judith wollte reden, wenn auch nicht über Simon. Es würde ihnen beiden nur Schmerz bringen. Sie waren noch nicht an dem Punkt, an dem sie über ihren Sohn reden und sich einfach der schönen Erinnerungen an ihn erfreuen konnten, weil sie noch nicht an dem Punkt waren, dass sie sein Schicksal akzeptieren konnten – falls sie überhaupt je dahin gelangen würden.

Stattdessen erzählte Judith Martin von Theresa Brunner. Martin hörte wie immer zu, ohne sie zu unterbrechen, doch sie spürte seine Überraschung, und schließlich fasste er sie in Worte. »Ich wusste nicht, dass du wieder ermittelst. Wer hat das beschlossen?«

Judith zuckte mit den Achseln. »Angeordnet hat es Zöllner, angefordert hat mich Roman. Mit der Begründung, dass er kurzfristig zu wenig Ressourcen hat.«

»Aber?«

Judith runzelte die Stirn. »Kein Aber.«

»Ich erkenne ein Aber, wenn ich eins höre. Du zweifelst an Romans Motiven.«

Judith nippte an ihrem Wein und starrte in den dunklen Garten, der dank der Arbeit ihres Mannes ein kleines Paradies war, inklusive dem idyllischen Teich, den Martin zusammen mit Simon angelegt hatte, nachdem Simon von einer enthusiastischen Biologielehrerin alles über insektenfreundliches Gärtnern gelernt hatte. »Meyer hat mir eine Aktentasche mitgebracht. Roman hatte sie für mich vorbereitet, inklusive der DIN-A5-Hefte, in denen ich mir früher Notizen gemacht habe und die es im Präsidium gar nicht gibt. Er hat keinen kurzfristigen Engpass, er hat das schon länger geplant – wenn auch bestimmt nicht genau für heute. Er will mich zurück im Team.«

»Hat er das gesagt?«

»Heute nicht, aber oft genug.«

Martin schwieg eine Weile. »Und? Wie geht es dir damit?« Er fragte es beiläufig, doch Judith hörte die Besorgnis in seiner Stimme. Ihr Mann war ein guter Psychologe, aber ein schlechter Schauspieler.

»Ich weiß es nicht. Ich musste heute zu oft an Simon denken. Ich habe immer wieder die Situation dieser Familie mit unserer verglichen. Ich weiß nicht, ob ich objektiv sein kann. Außerdem …« Sie brach ab.

»Außerdem?«

Judith schwieg eine lange Zeit, während sie versuchte, etwas in Worte zu kleiden, das sie sich seit einem Jahr nicht zu sagen traute. »Saskia war noch auf, als ich kam. Sie hat etwas gesagt, etwas …« Sie brach ab, unsicher, ob sie es wirklich aussprechen sollte, doch dann rang sie sich dazu durch. »Saskia hat gesagt, dass ich in den Führungsstab gewechselt bin, weil ich erkannt habe, dass ich nicht zur Ermittlerin tauge.«

Sie spürte, wie Martin sich neben ihr vor Ärger kurz versteifte, bevor er sie an sich drückte. »Saskia sagt vieles, nur um dir wehzutun. Ich weiß, du glaubst, du musst ihr ein Ventil für ihre Trauer geben, aber meinst du nicht, es ist an der Zeit, dass du dich wehrst?«

Judith widersprach sofort. »Wenn es ihr Erleichterung verschafft, wenn auch nur kurz …«

»Aber das tut es nicht«, unterbrach Martin sie, höchst ungewöhnlich für ihn. »Es macht sie nicht glücklicher, es macht nur dich unglücklicher. Und schlimmer noch: Du fängst an, die Dinge, die sie behauptet, für bare Münze zu nehmen.«

»Weil sie stimmen.«

»Das ist Unsinn, du bist eine hervorragende Ermittlerin.«

Judith schüttelte den Kopf. »Wenn ich das wäre, hätte ich nicht bei Simon versagt. Was ist, wenn ich das in diesem Fall wieder tue? Was ist, wenn ich nicht schaffe herauszufinden, was mit dem Mädchen passiert ist? Was ist, wenn ich wieder versage?«

9

Am nächsten Morgen ließ Judith sich von Pia Meyer zu Hause abholen und nach Neukirchen fahren, wo sie mit Pauline Vogt sprechen wollten. Unterwegs wurden sie von Roman Söring auf den neuesten Stand gebracht.

Der Laptop von Viola Brunner war vom LKA untersucht worden. Theresa hatte beim Surfen auf den Wellen des Internets hauptsächlich Wissensseiten für Kinder und harmlose YouTube-Videos – in der Regel mit mehr tierischen als menschlichen Protagonisten – angesteuert. Zwar konnte nicht mit hundertprozentiger Sicherheit ausgeschlossen werden, dass das Mädchen im Netz von irgendeinem Perversen angechattet worden war und sich mit diesem verabredet hatte, doch die Wahrscheinlichkeit war so gering, dass Roman beschloss, diesen Ermittlungsansatz vorerst nicht zu verfolgen.

Das Hauptaugenmerk lag weiterhin auf der Fahndung nach Theresa. Der Einsatz der Polizeihundertschaft war am Vortag bei Einbruch der Dunkelheit unterbrochen und an diesem Morgen um sechs Uhr fortgesetzt worden. Nachdem am Vorabend im Lokalfernsehen über Theresas Verschwinden berichtet worden war, waren siebenunddreißig Hinweise eingegangen, von denen allerdings keiner auf den ersten Blick vielversprechend zu sein schien. Dasselbe galt für die Spuren, die das Team der Kriminaltechnik im Laufe der Nacht und im Lichte von Scheinwerfern in der Umgebung des Marterls gefunden hatte, hauptsächlich

Müll – Bonbonpapiere, Zigarettenkippen, ein kaputtes Feuerzeug, ein löchriger wollener Kinderhandschuh, der mindestens seit dem Winter in den Zweigen eines Gebüschs verhakt war –, und ein Durcheinander von Schuh- und Reifenabdrücken auf dem Asphalt der Forststraße, die jedoch viel zu undeutlich waren, als dass man sie Erzeugern oder Entstehungszeiten hätte zurechnen können. Auch einige Haare waren von einem sehr aufmerksamen Kriminaltechniker entdeckt worden, darunter vier blonde, die am Straßenrand nur wenige Meter vom Marterl entfernt gelegen hatten. Möglicherweise stammten sie von Theresa – der DNA-Test stand noch aus –, doch selbst wenn das zutraf, wären sie nur ein weiteres Indiz, dass Theresa in letzter Zeit am Marterl gewesen war, kein Hinweis darauf, was ihr dort zugestoßen war.

Auch die Hintergrundüberprüfung der Brunners hatte nichts Unerwartetes zutage gefördert. Die Brunners bewirtschafteten seit vier Generationen den Bauernhof in Schönblick. Die Familie war im Ort gut angesehen und gut vernetzt. Marco Brunner hatte einen guten Ruf als Schreiner, galt im Stadtrat als Mitläufer und war in den verschiedenen Vereinen, in denen er Mitglied und ehrenamtlich tätig war, ausgesprochen beliebt. Dasselbe galt für seine Frau, die allerdings nicht ganz so aktiv war. Sie kümmerte sich ehrenamtlich um den Blumenschmuck in der Kirche und in einem angeschlossenen Pflegeheim. Die einzige Überraschung in Judiths Ohren war, wie wohlhabend die Brunners waren. Außer dem Haus und der Schreinerei besaßen sie ein Vermögen im höheren sechsstelligen Bereich als Folge der Grundstücksverkäufe an die Nachbarn.

»Ist das allgemein bekannt?«, fragte Judith nach.

»Nach meinen Informationen nicht«, kam Romans Stimme durch den Lautsprecher der Freisprecheinrichtung, »was aber nicht heißen muss, dass es nicht einzelne Personen wissen. Doch so lange es keine Lösegeldforderung gibt, können wir eine Entführung mit erpresserischem Motiv ausschließen.« Er raschelte mit einigen Papieren. »Jetzt zu Josef Brunner. Er hat als Mitglied der Familie Brunner ebenfalls einen guten Ruf im Ort – er hat ihn quasi geerbt –, allerdings ist er sozial wenig aktiv. Er ist Mitglied in der CSU und im Bauernverband, nimmt aber kaum je an Treffen oder Veranstaltungen teil. Er galt schon immer als Einzelgänger, mehr noch seit dem Suizid seiner Frau, Renata Brunner, geborene Niedermeier. Sie hat sich vor vierzehn Monaten erschossen. Mundschuss mit einem Jagdgewehr. Laut dem zuständigen Ermittler war es eine klare Sache. Renata Brunner hinterließ zwar keinen Abschiedsbrief, aber Zeugen haben bestätigt, dass sie seit Jahren depressiv war. Die Waffe gehörte ihrem Mann. Er ist Jäger, konnte die Waffenbesitzkarte vorlegen, und die Waffe war korrekt weggeschlossen, allerdings wusste die Frau natürlich, wo der Schlüssel lag.« Er räusperte sich. »Übrigens kam es drei Monate nach dem Tod der Frau zu einem Zwischenfall an dem Marterl, das ihr gewidmet ist. Zwei Siebzehnjährige aus Neukirchen haben in der Nähe ein paar Bier geleert, dann hat der eine ans Marterl uriniert, woraufhin er von einem Unbekannten, der zufällig vorbeikam, verprügelt wurde.«

Judith runzelte die Stirn. »Ein Unbekannter?«

»Offiziell ja. Der Junge, der gegen das Marterl uriniert hat, hat zwar in seiner Anzeige ausgesagt, es sei Josef Brunner gewesen, doch der hatte zum fraglichen Zeitpunkt ein Alibi. Angeblich war er mit seinem Bruder zusammen, was der auch bestätigt hat. Es stand also Aussage gegen Aussage.«

»Was war mit dem zweiten Jungen?«

»Der behauptete, den Angreifer nicht gut genug gesehen zu haben, um ihn beschreiben zu können. Das mag auch stimmen, es war dunkel, und er war nicht nüchtern, allerdings ist sein Vater ein CSU-Stadtratskollege von Marco Brunner. Kann sein, dass der einen Gefallen eingefordert hat.« Roman schwieg einen Moment. »So oder so glaube ich nicht, dass wir uns darum kümmern müssen. Ich lasse den jungen Mann überprüfen, für den Fall, dass es ein Racheakt war, halte es aber für unwahrscheinlich.«

Judith nickte, ein Racheakt fast ein Jahr später verübt an der unbeteiligten Nichte des Angreifers erschien wenig plausibel. Einerseits. Andererseits war Theresa just von dem Ort verschwunden, an dem die einseitige Prügelei stattgefunden hatte. »Wie heißen die beiden?«

Roman schien in irgendwelchen Unterlagen zu blättern. »Sven Maurer, das ist der Urinator, Malte Stölzl, der Stadtratssohn.«

Judith ging im Geiste die Liste der Bekannten durch, die die Brunners ihr am Vortag ausgehändigt hatten. Sie erinnerte sich an Stadtrat Stölzl, der Name Maurer sagte ihr nichts. »Und hast du schon was über die Nachbarn der Brunners?«, fragte sie.

»Nicht viel bis jetzt, bis auf die Tatsache, dass die Leute zusammen erstaunlich viele Punkte in Flensburg haben. Man könnte meinen, dass sie an einer Gruppenchallenge teilnehmen, wer zuerst seinen Führerschein verliert. Willst du die Details?« Erneutes Papiergeraschel. »Allein Jens Bierko und Nora Vogt wurden in den letzten zwölf Monaten zweimal geblitzt, Ulrike Leyhe, Marga Grandauer und Josef Brunner je einmal. Außerdem nutzen die meisten Nachbarn regelmäßig die Forststraße nach Neustadt, obwohl die offiziell für Privatverkehr gesperrt ist. Bei einer Kontrolle im Februar wurden Jens Bierko, Ulf Leyhe und Marga Grandauer erwischt. Die Männer haben ihre Strafen gezahlt, Marga Grandauer hat Einspruch eingelegt. Übrigens auch gegen den Strafbefehl wegen Beleidigung. Als sie auf der Forststraße angehalten wurde, wurde sie etwas ausfallend.« Roman räusperte sich. »Und das ist alles, bis auf eins: Eine der Schulfreundinnen von Theresa hat gesagt, Theresa habe irgendwo im Wald hinter ihrem Elternhaus ein geheimes Versteck. Sie konnte nicht sagen, wo genau. Das Versteck kann nicht sehr groß sein – nicht so groß, dass Theresa sich darin aufhalten könnte –, sonst hätten unsere Leute es gefunden, aber es könnte dennoch nützlich sein, es zu untersuchen. Ihr solltet dieses Mädchen Pauline danach fragen.«

Das Erste, das Pia auffiel, als sie den Dienst-BMW mit Judith Plattner neben sich nach Schönblick hineinsteuerte, war, dass die Straßensperre abgebaut worden war, das Zweite, dass dennoch keine Journalisten zu sehen waren. Pia wunderte sich darüber, bis ihr einfiel, dass für halb neun im Präsidium eine Pressekonferenz angesetzt war. Gut so, dann konnten sie ihre Arbeit ungestört beginnen.

Zuerst stand die Befragung von Pauline Vogt auf dem Programm. Im Allgemeinen mochte Pia Kinder nicht besonders. Ihrer Ansicht nach waren sie bestenfalls langweilig und schlimmstenfalls kleine kreischende Tyrannen. Doch als Zeugen konnten sie von großem Nutzen sein, weil sie weniger dazu neigten, Beobachtungen ihre eigene Interpretation überzustülpen, und in Pias Augen war die Befragung von Pauline Vogt überfällig. Deshalb war sie hochmotiviert, als sie den BMW vor Brunners Schreinerei parkte und mit Judith Plattner auf das Haus Nummer vier zuging. Dasselbe ließ sich über Nora Vogt allerdings nicht sagen. Pia musste dreimal klingeln, bis die Frau ihre Haustür aufriss.

»Was zum Teufel ist so wichtig um diese Zeit?«, fauchte sie, und dann, als sie ihre Besucher erkannte: »Sie? Was soll das? Wir sind für acht Uhr verabredet.« Sie trug einen kurzen Morgenmantel, darunter schien sie nackt zu sein. Auch ihr Gesicht wirkte nackt ohne Make-up.

»Guten Morgen, Frau Vogt, es ist genau acht Uhr.«

Als wollte Gott Pia Schützenhilfe leisten, erklangen im selben Moment acht dumpfe Glockenschläge von Neukirchen herüber, vermutlich von Sankt Matthäus.

Nora Vogt starrte Pia an. »Das kann nicht sein. Ich habe noch geschlafen. Ich schlafe nie bis acht.« Sie machte auf dem Fuß kehrt, verschwand in ihre Küche, vermutlich um einen Blick auf eine Uhr zu werfen, und tauchte nach einem kurzen Augenblick wieder auf. »Sie haben recht, es ist schon acht«, verkündete sie so fassungslos, als wäre sie nicht nur zur falschen Uhrzeit, sondern auf dem falschen Planeten aufgewacht. Dann riss sie sich zusammen. »Entschuldigen Sie bitte. Wenn Sie sich zehn Minuten gedulden …«

»Natürlich.« Freundlich lächelnd setzte Pia einen Fuß auf die Schwelle des Hauses. »Sollen wir im Wohnzimmer warten?«

Es war offensichtlich nicht das, was Nora Vogt hatte vorschlagen wollen, aber sie gab nach. »Meinetwegen. Sie wissen ja, wo's ist.« Auf bloßen Füßen lief sie ins obere Stockwerk und begann bereits auf der vierten Stufe zu brüllen: »Pauline? Aufstehen!«

Pia und Judith Plattner gingen ins Wohnzimmer hinüber. Pia wollte die Gelegenheit nutzen, sich in Abwesenheit der Hausherrin umzusehen. Plattner hatte offensichtlich dieselbe Idee, sie steuerte ein weiß lackiertes Bücherregal an, während Pia sich mehr für die DVDs interessierte, die auf der Konsole unter dem immensen Fernseher standen. Offensichtlich besaß Nora Vogt ein Faible für amerikanische Actionfilme und skandinavische Thriller. Erstere trafen auch Pias Geschmack, und sie betrachtete gerade bewundernd den Bizeps von Vin Diesel auf einem DVD-Cover aus der The-Fast-and-the-Furious-Reihe, da kam Nora Vogt schon wieder die Treppe herunter. Sie trug immer noch den Morgenrock, doch ihr Gesichtsausdruck hatte sich verändert. Sie wirkte nicht mehr gereizt, sondern so verstört, dass Pia sie fragte, ob alles in Ordnung sei. Nora Vogt ignorierte die Frage, lief durch das Wohnzimmer und riss die Terrassentür auf.

»Pauline? Pauline!«, brüllte sie in den Garten hinaus. Es war einer von der übersichtlichen Sorte, ein gepflegtes Rasenrechteck umgeben von Rosenbüschen und irgendwelchen Ziersträuchern, über die ihre Stimme ungehindert hinweghallte. Doch es war nicht nur die Lautstärke der Stimme, die Pia einen kalten Schauer über den Rücken rinnen ließ, es war der hysterische Unterton, der darin mitschwang.

»Was ist passiert?«, wiederholte sie.

Dieses Mal ging Nora Vogt auf die Frage ein. Aus geweiteten Augen starrte sie die Kriminalbeamtinnen an. »Meine Tochter ist nicht da.«

»Beruhigen Sie sich. Vielleicht setzen Sie sich erst einmal?« Judith Plattner fasste Nora Vogt behutsam am Arm und versuchte, die aufgeregte Frau zu einem Sessel zu dirigieren, doch die riss sich los.

»Wie soll ich mich beruhigen?«, kreischte sie. »Meine Tochter ist verschwunden. Unternehmen Sie etwas!«

Plattner zog ihre Hand zurück. »Das werden wir, Frau Vogt, aber dazu müssen Sie uns erst einmal genau schildern, was passiert ist.«

»Woher soll ich das denn wissen? Pauline ist nicht oben. Sie ist nicht in ihrem Zimmer und nicht im Bad. Ich dachte, sie schläft noch, sie ist schließlich gestern Abend viel zu spät ins Bett gekommen, aber sie ist weg!«

»Haben Sie schon überall nachgeguckt?«, fragte Pia. »Außer im Kinderzimmer und im Bad?«

Nora Vogt funkelte sie wütend an. »Natürlich. Oben sind nur noch ein Gästezimmer und mein Arbeitszimmer. Da ist sie auch nicht.«

»Was ist mit dem Keller? Ihr Haus ist doch unterkellert, oder?«

Nora Vogt riss die Augen auf. »Ja schon, aber warum sollte Pauline …« Sie sprach den Satz nicht zu Ende, sondern eilte wieder davon.

Pia wollte ihr folgen, doch Judith Plattner hielt sie zurück. »Lassen Sie sie, sie kennt sich besser aus. Wir warten.«

Sie taten es mit angehaltenem Atem. Durch den Flur hörten sie, wie Nora Vogt ein Stockwerk unter ihnen Türen öffnete und den Namen ihrer Tochter rief, der von den Kellerwänden zurückhallte. Schließlich vernahmen sie wieder das Tapsen ihrer nackten Füße auf den Steinstufen, dann im Flur, dann das Öffnen der Haustür und wieder Nora Vogts Stimme, die den Namen ihrer Tochter auf die Straße hinausbrüllte.

»Scheiße!«, fluchte Pia.

Nora Vogt kam ins Wohnzimmer gestürzt. »Sie ist nirgendwo«, keuchte sie. »O Gott, tun Sie doch etwas!«

Sie war außer Atem vor Sorge. Ihr Morgenmantel war aufgeklafft und enthüllte, dass sie darunter tatsächlich nackt war, doch sie schien es nicht zu bemerken. Sie zitterte, und diesmal wehrte sie sich nicht, als Plattner sie zu einem Sessel führte und sanft darauf niederdrückte.

»Sie können sich darauf verlassen, Frau Vogt, dass wir alles tun werden, um Ihre Tochter zu finden, aber Sie müssen uns dabei helfen, indem Sie unsere Fragen beantworten. Zunächst einmal: Wann haben Sie Pauline zuletzt gesehen?«

Nora Vogt sah krampfhaft schluckend zu Plattner auf. »Heute Nacht. Wir kamen erst gegen Mitternacht nach Hause, da habe ich sie sofort ins Bett geschickt. Sie hat Zähne geputzt und so weiter, dann habe ich noch einmal nach ihr gesehen und ihr Licht ausgeschaltet. Da war es vermutlich schon halb eins.«

»Und ist es üblich, dass Ihre Tochter morgens vor Ihnen aufsteht und zum Beispiel zum Spielen rausgeht?«

Sie schüttelte vehement den Kopf. »Nein, das hat sie noch nie gemacht, aber normalerweise wache ich auch immer um sechs auf, spätestens Viertel nach. Ich habe heute verschlafen. Ich schlafe nie so lange. Ich kann mir das überhaupt nicht erklären.« Sie sah Plattner aus schreckgeweiteten Augen an. Ihre Hände zitterten und flatterten, als besäßen sie ein Eigenleben. Plattner griff nach ihnen und hielt sie fest, während sie weitere Fragen stellte.

»Besitzt Pauline einen Tretroller oder ein Fahrrad? Beides? Wo stehen die? In der Garage? Warten Sie, das kann meine Kollegin übernehmen. Ist die Garage abgeschlossen?«

Nora Vogt sank in ihren Sessel zurück. »Mein Schlüsselbund hängt neben der Haustür. Der Garagenschlüssel ist der eckige.«

Pia verließ das Wohnzimmer. Eine Minute später schloss sie die Garage auf und schwang das Tor nach oben. Die Doppelgarage war genauso ordentlich aufgeräumt wie das Haus. Links parkte ein Audi Q3 blitzsauber, mit der Schnauze zur Rückwand. An der Rückwand hingen ordentlich aufgereiht Gartenwerkzeuge – Spaten, Hacke, Rechen und so weiter –, in einer Ecke stand ein

Rasenmäher, an der rechten Wand lehnten ein zerschrammtes Kinderfahrrad und ein ebenso zerschrammter Tretroller.

Pia ging ins Haus zurück. Nachdem sie berichtet hatte, herrschte für einen Moment Schweigen.

»Aber das ist gut, oder?«, sagte Nora Vogt schließlich. »Ich meine, dass Pauline den Roller nicht genommen hat. Es ist nicht wie bei Tessi. Ich meine …« Sie brach hilflos ab. »Und was machen Sie jetzt?«

Judith Plattner, die vor ihr gehockt hatte, richtete sich auf. »Wir werden die Fahndung nach Pauline einleiten, Frau Vogt. Bitte glauben Sie mir, wir werden alles tun, was in unserer Macht steht, Ihre Tochter zu finden. Haben Sie ein Foto von ihr?« Als die Frau auf ein gerahmtes Foto auf einem Glastischchen deutete, ergänzte sie: »Ein digitales? Auf Ihrem Handy? Könnten Sie das holen?«

»Natürlich, es ist oben.«

Nora Vogt atmete einmal zittrig durch, bevor sie das Wohnzimmer verließ. Kaum war sie weg, nahm Plattners Gesicht einen besorgten Ausdruck an. »Und?«, fragte sie leise. »Irgendwelche Ideen?«

Pia verneinte. »Ich verstehe das nicht«, erwiderte sie. »Was hat das zu bedeuten? Hätten wir das vorhersehen müssen?«

Plattner schüttelte den Kopf.

»Und was machen wir jetzt?«

Plattner zückte ihr Handy. »Wir starten das volle Programm. Ich werde Roman anrufen und diesmal dafür sorgen, dass Valerie Niemann sofort kommt. Aber ich möchte, dass Sie schon mal mit der Suche beginnen. Suchen Sie draußen die Straße ab und klingeln Sie bei den Nachbarn. Sie sollen ihre Grundstücke absuchen und Sie dann unterstützen.«

Pia warf einen Blick auf das gerahmte Bild von Pauline. »Wäre es nicht besser, auf die offiziellen Suchkräfte zu warten?«

Plattner hielt bereits ihr Handy ans Ohr. »Ich versuche, sie möglichst schnell herzuschaffen, aber ich möchte keine Zeit verlieren. Schicken Sie die Nachbarn in alle Richtungen los, auch in den Wald, aber Sie persönlich gehen zum Marterl. Worauf warten Sie?«

Pia verließ das Haus, doch auf der Treppenstufe vor der Haustür hielt sie einen Moment inne. Es war Eile geboten, sie würde Pauline Vogt allerdings nicht helfen, wenn sie in Panik verfiel. Es war ein Gefühl, zu dem Pia seit Jahren nicht mehr neigte, aber die Tatsache, dass Pauline aus ihrem Bett verschwunden war, und zwar auf dieselbe Weise wie Theresa vierundzwanzig Stunden zuvor, hatte ihr einen Schock versetzt.

Sie hatte nicht damit gerechnet. Bisher waren alle Vermissten, die Pia gesucht hatte, lebend wieder aufgetaucht. Der Jugendliche, der ausgerissen war und sich bei Freunden – im besten Fall – oder auf der Straße – im schlechtesten Fall – versteckte. Die demente Oma, die nicht mehr nach Hause fand. Der demente Opa, der aus dem Pflegeheim ausgebüxt war. Dennoch war Pia bereits im Verlauf des gestrigen Nachmittags klar geworden, dass der Fall Theresa Brunner anders lag, und nachdem das Mädchen bis zum Abend nicht gefunden worden war, hatte sie die Hoffnung aufgegeben, dass es noch lebte. Nichts sprach dafür, zu vieles dagegen, insbesondere die Tatsache, dass Theresas Spur am Marterl endete.

Pia hatte den vergangenen Abend damit verbracht, verschiedene Theorien aufzustellen, was geschehen sein mochte. Nummer eins: Theresa war wie so oft morgens früh aufgestanden, hatte ihr Elternhaus verlassen und war zum Marterl gerollt, wo sie zum Zufallsopfer eines Fremden geworden war. Eines Fremden, der pädophil war und dem Mädchen nicht widerstehen konnte oder wollte. Oder eines Fremden, der sadistisch veranlagt war und seine kranken Triebe ausleben wollte. Oder eines Fremden, der einfach nur frustriert war oder aus einem anderen Grund ein Ventil brauchte und es in der Gewalt fand, die er einem wehrlosen Opfer antat.

Das war durchaus möglich, denn Zufälle spielten bei Kriminaldelikten eine größere Rolle, als die meisten Menschen vermuteten. Die wenigsten Kapitalverbrechen erfolgten nach sorgfältiger Planung. Nicht jeder Mensch, in dem die Bereitschaft schlummerte, Böses zu tun, war sich dessen bewusst, und selbst wenn die Bereitschaft drängender wurde und die Gier nach dem Bösen immer höher loderte, bedeutete das nicht automatisch, dass der Mensch aktiv nach einer Gelegenheit suchte. Doch wenn sie sich zufällig manifestierte – in Form eines wehrlosen Kindes auf einer einsamen Waldstraße …

Ja, es war möglich, dass Theresa zufällig zum Opfer geworden war. Doch wahrscheinlicher war etwas anderes. Auch wenn Eltern es nicht wahrhaben wollten: Kindern drohte viel häufiger Gefahr aus dem nahen Umfeld als von Fremden. Von Vätern, von Onkeln, von Trainern, von Priestern, von Freunden oder Bekannten der Eltern oder von Nachbarn.

Theorie Nummer zwei lautete demnach: Theresa war nachts um drei am Marterl verabredet gewesen. Mit jemandem, den sie kannte, dem sie vertraute, der vielleicht schon wochenlang auf dieses Treffen hingearbeitet hatte. Das wahrscheinlichste Motiv in diesem Szenario: sexueller Missbrauch. Und anschließend hatte der Täter Theresa natürlich töten müssen, damit sie ihn nicht verraten konnte.

Pia hatte noch weitere Theorien aufgestellt, die ihr weniger plausibel erschienen, doch alle Szenarien hatten eins gemeinsam: dass Theresa tot war. Pia hatte nicht damit gerechnet, sie irgendwann wohlbehalten ihren Eltern übergeben zu können. Doch noch weniger hatte sie damit gerechnet, dass ein zweites Mädchen verschwinden würde!

Pia atmete noch einmal tief ein, um ihre Lungen mit Sauerstoff zu füllen, dann brüllte sie los: »Pauline? Pauline!«

Pia besaß nicht nur einen immensen Brustumfang, sondern vermochte damit auch eine immense Stimmlautstärke zu produzieren. In ihren Ohren dröhnte der Name des Mädchens, als würde ein Düsenjäger im Tiefflug durch Schönblick jagen, doch kaum war ihr Ruf verhallt, lag die Straße so still und verlassen da wie zuvor. Nichts regte sich, nur eine Handvoll Spatzen, die sich im Vorgarten um ein paar Samen oder Beeren gezankt hatten, flohen erschrocken unter einen Rhododendron.

Pia ignorierte ihr empörtes Zwitschern und setzte sich in Bewegung. Neben Nora Vogt, in Nummer sechs, wohnte laut Klingelschild Familie Hoppe. Pia klingelte so lange Sturm, bis eine junge Frau öffnete. Sie hatte einen Säugling auf dem Arm, an ihren Beinen hing ein kleines Mädchen und blickte aus klaren neugierigen Kinderaugen zu Pia hoch.

Pia stellte sich kurz vor und wedelte mit ihrem Dienstausweis. »Sind Sie Frau Hoppe?«

»Ja, Anna-Lena. Ist etwas passiert?«

»Leider ja. Pauline Vogt wird vermisst. Haben Sie sie heute zufällig schon gesehen?«

Anna-Lena Hoppes Augen weiteten sich vor Schreck, und instinktiv schob sie mit ihrer freien Hand ihre Tochter hinter sich. »Pauline ist ebenfalls weg? Großer Gott!«

»Haben Sie sie heute Morgen gesehen?«

»Nein.«

»Kann es sein, dass Ihr Mann sie gesehen hat?«

»Ich glaube nicht, er war noch nicht draußen. Können wir irgendwie helfen?«

Pia drückte ihr eine ihrer Visitenkarten in die Hand. »Als Erstes fragen Sie bitte Ihren Mann, ob er Pauline heute schon gesehen hat, möglicherweise durch ein Fenster. Falls ja, soll er mich anrufen. Dann durchsuchen Sie bitte Ihr Grundstück. Sehen Sie überall nach, wo Pauline sich versteckt haben könnte, im Gartenschuppen, in der Garage, einfach überall. Und anschließend kommen Sie zum Wendehammer, ich organisiere eine Suche.«

Frau Hoppe nickte, doch bevor sie die Tür schließen konnte, klingelte Pia bereits bei Nummer acht und dann bei Nummer zehn. Als sie das Gartentor von Familie Leyhe hinter sich schloss, waren erst fünf Minuten vergangen. Pia warf einen Blick auf das Holztor von Nummer neun. Sie bezweifelte, dass von Marga Grandauer aktive Hilfe bei der Suche zu erwarten war, doch es war immerhin möglich, dass der alte Drachen etwas wusste. Vielleicht hatte sie ja wieder nachts wach gelegen, oder Attila hatte gebellt, oder …

Pia drückte auf den Klingelknopf, während sie die Straße hochblickte. Die Sackgasse lag immer noch still da, auch wenn hoffentlich in den Häusern auf der linken Seite und in den Gärten dahinter mittlerweile hektische Aktivität herrschte.

»Ja?« Durch die Sprechanlage klang Marga Grandauers Stimme noch verzerrter als ohnehin schon.

Pia setzte zu einer Antwort an, doch in dem Moment bemerkte sie eine Bewegung am anderen Ende der Straße, beim Haus der Brunners. Jemand kam um den Vorgarten der Brunners herum über den Trampelpfad, der in den Wald führte. Jemand Kleines. Doch in dem Moment, als Pia in die Richtung blickte, zog der jemand sich wieder hinter einige Büsche zurück.

Pia kniff die Augen zusammen. Der Größe nach musste es ein Kind sein, auch wenn das Alter auf die Entfernung schwierig zu schätzen war. Pauline?

Pia murmelte etwas in Richtung des Quäkens, das aus der Sprechanlage drang, und lief die Straße hoch. Als sie am Vorgarten der Brunners vorbei war und um die Ecke sehen konnte, stand das Kind dreißig Meter von ihr entfernt auf dem Trampelpfad, der in den Wald führte, und sah ihr entgegen. Es war ein Mädchen mit Brille und schulterlangen braunen Haaren in einem sonnengelben T-Shirt. Es mochte so um die zehn Jahre alt sein, und selbst auf die Entfernung war Pia ziemlich sicher, dass es Nora Vogts Tochter war.

»Pauline?«, rief sie. »Pauline Vogt?«

Im nächsten Moment machte die Kleine auf dem Absatz kehrt, raste über den Trampelpfad davon und war kurz darauf im Wald verschwunden.

Pia gönnte sich nur für einen Sekundenbruchteil ein Gefühl der Verblüffung, dann rannte sie ebenfalls los. Sie brauchte keine zehn Sekunden, bis sie den Wald erreichte, doch das Kind flitzte schon fünfzig Meter weiter über einen Trampelpfad, ein rasender gelber Fleck vor grünen Blättern und Büschen.

»Pauline, bleib stehen! Deine Mutter vermisst dich! Ich bin von der Polizei!«

Die Puste hätte Pia sich sparen können, der gelbe Fleck entfernte sich noch schneller. Pia beschleunigte ebenfalls. Zwar war sie nicht annähernd so schnell wie stark, aber schneller als die meisten es beim Anblick ihrer Masse ahnten, und so fiel es ihr nicht schwer, auf dem Trampelpfad die Distanz zu ihrem Zielobjekt zu verkürzen. Doch als sie sie halbiert hatte, schlug das Mädchen einen Haken wie ein Hase, der von einem Fuchs verfolgt wird, und preschte ins Unterholz hinein. Pia tat es ihr nach und rannte zwischen den Bäumen hindurch, um den Weg abzukürzen. Doch das Manöver entpuppte sich als Fehler. Der Boden war hier nicht wie der Trampelpfad von der Wärme der letzten Wochen festgebacken, sondern weich und uneben. Ranken und dürre Zweige verhakten sich in Pias Anzugshose, zerrten an ihr und verlangsamten jeden ihrer Schritte, während das gelbe T-Shirt zwischen den Bäumen hindurchwischte wie eine irrlichternde Sonne und die Füße des Kindes über Laub und Äste hinweghuschten, als sei es ein Waldkobold.

Doch Pia hatte Glück. Während die Distanz zwischen ihr und dem Mädchen wieder größer wurde und sie sich schon fragte, wie sie Plattner erklären sollte, dass eine Zehnjährige sie abgehängt hatte, ertönte voraus ein Schrei, und im nächsten Moment ging der gelbe Kobold zu Boden. Zwar rappelte das Mädchen sich sofort wieder auf, schien jedoch mit dem Fuß an etwas festzuhängen, und im nächsten Moment war Pia da.

»Hi«, sagte sie aus einem Abstand von zwei Metern, bemüht, ihrer Stimme einen vertrauenerweckenden Klang zu geben und nicht zu sehr zu keuchen. »Du bist Pauline Vogt, nicht wahr?

Deine Mutter vermisst dich. Ich heiße Pia Meyer, ich bin von der Polizei.«

Das Mädchen hörte auf zu zappeln und starrte durch seine dicken Brillengläser zu Pia hoch. »Das glaube ich nicht.« Die Stimme klang fest, nicht ängstlich.

Pia holte ihre Dienstmarke hervor und streckte sie dem Mädchen entgegen. »Du kannst mir ruhig glauben.«

Das Mädchen erwiderte nichts, sondern starrte Pia weiter an.

»Was hältst du davon, wenn wir nach Hause zu deiner Mutter gehen?«

Die großen braunen Augen starrten unverwandt weiter, ohne zu blinzeln oder auch nur mit einer Wimper zu zucken.

»Hast du dich verletzt? Oder hängst du fest? Brauchst du Hilfe?«

Als Antwort blickte das Mädchen auf seinen Fuß, der in einem schmutzigen Markenturnschuh steckte.

»Warte, ich helfe dir, ich mache dich los. Ich komme näher, okay?«

Pia nahm das anhaltende Schweigen als Einverständnis, überbrückte die Distanz zu dem Mädchen und befreite vorsichtig seinen Fuß von einer Ranke, die sich um den Schuh geschlungen und in den Socken verhakt hatte. Kaum war der Fuß befreit, sprang das Mädchen auf, um weiterzulaufen, doch Pia hatte damit gerechnet. Sie packte das Kind beherzt an der schmalen Hüfte, schwang es in die Luft und klemmte es sich unter einen Arm. Doch die Kleine war noch nicht bereit zu kapitulieren. Sie strampelte wild und begann zu brüllen: »Hilfe! Ich werde entführt. Hilfe!« Ihre Schreie gellten durch den Wald.

»Hör auf, Pauline, ich will dich nicht entführen, ich bin von der Polizei.«

Pias Erklärung ging in den gellenden Schreien unter. Pia unterdrückte einen Fluch, während sie sich fragte, wie sie diese absurde Situation auflösen sollte. Zwar hätte sie rein kräftemäßig auch zwei zappelnde Zehnjährige zurück nach Schönblick schaffen können, doch ihr graute davor, wie das auf etwaige Betrachter wirken mochte – ganz zu schweigen von der Psyche des Mädchens. Pia bezweifelte zwar, dass die Kleine wirklich glaubte, entführt zu werden – in ihren Ohren klang das Gebrüll eher wütend als ängstlich –, doch falls es so war, musste es für sie erschreckend sein, hilflos einer fremden Person ausgeliefert zu sein. Andererseits konnte Pia nicht riskieren, sie loszulassen. So überdreht, wie die Kleine war, würde sie davonrasen und sich irgendwo im Wald verirren.

»Was ist denn hier los?«

Pauline hatte ihr Gebrüll für einen Moment unterbrochen, um Luft zu holen, sonst hätte Pia die Stimme nicht gehört. Sie drehte sich um. Einige Meter weiter näherte Leon Brunner sich durch das Unterholz. Er trug Shorts und T-Shirt, wie üblich lief seine Nase, und er blutete aus einem frischen Kratzer am Schienbein.

Erleichtert setzte Pia ihre Bürde ab, die zu Leon flitzte wie ein aufgezogenes Spielzeugauto und ihn an der Hand packte. »Leon, sie wollte mich entführen. Sie hat eine gefälschte Polizeimarke.«

Pia hatte bereits am Vortag bei den Brunners den Eindruck gehabt, dass Leon vernünftiger und intelligenter war, als sein Vater ihm zuzugestehen schien, und seine Reaktion auf Paulines Behauptung gab ihr recht. Der Junge erklärte dem Mädchen unverblümt, dass es Blödsinn rede, und schaffte es in kurzer Zeit, sie davon zu überzeugen, dass Pia keine Entführerin, sondern die Polizistin war, die nach seiner Schwester suchte. Allerdings sprach Pia das in Paulines Augen nicht von jeglicher Schuld frei.

»Sie hätten mich nicht so erschrecken dürfen«, verkündete Pauline lautstark. »Sie dürfen nicht einfach so herumbrüllen, das ist Ruhestörung, das müssen Sie doch wissen. Außerdem ist der Wald Privatbesitz, da dürfen Sie gar nicht herumlaufen. Außerdem …«

Die Liste ihrer kindlichen Beschwerden war lang, und sie wiederholte sie noch einmal, als Pia und Leon sie bei ihrer Mutter ablieferten, die ihre Tochter erleichtert in die Arme schloss. Allerdings mischte sich bald Verärgerung in die Erleichterung.

»Du kannst dich nicht einfach aus dem Haus schleichen, ohne zu fragen! Weißt du, wie viele Sorgen ich mir gemacht habe? Und wieso hast du Laub im Haar? Und woher kommen die Kratzer? Wo warst du, und was hast du angestellt?«

»Ich habe auf der Straße gespielt, ich bin nur in den Wald gelaufen, weil Frau Meyer mich erschreckt hat.« Pauline warf Pia einen Verschwörerblick zu. »Aber es ist okay«, fügte sie großzügig hinzu, »es war ein Missverständnis.«

Nora Vogt war anzusehen, dass sie Zweifel an dieser Aussage hatte, allerdings schien sie auch Zweifel an Pias Rolle in der Geschichte zu hegen. Sie ließ ihren misstrauischen Blick zwischen ihrer zerzausten und verschwitzten Tochter und der nicht minder zerzausten und verschwitzten Polizistin hin und her pendeln. »Darüber reden wir später noch, Fräulein, jetzt gehst du erst mal Gesicht und Hände waschen und ziehst etwas Sauberes an.«

Zwanzig Minuten später saß Pauline am Esstisch in der offenen Küche vor einem Glas mit Orangensaft. Ihr Gesicht war frisch geschrubbt, ihre Haare hingen gekämmt an ihren Pausbacken herab. Judith Plattner hatte die zwanzig Minuten genutzt, die Suche nach ihr abzublasen. Pia hatte die Zeit genutzt, der Kollegin ihre Version der Ereignisse zu schildern, die daraufhin vorgeschlagen hatte, dass Pia Paulines Befragung übernahm. Nora Vogt hatte die Zeit genutzt, sich anzuziehen und zu schminken. Matthias Hering hatte die Zeit genutzt aufzutauchen. Während Pia draußen nach Pauline gesucht hatte, hatte Nora Vogt ihren Nochehemann angerufen und gefragt, ob er wisse, wo seine Tochter sei. Hering war daraufhin losgefahren und kurz nach Pia und Pauline eingetroffen. Nachdem Nora Vogt ihm versichert hatte, dass es Pauline gut gehe, wollte sie ihn wieder hinauswerfen, doch er beharrte darauf, bei der Befragung ebenfalls anwesend zu sein.

Jetzt saßen die in Scheidung lebenden Expartner so weit voneinander entfernt wie möglich auf den beiden weißen Sofas in Pias Rücken – »Ich hoffe, deine Shorts sind sauber, aber du wusstest ja schon während unserer Ehe nicht, wie man eine Waschmaschine bedient.« »Sagt der Technikfreak. Wenn es dir endlich gelänge, deinen Vibrator zu reparieren, hättest du vielleicht wieder bessere Laune.« –, während Pia Pauline nach ihren Erlebnissen bei den Großeltern am Vortag befragte. Es war üblich, Befragungen von Kindern mit einem neutral oder positiv besetzten Thema zu beginnen, um dem Kind die Möglichkeit zu geben, sich an die Befragungssituation zu gewöhnen, und dem Vernehmenden die Möglichkeit, ein Gefühl dafür zu entwickeln, wie das Kind generell reagierte. Allerdings tat Pia das in diesem Fall mehr der Form halber. Sie hatte draußen im Wald den Eindruck gewonnen, dass Pauline Vogt sich problemlos in neuen Situationen zurechtfand.

»Okay, Pauline«, sagte sie schließlich. »Wie du ja schon weißt, sind meine Kollegin und ich aus einem speziellen Grund hier.«

Pauline nickte prompt. »Sie suchen Tessi. Meine Mutter hat gesagt, dass Sie mich fragen wollen, wo sie ist. Aber ich weiß es nicht.«

»Wann hast du Tessi denn zuletzt gesehen?«

Pauline war kein schüchternes Kind, wie Pia schon bemerkt hatte, sie beantwortete die meisten Fragen prompt und ausführlich, im Gegensatz zu den zögerlich gehauchten Ein-Wort-Antworten, die manche Gleichaltrige produzierten. Sie neigte auch nicht dazu, auf ihrem Stuhl hin und her zu rutschen oder ständig mit ihren Fingern in Gesicht oder Haaren herumzufummeln, wie es viele Mädchen in ihrem Alter taten.

»Am Freitag. Wir sind zusammen von der Schule nach Hause gegangen, weil wir nicht allein gehen dürfen. Aber ab September komme ich aufs Gymi, da darf ich allein hinfahren. Ich kriege in den Sommerferien ein neues Fahrrad.«

»Nur, wenn du dein altes bis dahin geputzt hast«, warf ihre

Mutter ein, doch sowohl Pia als auch Pauline ignorierten die Bemerkung.

»Und geht Theresa mit dir aufs Gymnasium?«, fragte Pia.

Pauline schüttelte den Kopf, so dass ihre Haare flogen. »Sie hat's nicht geschafft, sie muss auf die Mittelschule.« Beim letzten Wort verzog sie den Mund und rümpfte die Nase. Sie hatte eine recht dicke knubblige Nase, die bei dieser Grimasse ein wenig an eine Schweineschnute erinnerte.

»Und hat sie das gestört?«

Pauline schob ihre dunklen dichten Augenbrauen zu einem langen Balken zusammen. »Echt jetzt? Natürlich. Keiner will auf die Mittelschule, da gehen nur die Doofies hin.« Sie brach ab und warf einen kurzen Blick in Richtung ihrer Eltern, um zu sehen, ob ihr die Bemerkung einen Tadel eintragen würde. »Tessi hat behauptet, dass es ihr nix ausmacht, aber das habe ich ihr nicht geglaubt. Niemand würde das nix ausmachen. Die Mittelschule ist voll ätzend. Alle wissen das.«

»Habt ihr viel über das Thema gesprochen?«

»Tessi wollte nicht darüber reden. Sie war sauer auf mich, weil ich es aufs Gymi geschafft habe. Dabei hätte sie es auch schaffen können, sie hätte nur mehr lernen müssen. Es war nicht meine Schuld. Seitdem haben wir nicht mehr so viel miteinander gemacht.«

»Habt ihr euch deswegen gestritten?«

»Nein.« Die Antwort kam wie aus der Pistole geschossen. »Wir haben nur nicht mehr so viel miteinander zu tun.«

Pauline sah Pia, ohne mit der Wimper zu zucken, in die Augen. Sie hätte einen Starrwettbewerb gegen einen Basilisken gewonnen, doch Pia spürte, wie ihre Beine unter dem Tisch heftiger pendelten.

»Das ist schade.« Pia machte eine Pause. Erst als Pauline nichts hinzufügte, fuhr sie fort: »Bis vor ein paar Wochen habt ihr aber viel zusammen unternommen, oder? Erzählst du mir darüber? Was habt ihr denn so gemacht, wenn ihr zusammen wart?«

Pauline zuckte mit den kleinen Achseln. »Gespielt.«

»Was denn?«

»Alles. Inliner, Himmel und Hölle, oder wir sind in den Wald gegangen. Tessi kann super auf Bäume klettern. Außerdem ist Leon oft dabei.«

»Tessis Bruder?«, fragte Pia überrascht. »Spielt er mit euch?«

»Manchmal.«

»Und was spielt ihr so, wenn er dabei ist?«

»Alles Mögliche.« Sie machte eine kurze Pause. »Aber meistens spielt er sowieso mit seinen Freunden, er sagt, wir sind ihm zu klein.«

»Hat Tessi sich darüber geärgert?«

Pauline schüttelte den Kopf. »Sie spielt lieber ohne Leon, sie sagt, er ist ihr zu grob. Dabei stimmt das gar nicht. Leon vergisst manchmal sogar, sich zu wehren. Und er ist nicht mal stark für einen Jungen. Und für fünfzehn. Ich bin schon fast genauso stark. Aber Tessi spielt lieber Elfen und Kobolde und so Sachen, wo man nicht richtig kämpfen muss. Und Drachen reiten. Es gibt einen Baum, der ist im Frühling umgestürzt, aber er wird noch von anderen Bäumen gehalten. Der Stamm sieht aus wie ein Drachenhals. Es ist Tessis Lieblingsbaum.«

»Klingt toll. Ist er hier in der Nähe?«

Für einen Sekundenbruchteil weiteten Paulines Augen sich hinter den Brillengläsern zu riesigen Eulenaugen, und ihre Beine hörten auf zu pendeln. »Ähm, das weiß ich nicht. Ich war noch nie dort. Tessi hat mir den Baum nur beschrieben. Ich wollte, dass sie mir zeigt, wo er ist, aber sie wollte es mir nicht sagen. Sie hat ein Geheimnis daraus gemacht. Sie macht immer aus allem ein Geheimnis. Mein Papa sagt, das tun Kinder mit Geschwistern, weil die Geschwister immer schnüffeln. Deshalb machen sie alles zu einem Geheimnis. Tessi hat viele Geheimnisse.«

Sie hielt den Kopf ein wenig schief und sah Pia ernst an. Pia fragte sich, ob sie den letzten Köder bewusst ausgelegt hatte, um von dem Drachenbaum abzulenken, über den sie offensichtlich nicht reden wollte – vermutlich lag er außerhalb des Bereichs, in dem die jüngeren Schönblicker Kinder sich bewegen durften. Doch sie griff das Thema gerne auf.

»Hat Tessi dir von ihren Geheimnissen erzählt?«

Pauline machte ein abfällig mitleidiges Gesicht. »Natürlich nicht, dann wären es keine Geheimnisse.«

»Woher weißt du dann davon?«

Pauline zögerte. »Tessi hat immer Andeutungen gemacht.«

»Zum Beispiel?«

Sie zögerte wieder. »Mir fällt gerade keins ein. Und in letzter Zeit waren wir ja auch keine Freundinnen mehr.«

»Bist du traurig darüber?«

Pauline schielte zu ihren Eltern hinüber. »Nein«, behauptete sie, doch ihre Beine pendelten wieder heftiger.

»Möchtest du, dass wir sie finden?«

»Natürlich.« Kurz und knapp.

»Und möchtest du alles tun, um uns dabei zu helfen?«

Wieder schob sie ihre Augenbrauen zusammen. »Ich weiß nicht, wo sie ist. Das habe ich doch schon gesagt. Ich habe Durst.«

Sie griff zu ihrem Glas und trank umständlich einige Schlucke. Pia wollte warten, bis sie es wieder abgestellt hatte, doch Pauline klammerte sich daran fest, daher fuhr sie schließlich fort.

»Wir glauben, dass Tessi gestern Morgen mit ihrem Roller zu dem Marterl an der Forststraße nach Neustadt gefahren ist«, sagte sie. »Kannst du dir einen Grund vorstellen, warum Tessi dorthin gefahren sein könnte?«

»Sie legt da immer Blumen hin. Das Kreuz ist für ihre Tante.«

»Aber sie hat am Freitagnachmittag schon eine Blume dorthin gelegt. Würde sie das an zwei aufeinanderfolgenden Tagen tun?«

Zum ersten Mal schien Pauline länger über eine Frage nachzudenken. Sie stellte das Glas ab und fuhr mit einem Finger eine Maserung des weiß lasierten Esstisches nach. Schließlich zuckte sie mit den Achseln.

»Fährt Theresa manchmal aus anderen Gründen zu dem Marterl? Ist dort vielleicht ihr Versteck?«

Wieder machte Pauline Eulenaugen. »Was für ein Versteck?«, fragte sie dann in einem Ton, als gäbe es nichts auf der Welt, das sie weniger interessierte.

»Eine Schulfreundin hat erzählt, dass sie im Wald ein Geheimversteck hat. Sie meinte, du wüsstest wo.«

»Das ist gelogen.« Pauline klang ärgerlich.

Pia schwieg einen Moment, doch das Mädchen fügte nichts hinzu, daher sagte sie: »Pauline, ich kann verstehen, dass du uns nicht sagen möchtest, wo das Geheimversteck ist. Theresa hat es dir anvertraut, und natürlich kommst du dir schäbig vor, wenn du ihr Geheimnis verrätst. Unter normalen Umständen tun gute Freundinnen das nicht. Aber dies sind keine normalen Umstände. Verstehst du das?«

»Natürlich, aber ich weiß nicht, wo das Versteck ist.

»Aber Theresa hat dir davon erzählt?«

Pauline zögerte, bevor sie es zugab. »Aber sie hat nicht gesagt, wo es ist«, beharrte sie. »Es ist nicht meine Schuld, wenn Tessi immer Andeutungen macht und dann nichts sagt. Es ist ihre Schuld. Dauert das noch lange? Ich habe Kopfschmerzen.«

Pia bezweifelte das, doch sie beschloss, vorerst das Thema zu wechseln und später auf das Geheimversteck zurückzukommen. »Ich möchte mit dir noch über eine andere Sache reden. Erinnerst du dich an die Geburtstagsfeier von Theresas Vater?«

Pauline nickte. »Natürlich. Er hat eine große Grillparty im Garten gemacht. Das macht er jedes Jahr, obwohl Viola das nicht gut findet. Sie ist Vegetarierin, das heißt, sie isst kein Fleisch, weil sie das unmoralisch findet oder so. Deshalb gab es auch Sojabratwürste. Ich habe eine probiert, die war voll eklig.« Sie zog wieder eine Schnute. »Aber die echten Bratwürste waren super. Und der Kuchen auch. Viola backt besser als der Reuter. Das ist der Bäcker in Neukirchen«, fügte sie hilfreich hinzu, nach dem Themenwechsel wieder deutlich redseliger.

»Ich würde gerne mit dir über etwas reden, das im Obstgarten passiert ist.«

Pauline schob ihre Augenbrauen zusammen. »Ich war nicht im Obstgarten.«

Pia lächelte. »Du hast es vielleicht vergessen. Jemand hat mir erzählt, dass er dich und Theresa im Obstgarten gesehen hat. Ihr habt euch gestritten.«

»Ach das! Aber das war kein richtiger Streit. Tessi hat mich nur geärgert, da habe ich sie zurückgeärgert.«

»Und wie hat sie dich geärgert?«

Pauline schob mit dem Mittelfinger ihre Brille am Steg ein wenig nach oben. »Ich weiß nicht mehr genau. Es war nichts Wichtiges.«

»Könntest du bitte darüber nachdenken?« Und da Pauline nicht so aussah, als würde sie der Bitte nachkommen, schob Pia hinterher: »Derjenige, der mir von eurem Streit erzählt hat, hat gesagt, es sei um Tessis Handy gegangen. Du wolltest es sehen.«

»Daran erinnere ich mich nicht.«

»Du hast versucht, Tessi das Handy wegzunehmen.«

»Das glaube ich nicht.«

»Ging es vielleicht um ein Foto? Tessi benutzt das Handy zum Fotografieren. Wolltest du ein Foto sehen?«

Pauline schnitt eine abfällige Grimasse. »Bestimmt nicht. Tessi hat immer nur Tiere und Blumen fotografiert. Und Pferde. Voll öde. Dauert das noch lange?«, wiederholte sie dann. »Ich habe Kopfschmerzen.«

Pia musterte sie mitleidlos. »Ich fürchte schon. Zumindest so lange, bis du dich erinnerst.«

»Aber ich habe Kopfschmerzen«, jammerte Pauline.

»Das tut mir leid. Vielleicht trinkst du noch etwas.«

Pia schob Pauline das Glas hin, obwohl sie überzeugt war, dass die Kopfschmerzen nur eine Ausrede waren. Pauline hob das Glas an ihre Lippen und trank gehorsam einen Schluck.

»Also, Pauline, du möchtest uns doch bestimmt helfen, Tessi

zu finden, oder? Deshalb …« Weiter kam Pia nicht, denn in dem Moment verdrehte Pauline die Augen, spuckte den Orangensaft über den ganzen Tisch, glitt vom Stuhl und sank auf die Küchenfliesen.

»Sie lügt«, sagte Pia gereizt, als sie zehn Minuten später das Haus Nummer vier verließen, nachdem Nora Vogt sie mehr oder weniger hinausgeworfen hatte.

Die Vernehmung hatte chaotisch geendet. Pauline hatte sich schnell von ihrer vorgetäuschten Ohnmacht erholt, jedoch so mitleiderregend über Kopfschmerzen gestöhnt, dass ihre Eltern in seltener Eintracht darauf bestanden, die Befragung zu beenden. Pauline neige zu Migräneanfällen, wenn sie gestresst sei, erklärten sie unisono. Als Pia wenig diplomatisch darauf hinwies, dass Pauline ihrer Meinung nach in diesem Fall eindeutig simuliere, waren sie ebenfalls einträchtig wütend geworden, hatten Pia Rücksichtslosigkeit vorgeworfen und eine Beschwerde angedroht. Die Situation wäre wohl eskaliert, hätte Judith Plattner nicht schlichtend eingegriffen, doch auch sie hatte die Befragung nicht retten können.

»Sie scheinen ja sehr sicher zu sein«, bemerkte Plattner jetzt.

»Natürlich«, knurrte Pia, »der Migräneanfall war ein Fake. Ich begreife nur nicht, wieso die Eltern das nicht durchschauen.«

Sie bückte sich, um das niedrige schmiedeeiserne Gartentor zu öffnen. Dabei fiel ihr Blick auf ihre weiße Bluse, die auf Brusthöhe von einem großen Orangensaftfleck verunziert wurde, und sie stieß einen Fluch aus.

»Dieses kleine Biest, ich wette, sie hat das absichtlich gemacht. Haben Sie was dagegen, wenn wir zum Wagen gehen? Meine Hände kleben, und ich habe eine Flasche Wasser dabei. Frau Vogt schien nicht in der Stimmung, mich ihr Gäste-WC benutzen zu lassen.«

Pia öffnete den BMW per Funk und angelte nach der Wasserflasche, die sie für heute zusätzlich zu zwei Dosen Red Bull und fünf Energieriegeln eingepackt hatte. Sie schüttete Wasser in eine hohle Hand und wusch die Hände notdürftig. Dann trank sie einen Schluck. Als sie die Flasche absetzte, bemerkte sie, dass Judith Plattner sie mit schief gelegtem Kopf musterte. Ihre kurzen silberblonden Haare glänzten in der Sonne. Sie wirkte elegant und frisch in ihrem Leinenanzug – im Gegensatz zu Pia. Normalerweise war Pia nicht so dumm, ihr Äußeres mit dem anderer Frauen zu vergleichen, doch normalerweise prangte auch kein Orangensaftfleck auf ihrer Brust, und normalerweise hatte ihre Hose auch keine Risse von einer überflüssigen Hatz durchs Gebüsch.

»Was?«, fragte sie.

»Warum sind Sie so gereizt?«

Die Frage reizte Pia noch mehr. »Ich dachte, Sie seien Ermittlerin. Ich wurde von einer Zehnjährigen erst durch den Wald gehetzt, dann belogen und schließlich angespuckt. Reicht das nicht?«

Plattner wiegte ihren Kopf hin und her. »Wir werden ständig von Zeugen auf falsche Fährten gejagt und belogen, und Kinder spucken und übergeben sich ebenfalls ständig. Sie haben keine, oder?«

»Nee, besten Dank.« Im nächsten Moment erinnerte Pia sich an das Schicksal von Plattners Sohn und überlegte, ob sie die Antwort nicht weniger schroff hätte formulieren können.

Die ältere Kollegin lächelte bloß. »Das erklärt, wieso Sie sich über Paulines Eltern wundern.«

Pia schraubte die Wasserflasche zu und verschränkte die Arme vor der Brust. »Sie glauben doch nicht ernsthaft, dass die Kleine wirklich einen Migräneanfall hatte, oder?«

»Nein, obwohl ich es nicht mit derselben Sicherheit ausschließen würde wie Sie. Aber ich verstehe die Reaktion der Eltern. Sie sind darauf programmiert, ihre Kinder zu beschützen. Wenn eins einen Anfall hat – oder zu haben scheint – oder wenn eins angegriffen wird – zum Beispiel von einer Polizistin, die ihm

Lügen unterstellt –, dann schalten sie automatisch in den Beschützermodus.«

Pia runzelte die Stirn. »Soll das eine versteckte Kritik sein?«

Plattner zog ihre Augenbrauen hoch. »Versteckt?«

Pia dachte darüber nach. »Aber den Eltern zu sagen, dass ihre Tochter simuliert, war die einzige Chance, sie zu überzeugen, die Befragung nicht abzubrechen.«

»Was sie aber dennoch getan haben – und was jeder verantwortungsvolle Elternteil in der Situation getan hätte.«

Pia lag die Bemerkung auf der Zunge, dass es dann ohnehin egal gewesen war, was sie gesagt hatte. »Was hätten Sie denn an meiner Stelle getan?«

»Ich hätte versucht, mich mit den Eltern zu verbünden. Ich hätte Verständnis für Paulines Angst vor der Befragung gezeigt – oder meinetwegen auch geheuchelt –, und dann die Eltern gebeten, selbst noch einmal mit Pauline zu reden.«

»Und Sie glauben, Pauline erzählt ihren Eltern von ihrem Streit mit Theresa?«

Plattner hob ihre schmalen Schultern und ließ sie wieder fallen. »Es wäre zumindest eine Chance gewesen.«

Pia musste der älteren Kollegin recht geben. Ihre Reaktion auf Paulines vorgetäuschten Ohnmachtsanfall war nicht allzu souverän gewesen. Sie hatte sich von ihrem Ärger leiten lassen – Ärger auf eine Zehnjährige, die sie belogen und bespuckt hatte. Es hatte viel damit zu tun, dass sie sich irgendwann geschworen hatte, nie wieder einen Angriff oder eine Demütigung ungeahndet zu lassen – und mit der Erinnerung an eine Flasche Fanta, die ihre Mitschüler ihr einmal über den Kopf gegossen hatten mit den Worten: »Hier, Würfel, du kannst doch nie genug Zucker kriegen.« Doch klug war das nicht gewesen.

»Und was tun wir als Nächstes?«, fragte sie.

»Wir denken nach.« Judith Plattner lehnte sich gegen die Motorhaube des BMW, kreuzte die Füße an den Knöcheln, schloss die Augen und tat offensichtlich das, was sie angekündigt hatte.

Pia stand abwartend daneben, fand jedoch nach kurzer Zeit, dass es trotz der frühen Stunde – es war gerade zehn Uhr – bereits zu heiß in der prallen Sonne war. Sie wollte sich gerade in den Schatten der Schreinerei verziehen, als Judith Plattner die Augen wieder öffnete.

»Wissen Sie«, sagte sie, »bis vorhin habe ich nicht geglaubt, dass dieses angebliche Geheimnis von Theresa irgendeine Bedeutung für unsere Ermittlungen hat. Es ist schließlich völlig normal, dass Kinder Geheimnisse haben und darüber streiten. Ein Geheimnis zu haben bedeutet Macht. Die Macht, es zu enthüllen, die Macht, es nicht zu tun – auch wenn es dabei meistens um Banalitäten geht. Aber …« Sie brach ab.

»Aber?«, fragte Pia.

»Ich finde Paulines Reaktion extrem. Sie ist ein intelligentes Kind, sie versteht genau, dass Theresas Verschwinden bedeutet, dass die normalen Regeln teilweise außer Kraft gesetzt sind und dass sie deswegen Dinge erzählen sollte, die sie normalerweise nicht erzählen würde. Dennoch hat sie nicht nur behauptet, sich nicht an den Streit zu erinnern, sondern sogar einen Ohnmachtsanfall vorgetäuscht, um der Befragung zu entgehen. Es kann natürlich sein, dass sie einfach einen Hang zur Theatralik hat, andererseits …« Sie trommelte einen entschlossenen kleinen Marsch auf die Motorhaube des BMW. »Erzählen Sie mir noch einmal, was Pauline gemacht hat, als Sie sie getroffen haben«, bat sie dann.

»Sie hat behauptet, sie hätte auf der Straße gespielt, aber Sie sagen, sie sei aus dem Wald gekommen.«

Pia nickte. »Ich stand vor Nummer neun. Pauline kam über den Trampelpfad ums Haus der Brunners herum.« Sie deutete in die Richtung. »Ich kann natürlich nicht beschwören, dass sie im Wald war, möglicherweise hat sie auf dem Trampelpfad gespielt, aber definitiv nicht auf der Straße. Ich glaube, sie war gerade auf dem Weg nach Hause, als sie mich sah und sich wieder zurückzog. Es war eine seltsame Reaktion.«

»Vielleicht haben Sie sie erschreckt?«

Pia schüttelte den Kopf. »Das glaube ich nicht. Sie wirkte eher ertappt, als hätte sie etwas angestellt. Ich dachte erst, das käme daher, weil sie im Wald gewesen war. Andererseits darf sie das ja, zumindest ein Stück weit. Vermutlich war sie weiter als erlaubt, vielleicht beim Drachenbaum.«

»Sie meinen zum Spielen?«, fragte Plattner skeptisch. »Vor acht Uhr morgens? Nachdem das Mädchen aus dem Nachbarhaus erst gestern von hier verschwunden ist?«

»Sie meinen, sie hätte Angst gehabt?«

Plattner nickte langsam. »Sie hätte welche haben sollen. Zumindest genügend Angst, um nur aus einem wichtigen Grund in den Wald zu gehen. Ich frage mich …«

Sie brach ab, als ein blauer Volvo Kombi die Straße hinaufkam, auf dessen Fahrertür ein silbernes Logo mit der Aufschrift *Lebensretter – Hunde im Einsatz* prangte, und neben dem BMW parkte. Im nächsten Moment wurde die Tür aufgestoßen, und Valerie Niemann schnellte heraus wie ein Springteufel aus seiner Schachtel. Die Frau schien einfach unfähig, sich mit normaler Energie zu bewegen. Alles an ihr – von ihren Sommersprossen bis hin zu ihrem pinkfarbenen Pferdeschwanz – schien vor Energie zu vibrieren. Als sie die beiden Polizistinnen sah, leuchtete ihr rundes Gesicht auf, und sie kam mit Seitwärtshüpfern auf sie zu, die besser zu einer Fünfjährigen gepasst hätten.

»Hi, ihr zwei, so schnell sieht man sich wieder. Der große Häuptling hat mich persönlich angerufen und gesagt, dass du meine Hilfe brauchst, Judith. Er hat gesagt, es wird noch ein Kind vermisst.« Ihr schien einzufallen, dass das kaum ein Anlass zu ausgelassener Heiterkeit war, denn sie verzog ihr Gesicht zu einer ernsten Miene. »Ich bin so schnell wie möglich mit Stella hergekommen. Nach ihrem Triumph gestern ist sie ganz heiß auf einen weiteren Einsatz. Ich gebe ihr nur schnell etwas zu trinken, dann können wir loslegen. Sagst du mir, woher ich Geruchsartikel bekomme?«

Sie wollte auf dem Absatz wieder kehrtmachen, doch Plattner

hielt sie zurück, und im nächsten Moment musste Pia sich das Lachen verbeißen, während sie beobachtete, wie Valerie versuchte, einen angemessenen Gesichtsausdruck zu finden, als sie vernahm, dass ihre Dienste als Lebensretterin doch nicht gefragt waren.

»Das Kind ist wieder da?«, fragte sie in einem Ton, als hätte sie erfahren, dass Weihnachten die nächsten zehn Jahre leider ausfallen müsse, um dann mit Grabesstimme hinzuzufügen, dass das natürlich eine fantastische Nachricht sei. »Stella wird enttäuscht sein, aber da kann man wohl nichts machen. Vielleicht finde ich jemanden, der einen Übungstrail für uns legt. Also dann, bis zum nächsten Mal.«

Sie ging mit deutlich weniger Elan zu ihrem Kombi zurück, als sie zuvor an den Tag gelegt hatte. Doch bevor sie sich auf den Fahrersitz gleiten lassen konnte, rief Plattner ihr hinterher: »Valerie, warte mal!«

Sie öffnete ihre Aktentasche und holte eine der Umgebungskarten hervor im Maßstab eins zu fünfundzwanzigtausend, die es im Präsidium für das Gebiet gab, für das sie zuständig waren, und die genauer waren als jedes digitale Mapsprogramm. Pia hatte gehört, dass es einen Schwarzmarkt gab, auf dem Wanderer angeblich hohe Preise für die Karten zahlten.

Plattner studierte die Karte einige Minuten lang. »So müsste es gehen«, sagte sie schließlich. »Valerie, ich habe doch einen Auftrag für dich. Kannst du zu dem Marterl fahren, zu dem du uns gestern geführt hast? Nimm Meyer mit und warte dort auf mich.«

»Was haben Sie vor?«, fragte Pia.

Ein seltenes Lächeln erhellte Plattners Gesicht. »Eine Antwort auf die Frage zu bekommen, wo Pauline heute war. Hier, die können Sie in der Zwischenzeit schon mal studieren.« Sie drückte Pia die Karte in die Hand. »Und Valerie, erzähl ihr unterwegs die Geschichte vom kleinen Mann im Wald. Ich komme zu Fuß nach.«

Die Fahrt zum Marterl war kurz, ebenso die Geschichte vom kleinen Mann. Es war der zweite Fall, an dem Valerie und Plattner zusammengearbeitet hatten. In einem Waldstück war die Leiche eines Mannes gefunden worden, der offenbar Suizid begangen hatte. Doch obwohl der Mann ein auffälliges Körpermerkmal hatte – er war kleinwüchsig –, gelang es Judith und ihren Kollegen zunächst nicht, ihn zu identifizieren. Deshalb wollten sie rekonstruieren, woher der Mann zum Ort seines Todes gekommen war, und forderten Valerie und ihre Bloodhoundhündin Salome an. Da Mantrailer allerdings nur in die Bewegungsrichtung vermisster Personen suchen, Spuren also nicht rückwärts verfolgen, konnte Valerie Salome nicht einfach am Fundort des Mannes auf dessen Geruch ansetzen. Stattdessen ließ sie die Hündin auf den Waldwegekreuzungen und -gabelungen der Umgebung nach der Spur suchen, wo Salome anzeigte, ob der kleine Mann an dieser Stelle vorbeigekommen war, und falls ja, in welche Richtung er gegangen war. Die negativ getesteten Stellen ignorierte Valerie, von den positiv getesteten Stellen aus arbeiteten sie und Salome sich immer weiter rückwärts, bis sie schließlich zu einer Einsiedlerhütte gelangten. Es stellte sich heraus, dass der kleine Mann eine Weile dort gelebt hatte. Es fanden sich Papiere, die seine Identität klärten.

»Heißt das, Stella und ich sollen eine Spur rekonstruieren?«, fragte Valerie, während sie ihren Volvo unter Bäumen am Straßenrand gegenüber dem Marterl parkte. »Das wird ein Spaß.«

»Es sieht so aus«, murmelte Pia. Allerdings waren ihr zwei Dinge unklar. Erstens: Wenn Valerie und Stella herausfinden sollten, wo Pauline heute Morgen hingelaufen war, warum waren sie dann in diesen Teil des Waldes gefahren? Zweitens: Um Paulines Spur zurückzuverfolgen, benötigten sie einen Geruchsartikel des Mädchens, irgendetwas, das Pauline kürzlich getragen hatte. Glaubte Plattner ernsthaft, Nora Vogt würde ihr etwas Derartiges geben?

Pia stieg aus dem Wagen und ging zu dem Marterl hinüber. Es war ein reich verziertes Holzkreuz mit dem Corpus des Heilands.

Pia las die Inschrift und betrachtete die Schale mit den Begonien, dann zog sie die Karte hervor, die Plattner ihr in die Hand gedrückt hatte, und studierte sie. Neukirchen war so klein, dass es auf der Karte nur wenige Quadratzentimeter einnahm. Im Süden führte die Staatsstraße, von der Schönblick abzweigte, als gelbe Linie in einer lang gezogenen Rechtskurve hinaus. Östlich der Straße dehnte sich der Wald als dunkelgrüner Fleck aus. Eine einzige schmale weiße Linie führte hindurch, die Straße, auf der sie gerade stand, doch der Wald wurde von zahlreichen, unterschiedlich breiten braunen Weglinien durchzogen wie von Adern. Die dickste dieser Linien zweigte zwei Millimeter neben der Krümmung mit dem Marterl von der weißen Linie ab.

Pia folgte der Straße und fand tatsächlich nach etwa fünfzig Metern einen Weg, der rechts in den Wald führte. Es war eine breite Spur, irgendwann von einem Waldfahrzeug gezogen und regelmäßig benutzt, da die beiden Fahrrillen kaum überwuchert waren. An einigen Stellen waren Kies und zerbrochene Tonscherben verstreut worden, um den Weg an feuchten Stellen wenigstens etwas zu befestigen. Insgesamt war der Weg einigermaßen eben, ideal für Fußgänger oder Mountainbiker. Laut Karte führte er in einem Bogen nach Südsüdwest. Einige kleinere Pfade zweigten von ihm ab, darunter der Trampelpfad, der am Haus der Brunners vorbei nach Schönblick führte. Vermutlich war diese Fahrspur der Wirtschaftsweg, den Marco Brunner erwähnt hatte und der den für die kleinen Schönblicker Kinder erlaubten Bereich des Waldes abgrenzte.

Langsam wurde Pia klar, wie Plattner vorgehen wollte. Wenn sie diesem Weg folgten, konnte Valerie Stella an verschiedenen Punkten ansetzen, um herauszufinden, ob Pauline heute Morgen dort entlanggelaufen war. Falls ja, konnten sie versuchen festzustellen, ob sie irgendwo davon abgezweigt war. Falls nein, würde Valerie Stella im Bereich zwischen Schönblick und dem Weg weitersuchen lassen. Allerdings konnte Pia sich immer noch nicht vorstellen, welchen Geruchsartikel Plattner nehmen wollte.

Die Antwort auf diese Frage erhielt sie, als sie zum Wagen zurückkehrte. Plattner kam im selben Moment aus der anderen Richtung an, öffnete ihre Aktentasche und holte einen durchsichtigen Beweismittelbeutel hervor, indem die zwei Turnschuhe lagen, die Pauline bei ihrem morgendlichen Ausflug getragen hatte.

»Sind die für mich? Perfekt.« Valerie schnappte sich den Beutel. Sie hatte bereits Stella ihr Trailgeschirr angelegt. Die Bloodhoundhündin, die offenbar die Begeisterung ihres Frauchens über die bevorstehende Aufgabe teilte, wedelte beim Anblick der Schuhe freudig mit dem Schwanz.

Pia wandte sich an Plattner. »Wie um alles in der Welt haben Sie das geschafft?«

Plattner zuckte mit den Achseln. »Wie ich Ihnen vorhin schon erklärt habe: Man muss die Eltern einbinden, ihnen die Möglichkeit zur Kooperation geben.«

»Und wie haben Sie sie dazu gebracht, kooperieren zu wollen?«

Plattner schüttelte lächelnd den Kopf. »Das erzähle ich Ihnen ein anderes Mal. Also, können wir? Haben Sie sich die Karte und die Umgebung angeguckt?«

Pia deutete in die Richtung, aus der sie gerade gekommen war. »Da ist ein Weg, der sozusagen von hinten nach Schönblick führt. Ich nehme an, den wollen Sie nehmen?«

Plattner nickte. »Will ich. Ich schlage vor, wir fangen an der Stelle an, an der der Weg von dieser Straße abzweigt. Dann machen wir an den Punkten weiter, an denen kleinere Pfade abzweigen, und …« Sie wurde vom Klingeln ihres Handys unterbrochen und warf einen Blick aufs Display. »Viola Brunner. Okay, fangen Sie schon mal ohne mich an, ich komme gleich nach.«

10

Pia war durch und durch Stadtkind. Sie war in einer Stadt aufgewachsen – in einer Straße, in der auf zehn Mietshäuser und
fünfzig Autos ein Baum kam – und hatte auch als Erwachsene
nie die Liebe zur Natur entdeckt. Sie hasste alle Freizeitaktivitä-
ten, die auch nur entfernt etwas mit Outdoor zu tun hatten, sie
mochte nicht einmal wandern, weil sie es für Zeitverschwendung
hielt. Wenn sie sich auspowern wollte, trainierte sie im Fitnessstudio. Wenn sie spazieren gehen wollte, dann tat sie das in der In-
nenstadt auf dem Weg von einem Ladengeschäft zum nächsten, so
dass sie zwischendurch etwas einkaufen konnte, damit die Mühe
nicht vergebens war. Außerdem gab es in der City alle Annehm-
lichkeiten der Zivilisation, die ein Mensch nun einmal brauchte –
vom schnellen Latte macchiato über das Pizzadreieck zwischendurch bis hin zu einem Dach, falls es regnen sollte. Mit der Natur
kam Pia normalerweise nur in Berührung, wenn sie mit dem
Auto eine Landstraße entlangfuhr, und unübersichtliche, kurvige
Waldstraßen, bei denen mit nassen Blättern auf der Fahrbahn und
Wildwechsel zu rechnen war, gehörten nicht zu ihren Favoriten.

Doch selbst Pia musste zugeben, dass der Wald, der Theresa
Brunners zweites Zuhause war, seine eigene Schönheit besaß. Es
war kein finsterer Tann, sondern ein lichter Mischwald, in dem
die Bäume weit auseinanderstanden. Sonnenflecken fielen hindurch, beschienen saftiges Moos und zarte grüne Blätter und
ließen die Zitronenfalter leuchten, die an ihnen vorbeischwebten.

Es war angenehmer hier als auf dem heißen Schönblicker Asphalt, eine leichte Brise strich zwischen den Stämmen hindurch, brachte die Blätter zum Zittern und Wispern.

Es klang geheimnisvoll, und Pia wunderte sich nicht, dass Theresa Brunner hier im Wald Fantasyspiele gespielt hatte. Im Laufe der Jahre waren immer wieder Bäume umgestürzt. Ihre Stämme waren teilweise entfernt worden, nicht jedoch ihre Wurzeln, die aus dem Laub vergangener Jahre aufragten. Bucklig und bizarr, teils aus nacktem, an Knochen gemahnendem Holz, teils bemoost und mit Flechten überwachsen, bildeten sie Formen, in denen man auch mit wenig Fantasie Echsen, Drachen und andere Fabelwesen erkennen konnte. Ein gespaltener Baumstamm, der auf dem Waldboden lag, erinnerte Pia an das Maul eines Krokodils. Zweimal sah sie auch Bäume, die umgestürzt waren und sich gegen ihre Kollegen lehnten wie Betrunkene auf der Suche nach Halt, doch sie ähnelten dem Drachenbaum nicht, den Pauline beschrieben hatte.

»Wo bleibt eigentlich Judith?« Valerie hielt an einer Stelle an, an der links ein schmaler Trampelpfad vom Wirtschaftsweg abzweigte.

»Keine Ahnung.« In dem Moment brummte Pias Handy. Sie holte es hervor und las Plattners SMS vor: »Muss zu Brunners. Machen Sie weiter!«

»Brunners?«, fragte Valerie. »Sind das die Eltern des verschwundenen Mädchens? Meinst du, es ist wieder aufgetaucht?«

Pia schüttelte den Kopf. »Dann hätte Plattner das geschrieben.« Sie steckte das Handy wieder weg. »Auf ein Neues?«

Valerie hatte Stella bereits zweimal vergeblich auf dem Wirtschaftsweg angesetzt, dies war ihr dritter Versuch.

Die Hundeführerin klinkte die lange Trailleine aus Stellas Halsband in ihr Trailgeschirr um. Dann öffnete sie den Beutel mit Paulines Turnschuhen. »Riech!«

Stella hielt ihre Nase an die Beutelöffnung, sog den Geruch ein, dass ihre Nasenflügel sich blähten, und zog den Kopf wieder zurück. »Und such!« Sofort senkte Stella ihre Nase ab, bis ihre überdimensionierten Ohren den Waldboden streiften, schnüffelte nach links, nach rechts, lief einige Meter vor, einige Meter zurück. Dann hielt sie inne und schaute fragend zu Valerie hoch. »Such!«, ermunterte die noch einmal. Widerwillig senkte die Hündin erneut ihre Nase, machte noch einige Schritte, schnüffelte ein wenig, doch es war offensichtlich, dass sie nichts fand.

»Fein, fertig«, sagte Valerie schließlich zu ihr und streichelte ihr über das lederfarbene Fell. Sie klinkte die Leine wieder um und ging voraus, Pia folgte ihr.

Laut Karte waren es noch etwa dreihundert Meter und zwei Abzweigungen bis zu dem Trampelpfad, der nach Schönblick führte. Pia hoffte, dass sie bis dahin eine Spur von Pauline fanden, andernfalls würden sie das gesamte Waldgebiet zwischen Schönblick und dem Weg absuchen müssen.

Etwa achtzig Meter weiter hielt Valerie erneut an. Auch hier zweigte ein Trampelpfad nach links ab. Wieder klinkte Valerie die Trailleine um, zückte den Beutel mit Paulines Schuhen und gab Stella die bekannten Befehle. Wieder senkte Stella ihre Nase ab, doch nur kurz, dann hob sie sie wieder, schnaubte und trabte los, den Wirtschaftsweg entlang.

»Sie hat die Spur«, jauchzte Valerie überflüssigerweise und folgte joggend der Hündin, die immer schneller wurde. Ihr länglicher Körper wurde noch länger, während sie ihr Frauchen den Weg entlangzog.

Pia rannte hinterher. Stella hielt das Tempo bei, ignorierte einen weiteren Trampelpfad, der nach links abzweigte, und nahm nach gut zweihundert Metern einen schmalen Pfad nach rechts. Kurz darauf wurde sie langsamer, blieb dann stehen und schnüffelte am Boden entlang.

»Sieht aus, als wäre hier vor Kurzem jemand durch die Botanik gebrochen«, sagte Valerie, als Pia herankam. Sie deutete auf einige frisch abgebrochene Zweige zu ihrer Linken.

Pia sah sich um. »Das war ich.« Sie waren an der Stelle, an der Pauline wenige Stunden zuvor auf ihrer Flucht vor Pia vom Trampelpfad abgewichen war. »Wir sind definitiv auf der richtigen Spur.«

»Perfekt, dann kehren wir zu der Stelle zurück, an der Stella den Geruch aufgenommen hat.«

Viola Brunner erwartete Judith auf dem gepflasterten Platz vor ihrer Garage. Ihr Mann, ihr Sohn und Franka Dietz vom Opferschutz standen bei ihr.

Den Brunners war anzusehen, dass sie keine gute Nacht hinter sich hatten. Viola war noch blasser als am Vortag, unter ihren Augen lagen dunkle Schatten, und ihr honigblondes Haar wirkte selbst im Sonnenschein matt. Sie war immer noch schön, doch bei ihrem Anblick fragte Judith sich unwillkürlich, wie lange sie das bleiben würde. Sie hatte schon zu oft erlebt, wie körperlicher Verfall mit dem Verfall von Hoffnung einherging. Vor einigen Jahren hatte sie ein vermisstes Kind gesucht, den sechsjährigen Anton. Die Mutter war eine fröhliche Frau mit flammend roten Haaren und einer hübschen Rubensfigur. Sie hatten den Kleinen trotz intensiver Suche nicht gefunden, erst fünf Monate später war seine skelettierte Leiche von einem Pilzsammler in einem Wald in einem anderen Bundesland entdeckt worden. Als Judith zu den Eltern gefahren war, um ihnen die Nachricht zu überbringen, hatte ihr eine verhärmte Frau mit eingefallenen Wangen geöffnet, die sie auf den ersten Blick nicht wiedererkannt hatte.

Auch Marco Brunner hatte dunkle Schatten unter den Augen. Sein weißes Hemd – dasselbe wie am Vortag – war zerknittert, unter seinen Achseln standen große Schweißflecken. »O Gott, endlich«, fuhr er Judith an, obwohl seit dem Anruf seiner Frau keine zehn Minuten vergangen waren. Judith schob es auf seine überreizten Nerven und nahm es ihm nicht übel.

»Würden Sie ihn mir bitte zeigen?«, bat sie.

»Da drin. Er ist da drin.« Der Zeigefinger, mit dem Viola Brunner auf die Garage deutete, zitterte, in ihrer Stimme schwang eine hysterische Note mit. »Bei den Fahrrädern.«

»Und es ist eindeutig der Ihrer Tochter?«

Als Viola mit weit aufgerissenen Augen nickte, trat Judith in die Garage. Wie ihre Nachbarn besaßen die Brunners eine Doppelgarage. Beide Tore waren geöffnet und ließen das Sonnenlicht herein, zusätzlich hatte jemand die zwei Neonröhren an der Decke eingeschaltet, so dass die Garage grell ausgeleuchtet war wie ein Operationssaal – oder wie ein Tatort. In der rechten Hälfte stand ein dunkelblauer VW Touran, die linke diente als Abstellort für alles Mögliche. Ein Rasenmäher, Gartengeräte, zwei Säcke Dünger, ein ausrangierter Rattansessel, ein kleines Trampolin, ein Eimer mit Malkreide. Vor der Rückwand stand eine zusammengeklappte fahrbare Tischtennisplatte. Doch Judith interessierte sich nicht für die Tischtennisplatte oder das Trampolin oder die Gartengeräte, sondern für die Fahrräder, die an der linken Wand lehnten. Ein Damen- und ein Herrenrad, zwei Mountainbikes und ein pinkfarbenes Kinderfahrrad, an dessen Stange ein blauer Fahrradhelm mit goldenen Sternen hing. Das Kinderrad lehnte an dem Damenrad, doch dazwischen klemmte der Gegenstand, wegen dem Viola Brunner angerufen hatte: ein Kindertretroller.

Judith holte ein Paar Einmalhandschuhe aus ihrer Aktentasche, streifte sie über und kippte dann das Kinderrad zur Seite, so dass sie den Tretroller inspizieren konnte. Er sah aus, als würde er oft und wenig pfleglich benutzt. Das Metallgestell war übersät mit Kratzern und kleinen Dellen, von einem Haltegriff war ein Stück Moosgummi abgerissen, die Räder waren schmutzig. Der Roller stammte von einem beliebten Hersteller, doch er unterschied sich von anderen Modellen dadurch, dass seine Stange mit zahlreichen Aufklebern verziert war. Aufkleber von Pferden, Einhörnern, einem Regenbogen, einem pinkfarbenen Herz – und ein gelber Sticker, auf dem in türkisfarbenen Buchstaben »Theresa« stand.

Ein Frösteln überlief Judith, sie lehnte das Kinderrad zurück gegen den Tretroller und trat hinaus in den Sonnenschein zu den Brunners, die vor der Garage gewartet hatten. Judith bat sie, sich einen weiteren Moment zu gedulden, während sie Roman anrief. Nachdem sie ihn gebeten hatte, ein Team der Kriminaltechnik zu schicken, wandte sie sich wieder der Familie zu.

»Könnten Sie mir bitte genau schildern, wie Sie den Roller entdeckt haben?«

Viola Brunner hatte es schon bei ihrem Anruf getan, doch der Bericht war nicht sehr klar gewesen, weil die Frau zu aufgeregt gewesen war. Jetzt versuchte sie es erneut, allerdings war sie immer noch reichlich durcheinander, so dass Judith mehrere Nachfragen stellen musste, um sich ein Bild der morgendlichen Ereignisse zu machen.

Die Brunners hatten – wenig überraschend – in der Nacht kaum geschlafen. Sie waren zwar ins Bett gegangen, doch nur um sich hin und her zu wälzen. Um sechs waren sie schließlich aufgestanden und hatten beschlossen, noch einmal nach Theresa zu suchen. »Wir sind nicht misstrauisch Ihnen gegenüber«, versicherte Viola Brunner. »Wir wissen, dass Sie alles tun, was in Ihrer Macht steht, wir wollten nur einfach dasselbe machen. Deshalb gingen Marco und Leon in den Wald. Ich blieb hier für den Fall, dass in der Zwischenzeit etwas geschehen sollte, und sah noch einmal überall im Haus nach, auch auf dem Dachboden und im Keller. Doch natürlich war Tessi nicht dort und …« Sie brach zitternd ab, Tränen schossen in ihre Augen, und sie benötigte einen Moment, um sich zu sammeln. »Um halb neun hat dann Frau Dietz geklingelt.«

Sie machte eine Handbewegung in Richtung der Frau vom Opferschutz. Judith wusste, dass Franka Dietz angeboten hatte, bei der Familie zu übernachten. Die Brunners hatten abgelehnt.

»Marco kam kurz danach zurück und Leon auch«, fuhr Viola Brunner fort. »Dann habe ich Frühstück gemacht. Wir hatten keinen Hunger, aber ich dachte, dass wenigstens Leon etwas essen sollte. Nach dem Frühstück sind wir sitzen geblieben. Wir haben eigentlich gar nichts gemacht, einfach da gesessen und gewartet, und irgendwann fiel mir ein, dass ich gar nicht in der Garage nachgesehen hatte, deshalb bin ich rausgegangen. Ich ... Ich wollte einfach nichts übersehen. Können Sie das verstehen?« Sie sah Judith unsicher an.

Judith nickte und wartete, dass die Frau fortfahren würde. Als sie es nicht tat, fragte sie: »Und dann haben Sie den Roller entdeckt?«

Viola schluckte. »Nicht sofort. Ich suchte ja nach Tessi, und es war klar, dass sie nicht hinter den Fahrrädern stecken konnte. Ich habe ...« Sie biss sich auf die Unterlippe und errötete. »Ich habe die Tischtennisplatte hervorgezogen und dahintergespäht, und ich habe unter dem Auto nachgeguckt. Ich weiß, dass das blöd war, aber ich habe auch oben unter alle Betten geguckt, ob Tessi sich da versteckt hat. Und dann ...« Sie holte einmal tief Luft. »Dann bin ich wieder aufgestanden, mein Blick fiel auf die Fahrräder, und ich sah den Roller. Das heißt, vermutlich habe ich ihn schon vorher gesehen, doch in dem Moment fiel mir auf, dass er gar nicht da sein dürfte, und dann ...« Sie begann zu zittern. Ihr Mann legte einen Arm um ihre Taille. »Was hat das zu bedeuten?«

Dieselbe Frage stellte Judith sich ebenfalls. »Frau Brunner, ich möchte, dass Sie noch einmal genau nachdenken. Sind Sie ganz sicher, dass Theresas Roller gestern früh nicht in der Garage war, als sie nachgesehen haben?«

Die Antwort kam prompt. »Ja.«

Judith musterte sie skeptisch. »Wirklich? Zu hundert Prozent? Falls nicht ...«

Viola unterbrach sie. »Ich bin sicher. Ich habe doch extra nach dem Roller geschaut.«

»Er ist aber hinter den Fahrrädern leicht zu übersehen. Heute Morgen ist er Ihnen auch nicht gleich ins Auge gefallen.«

»Weil ich nach Tessi gesucht habe. Gestern habe ich gezielt nach dem Roller geschaut.«

Judith warf einen Blick auf die Fahrräder, die in ihren Augen recht wahllos an- und nebeneinanderlehnten. »Ist denn der Platz hinter Theresas Fahrrad der Platz, an dem der Roller üblicherweise steht?«

Viola Brunner zögerte. »Normalerweise nicht«, gab sie dann zu. »Meistens stellt Tessi den Roller in die Ecke vor den Fahrrädern, gleich neben dem Tor. Aber nicht immer«, fügte sie eilig hinzu, »und ich bin sicher, dass ich den Roller gestern gesehen hätte.«

Judith hegte diesbezüglich Zweifel, doch Marco Brunner unterstützte seine Frau. »Wenn Viola sagt, dass der Roller nicht hier war, dann ist das so. Und wieso hätte Tessi andernfalls überhaupt in die Garage gehen sollen? Die Garage war gestern Morgen aufgesperrt, und Leon sagt, er habe sie am Freitagabend abgeschlossen, als er nach Hause kam.«

Judith warf einen fragenden Blick in die Richtung des Jungen, der daraufhin nickte.

»Bist du sicher?«, hakte Judith nach. »Du bekommst bestimmt keinen Ärger, wenn du es vergessen haben solltest.«

Leon pustete gegen seine strähnigen Ponyfransen. »Ich habe abgeschlossen und den Schlüssel mit reingenommen, das weiß ich genau. Ich denke immer daran. Mein Vater regt sich total auf, wenn ich es mal vergesse, und …« Er brach ab, als seine Mutter ihm einen sanft tadelnden Blick zuwarf. »Ich habe abgeschlossen«, wiederholte er. »Aber ich verstehe das nicht. Wie kann es sein, dass Tessis Roller wieder da ist, aber Tessi nicht?«

Pia und Valerie benötigten nur wenige Minuten, um zurück zu der Stelle zu gehen, an der Stella Paulines Witterung aufgenommen hatte. Der Trampelpfad, der hier vom breiteren Wirtschaftsweg abzweigte, begann zwischen zwei Buchen und verlief im Zickzack weiter. Vom Wirtschaftsweg sah es so aus, als würde er nach dreißig oder vierzig Metern enden, doch laut Karte führte er tief in den Wald hinein.

Valerie schwenkte den Beutel mit Paulines Turnschuhen. »Wo soll ich Stella als Nächstes ansetzen?«

Pia überlegte. Wenn sie die Abstände zwischen den Ansatzpunkten zu klein wählten, würde die Suche ewig dauern, doch wenn sie sich zu weit von dieser Stelle entfernten, bestand die Gefahr, dass sie die Spur verloren. »Lass uns erst mal ein kleines Stück weit dem Trampelpfad folgen, um sicher zu sein, dass Pauline ihn benutzt hat«, schlug sie vor.

Dieses Mal ging Pia voran. Der Pfad war holprig. Sie marschierten über Wurzeln und durch raschelndes Laub, gelegentlich kickte Pia einen Tannenzapfen zur Seite. Nach etwa hundert Metern blieb sie auf einem geraden Wegstück stehen.

Valerie wiederholte die Prozedur, die Pia nun schon viermal beobachtet hatte, und wieder war Stella erfolgreich. Kaum hatte ihr Frauchen »Such!« befohlen, da senkte die Hündin schon ihre empfindsame Nase, roch kurz an einem Busch und setzte sich in Richtung Wirtschaftsweg in Bewegung.

Valerie brach die Suche ab. »Das Mädchen war hier«, erklärte sie. »Wenn wir dem Pfad folgen, sollten wir allerdings die Abstände vergrößern. Das häufige Neuansetzen ist ziemlich anstrengend für Stella, und das Abbrechen immer ein bisschen frustrierend. Nicht wahr, meine Süße?«

Sie beugte sich hinunter und kraulte die Hündin hinter den Ohren. Pia hatte nicht den Eindruck, dass der Bloodhound angestrengt oder frustriert wirkte, doch sie vertraute der Einschätzung der Expertin.

»Lass uns dem Pfad folgen und sehen, was kommt«, sagte sie und ging wieder voran, wobei sie jetzt, da sie sicher war, dass Pauline hier entlanggelaufen war, nach allen Seiten Ausschau hielt.

Sie tat es mit Erfolg. Sie waren etwa zwei- oder dreihundert Meter seit dem letzten Ansatzpunkt gegangen – da der Pfad selten gerade verlief, war die Entfernung schwer zu schätzen –, als Pia zu ihrer Rechten den Drachenbaum sah. Sie erkannte ihn sofort. Die Fichte war vermutlich beim letzten Sturm umgerissen worden, obwohl sie einen geradezu grotesk großen Wurzelballen besaß. Er ragte braun und dunkel vom Waldboden auf wie ein sich duckendes Tier. Die Krone der Fichte war beim Sturm gegen eine Buche gekracht, der Stamm lehnte jetzt in einem Winkel von vielleicht fünfundvierzig Grad dagegen. Die Buche war trotz der fortgeschrittenen Jahreszeit unregelmäßig belaubt, da, wo die Fichte gegen sie lehnte, waren die Blätter dichter und ballten sich mit den Fichtenzweigen zu einem Gebilde zusammen, das tatsächlich entfernte Ähnlichkeit mit einem Tierkopf besaß. Der Wurzelleib, der Stammhals, der Blätterkopf – Pia konnte verstehen, dass Theresa von einem Drachenbaum gesprochen hatte, auch wenn sie selbst eher an einen Sauropoden denken musste.

»Können wir Stella bei dem umgestürzten Baum ansetzen?«, bat sie.

Valerie nickte, und gemeinsam marschierten sie quer durch den Wald auf den Drachenbaum zu. Ihre Füße raschelten im Laub, ansonsten war es stiller hier, als hätten die Vögel, deren Gezwitscher sie auf dem Wirtschaftsweg nonstop begleitet hatte, ihren Gesang eingestellt aus Protest, dass Fremdlinge zu tief in ihr Gebiet eindrangen.

Als Pia sich der umgestürzten Fichte näherte, erkannte sie, dass sie sich geirrt hatte. Der riesige Wurzelballen bestand in Wirklichkeit aus drei Wurzeln. Außer der Drachenfichte waren zwei weitere Fichten umgestürzt, deren Stämme quer über den Waldboden lagen.

Es dauerte nur wenige Minuten, dann hatten Valerie und Stella überprüft, dass Pauline tatsächlich – vermutlich an diesem Morgen – hier gewesen war. Valerie setzte Stella an der Wurzel der Drachenfichte an, wo sie prompt Witterung aufnahm und zurück zum Trampelpfad lief.

»War's das?«, fragte Valerie, als sie wieder bei Pia stand, die am Drachenbaum gewartet hatte.

Pia nickte. »Ich bin ziemlich sicher, dass das Mädchen hierher wollte. Das war klasse. Danke dir.«

»Danke nicht mir, sondern Stella.«

Während Valerie ihre Hündin ausgiebig lobte und ihr ein Leckerchen zusteckte, sah Pia sich um. Ja, sie war sicher, dass dieser Ort das Ziel von Paulines morgendlichem Ausflug gewesen war, allerdings hatte sie keine Ahnung, was das Mädchen hergetrieben haben mochte. War sie gekommen, um zu spielen? Um auf dem Drachenbaum zu schaukeln? Hatte sie, Pia, wirklich eineinhalb Stunden ihrer kostbaren Zeit geopfert, nur um einen geheimen Spielplatz ausfindig zu machen? Sie hoffte nicht.

Doch warum hätte Pauline sonst herkommen sollen? Außer dem Drachenbaum und dem Wall aus den drei Wurzeln gab es hier nichts, was es nicht auch an anderen Stellen im Wald geben mochte. War Pauline also seinetwegen morgens um halb acht oder noch früher aus dem Haus geschlichen? Doch wieso hätte sie das tun sollen? Noch dazu in dem Wissen, dass ihre ehemals beste Freundin am Vortag bei ihrem frühmorgendlichen Ausflug verschwunden war?

Es kam Pia unwahrscheinlich vor, was auch daran liegen mochte, dass sie als Kind nie so wagemutig gewesen wäre, sich so weit von der Zivilisation zu entfernen – obwohl sie stets auf der Suche nach Verstecken gewesen war. Doch Pauline hatte nicht den Eindruck gemacht, als hätte sie das Bedürfnis, sich vor anderen zu verstecken. Eine kleine Kämpfernatur. Hatte sie nicht gesagt, dass sie gerne kämpfte? Im Gegensatz zu Theresa, die lieber auf dem Drachenbaum schaukelte. War Pauline deswegen hergekommen? Um der vermissten Freundin nahe zu sein? Nur, dass die beiden keine Freundinnen mehr gewesen waren.

Pia drehte sich langsam um die eigene Achse, während sie versuchte, sich in die Gedankenwelt einer Zehnjährigen zu versetzen. Was hätte sie getan, wenn ihre beste Freundin verschwunden wäre? Nicht, dass sie eine gehabt hatte. In der Grundschule war sie eine unauffällige Mitläuferin gewesen, im Gymnasium war sie dann mit wachsendem Umfang immer mehr zur Außenseiterin geworden, eine Außenseiterin mit dem starken Bedürfnis, sich vor der Welt zu verstecken.

Verstecken – wieder kam Pia dieses Wort in den Sinn. Als würde es in ihrem Unterbewusstsein arbeiten, als wollte es ihr eine Botschaft senden. Und dann verstand Pia. Verstecken. Versteck. Geheimversteck. Natürlich, hier war Theresas Geheimversteck!

Der Gedanke sprang voll entwickelt in Pias Gehirn, er war nicht einmal als Frage formuliert, und sie war überzeugt, dass er richtig war. Dieser Ort war Theresas Lieblingsplatz im Wald, hier war ihr Lieblingsbaum, hier war bestimmt auch ihr Versteck. Doch wo?

Pias Blick fiel auf die drei Wurzeln. Bei näherer Betrachtung erkannte sie, dass nur die Drachenfichte in diesem Jahr umgestürzt sein konnte. Zwischen ihren Wurzelästen hingen lose Erde und kleine Steine. Die Wurzeln der zwei anderen Fichten waren bereits überwachsen. Moos kroch darüber hinweg, und irgendein Gras wuchs darauf, die langen gelblichen Halme bedeckten einen Teil der Wurzel wie ein Vorhang.

Doch wo ein Vorhang war, war stets auch etwas dahinter.

Überzeugt, auf der richtigen Fährte zu sein, zog Pia ihr Handy hervor und schoss einige Fotos. Dann holte sie ein Paar Einweghandschuhe aus ihrer Umhängetasche, streifte sie über, hob den Vorhang aus Gras zur Seite – und blickte in ihre Version einer Schatzkammer.

»Und? Gibt es Aufnahmen der Garage?«

Judith wechselte ihr Handy ans andere Ohr und lehnte sich mit ihrem Hintern an die Motorhaube des BMW, stieß sich jedoch sofort wieder ab, als sie die Hitze der aufgeheizten Karosserie durch den Rock ihres Kostüms hindurch spürte. Sie war allein auf der Straße. Sie hatte die Brunners gebeten, ins Haus zurückzukehren, um in Ruhe telefonieren zu können. Ihre Frage war an Roman gerichtet und bezog sich auf die Ergebnisse der kriminaltechnischen Untersuchung des brunnerschen Grundstücks vom Vortag. Kriminaltechniker pflegten nicht nur Spuren, die sie fanden, sondern ganze Räume zu Dokumentationszwecken zu fotografieren oder zu filmen. Das ging schneller und war genauer als eine detaillierte Beschreibung.

»Eine Videoaufnahme«, antwortete Roman, »laut Zeitstempel von sechzehn Uhr dreiundzwanzig. Der Tretroller ist drauf. Zwischen dem Damen- und dem Kinderrad. Eindeutig und gut erkennbar.«

Judith versuchte, einen Fluch zu unterdrücken, wie sie es sich als Mutter angewöhnt hatte, sparte sich dann jedoch die Mühe. »Verdammt, das darf nicht wahr sein! Wie zum Henker konnte uns das entgehen? Wer hat die Aufnahmen gemacht?«

Roman hatte das bereits in Erfahrung gebracht. »KOK Huber, aber ich denke nicht, dass ihm ein Vorwurf zu machen ist. Ich habe mit ihm gesprochen. Er sagt, der Tretroller sei ihm durchaus aufgefallen, er habe ihn aber nicht gesondert gemeldet, weil er nicht wusste, dass er relevant ist. Ihm sei nur gesagt worden, dass Theresa vor halb sieben morgens das Haus verlassen hat. Er sollte nach Hinweisen auf ihren Aufenthaltsort oder auf ein Verbrechen oder auf irgendein ungewöhnliches Vorkommnis suchen – ein Tretroller in einer Garage gehört sicherlich nicht dazu.«

Judith blinzelte in die Sonne. »Was ist mit Lothar Schmied? Er war der Erste vor Ort, und er war in der Garage. Er hat mir selbst gesagt, dass er das Grundstück nach Theresa abgesucht hat.«

»Nach Theresa, nicht nach dem Roller.«

»Er hätte Viola Brunners Aussage überprüfen müssen, er hätte mal seinen Grips anstrengen können.«

»Natürlich. Aber du weißt doch, dass er sein Hirn schon voraus in Pension geschickt hat.« Roman hielt seine Stimme frei von Sarkasmus, doch die Tatsache, dass er überhaupt eine negative Bemerkung über einen Kollegen machte, zeigte Judith, wie sehr er sich ärgerte. Allerdings war er nicht der Typ, in Ärger zu schwelgen, wenn es einen Job zu erledigen gab. »Erzähl erst mal, was Viola Brunner gesagt hat.«

Judith verbannte ihren Zorn über den Kollegen vom KDD in einen Winkel ihres Gehirns, in dem sie Dinge ablegte, die zugleich unerfreulich und noch zu erledigen waren, wie zum Beispiel ihre Steuererklärung. Dann fasste sie die Aussage von Theresas Mutter zusammen. »Sie ist sicher, dass der Roller gestern Morgen nicht da war«, schloss sie, »aber ich bezweifle das. Der Roller ist zwischen den Fahrrädern gut versteckt, und üblicherweise steht er woanders. Ich wette, Frau Brunner hat ihn übersehen, alles andere ergibt keinen Sinn.«

»Meinst du? Ich finde, man erkennt ihn recht gut.«

»Nur wenn man weiß, wo man ihn suchen muss. Viola Brunner hat woanders nach ihm gesucht – neben dem Tor, wo Theresa ihn sonst hinstellt. Als er nicht da war, hat sie fälschlicherweise angenommen, er sei weg. Ein verständlicher Fehler, aber ein Fehler.«

Roman schwieg einen Moment. »Du scheinst dir sehr sicher zu sein.«

»Occams Messer. Es ist die einfachste Erklärung. Mal angenommen, Viola Brunner hätte recht und Theresa wäre morgens mit dem Roller weggefahren. Dann gibt es zwei Möglichkeiten, wie das Ding zurückgekommen sein kann. Erstens: Theresa hat den Roller selbst zurückgebracht – irgendwann nach acht Uhr –, ist dann jedoch nicht ins Haus gegangen, wo ihre Mutter sie bemerkt hätte, sondern erneut verschwunden. Aber wozu hätte sie den Roller zurückbringen sollen, wenn sie nicht vorhatte, ins Haus zu gehen? Und wir können wohl ausschließen, dass ihr etwas auf dem Weg von der Garage zur Haustür zugestoßen ist. Zweitens: Derjenige, der für Theresas Verschwinden verantwortlich ist, hat den Roller zurückgebracht. Aber warum hätte er das tun sollen? Er hätte ohne Not seine Entdeckung riskiert.«

»Du glaubst also, dass Viola Brunner sich irrt? Was ist mit Leons Aussage, dass er die Garage abgeschlossen hat?«

Judith zuckte mit den Achseln. »Ich behaupte ja nicht, dass Theresa nicht in der Garage war, bevor sie losgezogen ist. Sie kann dort sonst etwas geholt haben – Malkreide, ein Stück Schnur oder eine Gartenschere. Vielleicht hat sie eine Blume abgeschnitten, die sie vor das Marterl legen wollte. Allerdings ist es in dem Fall wahrscheinlicher, dass sie morgens aufgebrochen ist. Wenn sie nachts um drei ein geheimes Treffen hatte, dann hätte sie vermutlich alles, was sie dafür benötigte, früher geholt. Andererseits …« Judith brach nachdenklich ab und sah die Straße hinunter, in die in diesem Moment der Bus der Spurensicherung einbog. Leider kam er nicht allein, hinter ihm fuhren drei Pkw. Journalisten? Die Pressekonferenz musste längst beendet sein.

»Andererseits?«, fragte Roman.

Judith konzentrierte sich wieder auf ihn. »Andererseits würde eine nächtliche Verabredung erklären, warum Theresa eine Strecke zu Fuß gegangen ist, die sie normalerweise mit ihrem Roller zurücklegt. Vielleicht hat derjenige, mit dem sie sich treffen wollte, das vorgeschlagen.«

»Warum hätte er das tun sollen?«

Judith zuckte mit den Achseln. »Keine Ahnung, vielleicht, weil er sich nicht damit belasten wollte? Und jetzt muss ich Schluss machen, das KT-Team ist hier.«

Judith steckte ihr Handy weg und trat auf die Straße, um dem Kriminaltechniker, der den Spusibus fuhr, zu bedeuten, er möge vor Brunners Garage parken. Als der Mann mit seinem Kollegen aus dem Wagen stieg, erklärte Judith beiden ihre Aufgabe und schlug ihnen vor, Sichtschutzwände aufzustellen, die sowohl den Bus als auch das Innere der Garage vor den Blicken der Journalisten schützen sollten, die gerade aus ihren Autos stiegen.

Diese holten dennoch ihre Kameras heraus und fotografierten drauflos, erst den Spusibus, dann die Kriminaltechniker beim Aufstellen der Sichtschutzwände, dann die Sichtschutzwände selbst. Außerdem bestürmten sie Judith mit Fragen, die diese nicht beantwortete. Sie ließen erst von ihr ab, als einige Nachbarn aus ihren Häusern traten, vermutlich um zu sehen, was das Eintreffen all der Fahrzeuge bedeuten mochte. In der Hoffnung auf ergiebigere Beute verteilten die Journalisten sich auf die Häuser und zückten ihre Mikrofone, um die Nachbarn zu interviewen, doch zu Judiths Genugtuung – sie ging extra einmal die Straße hinunter und wieder hinauf, um zu lauschen – gab zumindest in ihrer Hörweite niemand Auskunft über das Offensichtliche hinaus. Ja, Theresas Verschwinden sei furchtbar. Ja, sie sei ein reizendes Kind. Ja, natürlich hoffe man aus tiefstem Herzen, dass sie gesund zurückkomme, und so weiter. Als die Fragen persönlicher wurden, blockten die Nachbarn ab, und Jens Bierko ging sogar auf die junge Frau los, die ihr Mikro fast in eins seiner Nasenlöcher schob.

»Was ist denn das für eine Frage? Natürlich sind Marco und Viola gute Eltern, sie sind perfekte Eltern, und jetzt verschwinden Sie von meinem Grundstück!«

Bierko wartete nicht ab, bis die Journalistin freiwillig ging, sondern legte persönlich Hand an. Die Frau ließ sich lächelnd durch das Gartentor schieben, setzte sich auf den Bürgersteig davor und begann, in ihr Tablet zu tippen. Als Judith vorbeikam, blickte sie auf.

»Frau Plattner, wie wäre es mit einem Kommentar oder einem Infohäppchen von Ihnen?«, fragte sie keck.

Judith schüttelte bloß den Kopf.

»Ach, kommen Sie schon«, beharrte die Journalistin. »Wir Frauen müssen zusammenhalten. Geben Sie mir irgendetwas. Zum Beispiel interessieren meine Leser sich brennend dafür, warum gerade Sie die Vor-Ort-Ermittlungen leiten. Sie sind doch mittlerweile ein viel zu hohes Tier für so was.«

»Ich bezweifle, dass Ihre Leser meinen Namen kennen, Frau Helm.«

»Da irren Sie! Sie erinnern sich alle noch an den Fall Anton.«

»Weil Sie regelmäßig darüber schreiben.«

Lilli Helm lächelte breit, ihre strahlend weißen Zähne wirkten zu groß für ihren kleinen Mund. »Genau, meinetwegen sind Sie berühmt. Also, revanchieren Sie sich! Wenn Sie nicht über sich reden wollen, dann erklären Sie mir, was die Spusi hier macht. Gestern hieß es, sie sei fertig.«

»Wir sind nie fertig.«

Judith ließ die Frau sitzen, um zum Haus der Brunners zurückzugehen. In dem Moment kam Pia Meyer über den Trampelpfad aus dem Wald, in ihrem Gesicht ein Ausdruck unverhohlenen Triumphes, der allerdings schlagartig verschwand, als sie die Journalisten erblickte. Umgekehrt bemerkten die Journalisten sie ebenfalls, und zwei eilten auf sie zu und bombardierten sie mit Fragen, wobei Judith auffiel, dass die Journalisten größeren Abstand zu Meyer hielten, als sie das bei anderen Kollegen taten. Das konnte nur bedeuten, dass Meyer sich in der Vergangenheit auf die eine oder andere Weise gehörigen Respekt verschafft hatte. Auch jetzt schüttelte sie die Fragen und Reporter mühelos ab, bevor sie zu Judith trat, die am Gartentor der Brunners wartete.

»Und?«, fragte Judith leise.

Der triumphierende Ausdruck in Meyers Gesicht kehrte zurück. »Lassen Sie uns in den Garten gehen.« Sie eilte voraus, ums Haus herum, und blieb erst in der Mitte des Rasens stehen.

»Okay, was haben Sie?«, fragte Judith.

»Das.« Meyer öffnete ihre Umhängetasche und holte einen durchsichtigen Beweismittelbeutel hervor. Darin lag ein Handy, das mit kleinen Aufklebern verziert war. Pinkfarbene Herzen, goldene Sternchen und ein leuchtend gelber Sticker mit türkisfarbener Aufschrift: »Theresa«.

Judith hörte aufmerksam zu, während Pia Meyer schilderte, wie sie den Drachenbaum entdeckt und die Baumwurzel untersucht hatte. Das Handy hatte zuunterst in einer Vertiefung in der Wurzel gelegen, unter einem Wendy-Magazin, einem Schlüsselanhänger in Form eines Einhorns, zwei Trinkpäckchen mit Orangensaft, zwei Müsliriegeln, einem Beutel mit Weingummi und einem Kinderbuch mit dem Titel »Dein Wildnisführer« mit

Tipps, wie man aus Zweigen einen Wigwam baute und dergleichen mehr. Meyer hatte ohne Zweifel ein Geheimversteck gefunden, die Frage war nur wessen? Theresas oder Paulines?

»Theresas«, entgegnete Meyer entschieden, als Judith die Frage laut stellte. »Pauline hätte kein Interesse an einem Wendy-Magazin oder einem Einhorn. Sie findet Pferde ›voll öde‹.« Sie imitierte die herablassende Stimme der Kleinen gar nicht schlecht.

Judith stimmte zu. »Aber was hat Pauline dann heute dort getrieben?«

Meyer zuckte mit den Achseln. »Wir sollten sie fragen. Sie können ja ihre Mutter noch einmal um Kooperation bitten, bei den Schuhen hat es schließlich auch geklappt.«

Sie schien es ernst zu meinen, Judith musterte sie prüfend, ob sie sie auf den Arm nahm. »Ja, vielleicht, später. Aber erst will ich mir ansehen, was auf dem Handy ist. Haben Sie es schon eingeschaltet?«

Meyer nickte. »Gesperrt. PIN mit vier Ziffern.«

»Was ist mit den restlichen Sachen im Versteck?«

»Die habe ich fotografiert und dort gelassen. Ich dachte, wir könnten einen Kriminaltechniker hinschicken. Apropos, was machen die Jungs eigentlich hier?«

Judith erklärte es und nahm Meyer mit zur Garage, wo diese den Roller inspizierte und Judith einem der Kriminaltechniker den Beweismittelbeutel in die Hand drückte mit der Bitte, das Handy auf Fingerabdrücke und DNA-Spuren zu untersuchen.

Der Mann nickte hinter seiner Papiermaske. »Und dann soll es vermutlich zur Auswertung ins LKA?«

Judith schüttelte den Kopf. »Behalten Sie es hier, ich hole es mir ab, wenn ich noch einmal mit der Familie gesprochen habe. Das Handy gehört einer Neunjährigen. Ich wette, die Eltern kennen die PIN, oder es ist das Geburtsdatum von jemandem aus ihrem Umfeld. Ich will die LKA-Kollegen nicht beleidigen mit Aufgaben, die weit unter ihrem Niveau liegen.«

11

Das Gespräch mit den Brunners in deren Wohnzimmer hatte in Judiths Augen viel von einem Déjà-vu. Wie am Vortag kauerten Marco, Viola und Leon auf der Couch, mit Viola in der Mitte, wie am Vortag ragte hinter ihnen die Gestalt von Josef Brunner auf, und wie am Vortag saß Franka Dietz unbeachtet in einer Ecke. So unbeachtet, dass die Brunners ihre Anwesenheit vergessen zu haben schienen, was ein gutes Zeichen war.

Denn auch wenn die Brunners es nicht ahnten: Franka Dietz spielte gewissermaßen Doppelagentin. Als Mitglied des Kommissariats für Opferschutz war sie dafür da, den Angehörigen von Verbrechensopfern mit Rat und Tat zur Seite zu stehen. Doch gleichzeitig war sie ein Polizeispitzel mit der Aufgabe, die Angehörigen zu beobachten, wenn diese unter sich waren, und auch solche Informationen zu sammeln, die die Angehörigen nicht freiwillig mit den Ermittlern teilten – Letzteres natürlich für den Fall, dass ein Familienmitglied in das Verbrechen verwickelt war. Doch in dem ersten Bericht, den Franka Dietz am Vorabend erstellt hatte, hatte sie den Brunners eine weiße Weste bescheinigt.

»Gibt es etwas Neues?« Ebenfalls wie am Vortag eröffnete Josef Brunner das Gespräch. Sein rauer Tonfall ließ nicht darauf schließen, dass er eine positive Antwort erwartete, entweder weil er der Polizei ohnehin nichts zutraute oder weil er resigniert hatte.

»Wir haben Theresas Handy gefunden.« Judith zog sich einen Stuhl heran, während sie beobachtete, wie die Brunners auf diese Mitteilung reagierten.

Viola Brunner schlug sich eine Hand vor den Mund. Ihr Mann fragte: »Wo?« Josef Brunner blaffte: »Ihr Handy? Wir wollen nicht ihr Handy, wir wollen Theresa wieder haben.« Leon sagte nichts, sondern sah Judith aufmerksam an.

Judith beantwortete die Frage von Marco Brunner. »Im Wald. Ihre Tochter hat dort ein geheimes Versteck angelegt, in dem sie einen kleinen Vorrat an Getränken und Süßigkeiten deponiert hat. Das Handy war dabei.«

»Ein geheimes Versteck?« Marco Brunner klang skeptisch. Er drehte den Kopf zu seiner Frau. »Weißt du etwas darüber?« Als sie zögerte, wiederholte er die Frage.

Viola Brunner schob sich eine Haarsträhne aus dem Gesicht. »Ich habe es vermutet«, sagte sie. »Ich glaube, Tessi hat es angelegt, nachdem sie zum ersten Mal den *Räuberwald* gehört hat.« Sie wandte sich erklärend an Judith. »Das ist Tessis Lieblingshörbuch. Es geht um eine Gruppe von Kindern, die eine Zeit lang in einem Wald überleben müssen, in dem es auch Räuber gibt. Deshalb wechseln die Kinder immer wieder ihren Lagerplatz und legen an verschiedenen Orten Vorräte an. Kurz darauf wollte Tessi, dass ich ihr Müsliriegel mitbringe, irgendeine Sorte, die extra lange haltbar sei. Na ja, die Schlussfolgerung lag nahe.«

»Warum hast du mir das nicht gesagt?«, wollte ihr Mann wissen.

Sie drückte seine Hand. »Tessi wollte ein Geheimnis daraus machen, und ich fand es harmlos. Aber ich habe keine Ahnung, wo das Versteck ist.« Sie sah erst Judith fragend an, dann Pia Meyer, die das Gespräch schweigend verfolgte.

»Im Wald hinter Ihrem Grundstück«, entgegnete Judith bewusst vage.

Viola Brunner dachte einen Moment darüber nach. »Aber das verstehe ich nicht. Ich dachte, Tessi hätte das Handy gestern früh mitgenommen. Und Sie sagten doch, sie sei direkt von hier zum Marterl gefahren. Wieso liegt das Handy dann in ihrem Versteck? Oder war sie gestern erst bei diesem Versteck und ist von dort zum Marterl gefahren? Aber sie hätte doch den Roller nicht mit in den Wald genommen.« Sie wirkte verwirrt.

»Wir glauben nicht, dass Theresa gestern früh bei ihrem Versteck war«, erklärte Judith. »Ihre Geruchsspur führte direkt von hier zum Marterl. Das Handy muss schon länger dort liegen. Wann haben Sie es denn zuletzt gesehen?«

Die Brunners sahen einander fragend an. Marco Brunner zuckte mit seinen Schultern. »Ich kann es nicht sagen, eigentlich hat sie das Handy immer dabei. Sie spielt ständig damit herum und macht Fotos. Es ist so normal, dass ich schon gar nicht mehr darauf achte.«

Viola Brunner nickte. »Ich bin sicher, ich habe es in der letzten Woche mehrmals in Tessis Hand gesehen, und nachts legt sie es immer auf ihren Schreibtisch. Wenn ich jetzt darüber nachdenke, bin ich nicht sicher, dass es am Freitagabend dort lag, allerdings liegt da immer so viel Zeug …«

»Freitagmittag hatte sie es noch«, warf Leon ein. Als alle ihn fragend ansahen, zog er prompt seinen Kopf zwischen seine mageren Schultern wie eine Schildkröte und begann, den rechten Fuß vor und zurück über den Boden zu schleifen. »Beim Mittagessen. Es lag neben ihrem Teller.« Er sah seine Mutter an. »Du hast gesagt, sie soll es wegstecken. Kein Handy bei Tisch.«

Viola Brunners Stirn glättete sich. »Das stimmt, du hast recht.« Sie hob eine Hand, als wollte sie das Gesicht ihres Sohnes streicheln, doch der nahm seinen Kopf noch ein Stück zurück, und sie drückte stattdessen seine Schulter.

»Wann war das?«, fragte Judith.

»Um zwei«, erklärte Viola. »Tessi hat freitags nur bis zehn vor eins Schule, aber Leon eine Stunde länger, und ich möchte, dass wir nach Möglichkeit zusammen essen. Nur Marco war bei einem Kundentermin.« Sie runzelte die Stirn. »Das heißt also,

Tessi muss ihr Handy am Freitagnachmittag in ihr Versteck gebracht haben.«

»Vermutlich. Können Sie mir schildern, wie sie den Nachmittag verbracht hat?«

Viola überlegte. »Sie war die meiste Zeit hier. Sie hatte keine Verabredung, und freitags hat sie auch keine Termine. Wie gesagt, wir haben um zwei gegessen. Danach musste Tessi ihre Hausaufgaben machen. Sie wollte lieber erst spielen, aber sie hatte ja schon zwischen eins und zwei draußen herumgetobt, deswegen habe ich auf den Hausaufgaben bestanden. Ich weiß nicht genau, wie lange sie dafür gebraucht hat. Ich bin um drei zum Einkaufen gefahren und war erst um halb fünf wieder hier, da malte Tessi mit Kreide auf der Straße. Den Rest des Tages war sie zu Hause.«

»Und zwischen drei und halb fünf war sie am Marterl«, stellte Judith an Marco Brunner gewandt fest. »Zumindest sagten Sie gestern, Theresa habe Sie gefragt, ob sie hin dürfe. Können Sie sich erinnern, wann das genau war?«

Brunner dachte kurz nach, bevor er verneinte. »Ich habe nicht auf die Zeit geachtet, ich war beschäftigt. Es war ja auch keine ungewöhnliche Bitte.« Er schwieg einen Moment. »Ich verstehe allerdings nicht, wieso Tessi das Handy überhaupt in ihr Versteck gebracht haben soll. Sie hat es wirklich ständig dabei. Ich habe deswegen sogar mal mit ihr geschimpft, weil es mich genervt hat, aber sie behauptete, sie müsse es immer mit sich tragen, um jederzeit ein Foto machen zu können, wenn sie etwas sieht, das sie interessiert.«

Es war eine gute Frage, dachte Judith. Sie wandte sich an die übrigen Familienmitglieder. »Hat jemand von Ihnen eine Idee, warum Tessi das Handy versteckt haben könnte?«

Alle verneinten.

»Können Sie mir dann vielleicht die PIN sagen? Ich würde gern die Fotos durchsehen, die Theresa in letzter Zeit gemacht hat. Vielleicht finden wir irgendeinen Hinweis, zum Beispiel auf einen Ort, an dem sie sein könnte.« Oder auf eine Person, die in ihr Verschwinden verwickelt war, fügte Judith in Gedanken hinzu. Nach dem bisherigen Ermittlungsstand wies zwar nichts darauf hin, dass Theresa zuletzt ungewöhnlich intensiven Kontakt zu irgendjemandem gehabt hatte, der eigentlich nicht zu ihrem Nahfeld gehörte, doch vielleicht hatte sie das auch nur geschickt verheimlicht. Und in dem Fall war es immerhin möglich, dass sie die Person fotografiert hatte.

Viola Brunner schüttelte den Kopf. »Als ich Tessi das Handy gab, war die PIN mein Geburtsdatum, aber ich habe ihr gezeigt, wie man den ändert. Ich weiß nicht, ob sie es getan hat.«

»Onkel Josefs Geburtsdatum«, sagte Leon. Wieder sahen ihn alle fragend an, wieder schien es ihm unangenehm zu sein. »Sie hatte deine Erklärung wieder vergessen, deswegen hat sie mich noch mal gefragt. Ich wollte ihr zeigen, wie es geht, aber sie wollte lieber, dass ich es für sie mache.«

Nachdem Judith Plattner Josef Brunners Geburtsdatum notiert hatte, verabschiedete sie sich, und Pia folgte ihr aus dem Wohnzimmer. Keiner der Brunners bot an, sie zur Tür zu begleiten, doch als Pia die Haustür hinter sich zuziehen wollte, erschien Leons Gesicht im Türspalt. Er warf einen nervösen Blick über seine Schulter in Richtung Wohnzimmertür, dann sagte er mit gesenkter Stimme: »Frau Meyer, kann ich Sie was fragen?«

»Klar, was gibt's?«

Er schüttelte den Kopf. »Nicht hier. Draußen.« Er öffnete die Tür weiter und folgte Pia hinaus, nur um im nächsten Moment zurückzuzucken, als ihm ein vielstimmiges Crescendo vom Gartenzaun entgegenschlug. »Leon? Leon Brunner? Wie geht es dir? Ich würde gerne mit dir reden. Hast du Lust, mir ein paar Fragen zu beantworten?« »Leon, können wir ein Interview machen?« »Leon, kannst du mal herkommen? Wir wollen helfen, deine Schwester zu suchen. Du musst nur ein paar Fragen beantworten.« »Leon …«

Der Junge sah mit starrem Blick zum Gartenzaun, wo drei

Journalisten und zwei Kameraleute standen, die allerdings wie eine ganze Kompanie klangen. »Wer sind die?«

Pia klärte ihn auf. »Das sind Reporter, die über deine Schwester berichten.«

»Krass!« Der Junge stieß das Wort mit Inbrunst hervor, allerdings hätte Pia nicht sagen können, ob er es negativ oder positiv meinte. Er starrte die Journalisten an, wie er vermutlich ein Raumschiff angestarrt hätte, das unverhofft in der Sackgasse gelandet war.

»Ja, krass«, bestätigte Pia. Sie musterte Leon neugierig. »Möchtest du mit ihnen reden?«

»Würde das helfen, Tessi zu finden?«

»Definitiv nicht.«

»Dann will ich nicht mit ihnen reden. Aber mit Ihnen. Können Sie mitkommen?« Ohne auf ihre Antwort zu warten, ging er um die Hausecke herum in Richtung Garten.

Pia warf einen fragenden Blick zu Judith Plattner, die erst auf ihre Brust zeigte, dann in Richtung der Garage deutete und in diese Richtung davonging.

Pia folgte Leon. Als sie den Jungen einholte, sagte er: »Wir setzen uns ins Baumhaus. Ist das für Sie okay?«

»Mir soll's recht sein«, erwiderte Pia, etwas überrascht über die Wahl.

»Da stört uns keiner«, erklärte Leon. »Meine Eltern gehen nie da hoch, Onkel Josef auch nicht mehr, obwohl er es mal für mich gebaut hat. Für mich, nicht für Tessi, obwohl sie es mittlerweile auch benutzt. Mein Vater hat ihr das erlaubt, dabei hätte er das nicht gedurft, schließlich ist es meins. Meine Tante Renata war auch gerne da oben. Sie hatte Depressionen und sagte immer, da oben sei die Luft dünner und deshalb sei ihr Herz leichter. Schwachsinn, aber sie redete immer so.«

»Sie ist gestorben, oder?«

»Sie hat sich erschossen.« Leon schien kein Freund von Euphemismen. »So, hier hoch. Keine Angst, die Leiter ist stabil.« Er setzte einen Fuß auf die unterste Sprosse, doch als er seinen Kopf hob, hielt er inne.

Pia folgte seinem Blick und erkannte, wieso. Das Baumhaus war eine quaderförmige, stabile Bretterkonstruktion, die etwa einen Meter über ihren Köpfen in der Eiche hing. Hinein kam man durch eine Luke im Fußboden des Quaders. Diese Luke war zweifellos groß genug für einen schlaksigen Teenager wie Leon. Auch die meisten Erwachsenen hätten wohl hindurchklettern können, Leons Eltern, offensichtlich seine Tante Renata und – schon erstaunlicher – sein Onkel Josef. Doch für eine Frau von Pias Leibesumfang war die Luke definitiv zu klein.

Eine Weile herrschte Schweigen, während Leon angestrengt nachdachte. Röte schoss über seinen dünnen Hals in sein Gesicht und kroch zu seiner pickligen Stirn hoch. »Äh, mir fällt gerade ein, dass ich da oben gar nicht aufgeräumt habe. Wir gehen besser in den Obstgarten.«

Er machte auf dem Absatz kehrt und stürmte davon, selbst von hinten konnte Pia sehen, dass seine Ohren vor Verlegenheit rot leuchteten. Amüsiert folgte sie ihm in einen Bereich des Gartens, der von Büschen abgetrennt war. Neben einem mit kleinen, noch grünen Früchten schwer beladenen Apfelbaum stand ein Mosaiktisch mit einem Metallstuhl.

Leon setzte sich auf den Tisch. »Sie können den Stuhl haben.«

Pia musterte die Metallkonstruktion. »Der sieht ungefähr so bequem aus wie eine Folterbank.«

»Das ist er auch«, gab Leon zu. »Wollen Sie lieber den Tisch?« Er war wirklich ein gut erzogener Junge.

»Ich nehme den Stuhl, immer noch besser, als in der Luke deines Baumhauses festzustecken.« Pia setzte sich und warf Leon von unten einen Blick zu. »Oder hattest du Angst, der Boden bricht wegen mir durch?«

Er wurde wieder rot. »Nein, äh …«

»Du kannst es ruhig zugeben. Das hätte jeder mit mehr als fünf Prozent Sehstärke bemerkt.«

Leon nickte. Dann taxierte er Pia unter seinen Ponysträhnen hervor mit einem Blick, den sie nicht zu deuten vermochte. Doch sie hielt ihn gelassen aus, bis es aus Leon herausplatzte: »Sie sind gar nicht fett, oder? Das sind alles Muskeln.«

Für einen Moment dachte Pia, er wolle sie verarschen, doch es lag nichts als echtes Interesse in seiner Stimme. »Ein bisschen Fett ist auch dabei.«

»Aber das meiste sind Muckis. Cool. Ich wünschte, ich hätte auch solche. Ich will ins Fitnessstudio, aber meine Eltern sind dagegen. Sie behaupten, ich bin zu jung. Stimmt das?«

Wie viele Menschen schien er anzunehmen, dass Pia als Polizistin vom Bürgerlichen Gesetzbuch bis hin zur Verfassung alle Gesetzestexte verschluckt hatte. »Ich habe keine Ahnung. Wieso wünscht du dir mehr Muskeln?«

»Weil Spargeltarzan ein beschissener Spitzname ist.«

»Hm. Pottwal und Fettarsch waren auch nicht besser.«

Leon war nicht schockiert. »Aber Sie konnten sich wehren«, entgegnete er. »Ich wette, Sie haben jeden zu Kleinholz gemacht, der das gesagt hat.« Bevor Pia ihm diese Illusion nehmen konnte – was sie allerdings ohnehin nicht getan hätte –, fuhr er fort: »Das war übrigens echt cool heute Morgen, wie Sie Pauline gebändigt und festgehalten haben. Mit einer Hand. Ich wette, sie hatte Spaß ohne Ende.«

Pia runzelte die Stirn. »Sie dachte, sie würde entführt, ich kann mir Spaßigeres vorstellen.«

Leon ließ seine Beine baumeln. »Das dachte sie bestimmt nicht, dazu ist sie zu clever. Pauli ist voll die Dramaqueen. Und sie liebt es zu kämpfen.«

»Das hat sie mir erzählt.« Einer Eingebung folgend fügte Pia hinzu: »Sie hat mir auch erzählt, dass ihr manchmal miteinander kämpft.« Leon sah aus, als wollte er das bestreiten, deswegen ergänzte sie schnell: »Und dass sie fast genauso stark ist wie du.«

Wie erwartet konnte er das nicht auf sich sitzen lassen. »Das denkt sie bloß, weil ich sie manchmal gewinnen lasse. Außerdem kämpfe ich nicht richtig, ich wehre mich immer nur ein bisschen, ich will ja keiner Zehnjährigen wehtun. Nur einmal habe ich ihr Nasenbluten verpasst, aber das war ein Versehen.«

»Und warum kämpft ihr überhaupt?«

Er zuckte mit den Achseln. »Aus Spaß. Zum Abreagieren. Pauli muss manchmal Dampf ablassen. Sie hat echt komische Eltern, Nora ist schlimmer als mein Vater. Die will immer kontrollieren, was Pauli macht, sie gibt ihr den ganzen Tag irgendwelche Aufgaben. Sie kann nur machen, was sie will, wenn sie bei ihrem Vater ist. Der wohnt am Marktplatz, und wenn Pauli bei ihm sein soll, stromert sie immer durch die Läden, weil er keinen Bock hat, auf sie aufzupassen. Der interessiert sich null für sie. So wie mein Vater für mich, der ist voll auf Tessi fixiert.« Er starrte zwischen seinen Füßen auf den Erdboden. Dann sah er Pia alarmiert an. »Aber das mit den Spaßkämpfen dürfen Sie nicht Nora erzählen, die flippt völlig aus. Und meinem Vater auch nicht.«

»Sehe ich aus wie ein Elternspitzel?«

Leon lachte, dann blickte er Richtung Haus und brach abrupt ab. »Ich wollte Sie was fragen.«

»Deswegen sind wir hier.«

»Ja, richtig.« Er rutschte nervös auf dem Tisch hin und her und stieß die Spitze seines Turnschuhs in den Erdboden. »Glauben Sie, dass Tessi tot ist?«

Pia schwieg einen Moment lang, während sie sich fragte, wieso Leon sich mit der Frage ausgerechnet an sie gewandt hatte und was sie darauf antworten sollte.

Er deutete ihr Schweigen falsch. »Sie müssen es mir sagen«, flehte er. »Meine Eltern haben Ihnen bestimmt gesagt, Sie sollen's nicht tun, aber das ist unfair. Tessi ist meine Schwester, ich muss auch wissen, was los ist. Aber wenn ich meine Eltern frage und dabei nur das Wort tot erwähne, dann drehen die sofort durch. Meine Mutter fängt an zu weinen, und mein Vater rastet aus. Und Onkel Josef auch. Aber gestern Abend waren alle Nachbarn hier, und ich habe gelauscht, wie sie geredet haben. Als sie unter sich waren, meine ich, und da habe ich gehört, wie Jens Bierko gesagt hat, dass Tessi tot ist und dass sie das Opfer eines perversen Pädos wurde. Stimmt das?«

Pia schüttelte langsam den Kopf. »Ich weiß es nicht, Leon.«

»Das heißt, es stimmt, aber Sie wollen es mir nicht sagen.«

»Nein, das heißt, dass ich es nicht weiß. Wir versuchen, es herauszufinden, doch bisher haben wir keine Spur.«

»Aber es ist möglich? Dass Tessi tot ist?« Bei der Frage krümmte er sich zusammen, als würde sein ganzer Körper Schmerzen erleiden.

»Es ist möglich«, sagte Pia dennoch. »Es tut mir sehr leid.«

»Und es ist möglich, dass ein Perverser ihr was angetan hat?«

Pia sah keinen Sinn darin, ihn anzulügen. Wenn er den Mut hatte, diese Frage direkt zu stellen, würde er auch die Kraft haben, die Antwort auszuhalten. »Ja.«

»Ich bringe ihn um.«

Pia erwiderte nichts. Eine Weile saßen sie schweigend beieinander. Leon hielt den Kopf gesenkt und zog geräuschvoll die Nase hoch.

Schließlich sagte Pia: »Leon, ich kann dich gut verstehen, aber bevor wir irgendwen bestrafen können, müssen wir erst mal klären, was mit deiner Schwester passiert ist. Wäre es für dich okay, wenn ich dir ein paar Fragen stelle? Du musst sie nicht beantworten, wenn du nicht willst. Wenn es dir lieber ist, können wir auch deine Eltern dazuholen. Deine Antworten könnten uns helfen, herauszufinden, was mit Theresa geschehen ist.«

Leon riss den Kopf hoch. »Das weiß ich schon! Wenn es ein Perverser war, dann weiß ich, wer es ist und was er gemacht hat. Hier gibt's nur einen Perversen.« Erregt sprang er vom Tisch und ballte seine Fäuste.

Pia musterte ihn stirnrunzelnd. »Und wer soll das sein?«

»Sie glauben mir nicht? Wie würden Sie denn einen Lehrer nennen, der seine Schülerin vergewaltigt?«

Als Judith in die Garage kam, war der Kriminaltechniker mit der Untersuchung von Theresas Handy bereits fertig. Das Gerät war von Fingerabdrücken übersät. Die meisten stammten von Theresa, in einer Ecke fand sich ein Daumenabdruck ihres Vaters, doch offensichtlich hatte keiner der beiden das Handy als Letzter in der Hand gehabt, das war ein anderes Kind gewesen, dessen Abdrücke Theresas teilweise überlagerten. Judith tippte darauf, dass Pauline das Handy morgens im Wald untersucht hatte. Doch das würden sie später klären, zunächst wollte sie sich die Fotos ansehen.

Zig Fotos durchzusehen war eine Strafarbeit, es auf einem Handydisplay zu tun, wäre eine Qual, deswegen lieh Judith sich von dem Kriminaltechniker einen Laptop, an den sie das Handy anschloss, und machte es sich in dem ausgemusterten Rattansessel bequem. Fünf Minuten später war Judith dankbar, dass der Sessel tatsächlich recht bequem und dass es in der Garage vergleichsweise kühl war, denn es würde eine geraume Zeit dauern, bis sie alle Fotos durchgesehen hatte. Soweit sie das auf die Schnelle feststellen konnte, hatte Theresa auf dem Handy nur die Kamera-App verwendet, diese allerdings intensiv. Sie schien wirklich alles fotografiert zu haben, was ihr vor die Nase kam, zumindest alles, was mit Natur zu tun hatte.

Judith blätterte chronologisch rückwärts durch die Aufnahmen. Die erste Aufnahme, die sie betrachtete, war zwei Tage alt. Am Freitag um fünfzehn Uhr neunundfünfzig hatte Theresa eine Blumenschale mit Begonien fotografiert, in der eine frische Rose steckte. Judith benötigte nur einen kurzen Moment, um sich zu erinnern, wo sie die Schale schon einmal gesehen hatte: am Fuße des Marterls, das Renata Brunner gewidmet war. Und richtig, die nächste Aufnahme, zwei Minuten älter, zeigte das ganze Marterl, genauso wie die übernächste, noch eine Minute älter und aus einem anderen Blickwinkel fotografiert. Die Aufnahmen Nummer vier und fünf stammten laut Zeitstempel ebenfalls vom Freitag, waren um dreizehn Uhr drei beziehungsweise dreizehn Uhr vier aufgenommen worden und zeigten einen wunderschönen Husky auf einem Bürgersteig, angebunden vor einer Apotheke. Nach der Zeit zu urteilen, hatte Theresa die Aufnahmen auf dem Heimweg von der Schule gemacht, doch es konnte sich vielleicht lohnen zu überprüfen, ob die Apotheke tatsächlich auf Theresas Schulweg lag. Judith machte eine Notiz in ihr Schreibheft und klickte weiter.

Die nächsten zehn Fotos stammten vom Donnerstag, davon waren wieder drei auf dem Heimweg von der Schule aufgenommen – Motiv war eine Katze, die auf einem Zaunpfosten in der Sonne schlummerte –, die anderen sieben im Wald. Eins zeigte eine umgestürzte, von einem anderen Baum gehaltene Fichte, in der Judith unschwer den berühmten Drachenbaum erkannte.

Eine Viertelstunde später hatte Judith sechzig Aufnahmen durchgesehen, und sie beschloss, ihr Tempo zu erhöhen. Nach einer guten halben Stunde war sie bei zweihundert Aufnahmen und zeitlich Ende Mai, hatte jedoch noch immer nichts Interessantes entdeckt. Die Motive wiederholten sich mit eintöniger Regelmäßigkeit – Tiere auf dem Schulweg, Pferde in Theresas Reitstall, Pflanzen im Wald oder im Garten, einmal die unscharfe Aufnahme eines fliehenden Rehs, einmal ein Specht beim Höhlenbau, der selbst im Zoom kaum zu erkennen war. Nur auf wenigen Fotos waren Personen abgebildet, außer Theresas Eltern, Onkel und Bruder noch zwei kleine Mädchen in ihrem Alter, eine hübsche Eurasierin und eine plumpe Rothaarige.

Judith machte für einen Moment Pause. Ihre Augen wurden langsam müde, denn natürlich lag ihre Computerbrille auf dem Schreibtisch in ihrem Büro. Judith streckte sich und kreiste ihre Schultern mehrmals nach hinten, dann widmete sie sich wieder ihrer Aufgabe.

Auf den Bildern war es jetzt Mitte Mai, der dreizehnte, um genau zu sein. Weitere Naturaufnahmen, doch dann, am achten Mai, blickte Judith plötzlich in die Augen von Josef Brunner, die sie freundlich und wohlwollend anlächelten. Es war ein

Brustbild, es war nicht zu erkennen, in welcher Situation es aufgenommen worden war, ob Brunner gerade etwas besonders Angenehmes machte oder ob das Lächeln seiner Nichte galt. Vermutlich Letzteres. Judith klickte weiter. Das nächste Foto zeigte Marco Brunner an einem Grill, dann Viola Brunner und ihre Eltern an einem Kuchenbüfett, weitere Personen im brunnerschen Garten. Die Fotos mussten von Marco Brunners Geburtstagsfeier stammen, auf der Pauline und Theresa sich wegen Theresas Geheimnis gestritten hatten. Aufmerksam klickte Judith sich durch die Bilder, konnte jedoch keinen Hinweis darauf erkennen, worum es sich bei dem Geheimnis gehandelt haben könnte. Ein Bild von Matthias Hering auf einer Liege auf einem Rasen, umgeben von einigen Jugendlichen. Ein Bild von Pauline, die an Herings Arm zerrte. Ein Bild von Jens Bierko, der auf einen Mann einredete, der sehnsuchtsvoll in die Kamera blickte, der Buchhändler, Erik Lange.

Judith klickte sich weiter durch bekannte und unbekannte Gesichter. Insgesamt hatte Theresa auf der Geburtstagsfeier siebenundvierzig Fotos geschossen. Das nächste Foto war einen Tag älter und zeigte wieder den Drachenbaum, aufgenommen aus demselben Blickwinkel wie auf zahlreichen Bildern zuvor. Vielleicht waren diese Fotos Teil eines Projekts, vielleicht wollte Theresa sehen, wie der Baum sich im Laufe der Jahreszeiten veränderte. Judith klickte schneller, weitere Naturaufnahmen, zartgrüne Blätter und graubraune Baumstämme begannen vor ihren Augen zu flirren. Eine weitere Naturaufnahme, grün und braun, und Judith klickte automatisch weiter, doch dann rief etwas in ihrem Gehirn Stopp. Sie blätterte zurück, und im nächsten Moment wusste sie, dass sie gefunden hatte, wonach sie gesucht hatte.

Ja, das Bild war eine Naturaufnahme insofern, als es im Wald aufgenommen worden war, und vielleicht insofern, als es etwas durchaus Natürliches zeigte. Die Aufnahme war – was nicht bei allen Fotos der Fall war – gestochen scharf. Es sah aus, als hätte Theresa sie an den Blättern irgendeines Strauches vorbei geschossen, hinter dem sie sich versteckt hatte und dessen Zweige störend ins Bild lugten. Dennoch war das Motiv klar und deutlich zu erkennen, auch wenn Judiths Gehirn, abgelenkt durch das Waldsetting, es für den Bruchteil einer Sekunde hatte ignorieren wollen: Es war ein Paar beim Sex. Genauer gesagt, ein Paar beim Sex in der Hündchenstellung, die Frau im Vierfüßlerstand auf einem Untergrund von Laub und Moos, der Mann kniete hinter ihr. Beide waren nackt, und ihren Gesichtsausdrücken nach zu urteilen hatte Theresa wie ein echter kleiner Profifotograf den Zeitpunkt ihres gemeinsamen Höhepunkts perfekt festgehalten. Die Frau hatte ihren Kopf in den Nacken geworfen, Augen und Mund weit aufgerissen, so dass Judith fast den Eindruck hatte, ihre Lustschreie zu hören, der Mann hingegen hielt die Augen geschlossen, im Gesicht einen Ausdruck völliger Entrücktheit.

»Chefin, ich habe da was.«

Ein Schatten fiel auf Judith. Pia Meyer war im Tor der Garage erschienen und blockierte das Sonnenlicht.

Judith blinzelte zu ihr hoch, dann drehte sie den Laptop um, so dass die Kollegin das Bild sehen konnte. »Ich auch.«

12

Erik

Mein Handy klingelt, als ich an der Sammelstelle im Gras sitze und eine Leberkässemmel esse, die ich mir am Versorgungsstand geholt habe. Ich bin seit sechs Uhr auf den Beinen, um sieben habe ich mich an der Sammelstelle gemeldet, um auch heute bei der Suche nach Theresa zu helfen – wie Hunderte andere Freiwillige. Es ist beeindruckend, wie die Neukirchener sich bei der Suche nach Theresa engagieren, auch viele, die die Brunners gar nicht persönlich kennen. Ich gehöre nicht zu denen, die das Landleben verklären oder gar Landbewohner für die besseren Menschen halten, doch ich bin mir nicht sicher, ob die Menschen in einer größeren Stadt ebenso hilfsbereit wären. Würden sie ihre ach so megawichtigen Wochenendaktivitäten ausfallen lassen, um einer fremden Familie in Not beizustehen?

Allerdings merke ich, dass zwar die Motivation der Neukirchener nicht nachlässt, dass jedoch ihre Hoffnung immer mehr schwindet, und ich kann es ihnen nicht verdenken. Wir alle haben gestern und heute die Polizisten ausrücken sehen, wir alle haben die Aufrufe in den Nachrichten gehört, dass jeder sich melden soll, der glaubt, irgendeine hilfreiche Information zu haben. Und wir alle nehmen das Knattern der Hubschrauber wahr, die unablässig über Neukirchen und Umgebung kreisen. So viel Einsatz – wenn Theresa sich verlaufen hätte, wenn sie irgendwo hier draußen wäre, hätte sie längst gefunden werden müssen.

Doch ich versuche, den Gedanken, dass alle unsere Bemühungen vergeblich sind, nicht an mich heranzulassen – genauso wenig wie einen anderen Gedanken: Ich habe seit Theresas Verschwinden nichts von Joelle gehört. Dabei hat Tamara heute Dienst im Krankenhaus, und normalerweise nutzen Joelle und ich diese Sonntagsdienste für unsere Telefonate. Natürlich ist mir klar, dass kein Anruf nichts weiter bedeuten muss, als dass Joelle vielleicht mit Tommy die sturmfreie Bude nutzt, doch die latente Unruhe, die mich seit dem Vortag quält, besänftigt das nicht.

Als mein Handy klingelt, ziehe ich es daher sofort hervor, doch es ist nicht Joelle, sondern Marco, und mein Herz macht einen kleinen Satz. Was bedeutet das? Eine gute Nachricht? Eine schlechte? Die schlimmste?

»Ja?«

»Erik, ich bin's.«

Er klingt halbwegs gelassen, nun ja, gelassen vielleicht nicht, aber auch nicht so verzweifelt, wie er es bei einer neuen schlechten Nachricht wäre. Ich atme tief durch.

»Wie geht es dir?« Es ist keine leere Floskel, ich will es wirklich wissen, obwohl ich weiß, dass die Antwort auf einer Skala von null für beschissen bis zehn für hervorragend nur minus tausend lauten kann.

»Ich versuche, nicht durchzudrehen. Ich möchte dich etwas fragen: Hat Jens sich am Donnerstag beim Volleyball das Knie verdreht?«

»Jens? Am Donnerstag?« Ich benötige einen Moment, um in meinem Gehirn die richtige Schublade zu finden. Was ist das für eine Frage? »Ja, hat er. Wieso fragst du?«

»Bist du sicher?«

»Zumindest bin ich sicher, dass er sich bei einem Abwehrversuch am Knie verletzt hat. Er ist nach einem Blockversuch falsch aufgekommen. Es war wohl ziemlich schmerzhaft, er hat geflucht, was ja normalerweise nicht so sein Ding ist.«

»Aber er hat nichts zu Mats gesagt und bis zum Ende gespielt.«

»Das kann schon sein, aber du weißt ja, wie er ist. Wenn es nicht unbedingt nötig ist, will er keine Schwäche zeigen. Aber mir ist aufgefallen, dass er das Bein auf dem Weg zum Ratskeller nur vorsichtig belastet hat. Wieso interessiert dich das?«

»Weil …« Er bricht ab. Ich glaube, er deckt das Handy mit der Hand ab, um mit jemandem zu sprechen. Ich höre undeutliches Gemurmel, dann ist Marco wieder da. »Kannst du vorbeikommen?«

»Jetzt?«

»Wenn's geht.«

»Natürlich, ich bin in zehn Minuten da.«

Ich stecke mein Handy weg und springe auf. Ich schiebe mir den letzten Bissen Leberkässemmel in den Mund, knülle die Alufolie zu einem Ball zusammen, werfe sie in einen der bereitgestellten Mülleimer, die die freiwillige Feuerwehr ebenfalls organisiert hat, und gehe zu Fuß nach Schönblick. Unterwegs denke ich über das Gespräch mit Marco nach und frage mich, warum um alles in der Welt er sich plötzlich für Jens' Knie interessiert, doch mir mangelt es an Fantasie für eine Antwort. Es hat schon seinen Grund, warum ich Bücher verkaufe und nicht schreibe.

Kurz vor Schönblick prüfe ich, dass ich morgens mein Portemonnaie mit Ausweis eingesteckt habe, falls ich den wieder vorzeigen muss. Doch die Polizeisperre am Eingang der Sackgasse ist abgebaut, stattdessen stoße ich auf ein Hindernis anderer Art. In Schönblick wimmelt es nur so von Leuten. An den Laptops und Kameras ist unschwer zu erkennen, dass es sich um Journalisten handelt, und als ich die Straße hochgehe, stürzt sich eine Frau auf mich. Sie ist klein und zierlich mit einem riesigen Mund, aus dem mir große, strahlend weiße Zähne entgegenblitzen, als hätte sie den Mund voller Würfelzucker. Konsterniert bleibe ich stehen.

»Guten Tag, mein Name ist Helm. Ich unterstütze die Suche nach Theresa, indem ich für die Neustädter Allgemeine darüber berichte. Ich würde Ihnen gerne einige Fragen stellen.«

»Nein, danke.«

»Ich kann Ihre Vorbehalte verstehen, versichere Ihnen aber, dass sie unbegründet sind. Die Allgemeine ist nur an seriöser Berichterstattung interessiert. Darf ich fragen, wie Sie heißen und warum Sie heute hier sind? Sind Sie ein Freund der Familie Brunner?«

Bevor ich ihr erklären kann, dass ich ihr das nicht erklären möchte, strecken mir zwei weitere Journalisten ihre Mikrofone entgegen. An den älteren, einen weißhaarigen Opa, erinnere ich mich.

»Nein danke, ich möchte mit keinem von Ihnen reden«, sage ich in die Runde, doch meine Erwartung, dass mir daraufhin Platz gemacht wird, erfüllt sich nicht. »Würden Sie bitte beiseite-treten?«, ergänze ich daher.

Als Antwort tippt der Opa mich mit seinem Mikrofon an. »Wendler vom Kurier, ich habe über die Eröffnung Ihrer Buch-handlung geschrieben. Nur ein kurzes Statement, dann erwähne ich Ihren Laden in meinem Artikel positiv.«

Einen Augenblick lang verschlägt mir diese Dreistigkeit den Atem, und ich frage mich, wie ich reagieren soll. Doch vermut-lich ist das genau das, was Wendler bezwecken will, mich zu einer Reaktion zu provozieren. Also sage ich kein Wort, sondern gehe einfach weiter. Ich erwarte, dass ich die Journalisten beiseiteschie-ben muss, doch sie weichen zurück, wobei sie mir rückwärts-laufend weitere Fragen stellen. Ich finde das bizarr und bin er-leichtert, als ich Marcos Gartenzaun erreiche, wo die Journalisten mich ziehen lassen, vermutlich weil sie das Grundstück nicht be-treten dürfen. Ich gehe zur Haustür, doch bevor ich meinen Fin-ger auf die Klingel legen kann, wird die Tür bereits aufgerissen, ich werde grob am Arm gepackt und ins Innere des Hauses ge-zerrt. Im Flur lässt Josef mich wieder los.

»War das notwendig?«, frage ich gereizt.

Josef antwortet nicht, sondern geht mir wortlos ins Wohnzim-mer voraus, wo Viola auf der Couch sitzt. Bei meinem Anblick springt sie auf und ergreift meine Hände. »Oh, Erik, danke, dass du gekommen bist.« Sie lässt meine Hände los und schlingt ihre Arme um mich. Verlegen drücke ich sie an mich.

»Marco hat mich angerufen.«

»Oh, da bin ich froh.« Sie wirkt etwas verwirrt. »Er braucht einen Freund zum Reden. Mats und Jens haben vorhin geklingelt, doch er wollte sie nicht sehen. Er hat sich in seinem Büro in der Werkstatt verkrochen. Weißt du, wo das ist?«

Ich war noch nie in Marcos Schreinerei, traue mir jedoch zu, sein Büro zu finden. Doch bevor ich Viola das versichern kann, sagt Josef: »Ich bringe ihn hin.«

Er macht auf dem Absatz kehrt und marschiert durch die Terrassentür in den Garten. Ich nicke Viola noch einmal zu, bevor ich ihm folge, wobei ich mich beeilen muss. Josef geht mit Riesenschritten quer über den Rasen bis zu einem kleinen Gartentor, das er ungeduldig für mich aufhält und sorgfältig wieder hinter uns schließt. Wir stehen auf einem Trampelpfad, der auf der einen Seite vom Gartenzaun, auf der anderen vom Wald begrenzt wird. Links führt er tiefer in den Wald hinein, rechts zurück zur Straße. Doch Josef wendet sich nicht dorthin, sondern marschiert geradeaus in den Wald hinein.

»Ich dachte, wir wollen zur Schreinerei.«

»Nicht an der Journaille vorbei.«

Okay, das ergibt Sinn, dennoch finde ich es seltsam, hinter Josef her zwischen Bäumen hindurchzuhetzen. Ich komme mir vor wie ein Polizeispitzel im Thriller, der von einem Gewährsmann zu einem geheimen Treffpunkt gebracht wird. Außerdem muss ich mich bemühen, Josefs Schweigen und seine brüske Art nicht als feindselig zu empfinden, obwohl ich mittlerweile weiß, dass er den meisten Menschen gegenüber wortkarg ist.

Nach vielleicht hundert Metern treten wir aus dem Wald heraus und stehen direkt gegenüber der Schreinerei. Es ist eine zweistöckige Holzkonstruktion mit großen Fenstern im Erdgeschoss, an der außen eine schmiedeeiserne Treppe ins Obergeschoss führt. Ein Schild mit der Aufschrift *Büro + Anmeldung* weist die Stufen hinauf.

»Danke, ab hier finde ich es auch allein.«

Josef steigt wortlos die Treppe hinauf, und mir wird klar, dass er nicht aus Höflichkeit mitgegangen ist, sondern aus Misstrauen. Was glaubt er, was ich mache, wenn er mich aus den Augen lässt? Einen Klafter Holz klauen?

Oben öffnet Josef eine von zwei Türen. Marco sitzt an einem großen Schreibtisch, dessen Arbeitsfläche dennoch zu klein scheint für den Wust an Papieren darauf. Er ist gerade im Begriff, eine Flasche Bier an seine Lippen zu setzen, doch bei unserem Erscheinen stellt er sie ab und umarmt mich.

»Danke, dass du gekommen bist. Ich muss dringend mit einem Außenstehenden reden, sonst verliere ich den Verstand. Auch ein Bier? Sag bloß nicht Nein! Wenn ich allein trinke, komme ich mir noch kaputter vor, und Josef trinkt nie.« Er holt eine Flasche aus dem Kühlschrank in der Ecke, öffnet und reicht sie mir, wobei seine Hand so zittert, dass etwas Bier überschwappt. Er fängt meinen Blick auf. »Keine Sorge, mein erstes heute.«

Ich glaube ihm. Marco ist kein übermäßiger Trinker, zumindest nicht für einen gestandenen Bayern. Ich nehme die Flasche, obwohl mir etwas Nichtalkoholisches lieber wäre, aber das Bier ist kalt und erfrischend, und im Büro ist es stickig.

Marco lässt sich wieder auf seinen Stuhl fallen. »Nimm Platz.«

Ich komme auch diesem Wunsch nach, und eine Weile sitzen wir schweigend da, während Marco trübe ins Leere starrt. Er sieht beschissen aus, bleich, unrasiert, und er riecht nach Schweiß. Nachdem mir der Geruch einmal aufgefallen ist, fällt es mir schwer, ihn zu ignorieren. Ich trinke noch einen Schluck Bier.

»Was kann ich für dich tun?«, frage ich schließlich.

Marco reißt sich mit einem Ruck zusammen. »Mich vor dem Durchdrehen bewahren. Mir helfen, wieder klar zu denken. Ich habe das Gefühl, ich werde wahnsinnig. Ich habe die ganze Nacht wach gelegen. Meine Gedanken kreisen und kreisen, und ich kann sie nicht abstellen. Ich habe versucht, alles aufzuschreiben, aber …« Mit fahrigen Händen fischt er einen Zettel aus dem Papierwust und hält ihn hoch, so dass ich eine Art Mindmap erkennen kann. »Ich kann nicht klar denken. Ich brauche jemanden, der mir hilft, Ordnung in meine Gedanken zu bringen, und der mir sagt, ob das, was ich mir überlegt habe, totaler Schwachsinn ist. Jemanden, dem ich vertrauen kann, nicht die Polizei.«

»Wieso hast du das Gefühl, der Polizei nicht vertrauen zu können?«

»Weil diese Polizistinnen immer nur Andeutungen machen, uns aber nicht alles sagen.« Marco legt die Mindmap wieder weg. »Sie haben dich doch gestern gefragt, wann du Freitagnacht von Nora nach Hause gefahren bist. Angeblich Routine, aber das ist nicht wahr. Jemand ist nachts um halb vier mit einem Auto aus Schönblick weggefahren, und um drei ist jemand zu Fuß durch die Straße gegangen. Die Polizei versucht herauszufinden, wer das war, und das kann nur heißen, dass sie glauben, es hat etwas mit Tessi zu tun. Aber sie haben uns nichts davon gesagt! Wir wissen nur davon, weil die alte Grandauer es Josef erzählt hat. Sie hat den Autofahrer und den Fußgänger gehört.«

Ich kenne Marga Grandauer mittlerweile recht gut, weil sie einmal wöchentlich in die Buchhandlung kommt, um mir den letzten Nerv zu rauben. Ich halte sie nicht für die zuverlässigste Nachrichtenquelle, aber Marco scheint momentan nach jeder Information zu greifen wie ein Ertrinkender nach dem Strohhalm.

»Okay, dann erzähl mal, was du dir überlegt hast.«

»Ja.« Marco nickt einige Male, sagt jedoch nichts weiter, sondern beginnt, Papiere auf dem Schreibtisch hin und her zu schaufeln, bis er eine freie Fläche vor sich hat, auf die er seine gefalteten Hände legt. »Der Verdacht kam mir gestern Abend«, sagt er schließlich. »Hauptkommissarin Plattner hat mich darauf gebracht. Sie wollte wissen, ob Tessi … ob Tessi …« Er bricht ab und wischt sich mit dem Hemdsärmel den Schweiß ab, der ihm in großen Perlen auf der Stirn steht. »Sie wollte wissen, ob irgendein Mann in letzter Zeit besonders viel Interesse an Tessi gezeigt hat. Ein besonderes Interesse, du weißt schon.«

Mir wird flau im Magen. Natürlich weiß ich, was Marco meint, und ich verstehe, dass er es kaum fertig bringt, es auszusprechen. Es gibt Dinge, die kann man nicht im selben Satz sagen wie den Namen des eigenen Kindes. Es gibt Dinge, die kann man nicht einmal zusammen denken. Und es gibt Dinge … Am liebsten würde ich jetzt gehen, doch das kann ich Marco nicht antun.

Ich nicke zum Zeichen, dass ich verstehe, und Marco fährt fort. »Ich habe Nein gesagt, doch seitdem muss ich ständig darüber nachdenken, und mir fallen immer mehr Sachen ein … Sachen, die ich nie hinterfragt habe, die ich nie für wichtig gehalten habe, aber nachdem Tessis Roller wieder aufgetaucht ist, sehe ich das alles in einem ganz anderen Licht.« Er blickt mich an. »Viola hat heute Morgen Tessis Roller in der Garage gefunden.«

Ich brauche einen Augenblick, um das zu verdauen. »Der Roller, mit dem Tessi gestern früh weggefahren ist? Wie kann das sein?«

»Das fragen wir uns auch. Frau Plattner scheint zu denken, dass Viola sich geirrt hat, dass Tessi ohne ihren Roller losgezogen ist. Aber Viola ist hundertprozentig sicher, dass der Roller gestern Morgen nicht da war, und das muss bedeuten, dass jemand ihn später zurückgebracht hat. Aber das kann nur jemand von hier getan haben. Ein Fremder wäre aufgefallen, außerdem hätte ein Fremder gar nicht gewusst, wo der Roller hingehört, oder?«

Er blickt mich erwartungsvoll an. Es scheint keine rhetorische Frage zu sein. Ich muss darüber erst einmal nachdenken. »Und es kann nicht sein, dass Viola den Roller übersehen hat?«

Die Nachfrage reizt Marco. »Nein«, entgegnet er scharf. »Viola ist sicher, das sagte ich doch schon. Und der Roller steht jetzt zwischen den Fahrrädern. Keiner von uns hätte ihn dahingestellt,

Tessi auch nicht. Und das muss heißen, dass sie gestern Morgen damit losgefahren ist, und das muss heißen, dass derjenige, der sie mitgenommen hat, den Roller wieder zurückgebracht hat. Es muss einer von hier sein.«

Ich kann immer noch nicht ganz glauben, was ich da höre. »Du glaubst ernsthaft, dass einer deiner Nachbarn deine Tochter ...« Bevor ich überlegen kann, wie ich es formulieren soll, unterbricht Marco mich.

»Das glaube ich. Deshalb habe ich dich angerufen. Du bist keiner von hier, aber du kennst sie alle. Habe ich recht, oder spinne ich? Sag's mir!«

Ich sage erst einmal gar nichts, weil ich nicht weiß, was ich sagen soll. Mein erster Impuls ist, Marco zu widersprechen. Ich kenne diese Männer, ich spiele mit ihnen Volleyball, es sind meine Freunde. Es sind gute Männer. Klar, sie haben ihre Macken, aber keiner von ihnen würde je einem Kind wehtun. Doch natürlich weiß ich gleichzeitig, wie naiv diese Einstellung ist. Man kann nie genau wissen, was in den Köpfen und Herzen anderer vorgeht. Und natürlich habe ich wie jeder Zeitungsleser oft genug gelesen, dass die größte Gefahr für Kinder nicht aus der Ferne kommt, sondern in ihrem Umfeld, ihrer Nachbarschaft lauert. In gewisser Weise weiß ich das sogar besser als andere. Ich weiß, was manche Männer Kindern antun, ich weiß, wonach sie sich sehnen, ich kenne ihre Gier. Aber ich will nicht glauben, dass einer meiner Freunde ... Und dann fällt mir eine andere Lösung ein. Eine feige Lösung, eine bequeme Lösung. Ich kenne nicht alle von Marcos Nachbarn. Vielleicht einer von denen, die nicht mit mir Volleyball spielen? Volleyball ... Und dann klickt es in meinem Gehirn.

»Wieso wolltest du wissen, ob Jens sich am Donnerstag beim Training das Knie verdreht hat?«, frage ich.

Marco weicht meinem Blick nicht aus. Seine Hände wischen fahrig über den Schreibtisch, als hätten sie ein Eigenleben, doch er erwidert meinen Blick fest. »Er ist gestern nicht gejoggt, obwohl er immer samstags joggt. Ich habe ihn gefragt, wieso, und er hat erzählt, dass er sich am Donnerstag das Knie verdreht hätte. Aber ich konnte mich nicht daran erinnern und Mats auch nicht, also …«

»Also glaubst du, dass er stattdessen Tessi etwas angetan hat?« Ich bin fassungslos. »Nur weil er nicht joggen war?«

Marco ballt seine Fäuste. »Und weil seine Rollos gestern noch unten waren, als ich bei ihm geklingelt habe, obwohl sie sonst immer schon oben sind. Und weil Frau Plattner gefragt hat, ob jemand besonderes Interesse an Tessi gezeigt hat. Jens fragt ständig nach ihr. Letztes Jahr haben wir stundenlang über ihre Noten geredet, immerzu wollte er wissen, ob sie in der Schule endlich besser geworden ist. Er hat sogar Tessi darauf angesprochen. Und er sagt, ich soll ihr auf keinen Fall ein Handy kaufen, weil das zu früh für sie ist.«

Ich schüttele ungläubig den Kopf. »Marco, du kennst doch Jens. Er redet mit jedem über die Noten seiner Kinder, weil er von dem Thema besessen ist. Er fragt mich sogar nach Joelles Noten, obwohl er sie nicht einmal kennt.«

»Aber er hat sich total aufgeregt, als ich ihm erzählt habe, dass Tessi sich an meinem Geburtstag die Lippen schminken wollte. Und wieso ist er dafür, dass sie kein Handy bekommt? Warum will er nicht, dass wir sie jederzeit erreichen können?«

Ich kann nicht glauben, was ich da höre. »Weil Jens sich über alles aufregt und weil er sich ständig vergleicht. Seine Fitness, seine Ernährungsgewohnheiten, seine Erziehungsmethoden … So ist er halt. Außerdem kommt er mit Marie nicht zurecht, und weil er das auf ihren Medienkonsum zurückführt und weil er ein netter Kerl ist, will er nicht, dass dir dasselbe passiert.«

»Ach ja?« Marcos Faust saust auf die Tischplatte nieder. »Und woher soll ich wissen, dass er wirklich ein netter Kerl ist? Vielleicht ist er gar nicht so nett. Vielleicht hat er immer nur so getan, um sich an meine Tochter ranzumachen. Woher soll ich wissen, dass das nicht so ist?«

»Du kannst doch nicht einen Mann verdächtigen, den du seit acht Jahren kennst, nur weil er nicht joggen war und ein paar Fragen nach deinem Kind gestellt hat. Ich kann ja verstehen, dass …«

Ich breche ab, als Marco aufspringt. »Nein, du kannst es nicht verstehen«, brüllt er. »Keiner von euch kann es verstehen. Ich drehe durch, ich werde wahnsinnig, ich habe Angst um meine Tochter! Ich habe keine Ahnung, wo sie ist, ob sie noch lebt oder was ihr irgendjemand angetan hat. Und es muss einer von hier gewesen sein. Ich kenne alle diese Leute seit Jahren. Ich muss mich entscheiden. Ich muss …«

Seine Stimme schnappt über, oder die Worte gehen ihm aus, und er fährt mit seinem Arm über den Schreibtisch und fegt einen Schwall Papiere zu Boden. Dann steht er am ganzen Körper zitternd da. Josef löst sich von der Wand und legt seinem Bruder eine Hand auf die Schulter.

Einige Augenblicke lang herrscht tiefes Schweigen, in dem ich beschämt auf meinem Stuhl sitze. Natürlich hat Marco recht. Ich kann versuchen, seine Situation nachzuvollziehen, doch nachempfinden kann ich sie nicht. Und in einem weiteren Punkt hat er recht: Wenn es Joelle wäre, dann würde ich genauso handeln wie er. Wenn es Hinweise gäbe, jemand aus meinem Bekanntenkreis hätte ihr etwas angetan, dann hätte ich keine Freunde mehr. Ich würde jeden verdächtigen, ich würde jedes Detail der Polizei erzählen, ich würde jeden mit meiner Angst überziehen.

»Es tut mir leid, Marco, du hast recht. Es ist richtig, dass du nach einer Erklärung suchst, und es ist richtig, dass du dir Gedanken über die Fragen machst, die die Polizei dir gestellt hat. Ich schlage daher vor, dass du ihr das erzählst, was du mir gerade erzählt hast. Sie wird wissen, wie damit umzugehen ist.«

Marco nickt langsam, dann blickt er zu seinem Bruder hoch. »Schon gut.«

Josef nimmt seine Hand von Marcos Schulter und kehrt langsam auf meine Seite des Schreibtisches zurück, wobei er mir einen finsteren Blick zuwirft.

Marco lehnt sich an den Kühlschrank und steckt die Hände in die Hosentaschen. »Ich weiß nicht, ob das viel bringt, es der Polizei zu sagen. Ich habe nicht den Eindruck, dass die uns ernst nehmen. Bei der Sache mit Tessis Roller glauben sie uns auch nicht.«

Ich runzle die Stirn. »Aber die Polizei muss wissen, was los ist. Und was willst du sonst machen?«

Marco beißt sich auf die Unterlippe. »Wir haben uns gefragt ...« Er bricht ab und wirft einen Blick zu seinem Bruder hinüber, der sich gegen ein Regal gelehnt hat.

»Was habt ihr euch gefragt?«

»Ob wir selbst aktiv werden sollten.«

»Was meinst du damit?« Ich sehe Marco fragend an, doch der weicht meinem Blick aus. Als ich zu Josef blicke, ballt dieser seine Hände zu zwei riesigen Fäusten, und plötzlich überkommt mich eine Ahnung, wovon Marco redet. Mir läuft es eiskalt den Rücken hinunter, als hätte mir jemand das Bier in den Hemdkragen geschüttet.

»Auf keinen Fall!«, sage ich scharf und bemühe mich dann um einen ruhigen Tonfall. »Marco, ich weiß, dass du dich ohnmächtig fühlst und dass das Nichtstun dich wahnsinnig macht. Du hast vorhin selbst gesagt, dass du nicht mehr klar denken kannst und dass du deswegen meine Meinung wissen willst. Also hör sie dir bitte an. Ich bin mir zu fünfundneunzig Prozent sicher, dass Jens Theresa nichts angetan hat«, ich hebe die Hand, als Marco zum Widerspruch ansetzt, »aber wegen der verbleibenden fünf Prozent solltest du mit der Polizei reden. Sprich mit Frau Plattner, und wenn du den Eindruck gewinnst, sie nimmt dich nicht ernst, verlange ein Gespräch mit ihrem Vorgesetzten. Aber überlass es der Polizei, Jens zu überprüfen – und deine anderen Nachbarn.«

Ich mustere Marco, um zu sehen, wie meine Worte ankommen. Eine Weile steht er starr da, dann sacken seine Schultern ein wenig herab, und er sagt leise: »Ich will es ja gar nicht glauben, dass einer von ihnen ... Dass jemand, den ich für einen Freund halte … Aber wenn es stimmt, dass Tessi nachts um drei zum Marterl gefahren ist … Sie hätte das nicht einfach so gemacht, und sie hätte sich nicht mit einem Fremden verabredet. Und der Roller …«

Er bricht ab, und ich kann das verstehen. Ich halte mich nicht für überdurchschnittlich scharfsinnig – wenn ich einen Krimi lese, rate ich nie, wer der Mörder ist –, aber die Sache mit dem Roller ist merkwürdig. Marco hat recht: Kein Fremder hätte ihn zurückgebracht, allein schon deshalb, weil er nicht gewusst hätte, wo er ihn hinbringen soll.

»Umso wichtiger ist es, dass du der Polizei alles erzählst, was du weißt«, sage ich, »auch das über Jens.«

Marco nickt langsam. »Ich werde es tun.«

Er erhebt sich. Erleichtert tue ich es ihm gleich, und zusammen mit Josef, der weiterhin finster dreinschaut, verlassen wir das Büro und steigen hintereinander die Außentreppe hinunter. Unten angekommen, wenden wir uns wieder Richtung Wald, doch in dem Moment kommt jemand von der Straße eilig auf uns zu. Es ist Jens.

Marco versteift sich bei seinem Anblick, was Jens jedoch nicht zu bemerken scheint.

»Hier bist du, Marco, hast du es schon gehört? Die Polizei hat Mats mitgenommen.«

Einen Moment lang stehen wir schweigend beieinander, wir haben alle Schwierigkeiten, die Nachricht einzuordnen.

»Heißt das, er wurde verhaftet?«, frage ich schließlich.

Jens zwinkert nervös. »Ich bin mir nicht sicher. Mats war bei mir, er hatte mal wieder Stress mit Nora und brauchte jemanden zum Reden. Als er gehen wollte, haben wir noch eine Weile vor der Tür gequatscht, da tauchten plötzlich die Kripobeamtinnen auf, die Dicke und ihre Vorgesetzte, Meyer und Plattner. Sie sagten Mats, dass sie ihn sprechen möchten und ob er mit zum Präsidium kommen würde. Mats reagierte genervt, was jetzt wieder sei und ob sie das nicht hier klären könnten. Plattner verneinte und meinte, es sei dringend, da ist er mitgegangen.«

Wir starren einander an.

»Haben sie gesagt, warum sie mit Mats reden wollen?«, fragt Marco mit rauer Stimme.

Jens schüttelt den Kopf und zwinkert mehrfach. »Aber das ergibt doch keinen Sinn«, meint er dann, »dass sie ihn verdächtigen, meine ich. Er wäre doch der Letzte, der einen Grund hätte. Die Frauen rennen ihm scharenweise nach, er muss nicht …«

Ich werfe ihm einen Halt-die-Klappe-Blick zu, zum Glück kapiert Jens die Botschaft und verstummt.

Marcos Arme hängen herunter, doch er ballt und öffnet die Fäuste, als müsste er das Blut gewaltsam durch seinen Körper pumpen. »Sind die Polizistinnen noch da?«

»Sie sind mit Mats weggefahren.«

»Wohin?«

»Vermutlich zum Präsidium.«

»Weiß Viola es schon?«

»Von mir nicht, aber es standen jede Menge Reporter da rum.«

Marco schüttelt den Kopf wie ein gereizter Stier. »Ich muss zu Viola, und ich muss mit dieser Dietz reden, vielleicht weiß die, was los ist. Josef?«

Gemeinsam gehen sie los. Jens und ich wollen folgen, doch in dem Moment klingelt mein Handy. Ich ziehe es hervor. Es ist Joelle.

»Hallo, Liebes, ich habe schon auf deinen Anruf gewartet.«

Für einen Augenblick spüre ich nichts als Freude und Erleichterung, doch dann höre ich ein Geräusch, das wie ein Stich in mein Herz ist. Joelle weint. Sie weint so sehr, dass ich sie nicht verstehen kann, und meine Kehle schnürt sich vor Angst zusammen. »Was, Liebes, was?«

»Oh, Papa, Tommy hat … Tommy ist … Kannst du bitte bitte bitte kommen?«

Ich renne den ganzen Weg nach Hause, springe in meinen Corsa und rase nach Altenstein. Zwei Stunden später halte ich meine Tochter in meinen Armen. Ich habe sie vier lange Wochen nicht gesehen, nicht seit wir uns an einem Sonntagnachmittag heimlich getroffen haben, während Tamara dachte, Joelle sei bei ihrem Pflegepferd, und für einen Augenblick bin ich einfach nur glücklich, sie bei mir zu haben. Ich weiß, Joelle geht es ähnlich, doch dann fällt ihr wieder ein, warum sie mich angerufen hat, und sie beginnt zu weinen.

Ich schiebe sie sanft in Richtung der Couch in Tamaras Wohnzimmer. Tamara ist nicht da, sie hat Tagschicht im Krankenhaus, sonst hätte ich niemals hierherkommen dürfen. Ich fühle mich auch so nicht wohl hier. Ich weiß genau, was mir droht, wenn Tamara mich hier erwischt, doch es ist fünf Uhr, und ihr Dienst endet erst in zwei Stunden, also schiebe ich mein Unbehagen beiseite.

»Was ist denn überhaupt passiert?«

Ich setze mich neben Joelle und lege meinen Arm um sie. Sie schluchzt heftiger, und es dauert eine Weile, bis es aus ihr herausbricht.

»Wir waren verabredet, in der Eisdiele, aber kurz vorher hat Tommy angerufen, dass er krank ist. Ich bin dann zu Hause geblieben, weil er nicht wollte, dass ich ihn besuche, aber dann hat mich irgendwann Annelie angerufen. Sie war mit ihrem Freund auch in der Eisdiele, und sie hat gesagt, dass sie Tommy gesehen hat. Er war mit einer anderen da, und sie haben geknutscht und …«

Der Rest verliert sich in wilden Schluchzern, und ich drücke Joelle fester an mich. Doch dieses Mal bin ich nicht glücklich, sondern wütend. Ich verabscheue Gewalt, so sehr, dass ich noch nicht einmal brutale Actionfilme sehe, aber jetzt würde ich am liebsten losrennen und diesem Tommy beide Beine brechen.

Die nächste Stunde verbringe ich damit, meine Tochter über ihren ersten Liebeskummer hinwegzutrösten, und irgendwann schläft sie erschöpft mit dem Kopf auf meinem Schoß ein. Ich sehe auf sie hinunter. Sie ist verweint und zerzaust, doch in meinen Augen ist sie das wundervollste Mädchen der Welt. Sie ist ein Wunder, mein persönliches Wunder. Ich werde nie begreifen, wie aus einer einzigen lausigen Nacht zwischen zwei Menschen, die einander nichts bedeuten, etwas so Wunderbares entstehen konnte.

Dann werfe ich einen Blick auf die Uhr. In einer Dreiviertelstunde kommt Tamara nach Hause, doch es fällt mir schwer zu gehen. Wut steigt erneut in mir hoch. Wut auf Tamara. Wieso tut sie mir das an? Wieso quält sie mich so? Sie weiß genau, dass Joelle von mir keine Gefahr droht. Ich würde nie einem Kind etwas antun, am allerwenigsten meiner eigenen Tochter. Warum hält sie mich dennoch von ihr fern? Warum will sie mich quälen? Warum ist ihr das so wichtig, dass sie sogar ihrer Tochter wehtut? Ist es Eifersucht, weil sie weiß, dass Joelle lieber bei mir ist als bei ihr? Ist es Hass, weil ich sie nie geliebt und nicht einmal begehrt habe? Weil ich sie benutzt habe? Doch sie hat mich schon gehasst, bevor sie erfahren hat, was ich bin. Dass sie es weiß, bedeutet nur, dass sie mich zwingen kann, mich von Joelle fernzuhalten. Dass sie mich zwingen konnte, mein Leben hier aufzugeben. Dass sie mich zwingen kann …

Ich spüre, wie der altbekannte Kopfschmerz langsam vom Nacken in meinen Kopf hochsteigt, während ich mich mehr und mehr verkrampfe. Ich beiße meine Zähne aufeinander, so fest, dass ich sie knirschen hören kann.

Doch dann wird mir bewusst, dass ich nicht meine Zähne höre, sondern ein Klicken, das Klicken der Haustür. Ich erstarre. Mein Blick rast zur Uhr. Das kann nicht sein. Tamara hat noch zwanzig Minuten Dienst. Sie kann nicht hier sein. Sie darf nicht hier sein. Ich muss mir das Klicken eingebildet haben.

Doch das habe ich nicht. Im nächsten Moment höre ich Schritte im Flur, und dann wird die Wohnzimmertür geöffnet. Tamara und ich starren einander an.

13

Judith hatte Matthias Hering in Vernehmungsraum zwei bringen lassen, der im Keller des Präsidiums lag und in dem die Temperaturen nie über siebzehn Grad stiegen, egal, wie heiß es draußen war. Judith hatte den Raum gewählt, weil der Sportlehrer immer noch die Cargoshorts, das verwaschene T-Shirt mit der Aufschrift »Simply the best« und die Flipflops trug, mit denen er morgens in Schönblick aufgetaucht war. Sie wollte, dass Matthias Hering sich bei seiner Befragung so unwohl wie möglich fühlte, ihretwegen konnte er sich gerne die Eier abfrieren. Doch fürs Erste verbarg sie dieses Gefühl hinter einer Maske professioneller Höflichkeit.

»Fürs Protokoll«, begann sie, nachdem Pia Meyer sich überzeugt hatte, dass die Kamera lief und das Mikrofon eingeschaltet war, »heute ist der zwanzigste Juni, es ist jetzt sechzehn Uhr fünf. Herr Matthias Hering hat sich bereit erklärt, uns einige Fragen in der Vermisstensache Theresa Brunner zu beantworten. Er hat einer Bild-Ton-Aufnahme zugestimmt. Herr Hering, zunächst einmal möchte ich Ihnen für Ihre Bereitschaft zur Zusammenarbeit danken.«

Matthias Hering war entweder ein guter Schauspieler, oder er ahnte wirklich nicht, warum sie ihn hergebeten hatten. Er saß auf seinem Stuhl zurückgelehnt, seine Arme hingen locker an seinem Körper hinunter, seine braun gebrannten muskulösen Beine hatte er in typischer Manspreadingmanier gespreizt. »Wobei ich immer noch nicht verstehe, warum ich dazu herkommen musste«, sagte er gut gelaunt. »Ich habe Ihnen bereits gesagt, dass ich nichts über Theresas Verschwinden weiß. Seit ich nicht mehr in Schönblick lebe, sehe ich sie nur noch selten.«

»Seit wann ist das so?«

»Sei ziemlich genau einem Jahr. Ich bin am ersten Juli ausgezogen und lebe jetzt in einer Zwei-Zimmer-Wohnung.« Er warf einen Blick auf Judiths Notizheft. »Am Marktplatz elf, wenn Sie es genau wissen wollen.« Er grinste sie an.

Judith verzog keine Miene. »Wir wollen es in der Tat immer genau wissen. Sie leben also in Scheidung? Haben Sie das gemeinsame Sorgerecht für Ihre Tochter Pauline?«

Er nickte.

»Aber sie lebt bei ihrer Mutter?«

Er nickte wieder. »Sie ist an zwei Nachmittagen in der Woche bei mir, außerdem an jedem zweiten Wochenende.«

»Bis auf die Wochenenden, an denen Sie sie zu ihren Großeltern fahren«, bemerkte Judith. »Kommt das häufig vor?«

Wieder grinste er. »Wollen Sie mir das vorwerfen? Pauline liebt es da, und im Gegensatz zu Nora gönne ich unserer Tochter gelegentlich etwas Spaß.« Er setzte sich aufrechter hin. »Mir ist allerdings nicht klar, was das mit Theresas Verschwinden zu tun haben soll.«

»Dazu komme ich gleich. War Theresa jemals in Ihrer neuen Wohnung?«

Hering schüttelte den Kopf. »Warum sollte sie?«

»Immerhin war sie bis vor Kurzem die beste Freundin Ihrer Tochter. Hat Pauline sie nie mitgebracht?«

Er setzte zu einem weiteren Kopfschütteln an, hielt jedoch inne. »Doch, sie war mal da. Kurz nach meinem Einzug wollte Pauline ihr die Wohnung zeigen. Aber nur das eine Mal. Das ergibt auch Sinn, Pauline hat bei Nora ein großes Zimmer und ihren ganzen Kram, da können die beiden viel besser spielen. Außerdem wohnt Tessi nebenan.«

»Und wann haben Sie Theresa zuletzt gesehen?«

Er kratzte sich ausgiebig zwischen seinen zotteligen blonden Haaren am Hinterkopf, während er überlegte. »Das ist bestimmt schon zwei Wochen her. Ja, vor zwei Wochen haben wir bei Ulf gegrillt. Ulf Leyhe. Er hatte ein paar Tage zuvor Geburtstag. Keine große Sache, aber alle Nachbarn waren da, die meisten mit Kids. So ist das in Schönblick, alle kleben ständig aufeinander.«

»Und seitdem haben Sie Theresa nicht gesehen?«, vergewisserte Judith sich. »Hatten Sie sonst in irgendeiner Form Kontakt zu ihr? Haben Sie zum Beispiel mit ihr telefoniert?«

»Natürlich nicht, warum sollte ich?«

Judith ignorierte die Frage. »Ich möchte noch einmal auf den Streit zwischen Pauline und Theresa zurückkommen, den die beiden auf der Geburtstagsfeier von Herrn Brunner hatten.«

»Den Ihre Kollegin heute Morgen erwähnt hat?« Matthias Hering warf einen kurzen Blick zu Pia Meyer hinüber, die schweigend am Kopfende des Tisches saß. »Tut mir leid, aber ich weiß nichts darüber. Allerdings bezweifle ich, dass das eine ernste Sache war. Kinder streiten ständig wegen irgendetwas, Mädchen sind da noch schlimmer als Jungs.«

»Immerhin sind Pauline und Theresa seitdem keine besten Freundinnen mehr.«

Er schüttelte den Kopf. »Das hat nichts mit dem Streit zu tun, da ging's um den Übertritt aufs Gymnasium. Tessi ist sauer, dass Pauline es geschafft hat und sie nicht.«

»Das heißt, der Streit ist allein Theresas Schuld?«

Er zuckte mit den Achseln. »Was heißt Schuld? Vermutlich ist Pauline mit dem ganzen Thema nicht allzu sensibel umgegangen, Feinfühligkeit ist nicht so ihr Ding.«

»Hm.« Judith machte eine Pause, in der sie in ihrem Notizheft blätterte und so tat, als würde sie noch einmal etwas nachlesen. »Ich frage mich, ob nicht doch mehr hinter dem Zerwürfnis zwischen den beiden steckt«, fuhr sie dann fort. »Herr Lange, der Pauline und Theresa im Obstgarten beobachtet hat, erzählte uns, der Streit sei heftig gewesen. Es sei um ein Geheimnis gegangen, das Theresa mit jemandem teilte und das Pauline ergründen wollte, weil sie der Meinung war, dass es sie ebenfalls etwas anginge. Ich habe mich gefragt, wer dieser jemand sein könnte. Bei welcher Person würde Pauline denken, dass die Sache sie auch etwas angeht? Nun, da sind mir als Erstes ihre Eltern eingefallen. Doch der Jemand, mit dem Theresa das Geheimnis hat, ist ein Mann, also …« Sie sah Matthias Hering auffordernd an.

Der lachte. »Sie glauben, ich hätte ein Geheimnis mit Theresa gehabt? Ganz bestimmt nicht. Was sollte denn das für ein Geheimnis sein?«

»Sagen Sie es mir.«

»Tut mir leid, damit kann ich nicht dienen. Wie gesagt, ich habe selten mit Tessi zu tun, und sie hat mir noch nie etwas anvertraut. Sie ist ein liebes Kind, lebhaft, sehr sportlich, manchmal etwas überdreht, aber mehr kann ich nicht über sie sagen.«

»Das ist schade«, sagte Judith.

Sie blätterte wieder in ihrem Notizbuch, so lange, bis Matthias Hering schließlich sagte: »Waren das Ihre Fragen?«

Judith blickte auf. »Alle zu Theresa Brunner, ja.«

»Tja, tut mir leid, dass ich Ihnen nicht helfen konnte.«

Er griff zu seiner Baseballkappe, die er auf den Tisch gelegt hatte, und schob geräuschvoll seinen Stuhl zurück, doch bevor er aufstehen konnte, sagte Judith: »Vielleicht können Sie uns bei einer anderen Sache helfen. Sie kennen doch Marie Bierko, oder?«

Hering war im Begriff, seine Kappe aufzusetzen, doch bei Judiths Frage ließ er seine Hand wieder sinken. »Marie? Jens' Tochter? Was ist mit ihr?«

»Sie ist Ihre Schülerin, nicht wahr?«

Er verneinte prompt. »Sie besucht das Gymnasium, an dem ich arbeite, aber sie ist in keiner der Klassen, in denen ich Unterricht gebe. Ich kenne sie nur privat über Jens – allerdings nicht sehr gut.«

»Dennoch würde uns Ihre Meinung über sie interessieren – wenn es Ihnen nichts ausmacht, sie uns mitzuteilen.«

Hering ließ einige Male seine Baseballkappe um einen Finger kreisen. »Tut es nicht, ich verstehe nur nicht, wieso Sie gerade mich fragen.« Er sah Judith fragend an. Als er keine Antwort bekam, sagte er schließlich: »Marie scheint ein nettes Mädchen zu sein, ein typischer Teenager. Jens kommt nicht sonderlich gut mit ihr zurecht, aber das war mit seinem Sohn nicht anders, als der in der Pubertät war. Er hat mich mal gebeten, mit Marie zu reden, als die eine besonders schwierige Phase hatte, nachdem Jens ihr verboten hatte, an irgendeinem Modelwettbewerb teilzunehmen. Ich konnte sie ein bisschen trösten.«

»Wie haben Sie das gemacht?«

»Ich habe sie ernst genommen. Ich kann gut mit Kids.«

»Wann war das?«

»Im Januar.«

»Und hatten Sie seitdem verstärkt Kontakt zu Marie?«

Matthias Hering schüttelte den Kopf. »Ich rede eigentlich nur mit ihr, wenn sie mir in Schönblick über den Weg läuft. Wieso fragen Sie? Steckt sie in Schwierigkeiten?«

»Das hängt davon ab, wie man Schwierigkeiten definiert. Ihre Aussage ist also, dass Sie Marie nur in Ihrer Eigenschaft als Freund ihres Vaters kennen und dass Sie keinen näheren Kontakt zu ihr haben. Richtig?«

»Ja.«

»Eigenartig, wir haben etwas anderes gehört.« Judith blickte dem Sportlehrer über den Tisch hinweg in die Augen. »Herr Hering, uns liegt eine Zeugenaussage vor, dass Sie Marie Bierko vergewaltigt haben. Mehrfach.«

Herings Entsetzen war nicht gespielt, darauf hätte Judith gewettet. Ebenso darauf, dass er etwas anderes erwartet hatte. »Bitte?«

»Sie haben mich gehört.«

Hering sprang auf, stützte seine Arme auf den Tisch und beugte sich zu Judith vor. »Das ist nicht wahr! Was soll der Scheiß? Wer behauptet das?«, fragte er scharf.

»Das kann ich Ihnen leider nicht mitteilen. Sie bestreiten also den Vorwurf?«

»Natürlich. Fragen Sie Marie, sie wird es Ihnen bestätigen.«

»Und wenn ich Marie frage, ob sie je freiwillig Geschlechtsverkehr mit Ihnen hatte – was wird sie dann sagen?«

Matthias Hering stieß sich vom Tisch ab und verschränkte seine Arme. Sein Bizeps war beeindruckend, aber nicht so gewaltig wie der von Marco Brunner. »Was soll das? Worum geht's hier eigentlich?«

»Es geht um die Frage, ob Sie schon einmal Geschlechtsverkehr mit Marie Bierko hatten.«

»Hatte ich nicht.«

»Sind Sie sicher?«

»Das hätte ich wohl kaum vergessen. Und wenn Sie keine vernünftigen Fragen mehr haben, werde ich jetzt gehen.«

»Das steht Ihnen natürlich frei, aber ich würde Ihnen gerne zuvor etwas zeigen.« Judith klappte den Laptop auf, den sie am Kopfende des Tisches platziert hatte, gab das Passwort ein, und im nächsten Moment strahlte ihnen das Bild entgegen, das Theresa Brunner im Wald geschossen hatte und auf dem Matthias Hering Marie Bierko von hinten nahm.

Matthias Hering entschied sich dafür, Belustigung vorzutäuschen. In Judiths Augen war der Mann ein Blender und als solcher darin geübt, seine Gefühle nicht unbedacht zu verraten, doch als sie ihm das Foto zeigte, hatte er seine Gesichtszüge für einen kurzen Moment nicht unter Kontrolle. Sie spiegelten Überraschung, Bestürzung, Ärger und angestrengtes Nachdenken, doch schließlich brach Hering in lautes, durchaus echt klingendes Lachen aus.

»Wow, Tessi sollte wirklich Profifotografin werden, sie hat Talent, den richtigen Moment einzufangen.«

»Es freut mich, dass Sie die Sache so spaßig finden«, entgegnete Judith trocken.

Hering grinste. »Natürlich. Dafür ist Sex doch da – um Spaß zu haben.« Er ließ sich wieder auf den Stuhl fallen und streckte seine Beine von sich. »Okay, ich gebe alles zu, Sie haben uns erwischt. Marie und ich haben etwas laufen. Na und? Sie ist sechzehn, es ist völlig legal. Ich verstehe nur nicht, warum Sie mir das Foto nicht gleich gezeigt haben. Wir hätten uns den ganzen Eiertanz sparen können. Was sollte das?«

»Nennen wir es einen kleinen Test Ihrer Ehrlichkeit. Leider haben Sie nicht bestanden.«

Er lachte wieder. »Weil ich nicht freiwillig alle Details meines Liebeslebens enthüllt habe? Die gehen Sie wohl kaum etwas an.« Er warf einen Blick auf Judiths Ehering. »Ich erwarte auch nicht, dass Sie mir Ihre Seitensprünge beichten.«

»Tja, nur dass uns Ihre sexuellen Aktivitäten durchaus etwas angehen, wenn sie nicht einvernehmlich geschehen.«

Hering stemmte die Füße in den Boden und richtete sich auf. »Ist das Ihr Ernst? Sieht das etwa unfreiwillig aus?« Er deutete auf das Foto. »Marie hat mindestens so viel Spaß wie ich, und wenn Sie das nicht sehen, schlage ich vor, Sie fragen sie selbst.«

»Da Sie gerade hier sind, würde ich zunächst lieber Sie fragen. Also, wie hat das angefangen? Wie lange geht das schon?« Judith zückte demonstrativ ihren Stift und ihr Notizheft.

»Wie gesagt, das geht Sie nichts an.«

»Ganz wie Sie wollen. Dann werde ich eben Marie fragen. Natürlich in Gegenwart ihrer Eltern, sie ist ja erst sechzehn.« Judith schlug ihr Heft wieder zu und schob ihren Stuhl zurück.

Hering blieb sitzen. Er verdrehte die Augen. »Ach, zum Teufel, wenn es Ihnen einen Kick gibt. Wie detailliert hätten Sie's denn gern?«

Während der nächsten Minuten verzichtete Judith darauf, sich Notizen zu machen, und beobachtete stattdessen Matthias Hering, der mit schlecht verhohlener Selbstgefälligkeit erzählte, wie sich die Beziehung zwischen Marie Bierko und ihm entwickelt hatte. Es war etwas, das Judith nie verstanden hatte: dass Männer mit ihren jugendlichen Eroberungen prahlten. Dabei war es bekanntermaßen viel schwieriger, eine intelligente, lebenserfahrene Frau von sich zu überzeugen. Nur, dass Intelligenz und Lebenserfahrung natürlich Eigenschaften waren, von denen Männer wie Hering sich bedroht fühlten.

Die Beziehung zwischen Matthias Hering und Marie Bierko hatte ironischerweise tatsächlich damit begonnen, dass Hering im Auftrag seines Freundes Jens Bierko mit Marie geredet hatte, um sie über den verpassten Modelwettbewerb hinwegzutrösten. Von da an unterhielten die beiden sich immer, wenn sie sich zufällig über den Weg liefen, was zu Herings angeblicher Überraschung immer häufiger vorkam. Eines Abends, als sie zufällig in derselben Kneipe waren – er allein, sie mit einigen Freundinnen –, hatte sie ihn dann recht unverhohlen angemacht.

»Sie war ein bisschen angeheitert«, erzählte Hering, »und natürlich habe ich sie abblitzen lassen, weil ihre Freundinnen kichernd drei Tische weiter standen. Ich hielt das Ganze für eine Mutprobe, und das sagte ich Marie auch. Ich dachte mir nichts weiter dabei, doch am nächsten Abend stand sie dann vor meiner Wohnungstür. Allein und stocknüchtern, wie sie mir versicherte. Sie sagte, sie wolle sich für den Vorfall entschuldigen, also bat ich sie herein, doch kaum war sie drin, küsste sie mich. Sie sagte, sie sei gekommen, um mir zu beweisen, dass sie nicht nur angeschickert oder wegen einer Mutprobe an mir interessiert sei. Tja«, sagte er gedehnt, »und dann hat sie mich verführt.«

»Einfach so?«, fragte Judith.

»Einfach so.« Hering grinste breit.

»Und Sie haben sich verführen lassen?«

Er zuckte mit den Achseln. »Warum nicht? Sie wollte. Ich wollte. Und falls Sie glauben, Marie wusste nicht, was sie tat – keine Sorge, sie hat schon vor mir reichlich Erfahrung gesammelt.«

Matthias Hering schien das tatsächlich für ein valides Argument für Sex zwischen einem zweiundvierzigjährigen Sportlehrer und einer sechzehnjährigen Schülerin zu halten, und Judith nahm sich vor, seinen Erfahrungsschatz noch vor Ende der Vernehmung ebenfalls zu bereichern.

»Ich verstehe. Und seitdem sind Sie zusammen? Wie würden Sie denn Ihre Beziehung definieren?«

»Beziehung? Wir wollen nicht heiraten, wir haben nur Spaß.«

»Und warum haben Sie diese Affäre geheim gehalten?«

Er warf ihr einen Blick zu, als sei sie nicht ganz bei Verstand. »Warum wohl? Jens würde Marie den Kopf abreißen.«

»Und Ihnen.«

Er schwieg.

»Oder glauben Sie, er wird Ihnen zu Ihrem guten Geschmack gratulieren oder Ihnen gar danken? Immerhin scheinen Sie Maries Träume von einer Modelkarriere erfolgreich in eine andere Richtung gelenkt zu haben. Wer weiß, wenn das die Runde macht, werden vielleicht bald alle Ihre Freunde Sie um Hilfe bei der Erziehung ihrer pubertierenden Töchter bitten.«

Hering besaß immerhin den Anstand, rot zu werden, doch er ging sofort zum Gegenangriff über. »Hören Sie, ich bin nicht für Jens' Probleme mit Marie verantwortlich. Abgesehen davon will ich endlich wissen, was das hier soll. Die Sache zwischen Marie und mir hat nichts mit Tessi zu tun. Vielleicht sollten Sie lieber Ihren Job machen und ein neunjähriges Mädchen suchen, statt mir Ihre veralteten Moralvorstellungen überzustülpen.«

Judith zog den Laptop heran. Zwischenzeitlich hatte sich die Bildschirmsperre eingeschaltet, so dass sie erneut das Passwort eingeben musste. »Wissen Sie, woher wir dieses Foto haben?«, fragte sie.

Hering zuckte mit den Achseln. »Ich nehme an, von Tessis Handy.«

»Wussten Sie von dem Foto?«

Er verneinte.

»Wieso glauben Sie dann, dass es von ihrem Handy ist?«

»Weil Tessi Marie und mich mal im Wald erwischt hat.« Er beugte sich zum Laptop vor, um den Zeitstempel zu lesen. »Das Datum könnte stimmen, es war an dem Tag vor Marcos Geburtstagsfeier. Wir waren gerade fertig, als Marie meinte, sie hätte ein Geräusch aus den Büschen gehört. Als ich nachsehen ging, kam Tessi plötzlich aus den Büschen hervorgekrochen und flitzte durch den Wald davon.«

»Und?«

»Was und?«

»Was taten Sie?«

Er schüttelte den Kopf. »Gar nichts. Was hätte ich tun sollen? Tessi splitterfasernackt durch den Wald verfolgen?«

»Haben Sie später noch einmal mit ihr über den Vorfall gesprochen?«

Hering zögerte. »Am nächsten Tag«, gab er dann zu, »auf Marcos Feier. Ich habe sie gebeten, es nicht weiterzuerzählen. Sie hat es mir versprochen.«

»Haben Sie das Mädchen bedroht?«

Seine Augen wurden schmal. »Natürlich nicht.«

»Und dann?«

»Nichts. Die Sache war erledigt.«

Judith musterte ihn kühl. »Erledigt? Das wollen Sie mir ernsthaft erzählen? Theresa rannte mit einem Geheimnis durch die Gegend, das Ihre gesamte Existenz bedroht, und Sie haben nichts unternommen?«

»Es hätte nicht meine Existenz bedroht. Marie ist sechzehn, es ist legal und …«

Judith schnitt ihm das Wort ab. »Kommen Sie mir nicht damit. Wenn Sie mit legal meinen, dass es nicht gegen das Strafgesetzbuch verstößt, dann ist das nur korrekt, wenn Marie weder Ihre Schülerin ist noch jemals war. Aber selbst wenn Sie sie wirklich nie im Unterricht hatten, nicht mal in einer Vertretungsstunde, ist es dennoch ein Verstoß gegen Ihre Dienstpflichten als Lehrer, mit einer Schülerin Ihrer Schule etwas anzufangen. Wenn die Affäre rauskommt, droht Ihnen ein Disziplinarverfahren, das mit hoher Wahrscheinlichkeit in ein Unterrichtsverbot mündet. Dann sind Sie Ihren Job los, ganz zu schweigen natürlich von Ihrem Ruf und Ihren Freunden – zumindest von denen, die Kinder haben. Also, wo waren Sie in der Nacht von Freitag auf Samstag?«

Matthias Hering sah sie ungläubig an. »Sie wollen ein Alibi? Sind Sie verrückt?«

»Ich wäre verrückt, wenn ich Sie das nicht fragen würde.«

»Ich habe Tessi nichts getan.«

»Beweisen Sie es mir.«

Wieder zögerte er eine Weile. »Ich war mit Marie zusammen«, gab er dann zu. »Sie war auf einer Party im Jugendzentrum, danach kam sie zu mir.«

Judith schüttelte den Kopf. »Das ist nicht wahr, sie war um Mitternacht zu Hause.«

Er verdrehte die Augen. »Das hat sie ihrem Vater erzählt. Jens nimmt jeden Abend eine Schlaftablette, nach elf Uhr bekommt er nichts mehr mit. Und Sabine war nicht da, also …«

Er beendete den Satz nicht, doch Judith hatte keine Schwierigkeiten, es für ihn zu tun. »Und diese Tatsache wollten Sie natürlich ausnutzen. Heißt das, Marie war die ganze Nacht bei Ihnen?«

Er schüttelte den Kopf. »Sie musste zu Hause sein, wenn Jens aufwacht. Ich habe sie um kurz vor drei nach Hause gebracht.«

Am kurzen Ende des Tisches beugte sich Pia Meyer, die die Vernehmung schweigend verfolgt hatte, unwillkürlich vor. »Sind Sie mit dem Auto gefahren?«, fragte sie.

Hering sah überrascht in ihre Richtung, als hätte er ihre Anwesenheit vergessen. »Nein, mit dem Fahrrad. Ich habe Marie bis zum Anfang von Schönblick gebracht. Ich wollte nicht riskieren, dass mich jemand sieht. Außerdem ist es ab da sicher. Schönblick ist schließlich nicht die Reeperbahn, sondern …« Er brach ab, als ihm klar wurde, was er gesagt hatte. Schönblick war in dieser Nacht für ein anderes Mädchen alles andere als sicher gewesen.

Judith übernahm wieder. »Was taten Sie danach?«

»Ich fuhr nach Hause und legte mich ins Bett.«

»Und am Samstagmorgen?«

»Ich habe bis neun geschlafen und dann eine Mountainbike-tour gemacht. Ich habe erst von Tessi gehört, als ich nachmittags zurückkam.« Er schwieg einen Moment, dann hob er den Kopf und sah Judith eindringlich an. »Hören Sie, ich habe keine Ahnung, wo Tessi ist.«

Judith musterte ihn. »Dafür habe ich eine Ahnung, wo Sie heute Nacht sein werden – nicht in Ihrem Zuhause. Sie sind vorläufig festgenommen. Meyer, lesen Sie Herrn Hering seine Rechte vor.«

»Glauben Sie wirklich, dass er Theresa getötet hat?«, fragte Pia Meyer eine halbe Stunde später, als sie über den Präsidiumsparkplatz zu ihrem Dienstwagen gingen. Sie hatten Matthias Hering in eine der Arrestzellen gesperrt, wo er auf einen Anwalt warten konnte, während sie nach Neukirchen fahren wollten, um Marie Bierko zu befragen.

Judith musterte die jüngere Kollegin von der Seite. »Ihrem Tonfall nach scheinen Sie es nicht zu tun.«

Pia Meyer öffnete den BMW mit der Fernbedienung, stieg jedoch nicht ein, sondern sah Judith über das Wagendach hinweg an. »Ich kann mir nicht vorstellen, dass er sechs Wochen gewartet hätte. Wenn er Angst hatte, dass Theresa anderen von der Affäre erzählt, warum hat er sie dann nicht sofort zum Schweigen gebracht?«

Judith zuckte mit den Achseln. »Vielleicht hat er erst kürzlich von dem Foto erfahren. Wenn Theresa ohne irgendeinen Beweis behauptet hätte, dass er und Marie miteinander schlafen, hätten die beiden das nur bestreiten müssen. Es hätte vielleicht Ärger zwischen Hering und den Brunners gegeben, aber das Ganze hätte vermutlich keine größeren Wellen geschlagen. Mit dem Foto hingegen …«

»Aber woher hätte er von dem Foto erfahren sollen?«, fragte Meyer skeptisch. »Und selbst wenn er es irgendwie herausbekommen hätte – wieso hätte er Theresa dann töten sollen? Ein erwachsener Sportler gegen eine zierliche Neunjährige – er hätte ihr das Handy jederzeit abnehmen können. Sie stattdessen zu töten, ohne das Handy zu vernichten, wäre Wahnsinn gewesen.«

Judith nickte. Das wäre es in der Tat, was in ihren Augen allerdings kein Ausschlusskriterium war. Mord – zumindest Mord, der sich nicht im Rahmen organisierter Kriminalität abspielte – war in der Regel ein Amateurverbrechen, kein von kriminellen Superhirnen nach sorgfältiger Planung begangenes. Es war möglich, dass Matthias Hering Theresa aus ihrem Elternhaus gelockt und sie getötet hatte, bevor er dann festgestellt hatte, dass sie das Handy entgegen ihrer sonstigen Gewohnheit nicht bei sich trug. Entgegen ihrer sonstigen Gewohnheit – es war dieser Punkt, der Judith an der ganzen Sache am rätselhaftesten erschien. Wieso hatte Theresa ihr Handy nicht bei sich gehabt, sondern in ihr Geheimversteck gelegt?

»Lassen Sie uns erst mal überprüfen, ob Marie Herings Aussage bestätigt, und zwar angefangen von der Einvernehmlichkeit bis dahin, dass er sie in der Nacht von Freitag auf Samstag um drei Uhr nach Schönblick zurückgebracht hat. Dann sehen wir weiter. Aber ich bekomme bestimmt keine grauen Haare, wenn der Mann eine Nacht zu Unrecht in der Arrestzelle verbringt. Sie haben keine Kinder, daher verrate ich Ihnen ein Geheimnis: Es ist schwer genug, sechzehnjährige Mädchen, die an nichts anderes als an die Macht des perfekten Selfies glauben, durch die Pubertät zu bringen, ohne dass die Lehrer, die einen dabei unterstützen sollen, sich an sie ranmachen.«

Pia Meyer öffnete die Fahrertür. »Tja, in dem Fall sollten wir Hering zu seinem eigenen Schutz vielleicht noch länger in der Zelle lassen. Ich bin sicher, Jens Bierko teilt Ihre Ansicht.«

Doch Jens Bierko äußerte überhaupt keine Meinung, weil er bei der Vernehmung seiner Tochter nicht dabei war. Als Judith klingelte, öffnete seine Frau, eine mollige fünfzigjährige Beamtin am Finanzamt mit kurzen rötlichbraun gefärbten Haaren und einer angenehm unaufgeregten Art. Sie schien in vielerlei Hinsicht der Gegenpol zu ihrem Mann zu sein, auch darin, dass sie nicht so schnell bereit war, ihre Zustimmung zu geben, dass ihre Tochter an diesem Abend – es war bereits halb zehn – noch einmal von der Polizei vernommen wurde.

»Muss das wirklich jetzt sein? Sie haben doch bereits gestern mit Marie geredet. Wenn sie etwas über Theresas Verschwinden wüsste, hätte sie es Ihnen gesagt.«

Judith beeilte sich, das richtigzustellen. »Wir glauben nicht, dass Marie etwas über Theresas Verschwinden weiß, aber im Rahmen jeder Ermittlung tauchen Fragen auf, die geklärt werden müssen.«

Sabine Bierko musterte Judith einen Moment lang, als sei sie eine fragwürdige Betriebsausgabe in einem Steuerformular. »Könnten Sie das konkretisieren?«

Judith hatte nicht vor, Frau Bierko schon vor der Haustür zu erklären, dass sie mit ihrer Tochter über deren Affäre mit einem der besten Freunde ihres Vaters reden wollte. »Es geht um eine Aussage von Leon Brunner. Es ist wirklich sehr dringend und ehrlich gesagt auch etwas delikat.«

Sabine Bierko gab nach. »Dann kommen Sie wohl am besten herein. Mein Mann ist in seinem Arbeitszimmer, aber ich werde bei dem Gespräch dabei sein.«

Sie führte die Kriminalbeamtinnen ins Wohnzimmer und ging von dort auf die Terrasse, wo Marie in einer Hollywoodschaukel lümmelte und auf einem Handy herumdaddelte. Ihre Mutter musste sie zweimal auffordern, ihr Tun zu unterbrechen, bevor sie sich bequemte, ins Wohnzimmer zu kommen, wo sie sich auf ein Sofa fallen ließ und ihre langen nackten Beine – sie trug erneut ein Minikleid – über die Armlehne drapierte.

»Worum geht's denn?«

Marie wirkte lässig und entspannt, keineswegs eingeschüchtert, doch das hatte Judith auch nicht erwartet. Sie war konservativ genug, um gelegentlich zu denken, dass der jungen Generation etwas mehr Respekt und Scheu gegenüber der älteren gut täte. Andererseits war sie sich angesichts des Zustandes der Welt und der zahllosen ungelösten Probleme von der Erdüberhitzung bis hin zum Verfall westlicher Demokratien nicht sicher, wie viel Respekt ihre Generation tatsächlich verdiente.

Sabine Bierko schloss die Tür zur Terrasse und setzte sich neben ihre Tochter. Beide blickten Judith mit demselben erwartungsvollen Gesichtsausdruck an, obwohl sie sonst keinerlei Ähnlichkeit besaßen, und Judith durchzuckte ein Anflug von Mitgefühl. Das folgende Gespräch würde für beide Frauen unangenehm werden – wenn auch auf unterschiedliche Art.

»Es geht um eine Angelegenheit, von der wir im Rahmen unserer Ermittlungen erfahren haben«, begann sie. »Wir müssen dieser Angelegenheit nachgehen, um zu überprüfen, ob sie etwas mit Theresas Verschwinden zu tun hat oder nicht. Es geht um deinen Freund, Marie.«

Die Sechzehnjährige klimperte mit ihren perfekt getuschten Wimpern. »Ich habe keinen Freund.«

»Unseren Informationen nach doch.«

»Tja, das sollte ich wohl besser wissen.« Marie zupfte selbstgefällig am Saum ihres Kleides herum.

Ihre Mutter runzelte die Stirn. »Ich dachte, es ginge um eine Aussage von Leon.«

Judith nickte. »Die Aussage betrifft Maries Freund. Also, Marie …«

Doch das Mädchen unterbrach sie. »Ich habe keinen Freund«, sagte sie patzig, »egal, was Leon behauptet. Er ist in mich verknallt, deshalb erfindet er immer irgendeinen Scheiß.« Sie schwang ihre Beine von der Armlehne und setzte sich aufrecht hin. »Kann ich jetzt gehen?« Die Frage war an ihre Mutter gerichtet, die sich irritiert an Judith wandte.

»Könnten Sie das bitte näher erklären? Wieso glauben Sie, dass Marie einen Freund hat, und wieso ist das wichtig für Ihre Ermittlungen?«

»Ich erkläre es Ihnen gerne, obwohl ich es besser fände, Marie würde es selbst tun.« Judith warf einen letzten auffordernden Blick in deren Richtung, doch das Mädchen schwieg weiterhin, also fuhr sie fort: »Marie hat seit einiger Zeit eine Beziehung zu einem älteren Mann. Eine Beziehung, die die beiden geheim halten, unter anderem weil der Mann berufliche Nachteile befürchten muss, wenn die Beziehung publik wird. Theresa wusste von dieser Beziehung, sie hat die beiden einmal zusammen im Wald fotografiert.«

Judith holte ihr Handy hervor und suchte nach dem Bild von Marie und Matthias Hering im Wald, das sie extra für diesen Zweck daraufgeladen hatte, auch wenn sie gehofft hatte, es nicht benutzen zu müssen. Sie tippte es an und streckte ihr Handy Sabine Bierko entgegen, doch Marie war schneller. Sie sprang auf, grapschte nach dem Handy und trat dann einige Schritte von der Couch weg, als wollte sie ihre Beute sichern.

Für einen langen Moment herrschte Schweigen. »Ist das wahr?«, fragte Sabine Bierko schließlich und sah zu ihrer Tochter hoch.

Marie verschränkte die Arme, wobei sie das Handy in ihrer Achselhöhle barg, und sagte nichts.

»Es ist also wahr.« Sabine Bierko klang eher resigniert als fassungslos. »Wie viel älter?« Als Marie weiterhin schwieg, wandte sie sich an Judith. »Wie viel älter?«

»Sechsundzwanzig Jahre.«

»Sechsundzwanzig?« Jetzt klang sie doch fassungslos. »Wer ist es? Kennen wir ihn?«

Judith nickte.

»O mein Gott. Und Sie sagen, er fürchte berufliche Nachteile? Ist es etwa ein Lehrer?« Sie sprang auf und fasste nach dem Handgelenk ihrer Tochter. »Marie«, sagte sie scharf. »Sag es mir! Schläfst du mit einem deiner Lehrer?«

Das Mädchen versuchte, sich aus dem Griff ihrer Mutter zu befreien. Als es ihr nicht gelang, warf sie Judith einen hasserfüllten Blick zu. »Es ist Mats, okay? Und bevor du dich jetzt aufregst, Mama: Ich bin sechzehn, es ist legal, und wir lieben uns, okay? Ich wusste, ihr würdet dagegen sein, deswegen habe ich nichts gesagt. Aber Mats ist toll, er ist erfahren, er ist klug, er ist witzig, wir haben Spaß. Gönnst du mir das etwa nicht?«

»Mats?« Sabine Bierko ließ Maries Handgelenk los, als hätte sie sich daran verbrannt, und trat einen Schritt zurück. »Du schläfst mit Mats? Mit dem Freund deines Vaters? Mit Noras Mann?«

»Exmann. Sie leben in Scheidung.«

Sabine Bierko blinzelte einige Male. Sie schien nicht zu den Frauen zu gehören, die ihre Gefühle bereitwillig preisgaben, doch ihr war anzusehen, dass die Nachricht sie tief schockierte. »Wie lange schon?«, fragte sie schließlich.

»Wieso ist das wichtig …?«

»Wie lange schon?«, donnerte Sabine Bierko so laut, dass ihre Tochter zusammenzuckte.

»Verdammt, Mama, nicht so laut. Wenn Papa es hört …«

Ihre Mutter unterbrach sie. »Dein Vater wird es ganz gewiss hören. Und nicht nur dein Vater, ich werde Mats gleich morgen früh der Schulleitung melden.«

Marie riss ihre Augen auf. »Das kannst du nicht machen«, sagte sie schrill, »dann kriegt er Ärger.«

»Das soll er auch.«

»Aber dann macht er mit mir Schluss.« Maries Stimme klang noch schriller.

Ihre Mutter schüttelte den Kopf. »Keine Sorge, Marie, er wird nicht mit dir Schluss machen, weil in diesem Moment bereits Schluss mit dieser Beziehung ist. Du wirst Mats unter gar keinen Umständen wiedersehen. Und jetzt werde ich es deinem Vater mitteilen.«

Sie wandte sich ab, um den Raum zu verlassen, doch Judith hielt sie auf.

»Frau Bierko, wir sind noch nicht fertig.«

Sabine Bierko drehte sich um. »Doch, sind wir, Frau Plattner. Ich bin Ihnen dankbar, dass Sie mir das mitgeteilt haben, aber jetzt sollten Sie gehen. Das ist eine Familienangelegenheit.«

Judith blieb sitzen. »Frau Bierko, glauben Sie mir, ich kann Ihren Ärger gut nachvollziehen, ich habe selbst eine achtzehnjährige Tochter. Aber wir haben noch einige Fragen, die wir Marie dringend stellen müssen. Wir haben immer noch die Hoffnung, Theresa zu finden, und möglicherweise kann Marie uns dabei helfen. Daher bitte ich Sie, sich noch wenige Minuten zu gedulden.«

Sabine Bierko sah nicht so aus, als wäre sie gewillt, diese Bitte auch nur in Erwägung zu ziehen, geschweige denn zu erfüllen. Ihre Finger griffen an ihren Hals und betasteten eine Kette aus quadratischen meergrünen Steinen, als suchte sie Halt. Doch dann fiel ihr Blick auf ein Hochzeitsfoto von ihr und ihrem Mann, das auf einem Sideboard stand, und vielleicht wollte sie ihrem Mann eine Gnadenfrist einräumen. »Gut, einige Minuten. Marie, setz dich.«

Das Mädchen gehorchte und beantwortete in den nächsten Minuten bereitwillig Judiths Fragen, vielleicht war ihr ebenfalls alles recht, das die Konfrontation mit ihrem Vater hinausschob. Während ihre Mutter mit versteinertem Gesicht danebensaß, erzählte Marie, wie sich die Beziehung zwischen Matthias Hering und ihr aus ihrer Sicht entwickelt hatte. Ihre Schilderung stimmte im Wesentlichen mit der des Sportlehrers überein, mit dem Unterschied, dass Marie offensichtlich davon ausging, Teil eines sich innig liebenden Paares mit Zukunftsplänen zu sein. Als Judith noch einmal nachhakte, ob der Sex zwischen ihr und Matthias Hering einvernehmlich gewesen war, reagierte sie patzig. »Natürlich. Wieso fragen Sie das?«

»Herr Hering hat dich also nicht in irgendeiner Form genötigt oder gezwungen?«, vergewisserte Judith sich.

Marie lachte spöttisch. »Das hätte er wohl kaum nötig, die meisten Schülerinnen der Oberstufe sind hinter ihm her.« Sie blinzelte. »Hat etwa eine von denen das behauptet, um ihm Ärger zu machen? Oder haben Sie das auch von Leon? Der ist doch total verrückt. Nur weil er mit seinem Pickelgesicht kein Mädchen abkriegt, behauptet er, dass andere Jungs zu Gewalt greifen müssen. Der spinnt doch komplett.« Sie warf wütend ihre Haare nach hinten, ihre Augen funkelten.

Judith glaubte ihr. »Gut, dann möchte ich noch einmal mit dir über Freitag reden. Erzähl uns, was du an dem Abend gemacht hast.«

Marie zuckte mit ihren nackten Achseln. »Ich war auf der Party im Jugendzentrum. Das habe ich Ihnen doch schon erzählt.«

»Ja, allerdings hast du auch erzählt, dass du danach um Mitternacht mit deiner Freundin Leonie nach Hause gefahren bist. Hingegen hat Herr Hering ausgesagt, du seist danach noch bei ihm gewesen.«

Marie warf ihrer Mutter einen Blick zu und schwieg.

»Marie?«

Das Mädchen verdrehte die Augen. »Ja, ich war noch bei Mats«, gab sie zu. »Warum auch nicht? Die anderen aus meiner Klasse dürfen auch bei ihren Freunden übernachten.«

»Das heißt, du warst bis morgens in der Wohnung von Herrn Hering?«

»Nur bis drei. Dann hat Mats mich nach Hause begleitet.« Sie drehte sich zu ihrer Mutter um. »Er ist nämlich viel verantwortungsvoller, als du meinst. Er macht sich Sorgen um mich und passt auf, dass mir nichts passiert, weil er mich nämlich liebt.« Sie schien daran keine Zweifel zu hegen. Ihre Mutter erwiderte nichts.

»Und ist dir irgendetwas aufgefallen, als du durch die Straße geradelt bist?«, fragte Judith.

Marie zog einen Flunsch. »Was soll mir aufgefallen sein?«

»Bist du jemandem begegnet?«

Sie schüttelte den Kopf. »Nur Attila, er hat gekläfft wie bekloppt. Der Hund ist total irre.«

»Und sonst hast du nichts Ungewöhnliches bemerkt? Brannte zum Beispiel bei jemandem noch Licht?«

Marie zuckte mit den Achseln. »Nur bei Nora, aber das ist nichts Ungewöhnliches. Sie ist oft nachts wach und sieht Pornos und betrinkt sich, wenn sie Männerfrust hat.« Sie warf einen Blick zu ihrer Mutter, die zu einem Protest ansetzte, und fuhr schnell fort: »Es ist wahr, das weiß jeder hier. Und Freitagnacht hatte sie Männerfrust.« Sie kicherte. »Sie war mit Erik Lange aus und hat versucht, ihn in seinem Wagen zu verführen. Er hat sie voll abblitzen lassen. Leonie hat's gesehen, als sie nach Hause kam.«

Nora Vogt war nicht sehr begeistert, als Pia und Judith Plattner eine Viertelstunde später bei ihr klingelten. »Was ist denn jetzt noch?«, fragte sie durch den Türspalt, den sie durch die Kette gesichert hatte – durchaus vernünftig angesichts der Tatsache, dass es schon nach zehn und dunkel war.

»Können wir für einen Moment reinkommen?«, fragte Pia.

»Kann das nicht bis morgen warten?«

»Es ist dringend.«

Nora Vogt schloss die Haustür. Es dauerte einige Minuten, bis sie sie wieder öffnete und Pia und Judith Plattner ins Wohnzimmer bat. Pia fragte sich, was sie in der Zwischenzeit getan haben mochte. Den Porno ausgeschaltet und den harten Alkohol versteckt? Tatsächlich sah es so aus, als hätten sie Nora Vogt beim Fernsehen gestört. Der Fernseher war zwar schwarz, doch die Kissen auf der Couch davor waren zerdrückt, und auf dem Glastischchen standen ein Weinglas und eine Flasche Weißer Burgunder. Doch auch wenn Nora Vogt ein Faible für Pornos hatte – es störte Pia nicht. Sie besaß selbst eine kleine erlesene Sammlung, die sie allerdings selten hervorholte. Ihre eigenen erotischen Fantasien waren heißer und besser als jeder Sexfilm.

»Also?« Nora Vogt blieb mit verschränkten Armen stehen, offenbar nicht gewillt, ihnen einen Platz anzubieten.

»Es geht um Folgendes«, sagte Pia. »Waren Sie in der Nacht von Freitag auf Samstag um drei Uhr noch wach?«

Nora Vogt starrte Pia an. »Was ist denn das für eine Frage?«

»Eine einfache, hoffe ich. Also?«

»Ich habe keine Ahnung. Gut möglich, wie kommen Sie darauf?«

»Eine Zeugin hat ausgesagt, dass bei Ihnen noch Licht brannte.«

Nora Vogt schob misstrauisch ihre Augenbrauen zusammen. »Sie befragen Zeugen, was ich in der Nacht von Freitag auf Samstag gemacht habe? Darf ich fragen, wieso Sie sich dafür interessieren?«

»Wir interessieren uns für alles, was in der Nacht in dieser Straße passiert ist. Sie waren also auf. Verraten Sie uns, was Sie gemacht haben?«

Sie zuckte mit den Achseln. »Ferngesehen vermutlich. Das tue ich meistens, wenn ich nicht schlafen kann.«

»Waren Sie allein?«

Sie zog ihre Augenbrauen hoch. »Das habe ich Ihnen schon gestern erklärt. Ich war mit Erik Lange aus, und er brachte mich um Mitternacht nach Hause.«

Pia lächelte. »Aber gestern war Ihr Exmann dabei. Möglicherweise wollten Sie in seiner Gegenwart nicht zugeben, dass Sie Herrn Lange hereingebeten haben.«

Nora Vogt verdrehte entnervt die Augen. »Es geht Sie zwar nicht das Geringste an, aber da es Sie so brennend interessiert: Nein, ich habe Herrn Lange nicht hereingebeten, so toll war unser Date nämlich nicht, sondern ich habe allein ferngesehen. Und wenn Sie nichts dagegen haben, würde ich das jetzt gerne wieder tun.«

Pia warf einen Blick in Richtung des Küchenfensters, das auf die Straße hinausging. Ein weißes Plissee war bis zum Anschlag hochgezogen, das Licht einer Straßenlaterne schimmerte schwach hindurch. »Eine Frage noch: Ist Ihnen während des Fernsehens irgendeine Aktivität auf der Straße aufgefallen? Haben Sie zum

Beispiel die Scheinwerfer eines Autos gesehen oder einen Motor gehört?«

»Nein.«

»Sind Sie vielleicht selbst noch einmal weggefahren?«

»Mitten in der Nacht? Warum sollte ich? War's das?«

Pia nickte. »Danke, dass Sie sich die Zeit genommen haben.«

»Es war bestimmt das letzte Mal für heute.« Nora Vogt wandte sich an Plattner. »Falls Sie noch einen Stift vergessen haben – klingeln Sie bitte erst morgen wieder.«

»Wow, Madame hat heute nicht den besten Tag«, bemerkte Pia, als sie durch die nächtliche Straße zu ihrem Dienstwagen gingen. »Aber Marie hatte in einem Punkt recht, Nora Vogt hatte eine ziemliche Fahne, ich wette, sie hat mehr getrunken als ein bisschen Weißwein. Was sollte übrigens die Bemerkung mit dem Stift?«

Judith Plattner legte eine Hand auf den Griff der Beifahrertür. »Als ich heute Morgen das zweite Mal bei ihr geklingelt habe, habe ich ihr gesagt, ich hätte meinen Kugelschreiber vergessen.«

Pia runzelte die Stirn. »Sie haben ihren Kugelschreiber vergessen? Das kann nicht sein, ich habe gesehen, wie Sie ihn eingesteckt haben. Und wann waren Sie noch ein zweites Mal bei Frau Vogt?«

»Als ich Paulines Turnschuhe geholt habe.«

»Und da haben Sie nach Ihrem Kugelschreiber gefragt? Aber wieso? Moment mal …« Pia musterte die ältere Kollegin im Schein einer Straßenlaterne. Und dann ging ihr selbst ein Licht auf. »Das glaube ich nicht. Sie haben die Schuhe geklaut?«

Judith Plattner verzog keine Miene. »Selbstverständlich nicht.«

»Selbstverständlich doch.« Pia grinste. »Sie haben behauptet, Sie hätten Ihren Kugelschreiber vergessen, und während die Vogt danach gesucht hat, haben Sie …« Sie schüttelte bewundernd den Kopf. »Genial. Warum haben Sie mir das nicht erzählt?«

Plattner zuckte mit den Achseln. »Ich habe doch gesagt, man muss die Leute einbinden und ihnen die Möglichkeit zur Kooperation geben. Frau Vogt war sehr zuvorkommend. Um zu verhindern, dass ich ihre Tochter noch einmal durch meine Anwesenheit verstöre, hat sie mich im Flur warten lassen.«

Pia brach in schallendes Gelächter aus.

Pia war noch immer aufgekratzt, als sie die Tür zu ihrer Wohnung aufsperrte. Sie wohnte in einem dreistöckigen Mehrfamilienhaus unterm Dach. Sie hatte die Wohnung im Winter gemietet, weil sie es mochte, über den Dingen zu stehen beziehungsweise zu schlafen, allerdings hatte das im Sommer einen Nachteil: Die sechzig Quadratmeter heizten sich tagsüber gnadenlos auf. Pia warf ihre Umhängetasche auf den Boden, streifte ihre Schuhe ab und ging von Raum zu Raum, um die Fenster aufzureißen. Dann holte sie sich eine Flasche Bier aus dem Kühlschrank, ließ sich in ihren Lieblingssessel fallen und dachte über den Tag nach.

Aus ermittlungstechnischer Sicht war es ein guter Tag gewesen, auch wenn sie noch lange nicht am Ziel waren. Die Indizien gegen Matthias Hering waren, insbesondere nachdem Marie Bierko seine Aussage bestätigt hatte, viel zu schwach, sie würden den Mann am nächsten Morgen gehen lassen müssen. Berechtigterweise in Pias Augen, sie konnte sich nicht vorstellen, dass er so dumm gewesen sein sollte, Theresa zu töten, ohne sicherzustellen, dass auch das Handy mit dem verräterischen Foto verschwand. Und dennoch sagte Pias Instinkt ihr, dass Theresas Handy bei ihrem Verschwinden eine Rolle spielte – wobei sie noch nicht lange genug bei der Kripo war, um beurteilen zu können, ob ihr Instinkt etwas taugte. Dennoch: Theresa hatte ihr Handy nach übereinstimmenden Aussagen stets mit sich herumgetragen – konnte es da wirklich Zufall sein, dass sie es ausgerechnet am Tag vor ihrem Verschwinden in ihr Geheimversteck gelegt hatte? Und wann hatte sie das eigentlich getan?

Nun, die zweite Frage war leicht zu beantworten. Die letzten Fotos hatte Theresa am Freitagnachmittag gegen vier Uhr am Marterl geschossen, ab halb fünf war sie für den Rest des Tages zu Hause gewesen. Sie musste also auf dem Rückweg vom Marterl zum Geheimversteck gegangen sein und das Handy dort hinterlegt haben. Aber wieso? Aus Angst, dass jemand – Matthias Hering? – ihr das Handy wegnehmen würde? Doch seit wann hatte sie diese Angst gehabt? War am Marterl etwas vorgefallen, dass sie sich entschieden hatte, ihr Handy zu verstecken? Falls ja, konnte der Vorfall nicht mit Matthias Hering zu tun haben, denn der war zu der Zeit mit Pauline auf dem Weg zu seinen Eltern gewesen. Andererseits: Wenn Theresa von vornherein geplant hatte, ihr Handy in ihr Versteck zu bringen, wieso war sie dann erst mit dem Roller zum Marterl gefahren? Das Versteck lag mitten im Wald, weder auf dem Wirtschaftsweg und schon gar nicht auf dem Trampelpfad hätte Theresa ihren Roller benutzen können. Wieso hatte sie ihn also mitgenommen? Oder hatte sie den Roller gar nicht dabei gehabt? Marco Brunner hatte es zwar gesagt, doch streng genommen konnte der Mann das nicht wissen, schließlich war er in seiner Werkstatt gewesen.

Nachdenklich leerte Pia ihre Bierflasche, dann stand sie auf und brachte sie in die Küche zurück. Sie würde das Rätsel heute nicht mehr lösen, ihr schwirrte bereits der Kopf. Zeit für etwas Entspannung!

Pia dachte an Nora Vogts angebliche Pornosammlung, doch ihr war nicht nach Sex aus der Konserve. Lieber wollte sie die hübsche kleine Unterwerfungsfantasie weiterspinnen, die sie nach ihrem verkorksten Tinderdate am Freitagabend begonnen hatte und in der ein gut gebauter Fitnesstrainer und ein Squashkäfig die männliche Hauptrolle und das wichtigste Requisit spielten. Wo war sie noch stehen geblieben? O ja, in dem Moment, als …

Genüsslich begann Pia, die Knöpfe ihrer Bluse zu öffnen, während sie ins Schlafzimmer schlenderte. Doch bevor sie zum dritten Knopf gelangte, klingelte ihr Handy. Irritiert warf sie einen

Blick auf den Wecker auf ihrem Nachttisch, zwei Minuten vor Mitternacht.

Pia zog ihr Handy aus ihrer Hosentasche und sah aufs Display: Luisa Abel um diese Zeit? Pias Neugier siegte.

»Ja?«

Luisas Stimme war atemlos vor Aufregung. »O mein Gott, Pia du glaubst nicht, was passiert ist. Ich habe eine Whatsapp von Tamara Kürten bekommen. Sie schreibt, Erik Lange sei pädophil.«

Teil III

1

Erik

Das Schweigen dehnt sich, während Tamara und ich uns anstarren. Es dehnt sich wie ein Ballon, der mit Luft gefüllt wird. Immer mehr Luft wird hineingepresst. Das Schweigen spannt sich und spannt sich, droht zu zerreißen und tut es in dem Moment, als Tamara auf mich losgeht. Wie eine Furie kommt sie über mich, schlägt auf mich ein und schreit dabei aus voller Kehle.

»Du verdammtes Schwein! Was hast du ihr angetan? Sie ist deine Tochter, du Bestie!«

Ich ducke mich und hebe gleichzeitig meine Arme, um die Schläge abzuwehren, doch sie prasseln auf mich hernieder wie ein Hagelsturm. Sie treffen meine Arme, meinen Nacken, meinen Kopf, ich kann nur ihre Wucht mindern. Schließlich bekommt Tamara meinen linken Arm zu fassen, beginnt, an mir zu zerren, und versucht mit aller Kraft, mich vom Sofa wegzureißen. Ich lasse es geschehen, komme auf die Füße und stolpere fast, doch dann stehe ich aufrecht, und Tamara schlägt wieder zu. Ich lasse auch das geschehen. Vielleicht sollte ich mich wehren, doch sofort schießt mir ein anderer Gedanke in den Kopf: Nein, auf keinen Fall, fass sie nicht an! Liefere ihr nicht noch einen Grund!

Doch der Selbsterhaltungstrieb ist stärker, und so packe ich schließlich zu, bekomme Tamaras Handgelenke zu fassen und halte sie fest. »Hör auf!«, brülle ich über das Crescendo ihrer

Schreie hinweg. »Es ist nichts passiert, und das weißt du genau.«

Tamara versucht, sich loszureißen, während sie weiterhin schreit wie eine Wahnsinnige. Ich habe das Gefühl, mein Schädel wird platzen oder zumindest mein Trommelfell.

»Hör auf! Beruhige dich endlich!«

Tamara steigert sich weiter in ihre Hysterie rein. Ich bin überzeugt, sie macht das absichtlich, sie muss wissen, dass nichts vorgefallen ist, doch sie schreit und schreit, und mir fällt nur eine Lösung ein: Ich hole aus und versetze ihr eine Ohrfeige.

Es ist kein heftiger Schlag, doch Tamara lässt abrupt von mir ab. Mit weit aufgerissenen Augen steht sie vor mir. Es wundert mich nicht, dass sie überrascht ist, es ist das erste Mal, dass ich mich wehre. Doch die Atempause währt nur kurz, im nächsten Moment jaule ich auf vor Schmerz, als ich von hinten gepackt werde und jemand mir den Arm auf den Rücken dreht. Eine Männerstimme brüllt: »Was ist passiert?«

Sofort beginnt Tamara wieder zu kreischen. »Das ist Erik. Joelle hatte ihren Kopf in seinem Schoß!«

Ich habe das Gefühl, mein Arm wird mir abgerissen, als der Mann ihn noch weiter verdreht.

»Verdammt, Tamara, das ist ein Missverständnis …« Ich breche ab, denn der Typ zerrt meinen Arm noch weiter meinen Rücken hoch. Ich beiße die Zähne zusammen und drehe meinen Kopf zur Seite, und in dem Moment fällt mein Blick auf Joelle, die mit riesigen verstörten braunen Augen auf dem Sofa kauert.

»Was ist denn los? Mama? Papa? Flo, lass meinen Papa los, du tust ihm weh.«

Flo – das muss Tamaras neuer Freund Florian sein, den Joelle einmal erwähnt hat, doch ich habe jetzt keine Zeit darüber nachzudenken, denn mein Gehirn kann gerade nur einen Gedanken fassen: Meine Tochter muss hier weg.

Tamara kreischt wieder los. »Bist du okay, Schatz? Hat er dir etwas angetan?« Sie stürzt sich auf Joelle, die versucht, sie abzuwehren. »Was hat er verlangt? Hat er dich zu irgendetwas gezwungen?« Tamara versucht, Joelle in die Arme zu nehmen, doch die entwindet sich ihr.

»Mama, lass das und sag Flo, er soll Papa loslassen.«

»Sag mir erst, ob du okay bist. Was hat er verlangt?«

»Wovon redest du? Bist du verrückt?« Joelle stößt ihre Mutter zur Seite, dann geht sie auf Florian los.

Ich kann nicht sehen, was sie tut, den Geräuschen nach zu urteilen boxt sie auf ihn ein. Mir wird angst und bange, dass sie verletzt werden könnte. Flos Griff nach zu urteilen, ist er dreimal so stark wie sie. »Joelle, bitte …«

In dem Moment stößt Flo mich weg, so dass ich nach vorn auf die Knie falle. Meine Brille rutscht mir von der Nase und landet auf dem Teppichboden. Mit zitternden Fingern greife ich danach, bevor ich mich vom Boden hochdrücke. Nicht nur meine Finger zittern, auch meine Beine sind wackelig. Ich setze die Brille wieder auf, während Joelle von Flo ablässt. Aus großen, schreckgeweiteten Augen starrt sie mich an.

Ich zwinge mich zu einem beruhigenden Lächeln. »Alles okay, Liebes, wirklich. Es ist nur ein Missverständnis.«

»Ein Missverständnis?« Ihre Stimme zittert.

»Ja. Könntest du mir einen Gefallen tun und in dein Zimmer gehen? Ich muss etwas mit deiner Mama besprechen.« Ich schicke einen flehenden Blick in Tamaras Richtung, die nicht reagiert.

Joelle sieht mich unschlüssig an.

»Bitte, Liebes.«

Sie schüttelt den Kopf. »Ich lass dich nicht mit ihm allein.« Sie wirft einen vor Zorn lodernden Blick auf den Mann namens Flo, der seinerseits Tamara fragend anschaut.

»Bitte, Joelle«, flehe ich, »ich komme klar. Ich erkläre es dir später. Tu's für mich. Herzenswunsch.«

»Herzenswunsch« ist Joelles und meine Losung. Joelle hat damit angefangen, als sie noch ein kleines Mädchen war und unbedingt reiten lernen wollte, was ich mir damals eigentlich nicht leisten konnte. Wir benutzen den Begriff nur selten und nur dann, wenn es wirklich wichtig ist, dass der andere einem einen Wunsch erfüllt, auch wenn er ihn vielleicht nicht versteht. Ich habe Joelle nur einmal einen Herzenswunsch abgeschlagen – den, sie nicht zu verlassen, sondern bei ihr in Altenstein zu bleiben.

Jetzt denke ich mit Schrecken daran und frage mich, ob Joelle sich ebenfalls erinnert und mir nun ihrerseits meinen Wunsch abschlägt. Doch sie nickt langsam. »Okay.«

Erleichterung durchströmt mich für einen kurzen Moment. Ich weiß nicht, was geschehen wird, ich weiß nur, es wird nichts Gutes sein, aber dies ist eine Gnadenfrist. Wenn ich Tamara überreden kann …

In diesem Moment passiert es. Joelle macht einen Schritt auf mich zu, offenbar will sie mich umarmen, bevor sie geht, doch bevor sie den zweiten Schritt machen kann, stürzen sich Flo und Tamara gleichzeitig auf sie und zerren sie von mir weg.

»Fass ihn nicht an!«, kreischt Tamara. »Geh nicht in seine Nähe! Dein Vater ist ein Kinderschänder!«

Während der nächsten Minuten bin ich im Raum und doch nicht dort. Es ist, als hätte der Schock meine Seele oder mein Denken oder mein Fühlen oder was auch immer uns ausmacht von meinem Körper abgespalten. Ich sehe, was passiert, ich höre, was gesagt wird, aber ich kann selbst nichts sagen oder tun, denn mein Körper ist nur eine leere Hülle ohne Steuerung.

Ich höre Joelles höhnisches Lachen, das unsicher wird, als sie mich ansieht.

Ich höre, wie sie sagt: »Du bist verrückt, Mama. Papa, sag ihr, dass sie verrückt ist.«

»Papa, nun mach schon, sag es ihr.«

»Papa!«

»PAPA!«

»Papa?«

»Warum sagst du nichts, Papa? Sag doch was!«

»PAPA?«

Ich sehe, wie Joelle am Arm meiner leeren Körperhülle zerrt, um mich zu einer Reaktion zu bewegen.

Ich sehe, wie Tamara an Joelle zerrt.

Ich sehe, wie Flo überfordert von der einen zur anderen blickt.

Ich sehe, wie Joelle sich umdreht und Tamara mit aller Kraft von sich wegstößt.

Ich sehe, wie Tamara stürzt.

Dann höre ich wieder Joelle rufen: »Papa, sag etwas dazu! Sag, dass es nicht stimmt! Papa!«

Und dann werden die Rufe leiser, ich sehe, wie Joelles Blick starr wird, und dann ist meine Tochter verschwunden.

Ich komme erst in meinem Auto wieder zu mir, das am Straßenrand vor dem Mietshaus parkt, in dem Tamara und Joelle wohnen. Ich habe keine Ahnung, wie ich hierhergekommen bin, ich weiß nur eins: Ich möchte für immer hier drin bleiben. Ich möchte dieses Auto nie wieder verlassen. Ich möchte darin sterben.

Mich durchzuckt der Gedanke, es gleich zu tun. Ein Schlauch vom Auspuffrohr zum Fenster, dann den Motor anlassen und dann … Frieden.

Ich tue es nur nicht, weil ich keinen Schlauch habe und weil ich zu erschöpft bin, einen zu besorgen. Ich bin zu erschöpft, um zu sterben! Der Gedanke lässt mich in hysterisches Gelächter ausbrechen, doch ich unterdrücke es sofort. Kein Aufsehen erregen, auf gar keinen Fall Aufsehen erregen!

Seltsam, wie selbst in diesem Moment der Krise die vertrauten Mechanismen greifen. Nur kein Aufsehen erregen! Das ist mein Lebensmotto. Seit neunzehn Jahren. Seit dem Tag, an dem mir zum ersten Mal klar wurde, dass ich tatsächlich guten Grund habe, nicht auffallen zu wollen. Dass ich anders bin als die anderen. Dass etwas mit mir nicht stimmt.

Ich war fünfzehn, es war Sommer, und ich war mit einer Gruppe Gleichaltriger am Badesee. Zufällig war es eine reine

Jungengruppe bis auf meine ein Jahr jüngere Schwester Klara, die damals mit einem Typen aus meiner Parallelklasse zusammen war. Die anderen Jungs in der Gruppe waren zu dem Zeitpunkt alle solo, wenn sie denn überhaupt schon einmal eine Freundin gehabt hatten. Ich gehörte zur Gruppe derjenigen, die noch nicht zum Zug gekommen waren, obwohl ich viele Angebote bekam. Die Mädchen standen auf mich, aber bisher hatte es bei mir noch nicht gefunkt. Meine Freunde machten sich darüber lustig, aber ich war viel zu gutmütig und – damals noch – zu selbstsicher, als dass mich das gestört hätte. Doch die Selbstsicherheit bekam an diesem Tag einen gewaltigen Kratzer – in dem Moment, als ich eine gewaltige Erektion bekam.

Das war natürlich zunächst völlig normal, zumindest für die anderen Jungs. An dem See liefen jede Menge hübscher Mädchen und junger Frauen herum. Viel nackte braune Haut, knappe Bikinis, Sonne, Hitze. Meine Freunde verglichen sogar ihre Erektionen, allen voran Ralf, der seine Hormone am wenigsten unter Kontrolle hatte. Und natürlich war er derjenige, der als Erster bemerkte, was bei mir los war.

»Hey, Leute, seht mal, was Erik für'n Ständer hat.«

Gelächter, taxierende Blicke, anerkennende Sprüche, mein Kopf hochrot, bis Klara mir ein Handtuch in den Schritt warf, was natürlich für noch mehr Gelächter sorgte.

»Hey, welche Braut war's denn?« Ralf sah sich suchend um, blickte dann in die Richtung, in die ich die vergangenen Minuten gestarrt hatte, und stieß einen anerkennenden Pfiff aus. »Wow, eins a, ernsthaft, Mann, guter Geschmack. Ist das Doppel-D?«

Sein Kommentar bezog sich auf eine kurvige Sechzehn- oder Siebzehnjährige, die nicht weit von uns entfernt mit ihrer kleinen Schwester Federball spielte. Bei jedem Schlag schwangen ihre Brüste und hüpften fast aus ihrem Bikinioberteil.

Ich grinste verlegen, während die anderen Jungs weitere anerkennende Kommentare losließen, die teils mir, teils den hüpfenden Brüsten galten. Doch hinter dem Grinsen verspürte ich nackte Panik, denn die Erektion hatte nicht die große Schwester ausgelöst, sondern die kleine. Und die war höchstens neun.

Ein Klopfen reißt mich aus dieser verstörenden Episode meiner Vergangenheit in die noch verstörendere Gegenwart zurück, und ich drehe meinen Kopf nach links. Jemand klopft gegen die Scheibe der Fahrertür. Ich blicke in ein Paar grüne Augen. O Gott, habe ich doch Aufsehen erregt? Habe ich zu laut gelacht? Aber dann erkenne ich die Augen, es sind nicht irgendwelche grünen Augen. Sie sind einmalig klug und einmalig schön, meergrün, es sind die Augen meiner Schwester.

Ich lasse sofort das Fenster herunter, und im nächsten Moment beugt Klara sich zu mir hinein und schlingt ihre Arme um mich. Am liebsten würde ich weinen.

Wir halten uns eine lange Zeit so fest, bis Klara schließlich an meinem Ohr sagt: »Weißt du, Brüderchen, das wäre wesentlich bequemer, wenn du aus dem Wagen steigen würdest.« Sie zieht ihren Oberkörper zurück.

Ich lache zittrig, greife zum Griff der Fahrertür und stoße sie auf. Doch dann stocke ich.

Klara versteht sofort. Sie versteht immer. Sie hat auch damals am Badesee als Einzige verstanden. »Okay. Wenn der Berg nicht zum Propheten …«

Während ich die Tür wieder zuziehe, geht sie um den Wagen herum und schlüpft auf den Beifahrersitz. Eine Weile sehen wir einander schweigend an, während sich mein panischer Atem wieder normalisiert. Ich bin nicht gläubig, aber so müssen sich die Hirten auf dem Feld gefühlt haben, als der Engel erschien und sagte: »Fürchtet euch nicht!« Wobei die Furcht der Hirten sich bei diesem Engel – lange kastanienbraune Haare, meergrüne Augen und eine Figur, für die jedes Playboymodel morden würde –, vermutlich in Begierde verwandelt hätte. Zumindest, wenn sie normale Männer waren. Ich wünsche mir seit neunzehn Jahren, ein normaler Mann zu sein.

»Woher wusstest du, dass ich hier bin?«, frage ich schließlich.

»Joelle hat mich angerufen.«

Der Name meiner Tochter sticht wie ein Messer in mein Herz. »Wie geht es ihr?«, frage ich leise.

Klara schüttelt traurig den Kopf. »Nicht gut. Sie ist völlig durcheinander. Sie wollte wissen, ob es wahr ist, dass du ein Kinderschänder und Sexmonster bist.«

Das Messer in meinem Herz dreht sich hin und her. »Und was hast du ihr gesagt?«

»Das, was du ihr hättest sagen müssen: dass es wahr ist, dass du dich sexuell zu kleinen Mädchen hingezogen fühlst, dieses Bedürfnis jedoch nie ausleben würdest. Dass du niemals einem Kind wehgetan hast und niemals einem Kind wehtun wirst.«

Ich fand schon immer, dass Klara ein passender Name für meine Schwester ist. Sie liebt klare Worte und klares Denken.

»Wie hat sie es aufgenommen?«

Klara schweigt lange, wobei sie meinem Blick ausweicht, was völlig untypisch für sie ist. »Sie hat geweint«, sagt sie schließlich. »Sie war schockiert und angeekelt. Sie hat Zweifel – was du ihr nicht verdenken kannst. Sie sagt, du hättest auf Tamaras Vorwürfe überhaupt nicht reagiert.«

Jetzt sieht Klara mich an, dafür blicke ich weg. Ich starre durch die Windschutzscheibe auf die Straße, wo Leute von ihren Sonntagsausflügen zurückkehren. Normale Leute. »Ich konnte nicht.«

Klara presst ihre Lippen zusammen, vermutlich um die völlig gerechtfertigten Vorwürfe zurückzuhalten, die sie mir deswegen gerne machen würde. »Erzähl erst einmal, was eigentlich passiert ist«, fordert sie mich stattdessen auf. »Wieso bist du überhaupt hier und nicht in Neukirchen?«

Ich erzähle es ihr, wofür ich lange brauche, weil ich gerade nicht sonderlich klar denken kann. Anschließend sitzen wir noch länger in Stille nebeneinander. Es ist heiß und stickig im Auto, doch die Fenster herunterzulassen, ist wegen der Passanten keine Option. Ich merke plötzlich, dass ich rasende Kopfschmerzen habe, und schließe die Augen, reiße sie jedoch wieder auf, als Klara das Schweigen bricht.

»Vielleicht ist es gar nicht so schlimm«, sagt sie sachlich. »Vielleicht ist es sogar eine gute Sache. Jetzt ist die Katze aus dem Sack, das heißt, Tamara kann dich nicht mehr erpressen. Du kannst zurückkommen.«

Ich kann nicht glauben, was ich höre, und die Panik, die durch Klaras Nähe abgeebbt war, überflutet mich erneut. »Was ist daran gut, dass Joelle an mir zweifelt?«, frage ich heftig. »Und ich kann heute weniger denn je zurückkommen, ich wäre innerhalb von Tagen ein Aussätziger. Tamara hat immer gesagt, dass sie jedem erzählen wird, dass ich pädophil bin, wenn ich mich nicht von Joelle fernhalte. Nicht nur Joelle, jedem! Ich habe nur eine Chance: Ich muss versuchen, Tamara zu überzeugen, dass sie es niemandem sagt. Dazu wird sie nur bereit sein, wenn ich wieder verschwinde.«

Klara schüttelt energisch den Kopf. »Joelle zweifelt an dir, weil du vorhin beschissen reagiert hast, aber das kannst du wieder einrenken – allerdings nur, wenn du Kontakt zu ihr hast. Und auf die Leute, die dich wie einen Aussätzigen behandeln, weil du mit einer Sexualität geboren wurdest, für die du nichts kannst, kannst du ohnehin verzichten. Du hast nichts falsch gemacht. Du bist ein guter Mann. Lass dein Leben nicht zerstören von der Bosheit und Dummheit anderer.«

Ich schüttele den Kopf. Meine Schwester ist der intelligenteste Mensch, den ich kenne. Sie ist promovierte Physikerin und arbeitet an einem wissenschaftlichen Institut an einem Projekt, um die Vorhersagequalität von Prognosen zum Klimawandel zu verbessern. Doch manchmal können ihre Prognosen unglaublich naiv sein. Dabei hätte sie vielleicht sogar recht, wenn ich in ihrer Wissenschaftswelt der Zahlen und Berechnungen leben würde, in der Gefühle irrelevant sind. Aber in der echten Welt, in der wir anderen leben, machen die Menschen keinen Unterschied zwischen einem Pädophilen und einem Kinderschänder. In ihren Augen ist jeder pädophile Mann ein Monster, eine Bestie, ein Perverser. Die Menschen sind nicht bereit, zu glauben, dass ein Mann sich nach sexuellen Kontakten zu Kindern sehnen kann, ohne diese Sehnsucht auszuleben. Sie sind nicht bereit, zu akzeptieren, dass ein normaler, gesunder, freundlicher Mann mit einem solchen Schicksal bestraft sein kann. Warum sollte er, wenn er es nicht verdient hätte, wenn nicht irgendetwas Schlechtes, Monströses in ihm wäre? Und selbst die wenigen, die das verstehen und akzeptieren können – so wie Klara, so wie meine Eltern – und dem Pädophilen dafür Mitgefühl statt Verachtung entgegenbringen – selbst die würden ihre Kinder nicht mit dem Pädophilen spielen lassen, sie würden ihre Kinder nicht von einem Pädophilen unterrichten lassen, sie würden ihre Kinder nicht in die Buchhandlung gehen lassen, in der ein Pädophiler arbeitet.

Doch ich spreche das alles nicht aus, weil Klara die Argumente ohnehin kennt. »Ich kann nicht bleiben. Ich kann mich nicht outen.«

Klara zieht ein Bein auf den Sitz und dreht sich so, dass sie mir besser in die Augen sehen kann. »Ich glaube nicht, dass du eine Wahl hast, Erik. So, wie ich Tamara einschätze, hängt sie jetzt gerade oben am Handy und erzählt jedem, mit dem sie je ihre Telefonnummer getauscht hat, dass du ein pädophiles Schwein bist. Oder sie wird es noch tun. Ihr hattet einen Deal: Sie verzichtet darauf, dich zu outen, wenn du dafür aus Joelles Leben verschwindest. Du hast dich nicht daran gehalten. Glaubst du, sie wird dir aus der Güte ihres Herzens verzeihen?«

Mein Blick weicht Klaras aus, so wie mein Gehirn versucht, ihrer Logik auszuweichen. Tief in meinem Inneren weiß ich, dass meine Schwester recht hat, aber ich widerspreche mit aller Vehemenz. »Sie wird, wenn ich dafür wieder nach Neukirchen gehe.« Sie muss einfach!

Klara schüttelt den Kopf. »Wenn du denkst, du kannst so weitermachen wie bisher, bist du naiv. Der einzige Grund für Tamara, einen neuen Deal zu machen, wäre, wenn du nachweislich mit Joelle brichst. Keine geheimen Telefonate oder Treffen mehr, Tamara würde bestimmt kein zweites Mal darauf reinfallen. Du würdest Joelle endgültig verlieren, Erik. Willst du mir wirklich erzählen, du wärst dafür bereit?«

Ich senke den Kopf, natürlich wäre ich es nicht, doch ich klammere mich fest an die Überzeugung, dass es einen anderen Weg gibt. Allein bei dem Gedanken an ein Outing bricht mir der Angstschweiß aus. Doch ich kann Joelle nicht verlieren. Das ist undenkbar. »Es muss einen anderen Weg geben! Ich kann Joelle nicht verlieren, und ich kann mich nicht outen. Es geht beides nicht.«

Klara sieht mich lange traurig an. »Erik«, sagt sie schließlich leise, »glaubst du etwa, ich weiß nicht, wie beschissen das wird? Aber erstens hast du keine Wahl, und zweitens bin ich wirklich überzeugt, dass du es überstehen wirst. Wir werden es gemeinsam überstehen. Ich werde dich unterstützen, Mama und Papa werden dich unterstützen – und Joelle auch, da bin ich mir sicher. Und du hast nie etwas Strafbares getan, also …«

Doch ich lasse sie nicht ausreden, denn bei dem Wort Strafbares fallen mir die Ereignisse aus Neukirchen wieder ein. Panik flackert erneut in mir auf. »Ich kann mich nicht outen, Klara, nicht jetzt. Ich habe dir doch von Theresa erzählt.«

»Das Mädchen, das du so zauberhaft findest? Was ist mit ihr? Hast du sie wieder gesehen?« Sie sieht mich misstrauisch an. »Willst du mir etwa erzählen, dass zwischen euch etwas passiert ist? Das glaube ich dir nicht, Erik.«

»Natürlich nicht, ich habe extra darauf geachtet, ihr nicht mehr zu begegnen. Sie ist verschwunden. Sie wird seit gestern Morgen vermisst.« Mir bricht der kalte Angstschweiß aus, als mir mein letztes Gespräch mit Marco wieder einfällt. »Die Polizei vermutet, dass es ein Sexualverbrechen sein könnte. Wenn sie herausfindet, dass ich pädophil bin …«

Zum ersten Mal sehe ich auch Angst in Klaras Augen.

Am nächsten Morgen klingelt mein Handywecker um sechs Uhr. Ich habe auf Klaras Couch geschlafen – oder besser gesagt, ich habe mich die ganze Nacht dort hin und her gewälzt und mich gefragt, wie zum Teufel ich Tamara dazu bringen soll, mein kleines dreckiges Geheimnis zumindest nicht in naher Zukunft auszuposaunen. Ich habe gestern Abend noch zweimal versucht, sie zu erreichen, doch sie hat die Anrufe weggedrückt, ebenso den von Klaras Diensthandy, dessen Nummer sie eigentlich nicht kennt. Ich habe auch versucht, Joelle anzurufen, und ihr lange und vermutlich ziemlich wirr auf die Mailbox gesprochen.

Jetzt stehe ich zerschlagen und müde in Klaras stylischer Küche vor ihrem stylischen Kaffeevollautomaten und versuche zu erraten, welche Knöpfe ich drücken muss, um mir einen möglichst geräuscharmen Kaffee zu machen. Ich will Klara nicht wecken, sie ist die beste Schwester der Welt und hat ihren Schlaf verdient.

Eine halbe Stunde später bin ich halbwegs wach und schreibe Klara einen Zettel, der mit »Danke« beginnt und mit »Danke« endet, dann verlasse ich die Wohnung. Mein Plan ist, zu Tamara zu fahren und so lange Sturm zu klingeln, bis sie endlich öffnet, oder, falls sie das nicht tut, so lange zu warten, bis sie erscheint. Ich muss einfach mit ihr reden! Klara hat mir angeboten mitzukommen, doch ich habe abgelehnt. Tamara konnte Klara noch nie leiden – weil sie schöner und klüger und in jeder Hinsicht besser ist –, außerdem hat Klara ziemlich deutlich gemacht, dass sie die Erfolgsaussichten meines Plans irgendwo zwischen null und minimal einschätzt. Doch ich muss es wenigstens versuchen. Und ich muss mit Joelle reden! Ich muss wissen, wie es ihr geht, ich muss ihr all das noch einmal erklären, was Klara ihr schon zu erklären versucht hat, sie muss es aus meinem Mund hören.

Doch kaum sitze ich in meinen Wagen, klingelt mein Handy. Joelle oder Tamara, schießt es mir durch den Kopf, doch es ist Ralf. Ausgerechnet Ralf!

Ich starre geschlagene dreißig Sekunden auf das Display, während mein Handy immer weiter bimmelt. Ich habe seit Monaten nicht mit Ralf gesprochen. Nicht seit dem Tag, an dem Tamara mir das Ultimatum stellte und auf meine vergebliche Beteuerung, ich sei nicht pädophil, wie sie denn darauf käme, erwiderte, dass Ralf es ihr erzählt habe – drei Tage nachdem ich mich ihm anvertraut hatte.

Im Nachhinein kann ich selbst nicht verstehen, wie ich so dumm sein konnte. Ralf war nie der verständnisvollste, einfühlsamste, liberalste oder psychologisch versierteste meiner Freunde. Dennoch war er dreißig Jahre lang mein bester Freund. Er war derjenige, mit dem ich seit Kindergartentagen am meisten geteilt hatte. Er war mir vertraut wie ein Bruder, ich sah gewissermaßen ein Familienmitglied in ihm, und vermutlich sehnte ich mich deswegen danach, mich nach meiner Schwester und meinen Eltern auch ihm zu öffnen. Doch Ralf reagierte nicht so wie meine Eltern – zunächst verständlicherweise schockiert, dann jedoch voller Mitgefühl und mit der Bereitschaft, mich zu unterstützen. Ralf blieb in Phase eins stecken und erzählte schließlich Tamara davon.

Wenn ich irgendwem noch mehr Schuld für meine erzwungene Trennung von Joelle gebe als Tamara, dann Ralf, und mein erster Impuls ist, seinen Anruf wegzudrücken. Er ist der Letzte, mit dem ich in diesem Moment reden möchte. Doch was, wenn dieser Moment kein Zufall ist? Wenn sein Anruf etwas mit dem zu tun hat, was gestern in Tamaras Wohnung passiert ist?

Ich nehme das Gespräch an. »Ja?«

Zunächst sagt Ralf nichts, vielleicht hat er nicht damit gerechnet, dass ich den Anruf annehme. Dann legt er los. »Meine Güte, Erik, tut das gut, deine Stimme zu hören. Ich bin froh, dass du endlich rangehst. Ich hab's schon so oft versucht und …«

Ich schneide ihm das Wort ab. »Erzähl mir nichts, was ich schon weiß, denn glaube mir, ich lege keinen Wert darauf, deine Stimme zu hören. Du hast fünf Sekunden, mir zu sagen, was du willst. Fünf, vier, …«

»Nein, leg nicht auf! Ich muss dir was Wichtiges sagen. Ich

weiß, dass du gestern bei Tamara warst und dass da etwas ziemlich aus dem Ruder gelaufen ist.«

Also doch. »Ja?«

»Es gibt da etwas, das du wissen solltest.« Ralf klingt nervös. »Aber vorher will ich über uns reden. Ich will dir schon lange was sagen.«

»Kein Interesse«, sage ich kalt.

»Aber du musst mir einfach zuhören! Hinterher sage ich dir die andere Sache. Versprochen.«

»Das klingt für mich nach Erpressung.«

»So ist das nicht gemeint. Ich will nur …«

Ich unterbreche ihn erneut. Es fühlt sich gut an, früher habe ich das nie gemacht. »Spuck's einfach aus, Ralf, aber mach's kurz.«

Ralf zögert, vielleicht habe ich ihn überrumpelt, doch dann legt er los. »Klar. Folgendes: Ich will mich bei dir entschuldigen. Es war Scheiße, wie ich auf dein Geständnis reagiert habe, und es war Scheiße, dass ich es Tamara erzählt habe. Das weiß ich jetzt. Aber ich konnte doch nicht wissen, wie sie reagieren würde. Ich wollte nicht, dass sie dich aus Altenstein vertreibt. Das musst du doch einsehen! Verdammt, Mann, ich habe mir ins eigene Fleisch geschnitten und meinen besten Kumpel verloren.«

Er macht eine kurze Pause, doch ich erwidere nichts.

»Du musst das doch auch verstehen«, fährt er eindringlich fort. »Für mich war das ein echter Schock. Ich meine, da kennst du einen Kerl seit dreißig Jahren und dann so was! Ich musste mit jemandem reden, und ich dachte, dass Tamara ohnehin Bescheid weiß.«

Das ist mir neu, und für einen Moment zögere ich, doch dann wird mir klar, dass Ralf mal wieder Bullshit redet. »Ach ja? Du dachtest, ich hätte es zwar dir gegenüber dreißig Jahre lang verheimlicht, aber dafür einer Frau erzählt, mit der ich seit fünfzehn Jahren ein schwieriges Verhältnis habe?«

Ralf atmet schwer. »Immerhin ist sie die Mutter deiner Tochter. Und ich brauchte jemanden zum Reden.«

»Dann hättest du mit Klara reden können. Ich hatte dir gesagt, dass sie Bescheid weiß.«

»Im Nachhinein wäre das besser gewesen. Aber ich finde immer noch, dass es Tamara auch etwas angeht. Sie ist Joelles Mutter und …«

Für einen Augenblick überkommt mich blinde Wut. Meine Hand krampft sich so fest um mein Handy, dass ich mich wundere, dass es nicht schmilzt. »Willst du damit andeuten, dass Tamara Joelle vor mir beschützen muss? Offenbar bist du ein noch größeres Arschloch, als ich ohnehin schon dachte.«

Ralf kann gut austeilen, aber nicht einstecken, doch ausnahmsweise lässt er die Beleidigung unerwidert. »Nein, natürlich nicht«, beschwichtigt er. »Ich wollte dir einfach sagen, dass es mir leidtut.«

Er schweigt, erwartungsvoll, wenn ich das richtig interpretiere.

»Okay, ich habe es gehört. Was willst du mir wegen gestern sagen?«

»Willst du nicht erst auf meine Entschuldigung reagieren?«

Ich wollte während des Gesprächs mein Handy bereits dreimal durch die Windschutzscheibe schmeißen, jetzt ist es wieder soweit. Glaubt Ralf wirklich, dass es mit einer Entschuldigung getan ist? Doch ich habe keine Lust mehr auf dieses Gespräch. »Ich muss erst mal darüber nachdenken.«

Ralf schluckt die Lüge anstandslos. »Ja, tu das.« Er klingt tatsächlich erleichtert. »Also zu der anderen Sache: Wie gesagt, es ist was passiert, und ich finde, du solltest es wissen. Aber denk daran, dass ich nur der Bote bin. Ich habe damit nichts zu tun. Ich bin doch in dieser Whatsapp-Gruppe mit allen Ehemaligen unseres Jahrgangs, die die Abitreffen organisieren. Da sind bestimmt ein Dutzend Leute dabei und auch Tamara, weil sie doch Kontakt zu diesem Caterer hat. Sie war mal mit seinem Bruder zusammen oder so. Na, ist ja egal. Was ich sagen will: Tamara hat dich in der Gruppe geoutet.«

Ich fahre viel zu schnell nach Neukirchen zurück, um so schnell wie möglich so viele Kilometer wie möglich zwischen mich und Altenstein zu bringen. Ich bin ein Mann, dessen Leben gerade explodiert ist wie ein Vulkan und der vor der Lava flieht, jedoch in dem Wissen, dass sie ihn einholen wird. Mein Handy klingelt, doch ich ignoriere es, ohne aufs Display zu sehen. Es klingelt wieder, ich schalte es aus und werfe es in den Fußraum des Beifahrersitzes. In meiner Vorstellung klingeln jetzt überall in Altenstein – und nicht nur da – Handys. Whatsapps poppen auf, E-Mails kündigen sich mit einem Ping an. Die Nachricht rast mit Überschallgeschwindigkeit durchs Netz und wird wie eine Flipperkugel hin und her gespielt. »Hast du schon gehört? Erik ist pädophil.« »Erik ist pervers.« »Erik steht auf kleine Mädchen.« »Erik ist ein Kinderschänder, ein Monster, ein Scheusal.«

Ich senke meinen Fuß noch tiefer aufs Gaspedal in dem verzweifelten Versuch, den Folgen von Tamaras Tun zu entkommen, obwohl ich irgendwo in einem kleinen noch funktionierenden Teil meines Gehirns weiß, dass diese Flucht sinnlos ist. Die Nachricht wird mir folgen, ich kann mich nicht vor ihr verstecken. Andererseits habe ich Übung darin, mich zu verstecken. Ich mache das seit Jahren, ich bin gut darin. Nein, ich war gut darin.

Als ich schließlich meinen Wagen im Hof hinter meiner Buchhandlung parke, ist es noch nicht einmal neun. So schnell habe ich die Strecke noch nie zurückgelegt, ich bin gefahren wie ein Geisteskranker, es ist ein Wunder, dass unterwegs nichts passiert ist. Oder habe ich mir genau das unterbewusst gewünscht? Habe ich gehofft, meine Flucht und mein Leben würden an einem Baum oder an einer Leitplanke enden?

Ich ziehe den Schlüssel aus dem Zündschloss und lehne mich erschöpft in den Sitz zurück. Ich bin klatschnass geschwitzt, doch langsam werde ich ruhiger, vielleicht weil mein Körper mit der Adrenalinproduktion nicht mehr nachkommt.

Ich schließe meine Augen, doch sofort überfällt mich die Angst, vor lauter Erschöpfung einzuschlafen, und ich reiße sie wieder auf. Ich muss jetzt wach bleiben, ich muss etwas unternehmen, ich muss irgendwie versuchen, eine Brandmauer zwischen Altenstein und Neukirchen zu errichten, an der die Nachricht, dass ich pädophil bin, ungehört verglüht. Und vor allen Dingen darf ich mir hier in Neukirchen nichts anmerken lassen! Nicht, solange Theresa vermisst wird. Ich muss wirken wie immer, ich darf keinen Anlass zu Verdächtigungen geben. Und das bedeutet, dass ich in zehn Minuten die Buchhandlung öffnen muss.

Ich beuge mich vor und fische mein Handy aus dem Beifahrerfußraum, als mir etwas einfällt: In zehn Minuten werden auch meine Eltern ihre Buchhandlung öffnen. Was, wenn die Nachricht sich schon bis zu ihren Kunden herumgesprochen hat? Oder zumindest bis zu einem Kunden? Was, wenn er oder sie meine Eltern unverhofft mit der Schande ihres Sohnes konfrontiert? Ich muss sie warnen, doch ich bin zu erschöpft, um sie anzurufen, deshalb schreibe ich eine Whatsapp über die Familiengruppe. Auf diese Weise weiß auch Klara Bescheid. Sie wird sich um unsere Eltern kümmern, sie kann das ohnehin besser als ich.

Ich möchte das Handy wieder wegstecken, doch da sehe ich die entgangenen Anrufe. Zwei unbekannte Nummern und Joelle. O Gott, wieso habe ich da bisher nicht daran gedacht? Joelle ist ebenfalls betroffen. Was, wenn sie auf mich angesprochen wird? Von Mitschülern? Von Lehrern? Sie ist auf demselben Gymnasium, auf das auch Tamara und ich gegangen sind. Zwei meiner ehemaligen Klassenkameraden unterrichten jetzt dort. Was, wenn sie in der Abitreffen-Organisations-Gruppe sind und Tamaras Whatsapp gelesen haben? Was, wenn ihnen jemand davon erzählt hat?

Ich wähle hastig Joelles Nummer, erreiche jedoch nur die Mailbox. Vermutlich sitzt Joelle gerade im Unterricht, um diese Zeit hat sie Englisch. Ich hinterlasse eine Nachricht. Dann stecke ich das Handy weg und steige aus dem Wagen.

Die Hintertür zur Buchhandlung ist schon offen, was bedeutet, dass Christa Baumann schon da ist. Gut, ich kann sie bitten, die Stellung zu halten, während ich dusche und mich umziehe und mir überlege, was ich als Nächstes tun möchte. Die Hintertür führt in ein Treppenhaus, von dem eine Treppe nach oben zu meiner Wohnung führt. Im Erdgeschoss ist die Tür zum Laden. Ich öffne sie, die Lichter sind bereits eingeschaltet, doch von Christa Baumann keine Spur.

»Frau Baumann?«

»Wir sind hier!«

Wir? Ich folge der Stimme in das Hinterzimmer, das zugleich als Lager und Kaffeeküche und Büro dient.

»Guten Morgen, Herr Lange«, flötet Christa Baumann, »ich wollte den Damen gerade einen Kaffee machen.« Sie mustert meinen zerknitterten, verschwitzten Auftritt mit einer steilen Falte auf ihrer hohen Stirn. Dann sagt sie: »Kennen Sie bereits Frau Plattner und Frau Meyer?«

Beim Anblick der beiden Kripobeamtinnen, die an dem Tisch sitzen, an dem ich meine Abrechnungen mache, bricht mir der Angstschweiß aus. Was hat das zu bedeuten? Wissen sie es bereits? Aber das ist nicht möglich. So schnell ist nicht einmal ein Lauffeuer.

Ich nicke Pia zu, die aufsteht. »Das ist meine Kollegin, Frau Plattner. Wir würden dir gerne einige Fragen stellen, Erik.«

Mein erster Impuls ist Flucht, doch eine Flucht wäre schlecht vereinbar mit meinem Wunsch, nicht aufzufallen. Also nicke ich. »Natürlich. Frau Baumann, könnten Sie den Laden aufsperren und sich um die ersten Kunden kümmern?«

Christa Baumann ist ausgesprochen neugierig, es ist ihr anzusehen, dass sie lieber hierbleiben würde, doch sie verlässt das Hinterzimmer und geht in den Laden.

»Nun, was kann ich für Sie tun?« Ich möchte den dritten Stuhl an den Tisch schieben, doch Frau Plattner erhebt sich ebenfalls. »Wir würden Sie lieber mit ins Präsidium nehmen, wenn Sie einverstanden sind.«

Mein erster Impuls ist wieder Flucht, mein zweiter Impuls ist zu kooperieren, um nur ja nicht das Misstrauen dieser beiden Frauen zu erwecken. Doch dann frage ich mich, ob es nicht gerade verdächtig wäre, wenn ich mich ohne Widerspruch einverstanden erklärte, meinen Laden während der Öffnungszeiten zu verlassen. »Können wir das nicht hier besprechen?«

Frau Plattner tritt einen Schritt auf mich zu. »Ich denke, es ist Ihnen lieber, wenn wir das auf dem Präsidium machen. Sonst könnte einer Ihrer Kunden mitbekommen, dass Sie pädophil sind, und nachdem Sie sich jahrelang Mühe gegeben haben, das zu verheimlichen, wäre das vermutlich nicht in Ihrem Sinne, oder?«

Whatsapp von Tamara Kürten,
20. Juni, 22:07 Uhr

Hallo zusammen!

Ich habe lange überlegt, ob ich diese Whatsapp schreiben soll, aber
es gibt eine wichtige Sache, die Ihr alle dringend wissen solltet, denn
unsere Kinder sind in Gefahr! Ich habe leider eine schockierende
Information für Euch: Erik ist pädophil. Ja, Erik Lange, der heilige Erik,
Joelles Vater, den wir alle so angehimmelt haben in der Oberstufe,
den wir alle für supernett und gutmütig gehalten haben, für einen, mit
dem man Pferde stehlen kann.

Doch das ist alles nur Fassade, hinter der sich
ein Perverser versteckt!

Jetzt fragt Ihr Euch wahrscheinlich, warum ich Euch
das nicht eher erzählt habe. Ich selbst weiß es auch erst seit
einigen Monaten. Erik hat Ralf erzählt, dass er auf kleine Mädchen
steht, und Ralf hat es mir gesagt. Vermutlich hätte ich Erik sofort
anzeigen sollen, aber er hat mir geschworen, dass er noch nie
einem Kind etwas zuleide getan hätte. Dämlicherweise habe ich
ihm geglaubt und ihm versprochen, es niemandem zu sagen, und
nur darauf bestanden, dass er sich von Joelle fernhält. Das war
vermutlich ziemlich naiv von mir, doch damit ist es vorbei!

Als ich heute nach Hause kam, habe ich Erik und Joelle
zusammen auf der Couch erwischt. Ich weiß noch nicht genau,
was vorgefallen ist, aber eins ist klar: Ich hätte Erik nie vertrauen
dürfen. Und auch Ihr solltet es nicht tun! Also, falls Ihr Kinder habt:
Haltet sie von Erik fern! Und warnt auch andere Eltern!
Wir müssen unsere Kinder vor solchen Monstern schützen!

2

Pia beobachtete Erik über die Videokamera. Ihr ehemaliger Schulkamerad und Schwarm saß allein im Vernehmungsraum. Nachdem Judith Plattner ihn über seine Rechte als Zeuge belehrt hatte, hatte sie den Raum verlassen. »Je länger wir ihn schmoren lassen, desto nervöser wird er hoffentlich – und wir brauchen ihn nervös. Wir haben so gut wie nichts in der Hand, wir müssen ihn brechen.«

In Pias Augen fehlte dazu nicht viel. Erik hatte seinen Stuhl vom Tisch weggerückt. Er saß vornübergebeugt, die Ellbogen auf die Knie gestützt, sein Kopf hing herab, so dass sein Gesicht nicht zu sehen war, doch seine Haltung war die eines geschlagenen Mannes. Durch die Perspektive der Kamera, die erhöht angebracht war, konnte Pia seinen zwischen Hemdkragen und Haaransatz entblößten Nacken erkennen, der wirkte, als warte er auf das Fallbeil des Henkers. Pia fand den Anblick zutiefst verstörend. Nichts an diesem Mann erinnerte sie an den hübschen, selbstsicheren Sechzehnjährigen mit der sozialen Ader, der ihr lächelnd beim Einsammeln ihrer Tampons geholfen hatte.

Dabei war Pia auch nach Tamara Kürtens Whatsapp an das Abi-Orga-Team, die Luisa Abel an sie weitergeleitet hatte, keineswegs überzeugt gewesen, dass die Behauptung, Erik sei pädophil, der Wahrheit entsprach. Tamara war schon zu Schulzeiten eine notorische Lügnerin gewesen, die nach Belieben Gerüchte in Umlauf setzte, und Pia bezweifelte, dass sich das geändert hatte.

Außerdem hatte ihr Gehirn, das in ihrer bisherigen Dienstzeit viele Dinge verarbeitet hatte, die für Zivilisten in die Das-kann-doch-nicht-wahr-sein-Kategorie fielen, ungewohnte Schwierigkeiten gehabt, die Nachricht zu erfassen. Zwar wusste Pia aufgrund ihrer Ausbildung mehr über Pädophilie als die Durchschnittsbürgerin. Sie wusste, dass sich nach unterschiedlichen Schätzungen bis zu ein Prozent erwachsener Männer zu Kindern sexuell hingezogen fühlten, dass Pädophilie in allen sozialen Schichten auftrat und dass sie unabhängig vom Bildungsniveau war. Insofern war die Wahrscheinlichkeit, einen pädophilen Mann im Bekanntenkreis zu haben, nicht klein. Aber Erik?

Doch Eriks Reaktion auf Plattners Feststellung hatte Pias Zweifel weggewischt. Beziehungsweise seine Nichtreaktion. Er hatte kein Wort gesagt, keins der Empörung, keins des Unverständnisses, keins der Verärgerung angesichts des ungeheuerlichen Vorwurfs. Er war einfach erstarrt. Und daran hatte sich auch während der Fahrt zum Präsidium nichts geändert. Während Judith Plattner seine Personalien festgestellt hatte, hatte er völlig abwesend gewirkt, und Plattner hatte ihn dreimal fragen müssen, ob er die Belehrung verstanden habe, dass seine Aussage aufgenommen würde und dass er keine Angaben machen müsse, die ihn in Gefahr brächten, wegen einer Straftat verfolgt zu werden, bevor er ein leises »Ja« von sich gegeben hatte.

Es war eine Zeugenbelehrung gewesen, keine Beschuldigtenbelehrung. Es war zu früh, Erik offiziell als Beschuldigten einzustufen, doch Pia war sich bewusst, dass niemand im Beobachtungsraum – Judith Plattner, Roman Söring und Wilfried Zöllner, der aus seinem Vizepräsidentenbüro zu ihnen in den Keller des Präsidiums herabgestiegen war – daran Zweifel hegte, dass Erik für Theresa Brunners Verschwinden verantwortlich war. Pädophil und mit dem Opfer bekannt – das entsprach genau dem Täterprofil, nach dem sie seit zwei Tagen suchten. Es entsprach auch dem Profil, nach dem Pia Ausschau gehalten hatte, doch sie hätte nie gedacht, dass es auf Erik passen könnte.

»Ich würde sagen, wir gehen wie folgt vor«, sagte Roman, während er ein Foto von Theresa und eine Kopie von Tamara Kürtens Whatsapp, die Pia für ihn ausgedruckt hatte, in eine Aktenmappe legte. »Judith und ich übernehmen die erste Runde, du, Pia, beobachtest zunächst von hier. Du kennst Lange von früher, vielleicht kommt der Moment, an dem wir dich ihm als Vertrauensperson unterjubeln können.«

Pia nickte. Die passive Rolle schmeckte ihr nicht, aber sie hatte nichts anderes erwartet. Dies war eine Aufgabe für höhere Dienstränge.

»Wie packen wir ihn an?«, fragte Plattner. »Hart oder soft?«

»Soft«, entgegnete Roman prompt. »Wir haben nichts gegen Lange in der Hand, außer dass er pädophil ist und Theresa kennt. Wenn wir ihn zu hart anfassen, macht er zu und schreit nach seinem Anwalt. Es ist ohnehin ein Wunder, dass er das noch nicht getan hat. Unsere einzige Chance, etwas zu erfahren, ist, dass er mit uns redet. Aber Pädophilie ist ein heikles Thema, deshalb fange ich an für den Fall, dass es ihm leichter fällt, mit einem Mann darüber zu sprechen. Du siehst skeptisch aus, Wilfried.«

Wilfried Zöllner saß auf dem einzigen bequemen Stuhl im Beobachtungsraum, die Hände über seinem kugeligen Bauch gefaltet. »Weil es oft lange dauert. Wenn Lange die Kleine nicht getötet hat, zählt jede Stunde. Der Mann sieht so fertig aus, ich wette, er kippt sofort um, wenn du ihn hart angehst.«

Roman warf einen Blick auf den Bildschirm, bevor er den Kopf schüttelte. »Das Risiko ist zu groß, dass wir ihn dann komplett verlieren. Wenn er Theresa irgendwo gefangen hält, dann hat er sie vermutlich grundlegend versorgt, und sie hält auch noch ein paar Stunden länger durch.«

»Aber wenn du zu soft bist, gibst du ihm die Gelegenheit, sich zu sammeln.«

»Das werde ich zu verhindern wissen.«

Zöllner zog eine skeptische Miene, doch dann gab er nach. »Wenn du meinst. Aber lass dir nicht zu viel Zeit.«

Er warf einen Blick auf die Uhr, als wollte er schon anfangen, die Minuten zu zählen. Pia erinnerte sich, dass um zwölf Uhr die nächste Pressekonferenz angesetzt war. Seit Theresas Vermisstenmeldung waren neunundvierzig Stunden vergangen – wenn Kinder vermisst wurden, war das eine lange Zeit –, und Zöllner sehnte sich danach, den Journalisten endlich einen Verdächtigen präsentieren zu können.

»Okay, Pia, zu dir«, fuhr Roman fort. »Du kennst Lange, zwar nicht gut, aber immerhin, deshalb wirst du beobachten. Wenn dir irgendetwas auffällt, wenn du irgendetwas Hilfreiches beitragen kannst: nur zu. Ich werde mir einen Knopf ins Ohr stecken. Außerdem ist es dein Job, die Ermittlungen anzustoßen, die sich aus der Vernehmung ergeben. Das Ganze wird vermutlich Stunden dauern, Lange wird Aussagen machen, die wir überprüfen müssen, und ich will dafür nicht jedes Mal unterbrechen. Deshalb übernimmst du das. Wenn irgendetwas überprüft werden muss, rufst du Werner an. Sag ihm, was getan werden muss, er übernimmt alles Weitere. Fragen dazu?« Werner Müller war Romans Stellvertreter und koordinierte die Ermittlungen, während Roman die Vernehmung leitete.

»Eine: Wie offensiv sollen die Hintergrundermittlungen geführt werden.«

Roman runzelte die Stirn. »Was meinst du genau?«

Pia warf einen raschen Blick in Richtung von Plattner und Zöllner. »Nur mal ein Beispiel: Wenn Erik aussagt, dass er Theresa kaum kennt, und wir das überprüfen, indem wir seine Eltern danach fragen, dann werden die sich wundern, warum wir das wissen wollen.«

»Wir werden dazu keine konkreten Angaben machen.«

»Aber allein die Tatsache, dass wir fragen, wird ausreichen, dass die Brunners sich ihren Teil denken. Wenn das in Neukirchen die Runde macht, kann es Erik ruinieren.«

»Du meinst, für den Fall, dass er nicht derjenige ist, den wir suchen?«, fragte Roman.

In ihrem Augenwinkel bemerkte Pia, wie auf Plattners Stirn eine kleine steile Falte erschien und wie Zöllner seine Augen zum Himmel verdrehte, doch nachdem sie schon mit dem Zeh ins Wasser getaucht war, konnte sie auch ganz hineinspringen. »Genau für den Fall. Wie schon mehrfach festgestellt, haben wir nichts in der Hand, außer dass er pädophil ist und das Mädchen kennt.«

Roman musterte sie einen Moment lang schweigend. »Spricht da berufliche Vorsicht aus dir oder die Tatsache, dass du den Mann kennst und ihn beim Vornamen nennst?« Er hob abwehrend eine Hand. »Nein, denk erst darüber nach, bevor du antwortest.«

Pia tat wie geheißen, und ihr wurde klar, dass es Letzteres war, doch sie wollte vor Plattner und Zöllner nicht als soft gelten. »Berufliche Vorsicht.«

Roman nickte langsam. »Pia, ich verstehe deine Bedenken«, sagte er dann, »aber wir ermitteln seit zwei Tagen, wir haben keine andere Spur, und Erik Lange entspricht genau dem Täterprofil, nach dem wir suchen. Die Wahrscheinlichkeit, dass er für Theresa Brunners Verschwinden verantwortlich ist, ist hoch. Ja, vermutlich wird er unter den Ermittlungen leiden, und falls er wirklich unschuldig sein sollte, wird mir das vielleicht irgendwann leidtun. Aber jetzt suche ich nach einem neunjährigen Mädchen, das vielleicht noch lebt.« Er griff zu seiner Aktenmappe. »Judith?«

Die beiden verließen den Raum. Zöllner rollte seinen Chefsessel vor den Monitor, und nach kurzem Zögern setzte Pia sich auf einen harten Holzstuhl neben ihn. Gemeinsam warteten sie darauf, dass Roman Söring und Judith Plattner den Vernehmungsraum betraten, der neben dem Beobachtungsraum lag. Eriks Haltung hatte sich in den letzten Minuten nicht verändert. Noch immer saß er mit aufgestützten Ellbogen und hängendem Kopf da, so unbeweglich, dass man denken konnte, das Kamerabild sei eingefroren. Doch dann lief ein minimales Zucken durch seinen Körper, und Roman und Plattner traten ins Bild.

Allerdings war das Zucken Eriks einzige Reaktion. Er sah weder auf, als Plattner auf der anderen Seite des Tisches Platz nahm, noch, als Roman sich einen Stuhl heranzog und sich ihm schräg gegenübersetzte.

»Guten Morgen, Herr Lange, mein Name ist Roman Söring. Ich bin Erster Kriminalhauptkommissar und würde Ihnen gerne einige Fragen stellen.«

Auch jetzt reagierte Erik nicht. Sein Kopf hing weiterhin herab, so dass er von Roman nicht mehr als die Schuhe sehen konnte.

»Zunächst einmal möchte ich Ihnen für Ihre Bereitschaft zur Zusammenarbeit danken.«

Keine Reaktion.

»Dann würde ich Ihnen gerne einige Fragen zu Ihrer Person stellen, wenn Sie damit einverstanden sind. Doch zuvor: Kann ich Ihnen irgendetwas bringen lassen? Ein Glas Wasser, einen Kaffee? Die Luft ist leider immer recht trocken hier drinnen.«

Keine Reaktion.

»Herr Lange? Würden Sie mich ansehen?«

Wieder keine Reaktion, obwohl Roman dieses Mal volle zwei Minuten wartete, wie Pia am Timer erkennen konnte, der auf dem Bildschirm mitlief. Zwei Minuten waren eine lange Zeitspanne, die meisten Menschen ertrugen Schweigen nicht einmal halb so lange, doch Erik verharrte still in seiner Haltung. Gespannt fragte Pia sich, wie Roman ihn dazu bringen würde, diese Position zu verlassen.

»Gut, dann beginnen wir. Wir müssen leider über einige heikle Themen sprechen, daher würde ich Sie gerne zunächst etwas näher kennenlernen. Vielleicht möchten Sie mir ein bisschen über sich erzählen?«

Keine Reaktion.

Zöllner seufzte vernehmlich, doch Roman war keine Spur von Ungeduld anzumerken. Mit gleichbleibend freundlicher Stimme fuhr er fort: »Dann fange ich an. Einige Dinge weiß ich bereits über Sie. Sie heißen Erik Lange, sind vierunddreißig Jahre alt und leben seit März in Neukirchen. Am ersten April haben Sie die Buchhandlung am Marktplatz übernommen. Ein schöner Laden, ich war einmal dort, weil eine Tante von mir in Neukirchen lebt. Aber damals gehörte das Geschäft noch dem Vorbesitzer. Wie hieß er gleich noch?«

Roman war gut, dachte Pia. Er ließ die Frage so beiläufig einfließen, dass die meisten Menschen automatisch geantwortet hätten, doch Erik Lange schwieg weiterhin.

»Ach ja, Brandl. Wie gesagt, ein schöner Laden, mit einer altmodischen Türglocke und einer Registrierkasse, die aussah, als sei sie noch aus dem vorletzten Jahrhundert. Ich nehme an, Sie haben einiges modernisiert? Oder haben Sie den Laden gerade wegen seines altmodischen Charmes ausgewählt?«

Wieder machte Roman eine längere Pause, wieder bekam er keine Antwort.

»Na, das kann dauern. Geben Sie mir Bescheid, wenn was passiert.« Zöllner erhob sich und verließ den Raum.

Pia nutzte die Gelegenheit, in den Chefsessel zu wechseln. Sie konnte Zöllners Reaktion verstehen. Wenig war so frustrierend wie ein Zeuge oder ein Beschuldigter, der beharrlich nichts sagte. Sie war selbst schon oft gegen solche Schweigemauern angerannt, denn sogar Beschuldigte, die nicht clever genug waren, sofort nach einem Anwalt zu verlangen, waren oft clever genug, einfach die Klappe zu halten. Allerdings hatte Pia nicht den Eindruck, dass Erik schwieg, um nur ja nichts Belastendes zu sagen. Sie war nicht sicher, ob er überhaupt reagieren konnte. Er wirkte wie ein Mann, der sich völlig in seine eigene innere Welt zurückgezogen hatte, in der er kaum mitbekam, was um ihn herum passierte. Es würde mehr benötigen als einen Plausch über seine Buchhandlung, um ihn daraus hervorzulocken.

Auch Roman schien im Nebenzimmer zu dieser Erkenntnis zu kommen, denn er wechselte das Thema. »Aber wir haben Sie nicht hergebeten, um über Ihr Geschäft zu reden. Ich würde gern mit Ihnen über Ihre Familie reden. Möchten Sie mir etwas über sie erzählen?«

Keine Reaktion.

»Sie haben eine Tochter, nicht wahr? Joelle?«

Eriks Kopf zuckte minimal nach vorn. Die Bewegung war so schwach, dass sie Pia vermutlich gar nicht aufgefallen wäre, hätte sie nicht darauf geachtet. Gespannt beugte sie sich vor.

»Sie ist fünfzehn, richtig?«

Keine Reaktion.

»Ich kann mir vorstellen, dass es nicht einfach ist mit einer Tochter in dem Alter. Ich habe zwei Kinder, und als die beiden in der Pubertät waren …«

Pia wusste, dass Roman keine Kinder hatte. Seine Frau war an Brustkrebs gestorben, als sie noch keine vierzig war, seitdem war Roman mit seinem Job verheiratet.

»Meine Tochter hat sich mit fünfzehn Jahren für nichts anderes als für Mode und Musik interessiert. Was hat Ihre denn für Hobbys?«

Keine Reaktion.

»Erzählen Sie mir ein bisschen von ihr. Haben Sie ein Foto?«

Keine Reaktion.

»Es muss schwer für Sie sein, von ihr getrennt zu leben.«

Wieder lief ein winziges Zucken durch Eriks Körper. Auch Roman nahm es offensichtlich wahr, denn er hakte sofort nach.

»Lassen Sie uns über den Grund für die Trennung reden.«

Pia starrte angestrengt auf den Monitor. Sie hätte schwören können, dass Erik sich nicht bewegt hatte, dennoch hatte sie den Eindruck, dass seine Körperspannung sich erhöhte, und er wirkte aufmerksamer.

»Möchten Sie mir den Grund sagen?«

Keine Antwort.

»War es Ihre Entscheidung?«

Keine Antwort.

»Hat es damit zu tun, dass Sie pädophil sind?«

Erik erstarrte, wie Pia auf dem Bildschirm deutlich erkennen konnte. Seine Schultern zogen sich nach oben, und seine Hände verkrampften sich ineinander.

»Sie sind doch pädophil, oder?«

Erik verharrte in seiner verkrampften Haltung.

»Das muss schwer für Sie sein.«

Erik verharrte.

»Ich kann verstehen, dass Sie darüber nicht reden möchten. Leider müssen wir es dennoch.«

Erik verharrte.

»Fühlen Sie sich eher zu Mädchen oder zu Knaben hingezogen?«

Erik verharrte.

Pia schaltete ihr Mikro ein. »Roman, ich würde zurück zur Tochter gehen, da hat er die stärkste Reaktion gezeigt.« Sie schaltete das Mikro wieder aus.

Roman gab nicht zu erkennen, dass er sie gehört hatte, fragte jedoch als Nächstes: »Nach dem, was ich weiß, fühlen Sie sich zu Mädchen hingezogen. Haben Sie jemals unangemessene Gefühle für Ihre Tochter empfunden?«

Das Zucken, das bei dieser Frage durch Eriks Körper lief, war stärker als die Male zuvor.

»Heißt das ja?«

Ein weiteres unwillkürliches Zucken, doch dann folgte eine gewollte Bewegung. Ein Kopfschütteln. Es war nur ein kaum wahrnehmbares Schwenken des Kopfes von links nach rechts und zurück, doch es war Eriks erste bewusste Antwort.

»Heißt das, Sie haben noch nie unangemessene Gefühle für Ihre Tochter empfunden?«, hakte Roman nach.

Langsam nickte Erik.

Auch Roman nickte. Er saß seitlich zur Kamera, und Pia konnte seinem Profil die Befriedigung über den Verlauf der Vernehmung ansehen. »Das ist gut. Das freut mich für Sie. Allerdings …« Er machte eine Pause, in der sich die Spannung in Eriks

Körper noch einmal erhöhte. »Allerdings sagt Joelles Mutter etwas anderes. Mir liegt hier eine Aussage von ihr vor.« Roman öffnete die Aktenmappe und nahm den Ausdruck der Whatsapp hervor, wobei er extra mit dem Papier raschelte, damit Erik es mitbekam. »Nach Frau Kürtens Aussage kam es gestern in ihrer Wohnung zu einem Zwischenfall.«

Wieder schüttelte Erik den Kopf, heftiger dieses Mal.

»Sie bestreiten das?«

Heftiges Nicken.

»Aber Sie waren gestern in der Wohnung?«

Zögerliches Nicken.

»Können Sie mir erzählen, was passiert ist?«

Keine Reaktion.

»Herr Lange?«

Keine Reaktion.

Roman ließ seine Stimme genervt klingen. »Herr Lange, wenn Sie wollen, dass ich Ihnen glaube, dann müssen Sie mir schon erzählen, was passiert ist.«

Schweigen.

Roman schob geräuschvoll seinen Stuhl zurück. »Herr Lange, so funktioniert das leider nicht. Glauben Sie mir, ich versuche, Ihnen zu helfen, aber wenn Sie nicht mit mir reden, muss ich mich an die Aussage von Frau Kürten halten.« Er stand auf.

»Tamara lügt.« Eriks Stimme klang vom langen Schweigen belegt. Er räusperte sich und wiederholte noch einmal: »Tamara lügt.«

»Inwiefern?«

»Sie lügt immer. Fragen Sie Pia.«

»Kriminalkommissarin Meyer?«

Erik nickte.

Roman sah auf ihn hinunter. »Herr Lange, ich will Ihnen etwas verraten, das ich Ihnen eigentlich nicht sagen dürfte: Ja, Frau Meyer hegt tatsächlich Zweifel an der Glaubwürdigkeit von Frau Kürten. Andererseits stehen Aussagen im Raum, die wir überprüfen müssen. Wenn Sie uns also nichts dazu sagen, werden wir Ihre Tochter danach fragen müssen. Wollen Sie das?«

Auch eine weniger aufmerksame Beobachterin als Pia hätte bemerkt, dass Erik das nicht wollte. Er knetete seine Hände, sein Oberkörper bewegte sich unruhig hin und her, doch er schaffte es nicht, etwas zu erwidern, obwohl Roman ihm zwei volle Minuten Zeit dafür gab.

»Ihre Entscheidung«, sagte Roman schließlich. »Dann sind wir hier fertig und fahren nach Altenstein. Joelles Adresse haben wir ja. Frau Plattner?«

Judith erhob sich, und beide gingen zur Tür. Doch bevor Roman sie öffnen konnte, hob Erik langsam, sehr langsam den Kopf.

»Ich möchte mit Pia sprechen.«

Pia konnte ihre Begeisterung kaum verhehlen, als Roman zu ihr herüberkam, um sie zu fragen, ob sie sich zutraue, die Vernehmung zu übernehmen. Zwar hatte er gesagt, sie solle sich als Eriks Vertrauensperson bereithalten, doch sie hatte nicht damit gerechnet, dass es so weit kommen würde. Zum einen war die Vernehmung zu wichtig, um sie an einen unteren Dienstrang zu delegieren, zum anderen hatte sie Erik fünfzehn Jahre lang nicht gesehen und ohnehin nie ein enges Verhältnis zu ihm gehabt. Warum also sollte er sich ihr anvertrauen wollen? Doch er hatte nach ihr gefragt, und auch wenn Pia durchaus auf der Hut vor seinen Motiven war, war sie fest entschlossen, diese Gelegenheit zu nutzen. Diese Vernehmung war ihre Chance, vor Judith Plattner und Roman Söring zu glänzen – und indirekt vor Zöllner.

Entsprechend war Pia so schnell im Vernehmungsraum, dass Romans Stuhl noch warm war, als sie sich setzte. Doch bevor sie die Vernehmung begann, nahm sie sich einen Augenblick Zeit, Erik zu mustern, der sich in der Zwischenzeit etwas aufrechter hingesetzt hatte. Zufällig saß er auf demselben Stuhl, auf dem Mats Hering am Vortag gesessen hatte, doch die Haltung der beiden Männer hätte unterschiedlicher nicht sein können.

Während Hering sich betont cool gegeben hatte, strahlte Erik so viel Selbstbewusstsein aus wie ein Wattebäuschchen. Er kauerte in sich zusammengesunken da und starrte auf seine Hände, die er unablässig knetete. Auch als Pia ihn begrüßte, blickte er nicht auf, sagte lediglich leise: »Hallo, Pia.«

Pia war dennoch zufrieden, so musste sie nicht wieder bei null anfangen. Sie lehnte sich auf ihrem Stuhl zurück und wartete eine Zeit lang schweigend ab, doch ihre Hoffnung, Erik würde von sich aus das Gespräch beginnen – immerhin hatte er nach ihr gefragt –, erfüllte sich nicht, also machte sie den Anfang.

»Du wolltest mich sprechen?«

Auch jetzt blickte Erik nicht auf, und für eine ganze Weile sagte er nichts, doch Pia hatte nicht den Eindruck, dass er eine Antwort verweigern wollte, sondern dass er nach einer suchte. »Eigentlich will ich mit niemandem von euch sprechen«, murmelte er schließlich.

Pia nickte verständnisvoll, auch wenn Erik das nicht sehen konnte. »Das kann ich verstehen, leider ist es aber nötig.« Wieder machte sie eine kurze Pause. »Mein Chef sagte mir, du möchtest mit mir darüber reden, was gestern in Tamaras Wohnung passiert ist.«

»Es ist gar nichts passiert.« Zum ersten Mal hob Erik den Blick und sah Pia an. Seine Augen waren gerötet, und Pia glaubte, Verzweiflung darin zu lesen. »Du kennst doch Tamara: Sie lügt. Sie lügt immer, das hat sie früher schon getan.«

Wieder nickte Pia. »Das hat sie oft getan, das stimmt.«

»Also …«

Pia schüttelte den Kopf. »Erik, so einfach ist das leider nicht. Ich kann nicht einfach ignorieren, was eine Zeugin sagt, nur weil ich weiß, dass sie sich nicht immer an die Wahrheit hält. Und hier geht es immerhin um das Wohlergehen eines fünfzehnjährigen Mädchens.«

Seine Hände ballten sich zu Fäusten. »Ich würde meiner Tochter nie etwas tun. Nie.«

»Dann erzähl mir doch einfach, was gestern los war.«

Wieder dauerte es eine Weile, doch dann begann Erik mit leiser Stimme zu erzählen. »Joelle hatte Liebeskummer. Sie hat mich angerufen und angefleht zu kommen. Natürlich bin ich sofort hingefahren. Ich habe sie getröstet, wir haben eine Weile geredet, dann ist sie eingeschlafen. Wir saßen zusammen auf der Couch. Als Tamara nach Hause kam und uns sah, ist sie ausgerastet. Dabei war nichts dabei, gar nichts ...« Er brach ab.

»Warum ist Tamara dann ausgerastet?«

Erik schwieg.

Pia seufzte vernehmlich. »Erik, ich kann dir nicht helfen, wenn du mir nicht erzählst, was passiert ist. Tamara ist ausgerastet, weil sie weiß, dass du pädophil bist, nicht wahr?«

Erik senkte den Blick und starrte in eine Ecke des Raumes.

»Ich weiß, dass das schwierig für dich ist«, sagte Pia mitfühlend. »Möchtest du lieber mit einem Mann darüber reden?«

Er reagierte nicht, was Pia als Nein deutete.

»Dann sprich mit mir, Erik. Ich glaube dir ja, dass du deiner Tochter nie etwas tun würdest«, behauptete sie, »aber ich muss dich dennoch fragen: Bist du pädophil?«

Die Stille dehnte sich wie ein Gummiband, das zu zerreißen droht. Pia merkte, dass sie den Atem anhielt. Und schließlich, langsam, ganz langsam, nickte Erik.

Es war längst keine Überraschung mehr, dennoch war Pia schockiert. Der Junge, um den sich vor Jahren ihre Teenagerträume gedreht hatten, der die prinzenhafte Hauptrolle in ihren kitschigen Mädchenfantasien gespielt hatte, der der umschwärmte, von den anderen Jungs beneidete Mittelpunkt des Jahrgangs gewesen war, hatte sich in all dieser Zeit nach kleinen Kindern gesehnt.

»Kannst du mir mehr darüber sagen?«

Obwohl Erik den Kopf immer noch gesenkt hielt, konnte Pia erkennen, wie ein bitteres Lächeln seine Mundwinkel verzog. Und dann blickte er auf und sah sie mit einem solchen Ausdruck von Schmerz an, dass Pia innerlich zurückzuckte. »Was gibt es da noch zu erzählen? Reicht das nicht? Ich bin pädophil, ich bin ein Perverser, ein Monster, ein Ungeheuer. Dabei würde ich niemals einem Kind etwas antun. Ich habe nie einem Kind etwas angetan. Tamara weiß das. Ich habe es ihr gesagt, Klara hat es ihr gesagt. Ich liebe Joelle, eher würde ich mich umbringen, als …« Er brach ab und atmete schwer. »Tamara weiß das«, wiederholte er dann. »Sie hat die Whatsapp nur geschrieben, um mir zu schaden. Weil sie mich hasst.«

»Und warum tut sie das?«

»Wegen allem.« Erik begann, mit den Fingern der rechten Hand am linken Daumen zu ziehen. »Weil Joelle mich mehr liebt als sie. Weil ihr Leben nicht so ist, wie sie es sich erträumt hat. Weil sie mir die Schuld daran gibt. Weil ich sie geschwängert habe. Weil ich damals keine Beziehung zu ihr wollte. Dabei habe ich sie immer unterstützt. Ich war immer für sie und Joelle da, aber sie …«

»Aber sie?«, hakte Pia nach, als Erik nicht weitersprach.

Er schüttelte müde den Kopf. »Du kennst Tamara doch. Wenn sie unglücklich ist oder unzufrieden – und das ist sie immer –, braucht sie jemanden, dem sie das Leben zur Hölle machen kann. Sie war früher auch nicht gerade nett zu dir.«

Das war die Untertreibung des Jahres, dachte Pia und fragte sich zugleich, ob das der Grund war, warum Erik mit ihr hatte reden wollen. Dachte er, sie würde eher als ein unbefangener Kollege bereit sein, alles zu schlucken, was er über Tamara Kürten behauptete? Und hatte er in diesem Punkt recht?

»Aber irgendetwas an Tamara hat dir doch mal gefallen, sonst hättest du nicht mit ihr geschlafen.«

Erik zerrte an seinem Daumen, als wollte er ihn abreißen, antwortete jedoch nicht.

»Erik?«

Keine Reaktion. Pia fürchtete schon, ihn verloren zu haben, doch schließlich sagte er: »Ich habe nicht mit ihr geschlafen, weil sie mir gefallen hat. Ich wollte mir einfach nur beweisen, dass ich es kann. Dass es nicht wahr ist, dass …«

Er brachte es nicht fertig, den Satz zu beenden, also tat Pia es für ihn. »Dass du in Wahrheit auf Kinder stehst?«

Sie hatte es zu drastisch formuliert, Erik zuckte zurück. Doch dann nickte er.

»Heißt das, du wusstest es damals noch nicht sicher? Wie alt warst du denn? Achtzehn?«

Er nickte. »Und doch, ich wusste es, zumindest ahnte ich es. Aber ich wollte es nicht wahrhaben. Ich hoffte, es würde sich ändern. Ich hoffte immer, eines Tages würde ich mich in ein Mädchen in meinem Alter verlieben, aber ...«

»Aber das geschah nicht?«

Er schüttelte den Kopf.

»Was geschah stattdessen?«

Er schwieg.

»Stattdessen hast du dich in jüngere Mädchen verliebt? Oder in Knaben?«

Er schüttelte den Kopf.

»Also in jüngere Mädchen. Wie jung?«

Es war eine entscheidende Frage. In den Augen der meisten Menschen war ein pädophiler Mann ein Kinderschänder, der wahllos Kinder missbrauchte, doch Pia wusste, dass das nicht korrekt war. Der Begriff Pädophilie bedeutete zunächst einmal nur eine sexuelle Präferenz für Kinder vor Beginn der Pubertät. Wie diese Präferenz konkret ausgeprägt war, war von Mann zu Mann – in seltenen Fällen von Frau zu Frau – unterschiedlich. Es gab unterschiedliche Typen von Pädophilen. Einige waren nur auf Knaben orientiert, einige nur auf Mädchen. Einige interessierten sich für sehr junge Kinder, andere interessierten sich für solche kurz vor der Pubertät. Einige fühlten sich nicht nur von Kindern sexuell angezogen, sondern auch von erwachsenen Frauen oder Männern. Doch der wichtigste Unterschied war ein anderer: Es gab Pädophile, die Kinder missbrauchten, sogenannte Pädosexuelle, und solche, die es nicht taten. Und es gab Männer – und Frauen –, die nicht pädophil waren und dennoch Kinder missbrauchten, weil sie leichte Opfer waren. Die meisten Missbrauchstaten fielen in diese letzte Kategorie. Doch in welche Kategorie gehörte Erik?

Es dauerte einen Moment, bis Erik antwortete. »Mädchen zwischen sechs und zehn«, gab er schließlich zu. »Und Tamara weiß das! Ich habe es ihr erklärt. Allein deswegen ist Joelle nicht in Gefahr. Sie ist fünfzehn.«

»Aber in früheren Jahren war sie es?«

»Nein, natürlich nicht.«

»Aber du sagtest, allein wegen ihres Alters …«

Erik unterbrach sie sofort. »Leg mir keine Worte in den Mund!«, brauste er auf. »Ich liebe Joelle. Ich würde ihr nie wehtun, eher würde ich mich umbringen.«

Er klang wütend und – in Pias Ohren – aufrichtig. »Ich glaube dir«, sagte sie, und während sie es aussprach, wurde ihr klar, dass sie es tatsächlich tat. Dabei war sie nicht so naiv zu glauben, dass Erik Lange niemals etwas Böses tun würde, nur weil er mit sechzehn ein guter Kerl gewesen war. Doch sie konnte sich nicht vorstellen, dass er sich an seiner eigenen Tochter verging. Aber was war mit anderen Mädchen? Was, wenn er sich in eins verliebte? Was, wenn seine Hormone verrücktspielten?

Erik schien verblüfft über ihre Worte. »Du glaubst mir?« Er klang misstrauisch. »Heißt das, ich kann gehen?«

Er schien nicht auf eine positive Auskunft zu hoffen, und Pia verzichtete auf eine Antwort, die nicht in ihrem Interesse war. Offiziell durfte Erik jederzeit gehen, sie waren noch nicht so weit, einen Haftbefehl beantragen zu können. Es war ihre Aufgabe, das zu ändern.

»Du sagtest vorhin, du wolltest lange nicht wahrhaben, dass du pädophil bist. Wann hast du es dir eingestanden?«

Wieder dauerte es, bis Erik antwortete, dann atmete er einmal tief durch. »Während meines Referendariats. Ich hatte Deutsch und Geschichte studiert, ich wollte Lehrer werden, aber …«

»Aber?«

Er schluckte. »Ich bekam eine fünfte Klasse. Da war dieses Mädchen. Sie war bildhübsch, intelligent, lustig, sprühte vor Lebenslust und Kreativität.«

»Du hast dich in sie verliebt?«

Er nickte.

»Aber du hattest dich schon vorher verliebt, was war dieses Mal anders?«

Erik senkte den Blick. »Es war heftiger, und zum ersten Mal hatte ich das Bedürfnis nach mehr«, sagte er schließlich leise. Er starrte auf seine Hände, die unruhig über seine Oberschenkel rieben. »Ich wollte sie nicht nur ansehen, nicht nur mit ihr sprechen, scherzen, lachen. Ich wollte …« Seine Stimme wurde noch leiser, Pia hatte den Eindruck, dass er mehr zu sich sprach als zu ihr. »Sie war so wunderschön und so liebenswert. Sie leuchtete, und wenn ich in ihrer Nähe war, hatte ich das Gefühl, selbst zu leuchten. Wenn ich sie ansah, wollte ich sie berühren. Alles in mir sehnte sich danach, sie zu berühren. Und mehr …« Er brach ab, seine Atmung ging flach.

Pia atmete ebenfalls verhalten, um Erik nicht aus seiner Erinnerung zu reißen.

»Ich wollte in dieses Licht eintauchen«, fuhr er fort. »Ich wollte es besitzen. Ich …« Eine Schweißperle erschien auf seiner Stirn. »Ich hatte das noch nie so intensiv gespürt. Die anderen Male hatte ich die Sehnsucht ignorieren und mein Bedürfnisse unterdrücken können, aber bei Sara …«

Er brach ab. Pia wartete ab, doch Erik sprach nicht weiter. »Was ist dann passiert?«, fragte sie daher.

Erik warf ihr einen kurzen Blick zu, dann sah er wieder weg. Doch der Blick traf Pia wie ein Schlag. Sie las Angst darin und das Flehen um Verständnis, und plötzlich wusste sie, was er sagen würde und dass der Durchbruch in Reichweite war, schneller, als sie gedacht hatte. Erik war kurz davor, ihr den Missbrauch an seiner ehemaligen Schülerin zu gestehen.

Der Gedanke löste zwei entgegengesetzte Reaktionen in Pia

aus. Ein Gefühl des Triumphes – und einen Impuls zur Flucht. Sie wollte es nicht hören. Sie wollte nicht hören, dass Erik – der Erik, der ihr geholfen hatte, für den sie als Jugendliche geschwärmt hatte –, dass dieser Erik ein Kind missbraucht hatte. Doch Pia blieb, wo sie war, denn ihr Triumphgefühl war stärker. Wenn Erik den Missbrauch an dem Mädchen zugab, dann würde sie ihn nicht nur dafür drankriegen, sondern auch für das, was er Theresa Brunner angetan hatte. Sie würde ihn überführen, sie würde diesen Fall lösen. Doch dazu musste sie behutsam vorgehen.

Pia wartete, doch nichts geschah. »Erik?«

Schließlich sah er sie an. In seinen Augen ein Ausdruck solcher Qual, dass es Pia einen Schauer über den Rücken trieb. Doch sie weigerte sich, Mitgefühl zu empfinden. Ja, wahrscheinlich hatte Erik Lange auf irgendeinem Level Mitgefühl verdient. Pädophilie war ein grausames, unverdientes Schicksal. Erik hatte es sich bestimmt nicht ausgesucht. Er konnte nichts dafür, dass er sich nach kleinen Mädchen sehnte statt nach erwachsenen Frauen oder erwachsenen Männern. Doch Kindesmissbrauch war tausendfach grausamer.

»Was ist passiert?«, wiederholte sie.

Erik seufzte. »Ich habe versucht, mich umzubringen.«

Es war nicht die Antwort, die Pia erwartet hatte, und für einen Moment war sie verwirrt. Es schien nicht nur ihr so zu ergehen. Zu ihrer Linken stieß Judith Plattner einen tiefen Seufzer aus. Pia hatte ihre Anwesenheit völlig vergessen, und als sie sich jetzt zu ihr umdrehte, fiel ihr auf, dass die Erste Kriminalhauptkommissarin ausgesprochen blass im Gesicht war.

Pia konzentrierte sich wieder auf Erik. »Wie?«

»Ich bin mit meinem Auto gegen einen Baum gerast. Es war kein Erfolg. Das Auto war Schrott, aber ich hatte kaum einen Kratzer.«

»Und dann?«

Er seufzte. »Ich habe das Referendariat abgebrochen und in der Buchhandlung meiner Eltern angefangen.«

»Was war mit dem Mädchen?«, hakte Pia nach.

Erik sah sie überrascht an. »Nichts. Ich habe sie nie wieder gesehen.«

»Und zwischen euch ist nichts passiert?«, fragte Pia ungläubig.

»Natürlich nicht.« Er kniff misstrauisch seine Augen zusammen. »Ich habe es doch schon gesagt: Ich würde nie einem Kind etwas antun. Glaubst du, ich weiß nicht, wie Missbrauch ein Kind traumatisiert?«

Pia zuckte mit den Achseln. »Manche Pädophile glauben an einvernehmlichen Sex mit Kindern.«

»Nur schwachsinnige.«

»Was ist mit Fotos, Videos? Hast du je welche angeguckt?«

»Nein!«

»Besessen?«

»Nein!«

»Wenn ich also jetzt dein Handy oder deinen Computer durchsuchen würde, würde ich nichts finden?«

Erik presste sich gegen die Rückenlehne seines Stuhls. »Du willst mein Handy und meinen Computer untersuchen?«, fragte er. »Brauchst du dafür nicht einen Durchsuchungsbefehl?«

»Nicht, wenn du einverstanden bist. Bist du?«

Er schüttelte sofort den Kopf. »Warum sollte ich? Da sind meine ganzen privaten Daten drauf. Nur weil Tamara …«

Pia schnitt ihm das Wort ab. »Es geht nicht um Tamara und Joelle, es geht um Theresa Brunner.«

Erik war nicht so dumm, so zu tun, als hätte er nicht damit gerechnet. Er schloss für einen Moment die Augen. Als er sie wieder öffnete, blickte er resigniert. »Ich habe mit Theresas Verschwinden nichts zu tun«, sagte er mit Nachdruck. »Ich habe es dir schon gesagt: Ich kenne sie kaum, ich habe sie nur zweimal getroffen, ich habe nie mehr zu ihr gesagt als Hallo.«

»Warst du je allein mit ihr?«

»Nein.«

»Erzähl mir von den zwei Begegnungen.«

Erik zögerte und begann wieder, an seinen Fingern zu zerren, doch als er sah, dass Pia es bemerkte, schob er die Hände in die Taschen seiner Chinos und atmete einmal tief durch. »Zum ersten Mal habe ich Theresa am Eröffnungstag der Buchhandlung getroffen. Sie kam mit ihrer Mutter. Die beiden wollten sich den Tresen ansehen, den Marco für mich gezimmert hat. Ich habe mit Viola ein paar Worte gewechselt, Theresa hat sich in der Zwischenzeit mit Pauline unterhalten. Das war's.«

»Pauline Vogt? Sie war auch dabei?«

»Mit Nora.«

»Und das war alles?«

Er nickte.

»Und die zweite Begegnung?«, fragte Pia.

Erik fuhr sich mit der Hand durch die Haare. »Das war an Marcos Geburtstag, Anfang Mai. Theresa war wieder mit ihrer Mutter zusammen. Ich habe die beiden begrüßt und ein paar Worte mit Viola gewechselt.«

»Hast du auch mit Theresa geredet?«

»Nein.«

»Warum nicht?«

»Es gab keinen Grund.«

»Und später hast du sie nicht mehr gesehen?«

Alle Vernehmungsbeamten waren Fallensteller, die mehr oder weniger raffinierte Fragen stellten, in denen sich Zeugen oder Beschuldigte verheddern sollten. Wenn sie nicht genügend Material für eine raffinierte Falle hatte, versuchte Pia es gerne auch mit einer plumpen.

Doch Erik fiel nicht darauf herein. »Ich habe dir schon gesagt, dass ich den Streit zwischen Theresa und Pauline beobachtet habe.«

»Ach ja, im Obstgarten, ich erinnere mich.« Pia tat, als dächte sie nach. »Ich war mittlerweile einmal im Obstgarten, er liegt sehr versteckt. Wie kam es, dass du da reingegangen bist?«

Erik setzte sich etwas aufrechter hin, während er überlegte. »Ich weiß es nicht mehr. Ich glaube, ich hörte, wie Pauline sich mit jemandem stritt, und wollte nachsehen.«

»Warum?«

»Warum nicht?«

»Warum doch? Du bist nicht ihr Vater, du hast keine Verantwortung für sie.«

Er zuckte mit den Achseln. »Allgemeines Verantwortungsgefühl? Außerdem kenne ich Pauline recht gut. Sie kommt öfter in der Buchhandlung vorbei und lümmelt in der Leseecke herum oder läuft mir durch den ganzen Laden nach und stellt Fragen.«

»Magst du sie?«

Ein Lächeln zuckte um seine Mundwinkel. »Sie kann eine kleine Nervensäge sein, aber sie ist clever.«

»Und wie würdest du Theresa beschreiben?«

Erik war sofort wieder auf der Hut. »Wie gesagt, ich kenne sie so gut wie gar nicht.«

»Aber du hast doch sicherlich irgendeinen Eindruck von ihr gewonnen.«

»Sie schien nett zu sein.« Als Pia nichts erwiderte, fügte er gereizt hinzu: »Mehr kann ich dir nicht sagen.«

»Gar nichts?«

»Gar nichts.«

Pia zog eine zweifelnde Miene. »Dir ist nichts an ihr aufgefallen?«

»Nein.«

»Interessant.« Pia klappte die Aktenmappe auf, die Roman auf dem Tisch hatte liegen lassen, holte ein Foto von Theresa hervor und hielt es Erik hin.

Der zuckte zurück. »Was ist damit?«

»Erkennst du das Mädchen?«

»Natürlich. Es ist Theresa.«

»Und möchtest du immer noch behaupten, dass dir nichts an ihr auffällt? Gar nichts? Dann lass mich dir sagen, was mir an dem Foto auffällt – und was ohne Ausnahme sofort jedem meiner Kollegen aufgefallen ist: Dieses Mädchen ist atemberaubend schön.«

Erik schluckte.

»Möchtest du ernsthaft behaupten, das sei dir nicht aufgefallen?«

Erik schloss für einen Moment die Augen. Um besser nachdenken zu können? Um ihren Ausdruck vor Pia zu verstecken? Pia sah auf seine Hände, die immer noch in seinen Hosentaschen steckten. Doch auch so konnte sie erkennen, dass sie zu Fäusten geballt waren.

Schließlich öffnete Erik die Augen wieder. »Doch, es ist mir aufgefallen. Na und? Spielt das eine Rolle?«

»Ich denke, dass es sogar eine große Rolle spielt.« Pia legte das Foto auf den Tisch, mit Theresas Gesicht nach oben. »Vor allem für dich.«

Erik erwiderte nichts.

»Warst du in Theresa verliebt?«

»Nein!«

»Aber du fandst sie attraktiv?«

»Nein!«

»Das glaube ich dir nicht.«

»Das ist dein Problem.«

Pia schüttelte den Kopf. »Es ist deins, Erik. Du hast zugegeben, dass du auf Mädchen zwischen sechs und zehn Jahren stehst. Dann taucht eine bildschöne Neunjährige in deinem Bekanntenkreis auf, und du willst mir erzählen, dass dich das völlig kaltgelassen hat?«

»Du verknallst dich doch auch nicht auf den ersten Blick in jeden attraktiven Kerl, der dir über den Weg läuft.«

»Aber ich erkenne auf den ersten Blick, dass er attraktiv ist.«

Wieder erwiderte Erik nichts, und eine Weile saßen sie schweigend da, wobei Erik Pias Blick genauso mied wie den Anblick von Theresas Foto. Doch schließlich sah er auf.

»Glaubst du ernsthaft, dass ich Theresa etwas angetan habe?«, fragte er. »Denkst du das wirklich von mir?«

Pia zuckte mit den Achseln. »Immerhin warst du in der Nacht von Freitag auf Samstag in Schönblick.«

»Weil ich Nora nach Hause gebracht habe.«

»Und danach?«

»Bin ich nach Hause gefahren und ins Bett gegangen.«

»Kann das jemand bestätigen?«

»Ich lebe alleine.«

»Also kein Alibi.«

»Da bin ich bestimmt nicht der einzige Mann in Neukirchen.«

»Aber der einzige pädophile.«

Der Treffer saß, Erik duckte sich regelrecht bei Pias Worten. Doch dann sah er sie an. »Und das ist der einzige Grund, warum ich hier bin, nicht wahr?«, fragte er, und die Bitterkeit in seiner Stimme war nicht zu überhören. »Euch interessiert nicht, wer ich bin oder mein Charakter oder was ich mache, wie ich lebe. Euch interessiert nur, dass ich pädophil bin. Ich kann euch hundertmal sagen, dass ich nie einem Kind wehtun würde, ihr glaubt mir dennoch nicht. Ich kann mich nicht wehren, ich kann nichts tun.«

Pia beugte sich vor. »Du könntest etwas tun. Überlass uns deinen Computer und dein Handy, lass uns deine Wohnung und dein Auto untersuchen. Gib uns die Möglichkeit, uns zu überzeugen, dass du die Wahrheit sagst.«

»Das klingt für mich wie Erpressung.«

Pia erwiderte nichts, und wieder herrschte eine lange Zeit Schweigen, dann steckte Erik seine Hand in seine Hosentasche und legte sein Handy und seine Autoschlüssel auf den Tisch.

3

Nachdem Pia Erik das Einverständnis abgerungen hatte, schickte Roman Söring mehrere Teams der Kriminaltechnik los, die Eriks Wohnung durchsuchen, seinen Wagen zum Präsidium schaffen und seinen Computer und sein Handy zum LKA bringen sollten. Am späten Nachmittag kamen sie mit Polizeivizepräsident Zöllner zu einer Besprechung zusammen. Die ersten Ergebnisse der Durchsuchungen waren negativ. Die interessanteste Information bis zu diesem Zeitpunkt war die Feststellung des für Eriks Corsa zuständigen Kriminaltechnikers, dass das Auto seit Wochen weder außen noch innen gereinigt worden war.

»Also, was denkt ihr?«, fragte Roman, in dessen Büro sie saßen.

Das Zimmer wies – bis auf die Tatsache, dass es ein Einzelzimmer war – keine besonderen Qualitäten auf. Überladene Aktenschränke aus Eichenfurnier, ein passender Schreibtisch, eine Konferenzecke mit Blick auf den Parkplatz. Dennoch hatte dieses Büro einen eigenen Eintrag auf Pias beruflicher Löffelliste. In sieben oder acht Jahren ging Roman in Pension, und Pia war entschlossen, seine Nachfolgerin zu werden. In ihren Augen hatte sie heute einen großen Schritt in diese Richtung gemacht, doch Wilfried Zöllner, dessen Job ebenfalls auf ihrer Liste stand, schien das anders zu sehen.

»Die verständnisvolle Masche war ein Fehler«, knurrte der Polizeivizepräsident. »Alles, was sie uns eingebracht hat, ist ein Haufen weinerliches Zeug über Langes verpfuschtes Leben und seinen Suizidversuch – dafür bekommen wir nie einen Haftbefehl. Wir hätten ihn härter rannehmen müssen.« Er schlug seine rechte Faust in die linke Handinnenfläche, eine Geste, die bei seinen kleinen Händen nicht sonderlich martialisch wirkte. »Sie hätten viel mehr Druck machen müssen«, fügte er an Pia gewandt hinzu.

Pia konnte mit unverblümter Kritik umgehen, am liebsten konterte sie mit unverblümten Antworten, allerdings war das gegenüber einem Polizeivizepräsidenten wenig ratsam. Sie überlegte, wie die diplomatische Umschreibung von Bullshit lautete, doch Roman kam ihr zuvor.

»Das sehe ich anders, Wilfried. In meinen Augen hat Kriminalkommissarin Meyer einen sehr guten Job gemacht. Sie hat sich an die Vorgaben gehalten und Lange immerhin dazu gebracht, den Durchsuchungen zuzustimmen.«

»Meine Rede! Wer weiß, was sie alles mit einer härteren Gangart erreicht hätte?« Zöllner warf einen Blick auf seine Uhr. »Fünfundfünfzig Stunden. Wir brauchen Ergebnisse, die Presse sitzt uns im Nacken.«

»Wir können keine Ergebnisse produzieren, wo keine zu holen sind«, entgegnete Roman. »Judith, was meinst du?«

Judith Plattner schreckte aus ihren Gedanken hoch. Die Erste Kriminalhauptkommissarin hatte einen geistesabwesenden Eindruck gemacht, seit sie den Vernehmungsraum verlassen hatten. Pia schätzte, dass sie den beiden Männern gar nicht zugehört hatte, doch das war ein Irrtum.

»Ich sehe es wie Roman. Langes Zustimmung zu den Durchsuchungen ist ein Erfolg. Wenn wir Glück haben, liefert uns die Kriminaltechnik irgendetwas Brauchbares. Allerdings bezweifle ich das. Lange hätte nicht zugestimmt, wenn er fürchten müsste, dass wir etwas finden.«

Zöllner wischte die Zweifel beiseite. »Solche Typen überschätzen sich immer. Wir brauchen nur ein einziges Foto, nur einen Schnipsel Kinderpornografie, dann …« Er machte die typische

Handbewegung, mit der das Durchschneiden einer Gurgel angedeutet wird, dann erhob er sich. »Haltet mich auf dem Laufenden.« Er verließ den Raum, wobei er die Tür nicht richtig schloss.

Roman stand auf, drückte die Tür zu und öffnete das Fenster, als wollte er einen üblen Geruch hinaus- oder frischen Wind hereinlassen. »Also, was denkt ihr?«, wiederholte er, nachdem er sich wieder gesetzt hatte. »Pia, fang du an. Wen hast du heute Vormittag eine Stunde lang vernommen? Einen Mann, der ein neunjähriges Mädchen missbraucht und getötet hat, oder einen Mann, der das Pech hat, mit einer sexuellen Präferenz auf die Welt gekommen zu sein, gegen die er mit allen Mitteln ankämpft?«

Es war dieselbe Frage, die Pia sich seit Verlassen des Vernehmungsraumes in einer Endlosschleife selbst gestellt hatte, und sie war erleichtert, dass sie nicht die Einzige war. Sie wusste, dass sie selbst Erik gegenüber voreingenommen war, doch wenn auch Roman an dessen Schuld zweifelte, hatte sie ihre Objektivität nicht gänzlich eingebüßt.

»Ich weiß es nicht«, bekannte sie. »Ich bin ziemlich sicher, dass es eine Zeit gegeben hat, in der Erik gegen seine Pädophilie angekämpft hat. Ich glaube ihm die Geschichte von seinem Suizidversuch. Ich weiß, dass er Lehrer werden wollte, aber das Referendariat geschmissen hat. Keiner wusste, wieso, aber ich nehme ihm ab, dass seine Pädophilie der Grund war. Er wollte die Schülerinnen vor sich beschützen – und sich vor ihnen. Aber ich frage mich, ob nicht genau das gegen ihn spricht.«

»Inwiefern?«, wollte Roman wissen. »Wenn er bereit war, sein ganzes Leben umzukrempeln, um den Kontakt zu Kindern beziehungsweise jungen Mädchen zu minimieren – spricht das nicht eher für ihn?«

»Es spricht gegen seine Fähigkeit zur Selbstbeherrschung«, entgegnete Pia. »Wenn er Situationen vermeiden muss, in denen er allein mit einem Mädchen ist, um sich vor der Versuchung zu schützen, dann frage ich mich, ob er der Versuchung widerstehen könnte, wenn sie ihn unvorbereitet überfällt.« Sie schwieg einen

Moment, um ihre Gedanken zu sortieren. »Was ich sagen will: Ich kann mir nicht vorstellen, dass Erik geplant einen Kindesmissbrauch begehen würde. Dass er ein Kind wochen- oder monatelang anlocken würde, immer mit dem Ziel, eines Tages über es herzufallen. Doch hätte er die Kraft, zu widerstehen, wenn er unverhofft in eine große Versuchung geriete? Und ich bin überzeugt, dass Theresa Brunner eine große Versuchung für ihn war. Dass er nicht bemerkt haben will, wie schön sie ist, ist Quatsch, und auf Fragen nach ihr hat er wesentlich nervöser reagiert als auf Fragen nach Pauline.«

»Was daran liegen könnte, dass Theresa verschwunden ist, Pauline nicht.«

Pia schüttelte den Kopf. »Ich glaube, es steckt mehr dahinter. Ich glaube, Erik sieht in Pauline einfach nur ein Kind, in Theresa eine Verlockung.«

Roman nickte langsam und blickte Plattner fragend an. »Judith?«

Wieder dauerte es, bis die ältere Kollegin reagierte. »Ich hatte auch den Eindruck, dass Theresa mehr für Lange bedeutet«, sagte sie dann, »allerdings würde ich lieber über Fakten reden als über Eindrücke beziehungsweise – solange wir nicht weitere Untersuchungsergebnisse der Kriminaltechnik haben – über Szenarien. Wenn Lange unser Mann ist, gibt es im Prinzip zwei Möglichkeiten: Er hat Theresa spontan missbraucht und getötet, oder er hat es geplant getan. Aber beide Szenarien werfen Fragen auf.« Sie tippte nachdenklich mit ihrem Kugelschreiber auf den Tisch. »Fangen wir mal mit dem Szenario ohne Vorsatz an. In dem Fall würde ich vermuten, dass Lange und Theresa sich erst am frühen Morgen begegnet sind, nicht schon in der Nacht, denn Lange hat Schönblick um Mitternacht verlassen, und zehn Minuten später lag Theresa nach Aussage ihres Vaters in ihrem Bett. Zwar ist es möglich, dass Lange nicht sofort nach Hause gefahren ist und dass Theresa auch ohne Verabredung mitten in der Nacht aufgestanden ist und dass die beiden zufällig zur selben Zeit am Marterl waren, doch es erscheint mir unwahrscheinlich. Gehen wir also davon aus, dass Lange aus irgendeinem Grund morgens vor der Öffnung seiner Buchhandlung mit dem Auto losgefahren ist und Theresa zufällig am Marterl getroffen hat und dass aus irgendeinem Grund in dem Moment die Versuchung für ihn so stark war, dass er Theresa nicht widerstehen konnte. Was ist dann geschehen? Hat er sie an Ort und Stelle missbraucht und getötet und ihre Leiche weggebracht? Das kann ich mir nicht vorstellen, denn wenn es schon hell war, wäre das Risiko, gesehen zu werden, für einen intelligenten Mann wie ihn zu groß gewesen. Die Alternative wäre, dass er sie woanders hingebracht hat, um sich in Ruhe an ihr vergehen zu können.«

»Ich sehe da kein Problem«, sagte Roman. »Er ist ein Freund ihres Vaters, Theresa hätte ihm bestimmt vertraut, wenn er angeboten hätte, sie zum Beispiel in seinem Auto nach Hause zu fahren.«

Plattner nickte. »Aber was dann? Er fährt mit ihr an einen abgelegenen Ort, missbraucht sie, tötet sie, dann versteckt er die Leiche. Doch was würde er als Nächstes tun? Wenn er halbwegs bei Verstand ist, sein Abitur nicht in der Lotterie gewonnen und je einen der Krimis gelesen hat, die er verkauft, dann würde er bei nächster Gelegenheit sein Auto waschen und vor allem aussaugen, um Theresas DNA-Spuren zu entfernen. Aber das hat er nicht getan.«

Roman zuckte mit den Achseln. »Er könnte sie in eine Decke oder Folie gewickelt und es deswegen nicht für nötig gehalten haben.«

Plattner schüttelte den Kopf. »Nur, wenn sie schon tot war, sonst hätte sie sich das höchstens gefallen lassen, wenn er ein Betäubungsmittel verwendet hätte, doch dann hätte er die Tat geplant.«

»Und was stört dich an dem Szenario?«

»Einiges.« Judith strich sich eine kurze silberne Haarsträhne hinters Ohr. »Auch in dem Fall wäre es idiotisch von ihm gewesen, das Auto nicht auszusaugen. Schließlich hätten beim Überfall auf Theresa DNA-Spuren von ihr auf ihn übergegangen sein können, die er dann selbst im Wagen verteilt hat. Das Risiko wäre zwar klein gewesen, aber warum es überhaupt eingehen? Doch vor allem stört mich der Zeitpunkt. Lange lebt allein, er muss niemandem über sein Kommen und Gehen Rechenschaft ablegen, aber er führt ein Geschäft. Er war am Samstagmorgen von neun bis zwölf in der Buchhandlung, das hat uns seine Mitarbeiterin gesagt, während wir auf ihn gewartet haben. Wenn er Theresa geplant entführt hat, um sie zu missbrauchen, warum hätte er das in den frühen Morgenstunden eines Samstags tun sollen? Warum nicht an einem Samstagnachmittag? Dann hätte er das ganze Wochenende Zeit gehabt.« Sie schwieg nachdenklich. »Es sei denn, Theresa lebt noch. Es sei denn, er hält sie irgendwo versteckt, um sich immer wieder an ihr vergehen zu können.«

»Falls das so ist, dann müsste er das wochenlang geplant haben, und dann werden wir in seiner Wohnung oder auf seinem Computer Hinweise darauf finden«, sagte Roman zuversichtlich.

Plattner nickte. »Ja, vermutlich.« Sie seufzte. »Aber das ist alles Spekulation, wir sollten die Ergebnisse der Kriminaltechnik abwarten, mehr können wir im Moment nicht tun. War's das?«

Sie schob ihren Stuhl zurück und stand auf, als Romans Telefon klingelte. Roman nahm das Gespräch an, während Pia Judith Plattner zur Tür folgte. Doch bevor sie das Büro verlassen konnten, rief Roman sie zurück.

»Das war die Wache. Es hat sich gerade eine Zeugin gemeldet, die am Samstagmorgen beim Nordic Walking in der Nähe des Marterls etwas beobachtet hat.«

Die Zeugin hieß Claudia Wörth, war zweiundsechzig Jahre alt, hatte bis vor zwei Jahren bei der Neukirchener Volkshochschule gearbeitet und sich dann zeitgleich mit ihrem Mann verrenten lassen. Sie ging alle zwei Tage zum Nordic Walking, weil das ein tolles Hobby und gut für die Gelenke war, und war gerade zum ersten Mal Großmutter geworden. Das alles erfuhren die Kriminalbeamten in den ersten drei Minuten des Gesprächs, denn die Frau war so redselig, als sei ihre Rente nach der Anzahl ihrer Worte pro Minute gestaffelt.

Dabei war die Tatsache, dass zwei Tage zuvor Claudia Wörths Enkelin geboren geworden war, tatsächlich relevant für ihre Aussage, denn sie war der Grund dafür, dass die Frau sich erst heute meldete. Denn kaum war sie am Samstagmorgen von ihrer morgendlichen Walkingrunde nach Hause zurückgekommen, hatte das Telefon geklingelt und ihr Schwiegersohn die freudige Botschaft überbracht. Daraufhin war Claudia Wörth mit ihrem Mann zu ihrer Tochter nach Rosenheim gereist und erst am Sonntagabend zurückgekehrt. Am Montagvormittag hatte sie beim Einkaufen von Theresa Brunners Verschwinden erfahren, doch erst als sie vor einer halben Stunde zu einer weiteren Walkingrunde aufbrechen wollte, war Frau Wörth eingefallen, dass sie möglicherweise etwas Wissenswertes zu berichten hatte.

»Ich habe dann hier angerufen, und der Beamte am Telefon sagte, ich solle so schnell wie möglich herkommen, also bin ich gleich los. Ich habe mich nicht einmal umgezogen.«

Das erklärte die schwarze Trainingshose und das pinkfarbene Funktionsshirt, dachte Pia.

»Das ist sehr freundlich von Ihnen«, erklärte Roman, der die Befragung übernommen hatte, in seiner besten Seelsorgerstimme. »Sie sind also am Samstagmorgen im Wald südlich von Neukirchen gewalkt und haben etwas beobachtet, das Sie uns mitteilen möchten.«

Claudia Wörth nickte und strich sich ihre braun gefärbten Ponyfransen aus der Stirn. »Ja, und ich habe mich auf dem Weg hierher schon gefragt, ob es vielleicht Schicksal war, dass ich dort gewalkt bin, denn normalerweise treffe ich mich samstags immer mit meiner Freundin auf der anderen Seite von Neukirchen. Doch die Freundin ist gerade verreist, Rhodos, obwohl mir das um diese Jahreszeit zu heiß wäre, und da dachte ich, ich könnte genauso gut bei uns eine Runde walken. Die Bachgasse, in der wir wohnen, ist nicht weit von der Staatsstraße, deshalb habe ich den Fuß-Rad-Weg nach Schönblick genommen. Nach einigen Hundert Metern zweigt links die alte Straße nach Neustadt ab. Sie kennen sie bestimmt. Sie ist für den normalen Verkehr mittlerweile gesperrt, obwohl viele sie dennoch als Abkürzung missbrauchen. Ich tue das aber nicht. Ich sage immer, dass die Polizei Verkehrsschilder nicht nur zum Spaß aufstellt, oder?«

Sie unterbrach ihren Redefluss, um Atem zu schöpfen und vielleicht auch um für ihr regelkonformes Verhalten gelobt zu werden. Pia fragte sich, ob sie zu den Frauen gehörte, die auch beim Sport – wenn man Nordic Walking als solchen bezeichnen wollte – unablässig redeten. Vermutlich schon.

»Und auf dieser Straße ist Ihnen etwas aufgefallen?«, fragte Roman.

Claudia Wörth nickte wieder. »Ja, bei dem Marterl, das Renata Brunner gewidmet ist. Sie war die Frau von Josef Brunner, das ist der Bruder des Vaters des vermissten Mädchens.«

»Sie kennen die Familie?«

»Nicht privat, nein. Herr Brunner hat vor einigen Jahren einige Schreinerarbeiten bei uns in der VHS erledigt. Sagte ich schon, dass ich früher dort gearbeitet habe? In der Verwaltung. Danach bin ich Herrn Brunner einige Male in Neukirchen begegnet, wenn er mit seiner Frau und seiner Tochter unterwegs war. Eine schöne Frau, und ein so hübsches Mädchen, und sie fährt immer mit ihrem Tretroller durch die Gegend. Deswegen dachte ich ja auch sofort an sie, als er mir wieder einfiel.«

»Als wer Ihnen wieder einfiel?«

»Der Tretroller.«

Bis zu diesem Zeitpunkt hatte Pia durchaus Zweifel gehegt, dass es ein sinnvoller Einsatz von knappen Polizeiressourcen war, dass gleich drei Kriminalbeamte Claudia Wörth zuhörten, doch bei dem letzten Wort richtete sie ihre volle Aufmerksamkeit auf die Frau.

»Sie haben einen Tretroller gesehen?«, hakte Roman nach.

»Ja. Es war einer von diesen silbernen mit kleinen Rädern, auf denen die Kinder heutzutage herumbrausen. Kein elektrischer, solche gibt's bei uns zum Glück nicht, und auch keiner, wie wir ihn früher hatten, aus Holz, mit großen Gummirädern. Er lag halb im Gebüsch, etwa fünf Meter von dem Marterl entfernt.«

»Auf derselben Seite?«

»Ja.«

»Vor oder hinter dem Marterl? Von der Richtung aus gesehen, aus der sie kamen?«

»Davor.« Und da Ein-Wort-Antworten ihre Sachen nicht waren, fügte Frau Wörth hinzu: »Ich habe mich gefragt, was der Roller da macht. Erst dachte ich, jemand habe ihn vielleicht weggeworfen, die Leute werfen ihr Zeug heutzutage ja überall hin, doch dann dachte ich, dass ihn vielleicht ein Kind da hingelegt hat, das irgendwo im Wald spielt. Allerdings konnte ich keins sehen. Ich konnte niemanden sehen. Und dann, als mir vorhin der Roller wieder einfiel, dachte ich, ich komme am besten zu Ihnen.«

Sie blickte Roman Beifall heischend an, und er reagierte prompt. »Das wissen wir sehr zu schätzen, Frau Wörth. Darf ich noch einige Fragen stellen? Haben Sie sich den Roller genauer angesehen?«

»Angesehen? Natürlich nicht, warum hätte ich das tun sollen? Ich war auch auf der anderen Straßenseite.«

»Sie können also nicht sagen, ob der Roller zum Beispiel mit Stickern beklebt war oder welche Farbe seine Griffe hatten?«

Sie schüttelte den Kopf.

»Und können Sie uns sagen, wann das war?«

»Darüber habe ich auf dem Wege hierher auch schon nachgedacht. Ich schätze gegen Viertel vor acht. Ich bin um halb acht losgewalkt, und der Weg bis zum Marterl dauert ungefähr eine Viertelstunde.«

4

Als Judith an diesem Abend ihre Haustür aufschloss, war es wie zwei Tage zuvor dunkel im Haus, nur im Wohnzimmer brannte eine Leselampe. Doch Judith wusste, dass dort nicht ihre Tochter wartete, sondern ihr Mann, denn sie hatte ihn angerufen und gebeten aufzubleiben.

Judith, Roman und Pia Meyer hatten noch lange im Präsidium zusammengesessen und über Konsequenzen aus der Tatsache diskutiert, dass Theresa Brunners Tretroller am Samstagmorgen gegen Viertel vor acht am Marterl gelegen hatte. Streng genommen wussten sie zwar nicht, dass es Theresas Roller gewesen war, doch da Frau Wörth in der Nähe kein anderes Kind gesehen hatte, war es wahrscheinlich, dass Judith sich geirrt und Viola Brunner recht behalten hatte: Theresa war morgens mit ihrem Roller losgezogen. Um acht Uhr war er nicht in der Garage gewesen, doch bis spätestens um sechzehn Uhr dreiundzwanzig hatte jemand ihn wieder zurückgebracht. Aber wer? Und warum?

Theresa? War Theresa irgendwann nach acht Uhr unbemerkt mit dem Roller von ihrem frühmorgendlichen Ausflug zurückgekommen und war, was immer ihr zugestoßen war, erst später passiert? Doch Theresas Spur verlor sich am Marterl. Warum hätte sie dorthin fahren, dann den Roller wieder nach Hause bringen und dann noch einmal zu Fuß dorthin gehen sollen?

Wahrscheinlicher war, dass eine andere Person den Roller zurückgebracht hatte. Doch wer? Irgendein harmloser Unbeteiligter, der den Roller zufällig entdeckt hatte, wusste, wo er hingehörte, und ihn zurückgestellt hatte? Allerdings hatte niemand aus Schönblick zugegeben, das getan zu haben. Oder hatte der Täter, der für Theresas Verschwinden verantwortlich war, den Roller zurückgestellt? In Judiths Augen war das die wahrscheinlichste Erklärung, doch in dem Fall war es ausgeschlossen, dass ein Fremder dieser Täter war. Denn ein Fremder hätte nicht gewusst, wo der Roller hingehörte. Und warum hätte er überhaupt das Risiko auf sich nehmen sollen, nach Schönblick zu gehen oder zu fahren und ihn zurückzubringen?

Letztere Frage stellte sich allerdings auch, wenn der Täter kein Fremder war. Warum hatte der Täter den Roller nicht beim Marterl liegen lassen? Warum hatte er ihn zurückgebracht? Weil er nicht wollte, dass die Polizei herausfand, dass Theresa außerhalb ihres Elternhauses etwas zugestoßen war? Weil er den Verdacht auf die Brunners lenken wollte? Oder war es ihm darum gegangen, dass der Roller nicht am Marterl gefunden wurde? Spielte das Marterl irgendeine besondere Rolle in diesem Fall? War es kein Zufall, dass Theresa gerade von dort verschwunden war?

Judith und ihre Kollegen hatten diese und weitere Fragen stundenlang diskutiert, ohne Antworten zu finden, die Diskussion hatte sie allerdings in einem Punkt bestärkt: Theresa war nicht das Zufallsopfer eines Fremden geworden, der Täter kam aus ihrem Nahfeld und mit hoher Wahrscheinlichkeit aus Schönblick, denn die Anwohner der Sackgasse hätten die beste Chance gehabt, Theresas Roller unbemerkt zurückzubringen. Und das bedeutete, dass der Täter mit derselben hohen Wahrscheinlichkeit nicht Erik Lange hieß.

Das war einer der Gründe gewesen, warum Roman schließlich angeordnet heute, Erik Lange gehen zu lassen. Der andere war, dass sie ihn hatten gehen lassen müssen, da sie weder in seiner Wohnung noch in seinem Auto noch auf seinem Computer noch auf seinem Handy einen Hinweis gefunden hatten, der ihn mit Theresa Brunner oder einem anderen Verbrechen in Verbindung gebracht hätte. Nicht einmal einen Schnipsel Kinderpornografie, wie Zöllner es formuliert hatte – und das, obwohl Lange ihnen sämtliche PINs und Passwörter, sogar zu seinem E-Mail-Account, ausgehändigt hatte. Der zuständige LKA-Beamte behauptete sogar, der Computer enthalte den langweiligsten Datensatz, den er je habe analysieren müssen.

Auch Langes Wohnung und Auto waren sauber. Es gab keine verdächtigen Fingerabdrücke, Haare, Fasern oder DNA-Spuren. Lange schien in seiner Wohnung seit Wochen keinen Besuch empfangen zu haben, und es gab keine Hinweise, dass er in seinem Corsa seit der letzten Reinigung etwas anderes transportiert hatte als Bücher oder Lebensmittel oder seine Sporttasche. Lediglich auf dem Beifahrersitz waren einige lange braune und einige kurze blond gefärbte Haare gefunden worden, die aufgrund der Farben definitiv nicht von Theresa stammten, sondern nach Langes Aussage von seiner Schwester und von Nora Vogt. Dennoch hatte Judith noch einmal Valerie angefordert, die Stella mit einer Geruchsprobe von Theresa auf das Auto angesetzt hatte. Fehlanzeige. Theresa hatte vermutlich nie, sicherlich nicht in letzter Zeit lebend in dem Wagen gesessen. Der einzige Test, der noch ausstand, war ein Test auf Leichengeruch für den Fall, dass Erik Lange Theresa zwar nicht lebend, aber tot transportiert hatte, und zwar einige Zeit nach ihrem Tod, so dass der Verwesungsprozess eingesetzt hatte. Roman hatte dafür einen Leichenspürhund angefordert, der jedoch erst am nächsten Tag zur Verfügung stand. Deswegen hatten sie Langes Auto behalten und dem Mann angeboten, ihn nach Hause zu fahren, doch er hatte lieber ein Taxi genommen.

Judith hatte vor dem Polizeipräsidium gestanden und Erik Lange nachgesehen und dabei inständig gehofft, dass hier ein Unschuldiger davonfuhr. Nicht nur, weil sie ihn hatten gehen lassen müssen, sondern aus einem anderen Grund. Sie wollte, dass Erik Lange unschuldig war. Sie wollte es für ihn. Sie wünschte Erik

Lange, dass er nicht versagt hatte, dass er seinen fatalen Bedürfnissen nicht nachgegeben hatte, dass er nicht zu dem Monster geworden war, das aufgrund seiner sexuellen Orientierung in ihm schlummerte. Und sie wünschte das, weil sie während seiner Vernehmung ihre Neutralität verloren hatte.

Es war passiert, als Erik Lange seinen Suizidversuch schilderte. In dem Moment war Judith ein ungeheuerlicher Verdacht gekommen, so ungeheuerlich, dass sie sofort versucht hatte, ihn wieder zu verjagen. Doch es war ihr nicht gelungen. Der Verdacht hatte sich in ihrem Kopf festgesetzt und war im Verlauf des Tages immer stärker geworden. Ihr waren immer neue Hinweise eingefallen, die für ihn sprachen.

Ein Junge, so süß und liebenswert, dass die Mädchen ihm in Scharen nachrannten, doch er zeigte kein Interesse an ihnen.

Ein Junge, der seinen Eltern schließlich doch noch seine erste Freundin präsentierte und für die nächsten zwei Jahre mit ihr das verliebte Pärchen spielte, obwohl es eine Lüge war.

Ein Junge, der seinen Eltern mit leuchtenden Augen von der Arbeit im Kindergarten erzählte und dabei über die Maßen von der kleinen Zoe schwärmte.

Ein Junge, der von Dämonen gequält wurde, über die er mit niemandem reden konnte.

Ein Junge, der sich das Leben nahm und einen Abschiedsbrief hinterließ mit den Worten: »Es ist besser so!!!!!«

Ein Suizid, für den es keine Erklärung gab. Bis jetzt?

Judith stellte ihre Aktentasche ab, zog ihre Schuhe aus und ging leise ins Wohnzimmer. Martin saß im Licht der Leselampe auf dem Sofa und schlief. Daran, dass er saß und nicht lag, erkannte Judith, dass er hatte wach bleiben wollen, doch es war ihm nicht gelungen. Sein Kopf war auf die Sofalehne zurückgefallen, sein Mund leicht geöffnet, und er schnarchte halblaut.

Judith streckte eine Hand aus, doch dann hielt sie inne. Sollte sie ihren Mann wirklich wecken? Sie hatte ihn am frühen Abend angerufen und gebeten aufzubleiben, damit sie mit ihm über ihren Verdacht reden konnte, doch jetzt erschien es ihr grausam. Es würde ihm nur Schmerzen bereiten, und sie war weit davon entfernt, sicher zu sein. Vielleicht sollte sie erst noch eine Nacht darüber schlafen? Vielleicht würde sich der Verdacht wieder verflüchtigen? Vielleicht sollte sie noch einmal darüber nachdenken, Fakten sammeln, Nachforschungen anstellen, noch einmal mit Simons Freundin Jana reden, bevor sie mit Martin sprach?

Judith zog ihre Hand zurück. Sie konnte sich nicht erinnern, je so unschlüssig gewesen zu sein.

5

Erik

Als das Taxi mich in der Gasse absetzt, die zum Hintereingang der Buchhandlung und zu meiner Wohnung führt, ist es schon dunkel, und ich bin so müde, dass ich im Stehen einschlafen könnte. Ich bin sogar zu müde, um irgendetwas zu empfinden. Verglichen mit den Gefühlen der letzten zwanzig oder dreißig Stunden ist dieser Zustand der Leere angenehm. Keine Angst, keine Panik.

Ich sperre die Haustür auf und schalte das Flurlicht ein, das auf die Treppe zu meiner Wohnung fällt. Sie zu nehmen und mich in meinem Bett zu verkriechen, ist verlockend, doch es gibt etwas, das ich vorher erledigen muss, und da die Polizei nicht nur mein Auto, sondern auch meinen Laptop und mein Handy behalten hat, muss ich dafür in die Buchhandlung. Ich öffne die Tür zum Laden, schalte die Notbeleuchtung ein, greife mir das Telefon vom Kassentresen und gehe in das Hinterzimmer, in dem die Polizei mich heute Morgen erwartet hat. Während ich den Stuhl heranziehe, auf dem Pia Meyer gesessen hat, denke ich kurz nach und wähle dann aus dem Gedächtnis Joelles Handynummer. Mit klopfendem Herzen lausche ich dem Freizeichen. Einmal, zweimal, dreimal, dann nimmt sie das Gespräch an.

»Hallo?« Die letzte Silbe zieht sie unsicher hoch. Kein Wunder, die Nummer ist ihr unbekannt, ich habe sie noch nie von hier angerufen.

Ich will antworten, doch plötzlich ist meine Stimme weg. Ich bringe keinen Ton heraus, spüre nur einen Riesenkloß im Hals, und dann ist die Angst wieder da. Was, wenn Joelle auflegt? Was, wenn sie nicht mit mir reden will? Was, wenn sie mich aus ihrem Leben ausschließen will, jetzt, wo sie weiß, was ich bin?

»Hallo?« Noch unsicherer.

Ich räuspere mich. »Liebes, ich bin's, Papa.«

Eine Sekunde vergeht, zwei Sekunden, drei Sekunden. Dann: »Oh, Paps, ich bin so froh, dass du endlich anrufst. Ich habe versucht, dich zu erreichen, ich habe mir solche Sorgen gemacht. Wo bist du? Geht es dir gut?«

Und plötzlich geht es mir gut, und ich weiß, es wird mir immer gut gehen, solange es Joelle gibt. »Ja, Liebes, das tut es. Wie geht es dir?«

»Oh, mir geht es auch gut«, sagt sie hastig. Zu hastig. Ich warte schweigend ab, und dann bricht es aus ihr heraus: »Oh, Papa, der ganze Tag war grauenvoll. Ich hatte solche Angst um dich. Ich habe dich ein paarmal angerufen, aber du bist nicht drangegangen, und dann habe ich Tante Klara angerufen, aber sie konnte dich auch nicht erreichen, und dann dachte ich … Ich dachte …«

Sie schluchzt auf, und mein Herz krampft sich zusammen. Gleichzeitig flackert Zorn in mir auf. Auf die Polizei, die mich den ganzen Tag festgehalten hat, so dass meine Tochter mich nicht erreichen konnte, aber mehr noch auf mich, weil ich es zugelassen habe.

»Was dachtest du, mein Schatz?«

»Ich dachte, dass du vielleicht …« Ich höre, wie sie krampfhaft schluckt. »Ich dachte, dass du vielleicht weg bist. Weil du doch gestern Abend so unglücklich warst und weil ich einfach gegangen bin. Ich dachte, dass du vielleicht auch weggegangen bist.« Sie beginnt zu weinen.

Ich bin erschüttert. Was habe ich falsch gemacht, dass Joelle denkt, ich könnte sie jemals im Stich lassen? Doch die Antwort liegt auf der Hand. Ich habe sie schon einmal verlassen, als ich nach Neukirchen gezogen bin. Und damals, als ich den Fuß nicht vom Gaspedal nahm, während ich auf den Baum zuraste, wollte ich es ebenfalls tun. Dass ich in beiden Fällen versucht habe, sie zu schützen, sie vor dem Stigma zu bewahren, ein Monster als Vater zu haben, zählt nicht.

»Es tut mir so leid, Liebes. Aber hör mal: Ich werde dich niemals im Stich lassen, hörst du? Nicht, solange du mich brauchst, okay?«

Joelle macht ein undefinierbares verweintes Geräusch. »Versprochen?«, fragt sie dann mit tränenerstickter Stimme.

»Versprochen.«

»Aber wo warst du denn heute? Und warum rufst du nicht vom Handy an?«

Ich starre in die dunklen Ecken des Hinterzimmers, während ich überlege, was ich antworten soll. Ich will Joelle nicht noch mehr ängstigen, doch wenn diese ganze grauenvolle Sache etwas Gutes hat, dann dass ich meine Tochter nicht mehr anlügen muss.

»Ich war bei der Polizei.« Als Joelle einen erschreckten Laut von sich gibt, füge ich schnell hinzu: »Kein Grund zur Sorge. Es war nur eine Routinebefragung.«

»Aber warum haben sie dich befragt?«

Ehrlichkeit hat auch ihre Nachteile. »Es ist ein bisschen kompliziert. Ist es okay, wenn ich es dir ein anderes Mal erkläre? Ich versichere dir, du musst dich nicht ängstigen, ich würde jetzt nur lieber mit dir über etwas anderes reden.«

Eine Weile dringt nur Joelles Atem aus dem Hörer, während sie mit sich kämpft, ob sie das Polizeithema auf sich beruhen lassen soll. »Über das, was gestern passiert ist, als Mama nach Hause kam?«, fragt sie schließlich.

»Ja – wenn du damit einverstanden bist.«

»Darüber, dass du pädophil bist?«

Die Tatsache, dass ihr das Wort so leicht über die Lippen geht, kann nur bedeuten, dass sie sich in Gedanken intensiv damit beschäftigt hat.

»Ja.«

»Es ist also wahr?«

»Ja. Es tut mir leid.«

Wieder ist eine Zeit lang nur Joelles Atem zu hören. »Ich verstehe das nicht«, sagt sie endlich. »Wie kannst du so etwas wollen? Ich meine, es sind doch Kinder.«

»Ich verstehe es auch nicht, Liebes.«

»Aber warum ausgerechnet du?«

Eine gute Frage, die ich mir selbst tausendmal gestellt habe. Warum ausgerechnet ich? Warum wurde mir diese Bürde auferlegt? Nachdem ich irgendwann gezwungen war, zu akzeptieren, dass ich tatsächlich pädophil bin, dass dieses Bedürfnis zu mir gehört, dass ich es nur in Schach halten, aber nie endgültig besiegen kann, habe ich alles dazu gelesen, was ich in die Finger bekommen konnte. Tatsache ist, dass die Fachleute – seien es Mediziner, Psychologen oder Soziologen – bis heute nicht wissen, wie Pädophilie entsteht. Es gibt verschiedene, teils widersprüchliche Erklärungsansätze, aber keiner hat sich bisher durchgesetzt. Es gibt vermutlich begünstigende Faktoren – zum Beispiel selbst erlebter Missbrauch oder instabile Familienverhältnisse in der Kindheit –, aber keiner davon trifft bei mir zu. Warum also ich? Klara hat mir darauf einmal eine sehr befremdliche Antwort gegeben: »Besser du als ein anderer, denn du würdest dich eher umbringen, als der Versuchung nachzugeben.«

»Ich weiß es nicht«, sage ich. »Es ist einfach etwas, mit dem ich geboren wurde. Ich habe es mir nicht ausgesucht.«

»Aber das ist ungerecht.«

Joelle klingt so empört, dass ich unwillkürlich lächeln muss.

»Das finde ich auch.«

»Tante Klara sagt, dass du deswegen weggezogen bist. Stimmt das?«

Ich bestätige das.

»Tante Klara hat auch gesagt, dass …«, sie zögert, »dass Mama das verlangt hat. Dass sie gesagt hat, dass sie es allen erzählt, wenn du bleibst.« Ich höre an der Unsicherheit in Joelles Stimme, dass sie es einerseits nicht glauben will, dass sie andererseits wenig Zweifel an den Worten ihrer Tante hat. Joelle hängt an Klara und bewundert sie sehr.

Ich überlege, was ich antworten soll. Ich habe immer versucht, mich Joelle gegenüber in Bezug auf Tamara neutral zu geben. Auch Klara hat das auf meine Bitte hin stets getan, und so bin ich etwas irritiert, dass sie Joelle jetzt von Tamaras Erpressung erzählt hat. Andererseits kann ich mir denken, wie es dazu gekommen ist. Joelle hatte heute sicherlich viele Fragen, und ich war nicht da, um sie zu beantworten.

»Das ist richtig«, sage ich schließlich.

Joelles Antwort kommt prompt. »Ich hasse sie«, stößt sie hervor.

Es ist nicht das erste Mal, dass sie das sagt. Über den Jahreswechsel hatten Joelle und Tamara eine schlechte Phase, in der sie sich ständig gestritten haben, ausgelöst durch Joelles Wunsch, zu mir zu ziehen. Ich habe damals versucht zu vermitteln, obwohl es auch mein sehnlichster Wunsch gewesen wäre, dass Joelle bei mir lebt. Ich weiß nicht, wie die Auseinandersetzung geendet hätte, hätte nicht Ralf Tamara die Waffe in die Hand gedrückt, den Streit auf ihre Weise zu lösen.

»Sag das nicht, Liebes!«

»Es stimmt.«

»Aber sie liebt dich.«

»Ich werde ihr das nie verzeihen.«

Ich sage nichts mehr, weil Widerspruch Joelle nur noch mehr aufstacheln würde. Eine Weile schweigen wir.

»Was passiert denn jetzt?«, fragt sie dann.

Gute Frage. »Ich weiß es nicht.«

»Kannst du nicht zurückkommen?«

»Das ist nicht so einfach.«

»Doch! Mama kann jetzt nicht mehr damit drohen, es mir zu sagen. Und ich sage einfach, dass ich weglaufe, wenn sie es anderen sagt. Und ich tue es, ich schwöre.«

Ich höre ihrer Stimme an, dass es ihr ernst ist, und mir wird eiskalt ums Herz. »Bitte, Joelle, das darfst du auf keinen Fall tun! Das ist gefährlich!«

»Dann komm zurück. Herzenswunsch!«

Ich überlege, was ich ihr darauf antworten soll. Offensichtlich weiß Joelle noch nicht, dass Tamara mich bereits geoutet hat, doch das möchte ich nicht am Telefon mit ihr besprechen. Aber wenn ich es ihr persönlich erklären will, muss ich dazu nach Altenstein fahren, wo vermutlich die halbe Stadt mittlerweile weiß, was ich bin. Allein bei dem Gedanken bricht mir der Angstschweiß aus.

»Was hältst du davon, wenn ich morgen zunächst einmal für einen Tag zurückkomme? Ich hole dich von der Schule ab, dann können wir in Ruhe reden, okay?«

Am nächsten Morgen schlafe ich länger als sonst, weil mein Handywecker nicht klingelt. Das hat den Vorteil, dass ich mich wach und fit fühle, als ich die Beine aus dem Bett schwinge, zumindest einen Moment lang, doch dann überfallen mich die Zukunftsängste, für die ich am Vorabend zu müde war. Ängste, die sich auf die ferne, aber auch auf die unmittelbare Zukunft richten. Was, wenn ich heute in Altenstein jemandem begegne, der mich kennt und der es schon gehört hat? Was wird derjenige tun? Wie soll ich reagieren? Und wieso habe ich Joelle gesagt, dass ich sie von der Schule abhole? Was ist, wenn ich länger auf sie warten muss und wenn eine Gruppe von Fünftklässlerinnen an mir vorbeigeht und wenn jemand das sieht und denkt …

Für einen Moment stehe ich wie gelähmt neben meinem Bett, doch dann denke ich daran, wie viel schlimmer es wäre, wenn Joelle das unvorbereitet passiert. Was, wenn die Leute sie auf mich ansprechen? Lehrer, Mitschüler, Eltern von Mitschülern? Ich muss mit ihr reden, sie darauf vorbereiten, mir irgendeine Strategie überlegen, wie ich sie davor beschützen kann.

Der Gedanke spornt mich an, ich gehe ins Bad und dann in die Küche, um mir einen Kaffee zu kochen. Doch als mein Blick auf die Uhr am Backofen fällt, die acht Uhr vierzig anzeigt, fällt mir siedend heiß ein, dass ich um neun Uhr meine Buchhandlung öffnen müsste. Ich habe tatsächlich mein eigenes Geschäft vergessen!

Ich gehe im Kopf schnell meine Optionen durch: Joelle absagen ist keine. Die Buchhandlung geschlossen lassen? Das ist eine Möglichkeit. Andererseits übernimmt Christa Baumann, die dienstags normalerweise nicht kommt, gelegentlich gerne eine Extraschicht, weil sie das Geld gebrauchen kann. Wobei sie allerdings erwartet, dass ich sie rechtzeitig informiere, was in ihrem Fall drei Tage im Voraus sind, nicht nur zwanzig Minuten.

Ein Versuch ist es dennoch wert, deswegen laufe ich hinunter in die Buchhandlung. Christa Baumanns Telefonnummer steht auf einem Zettel, der im Hinterzimmer an der Wand hängt.

Es dauert eine Weile, bis Christa Baumann ans Telefon geht, dann meldet sie sich mit einem misstrauischen »Ja?«. Meine Mitarbeiterin gehört zu jenen Menschen, die am Telefon immer klingen, als erwarteten sie einen obszönen Anruf oder zumindest eine lästige Umfrage.

»Guten Morgen, Frau Baumann, Lange hier. Entschuldigen Sie bitte die frühe Störung, ich möchte Sie um einen Gefallen bitten. Könnten Sie für mich heute in der Buchhandlung einspringen?« Ich mache eine Pause, um ihr die Möglichkeit zu einer Antwort zu geben – am besten in Form eines Ja –, doch sie erwidert nichts. »Ich weiß, dass es sehr kurzfristig ist«, fahre ich fort. »Es handelt sich um einen Notfall.«

Sie schweigt weiterhin.

»Frau Baumann?«

Jetzt bequemt sie sich doch zu einer Antwort. »Heißt das, Sie sind wieder da?«

Sie klingt so ungläubig, dass mir endlich ein Licht aufgeht. Natürlich! Christa Baumann war gestern dabei, als Pia mit ihrer Kollegin kam, um mich mit zum Präsidium zu nehmen. Sie muss sich gewundert haben, warum die Polizei mich so dringend sprechen wollte – und warum ich mich den ganzen Tag nicht mehr bei ihr gemeldet habe.

»Ja, ich bin wieder da. Es tut mir leid, dass ich Sie gestern im Stich lassen musste.« Ich überlege fieberhaft, was ich ihr als Erklärung anbieten könnte, doch ich bin ein schlechter, weil wenig fantasiebegabter Lügner. »Die Polizei hatte einige dringende Fragen, weil ich Familie Brunner recht gut kenne. Reine Routine, ich war gar nicht lange dort. Danach musste ich noch nach Altenstein, ein Notfall in meiner Familie. Ich hätte Sie anrufen sollen, doch es ging alles ein wenig drunter und drüber, da habe ich es vergessen. Entschuldigen Sie bitte. War denn alles in Ordnung?«

»Ja, alles war in Ordnung, allerdings habe ich heute keine Zeit. Und auch in Zukunft nicht mehr.«

Ein Klicken, und sie ist weg.

Verwirrt lege ich ebenfalls auf. Auch in Zukunft nicht mehr? Hat Frau Baumann gerade gekündigt? Aber wieso? Weil ich ihr zu unzuverlässig bin? Weil ich mich gestern nicht gemeldet habe? Weil die Polizei mich sprechen wollte? Oder …?

Mir wird eiskalt bei der einzig anderen Möglichkeit, die mir einfällt. Pia hat mir gestern versichert, dass die Polizei meine Pädophilie vertraulich behandeln werde, doch ich mache mir keine Illusionen. Es wird auch in Neukirchen bekannt werden. Entweder, weil jemand bei der Polizei redet, oder weil in Neukirchen jemand jemanden kennt, der jemanden kennt, der jemanden kennt, der mit mir zur Schule gegangen ist. Doch ich hätte nicht gedacht, dass es so schnell geht. Das kann nicht sein. Oder?

Unsicher blicke ich mich im Hinterzimmer um. Nein, das kann nicht sein. Eigentlich nicht. Dennoch wird mir flau im Magen, Unruhe steigt in mir hoch, und plötzlich bin ich froh, nach Altenstein fliehen zu können. Denn eins ist klar: Wenn ich mein Outing irgendwie überstehen will, dann benötige ich Unterstützung. Und alle meine Unterstützer sind in Altenstein.

Hastig schnappe ich mir das Telefonbuch, das Georg Brandl mir vermacht hat, und schlage unter T wie Taxi nach.

Eine Stunde später ziehe ich meine Wohnungstür hinter mir zu, in der Hand die Sporttasche, in die ich einige Habseligkeiten gepackt habe, unter anderem einen Pyjama und eine Zahnbürste. Ich habe Klara auf die Mailbox gesprochen und gefragt, ob ich für einige Tage bei ihr unterkriechen kann, und mich auch bei meinen Eltern angekündigt. Ins Schaufenster der Buchhandlung habe ich ein Schild gehängt: »Wegen eines Trauerfalls geschlossen«. Sollte diese Sache glimpflich für mich ausgehen, dann werde ich eine tote Tante erfinden müssen, aber ich bezweifle es. Obwohl ich versuche, es nicht zu tun, bin ich dabei, mich in eine veritable Panik hineinzusteigern. Mittlerweile bin ich überzeugt davon, dass Christa Baumann über mich Bescheid weiß – woher auch immer – und damit halb Neukirchen. Und wenn das so ist, dann bin ich in Gefahr. Es war immer mein größter Albtraum, dass ich eines Tages geoutet werde, doch in einem Ort geoutet zu werden, in dem gerade ein kleines Mädchen verschwunden ist …

Ich setze mich unten auf die Treppe und werfe einen Blick auf die Uhr. Zehn vor zehn. Neukirchen hat nur ein Taxi, das von seiner Besitzerin gefahren wird. Ich habe sie gebeten, mich um Viertel vor zehn abzuholen, doch sie war gerade auf einer Fahrt zum Flughafen und sagte, sie schaffe es frühestens um zehn, vielleicht aber auch erst eine Viertelstunde später, je nach Verkehrslage.

Ein weiterer Blick. Neun Minuten vor zehn. Wäre ich gläubig, würde ich um eine grüne Welle für die Taxifahrerin beten, doch ich bin nicht gläubig, obwohl Klara in einer Anwandlung von Wut über mein Schicksal einmal gelästert hat, ich würde gut in die katholische Kirche passen.

Sieben Minuten vor zehn. Als das Telefon in der Buchhandlung klingelt, zucke ich zusammen, gehe jedoch nicht dran. In der letzten Stunde haben zwei Kunden angerufen, um Bücher zu bestellen. Ich überlege kurz, die Ansage auf dem Anrufbeantworter für die nächsten Tage zu ändern, doch ich habe Angst, dass in der Zwischenzeit das Taxi eintrifft.

Sechs Minuten vor zehn. Ich werde immer nervöser.

Drei Minuten vor zehn. Ich überlege, ob ich draußen in der Gasse auf die Taxifahrerin warten soll, doch ich bleibe lieber hier in meinem Hausflur. Da fühle ich mich sicherer.

Eine Minute vor zehn. Ich bin mittlerweile so nervös, dass ich aufs Klo muss, allerdings ist dafür keine Zeit mehr.

Zehn Uhr. Nichts passiert. Keine grüne Welle für die Ungläubigen.

Und dann ist es kurz nach zehn, und es klingelt. Obwohl ich darauf gewartet habe, fahre ich zusammen. Ich greife zu meiner Tasche und stolpere fast beim Aufstehen. Auf dem Weg zur Hintertür atme ich tief durch. Ich will nicht, dass die Taxifahrerin mich für seltsam hält. Außerdem fällt mir das Atmen jetzt, wo die Rettung vor der Tür steht, leichter. Schon überkommt mich Scham, dass ich mich so lächerlich benehme, nur weil Frau Baumann kurz angebunden war.

»Ich komme«, rufe ich überflüssigerweise und öffne die Tür. Davor ist niemand zu sehen. Typisch, dem Taxifahrer, der einen freundlich zum Wagen geleitet, bin ich noch nie begegnet.

Ich trete aus der Tür und drehe mich um, um sie zuzuziehen, da sehe ich aus dem Augenwinkel eine Bewegung. Doch es ist zu spät. Im nächsten Moment trifft mich ein Schlag am Hinterkopf, und dann sehe ich gar nicht mehr.

6

Als Judith und Pia Meyer am Dienstagmorgen nach Neukirchen fuhren, wurden sie von zwei Kollegen des KK zwölf und einem Team der Kriminaltechnik begleitet. Die Kollegen sollten sie bei einer erneuten Befragung der Anwohner von Schönblick unterstützen, die Kriminaltechniker sollten sich deren Autos vornehmen.

Nach Claudia Wörths Aussage hatte Roman noch am Vorabend versucht, den Staatsanwalt zu überreden, einen Durchsuchungsbefehl für sämtliche Anwesen und Fahrzeuge in Schönblick zu beantragen. Wenig überraschend hatte der Staatsanwalt das Ansinnen als zu unspezifisch abgelehnt, daher hatte Judith sich eine andere Strategie überlegt, zumindest eine Überprüfung der Autos durchzusetzen. Für den Erfolg der Strategie, die auf eine bewährte Mischung aus Angst und Gruppenzwang setzte, benötigte sie zwar die Brunners und einige Nachbarn zur selben Zeit am selben Ort, doch Judith war überzeugt, dass es ihr gelingen würde, das zu arrangieren, deswegen hatte sie die Kriminaltechniker schon einbestellt.

Aber als die Kriminalbeamten Schönblick gegen neun Uhr erreichten, erkannte Judith, dass sie sich die Mühe sparen konnte, die Brunners und ihre Nachbarn zusammenzutrommeln, denn tatsächlich standen sie schon in einer Gruppe auf dem Gehsteig vor Haus Nummer zwei. Außer Marco und Josef Brunner waren es Jens und Sabine Bierko, Nora Vogt, Ulf Leyhe, Marga

Grandauer und Anna-Lena Hoppe aus Nummer sechs, die ihr Baby in einem Tragetuch vor der Brust trug. Nur eine Nichtschönblickerin war dabei, Franka Dietz. Sie stand am Rand der Gruppe, war aber gewissermaßen dennoch ihr Zentrum, denn die anderen redeten erregt auf die Kommissarin vom Opferschutz ein. Erst als Judith und Pia Meyer den BMW parkten und sich zu Fuß der Gruppe näherten, ließen sie von ihr ab und richteten ihr konzentriertes Interesse auf die Neuankömmlinge. Und nicht nur ihr konzentriertes Interesse, sondern auch ihre konzentrierte negative Energie, denn als Judith ihren Blick über die Gesichter schweifen ließ, blickte sie in Mienen, die von ungläubig über grimmig bis feindselig verschiedene Ausdrücke zeigten, jedoch allesamt keine wohlwollenden.

Marco Brunner löste sich aus der Gruppe. »Ist es wahr?«, fragte er in einem Ton, der so aggressiv war, dass Judith nicht seine Fäuste hätte sehen müssen, um zu erkennen, dass es irgendein Problem gab.

Judith nickte ihm freundlich zu, während sie sich bemühte, flach zu atmen, denn von Marco Brunner ging eine Wolke von Schweißgeruch aus. Der Mann sah nicht gut aus, seine Augen waren blutunterlaufen, sein Kinn war stoppelig, und er trug dieselbe Kleidung wie in den vergangenen Tagen. »Guten Morgen, Herr Brunner. Gibt es irgendein Problem?«

»Ob ein Problem gibt? Sie sind das Problem. Stimmt es, dass Sie das perverse Schwein wieder haben laufen lassen?« Die Antwort kam nicht von Marco, sondern von Josef Brunner, der sich ebenfalls aus der Gruppe löste. Er trat so dicht vor Judith, dass sie ihn hätte berühren können, ohne ihren Arm auszustrecken, und blickte drohend auf sie herab.

Unter anderen Umständen hätte Judith sich eine solche Aufdringlichkeit umgehend verbeten, doch in diesem Augenblick war sie abgelenkt durch die Alarmsirenen, die in ihrem Kopf losschrillten. Perverses Schwein – war damit Erik Lange gemeint? Hatte seine Pädophilie sich bereits herumgesprochen?

Judith legte ihren Kopf in den Nacken und erwiderte Josef Brunners Blick fest. »Falls Sie mich etwas fragen möchten, treten Sie bitte einen Schritt zurück.« Sie blickte den Hünen so lange an, bis dieser der Aufforderung nachkam. Dann wandte sie sich an Franka Dietz. »Auf ein Wort?«

Sie führte die Kollegin einige Schritte von der Gruppe weg. »Was zum Teufel ist hier los?«, fragte sie leise.

»Ich weiß es nicht genau«, flüsterte Franka Dietz zurück. »Ich bin selbst gerade erst gekommen. Die Leute sind aufgebracht, dass Sie den Buchhändler wieder haben gehen lassen.«

Judith unterdrückte einen Fluch. »Sie wissen davon? Woher? Sie haben es Ihnen doch nicht gesagt, oder?«

Dietz schüttelte den Kopf. »Sie wissen es von einer gewissen Christa Baumann, einer Bekannten der Brunners. Sie rief gestern Morgen an und sagte, dass Lange von der Polizei abgeholt worden sei. Vorhin hat sie erneut angerufen, dass er wieder zu Hause ist. Die Brunners und die Nachbarn regt das auf, weil sie sich einbilden, Lange sei pädophil.«

Also doch! Judith hätte gerne ausgiebig geflucht, doch dafür war keine Zeit. »Wissen Sie, wie sie darauf kommen?«

Franka Dietz zuckte mit den Achseln. »Ich vermute, es sind bloß irgendwelche Gerüchte im Umlauf, wie immer in solchen Fällen.« Sie musterte Judith scharf. »Oder etwa nicht?«

»In diesem Fall leider nicht.«

Judith ließ Franka Dietz stehen und ging zu der Gruppe der Schönblicker zurück, deren Mienen in der Zwischenzeit nicht freundlicher geworden waren. »Hören Sie mir bitte zu«, erklärte sie so laut, dass alle sie mühelos verstehen konnten, »ich denke, hier liegt ein Missverständnis vor …«

»Das einzige Missverständnis ist, dass Sie Erik wieder freigelassen haben«, rief Nora Vogt dazwischen.

Judith blickte in ihre Richtung. Die Frau sah kühl und perfekt gestylt aus wie immer, doch in ihrer Stimme schwang ein hysterischer Ton mit.

»Wir haben Herrn Lange nicht freigelassen, wie Sie das nennen, weil wir ihn nie festgenommen haben. Wie gesagt, hier liegt ein Missverständnis vor. Es stimmt, dass wir Herrn Lange gestern gebeten haben, im Präsidium einige Fragen zu beantworten, doch das war eine Routinebefragung – so wie wir Sie alle bereits befragt haben. Das müssen wir heute wieder tun, deshalb …«

Marco Brunner unterbrach sie. »Aber wie konnten Sie ihn laufen lassen? Sind Sie verrückt? Er ist pädophil.«

Judith atmete einmal tief durch, was wegen des Schweißgeruchs, den Brunner ausdünstete, ein Fehler war. »Herr Brunner, ich weiß nicht, wie Sie darauf kommen, aber ich kann Ihnen eins sagen: In Fällen wie diesen kursieren stets jede Menge Gerüchte, und ich rate Ihnen dringend, sie zu ignorieren.«

»Wieso Gerüchte? Seine eigene Ex sagt das. Frau Helm, zeigen Sie es ihr.«

Durch die Gruppe der Nachbarn ging eine Welle, als eine Frau, die bisher in der hinteren Reihe gestanden hatte, nach vorne trat. Es war Lilli Helm von der Neustädter Allgemeinen. Judith hatte sie bisher nicht bemerkt, was vermutlich kein Zufall war.

»Guten Morgen, Frau Plattner«, sagte die Journalistin. »Wie geht es Ihnen heute? Irgendwelche Neuigkeiten, die Sie der Presse mitteilen wollen?«

Judith musterte sie stirnrunzelnd, doch bevor sie etwas erwidern konnte, wiederholte Marco Brunner: »Zeigen Sie es ihr, Frau Helm.«

»Gern.« Lilli Helm zückte ein Tablet, wischte darauf herum und streckte es Judith entgegen.

Judith warf einen Blick auf das Display und musste sich Mühe geben, sich ihr Entsetzen nicht anmerken zu lassen, als sie las, was dort stand: *Hallo zusammen! Ich habe lange überlegt, ob ich diese Whatsapp schreiben soll …* Es war die Nachricht, die Tamara Kürten zwei Tage zuvor an einige ehemalige Schulfreunde versendet hatte.

»Was ist das?«, fragte Judith.

Die Journalistin erklärte es mit sichtlichem Vergnügen. »Das ist eine Whatsapp, in der die Mutter von Erik Langes Tochter erklärt, dass er pädophil ist und möglicherweise seiner Tochter etwas angetan hat.«

»Woher haben Sie die?«

Lilli Helm legte den Kopf schief und lächelte ihr Würfelzuckerlächeln. »Ach, Sie wissen doch, wie das ist. Von einem Bekannten aus Altenstein, der wiederum einen Bekannten hat, der als Lehrer an dem Gymnasium arbeitet, an dem Erik Lange sein Abitur gemacht hat. Nachdem ich gehört hatte, dass Sie sich für Herrn Lange interessieren, habe ich ein paar Nachforschungen angestellt. Journalistenpflicht. Darf ich Ihren Fragen entnehmen, dass diese Whatsapp Ihnen neu ist? Was war denn dann der Grund dafür, dass Sie Herrn Lange gestern den ganzen Tag befragt haben? Darf ich Ihre Antwort aufzeichnen?«

Die Journalistin wollte den Rekorder auf dem Tablet einschalten, doch Pia Meyer nahm ihr das Gerät kurzerhand weg, und als Lilli Helm versuchte, danach zu grapschen, hielt sie es hoch über ihren Kopf. »Sie bekommen es wieder, wenn wir fertig sind.«

Gute Reaktion, dachte Judith beifällig, doch die wichtigere Frage war, wie sie selbst reagieren sollte. Wenn sie jede Kenntnis der Whatsapp abstritt, stand sie als inkompetent und somit wenig vertrauenswürdig da. Doch sie brauchte das Vertrauen dieser Menschen, denn jetzt war Schadensbegrenzung angesagt.

Sie wandte sich an Marco Brunner, sprach jedoch wieder so laut, dass alle sie hören könnten. »Herr Brunner, ich wollte Sie heute Morgen aufsuchen, um Sie und Ihre Frau über unsere neuesten Erkenntnisse zu informieren. Eigentlich unter vier Augen, aber unter den gegenwärtigen Umständen ... Ja, wir wussten von der Whatsapp, und sie ist der Grund, warum wir Herrn Lange gestern im Präsidium vernommen haben. Dabei haben sich allerdings keinerlei Indizien ergeben, dass die Anschuldigungen, die Frau Kürten in dieser Whatsapp erhebt, den Tatsachen entsprechen. Noch viel wichtiger für Sie: Es haben sich keine Anhaltspunkte ergeben, dass Herr Lange in irgendeiner Form in das Verschwinden Ihrer Tochter involviert ist und …«

Weiter kam sie nicht, denn Josef Brunner unterbrach sie. »Das ist ein verdammter Scheißdreck. Natürlich hat der Pädo Tessi etwas angetan.« Andere Nachbarn unterstützten ihn. »Wer soll es denn sonst gewesen sein?« »Wieso sperren Sie das Schwein nicht ein?« »Eine Schande ist das!«

Judith hob die Stimme. »Hören Sie mir bitte zu! Ich wiederhole: Herr Lange steht nicht unter Verdacht. Es liegen keinerlei Indizien gegen ihn vor. Wir verdächtigen ihn nicht.«

»Und warum hat die Polizei dann sein Auto abgeholt und durchsucht?«, rief Nora Vogt.

Judith nahm die Vorlage dankend an. »Wir haben in der Tat Herrn Langes Wagen durchsucht«, erklärte sie. »Dies war ebenfalls eine Routinemaßnahme, und ich möchte betonen, dass Herr Lange dieser Maßnahme freiwillig zugestimmt hat, um uns zu unterstützen. Ich möchte Sie alle bitten, das ebenfalls zu tun. Wir würden gerne Ihre Fahrzeuge untersuchen. Wir haben ein Team von Kriminaltechnikern mitgebracht, so dass wir das hier vor Ort machen können. Es wird nur wenige Stunden in Anspruch nehmen.«

Judith hatte nicht mit sofortiger Zustimmung gerechnet, und die bekam sie auch nicht. Erneut setzte Protestgemurmel ein, das allerdings den Vorteil hatte, dass die Nachbarn sich jetzt auf ihren Vorschlag konzentrierten statt auf Erik Lange.

»Ich werde Ihnen ganz bestimmt nicht meinen Wagen überlassen«, giftete Nora Vogt als Erste, vielleicht weil sie sich besonders angesprochen fühlte, da sie die letzte Frage gestellt hatte.

Jens Bierko pflichtete ihr heftig blinzelnd bei. »Das ist eine Unverschämtheit. Wieso wollen Sie unsere Autos durchsuchen? Wenn Erik pädophil ist, dann ist doch klar, dass er Tessi entführt hat.«

Andere Nachbarn äußerten sich ähnlich, doch Judith spekulierte darauf, dass es eine Ausnahme geben würde – eine gab es immer –, und sie behielt recht. Nachdem das Protestgeheul der anderen etwas abgeebbt war, fragte Sabine Bierko sachlich: »Warum möchten Sie unsere Autos durchsuchen?«

Judith nickte ihr zu. »Das ist etwas, das ich eigentlich zunächst mit Familie Brunner besprechen wollte«, sagte sie und wandte sich an Marco Brunner. »Wie Sie ja wissen, gehen wir davon aus, dass Ihre Tochter mit einem Wagen vom Marterl weggebracht wurde. Wir haben jetzt Grund zu der Annahme, dass dies ein Wagen aus Schönblick war.«

Judith hatte gehofft, dass diese Bombe einschlagen würde, und das tat sie auch. Für einen Moment herrschte eine Art kollektive Schockstarre, dann reagierte jeder auf seine Weise. Marco Brunner schluckte krampfhaft und wischte sich mit dem Hemdsärmel Schweißperlen von der Stirn. Nora Vogt fasste sich an den Hals. Ulf Leyhe kniff die Augen zusammen. Anna-Lena Hoppe umfasste schützend den Kopf ihres Kindes und trat einen Schritt von ihren Nachbarn weg. Nur Lilli Helm stand still da, bemüht, dass ihr keine Reaktion und kein Wort entgingen. Aufnahme hin oder her, Judith war klar, dass am nächsten Tag jeder Satz, der hier fiel, in der Neustädter Allgemeinen stehen würde. Hätte sie die Möglichkeit gehabt, die Journalistin von dieser Unterhaltung auszuschließen, hätte sie es getan, doch das Zusammentreffen auf dem Bürgersteig hatte seine eigene Dynamik entwickelt. Andererseits konnte sich die Anwesenheit der Journalistin noch als Vorteil erweisen, da sie den Druck auf die Schönblicker erhöhte.

Schließlich stieß Jens Bierko ruckartig seinen Kopf nach vorn. »Das ist doch lächerlich. Wollen Sie etwa uns beschuldigen?«

Andere Nachbarn unterstützten ihn. »Das ist eine Unverschämtheit!« »Wir alle haben Tessi gern.« »Wie kommen Sie darauf?«

Judith blickte in die Richtung von Ulf Leyhe, der die letzte Frage gestellt hatte. »Das kann ich Ihnen leider nicht sagen. Ich kann Ihnen nur versichern, dass es für unsere Ermittlungen sehr hilfreich wäre, wenn wir Ihre Autos untersuchen dürften. Allerdings sind Sie natürlich nicht verpflichtet, unsere Suche nach Theresa zu unterstützen.«

Sie blickte in die Runde, wobei sie sich die Zeit nahm, jedem Nachbarn und jeder Nachbarin einzeln ins Gesicht zu sehen. Einige starrten zurück, andere blickten verlegen weg.

Schließlich sagte Anna-Lena Hoppe: »Das ist doch albern. Ich will wissen, was mit Tessi passiert ist, und ich will wissen, ob meine Emma in Gefahr ist. Sie können mein Auto untersuchen.« Sie kramte in der Tasche ihrer Shorts und hielt Judith ihren Autoschlüssel hin. Judith nahm ihn entgegen, obwohl nicht sie das Auto durchsuchen würde und obwohl die junge Frau zunächst noch eine Einverständniserklärung unterschreiben musste. Doch sie wollte den Moment nicht mit Formalitäten zerstören.

Das tat dafür Jens Bierko. »Lass dich nicht manipulieren, Anna-Lena. Die Polizei hat überhaupt kein Recht, unsere Autoschlüssel zu verlangen. Wir müssen nicht …«

Weiter kam er nicht, denn Marco Brunner explodierte. Bisher hatte er Judith und Pia Meyer konfrontiert, jetzt drehte er sich zu seinen Nachbarn um. »Wen kümmert es einen Scheißdreck, welche Rechte wer hat?«, brüllte er. »Rückt eure verdammten Autoschlüssel raus! Ihr fragt uns seit Tagen ständig, was ihr für uns tun könnt. Ich sage euch jetzt: Das könnt ihr für uns tun!«

Selbst wenn er sich wie jetzt aufrichtete, war Marco Brunner immer noch deutlich kleiner als Judith, zusätzlich war er knallrot im Gesicht und hatte Schweißperlen auf seiner Stirn, dennoch war er in diesem Moment eine imposante Figur, und für einige Sekunden hallten seine Worte in der Straße nach.

Dann ergriff Nora Vogt das Wort. »Marco«, sagte sie mit einem Seitenblick auf Lilli Helm und in betont vernünftigem Tonfall, »wir wollen ja alles tun, um zu helfen, aber du kannst nicht verlangen, dass wir unsere Rechte über Bord werfen …«

»Eure Rechte interessieren mich einen Scheißdreck, hier geht es um meine Tochter!«

Er brüllte so laut, dass Nora Vogt zurückzuckte. Trotzdem schien sie widersprechen zu wollen, doch Sabine Bierko war schneller. Sie legte Brunner eine beschwichtigende Hand auf den Arm. »Du hast recht, Marco, wir lassen unsere Autos durchsuchen.« Und als ihr Mann zum Widerspruch ansetzte, fauchte sie ihn an: »Es geht hier um Tessi. Was, wenn es Marie wäre?«

Jens Bierko biss die Zähne zusammen, so dass die Kiefermuskeln in seinem hageren Gesicht deutlich hervortraten. »Was ist mit Mats?«, verlangte er zu wissen. »Er hat Marie verführt. Woher sollen wir wissen, dass er sich nicht auch an Tessi rangemacht hat? Wenn Erik es nicht war, dann war es Mats. Werden Sie sein Auto auch durchsuchen?«

Judith hatte es bisher nicht vorgehabt, doch es konnte nicht schaden, vor allem, wenn es half, Jens Bierko und vielleicht andere Nachbarn zu überzeugen. »Wir werden ihn ebenfalls um Erlaubnis bitten.«

Bierko überlegte eine Weile, wobei er unablässig blinzelte. »Meinetwegen«, sagte er schließlich, »aber ich habe die Autoschlüssel nicht dabei.«

»Ein Kollege wird später zu Ihnen kommen, Sie müssen auch eine Einverständniserklärung unterschreiben.«

Beide Bierkos nickten, Sabine Bierko hakte sich bei ihrem Mann unter und zog ihn über die Straße zu ihrem Haus. Auch Anna-Lena Hoppe verzog sich, ebenso Marga Grandauer, allerdings ohne ihre Erlaubnis zur Durchsuchung ihres Wagens zu signalisieren. Schließlich blieben von den Nachbarn nur noch Ulf Leyhe, Nora Vogt und die Brüder Brunner zurück.

Ulf Leyhe warf erst Lilli Helm, dann Judith einen langen Blick zu. »Ich mag es nicht, manipuliert zu werden«, sagte er schließlich, »aber da es um Tessi geht … Wenn Sie innerhalb der nächsten Viertelstunde jemanden schicken, werde ich die Einverständniserklärung unterschreiben. Um zehn Uhr öffne ich meine Praxis.« Damit ließ er sie stehen und ging die Straße hinunter zu seinem Haus.

Judith richtete ihre Aufmerksamkeit auf Nora Vogt, die ihre Arme vor der Brust verschränkte und zurückstarrte. Schließlich seufzte sie theatralisch. »Meinetwegen, durchsuchen Sie meinen Wagen. Aber vergessen Sie nicht, dass ich Tessi schon beliebig oft mitgenommen habe. Wenn Sie also ein Haar von ihr finden …«

Sie holte ihren Hausschlüssel aus der Tasche ihrer Leinenhose und wandte sich zum Gehen. Judith hielt sie auf. »Eine Frage noch.«

Nora Vogt verdrehte die Augen. »Ja?«

Judith wandte sich an Lilli Helm. »Frau Helm, ich denke, Sie haben jetzt genug Material für mehrere Exklusivartikel. Wären Sie so nett …« Sie machte eine verscheuchende Handbewegung.

Lilli Helm grinste. »Eigentlich würde ich gern noch bleiben – bei meinem Tablet.«

Judith wandte sich an Pia Meyer. »Frau Meyer, bitte geben Sie Frau Helm ihr Tablet zurück – am unteren Ende der Straße.«

Es war eine Anweisung nach Meyers Geschmack, denn das Grinsen, das aus Lilli Helms Gesicht verschwand, zuckte jetzt in ihren Mundwinkeln. Sie setzte sich in Bewegung, gefolgt von der Journalistin.

Als beide außer Hörweite waren, wandte Judith sich wieder Nora Vogt zu. »Sie sagten, Sie seien am Samstagmorgen gegen sieben nach Neustadt gefahren. Haben Sie da den offiziellen Weg durch Neukirchen genommen oder die Abkürzung durch den Wald benutzt?«

Nora Vogt öffnete ihre pinkfarben geschminkten Lippen, schien jedoch zu perplex für eine Antwort zu sein. »Ist das Ihr Ernst?«, fragte sie schließlich. »Ein neunjähriges Mädchen wird vermisst, und Sie wollen mir meine Verkehrsvergehen vorhalten? Was wollen Sie machen, wenn ich die Abkürzung genommen habe? Mir ein Knöllchen schreiben?«

»In dem Fall würde ich Sie fragen, ob Ihnen auf dem Hin- oder Rückweg in der Nähe des Marterls etwas aufgefallen ist.«

»Oh«, entgegnete Nora Vogt konsterniert. Dann sagte sie eine Spur freundlicher: »Ja, ich bin durch den Wald gefahren, aber nein, mir ist nichts aufgefallen – wie ich Ihnen bereits am Samstag gesagt habe.«

»Sie haben gesagt, dass Sie Theresa nicht gesehen haben, aber haben Sie etwas anderes gesehen? Irgendetwas, das in der Nähe des Marterls am Straßenrand lag? Bitte denken Sie erst nach, bevor Sie antworten.«

Nora Vogt runzelte die Stirn. »Nein, ich glaube nicht. War's das?«

»Eine Bitte noch. Wir müssen noch einmal mit Pauline sprechen.«

Die Antwort kam wie aus der Pistole geschossen. »Auf keinen Fall.«

Judith hatte es befürchtet. »Frau Vogt, ich kann verstehen, dass Sie verärgert sind, nachdem die letzte Befragung von Pauline etwas unglücklich geendet ist, aber wir müssen dringend mit ihr reden, und wir benötigen auch ihre Fingerabdrücke.«

»Etwas unglücklich? Pauline hat immer noch Kopfschmerzen und Magenkrämpfe, deswegen ist sie auch nicht in der Schule. Was glauben Sie denn, warum ich um diese Zeit zu Hause bin? Und in fünf Minuten habe ich eine Telefonkonferenz.« Sie machte auf dem Absatz kehrt und rauschte davon.

Judith nahm sich vor, es später noch einmal zu versuchen, bevor sie sich an Josef Brunner wandte. »Herr Brunner, würden Sie uns auch gestatten, Ihren Wagen zu durchsuchen?«

Josef Brunner hatte sich zuletzt etwas abseits gestellt und Judiths Verhandlungen mit den Nachbarn mit finsterer Miene beobachtet. »Sie wollen meinen Wagen durchsuchen?«, blaffte er jetzt. »Heißt das, Sie verdächtigen mich? Sie lassen den Pädo laufen und verdächtigen mich? Sie sind ja komplett wahnsinnig. Wir hätten uns nie auf Sie verlassen dürfen.« Bevor Judith etwas erwidern konnte, ging er mit langen Schritten in Richtung seines Bauernhofes davon.

Judith sah Josef Brunner mit einem unangenehmen Kribbeln im Magen nach, dann bat sie dessen Bruder, in seinem Haus auf sie zu warten, und rief Roman an. Wie Judith war er zufrieden, dass die Schönblicker der Durchsuchung ihrer Fahrzeuge zugestimmt hatten, die Zufriedenheit schlug jedoch in Besorgnis um, als Judith berichtete, was noch geschehen war.

»Lilli Helm hat Erik Lange vor den Brunners geoutet? Das hätte nicht passieren dürfen. Was hat sie sich dabei gedacht?«

Judith blickte die sonnenbeschienene Straße entlang. Pia Meyer und Lilli Helm standen noch immer zusammen am Anfang der Sackgasse, wobei die breite Gestalt der Kripobeamtin die der Journalistin leicht in den Schatten stellte. Offensichtlich hatte Meyer Helm in eine Diskussion verwickelt, damit ihre Chefin unbelauscht ihre Gespräche führen konnte. Eigeninitiative, ein weiterer Pluspunkt auf der Liste, die Judith in Gedanken über die jüngere Kollegin führte. Es war nicht der erste. Nach drei Tagen Zusammenarbeit schätzte sie Pia Meyers Hingabe an den Job – und wäre sie Lilli Helms Vorgesetzte gewesen, hätte sie auch deren Einsatz geschätzt.

»Helm macht nur ihre Arbeit«, erwiderte sie, »leider aus unserer Sicht etwas zu gut und zu schnell. Ich hatte gehofft, wir könnten Langes Geheimnis bewahren, bis wir den Fall geklärt haben, aber eigentlich überrascht es mich nicht. Tamara Kürten hat die Whatsapp an ein Dutzend Leute geschickt, es war abzusehen, dass sie sich wie ein Lauffeuer verbreiten würde. Die Frage ist, wie wir den Schaden begrenzen können.«

»Was hast du den Schönblickern erzählt?«

»Dass wir Lange nicht verdächtigen und dass nichts gegen ihn vorliegt, aber ich bezweifle, dass ich alle überzeugen konnte. Im Moment sind sie durch die anstehende Durchsuchung ihrer Autos abgelenkt, aber sie werden auf das Thema zurückkommen. Bis dahin müssen wir Lange warnen. Er muss wissen, dass er geoutet wurde. Kannst du das übernehmen? Ich habe seine Handynummer nicht.«

»Die würde dir auch nicht viel helfen, sein Handy liegt immer noch beim LKA.«

Das hatte Judith kurzzeitig vergessen. »Dann ruf in der Buchhandlung an, und wenn Lange das will, musst du Zöllner überreden, jemanden zu seinem Schutz abzustellen.« Es war keine Aufgabe, um die Judith ihren Kollegen beneidete. Als sie den Polizeivizepräsidenten am Vorabend informiert hatte, dass sie Erik Lange nach Hause geschickt hatten, war er nicht begeistert gewesen, seinen Hauptverdächtigen zu verlieren. Wenn er jetzt hörte, dass er Ressourcen für dessen Schutz abstellen sollte, würde er vermutlich im Dreieck springen.

»Ich kümmere mich darum«, versprach Roman. »Wie geht ihr weiter vor?«

»Wie geplant. Wir reden noch einmal mit allen Nachbarn. Ich will mir ein möglichst genaues Bild machen, wer am Samstagmorgen wann wo war. Vielleicht können wir eingrenzen, wann Theresas Roller zurückgebracht wurde beziehungsweise wann das nicht möglich war, und damit einige Nachbarn ausschließen.«

»Na, dann viel Glück.« Roman legte auf.

Judith signalisierte Meyer, dass sie ihr Gespräch mit der Journalistin beenden konnte. Dann ging sie zu den Kollegen vom KK zwölf und zu den Kriminaltechnikern, um sie über ihre Aufgaben zu instruieren, bevor sie bei den Brunners klingelte.

7

Auf den ersten Blick sah Viola Brunner an diesem Morgen besser aus als ihr Mann. Sie hatte ihre Haare gewaschen, trug ein Sommerkleid, das Judith noch nicht an ihr gesehen hatte, und war sogar dezent geschminkt. Doch auf den zweiten Blick erkannte Judith, dass dieser äußere Anschein trog und dass die Frau sich rapide dem Ende ihrer Kräfte näherte – und dem Ende ihrer Hoffnung. Ihre Augen, aus denen Judith zwei Tage zuvor Angst entgegengeleuchtet hatte, blicken trüb und leer. Ihre Bewegungen waren schwerfällig. Auch ihr Verstand schien langsamer zu arbeiten, als sei er in irgendeine zähe Masse getaucht – so auch, als Judith sie über die Möglichkeit aufklärte, dass einer ihrer Nachbarn für Theresas Verschwinden verantwortlich war.

Eine geschlagene Minute saß Viola Brunner starr da und schien unfähig, diese Nachricht zu verarbeiten. »Einer unserer Nachbarn?«, wiederholte sie dann und sah erst nach links zu ihrem Sohn, der nicht in die Schule gegangen war, dann nach rechts zu ihrem Mann, als hätte Judith mit Nachbarn diese beiden gemeint. »Aber ...«

Sie schaffte es nicht, den Einspruch zu Ende zu formulieren, und als Judith von Claudia Wörths Beobachtung erzählte, blickte Viola Brunner sie nur mit großen Augen an, als sei diese Information schlicht eine zu viel.

Dafür reagierte Marco Brunner. Der Mann war hin und her gerissen zwischen Sorge um seine Frau, um die er beschützend einen Arm gelegt hatte, und Zorn auf die Polizei. Bei Judiths Worten flammte Letzterer erneut auf. »Das heißt, jetzt glauben Sie uns, aber erst nachdem eine Zeugin Tessis Roller am Marterl hat liegen sehen. Dabei hat meine Frau Ihnen immer wieder gesagt, dass der Roller am Samstagmorgen nicht in der Garage war. Was ist jetzt anders?«

Judith überlegte, ihm einen kurzen Vortrag über Polizeieinsatzplanung zu halten. Keine Polizei der Welt besaß genügend Ressourcen, sofort jeder noch so kleinen Spur nachzugehen. Spuren mussten beurteilt, gewichtet und priorisiert werden, je nachdem, wie Erfolg versprechend sie waren. Dabei richtete die Polizei sich nach Wahrscheinlichkeiten, und nicht nur in Judiths Augen war es wesentlich wahrscheinlicher gewesen, dass Viola Brunner sich geirrt hatte, als dass derjenige, der für Theresas Verschwinden verantwortlich war, es gewagt hatte, den Roller zurückzubringen. Doch Judith hatte die Erfahrung gemacht, dass man mit einer Entschuldigung oft mehr erreichte als mit einer Erklärung.

»Wir haben uns geirrt, Herr Brunner, es tut uns sehr leid.«

Wie erwartet nahm die Entschuldigung Marco Brunner den Wind aus den Segeln, doch nicht vollständig. »Ich bin mir nicht sicher, was ich davon halten soll. Am Sonntag haben Sie sich auf Mats konzentriert, gestern auf Erik, jetzt auf unsere Nachbarn. Wie sicher sind Sie denn, dass es einer von ihnen war?«

Judith schüttelte bedauernd den Kopf. »Ich kann Ihnen leider keine Prozentzahl sagen. Aber Sie verstehen sicher, wie wichtig es ist, dass wir herausfinden, wer Theresas Roller in die Garage zurückgestellt haben kann. Daher meine Frage an Sie: Hat einer von Ihnen am Samstagmorgen nach acht Uhr irgendjemanden in der Nähe Ihrer Garage gesehen?«

Sie verneinten alle drei.

»Dann möchte ich bitte mit jedem von Ihnen durchgehen, was Sie am Samstagmorgen getan haben. Vielleicht fangen Sie an, Herr Brunner. Nachdem Ihre Frau festgestellt hatte, dass der

Roller weg war, haben Sie bei Ihren Nachbarn geklingelt. Können Sie sich an die genaue Reihenfolge und an die Zeiten erinnern?«

Brunner stützte seine Ellbogen auf die Knie und sein Gesicht in seine Hände, während er überlegte. »Zuerst habe ich meinen Bruder angerufen. Josef versprach, den Hof abzusuchen. Dann bin ich raus und habe zuerst bei Nora geklingelt. Die war nicht da, also bin ich zu Jens. Ich musste zweimal klingeln, bevor er geöffnet hat.«

»Können Sie das Gespräch so genau wie möglich schildern?«

Brunner überlegte einen Moment. »Jens fragte, was ich wolle, und ich sagte ihm, dass wir uns Sorgen um Tessi machen. Jens meinte erst, sie sei bestimmt einfach nur zum Spielen in den Wald gegangen, aber als ich sagte, sie sei mit dem Roller los und schon seit halb sieben weg, fand er das ziemlich bedenklich. Er sagte so etwas wie, das sei aber schon sehr lange oder so ähnlich und dass er mir bei der Suche helfen würde. Er bot an, mit dem Fahrrad nach Neukirchen zu fahren. Als Nächstes ging ich …«

Judith hob eine Hand, um ihn zu bremsen. »Wie lange dauerte das Gespräch ungefähr?«

Brunner überlegte. »Nicht lange. Wenige Minuten höchstens.«

»Und betraten Sie Herrn Bierkos Haus oder standen Sie davor?«

»Davor, allerdings mit dem Rücken zu unserer Garage.«

»Aber Herr Bierko hätte sie im Blick gehabt?«

Er nickte.

»Und haben Sie gesehen, dass Herr Bierko tatsächlich mit seinem Rad losgefahren ist?«

Er nickte wieder.

»Gut. Wohin gingen Sie als Nächstes?«

»Ich wollte zu Hoppes in Nummer sechs, doch in dem Moment kam Nora zurück, also fragte ich sie, ob sie Tessi gesehen habe. Sie erzählte, dass sie mit dem Wagen über den Waldweg aus Neustadt gekommen sei, aber dort sei Tessi nicht.«

»Bot Frau Vogt ebenfalls ihre Hilfe an?«

»Nein. Ich hatte den Eindruck, dass sie meine Sorgen nicht sonderlich ernst nahm. Das war erst später.«

»Erst später?«

Er drückte die Hand seiner Frau. »Während ich nach Tessi gesucht habe, hat Nora bei uns geklingelt, um zu fragen, ob Tessi wieder da sei. Sie hat sich um Viola gekümmert.«

Judith wandte sich an Viola Brunner. »Können Sie sich erinnern, wann das war?«

Viola Brunner hatte während der letzten Minuten mit gesenktem Kopf neben ihrem Mann gesessen und den Saum ihres Rockes mit den Fingern der linken Hand geknetet, so dass dieser schon völlig zerknittert war. Judith war nicht sicher, inwieweit sie dem Inhalt des Gesprächs überhaupt gefolgt war, und als sie sie ansprach, schien sie Mühe zu haben, sich zu konzentrieren. Doch nach einigem Nachdenken antwortete sie.

»Um kurz vor neun. Ich habe ständig auf die Uhr gesehen, und als es klingelte, dachte ich natürlich sofort, dass es Tessi sei, aber …« Sie schluchzte auf. Ihr Mann drückte ihre Hand fester, und Leon strich unbeholfen über ihre Schulter. Seine Mutter warf ihm einen dankbaren Blick zu. »Nora war sehr lieb«, fuhr sie fort. »Sie hat mir einen Tee gekocht, während ich herumtelefoniert habe. Sie blieb, bis wir die Polizei angerufen haben.«

Judith wandte sich wieder an Brunner. »Und wie lange dauerte Ihr Gespräch mit Frau Vogt?«

Er überlegte. »Es war noch kürzer als das mit Jens. Vielleicht zwei Minuten? Nora saß die ganze Zeit in ihrem Wagen. Sie fuhr ihn in die Garage, als ich zu den Hoppes hinüberging.«

In den nächsten Minuten schilderte Marco Brunner seine Begegnungen mit den weiteren Nachbarn. Das Gespräch mit Olaf Hoppe aus Nummer sechs hatte länger gedauert, da dieser seine Frau hinzugerufen hatte. Keiner von beiden hatte Theresa gesehen, doch Olaf Hoppe hatte sofort seine Hilfe angeboten und war ebenfalls mit dem Rad losgefahren. In Nummer acht hatte

Marco Brunner niemanden angetroffen, in Nummer zehn hatte er kurz mit Leonie Leyhe gesprochen. Sein Gespräch mit Marga Grandauer aus Nummer neun war das kürzeste gewesen. Sie hatte Brunner durch die Sprechanlage mitgeteilt, dass er gefälligst besser auf seine Tochter aufpassen solle, und dann aufgelegt.

Judith runzelte die Stirn. Pia Meyer hatte ihr erzählt, dass Marga Grandauer nicht mit allzu großem Charme gesegnet war, doch das erschien ihr eine ungewöhnlich harsche Reaktion. Als sie nachfragte, zuckte Marco Brunner bloß mit den Achseln. »Ich nehme an, Marga war noch verärgert, weil wir uns am Freitag gestritten haben.«

Judith horchte auf. »Davon haben Sie bisher nichts erzählt. Worum ging es denn bei dem Streit?«

Brunner winkte ab. »Nichts Besonderes. Alle in der Straße geraten ständig mit Marga aneinander. Sie hatte am Freitagnachmittag Tessi ausgezankt, weil die ihr angeblich die Vorfahrt mit ihrem Roller genommen hatte, als sie vom Marterl zurückkam. Tessi ist vom Radweg direkt in die Sackgasse eingebogen. Marga kam mit ihrem Wagen aus Neukirchen und meinte, Tessi hätte ihr die Vorfahrt lassen müssen, aber sie hätte nicht einmal geguckt. Sie ist Tessi extra bis zum Wendehammer hinterhergefahren, um mit ihr zu schimpfen.« Er schnaubte. »Die Frau ist völlig verrückt.«

»Und Theresa hat Ihnen davon erzählt?«, fragte Judith.

Brunner schüttelte den Kopf. »Ich habe es zufällig von meinem Büro aus gesehen und bin runtergegangen, um Tessi in Schutz zu nehmen.« Er zuckte mit den Achseln. »Ein Wort gab das andere, Marga war ziemlich beleidigt, als sie nach Hause fuhr.« Auf Judiths skeptischen Blick hin fuhr er fort: »Ich versichere Ihnen, das war alles, und es war, wie gesagt, nichts Ungewöhnliches. Marga kann manchmal etwas schwierig sein. In jeder Straße gibt es so jemanden.«

Damit hatte er zweifellos recht, und Judith hätte das Thema auf sich beruhen lassen, doch Pia Meyer mischte sich ein. Sie saß etwas abseits am Esstisch, bisher hatte sie schweigend zugehört, doch jetzt beugte sie sich vor. »Und das war am Freitagnachmittag, als Theresa vom Marterl kam?«

Brunner sah in ihre Richtung. »Ja. Sie hatte mich, wie gesagt, vorher um Erlaubnis gefragt.«

»Und können Sie sagen, um wie viel Uhr das war?«

Brunner überlegte und setzte schon zu einem Kopfschütteln an, dann fiel ihm etwas ein. »Es muss gegen Viertel nach vier gewesen sein. Als Marga zu ihrem Haus fuhr, kam ein Kunde die Straße hoch, mit dem ich einen Termin hatte. Der Termin war eigentlich um vier gewesen, und er entschuldigte sich, dass er eine Viertelstunde zu spät dran war.«

»Und wissen Sie, was Theresa danach gemacht hat?«

»Sie hat sich Kreide aus der Garage geholt und auf der Straße gemalt. Ist das wichtig?«

Die letzte Frage war in Judiths Augen durchaus berechtigt, denn Pia Meyer wirkte so, als hätte sie gerade den Heiligen Gral gefunden. Doch sie schüttelte bloß den Kopf. »Nein, ich wollte das nur klären.« Sie nickte Judith zu, und Judith übernahm wieder, woraufhin Marco Brunner seine Besuche bei den Häusern Nummer sieben und fünf am Samstagmorgen schilderte.

»Danach ging ich zurück. Vor unserem Haus traf ich Josef. Er hatte den Hof abgesucht. Leon war mittlerweile auch angezogen, also haben wir uns aufgeteilt. Josef und Leon haben im Wald gesucht, ich habe den Wagen genommen, um einen größeren Radius abdecken zu können. Als ich losgefahren bin, habe ich auf die Uhr am Armaturenbrett gesehen. Da war es gerade zwanzig vor neun.« Er kam Judiths nächster Frage zuvor. »Und nein, mir ist nicht aufgefallen, ob Tessis Roller schon wieder in der Garage stand, aber ich kann es mir nicht vorstellen.«

Judith nickte. Marco Brunner war bis zwanzig vor neun stets gut sichtbar in der Straße unterwegs gewesen, die Wahrscheinlichkeit sprach dafür, dass der Roller erst danach zurückgebracht worden war. Sie wandte sich an Viola Brunner.

»Sie haben zwischen acht und halb zehn hauptsächlich telefoniert.« Sie hatten die Verbindungsdaten der Familie angefordert und das überprüft. »Haben Sie dabei gelegentlich aus dem Fenster auf die Straße gesehen?«

Viola Brunner hatte sich wieder der Misshandlung ihres Kleides gewidmet, und Judith musste ihre Frage wiederholen. Dann nickte die Frau. »Sogar die meiste Zeit. Zwischendurch bin ich immer wieder in den Garten gelaufen, um nach Tessi zu rufen. Ein paarmal bin ich auch vor die Haustür gegangen, um nach ihr Ausschau zu halten, aber ich habe niemanden in der Nähe unserer Garage gesehen.«

»Haben Sie überhaupt jemanden gesehen?«

Sie strich sich erschöpft eine Haarsträhne aus dem Gesicht. »Ich habe Marga gesehen, das war kurz nachdem Marco weggefahren war. Sie fuhr mit ihrem Wagen aus ihrer Einfahrt. Und ich habe gesehen, wie Olaf Hoppe mit dem Rad zurückkam, da war es aber schon fast halb zehn. Ich habe mit ihm gesprochen, aber er hatte Tessi nicht gefunden.« Ihre Stimme wurde schrill. »Und das werden Sie auch nicht, nicht wahr? Ich werde meine Tochter nie wieder sehen.« Unvermittelt brach sie in Tränen aus.

»Also, worum ging es vorhin?«, fragte Judith eine Viertelstunde später Pia Meyer. »Was fanden Sie so spannend an dem Zusammenstoß zwischen Theresa und Marga Grandauer? Sie haben ein Gesicht gemacht wie ein Huhn, das ein würfelförmiges Ei legen muss. Ist Ihnen etwas aufgefallen?«

Sie standen vor dem Haus der Brunners auf dem Bürgersteig. Sie hatten auch noch Leon befragt, doch da der Junge am Samstagmorgen erst im Haus und dann mit seinem Onkel im Wald gewesen war, hatte er nichts Hilfreiches zum Geschehen auf der Straße beitragen können.

Pia Meyer nickte langsam. »Ich denke schon.« Sie sprach nicht weiter.

»Und was?«, hakte Judith nach.

»Etwas ziemlich Seltsames. Haben Sie die Umgebungskarte von Schönblick dabei? Ich möchte gerne etwas überprüfen.«

Judith öffnete ihre Aktentasche und holte das Gewünschte hervor, woraufhin Meyer zum BMW hinüberging, um die Karte auf dessen Motorhaube auszubreiten. Judith wollte ihr folgen, wurde jedoch abgelenkt, als aus dem Haus der Bierkos Gerd Matzen und Thilo Selig traten, die Kollegen, die sie zur Unterstützung bei der Anwohnerbefragung mitgenommen hatten. Judith kannte beide von ihrer Zeit beim KK zwölf. Gerd, der ältere, war der Typ knuddeliger Teddybär, dem Zeugen oft intimste Details anvertrauten, Thilo war ein Fitnessfreak mit dem Hang, sich vorzudrängeln.

»Schon fertig?«, fragte Judith überrascht. »Was hat Bierko gesagt? War er am Samstagmorgen mit dem Rad beim Marterl?«

Thilo schüttelte den Kopf. »Er ist direkt nach Neukirchen gefahren. Er sagt, er sei um acht Uhr neunzehn los und um neun Uhr einunddreißig zurück. Der Mann scheint ein Genauigkeitsfanatiker mit einem phänomenalen Gedächtnis zu sein. Er konnte uns genau sagen, welche Straßen er in Neukirchen abgeradelt hat. Möchtest du die Liste?« Er zückte sein Tablet.

Judith schüttelte den Kopf. »Sag mir lieber, was Josef Brunner gesagt hat.«

Thilo steckte das Tablet wieder ein. »Bis jetzt nichts.«

Judith runzelte die Stirn. »Ihr solltet ihn zuerst befragen.«

»Das haben wir versucht, aber er hat sich geweigert, mit uns zu reden, und zwingen konnten wir ihn nicht. Er ist weggefahren. Alles in Ordnung?«

Judith hatte bei seinen Worten scharf die Luft eingesogen. Nein!, dachte sie. »Wohin ist er gefahren?«, fragte sie scharf.

Thilo zuckte mit den Achseln. »Keine Ahnung, er ist nicht gerade sehr mitteilsam. Was ist denn los?«

»Ich hoffe nichts. Macht weiter!« Judith scheuchte die Kollegen, die ihr verwunderte Blicke zuwarfen, mit einer Handbewegung in Richtung des nächsten Hauses und zückte ihr Handy.

Romans Festnetzleitung war besetzt, daher versuchte sie es auf seinem Handy.

»Judith, ich bin in einem Gespräch, kann ich dich …?«

»Das hier ist wichtiger. Hast du Erik Lange erreicht?«

Roman stockte kurz. »Nein, bis jetzt nicht, er ist auf dem Weg nach Altenstein zu seiner Familie.«

»Bist du sicher?«

»Ziemlich. Ich habe eine Streife zur Buchhandlung geschickt. Im Laden hängt ein Schild, dass wegen eines Trauerfalles geschlossen ist, und Lange ist nicht in seiner Wohnung.«

»Das bedeutet nicht, dass er unterwegs nach Altenstein ist.«

»Ich habe seine Familie angerufen. Lange hat heute Morgen mit seinen Eltern telefoniert und gesagt, dass er im Laufe des Tages vorbeikommt. Was ist los, Judith?«

Judith schloss für einen Moment die Augen und bemühte sich, die aufflackernde Panik unter Kontrolle zu bekommen. Sie wechselte ihr Handy von einer schweißnassen Hand in die andere. »Ich habe gerade erfahren, dass Josef Brunner kurz nach unserem Zusammentreffen heute Morgen weggefahren ist. Ich hatte extra zwei Kollegen zu ihm geschickt, damit sie ihn aufhalten, bis du Lange gewarnt hast, aber Brunner hat sich geweigert, mit ihnen zu sprechen. Ich frage mich, ob er zur Buchhandlung wollte. Falls ja, wäre er vor der Streife dort gewesen.«

»Falls ja, hätte er ebenfalls vor verschlossener Tür gestanden«, entgegnete Roman gelassen. »Kein Grund für Schnappatmung, Judith!«

Judith atmete einmal tief ein und wieder aus. »Ja, vermutlich.« Doch »vermutlich« reichte nicht aus, um das flaue Gefühl in ihrem Magen zu unterdrücken. »Tu mir einen Gefallen, Roman, sag Langes Familie, sie soll dich sofort informieren, wenn er in Altenstein ankommt. Außerdem könnte jemand die Neukirchener Taxiunternehmen anrufen, ob eins von ihnen Lange zum Bahnhof gebracht hat. Immerhin steht sein Auto noch im Präsidium.«

»Du hältst das für nötig?«

»Vorsicht ist besser als Nachsicht.«

Judith steckte ihr Handy weg und wedelte sich mit einer Hand Kühlung zu, nachdem ihr kurzfristig der Schweiß ausgebrochen war. Dann sah sie sich auf der Straße um.

Gerd Matzen und Thilo Selig waren im Haus der Hoppes verschwunden. Die Mitarbeiter der Kriminaltechnik hatten wie vereinbart mit den Durchsuchungen der Fahrzeuge begonnen. Sowohl vor der Doppelgarage der Bierkos als auch vor der von Nora Vogt, die neben der der Brunners stand, leuchteten weiße Sichtschutzwände in der Sonne. Von dahinter ertönte das Geräusch eines Saugers. Pia Meyer studierte immer noch die Umgebungskarte von Schönblick, daher beschloss Judith, die Umgebung direkt vor Ort zu studieren, und ging zur Garage der Brunners. Beide Tore waren zugezogen, jedoch nicht abgeschlossen, und Judith schwang das linke nach oben. Tageslicht fiel auf die brunnerschen Fahrräder, die an der Wand lehnten, und auf Theresas Roller.

Judith hatte morgens auf dem Weg nach Schönblick noch einmal den Bericht des Beamten gelesen, der den Roller untersucht hatte. Wie alle Berichte der Kriminaltechnik war er detailliert und ausführlich. Sämtliche Sticker, mit denen Theresa ihren Roller beklebt hatte, waren genauso dokumentiert wie die verschiedenen Kratzspuren und Dellen am Rahmen, die fehlenden Stückchen Moosgummi aus den Griffen und natürlich die Fingerabdrücke, die auf dem Metall gefunden worden waren. Die meisten Abdrücke waren Theresa zugeordnet worden, die übrigen ihren Eltern und ihrem Bruder, die angegeben hatten, den Roller gelegentlich angefasst zu haben. Doch darüber hinaus hatte der Bericht keine Geheimnisse enthüllt.

Einem Impuls gehorchend, nahm Judith den Roller mit hinaus in den Sonnenschein, um ihn selbst noch einmal von allen Seiten zu betrachten, doch der ohnehin nicht erwartete Geistesblitz blieb aus. Kein Wunder. Wenn, wie sie vermutete, derjenige den

Roller zurückgebracht hatte, der für Theresas Verschwinden verantwortlich war, dann vermutlich nicht, weil der Roller ein Geheimnis barg, sondern weil derjenige nicht gewollt hatte, dass der Roller am Marterl gefunden wurde. Weil er nicht gewollt hatte, dass die Polizei erfuhr, dass Theresa von dort verschwunden war. Nun, sie hatten es erfahren. Sie wussten es, seit Valerie Niemann mit ihrer Hündin Theresas Spur dorthin verfolgt hatte. Sie wussten es, doch Judith hatte keine Ahnung, was sie mit diesem Wissen anfangen sollte.

Judith stellte den Roller wieder zurück und schloss das Garagentor. Der Roller selbst war nicht der richtige Ansatzpunkt. Der richtige Ansatzpunkt war die Frage, wer die Möglichkeit gehabt hatte, ihn unbemerkt in die Garage zurückzustellen. Nach Marco Brunners Aussage war Judith überzeugt, dass der Roller frühestens um zwanzig vor neun zurückgebracht worden war, und sie vermutete, dass er vor halb zehn zurückgestellt worden war, denn ab halb zehn hatten mehrere Nachbarn auf der Straße die Ankunft der Polizei erwartet, die kurz darauf eingetroffen war. Doch wenn dieses Zeitfenster korrekt war, dann schloss es Jens Bierko aus, der in dieser Zeit mit dem Fahrrad unterwegs gewesen war. Zwar war es möglich, dass der Mann zum Marterl geradelt war – statt wie behauptet nach Neukirchen –, doch er wäre schlicht verrückt gewesen, den Roller auf dem Fahrrad nach Schönblick zu transportieren. Viel zu auffällig. Und er konnte auch nicht heimlich sein Auto geholt haben, denn in dem Fall hätte Viola Brunner ihn von ihrem Küchenfenster aus bemerkt. Bevor sie das Haus verlassen hatte, hatte Judith sich überzeugt, dass man von dem Fenster aus zwar nicht den Bereich vor der brunnerschen Garage einsehen konnte, doch ein Stück der Straße inklusive der Haustür und Garage von Haus Nummer drei.

Damit blieben als Verdächtige die übrigen Nachbarn. Jeder aus einem der Häuser vier bis zehn hätte von Viola Brunner unbemerkt den Roller zurückstellen können. Allerdings nur von Viola Brunner unbemerkt, nicht garantiert von den anderen Nachbarn unbemerkt. Jeder hätte riskiert, gesehen zu werden, wenn er den Roller an den Häusern und Fenstern der Nachbarn vorbei zu Brunners Garage trug. Und das brachte Judith zurück zu der Frage, die sie sich schon mehrfach gestellt hatte: Warum hätte derjenige das riskieren sollen?

Judith trat nachdenklich vom Bürgersteig auf die Straße, um die brunnersche Garage aus einem anderen Blickwinkel zu betrachten, doch auch die neue Perspektive änderte ihre Meinung nicht. Die Einzigen, die den Roller risikolos hätten zurückbringen können, waren die Brunners. Insbesondere Marco Brunner hätte die Gelegenheit gehabt. Hatte er den Roller geholt, als er mit dem Auto unterwegs gewesen war, um seine Tochter zu suchen? Nora Vogt hatte zwar gesagt, dass ihr gegen Viertel nach acht nichts Ungewöhnliches beim Marterl aufgefallen war, doch sie konnte den Roller übersehen haben. Und für Brunner wäre es ein Leichtes gewesen, den Roller aus seinem Wagen in der rechten Hälfte der Garage zu nehmen und in die linke Hälfte zu tragen und zwischen den Fahrrädern zu verstecken. Die Frage war nur: Warum hätte er das tun sollen?

Judith hatte während der Ermittlungen stets die Möglichkeit im Hinterkopf behalten, dass einer der Brunners für Theresas Verschwinden verantwortlich sein konnte. Allerdings war diese Möglichkeit nie zu einem konkreten Verdacht herangewachsen. Zum einen, weil die Ermittlungen keinen Hinweis auf ernste Probleme in der Familie ergeben hatten, zum anderen, weil sich Theresas Spur am Marterl verlor. Das war ein Fakt, der gegen die Täterschaft der Brunners sprach. Warum um alles in der Welt hätte einer von ihnen den Roller von dort zurückbringen sollen?

Judith schloss für einen Moment die Augen, doch ihr fiel kein Grund ein. Es ergab keinen Sinn. Nichts an der Sache mit dem Roller ergab einen Sinn. Es sei denn …

Judith öffnete die Augen wieder, und in dem Moment sah sie es. Natürlich! Wie hatte sie nur so blind sein können? Es gab noch jemanden, der den Roller unbemerkt hätte zurückstellen können.

Allerdings hatte dieser Jemand mangels Motiv nie auf ihrer Liste möglicher Verdächtiger gestanden.

»Sie machen ein Gesicht wie ein Huhn, das ein würfelförmiges Ei legen muss.«

Judith drehte ihren Kopf. Pia Meyer stand neben ihr, die Landkarte in der Hand, einen perplexen Ausdruck im Gesicht.

»Und Sie sehen aus, als hätten Sie Ihr Ei erfolgreich ausgebrütet, nur um festzustellen, dass es kein flauschiges Küken, sondern ein Alligatorenbaby ist.«

Meyer nickte langsam. »So in der Art, ja. Ich habe festgestellt, dass Theresa ihr Handy nicht selbst in ihr Geheimversteck gebracht haben kann.«

»Ich habe es auf der Karte nachgemessen und zusätzlich von einem Mapsprogramm berechnen lassen«, erklärte Pia Meyer, »das Ergebnis ist eindeutig: Vom Marterl bis zum Drachenbaum sind es knapp achthundert Meter. Theresa hat das letzte Foto um fünfzehn Uhr neunundfünfzig gemacht. Brunner sagt, sein Kunde sei um Viertel nach vier gekommen. Das sind sechzehn Minuten, in denen Theresa erst einenhalb Kilometer über holprige Waldwege vom Marterl zum Drachenbaum und zurück hätte laufen müssen, dann hätte sie mit dem Roller den halben Kilometer vom Marterl nach Schönblick fahren müssen, dann hätten sie und ihr Vater sich mit Marga Grandauer streiten müssen. Dafür hätte eine Viertelstunde nie gereicht, Theresa hätte durch den Wald fliegen müssen.« Meyer tippte auf die Landkarte, die sie wieder auf der Motorhaube des BMW ausgebreitet hatte.

Judith zog die Karte ein Stück zu sich heran und fuhr mit dem Zeigefinger selbst noch einmal die Strecke entlang, die Meyer beschrieben hatte, um deren Länge zu schätzen. Dann überprüfte sie den Maßstab der Karte, doch wie Meyer gesagt hatte: Das Ergebnis war eindeutig. Theresa konnte ihr Handy am Freitagnachmittag nicht in ihr Geheimversteck gebracht haben.

»Was ist mit später?«, fragte sie.

Meyer schüttelte den Kopf. »Zwischen Viertel nach vier und halb fünf hat Theresa auf der Straße gemalt, dann kam ihre Mutter nach Hause, und nach deren Aussage war Theresa mit ihr zusammen, bis sie ins Bett musste.«

Judith versuchte, auf der Karte die Entfernung zwischen dem Haus der Brunners und dem Drachenbaum zu schätzen. Siebenhundert Meter? »Vielleicht ist Theresa heimlich noch mal losgelaufen, nachdem sie offiziell ins Bett gegangen war. Oder sie hat das Handy morgens in das Versteck gebracht, ist dann zurück zum Haus gelaufen, hat sich den Roller geschnappt und ist zum Marterl gefahren.«

Der letzte Vorschlag klang selbst in Judiths Ohren nicht sonderlich plausibel, und Pia Meyer wies sie prompt auf den Schwachpunkt hin.

»Warum hätte sie das tun sollen?«

Judith zuckte mit den Achseln. »Vielleicht ist am Freitagabend etwas vorgefallen, das sie veranlasst hat, ihr Handy zu verstecken.«

Meyer nickte. »Das habe ich mich auch gefragt, allerdings war Theresa nur mit ihrer Familie zusammen, und das einzige Foto auf ihrem Handy, das irgendwie verdächtig ist, ist das von Matthias Hering und Marie.«

Judith blickte von der Karte hoch in Richtung der Baumwipfel, die hinter den Häusern auf der Ostseite von Schönblick aufragten. »Aber das Handy war im Geheimversteck, irgendwie muss es ja dorthin gekommen sein. Es sei denn …« Sie brach ab und dachte nach. »Es sei denn, eine andere Person hätte das Handy dorthin gebracht.« Ihr Blick fiel auf das Haus der Vogts, und ihr wurde klar, worauf ihre Kollegin hinauswollte. »Sie denken an Pauline?«

Meyer nickte. »Ich halte es für die plausibelste Erklärung. Wir wissen durch die Analyse der Fingerabdrücke, dass ein anderes Kind das Handy nach Theresa in der Hand hatte. Und es würde erklären, warum Pauline überhaupt am Sonntagmorgen zum Drachenbaum gelaufen ist.« Meyer faltete die Karte zusammen und gab sie Judith zurück. »Ich glaube, Sie waren am Sonntag auf der richtigen Spur«, sagte sie. »Sie wollten wissen, wohin Pauline am Morgen gelaufen und warum sie einen Tag nach Theresas Verschwinden überhaupt losgezogen ist. Nachdem wir die erste Frage geklärt und das Handy mit dem Foto von Hering und Marie gefunden hatten, haben wir uns auf Matthias Hering konzentriert, aber ich denke, es ist an der Zeit, die zweite Frage noch einmal zu stellen. Wieso ist Pauline am Sonntag in aller Frühe zum Drachenbaum gelaufen, obwohl sie wusste, dass Theresa bei einem Ausflug vierundzwanzig Stunden zuvor etwas zugestoßen ist? Meine Antwort: Pauline wollte das Handy ins Geheimversteck bringen.«

»Aber warum?«, fragte Judith.

Meyer hob ihre breiten Schultern und ließ sie wieder fallen. »Da kann ich nur spekulieren, aber es könnte etwas mit der Affäre ihres Vaters zu tun haben. Ich denke, wir können davon ausgehen, dass es bei dem Streit zwischen Pauline und Theresa an Brunners Geburtstagsfeier um Herings Geheimnis ging. Pauline wusste zwar vielleicht nicht konkret von dem kompromittierenden Foto, aber sie wusste, dass irgendetwas auf dem Handy ist, das mit ihrem Vater zu tun hat. Vielleicht glaubt sie, er habe etwas mit Theresas Verschwinden zu tun, und will ihn schützen. Sie hat uns ja auch schon einen Ohnmachtsanfall vorgespielt, nur um mit uns nicht über sein Geheimnis reden zu müssen.«

Judith dachte darüber nach. Diese Theorie war in der Tat plausibel – bis auf einen Punkt. »Aber Pauline war seit Freitagmorgen gar nicht in Schönblick, woher hätte sie das Handy haben sollen? Ihr Vater hat sie mittags zu den Großeltern gefahren, und ihre Mutter hat sie erst am Samstagabend abgeholt. Wir haben hier in der Zwischenzeit alles abgesucht. Ich kann mir nicht vorstellen, dass ein Kind zufällig etwas findet, das eine Hundertschaft Polizisten übersehen hat. Es sei denn …« Sie brach ab und blickte nachdenklich zur Garage der Brunners hinüber. Direkt daneben leuchtete die weiße Sichtschutzwand, hinter der gerade

Nora Vogts Wagen untersucht wurde. Ein Bild begann sich in Judiths Kopf zu formen.

»Es sei denn, Pauline wusste, wo sie suchen musste? Meinen Sie das?«, fragte Meyer.

Es war nicht, was Judith gemeint hatte, doch sie antwortete nicht. Sie schloss die Augen und konzentrierte sich ganz auf das Bild in ihrem Kopf, das immer deutlicher wurde. Ja, es war möglich. Es war sogar plausibel. Und es war noch mehr. Judith war plötzlich sicher, auf der richtigen Fährte zu sein. Das Wer, das Wann, das Wie. Die einzige Frage, die noch offen blieb, war die nach dem Wieso.

Sie öffnete die Augen wieder. »Das war exzellent, Meyer, ich bin sicher, Sie haben recht.«

Meyer war die Genugtuung über das Lob anzusehen. »Sie glauben auch, dass Pauline das Handy ins Versteck gelegt hat? Dann müssen wir sofort mit ihr reden. Wir müssen wissen, woher sie das Handy hat.«

Sie machte einen Schritt in Richtung des Hauses Nummer vier, doch Judith hielt sie zurück.

»Nicht so schnell. Ich bezweifle, dass Nora Vogt ihr Einverständnis erteilen wird.«

»Sie wird es tun müssen. Wenn Sie ihr erklären, worum es geht und wieso es wichtig ist …«

Judith schüttelte den Kopf. »Diese Strategie hat bisher nicht sonderlich gut bei ihr verfangen, ich glaube nicht, dass es jetzt anders wäre. Abgesehen davon bezweifle ich auch, dass Pauline mit uns reden würde. Selbst wenn ihre Mutter darauf bestünde, würde sie uns kaum sagen, wo sie das Handy gefunden hat. Sie würde alles abstreiten oder sich irgendeine Lüge ausdenken oder einen neuen Ohnmachtsanfall vortäuschen.«

Meyer runzelte die Stirn. »Aber wir müssen mit ihr reden.«

»Müssen wir das?«, fragte Judith nachdenklich.

Meyer warf ihr einen Blick zu, als hätte sie sich einen Aluhut aufgesetzt und infrage gestellt, dass die Erde eine Kugel war.

»Natürlich. Das ist eine heiße Spur, eine verdammt heiße Spur. Ohne mich selbst loben zu wollen, würde ich sagen, das ist die heißeste Spur, die wir bisher in diesem Fall hatten. Ich gehe jede Wette ein, dass Theresa das Handy dabei hatte, als sie am Samstagmorgen aufgebrochen ist, denn erstens hatte sie es immer dabei, und zweitens hätten wir es sonst im Haus gefunden. Aber das heißt, dass Theresa das Handy dabei hatte, als sie ihrem Mörder in die Hände fiel. Wenn wir wissen, wo Pauline das Handy gefunden hat, kann uns das direkt zu diesem Mörder führen. Wir müssen diese Spur verfolgen«, wiederholte sie nachdrücklich.

Judith blickte die Straße hinunter, gerade bog ein Radfahrer nach Schönblick ein. »Oder wir überlassen es jemand anderem.«

»Sie wollen, dass Matthias Hering mit Pauline spricht?«, fragte Pia entsetzt.

Sie sah die Straße hinab, die der Sportlehrer gerade auf seinem Mountainbike hochkam. Heute trug er keine Radlerkluft, sondern Shorts, ein verblichenes lila T-Shirt und Flipflops. Vielleicht lag es daran, dass der Mann heute weit weniger dynamisch wirkte als einige Tage zuvor.

Judith Plattner steckte die Landkarte zurück in ihre Aktentasche. »Ich denke, es würde unsere Erfolgschancen erhöhen«, erklärte sie. »Wenn wir mit Pauline reden, macht sie höchstwahrscheinlich zu, aber bei ihrem Vater könnte das anders sein. Wenn sie wirklich durch das Verstecken des Handys ihren Vater schützen wollte, dann gibt sie ihre Blockadehaltung am schnellsten auf, wenn ihr Vater ihr erklärt, dass er diesen Schutz nicht benötigt.«

Pia dachte darüber nach. Vermutlich hatte Plattner in dem Punkt recht, aber auf ihrer persönlichen Liste vertrauenswürdiger Personen, denen sie einen heiklen Job anvertrauen würde, stand Matthias Hering nun wirklich nicht weit oben. Andererseits benötigten sie die Einwilligung eines Elternteils, um Pauline zu befragen, und vermutlich würde ihr Vater die eher erteilen als ihre Mutter.

»Ich traue Hering nicht. Was, wenn er uns nach dem Gespräch nicht die Wahrheit sagt?«

»Er soll ja nicht allein mit Pauline reden, sondern irgendwo, wo wir das Gespräch von Pauline unbemerkt überwachen können.«

»In einem Vernehmungsraum?«, fragte Pia skeptisch. »Kaum ein geeigneter Ort, um einem Kind Vertrauen einzuflößen.«

Judith Plattner zuckte ungeduldig mit den Achseln. »Dann überlegen wir uns etwas anderes. Wichtig ist zunächst mal, dass wir Hering dazu bekommen, uns zu helfen. Was ist jetzt wieder?« Sie zog ihr Handy hervor und warf einen Blick aufs Display. »Roman, da muss ich ran. Meyer, Sie reden in der Zwischenzeit mit Hering und überzeugen ihn, uns zu helfen. Und tun Sie es bitte, bevor es zu einer Prügelei kommt.«

Bei den letzten Worten machte Plattner eine Kopfbewegung Richtung Haus Nummer drei, und als Pias Blick der Bewegung folgte, erkannte sie, dass die Warnung durchaus angebracht war. Offensichtlich waren sie nicht die Einzigen, die Matthias Herings Ankunft in Schönblick beobachtet hatten, denn in dem Moment stürmte Jens Bierko aus seinem Haus auf die Straße und auf Hering zu, der gerade sein Fahrrad auf dem Bürgersteig vor Nummer vier abstellte.

»Was machst du hier?«, rief Bierko schon im Laufen. »Verschwinde! Du hast hier nichts mehr zu suchen!«

Matthias Hering drehte sich zu ihm um. »Lass mich in Ruhe, Jens.«

»Ich dich? Du sollst uns in Ruhe lassen! Ich habe dir gesagt, wenn du dich Marie auch nur noch einmal näherst …«

»Entspann dich, Jens, ich bin nicht wegen deiner Tochter hier, sondern wegen meiner. Also verpiss dich!«

Hering drehte sich um, um sein Fahrrad abzusperren, wobei er Bierko den Rücken zuwandte. Es war ein Fehler, denn der ballte seine Rechte zur Faust und holte aus.

Doch Pia war schneller. Sie war mittlerweile herbeigeeilt und fiel Bierko mühelos in den Arm. »Das würde ich an Ihrer Stelle nicht tun. Sie könnten es bereuen.«

Bierko versuchte, sich loszureißen, doch gegen Pias durch unzählige Trainingseinheiten im Fitnessstudio gestählte Muskeln kam er nicht an. »Das Einzige, das ich bereue, ist, dass ich diesem Scheißkerl jemals vertraut habe«, zischte er. »Los, sagen Sie ihm, dass er wieder fahren soll. Das ist eine Privatstraße. Er wohnt nicht mehr hier, also hat er auch kein Recht, hier zu sein.«

»Privatstraße?«, höhnte Hering. »Drehst du jetzt völlig durch?«

So sah Jens Bierko tatsächlich aus. Er war hochrot im Gesicht, in seinen beständig blinzelnden Augen glitzerte ein irres Funkeln, und er schwang seine linke Faust wild in Herings Richtung.

Pia zog ihn ein weiteres Stück zurück. »Herr Bierko, bitte beruhigen Sie sich.«

»Dann sorgen Sie dafür, dass Mats verschwindet. Der Mann ist eine Gefahr. In der ganzen Straße wimmelt es nur so von jungen Mädchen.«

»Das kann ich leider nicht. Dies ist eine öffentliche Straße, Herr Hering hat das Recht, hier zu sein. Aber sollte er ihr Grundstück betreten, können Sie uns gerne um Hilfe bitten.«

»Sollte er mein Grundstück betreten, bringe ich ihn persönlich um.«

Mit einem Ruck machte Bierko sich los und eilte zurück in sein Haus. Pia sah ihm nach, während sie ihre Bluse zurechtzupfte.

»Da geht er hin, der Ritter ohne Furcht und Tadel und ohne Eier in der Hose«, bemerkte Matthias Hering spöttisch.

Pia wandte sich ihm zu. »Das ist nicht sehr hilfreich.«

Hering zuckte mit den Achseln. »Was soll ich Ihrer Ansicht nach tun? Die andere Wange hinhalten? Jens war gestern schon bei mir und hat mir das verpasst«, er deutete auf sein linkes Auge, auf dem ein fettes Veilchen prangte, »und nur weil ich mich zurückgehalten habe, liegt er nicht im Krankenhaus. Mir steht seine moralinsaure Selbstgefälligkeit bis da.« Er machte eine abgehackte Bewegung mit der Hand in Höhe seines Halses. »Und Sie stehen mir übrigens bis da.« Er wiederholte die Bewegung in Nasenhöhe und wandte sich ab, doch Pia hielt ihn zurück.

»Ich muss mit Ihnen reden.«

»Aber ich nicht mit Ihnen.«

»Wir brauchen Ihre Hilfe.«

Die Antwort war lautes Hohngelächter, das die Straße entlangschallte. »Klar. Sonst noch was? Ich soll Ihnen helfen, nachdem Sie mein Leben ruiniert haben? Was glauben Sie eigentlich, warum ich um diese Zeit hier bin und nicht in der Schule?« Er beantwortete die Frage selbst. »Ich wurde suspendiert, und das habe ich nur Ihnen zu verdanken.«

»Wir haben Ihre Schulleitung nicht über Ihre Affäre mit einer Schülerin in Kenntnis gesetzt.«

Hering schnaubte. »Nee, das haben Sie Jens überlassen.« Er verschränkte die Arme vor der Brust und musterte Pia. »Also, warum sollte ich Ihnen und Ihren Kollegen helfen? Nennen Sie mir einen einzigen Grund.«

Er schien tatsächlich der Meinung zu sein, dass es dafür eines besonderen Grundes bedurfte, und er schien tatsächlich zu glauben, dass die Polizei die Verantwortung für seine Situation trug. Doch Pia würde ihre Zeit nicht damit verschwenden, ihm zu etwas Selbsterkenntnis zu verhelfen. Sie war Polizistin, keine Therapeutin.

»Weil Sie, indem Sie uns helfen, Ihren Freunden, den Brunners, helfen.«

»Exfreunde wohl eher«, erwiderte Hering bitter. »Glauben Sie, irgendeiner hier redet noch mit mir, nachdem Sie Ihre kleine Bombe haben platzen lassen? Ich habe Ihretwegen nicht nur meinen Job verloren, sondern auch meine Freunde.«

»Nun, wenn Sie helfen zu klären, was mit ihrer Tochter geschehen ist, würden die Brunners ihre Haltung Ihnen gegenüber sicherlich noch mal überdenken.«

»Ja, klar, bestimmt.«

Matthias Hering schnaubte verächtlich, doch Pia hatte den Eindruck, dass ihm der Gedanke nicht egal war. Doch jetzt war nicht der Moment, nur auf ein Pferd zu setzen.

»Aber der wichtigste Grund für Sie, uns zu helfen, ist ein anderer: Ihre Tochter ist in Gefahr.«

Hering erstarrte. »Was reden Sie da?«

»Ich sagte, dass Pauline in Gefahr ist. Und wenn Sie uns nicht helfen, können wir sie leider nicht schützen.«

Hering kniff die Augen zusammen. »Wie kommen Sie darauf? Ist das ein Trick?«

»Nein.«

Nachdem sie Herings Aufmerksamkeit hatte, sah Pia sich um, um sicherzugehen, dass sie nicht belauscht werden konnten, doch niemand war in Hörweite. Jens Bierko war in seinem Haus verschwunden, Judith Plattner telefonierte noch immer, und die Kriminaltechniker arbeiteten hinter den Sichtschutzwänden. Sonst war niemand zu sehen, daher fasste Pia in knappen Worten die Informationen zu Theresas Handy und ihrem Geheimversteck und Paulines Ausflug dorthin am Sonntagmorgen zusammen. »Wir sind überzeugt, dass Pauline das Handy in das Geheimversteck gelegt hat«, schloss sie, »und ich möchte Sie bitten, mit ihr zu reden. Wir müssen wissen, wo sie das Handy gefunden hat – oder ob es ihr sogar jemand gegeben hat.«

Hering hatte misstrauisch, aber aufmerksam zugehört. »Warum fragen Sie sie nicht selbst?«, wollte er jetzt wissen.

Weil sie uns die Hucke voll lügen würde, dachte Pia, doch sie hatte noch Plattners Ermahnung im Ohr, Kinder nicht gegenüber ihren Eltern zu kritisieren. »Wir glauben, dass es besser für Pauline wäre, wenn sie mit jemandem redet, dem sie vertraut.«

»Was ist mit Nora?«

»Ich denke, Sie hätten mehr Erfolg. Wir halten es für möglich, dass Pauline das Handy versteckt hat, um Sie zu schützen. Wenn Sie ihr also sagen, dass sie getrost zugeben kann, wo sie es gefunden hat …«

Pia erklärte ihren Gedankengang, doch Hering schien nicht überzeugt.

»Das klingt für mich alles nach wilder Spekulation«, kritisierte er. »Sie wissen noch nicht einmal sicher, ob Pauline das Handy überhaupt in das Versteck gelegt hat. Aber selbst wenn, verstehe ich nicht, wieso sie deshalb in Gefahr sein sollte.«

Pia entschied, dass es an der Zeit für etwas Schocktaktik war. »Weil wir überzeugt sind, dass Theresa tot ist, und weil wir überzeugt sind, dass ihr Mörder in Schönblick lebt. Das ist der erste Grund. Der zweite: Wir haben den Brunners gesagt, wo wir Theresas Handy gefunden haben. Sobald sich das herumspricht, wird Theresas Mörder davon erfahren und sich dann fragen, wie das Handy dorthin gelangen konnte. Die naheliegende Antwort für jeden, der die Verhältnisse hier kennt, ist, dass Pauline es dort versteckt hat. Die Alternative wäre, dass es Leon war, aber wollen Sie wirklich darauf spekulieren, dass Theresas Mörder erst ihn umbringt, bevor er sich auf Ihre Tochter konzentriert?«

Pia fixierte Matthias Hering, und als der Mann den Blick senkte, wusste sie, dass sie gewonnen hatte.

»Meinetwegen, ich mach's. Wie soll ich vorgehen?«

Bevor Pia ihm das erklären konnte, sah sie, dass Judith Plattner ihr Telefonat beendet hatte und ihr zuwinkte. »Können Sie hier kurz auf mich warten?«

Pia ließ den suspendierten Lehrer stehen und ging über die Straße zu der Kollegin »Hering hat zugestimmt«, sagte sie, und in ihren Augen hätte das ein Grund zur Freude sein müssen, doch Plattner wirkte seltsam verkniffen. »Ist etwas passiert?«

Die Stimme der Ersten Kriminalhauptkommissarin klang viel zu hoch, als sie antwortete. »Erik Lange ist verschwunden. Er hat heute Morgen ein Taxi gerufen, das ihn zum Bahnhof bringen sollte, weil er nach Altenstein fahren wollte, doch als die Taxifahrerin gegen Viertel nach zehn geklingelt hat, war er nicht da. Wir fürchten, dass ihm etwas zugestoßen sein könnte.«

Pia runzelte die Stirn. »Weil er nicht zu Hause war? Zugegeben, das ist eigenartig, aber ...«

»Nicht nur deswegen. Josef Brunner ist ebenfalls verschwunden. Er hat sich geweigert, Fragen zu beantworten, und ist stattdessen weggefahren. Das war vor zehn, und zur Buchhandlung hätte er keine fünf Minuten gebraucht. Wir fürchten, dass er Erik Lange entführt hat.«

8

Erik

Ich erwache von einem harten Schlag auf die Nase. Für einige Sekunden konzentriere ich mich nur auf das schmerzhafte Pochen, dann kehrt nach und nach mein Bewusstsein für den Rest meines Körpers zurück. Es ist kein angenehmes Gefühl. Mein Hinterkopf fühlt sich an, als hätte jemand mit einem Baseballschläger darauf eingedroschen, eigentlich fühlt sich kein Teil meines Körpers wohl. Meine Haltung ist unbequem. Ich liege auf dem Bauch, irgendetwas drückt gegen meinen rechten Oberschenkel, etwas anderes in meinen Magen. Ich versuche, meine Haltung zu ändern, doch ich schaffe es nicht.

Und dann wird mir klar, wieso nicht. Ich bin gefesselt! Ich liege auf dem Bauch auf irgendeiner harten vibrierenden Unterlage, und meine Hände sind auf meinem Rücken zusammengebunden. Ich reiße die Augen auf, doch ich sehe nichts, denn um mich herum ist es dunkel. Und dann wird mir klar, was es mit der harten vibrierenden Unterlage auf sich hat: Es ist die Ladefläche irgendeines Fahrzeugs. Ich höre lautes Motorengeräusch, und dann fährt das Fahrzeug durch ein Schlagloch. Die Ladefläche buckelt unter mir, und ich drehe im letzten Moment meinen Kopf zur Seite, bevor meine Nase erneut getroffen wird.

Wie zum Teufel …? Doch bevor ich die Frage zu Ende denken kann, kommt meine Erinnerung zurück. Ich bin durch die

Hintertür der Buchhandlung getreten. Es hatte geklingelt, ich dachte, es wäre das Taxi, doch dann habe ich einen Schlag auf den Hinterkopf bekommen, und das bedeutet … Jemand hat mich entführt! Und natürlich ist mir sofort klar, wieso. Mein Gefühl hat mich nicht getrogen. Christa Baumann hat erfahren, dass ich pädophil bin, sie hat es weitererzählt, und irgendein Neukirchener hat prompt reagiert, hat mich geschnappt, um … Ja, um was? Mir eine Abreibung zu verpassen? Mich aus der Stadt zu bringen, in der ich nicht mehr willkommen bin? Mich vorher irgendwo, an einem einsamen Ort, noch einmal gründlich zusammenzuschlagen? Oder …?

Bei dem Gedanken an das, was sich hinter dem Oder verbergen könnte, überrollt mich eine gigantische Welle von Panik, mir bricht am ganzen Körper der Schweiß aus. Ich habe das Gefühl zu ersticken und ringe nach Luft. Das geht. Ein gutes Zeichen. Zumindest bin ich nicht geknebelt, und das bedeutet …

»Hilfe!« Noch bevor ich mich bewusst dazu entscheide, brülle ich schon los. »Hilfe!« Und wieder. Und wieder. Und wieder.

»Hilfe!«

Ich weiß nicht, wie oft ich um Hilfe schreie oder wie lange. Zwanzigmal? Fünfzigmal? Hundertmal? Eine Minute? Fünf Minuten? Zehn Minuten? Ich weiß nur eins: Meine Rufe bleiben ungehört. Niemand kommt. Ich werde weiter in einem Lieferwagen oder was auch immer wer weiß wohin gefahren. Doch bin ich wirklich im Innern eines Fahrzeugs? Ich habe es gedacht, weil es um mich herum finster war, als ich die Augen öffnete, doch je länger ich sie offen halte, desto deutlicher wird, dass die Dunkelheit gar nicht so dunkel ist. Es ist auch nicht die Dunkelheit eines abgeschlossenen Raumes. Es ist eine warme, stickige Dunkelheit, durch die ein gewisses Maß an Helligkeit hindurchschimmert. Die Erkenntnis führt zu einer weiteren. Etwas liegt auf mir, ein warmes, muffig riechendes Gewicht. Eine Decke.

Ich beginne sofort, mich hin und her zu wälzen, um die Decke loszuwerden, ernte dafür jedoch nur Schmerzen, wenn ich über irgendeinen der Gegenstände rolle, die auf der Ladefläche liegen, deshalb halte ich wieder still und schalte mein Gehirn ein. Meine Hände sind an den Handgelenken zusammengebunden, doch meine Finger kann ich bewegen. Also bewege ich sie, taste umher und bekomme ein Stück Decke zu fassen. Ich packe zu, ziehe die Decke Stück für Stück zur Seite und schließlich über meinen Kopf. Ich spüre, wie die Decke über meine Wange gleitet, dann spüre ich warme, frische Luft, und dann kann ich etwas sehen. Ein zusammengelegtes Seil, einen Autoreifen, ein Paar Arbeitshandschuhe und die Innenseite einer Heckklappe. Meine Vermutung war richtig. Ich liege auf der Pritsche eines Pick-ups.

Der Gedanke macht mir Mut. Von einer offenen Ladefläche zu entkommen oder zumindest auf mich aufmerksam zu machen, sollte möglich sein. Ich rolle mich auf den Rücken und blinzele in die Sonne, dann versuche ich, mich aufzurichten, doch in dem Moment hält das Fahrzeug an, und der Motor erstirbt.

Verdammt! Heißt das, wir sind am Ziel? Aber was ist das Ziel? Oder hat mein Entführer bemerkt, was ich hier hinten auf der Ladefläche treibe, und will irgendetwas dagegen unternehmen? Mich fesseln? Knebeln? Wieder bewusstlos schlagen? Oder …?

Die Panik, kurzfristig abgeebbt, während ich mit der Decke beschäftigt war, überrollt mich wieder. Ich liege ganz still da. Nur jetzt nicht die Aufmerksamkeit meines Entführers erregen. Vielleicht hat er ja gar nicht meinetwegen angehalten. Vielleicht will er nur mal kurz tanken oder sich beim Bäcker einen Kaffee holen oder … Doch schon während ich diese tröstlichen Gedanken formuliere, wird mir klar, wie unwahrscheinlich das ist, denn offensichtlich sind wir nirgendwo, wo es eine Tankstelle oder einen Bäcker gibt. Nachdem der Motor nicht mehr brummt, höre ich auch keine anderen Motoren- oder Stadtgeräusche. Stattdessen zwitschern Vögel, und wenn ich meinen Kopf bewege, sehe ich außer dem Himmel über mir Baumkronen.

Bevor ich darüber nachdenken kann, was das bedeutet, wird eine Autotür geöffnet. Ich höre, wie jemand aus dem Wagen steigt und wie die Tür wieder zugeworfen wird. Dann höre ich Schritte, die Heckklappe des Pick-ups wird geöffnet, und ich sehe in die Augen von Josef Brunner.

Josef! Eindeutig Josef, obwohl mein Gehirn einige Schrecksekunden benötigt, um die Tatsache zu akzeptieren. Und mein Gehirn muss noch etwas akzeptieren: Meine Lage hat sich gerade dramatisch verschlimmert. Meine vage Hoffnung, dass vielleicht irgendjemand einem unbekannten Pädo eine Abreibung verpassen will, löst sich bei Josefs Anblick in Luft auf. Dies ist etwas anderes. Es gibt nur einen Grund, warum Josef sich, während seine Nichte vermisst wird, die Zeit nimmt, mich zu entführen: Er glaubt, dass ich dieser Nichte etwas angetan habe.

Die Erkenntnis lässt die dritte Panikwelle über mich hinwegschwappen, doch diesmal gebe ich mich ihr nicht hin. Ich versuche, oben zu bleiben, nicht unterzugehen, denn ich muss überlegen, was ich tun kann – oder, da mir buchstäblich die Hände gebunden sind, was ich sagen kann. Mein erster Impuls ist, Erstaunen und Empörung zu heucheln (»Josef, was soll das? Wieso hast du mich niedergeschlagen? Binde mich sofort los!«), doch die Entschlossenheit in Josefs Augen bedeutet mir klar, dass er das nicht schlucken würde. Also versuche ich, den Stier bei den Hörnern zu packen.

»Josef«, sage ich beschwörend, »ich weiß, warum ich hier bin. Ich weiß, was du denkst, aber ich schwöre dir: Es ist nicht wahr. Ich habe nichts mit Theresas Verschwinden zu tun. Ich habe sie nicht angerührt. Ich habe keine Ahnung, wo sie ist.«

Ich breche ab, um Josefs Reaktion zu beobachten, doch er zeigt keine. Er sagt keinen Ton, sondern starrt mich einfach an. Ich fühle mich von diesem Blick aufgespießt wie ein Schmetterling von den Nadeln eines Insektenforschers.

Ich atme tief durch, um mein wild pochendes Herz zu beruhigen. »Bitte, Josef, du musst mir glauben. Ich habe Theresa nicht angerührt. Ich habe nie mehr als nur Hallo zu ihr gesagt. Ich habe sie zuletzt auf Marcos Geburtstagsfeier gesehen.«

Josef starrt mich weiter an. Mir fällt auf, dass seine Augen grau sind. Ich habe es nie zuvor bemerkt, Marcos Bruder gehört nicht zu den Menschen, denen man freiwillig länger in die Augen sieht. Die Augen sind grau wie Steine und genauso undurchdringlich.

»Bitte, Josef, ich habe Theresa nichts getan. Es ist die Wahrheit, ich schwöre es.«

Die Steinaugen starren weiter. Obwohl ich heftig blinzeln muss, versuche ich, ihrem Blick standzuhalten, denn ich habe das Gefühl, dass mein Leben davon abhängt. Wenn ich zuerst weggucke, wird Josef denken, dass ich lüge, und dann …

Wir starren und starren, bis Josef das Schweigen bricht.

»Wo ist sie? Wo ist Tessi?«

Ich bin so erleichtert, dass er etwas sagt, dass ich versehentlich den Blickkontakt abbreche. »Ich weiß es nicht, Josef, ich schwöre es dir.«

»Wo ist sie?«, donnert er.

»Ich weiß es nicht. Ich habe …«

Weiter komme ich nicht, denn Josef greift zu meinem rechten Fuß und zieht mich mit einem Ruck von der Pritsche des Landrovers. Es geht so schnell, dass ich gar nicht weiß, wie mir geschieht. Meine Rückseite mit den gefesselten Händen schrappt über die Ladefläche, dann lande ich mit der linken Schulter voran auf einem Untergrund aus Erde und Gras. Schmerz und Schock schnüren mir für einen Moment den Atem ab, ich japse nach Luft und fühle mich wie ein Fisch auf dem Trockenen.

Josef beugt sich über mich, so dass sein Schatten auf mich fällt. »Wo ist sie?«

»Ich … weiß … es … nicht«, stoße ich zwischen verzweifelten Atemzügen hervor, woraufhin mir Josef einen Tritt versetzt. Ich schlucke den Schrei hinunter, der aus meinem Mund quellen will. »Bitte … Ich …«

Ein zweiter Tritt. Heftiger als der erste.

»Bitte …«

Ein dritter Tritt, noch heftiger und diesmal gezielt in meine Hoden. Tränen schießen in meine Augen, und ich jaule auf vor Schmerzen.

Josef reißt an meinem Oberarm. »Steh auf!«

Ich versuche, dem Befehl nachzukommen, während ich mich gleichzeitig vor Schmerzen krümme, und schließlich komme ich taumelnd hoch.

Josef bringt sein Gesicht ganz nahe an meines. »Du wirst es mir sagen, oder ich werde dich töten.«

Er hebt nicht einmal seine Stimme, doch ich habe nicht den geringsten Zweifel, dass er es ernst meint, und mich trifft ein Panik-Tsunami. Meine Knie geben nach, und ich würde fallen, wenn Josef mich nicht immer noch am Arm gepackt hätte.

»Da rein!«

Er stößt mich voran, während ich Mühe habe, mich auf meinen zitternden Beinen zu halten. Mit »Da rein!« meint Josef eine Scheune aus verwittertem Holz, die auf einer Wiese steht. Dahinter ragt Wald auf.

»Nein!« Ich stemme meine Füße in den Boden und weigere mich, weiterzugehen. Es ist reiner Instinkt. Was immer Josef mit mir vorhat, ich werde ihm die Sache nicht erleichtern, indem ich wie ein Lämmchen in die Scheune trabe, in der mich die Schlachtbank erwartet.

Doch meine Beine zittern viel zu sehr, als dass ich Josef, zumal mit auf den Rücken gefesselten Händen, viel Gegenwehr entgegensetzen könnte. Er stößt mich vorwärts, und als ich ein weiteres Mal um Hilfe schreie, legt er einen Arm um mich und presst mir seine große Hand auf den Mund. Ich versuche, in seinen Handballen zu beißen, woraufhin er mit Gewalt meine Kiefer zusammendrückt. Ich habe nur die Wahl, mitzugehen oder mich auf den Boden fallen zu lassen, doch bei der Erinnerung an den letzten Tritt gehe ich mit.

Die Scheunenwände bestehen aus verwitterten Holzplanken, das Dach besteht aus Ziegeln, von denen einige rausgebrochen sind. Sie liegen verstreut auf dem festgestampften Erdboden im Innern der Scheune. Fast stolpere ich über einen, doch Josef zieht mich weiter, bis zu einem der zwei Stützbalken, die die Dachkonstruktion tragen.

Als mir klar wird, was Josef vorhat, wehre ich mich erneut. Ich winde mich hin und her, versuche zu entkommen, bis Josef mich zu Boden stößt. Ich schreie um Hilfe, doch da kracht Josefs Faust gegen meinen Kiefer. Und wieder. Und wieder. Blut quillt aus meinem Mund, ich spucke aus, spucke wieder, ich glaube, es sind Zähne dabei. Ein weiteres Mal trifft mich Josef Faust, diesmal an die Schläfe. Der Schmerz ist unbeschreiblich. Ich verliere nicht das Bewusstsein, bin aber während der nächsten Minuten zu benommen, um mitzubekommen, was genau geschieht.

Als der Schmerz und die Benommenheit nachlassen, bin ich aufrecht an den Stützpfeiler gefesselt. Ich blinzele, alles ist unscharf, weil ich meine Brille verloren habe. Doch auch ohne sie erkenne ich, dass Josef nicht mehr in der Scheune ist. Er ist aber nicht fort, ich höre seine Stimme durch das offene Scheunentor. Spricht er dort draußen mit jemandem? Oder telefoniert er bloß?

Falls dort jemand ist, dann ist das meine Chance. Ich schreie erneut um Hilfe, zumindest versuche ich es, doch ich bringe keinen Ton hervor. Ich bin geknebelt. Irgendetwas steckt in meinem Mund. Ich versuche, es auszuspucken, schaffe es aber nicht.

Josef verstummt, und kurz darauf erscheint sein Schatten im Scheunentor. Er zieht es hinter sich zu und kommt auf mich zu. Jetzt, wo das Tor geschlossen ist, ist es schummrig in der Scheune, doch das Licht, das durch die Löcher im Dach fällt, genügt, dass ich die Wut in seinen Steinaugen lesen kann, als er sich dicht vor mich stellt.

»Also, Erik, ich gebe dir eine letzte Chance. Ich weiß, dass du ein pädophiles Schwein bist. Wenn du diesen Tag überleben willst, dann wirst du mir jetzt sagen, was du mit Tessi gemacht hast und wo sie ist.« Mit einem Ruck befreit er mich von dem zusammengeknüllten Stück Stoff in meinem Mund.

Ich schnappe nach Luft. »Josef, du musst mir glauben«, flehe ich. »Ich habe Tessi nichts angetan. Ich habe keine Ahnung, was mit ihr passiert ist. Ich würde nie einem Kind etwas zuleide tun. Du kannst die Polizei fragen, sie haben mich vernommen, sie wissen, dass ich es nicht getan habe. Bitte, Josef, ruf die Polizei …«

Erneut fliegt seine Faust auf mich zu.

9

Judith hatte keine hundertprozentige Gewissheit, dass Josef Brunner Erik Lange entführt hatte, dennoch war sie davon überzeugt – in diesem Punkt wiesen nicht nur die Indizien, sondern auch ihr Instinkt in dieselbe Richtung. Judith war ebenfalls davon überzeugt, dass Josef Brunner verrückt hätte sein müssen, wenn er Erik Lange unter den Augen der Schönblicker, der Kriminaltechniker und der Journalisten, die die Straße bevölkerten, zu seinem Bauernhof gebracht hätte, dennoch rannte sie zuerst dorthin, um sich zu überzeugen, dass Brunners Landrover nicht dort war. Anschließend lief sie zum Haus von Marco und Viola Brunner.

Während Judith ihren Finger auf die Klingel presste, atmete sie tief ein und aus und versuchte, die aufsteigende Panik zu unterdrücken, doch sie konnte nicht verhindern, dass ihr Herz raste. Bereits als junge Streifenpolizistin und erst recht später als Ermittlerin war sie häufig mit dem Tod konfrontiert worden, aber sie hatte nur sehr selten Situationen erlebt, in denen es so unmittelbar um Leben und Tod ging, dass jede Minute zählte. Wobei sie nur hoffen konnte, dass es hier und jetzt tatsächlich noch um Erik Langes Leben ging. Es hing davon ab, warum Josef Brunner den Buchhändler entführt hatte. Rache für das, was Lange vermeintlich seiner Nichte angetan hatte? Oder glaubte Brunner, dass Theresa noch lebte, und wollte Lange zwingen, ihm zu sagen, wo sie war?

Judith klingelte noch einmal und noch einmal, als die Tür

endlich geöffnet wurde. Viola Brunner wirkte etwas verwirrt, ein Abdruck auf ihrer Wange verriet, dass sie sich hingelegt hatte, vermutlich war sie vor Erschöpfung eingeschlafen.

»Frau Brunner, ich muss dringend mit Ihnen reden. Darf ich reinkommen?« Judith wartete die Antwort nicht ab, sondern drängte sich an der Frau vorbei in den Hausflur. »Es ist dringend«, wiederholte sie, als Viola Brunner keine Anstalten machte, die Tür zu schließen.

»Oh. Ja. Natürlich.« Viola Brunner schloss die Tür, blieb jedoch weiterhin im Flur stehen und blinzelte Judith verschlafen und unsicher an. »Ist etwas passiert?«

»Ja. Deswegen muss ich mit Ihnen reden, auch mit Ihrem Mann. Können wir ins Wohnzimmer gehen?«

Judith setzte sich in Bewegung, blieb jedoch wieder stehen, als Viola Brunner sagte: »Marco ist nicht da.«

Verdammt! »Wo ist er? Ist er weggefahren?« Doch das hätte sie mitbekommen.

»Nein, er ist spazieren gegangen.«

Judith stutzte. Sie hätte Marco Brunner nicht für einen Spaziergänger gehalten, und es erschien ihr seltsam, dass er seine Frau in ihrem angeschlagenen Zustand alleingelassen haben sollte. »Wissen Sie, wohin er gegangen ist?«

Viola Brunner schüttelte den Kopf. »Er sagte einfach, er müsse mal raus. Was ist denn los? Ist etwas passiert?« Sie riss ihre Augen auf. »O Gott, ist es Tessi? Haben Sie sie gefunden? Ja, Sie haben sie gefunden, nicht wahr? Sie ist tot, nicht wahr? Sie sind gekommen, um uns zu sagen, dass unsere Tochter tot ist, nicht wahr?«

Sie begann zu schwanken, doch Judith war bei ihr, bevor sie stürzen konnte. Sie legte einen Arm um sie. »Nein, Frau Brunner, wir haben Ihre Tochter nicht gefunden. Deshalb bin ich nicht hier.«

»Weshalb denn dann?«

Judith hatte es eilig, doch sie wollte ihre Fragen nicht im Hausflur stellen, zumal Viola Brunner immer noch wackelig auf den

Beinen war, daher führte sie die Frau ins Wohnzimmer und drückte sie auf dem Sofa nieder. Dann holte sie einen Stuhl und setzte sich vor sie.

»Es geht um Ihren Schwager«, begann sie. »Wir müssen ihn dringend finden.«

»Meinen Schwager?« Viola Brunner schien in Gedanken immer noch bei der Nachricht zu sein, die Judith nicht überbracht hatte, doch dann riss sie sich zusammen. »Ich habe Josef heute noch gar nicht gesehen. Ist er nicht auf seinem Hof?«

»Er ist weggefahren. Es geht um Folgendes: Erik Lange wird vermisst, und wir glauben, dass Ihr Schwager ihn entführt hat.« Judith fasste knapp die Gründe für ihren Verdacht zusammen. »Wir wissen, dass Ihr Schwager Erik Lange nicht hierher nach Schönblick gebracht hat«, schloss sie. »Daher meine Frage an Sie: Haben Sie irgendeine Idee, wo er sein könnte? Frau Brunner?«

Schon während ihrer Erklärung hatte Judith bemerkt, dass es Viola Brunner schwerfiel, die Informationen aufzunehmen, jetzt rieb sie sich verwirrt über die Stirn. »Aber ich verstehe das nicht. Wieso sollte Josef denn Erik entführen?«

Judith versuchte, ihre Ungeduld zu zügeln, während sie sich fragte, ob Viola Brunner irgendein Beruhigungsmittel genommen hatte. Angesichts des Albtraums, den die Frau durchlebte, hatte sie natürlich jedes Recht der Welt, sich zu betäuben, doch es war ein miserabler Zeitpunkt. »Weil Herr Lange pädophil ist«, sagte Judith mit brutaler Offenheit, um die Frau aus ihrer Lethargie zu reißen.

»Erik ist pädophil?«

Viola Brunner klang so perplex, dass Judith ein Licht aufging. »Wussten Sie das nicht?«

»Nein, natürlich nicht. Sie haben es uns ja nicht erzählt.«

»Aber Ihr Mann und Ihr Schwager wussten es.«

»Marco und Josef? Aber …« Sie brach ab, verwirrter denn je. Dann weiteten ihre Augen sich vor Schreck. »O mein Gott! Heißt das, Erik hat Tessi etwas angetan? Hat er sie …?«

»Nein, das hat er nicht.«

»Aber wenn er doch pädophil ist … O mein Gott, wir haben ihn in unser Haus gebeten. Wir haben zugelassen, dass er Kontakt zu Tessi hat. Und jetzt …« Ihre Stimme schraubte sich immer höher. »Er war es. Natürlich! Jetzt ergibt alles einen Sinn. Großer Gott! Ich muss … Ich muss …«

Sie sprang auf, doch Judith hielt sie zurück.

»Nein, so ist es nicht, Frau Brunner. Wir sind davon überzeugt, dass Herr Lange Theresa nichts angetan hat. Wir haben das auch Ihrem Mann und Ihrem Schwager gesagt. Es tut mir leid, ich wusste nicht, dass die Information neu für Sie ist.«

Viola Brunner starrte sie verwirrt an. »Aber wieso denken Sie dann, dass Josef Erik entführt hat? Das ergibt doch alles keinen Sinn.«

Judith atmete einmal tief durch und zwang sich zur Ruhe. »Weil Ihr Schwager uns leider nicht geglaubt hat. Aber ich bitte Sie, mir zu glauben, Frau Brunner. Erik Lange ist unschuldig, und er ist in Gefahr. Wir befürchten, dass Ihr Schwager ihm etwas antun wird. Wenn Sie also irgendeine Idee haben, wo er mit ihm hingefahren sein könnte … Gibt es auf seinem Grund zum Beispiel irgendwelche verlassenen Gebäude? Eine Jagdhütte im Wald? Irgendetwas?«

Judith sah Viola Brunner beschwörend an, doch die schien die Frage nicht mitbekommen zu haben. »Sie glauben, dass Josef Erik umbringen will?«

Judith wurde klar, dass sie einen Schritt zurück machen musste. Sie musste erst Viola Brunners Fragen beantworten, bevor diese in der Lage war, ihr Informationen zu geben. »Das ist ein mögliches Szenario, ja.«

»Eins? Was ist das andere?«

Judith zögerte nicht, jetzt war nicht der Zeitpunkt für Relativierungen oder Euphemismen. »Ich halte es für möglich, dass Herr Brunner plant, Herrn Lange zu foltern.«

Viola Brunner wich zurück. »Foltern? Nein, das kann nicht sein, Josef würde nie …«

Judith fasste ihre Hände, sie waren eiskalt. »Ich weiß, Frau Brunner, es ist schwierig für Sie, das zu akzeptieren. Aber wenn Ihr Schwager denkt, dass Herr Lange Theresa irgendwo gefangen hält, dann …« Sie brach ab, doch zu spät, wie ihr klar wurde, als sie den Hoffnungsschimmer in Viola Brunners Augen sah.

»Es ist möglich, dass Erik Tessi irgendwo versteckt hält?«

Verdammt! Judith widersprach sofort. »Nein, Frau Brunner, das ist nicht möglich. Ihr Schwager denkt das nur, doch er irrt sich und …«

»Und wenn er sich nicht irrt? Wenn es wahr ist? Solche Sachen passieren. Denken Sie an Natascha Kampusch! Vielleicht ist das unsere einzige Chance, Tessi zurückzubekommen.«

Verdammt!, dachte Judith. Verdammt, verdammt, verdammt! So ruhig wie möglich sagte sie: »Bitte, Frau Brunner, ich verstehe, dass Sie das glauben möchten, aber es stimmt nicht. Herr Lange hat Ihre Tochter nicht, das ist ein Missverständnis.«

»Das können Sie nicht wissen.« Viola Brunner sagte es mit überraschender Festigkeit in ihrer Stimme.

»Doch, ich weiß es, Frau Brunner, und ich kann es Ihnen beweisen, doch dafür haben wir jetzt keine Zeit. Bitte vertrauen Sie mir. Sagen Sie mir, wo Ihr Schwager sein könnte. Bitte helfen Sie mir, Herrn Lange zu retten. Und nicht nur ihn. Wenn Ihr Schwager zum Mörder an einem Unschuldigen wird …«

Viola Brunner unterbrach sie, ihre Verwirrtheit war offensichtlich verflogen. »Was für Beweise?«, fragte sie scharf.

»Frau Brunner …«

»Nein! Sie haben keine Beweise, nicht wahr? Denn wenn Sie Beweise hätten, dann hätte Josef Ihnen geglaubt. Ist es nicht so?« Sie fixierte Judith mit ihren Kornblumenaugen.

Judith gab es zu. »Sie haben recht, Frau Brunner, wir haben keine Beweise. Und dennoch bin ich zu hundert Prozent davon überzeugt, dass Erik Lange unschuldig ist. Bitte, helfen Sie mir, ihn zu retten, – und helfen Sie mir, Ihren Schwager zu retten. Wenn er einen Unschuldigen tötet …«

Doch Judith erkannte, dass sie sich die Worte sparen konnte. In den letzten ein oder zwei Minuten war eine Veränderung mit Viola Brunner geschehen. Alle Lethargie und Vagheit waren von ihr abgefallen, ihre Augen blitzten klar, und sie sah Judith, ohne mit der Wimper zu zucken, in die Augen, als sie sagte: »Es tut mir leid, Frau Plattner, aber ich habe wirklich keine Ahnung, wo mein Schwager sein könnte.« Sie stand auf. »Können wir das Gespräch beenden? Ich habe Kopfschmerzen.«

Pia war ein Konzentrationswunder. Das war einer der Gründe, warum sie sich für eine sehr gute Polizistin hielt. Wenn ihr ein Job übertragen wurde, richtete sie den Scheinwerfer ihrer Aufmerksamkeit darauf und erledigte ihn. Dabei war sie zwar nie so scheuklappenblind, dass sie andere Geschehnisse um sich herum vollständig ignorierte, doch sie ließ sich durch sie normalerweise nicht ablenken. Aber seit Judith Plattner ihr mitgeteilt hatte, dass Erik wahrscheinlich in der Gewalt von Josef Brunner war, fiel es Pia schwer, auf dem Kurs zu bleiben, den Plattner ihr vorgegeben hatte, und der lautete, dass sie allein die Befragung von Pauline durch ihren Vater vorantreiben sollte. Nicht einmal die Aussicht, bei diesem erneuten Soloflug weitere Karrierepluspunkte sammeln zu können, vermochte Pias Sorge um Erik vollständig zu verdrängen.

Die Tatsache jedoch, dass Erik in Gefahr war, hatte auch einen unerwarteten Vorteil. Als Pia Matthias Hering davon erzählte, schien das für den suspendierten Sportlehrer wie ein Startschuss für ein Wettrennen zu sein. Er kapierte, dass die Zeit zum Zaudern abgelaufen war, und als Pia ihm erklärte, was sie wollte – die Möglichkeit, das Gespräch zwischen ihm und seiner Tochter unbemerkt mitzuhören –, machte er einen Vorschlag.

»Die Bank am Ende des Gartens. Er grenzt an den Wald, der dort recht dicht ist. Sie können sich hinter den Büschen verstecken. Ich werde Pauline sagen, dass ich dort etwas mit ihr besprechen möchte.«

»Wird sie sich nicht wundern, dass Sie draußen mit ihr reden wollen?«

Er schüttelte den Kopf. »Sie kennt das schon. Nora liebt Machtspiele. Seit der Trennung lässt sie mich gerne vorm Haus oder im Garten warten, wenn ich Pauline abhole.«

Sie besprachen noch einige Details, dann bat Pia Matthias Hering, ihr einen Vorsprung zu geben, bevor er bei den Vogts klingelte, und machte sich auf zu ihrem Versteck. Wenige Minuten später kroch sie im Wald hinter einige Haselnussbüsche und wünschte sich, sie hätte doch darauf bestanden, das bevorstehende Gespräch in einen Vernehmungsraum zu verlegen, wo sie das Geschehen bequem über eine Kamera hätte beobachten können und nicht Gefahr gelaufen wäre, einen weiteren Anzug für diese Ermittlungen zu ruinieren, nachdem sie bereits am Sonntagmorgen einen der Jagd nach Pauline geopfert hatte. Doch auch wenn sein Gemütlichkeitsfaktor nicht sehr hoch war – als Versteck war der Platz hinter den Büschen gut gewählt. Als Matthias Hering kurz darauf die Bank ansteuerte, die zwei Meter von Pia entfernt stand, konnte sie zwischen den Blättern hindurch zwar kaum mehr erkennen als den verwaschenen lilafarbenen Fleck, den sein T-Shirt markierte, doch sie konnte problemlos seine Schritte auf dem Gras hören und seine Stimme, als er halblaut fragte:

»Sind Sie da?«

Pia bestätigte das, dann begann das Warten auf Pauline.

Judith bemühte sich fünf Minuten lang, Viola Brunner umzustimmen, bevor sie es aufgab und das Wohnzimmer verließ. Schon im Flur zog sie ihr Handy hervor, und sie hatte Roman am Apparat, als sie die Haustür hinter sich zuzog.

»Marco Brunner ist verschwunden, und Viola Brunner weigert sich, uns zu helfen, weil sie glauben will, dass ihr Schwager ihre Tochter rettet«, berichtete sie. »Wie sieht's bei dir aus? Habt ihr schon was?« Sie durchquerte den Vorgarten und eilte mit langen

Schritten über die Straße zu ihrem Dienstwagen, getrieben von einer inneren Unruhe, die sie nicht stillstehen ließ.

»Bis jetzt noch nicht.« Roman klang irritiert ob der Nachfrage, kaum zwanzig Minuten nach ihrem letzten Telefonat. »Ich habe die Fahndung nach Josef Brunner und Erik Lange eingeleitet und Suchmannschaften angefordert, doch der erste Alarmzug trifft frühestens in einer Dreiviertelstunde in Neukirchen ein. Ich habe ein Team zur Buchhandlung geschickt, das dort nach Spuren sucht. Außerdem haben wir sämtliche Streifenwagen in der Gegend alarmiert. Sie halten nicht nur Ausschau nach Brunner und Lange, sondern auch nach Brunners Wagen. Er fährt einen grünen Landrover Pick-up. Auffällig. Wenn wir Glück haben, hat jemand den gesehen.«

»Und wenn wir Pech haben, steht er irgendwo neben einer einsamen Hütte im Wald, wo höchstens ein Eichhörnchen auf Klettertour oder Matthias Hering auf der Suche nach Sex vorbeikommt«, sagte Judith scharf. »Mich interessiert nicht, was Josef Brunner vor zwei Stunden in der Buchhandlung gemacht hat oder nicht, mich interessiert, wo er jetzt ist. Was ist mit Handyortung?«

Für einen Augenblick drang nichts als Schweigen aus ihrem Handy. »Judith, wir tun hier alles, was wir können«, sagte Roman dann ruhig.

Judith lehnte sich gegen den BMW und atmete einmal tief durch. »Ja, ich weiß. Entschuldige bitte. Handyortung?«

»War das Erste, das ich veranlasst habe, und Zöllner hat sie bereits abgesegnet. Soweit ich weiß … Warte einen Augenblick.« Judith hörte Gemurmel im Hintergrund, dann war Roman wieder da. »Okay, die Ortung läuft bereits. Stille SMS, bis jetzt kein Erfolg, weil Brunner sein Handy ausgeschaltet hat.«

Verdammt! »Was ist mit einer Funkzellenabfrage? Wenn wir wissen, wann und wo Brunner zuletzt telefoniert hat …«

Roman unterbrach sie. »Habe ich ebenfalls bereits veranlasst, wir sind in Kontakt mit dem Mobilfunkbetreiber. Aber du weißt selbst, dass diese Dinge Zeit brauchen, Judith. So, wie du wissen solltest, dass ich weiß, wie ich meinen Job machen muss. Was ist los mit dir?«

Judith hätte fast hysterisch aufgelacht. »Was glaubst du wohl? Es geht hier um ein Menschenleben.«

»Dessen bin ich mir bewusst«, entgegnete Roman. »Ebenso bin ich mir bewusst, dass Panik ein schlechter Ratgeber ist. Ebenso bin ich mir bewusst, dass du für gewöhnlich nicht zu Panik neigst. Also, Judith, wieso nimmst du das persönlich?«

»Tue ich nicht.«

»Wieso klingst du dann, als seien die sieben Höllenhunde hinter dir her?«

»Tue ich auch nicht«, behauptete Judith und beendete das Gespräch. Doch sie steckte das Handy nicht weg, sondern umschloss es mit ihrer Hand. Sie hatte das Bedürfnis, sich an etwas festzuhalten, denn natürlich hatte Roman recht. Sie war einer Panik nahe, und sie nahm die Tatsache persönlich, dass Erik Lange in Lebensgefahr war. Erik Lange war ihr Verdächtiger gewesen. Zwar hatte sie ihn nicht geoutet, und sie hatte auch nicht damit rechnen können, dass Lilli Helm es so schnell tun würde, dennoch konnte sie nicht bestreiten, dass eine Kette kausaler Ereignisse von Erik Langes Vernehmung im Präsidium zu seiner Entführung durch Josef Brunner führte.

Und es gab noch einen zweiten Grund, warum Judith sich persönlich für Erik Langes Situation verantwortlich fühlte: Sie hatte am Vorabend nicht mehr mit ihrem Mann über ihren Verdacht geredet, ihr Sohn könne sich aus Angst vor einer pädophilen Neigung das Leben genommen haben, doch sie hatte die ganze Nacht darüber gegrübelt. Der Verdacht war nicht verschwunden, wie sie gehofft hatte, sondern stärker geworden. Und obwohl Judith wusste, dass der Gedanke irrational war, hatte sich in ihrem Gehirn eine Verknüpfung gebildet zwischen der Gefahr, die Erik Lange drohte, und Simons Tod. Das Monster Pädophilie hatte sich bereits ein unschuldiges Leben geholt, sie würde nicht zulassen, dass es sich ein zweites holte. Sie würde nicht ein zweites Mal versagen. Sie würde alles in ihrer Macht Stehende tun, um Erik Lange zu retten.

Nur, dass nicht allzu viel in ihrer Macht stand. Sie konnte schließlich nicht allein die ganze Gegend absuchen. Josef Brunner konnte mit seinem Opfer mittlerweile zig Kilometer entfernt sein.

Doch in dem Moment, als sie den Gedanken formulierte, kamen Judith Zweifel. War das wahrscheinlich? Wieso sollte Brunner mit seinem Opfer an einen weit entfernten Ort fahren? In eine Gegend, in der er sich nicht auskannte? Und dann erinnerte Judith sich an etwas. Viola Brunner hatte gesagt, dass ihr Mann spazieren gegangen sei. Es war Judith in dem Moment eigenartig vorgekommen, und jetzt tat es das wieder. Natürlich war es möglich, dass Marco Brunner das Bedürfnis verspürt hatte, sich zu bewegen und wenigstens für eine Stunde von allem wegzukommen, doch hätte er diesem Bedürfnis wirklich zu einem Zeitpunkt nachgegeben, zu dem seine Frau ihn offensichtlich dringend brauchte? Oder hatte er einen besonderen Grund für diesen Spaziergang gehabt? Einen besonderen Anlass? Zum Beispiel einen Anruf? Hatte vielleicht Josef Brunner seinen Bruder angerufen und ihm gesagt, dass er den pädophilen Erik Lange in seine Gewalt gebracht hatte? Hätte er ihn aufgefordert, zu ihm zu kommen? Es war eine Möglichkeit, und wenn sie zutraf ...

Hastig wischte Judith über ihr Handy und schaltete GoogleMaps ein. Außerdem fischte sie die Landkarte aus ihrer Aktentasche und breitete sie auf der Motorhaube des BMW aus. Sie benötigte die Karte, um sich einen Überblick über die Umgebung von Schönblick zu verschaffen, was auf dem kleinen Handydisplay kaum möglich war, aber die Karte hatte einen Nachteil: Sie zeigte Städte und kleine Dörfer, doch nicht einzelne Gebäude, das taten dafür die Satellitenaufnahmen von Google.

Während der nächsten Minuten wanderten Judiths Augen zwischen der Landkarte und dem Display ihres Handys hin und her. Der Wald hinter dem Haus der Brunners war zu dicht, als dass sie auf den Satellitenbildern einzelne Häuser oder Hütten darin hätte erkennen können, doch für die Felder, die sich hinter Schönblick nach Süden und Westen erstreckten, galt das nicht. Es dauerte nicht lange, dann hatte Judith zwei Gebäude identifiziert, die weniger als zwei Kilometer von Schönblick entfernt lagen. Details waren auf den Satellitenbildern nicht zu erkennen, doch aufgrund der Größe und der Lage vermutete Judith, dass es möglicherweise Scheunen waren. Die eine lag an einer schmalen Straße, die zu den Dörfern im Süden von Neukirchen führte, und Judith schloss sie aus, da ihr die Lage an der Straße zu exponiert schien, um dort ein Entführungsopfer festzuhalten. Die andere Scheune jedoch schien geeignet. Sie lag gut einen Kilometer Luftlinie südlich von Schönblick an einem Feldweg, der den Wald im Osten von den Feldern im Westen trennte.

Judith prägte sich die Lage ein, dann faltete sie die Karte zusammen und warf einen Blick auf ihre Uhr. Seit ihrem Telefonat mit Roman waren fünf Minuten vergangen, blieben vierzig Minuten, bis die Suchmannschaften eintrafen, und die würde sie nutzen.

Allerdings nicht allein. Sie mochte einer Panik nahe sein, und sie mochte die Rettung von Erik Lange persönlich nehmen, doch sie war kein durchgeknallter Cop aus dem Fernsehen, der auf eigene Faust losrannte, um einen möglicherweise bewaffneten Geiselnehmer – laut dem Hintergrundbericht über die Brunners besaß Josef Brunner legal zwei Jagdgewehre – und seinen Bruder zu stellen.

Judith blickte die Straße hinab. Die zwei Kriminaltechniker, die für die Autos der Bierkos verantwortlich waren, hatten die Durchsuchung beendet und waren dabei, die Sichtschutzwände zur Garage der Hoppes zu tragen. Nun, das konnte warten.

Doch als Judith auf die Männer in den weißen Einweganzügen zuging, sah sie Gerd Matzen und Thilo Selig aus dem Haus Nummer sechs kommen. Noch besser. Die beiden waren bewaffnet.

Pia hatte das Gefühl, schon ewig hinter den Haselnussbüschen auf der Lauer zu kauern, auch wenn es erst fünf Minuten waren. Für eine Frau von ihrer Statur war der Waldboden nicht die ideale Sitzgelegenheit, außerdem empfand Pia es als würdelos, sich in einem Gebüsch zu verstecken wie ein hormontoller Teenager, der heimlich die Nachbarin beim Oben-ohne-Sonnenbad begafft. Sie überlegte gerade, wie sie ihre Situation würdevoller gestalten konnte, als sie hörte, wie sich Schritte über das Gras näherten, und dann verkündete Pauline ganz nahe, dass sie jetzt da sei.

»Ich sehe es«, entgegnete ihr Vater.

Pia spähte zwischen den Blättern hindurch, bis sie neben dem lilaverwaschenen Fleck von Matthias Herings T-Shirt einen sonnengelben Fleck erkannte. Sonnengelb schien Paulines Lieblingskleiderfarbe zu sein. Einen Moment herrschte Stille, dann erklang ein Geräusch, als würde jemand einen Tunnel aussaugen.

»Klingt lecker«, bemerkte Hering. »Du hättest mir nicht auch ein Glas Limo mitbringen können?«

Das Schlürfen brach ab. »Es war nur noch ein Strohhalm da.«

»Ich hätte die Limo auch ohne Strohhalm getrunken.«

»Mama hat gesagt, du hast keine verdient.« Pauline klang nicht gerade bedauernd. Dann saugte sie geräuschvoll die letzten Tropfen aus ihrem Glas.

»Möchtest du dich nicht setzen?«, fragte ihr Vater.

»Nein.«

»Ich möchte aber mit dir reden.«

»Man kann auch im Stehen reden.«

»Ich fände es schöner, wenn du dich setzt.«

Pauline stieß einen tiefen Seufzer aus, um kundzutun, was sie von dieser Zumutung hielt, krabbelte jedoch auf die Bank. Pia spähte erneut durch die Zweige. Einige Augenblicke saßen der kleine gelbe Fleck und der große lilaverblichene Fleck schweigend nebeneinander. Hering schien es schwerzufallen, ein Gespräch in Gang zu bringen. Pia war sich nicht sicher, ob das mehr über die Vater-Tochter-Beziehung aussagte oder über die

Umstände des Gesprächs. Allerdings fand sie Paulines Schweigen ungewöhnlich, das Mädchen war ja nicht gerade maulfaul.

»Ich wollte mal hören, wie's dir geht«, sagte Matthias Hering schließlich. »Deine Mutter hat gesagt, du seist krank.«

»Ich habe Bauchschmerzen.« Pauline klang schlagartig ausgesprochen wehleidig.

»Das tut mir leid.«

»Ich war nicht in der Schule.«

»Das tut mir auch leid.«

»Dabei wollte Frau Fischer heute mit uns den Kopfrechenwettkampf machen. Ich hätte bestimmt gewonnen, ich bin besser als Camilla und als die Jungs sowieso.«

»Bestimmt.«

Widerspruchsfreie Zustimmung schien Pauline zu langweilen, denn sie hüllte sich erneut in Schweigen.

Ihr Vater räusperte sich. »Also, Pauline, ich möchte wie gesagt etwas mit dir besprechen. Es ist etwas kompliziert …«

Pauline unterbrach ihn. »Ich weiß schon, worum es geht. Du hattest Sex mit Marie, obwohl sie eine Jugendliche ist. Ich finde das voll ätzend.« Paulines Tonfall signalisierte deutlich, wie ätzend sie das fand, und zur Bekräftigung hieb sie mit ihrem Schuh gegen das Holzbein der Bank, zumindest klang es so.

»Wie kommst du darauf?«, fragte Matthias Hering scharf.

»Ich weiß es von Mama. Sie hat es zu einer Freundin am Telefon gesagt. Sie ist wütend. Sie sagt, alle sind wütend, besonders Jens. Und das stimmt. Ich habe gehört, wie er in Ulfs Garten mit Ulf geredet hat.«

»Pauline, wie oft habe ich dir eigentlich schon erklärt, dass du nicht fremde Gespräche belauschen sollst?«

»Ich habe nicht gelauscht«, erwiderte Pauline beleidigt. »Ich war gestern nach dem Abendessen im Wald. Jens hat sich so aufgeregt, dass er so laut geredet hat. Das ist nicht meine Schuld.« Sie schwang heftiger mit den Beinen. »Warum hast du das gemacht? Das ist eklig.«

»Nun …«, Hering zögerte, bevor er die klassische Elternant-wort zückte. »Das erkläre ich dir, wenn du älter bist. Ich möchte mit dir über etwas anderes reden. Über Tessis Handy.«

Selbst durch das Blätterwerk hindurch hatte Pia den Eindruck, dass Pauline sich versteifte. Sie hörte auf, die Beine zu schwingen, und der gelbe Fleck saß starr da.

»Es geht um Tessis Handy«, wiederholte Hering, »und es ist sehr wichtig, dass wir darüber reden. Du weißt, dass Tessi ver-schwunden ist. Die Polizei und natürlich Marco und Viola und Leon und wir alle wollen wissen, was mit ihr geschehen ist.«

»Ich weiß es aber nicht.«

»Das glaube ich dir. Aber wir wollen auch wissen, was mit Tessis Handy geschehen ist.«

»Das weiß ich auch nicht.«

»Tja, siehst du, Pauli, da haben wir ein Problem, denn das glaube ich dir nicht. Aber bevor wir darüber reden, möchte ich dir etwas sagen, das sehr wichtig ist, und ich möchte, dass du mir gut zuhörst: Was immer du getan hast, du wirst dafür nicht be-straft, okay? Ich weiß, dass du die Polizei angelogen hast, aber auch dafür wirst du nicht bestraft. Doch es ist wichtig …«

»Ich habe niemanden angelogen.«

»Pauline, was habe ich gerade übers Zuhören gesagt?«, fragte Hering gereizt. Zu gereizt in Pias Ohren. Je konfrontativer das Gespräch, desto geringer die Chance, dass Pauline sich öffnete.

Pauline antwortete nicht, und ihr Vater fuhr sachlich fort: »Also, Pauli, ich weiß, dass du der Polizei nicht die Wahrheit ge-sagt hast. Die Polizei hat Tessis Geheimversteck mit ihrem Handy gefunden. Auf dem Handy sind deine Fingerabdrücke.«

»Das ist nicht wahr!«

»Doch, das ist es. Du hattest das Handy als Letzte in der Hand, und du hast es in Tessis Geheimversteck gebracht.«

»Aber …« Zum ersten Mal klang Pauline unsicher, doch nicht lange. »Ich habe das Handy nicht ins Versteck gelegt. Ich habe es nur angefasst, als es schon dort war. Und ich habe der

Polizei nichts von dem Versteck erzählt, weil ich es Tessi versprochen hatte. Es wäre nicht ehrenvoll gewesen«, fügte sie treuherzig hinzu. So treuherzig, dass Pia fürchtete, ihr Vater würde sich einwickeln lassen, doch der kannte seine Tochter offensichtlich.

»Pauline, hör bitte auf, mich anzulügen. Ich weiß, dass du das Handy ins Versteck gelegt hast. Leon hat dich gesehen«, fügte er unwahrheitsgemäß hinzu.

Wieder hatte Pia durch die Büsche das Gefühl, dass Pauline erstarrte. »Das ist gelogen! Leon würde mich nie verraten. Er ist mein Freund.«

Sie sprang auf, doch ihr Vater sagte: »Setz dich bitte wieder.«

»Nein!«

»Pauline!«, donnerte Hering.

Pia konnte nicht erkennen, was jenseits der Büsche vor sich ging, interpretierte das Geraschel jedoch so, dass das Mädchen sich nicht ganz freiwillig wieder setzte.

»Okay, Pauline«, sagte Matthias Hering schließlich wieder ruhiger, »es reicht jetzt. Leon und du, ihr seid keine Freunde.«

»Sind wir doch!«

»Nein. Es mag sein, dass Leon ein guter Freund für dich ist, aber du bist keine gute Freundin für ihn. Leon macht sich nämlich schreckliche Sorgen um seine Schwester. Wenn du ihm eine gute Freundin wärst, würdest du versuchen, ihm zu helfen, Tessi zu finden. Du würdest sagen, wo du ihr Handy gefunden hast.«

Bis jetzt hatte Pia Zweifel gehegt, dass es eine gute Idee gewesen war, Matthias Hering das Gespräch mit seiner Tochter zu überlassen, da dieser in den letzten Tagen nicht gerade durch seine Vaterqualitäten geglänzt hatte. Doch der Mann kannte seine Tochter offensichtlich gut genug, um zu wissen, wo er ansetzen konnte. An ihre Freundschaft mit Leon zu appellieren war ein kluger Schachzug. Und er wirkte.

Eine Weile saß Pauline still da, nur ihre Füße schwangen heftig hin und her. »Ich habe es auf der Straße gefunden«, behauptete sie schließlich, womit sie immerhin zugab, das Handy ins Versteck gelegt zu haben.

»Nein, das hast du nicht. Die Polizei hat die Straße am Samstag abgesucht, während du bei Oma und Opa warst. Also, Pauline, woher hast du das Handy gehabt? Und behaupte nicht, Tessi hätte es dir gegeben, weil das ebenfalls nicht stimmt.«

Pauline schwieg.

Hering seufzte. »Okay, dann erklär mir mal, warum du es mir nicht sagen willst. Warum möchtest du nicht helfen, Tessi zu finden?«

Pauline schlug mit ihrem Fuß erneut gegen die Bank. »Das ist nicht wahr. Ich will ja helfen, ich kann nur nicht.«

»Und wieso kannst du nicht?«

Doch in dem Moment hörte Pia Schritte über das Gras kommen, und Nora Vogt fragte: »Was dauert hier eigentlich so lange? Pauline muss noch Vokabeln lernen.«

10

Erik

Bleib da!

Ich habe keine Ahnung, wie lange ich schon in der Scheune bin und wie lange Josef schon auf mich einschlägt. Zu lange! Mein ganzer Körper brennt vor Schmerzen und schreit nach Erlösung, doch ich muss bei Bewusstsein bleiben, denn wenn ich mein Bewusstsein verliere, dann werde ich sterben, davon bin ich überzeugt.

Bleib da!

Ich sage es mir wieder und wieder, versuche, mich ganz auf dieses Mantra zu konzentrieren statt auf die Schmerzen, doch es ist ein aussichtsloses Unterfangen. Mit jedem Schlag und jedem Tritt, den Josef mir versetzt, spüre ich, wie mein Bewusstsein ein wenig mehr schwindet – und wie das Nichts näher kommt. Es leuchtet durch die Schmerzen hindurch, scheint mir freundlich zuzuwinken. Komm zu mir! Gib auf! Halte nicht an diesem Ort fest, der nur Qualen für dich bereithält!

Ich kenne dieses Nichts. Ich wollte mich schon einmal hineinstürzen, damals, als ich auf den Baum zugerast bin. Ich habe nie an Gott geglaubt, nie an den Himmel oder die Hölle, nie an ein Leben nach dem Tod. Nur an das Nichts. Als damals der Baum immer näher kam, war ich überzeugt, dass ich binnen Sekunden in dieses Nichts eintauchen würde. Ich habe mir dieses Nichts als Erlösung vorgestellt, für mich, aber auch für Joelle, Klara und meine Eltern, die ich davon erlösen wollte, ein Monster zum Vater, Bruder und Sohn zu haben. Doch mittlerweile weiß ich, dass es für sie keine Erlösung wäre. Joelle braucht mich. Deshalb muss ich dableiben.

»Wo ist sie?«

Die Frage, die ich nicht beantworten kann, wird von einem weiteren Tritt in meine Hoden begleitet. Ich würde mich vor Schmerzen krümmen, wenn ich durch die Fesseln nicht zu einer aufrechten Position gezwungen würde. Dabei weiß ich längst nicht mehr, was mich aufrecht hält. Ist es der Strick, mit dem Josef mich an den Balken gebunden hat, oder stehe ich noch auf meinen Füßen? Doch selbst wenn ich noch selbstständig stehe, dann bestimmt nicht mehr lange. Wie lange tragen meine Beine mich noch? Wie lange halte ich das noch aus? Und spielt das überhaupt eine Rolle? Denn bestimmt hält Josef länger durch.

»Wo ist sie?«

Ein Schlag in meine Magengrube, der weniger wehtut als die vorigen. Was hat das zu bedeuten? Wird Josef müde? Oder ist das Maß an Schmerz erreicht, das ich ertragen kann? Kommt irgendwann der Punkt, an dem der Schmerz nicht mehr gesteigert werden kann? Und wie lange dahinter lauert das Nichts?

»Wo ist sie?«

Vielleicht habe ich mich geirrt, vielleicht gibt es die Hölle doch, und ich bin längst darin. Nicht als Bestrafung für meine Taten, sondern für meine Gedanken. Für die Male, in denen ich mich nach einem kindlichen Körper gesehnt habe. In denen ich mich mit dem Bild von Sara vor meinem geistigen Auge selbst befriedigt habe. Für das eine Mal, bei dem ich dabei an Theresa gedacht habe. Bin ich deswegen hier? Verdiene ich deswegen diesen endlosen Kreislauf von Pein und Schmerz?

Ein weiterer Schlag. Oder ein Tritt? Ich kann den Unterschied nicht mehr spüren, und sehen kann ich ihn auch nicht, denn meine Augen sind zugeschwollen und voller Blut. Und hat Josef nicht vergessen, seine Frage zu stellen? Oder kann ich auch nicht mehr hören? Sind meine Ohren so zugeschwollen wie meine Augen? Doch Ohren schwellen nicht zu, oder doch?

Die banale Frage verwirrt mich. Verliere ich langsam den Verstand? Alles schwimmt ineinander. Schläge, Tritte, Augen, Ohren, Schmerz, Angst, Hoffnungslosigkeit. Die ist das Schlimmste. Ich glaube, ich könnte die Schmerzen ertragen, wenn ich die Hoffnung hätte, dass sie jemals enden, doch das werden sie nicht. Nur das Nichts kann mich erlösen.

»O mein Gott!«

Ein endloser Kreislauf aus Qualen. Ich bin so gefangen in meinen Schmerzen und meiner Angst, dass ich die Veränderung zunächst gar nicht bemerke.

»O mein Gott!«

Etwas ist anders. Ich höre wieder, doch was ich höre, verwirrt mich. Das ist nicht die Frage. Und das ist nicht Josefs Stimme. Es ist eine andere Stimme. Doch existiert sie wirklich? Oder habe ich sie herbeihalluziniert? Ist das ein Zeichen, dass das Nichts näher rückt? Oder ist das Nichts schon da, und weil da nichts ist, halluziniere ich etwas hinein?

»O mein Gott! Was hast du getan?«

Nein, keine Halluzination. Ich höre die Stimme wirklich. Ich weiß es, weil sich längst verloren geglaubte Hoffnung in mir regt. Jemand ist hier! Jemand kann mir helfen!

»Ich habe getan, was nötig ist. Ich habe die Sache selbst in die Hand genommen. Ich sagte dir, ich würde es tun.« Die Antwort kommt von Josef. Beim Klang seiner Stimme drückt mein Körper sich unwillkürlich gegen den Stützbalken. »Jetzt bist du dran. Er weiß, wo Tessi ist. Bring ihn dazu, es uns zu sagen!«

»Aber …« Die Stimme zögert. »Aber Frau Plattner hat doch gesagt, dass er es nicht war. Sie hat gesagt …«

»Ich gebe einen Scheißdreck auf die Plattner. Die hat uns die ganze Zeit nur belogen. Glaubst du, die hätte uns freiwillig erzählt, dass er ein Kinderschänder ist? Er war's. Du hast die

Whatsapp doch gelesen, das Schwein hat sich an seiner eigenen Tochter vergangen.«

Natürlich will ich protestieren, obwohl ich längst nicht mehr zu sprechen in der Lage bin. Ich öffne meinen Mund, Blut quillt heraus und eine Art Gurgeln.

»Ist er etwa bei Bewusstsein?«

»Natürlich. Sonst brächte das doch nichts.«

»Aber …«

Die Stimme verstummt. Unsicher? Zögernd? Entsetzt? Dann höre ich Schritte und ein Geräusch, das ich nicht einordnen kann, doch es könnte das Schließen des Scheunentores sein, denn danach herrscht Stille, und ich bin überzeugt, ich bin allein.

Die Stille macht mir Angst. In der Stille gibt es nichts außer meinem Schmerz und meiner Sehnsucht nach Erlösung. Ich will die Stimme zurück. Die Stimme, die den winzigen Hoffnungsfunken angefacht hat, der jetzt in der Stille verglüht.

Doch will ich das wirklich? Denn auch wenn ich die Stimme nicht erkannt habe – vielleicht funktionieren meine Ohren doch nicht mehr richtig? –, muss es Marcos gewesen sein. Aber wird Marco mir helfen? Wird er mir eher glauben als Josef, wenn ich ihm sage, dass ich seiner Tochter nichts angetan habe? Und wie soll ich es ihm überhaupt sagen?

Das Scheunentor wird wieder geöffnet, Schritte nähern sich, dann steht jemand vor mir. Der jemand berührt mich nicht, doch er ist ganz nah, und ich spüre, es ist nicht Josef, sondern eine kleinere Person.

»Erik, ich bin's, Marco. Kannst du mich hören?«

Da ich nicht sprechen kann, versuche ich es mit einem Nicken. Ich schaffe nur eine winzige minimale Bewegung, dann stöhne ich auf vor Schmerz – mein Maximum war wohl doch noch nicht erreicht.

»Kannst du die Augen öffnen?«

Ein minimales, schmerzhaftes Kopfschütteln.

»Dann hör mir zu. Es tut mir leid, was Josef dir angetan hat, aber es ist deine eigene Schuld. Ich sehe, dass du verletzt bist und Schmerzen hast. Aber ich kann dir nur helfen, wenn du mir hilfst. Ich weiß, dass du pädophil bist. Es hat keinen Zweck, dass du es leugnest. Als ich es erfahren habe, wollte ich dich umbringen. Wenn ich ehrlich bin, dann will ich dich auch jetzt noch umbringen, aber ich verspreche dir: Wenn du mir sagst, wo Tessi ist, dann lassen wir dich leben, und ich rufe dir einen Krankenwagen. Aber du musst mir die Wahrheit sagen. Bitte!«

Vielleicht liegt es daran, dass meine Augen geschlossen sind, dass ich so viel in Marcos Stimme höre. Wut, Angst, Unsicherheit, einen schwachen Funken Hoffnung. Ich glaube sogar zu hören, dass Marco es ernst meint mit seiner seltsamen Mischung aus Drohung, Anklage und Bitte, dass er mich gehen lassen würde, wenn ich ihm sage, wo Tessi ist.

Zum ersten Mal kommt mir der Gedanke, dass ich das tun sollte. Behaupten, ich hielte Tessi irgendwo versteckt. Josef und Marco irgendwo hinschicken, wo sie nach ihr suchen, und so Zeit für mich gewinnen.

Zeit – ich habe jedes Gefühl für sie verloren. Ich weiß nicht, wie lange ich schon hier bin. Ist es schon Zeit für mein Treffen mit Joelle? Hat sie mich schon als vermisst gemeldet? Sucht man schon nach mir? Falls ja, wäre es vielleicht eine gute Idee, Marco und Josef wegzuschicken. Doch was, wenn Joelle denkt, ich hätte sie wieder im Stich gelassen? Was, wenn ich nicht gefunden werde? Dann wird Josef mich umbringen, sobald er zurückkommt. Und selbst wenn ich gefunden werde – wird es noch rechtzeitig sein? Ich glaube nicht, dass ich hier noch lange durchhalte. Nein, meine beste Chance ist es, Marco zu überzeugen, dass ich unschuldig bin.

Ich versuche, etwas zu sagen, und gurgle wieder Blut.

»Ja? Was? Versuch es noch mal.«

Ich versuche es erneut und erneut, und dann schaffe ich es endlich, etwas Wortgleiches zu produzieren. Es dauert ewig, und es tut höllisch weh. »Ich … habe …«

»Ja? Du hast Tessi? Willst du das sagen?«

Ich bewege wieder minimal den Kopf zur Seite.

»Nein? Erik, es ist mein Ernst! Du musst die Wahrheit sagen, oder du stirbst hier!«

Ich bewege wieder meinen Kopf zur Seite, woraufhin Marco mich an den Schultern packt und schüttelt. Ich habe nicht die Kraft gegenzuhalten, mein Kopf wird von einer Seite zur anderen geschleudert. Es fühlt sich an, als würde mein Gehirn – durch Josefs Schläge aus seiner Verankerung gerissen – von einer Schädelinnenseite zur anderen prallen, und für einen Moment leuchtet das Nichts riesengroß vor mir auf.

Ich zwinge mich, erneut den Mund zu öffnen. »Ich … habe … Tessi … nichts … getan.«

Die Worte klingen selbst in meinen eigenen Ohren unverständlich, deshalb zwinge ich mich, sie noch einmal zu wiederholen. Gleichzeitig versuche ich verzweifelt, meine Augen zu öffnen. Wenn Marco die Wahrheit nicht in meiner Stimme hören kann, vielleicht kann er sie in meinen Augen lesen. Das rechte Auge bekomme ich nicht auf, das linke kann ich minimal öffnen, doch sofort schießt Blut hinein. Ich schließe es wieder, öffne es wieder, blinzle, blinzle, blinzle, und irgendwann verziehen sich die roten Schlieren, und ich kann verschwommen etwas erkennen. Marcos Gesicht ist ganz nah vor meinem, ich blicke direkt in seine Augen, und was ich darin lese, macht mir Hoffnung, denn neben Angst lese ich darin auch Unsicherheit und Zweifel.

Dieser Zweifel ist meine Chance. Ich klammere mich daran, zwinge mich, meinen Augenschlitz offen zu halten. Ich zwinge mich, noch einmal einige Worte zu formulieren. »Bitte … glaube … mir … Ich … habe … Tessi … nichts … getan.«

Ich habe keine Ahnung, ob Marco die Worte verstehen kann oder ob er nur ein Gurgeln hört, daher halte ich meinen Augenschlitz weiter offen und starre Marco an in dem Versuch, meine Botschaft durch seine Augen direkt in sein Gehirn zu schicken. Ich bin unschuldig!

Mein Auge beginnt zu tränen, doch ich blicke starr auf Marco. Ich darf den Blickkontakt nicht verlieren, mein Leben hängt davon ab.

Und dann beginnt der Blickkontakt tatsächlich zu wirken. Der Zweifel in Marcos Augen wird größer. Oder bilde ich mir das ein? Und dann rückt Marcos Gesicht ein Stück von meinem weg, so dass ich auch seinen Mund sehen kann, der sagt: »Ist das wahr?«

Ich nicke. Ich habe das Gefühl, es reißt mir den Kopf ab, doch ich nicke.

Marco weicht noch weiter zurück.

»Bitte!«, gurgele ich flehend.

Und dann wird die Verbindung zwischen uns unterbrochen. Schritte und Josefs Stimme: »Hat er es dir gesagt?«

Marco dreht sich weg. Ich habe nicht länger die Kraft, mein Auge offen zu halten, und lasse es sich schließen.

»Ich glaube nicht, dass er das kann.«

»Schwachsinn, so schlecht geht es ihm nicht. Du musst mehr Druck machen, dann wird es ihm schon gelingen.«

»Ich glaube nicht, dass er weiß, wo sie ist.«

»Bist du verrückt? Natürlich weiß er es. Er hat sie entführt, er hat ihr das angetan. Wer denn sonst? Er ist ein Schwein.«

Schweigen. Dann wieder Marco: »Ich kann mir das nicht vorstellen, Josef. Erik … Er hat doch nie Tessis Nähe gesucht. Ich meine …«

»Natürlich nicht unter deinen Augen.« Josefs Stimme ist kalt. »Verdammt, was ist los mit dir? Du hast die Whatsapp gelesen. Er ist ein Schwein. Er hat das hier verdient und noch viel mehr. Wer weiß, wie viele Kinder er schon geschändet hat.«

»Aber Frau Plattner …«

»Sie lügt! Wann kapierst du das endlich? Wie oft muss sie dich noch belügen? Es geht hier um deine Tochter! Willst du, dass sie stirbt, weil du deine Zweifel nicht überwinden kannst? Weil du Skrupel hast, ein dreckiges Schwein zu schlagen? Hier, so macht man das!«

Mir ist klar, was kommt, doch ich kann es nicht verhindern. Der Schlag in den Magen lässt mich aufschreien und nach Luft schnappen. Für einen Moment wird mir schwarz vor Augen.

»Josef, ich weiß nicht, ob das richtig ist.«

»Du weißt es nicht? Was bist du für ein Vater? Los, schlag zu! Er wird es uns sagen. Schlag zu! Schlag zu! Schlag zu!« Josefs Stimme überschlägt sich fast.

Marco antwortet nicht sofort. Ich glaube zu spüren, wie er mit sich ringt. Schließlich sagt er, so leise, dass ich es kaum hören kann: »Ich will damit nichts zu tun haben.« Dann höre ich, wie sich seine Schritte entfernen und wie das Scheunentor geöffnet wird. Kurz wird es heller hinter meinen geschwollenen Lidern, dann ist da nur noch Dunkelheit.

11

Nach Pias Ansicht hätte Nora Vogt sich für ihr Erscheinen keinen schlechteren Zeitpunkt aussuchen können, doch Pauline sah das offenbar anders. Hinter den Haselnussbüschen hörte Pia, wie das Mädchen aufsprang und ihrer Mutter entgegenlief.

»Mama, können wir bitte reingehen?«, quengelte sie. »Mein Bauch tut wieder weh.«

Sie schien das Vorhaben mit Gewalt durchsetzen zu wollen, denn ihre Mutter entgegnete mit gereizter Stimme: »Pauline, lass mich los, du hast ganz klebrige Hände. Und wieso zerrst du so an mir?«

»Ich will rein. Ich habe Bauchschmerzen.«

»Dann geh rein.«

»Pauline und ich sind hier noch nicht fertig«, widersprach Matthias Hering.

»Wenn sie Bauchschmerzen hat ...«

»Ich muss etwas mit ihr besprechen. Pauline, bitte setz dich wieder!«

»Aber ich habe Bauchschmerzen«, jammerte das Mädchen.

»Kann mir mal jemand sagen, was hier los ist?« Nora Vogt klang verwirrt.

»Gar nichts«, entgegnete Hering. »Pauline und ich unterhalten uns bloß. Pauline, ich möchte, dass du dich wieder hinsetzt. Wir sind noch nicht fertig.«

»Aber ich möchte mich hinlegen. Mama!«

»Nein!«, sagte Hering scharf. So scharf, dass für einen Moment Stille im Garten herrschte. Selbst die Vögel in den Bäumen hinter Pia hörten auf zu zwitschern.

Dann sagte Nora Vogt perplex: »Meine Güte, Mats, lass sie sich doch hinlegen. Was soll denn das? Pauline, geh in dein Zimmer, ich komme gleich zu dir rauf.«

»Nein!«, donnerte Hering und stand auf.

Was als Nächstes geschah, konnte Pia nur vermuten, doch sie hatte genug von dem Hörspiel. Um nicht gesehen zu werden, hatte sie als Versteck eine Stelle gewählt, an der die Haselnussbüsche möglichst dicht standen, aber sie bezweifelte, dass sich irgendeiner der drei Protagonisten für irgendetwas jenseits der Grundstücksgrenze interessierte, daher nutzte sie die Gelegenheit und kroch ein Stück nach rechts, wo sie durch eine Lücke zwischen zwei Büschen sehen und so den Ton um Bilder ergänzen konnte. Pauline versuchte, ins Haus zu laufen, doch ihr Vater hielt sie an einer Hand fest, und im nächsten Moment packte er sie an ihrer Taille, schwang sie hoch, stellte sie vor sich hin und legte einen Arm um sie, um sie so an sich zu fesseln.

Nora Vogt beobachtete das Manöver mit offenem Mund. »Sag mal, spinnst du, Mats? Was ist denn in dich gefahren? Lass gefälligst Pauline los.«

»Erst, wenn sie mir erzählt hat, was sie über Tessis Verschwinden weiß.«

»Was redest du denn da? Sie weiß nichts darüber, sie war ja nicht mal hier.«

»Doch. Sie hat nach Tessis Verschwinden Tessis Handy gefunden, will aber nicht sagen, wo.«

Nora Vogt gehörte zu den Frauen, die sich stets um einen kontrollierten Gesichtsausdruck bemühten, jetzt allerdings entgleisten ihre Gesichtszüge. Ihr Unterkiefer klappte in einem Tempo herunter, dass Pia fürchtete, er würde ganz abfallen. Doch sie las nicht nur komplette Überraschung in Nora Vogts Miene, sondern für einen Sekundenbruchteil auch nackte Angst.

Bevor Pia über mögliche Gründe nachdenken konnte, vibrierte ihr Handy, das sie auf lautlos gestellt hatte. Sie warf einen Blick darauf, es war keine Nachricht von Erik, sondern von einem der Kriminaltechniker. Sie drückte den Anruf weg, und als sie wieder hochsah, hatte Nora Vogt ihre Gesichtszüge wieder geordnet.

»Das ist Unsinn«, sagte sie.

»Das ist kein Unsinn. Pauline hat es zugegeben.«

»Ist das wahr? Hast du Tessis Handy gefunden?«

Nora Vogt sah ihre Tochter an, die den Blick unsicher erwiderte. Ihre Augen huschten hin und her, bevor sie sich fest auf das Gesicht ihrer Mutter richteten. »Ja, aber ich habe Papa nicht gesagt, wo.«

»Da hörst du's«, sagte Hering. »Also, vielleicht kannst du deine Tochter zur Vernunft bringen?«

Nora Vogt hielt den Blick noch immer auf ihre Tochter gerichtet.

»Nora?«

Endlich schüttelte sie den Kopf. »Vielleicht sollte ich lieber dich zur Vernunft bringen, Mats. Lass endlich Pauline los, du tust ihr weh.«

Hering starrte sie fassungslos an. »Sag mal, geht's noch, Nora? Hast du mir nicht zugehört? Pauline weiß eventuell etwas über Tessis Verschwinden.«

Nora Vogt rümpfte die Nase. »Blödsinn! Nur, weil sie Tessis Handy irgendwo auf der Straße gefunden hat …«

»Sie hat es nicht auf der Straße gefunden. Die Polizei hat alles abgesucht und glaubt, dass …« Hering warf einen Blick nach unten auf seine Tochter, dann löste er seine Arme von ihr und legte seine großen Hände auf ihre kleinen Ohren. »Die Polizei glaubt, dass Theresa ermordet wurde«, sagte er mit gesenkter Stimme, die Pia dennoch mühelos verstand, »und dass ihr Mörder in Schönblick wohnt und dass er auch Pauline etwas antut, wenn er erfährt, dass sie das Handy gefunden hat. Unsere Tochter ist in Gefahr, Nora!«

Nora Vogt schüttelte den Kopf. »Blödsinn, ich glaube dir kein Wort. Und jetzt lass Pauline endlich reingehen, sie schreibt morgen einen Englischtest.«

»Verdammt, Nora, glaubst du vielleicht, ich würde mir so etwas ausdenken?«

Hering musterte seine Exfrau fassungslos. Ihre Antwort bekam Pia nur halb mit, denn ihr Handy vibrierte erneut. Sie warf einen Blick darauf. Eine Nachricht des Kriminaltechnikers, der versucht hatte, sie anzurufen. Nun, die konnte sie später lesen. Pia wollte das Handy wegstecken, da fiel ihr Blick auf die erste Zeile. Und dann auf die zweite. Und dann auf den Rest.

Während Pia auf ihr Handy starrte, rannte Judith mit Thilo Selig und Gerd Matzen einen Feldweg entlang, der von Josef Brunners Bauernhof aus zwischen Mais- und Weizenfeldern hindurch nach Südwesten führte. Es war die kürzeste Strecke zu der Scheune, in der Judith Josef Brunner und Erik Lange vermutete. Judith keuchte. Sie rannten erst seit wenigen Minuten, doch in der sengenden Mittagshitze lief ihr der Schweiß in Strömen über den Körper. Eineinhalb Kilometer war eine Strecke, die sie früher locker in unter acht Minuten gelaufen wäre, doch aus Trauer um Simon hatte sie im vergangenen Jahr ihr Training vernachlässigt. Außerdem gehörten ihr schmaler, knielanger Rock und ihre Slipper kaum zur optimalen Laufausrüstung. Nun, gegen die Schuhe konnte sie nichts tun, aber was den Rock betraf ... Ohne ihr Tempo zu verringern, zog Judith ihren Rock hoch und krempelte den Saum um, so dass er eher einem breiten Gürtel glich, dafür jedoch ihre Schrittlänge nicht mehr begrenzte.

Thilo, der in Jeans und Turnschuhen locker neben ihr her joggte, stieß einen anerkennenden Pfiff aus. »Hübsche Beine.«

Unter anderen Umständen hätte Judith dem jüngeren Kollegen für die sexistische Bemerkung einen Verweis erteilt, doch in diesem Moment war sie fast dankbar für seinen Versuch, die Situation etwas aufzulockern. Sie war angespannt genug.

Sie liefen weiter, Judith und Thilo, der Fitnessfreak, voran, Gerd, der seine Figur eher beim Fernsehen formte als beim Sport, ein Stück dahinter. Judith hatte überlegt, ihn in Schönblick zurückzulassen, sich jedoch dagegen entschieden. Drei Beamte waren im Zweifelsfall besser als zwei, und sie hatte keine Ahnung, was sie an ihrem Ziel erwartete – oder ob sie überhaupt etwas erwartete.

Judith hoffte mit jeder Faser ihres Herzens, dass Josef Brunner und Erik Lange in der Scheune sein würden. Hätte sie Zeit gehabt, hätte sie vielleicht sogar zu dem Gott, an den sie nicht mehr glaubte, gebetet, dass es so sein möge. Denn diese Scheune war ihre und damit Erik Langes einzige Chance. Wenn er nicht dort war, hatte sie keine Ahnung, wo sie als Nächstes nach ihm suchen sollte. Und die Zeit war knapp.

Der Gedanke ließ Judith noch einmal das Tempo verschärfen.

Pia starrte noch immer auf die Nachricht des Kriminaltechnikers auf ihrem Handy. Sie musste sich zwingen, sich von ihr loszureißen und ihren Blick und ihre Konzentration wieder auf die streitende Kleinfamilie Vogt/Hering zu richten.

»Ich traue dir so einiges zu, Mats«, sagte Nora Vogt gerade. »Jetzt lass Pauline los. Sie muss lernen.« Sie stemmte ihre Hände in die Hüfte und funkelte ihren Nochehemann verärgert an.

Matthias Hering schüttelte fassungslos den Kopf. »Das kann nicht dein Ernst sein, Nora. Ich habe dir gerade erklärt, dass ein Mörder in Schönblick herumläuft, der es auf unsere Tochter abgesehen hat, und du machst dir Gedanken über einen Vokabeltest?«

»Einer muss sich ja Sorgen um ihre Zukunft machen. Jetzt lass sie los.«

Langsam ließ Hering seine Hände sinken. Er wirkte perplex. »Das glaube ich jetzt nicht, Nora. Mir ist ja klar, dass du spinnst, wenn es um Paulines Schulbildung geht, aber das …« Er starrte sie an. »Wieso hast du keine Angst?«

»Weil es nicht meine Art ist, Angst zu haben, nur weil du hysterisches Zeug schwätzt. Pauline, geh bitte in dein Zimmer.«

Pauline schien nur auf die Aufforderung gewartet zu haben, sie flitzte über den Rasen davon. Ihre Mutter wollte ihr folgen, doch Matthias Hering fasste sie am Arm.

»Ich rede kein hysterisches Zeug, das weißt du genau. Und wieso zum Teufel willst du nicht, dass Pauline die Wahrheit über das Handy sagt? Wieso willst du nicht helfen? Viola ist deine beste Freundin, wieso …?«

Er brach ab und musterte seine Nochehefrau verwirrt. Und dann dämmerte es ihm. Pia sah es ihm an. Und sie sah Nora Vogt an, dass sie es ihm ansah.

Hering ließ Nora Vogts Arm fallen, als habe er sich daran verbrannt. »Wo hat Pauline das Handy gefunden, Nora?«, fragte er scharf.

Sie zuckte mit den Achseln. »Ich habe nicht die geringste Ahnung.«

»Das glaube ich dir nicht.« Hering musterte seine Nochehefrau mit einem Blick, als sähe er sie zum ersten Mal im Leben. »Ich glaube, du weißt genau, wo. Sag es mir! In deinem Auto? Im Haus?«

Nora Vogt lachte schrill. »Natürlich nicht. Red keinen Unsinn!«

Matthias Hering schüttelte den Kopf. »Ich glaube nicht, dass es Unsinn ist. Am Freitagabend hatte Tessi ihr Handy noch. Am Samstag hat die Polizei hier draußen alles abgesucht. Hätte das Handy irgendwo herumgelegen, hätte sie es gefunden. Pauline war den ganzen Samstag bei meinen Eltern. Sie ist erst in der Nacht auf Sonntag zurückgekommen und gleich am Sonntagfrüh losgelaufen, um das Handy zu verstecken. Wo soll sie das Handy denn gefunden haben, wenn nicht bei dir?«

»Das ist absurd.«

»Ist es das? Dann erklär mir doch bitte, warum du zu verhindern versuchst, dass Pauline verrät, woher sie Tessis Handy hat.

Erklär mir, warum du keine Angst hast angesichts der Tatsache, dass in Schönblick ein Mörder herumläuft. Erklär mir, warum du Pauline allein im Wald herumlaufen lässt, nachdem ihrer Freundin dort etwas zugestoßen ist.«

Für einen Moment wirkte Nora Vogt unsicher, doch sie fing sich schnell wieder. »Ich muss dir gar nichts erklären«, sagte sie und wandte sich ab, um ins Haus zu gehen und – darauf wäre Pia jede Wette eingegangen – mit ihrer Tochter eine Lüge auszuhecken, wo diese das Handy gefunden hatte.

Das musste Pia verhindern, daher richtete sie sich auf. »Dann erklären Sie es mir.«

Nora Vogt drehte ruckartig ihren Kopf und starrte Pia an wie einen Geist. Kein Wunder, aus ihrer Sicht musste Pias Auftauchen etwas von einem Springteufel haben, der unvermutet aus einer Kiste schnellt. Pia nutzte die Gelegenheit, kletterte über den Jägerzaun, der den Garten vom Wald trennte, ging über den Rasen und stellte sich dicht vor der Frau auf.

»Erklären Sie es mir«, wiederholte sie.

Nora Vogt trat unwillkürlich einen Schritt zurück, doch dann berappelte sie sich. »Was machen Sie auf meinem Grundstück?«, fragte sie scharf.

»Ich habe Sie um eine Erklärung gebeten.«

»Und ich habe weder Zeit noch Lust, Ihnen irgendetwas zu erklären. Also verschwinden Sie.«

Pia nickte langsam. »Sie möchten, dass ich gehe?«

»Sind Sie taub?«

»Gut, aber Sie kommen mit. Frau Vogt, ich verhafte Sie …«

Nora Vogt brach in schrilles Gelächter aus, das in Pias Ohren ausgesprochen künstlich klang – bis auf die hysterische Note, die darin mitschwang, die war echt. »Das ist ja wohl ein Witz. Sie verhaften mich wegen dem, was mein Exmann sagt? Sind Sie noch bei Trost?«

Pia lächelte freundlich. »Danke der Nachfrage, das bin ich. Und ich verhafte Sie nicht nur wegen dem, was Ihr Exmann sagt, sondern auch wegen dem, was einer unserer Kriminaltechniker sagt. Frau Vogt, möchten Sie mir erklären, warum Sie am Samstagmorgen, als Sie angeblich von der Reinigung in Neustadt zurückkamen, am Marterl Theresas Roller in den Kofferraum ihres Wagens gelegt und ihn später in die Garage der Brunners gestellt haben?«

Es war ein Treffer, wenn auch ein schwacher. Nora Vogt zuckte zusammen, dann widersprach sie. »Das ist Unsinn, ich habe nichts dergleichen getan.«

»Und wie erklären Sie sich dann, dass ein Kriminaltechniker ein Stück Moosgummi im Kofferraum Ihres Wagens gefunden hat, das exakt zu einem Loch im rechten Griff von Theresas Roller passt?«

Der Treffer saß. Panik flackerte in Nora Vogts Augen auf, und sie musste schlucken, ehe sie antworten konnte. »Das ist nicht wahr.«

»Soll ich die Nachricht des Kriminaltechnikers vorlesen?« Pia zückte ihr Handy. »Also, Frau Vogt, möchten Sie uns nicht sagen, was sie mit Theresa gemacht haben?«

Nora Vogt schüttelte den Kopf. »Ich habe gar nichts mit ihr gemacht. Das ist absurd. Wieso um alles in der Welt hätte ich Tessi etwas antun sollen?«

Es war eine gute Frage, auf die Pia noch keine Antwort wusste – doch sie war überzeugt, dass es eine gab. Sie war überzeugt, dass die Frau, die vor ihr stand, in Theresas Verschwinden verwickelt war. Das Stück Moosgummi im Kofferraum ihres Audi sprach dafür. Das Handy, das Pauline in Theresas Geheimversteck gelegt hatte, sprach dafür. Paulines Weigerung zu verraten, wo sie das Handy gefunden hatte. Nora Vogts Reaktion darauf. Und noch ein Indiz, dem Pia bisher keine Bedeutung beigemessen hatte, weil Nora Vogt eine Frau war und nie auf der Liste potenzieller Verdächtiger gestanden hatte: Sie war als Einzige aus Schönblick am Samstagmorgen vor acht Uhr nachweislich unterwegs gewesen. Angeblich um ein Kostüm aus der Neustädter Reinigung zu holen, doch Pia hätte in diesem Moment ein Monatsgehalt darauf verwettet, dass das eine Schutzbehauptung gewesen war, die Nora Vogt sich ausgedacht hatte, weil Marco Brunner sie bei ihrer Rückkehr gesehen hatte. Stattdessen war sie unterwegs gewesen, um … Ja, um was zu tun? Theresas Leiche wegzubringen, nachdem sie das Mädchen getötet hatte? Doch warum hätte sie das tun sollen?

Pia musterte Nora Vogt, die mit herausforderndem Blick vor ihr stand, und ging in Gedanken noch einmal durch, was sie über die Frau wusste. Sie war dreiundvierzig, hatte eine zehnjährige Tochter, lebte in Scheidung, pflegte einen gehobenen Lebensstil. Sie war nicht vorbestraft und nie mit dem Gesetz in Konflikt gekommen, wenn man von zwei Bußgeldbescheiden für zu schnelles Fahren absah. Sie war seit Jahren mit den Brunners, vor allem mit Viola befreundet. Ihre Tochter Pauline war mit Theresa befreundet gewesen. Lag da ein mögliches Motiv versteckt? Doch welches sollte das sein? Nora Vogt hätte wohl kaum ein Mädchen getötet aus Rache, weil es die Freundschaft zu ihrer Tochter beendet hatte.

Pia überlegte weiter. Was wusste sie noch über Nora Vogt? Sie war intelligent, attraktiv und hatte eine scharfe Zunge. Sie war ehrgeizig, sogar überehrgeizig, wenn es um die Schulkarriere ihrer Tochter ging. Sie stand auf Pornos und trank zu viel, wenn sie Männerfrust hatte … Nun ja, das war keine erwiesene Tatsache, sondern ein Gerücht. Doch es war eine Tatsache, dass Nora Vogt in der Nacht von Freitag auf Samstag Grund für Frust gehabt hatte, nachdem Erik Lange sie hatte abblitzen lassen. Es war eine Tatsache, dass Nora Vogt in der Nacht um drei Uhr noch wach gewesen war. Und es war eine Tatsache, dass in der Nacht um halb vier ein Wagen Schönblick verlassen hatte. Hatte Nora Vogt ihn gesteuert? Doch wohin hätte sie um die Zeit fahren sollen? Oder hatte sie einfach nur herumfahren wollen, um ihren Frust loszuwerden? War sie losgerast, um sich abzureagieren? Und hatte sie dann zufällig Theresa getroffen, die sich aus irgendeinem Grund nachts aus dem Haus geschlichen hatte? Oder – wahrscheinlicher – hatte sie sie auf ihrem Rückweg getroffen? Es war Juni, es wurde morgens um fünf schon hell. War Nora Vogt irgendwann zwischen fünf und halb sieben von ihrer Autofahrt zurückgekommen und Theresa begegnet, die wie üblich mit den ersten Sonnenstrahlen aufgestanden war? Doch was war dann passiert? Hatte Nora Vogt sich durch ihre nächtliche Autofahrt noch nicht genügend abreagiert? War sie immer noch so voller Frust und Aggressionen gewesen, dass sie aus ihrem Wagen gesprungen war und ihre Wut an einem unschuldigen kleinen Mädchen ausgelassen hatte?

Es erschien Pia durchaus möglich. Kinder wurden immer wieder Opfer der Aggressionen Erwachsener, und Pia hielt Nora Vogt für eine Frau mit einem überdurchschnittlich hohen Aggressionslevel. Vielleicht hatte Theresa irgendetwas getan, das sie zusätzlich provoziert hatte. Vielleicht hatte sie ihr die Vorfahrt genommen, so wie Marga Grandauer, vielleicht war das der winzige Tropfen gewesen, der das Fass zum Überlaufen gebracht hatte.

Pia schloss für einen Moment die Augen, um sich die Situation vorzustellen. Die einsame Forststraße, die Kurve, in der das Marterl stand. Theresa, die fröhlich aus der einen Richtung ihrem Ziel entgegenrollerte. Nora Vogt, die von der anderen Seite kam, zu schnell, zu aggressiv, mit Restalkohol im Blut. Und dann …

Und dann wusste Pia auf einmal genau, was passiert war. Sie öffnete die Augen.

»Ich glaube nicht, dass Sie Theresa etwas antun wollten, Frau Vogt. Es war ein Unfall, nicht wahr?«

Sie hetzten noch immer den Feldweg entlang, etwa fünfzig Meter voraus zweigte ein Weg nach links ab.

»Nehmen wir den?« Thilo lief locker neben Judith her.

Judith warf einen Blick auf das Handy in ihrer Hand. Sie hatte sich die Strecke zur Scheune eingeprägt, aber sicherheitshalber Standortbestimmung und Navi eingeschaltet. »Ja.« Sie blickte über ihre Schulter zurück. Gerd war weiter zurückgefallen, doch noch in Sichtweite.

Kurz darauf bogen sie nach links ab. Sie liefen jetzt nach Südosten, genau auf den Wald zu. Als sie ihn erreichten, blieb Judith vornübergebeugt im Schatten einer Eiche stehen und atmete mehrmals tief durch.

»Kleine Pause?« Auf Thilos Stirn war nicht einmal eine Schweißperle zu sehen.

Judith schob sich eine verschwitzte Haarsträhne aus dem Gesicht. »Wir sind gleich da.«

Der Weg knickte hier nach Süden ab, mit einem Weizenfeld zur Rechten und dem Wald zur Linken. Laut Navi gab es etwa zweihundert Meter weiter eine kleine Einbuchtung im Wald, auf der die Scheune stand. Judith zeigte sie auf dem Handy erst Thilo und dann Gerd, der keuchend herankam.

»Thilo und ich gehen voran«, bestimmte sie. »Gerd, du rufst Roman an und sagst ihm, wo wir sind und was wir vorhaben.« Sie hatte das bisher nicht getan, weil sie dafür keine Zeit hatte vergeuden wollen, aber auch weil sie gefürchtet hatte, Roman würde ihr Vorhaben untersagen. »Dann folgst du uns.«

Gerd nickte. Er schien froh zu sein, nicht an die vorderste Front zu müssen.

Thilo hingegen schien dem Einsatz entgegenzufiebern. »Folgen wir dem Weg, oder schlagen wir uns durch den Wald?«, fragte er.

Judith warf einen Blick auf das Unterholz und den laubbedeckten Waldboden. »Wir nehmen den Weg. Ich bezweifle, dass wir es schaffen würden, uns lautlos anzupirschen. Falls einer der Brunners vor der Scheune Wache hält, dann wird er eher misstrauisch, wenn sich jemand quer durch den Wald nähert. Und ab jetzt ...«

Judith legte einen Finger an ihre Lippen und zog ihre Waffe. Es war nicht das erste Mal, dass sie die SFP9 von Heckler & Koch während eines Einsatzes zog, doch sie hatte sie noch nie außerhalb eines Schießstands abfeuern müssen und hoffte inständig, dass sich das heute nicht ändern würde.

Auch Thilo zog seine Pistole, und gemeinsam folgten sie dem Weg südwärts, wobei sie sich im Schatten der Bäume hielten und darauf achteten, keine unnötigen Geräusche zu machen. Der Wald war nicht sonderlich dicht, doch von Büschen mit reichem Blattwerk gesäumt, so dass sie von der Scheune aus nicht gesehen werden konnten. Etwa zweihundert Meter weiter hörten die Büsche und Bäume auf, ein Streifen Wiese leuchtete zartgrün im Sonnenschein. Kurz vor dieser Stelle bedeutete Judith Thilo stehen zu bleiben, ging noch einige Schritte und spähte dann vorsichtig um die letzten Büsche herum. Wie die Satellitenaufnahmen gezeigt hatten, wich der Wald hier zurück und bildete eine halbkreisförmige Lichtung von etwa fünfzig Meter Durchmesser, in deren Mitte die Scheune stand.

Die Scheune war alt und sah aus, als sei sie seit Jahren nicht mehr genutzt worden. Die Bretter waren verwittert und teilweise mit Moos überzogen, das Ziegeldach war auf einer Seite eingesunken, als hätte eine riesige Faust es eingedrückt. Das große Tor, vermutlich für Landmaschinen, die hier einmal untergestellt worden waren, war zugezogen. Die Scheune lag im Sonnenschein still da, die ganze Lichtung schien ein Bild friedlicher Idylle, kein Mensch war zu sehen. Der Anblick hätte vermutlich das Herz jedes Lost-Places-Fotografen oder Fans von romantischen Ruinen höher schlagen lassen, doch in Judith stieg Enttäuschung hoch, und sie wollte schon die Hoffnung aufgeben, dass Brunner und Lange hier waren, als sie die Reifenspuren bemerkte. Relativ frisch ihrer Einschätzung nach, führten sie vom Weg aus quer über die Wiese hinter die Scheune.

Judith winkte Thilo heran und deutete auf die Spuren. »Du wartest hier und sicherst«, flüsterte sie, »ich schleiche einmal um die Scheune herum, vielleicht kann ich durch eine Lücke zwischen den Brettern hineinsehen.«

Mit gezogener Waffe huschte Judith am Waldrand entlang und dann über die Wiese zur Scheune. Ihr war klar, dass sie von innen gesehen werden konnte, falls jemand durch eine Lücke zwischen den Brettern hindurch die Umgebung beobachtete, doch das Risiko musste sie in Kauf nehmen. Als sie die Nordseite der Hütte erreichte, verharrte sie still im Schatten und lauschte, und im nächsten Moment erkannte sie, dass ihr Instinkt sie nicht getrogen hatte. Jemand war in der Hütte, sie hörte ihn hin und her gehen. Und dann hörte sie ein dumpfes Geräusch wie von einem Schlag und eine Stimme: »Wo ist sie?«

Vor Erleichterung rollte eine ganze Felsenlawine von Judiths Herz. Nicht nur hatte ihr Instinkt sie zum richtigen Ort geführt, er hatte es auch rechtzeitig getan. Erik Lange lebte noch, Josef Brunner würde kaum einen Toten befragen.

Judith suchte nach einer Lücke zwischen den Brettern und presste ihr Auge dagegen. Es dauerte einen Moment, bis ihre Augen sich vom strahlenden Sonnenschein auf das düstere Scheunenlicht umgestellt hatten, doch dann sah sie klar, und was sie sah, ließ ihren Atem stocken.

Erik Lange stand einige Meter von ihr entfernt an einen der zwei Stützbalken gelehnt, die das Scheunendach trugen. Wobei stehen und lehnen nicht die richtigen Begriffe waren. Lange war mit mehreren Stricken in Höhe seiner Brust, seiner Oberschenkel und seiner Schienbeine an den Balken gefesselt, und es sah aus, als hielten ihn nur diese Fesseln aufrecht. Sein Kopf war nach vorne gekippt und bewegte sich hin und her, wie ein abgeknickter Blütenkopf auf einem Stängel. Doch am meisten schockierte Judith der Anblick von Langes Gesicht beziehungsweise von der angeschwollenen, aufgeplatzten, blutigen Masse, die einmal sein Gesicht gewesen war, jetzt jedoch einer einzigen offenen Wunde glich. Wer für diesen Zustand verantwortlich war, sah Judith ebenfalls. Josef Brunner stand vor seinem Opfer, leicht gebeugt, um sein Gesicht auf eine Höhe mit dessen Ohren zu bringen. »Wo ist sie?« Dann holte er aus, und seine blutverschmierte Faust schlug erneut zu.

Judith widerstand dem Impuls ihre Augen zu schließen, während sie sich fragte, ob ihre Erleichterung verfrüht gewesen war.

Sie war sich nicht sicher, dass Erik Lange tatsächlich noch lebte, doch wenn er es tat, dann bestimmt nicht mehr lange. Hier galt es, keine Zeit zu verlieren. Sie konnten nicht auf Verstärkung warten, sie mussten handeln.

Doch zuvor musste sie wissen, was sie erwartete, deshalb suchte Judith rasch mit den Blicken den Rest der Scheune ab, bis sie sicher war, dass Brunner unbewaffnet war. Zumindest hatte er keins seiner Jagdgewehre bei sich. Natürlich war es möglich, dass er eine illegale Handfeuerwaffe oder ein Messer am Körper trug, aber das Risiko mussten sie eingehen.

Doch ein anderes Risiko war Judith nicht gewillt einzugehen. Sie musste überprüfen, ob Josef Brunner tatsächlich allein oder ob Verstärkung in der Nähe war, also schlich sie an der Scheunenwand weiter, spähte um die Ecke – und hielt inne. Ein Mann saß hinter der Scheune im Gras auf dem Boden. Er hatte die Beine von sich gestreckt und den Rücken an das linke Vorderrad eines grünen Landrovers gelehnt. Seine Schultern hingen herab, er bot ein Bild von Kraftlosigkeit und Erschöpfung. Es war Marco Brunner.

Judith zog ihren Kopf zurück. Sie hatte also recht behalten, Josef Brunner hatte seinen Bruder angerufen. Doch was machte der hier draußen? Eine Pause von der anstrengenden Arbeit als Folterknecht? Aber er hatte kein Blut an den Händen, und er wirkte nicht, als machte er irgendeine Pause, er wirkte, als machte er die endgültige Pause, als wartete er auf das endgültige Ende. Doch das Ende von was?

Nun, das würde sie später klären, jetzt mussten sie handeln, und jetzt erwies es sich als gut, dass sie zu dritt waren.

Leise huschte Judith zurück zum Weg. Gerd war mittlerweile nachgekommen, und Judith erklärte ihm und Thilo, was sie beobachtet hatte.

»Wir haben nur eine vernünftige Option«, schloss sie. »Gerd, du schleichst hinter die Hütte und hältst Marco Brunner in Schach. Ich glaube zwar nicht, dass von ihm eine Gefahr ausgeht, aber ich möchte mein Leben nicht darauf verwetten. Thilo, wir beide übernehmen Josef Brunner. Du ziehst das Tor auf, ich gehe rein, du sicherst mich. Ansprache erst drinnen. Wenn wir Glück haben, denkt Brunner, dass sein Bruder zurückkommt, und wir schaffen es, ihn zu überrumpeln, bevor er Lange als Schutzschild nimmt. Alles klar?«

Beide Männer nickten. Judith spürte ihre Anspannung wie ihre eigene. Auf Thilos Stirn erschien eine Schweißperle.

»Dann lasst uns versuchen, ein Leben zu retten.«

Im Garten war es plötzlich still, und auch Pia spürte eine tiefe Ruhe, ausgelöst durch das befriedigende Gefühl, dass sie den Fall aufgeklärt hatte. Sie wusste, dass sie die Wahrheit gefunden hatte. Sie konnte es an Nora Vogts Gesicht ablesen. Doch Wissen war das eine, Beweise waren etwas anderes, und Nora Vogt – auch das las Pia in ihrem Gesicht – war noch nicht bereit, es zuzugeben.

»Das ist Schwachsinn«, sagte Nora Vogt.

»Das ist kein Schwachsinn, und ich werde es beweisen.« Pia musterte die andere Frau einen Moment lang. »Aber für Ihr Strafmaß wäre es besser, wenn Sie es zugäben. Also, Frau Vogt, wollen Sie uns nicht sagen, wo sie Theresas Leiche hingebracht haben?«

»Das ist Schwachsinn.«

Pia schüttelte den Kopf. »Wir werden sie finden. Sie hatten nicht genug Zeit, sie weit wegzubringen. Und wenn wir sie finden, dann wird die Obduktion ergeben, dass es ein Verkehrsunfall war. Wir werden auch Ihren Wagen noch einmal auf Unfallspuren hin untersuchen. Auch wenn Ihnen keine aufgefallen sind, werden wir welche finden. Mein Kollege hat sich bisher auf den Innenraum konzentriert, aber sobald ich ihm sage, wonach er Ausschau halten soll …«

»Das ist Schwachsinn«, wiederholte Nora Vogt, doch Pia sah ihr an, dass ihre Worte sie verunsicherten, und sie setzte sofort nach.

»Und natürlich werden wir einen Leichenspürhund auf Ihren Wagen ansetzen. Wo haben Sie Theresas Leiche denn transportiert? Im Kofferraum? Oder auf der Rückbank? Ist dort das Handy aus Theresas Hosentasche gefallen? Hat Pauline es dort gefunden? Ich wundere mich nur, dass Sie das Handy übersehen haben. War es die Aufregung? Die Angst vor Entdeckung? Der Alkohol?«

Nora Vogt setzte zum Widerspruch an, doch dann schwieg sie und fuhr sich nervös mit der Zunge über ihre Lippen.

»Also der Alkohol.« Pia nickte. »Ich dachte mir schon, dass Sie nicht nüchtern waren. Wissen Sie, wieso? Nicht nur, weil Zeugen das ausgesagt haben, sondern auch aus einem anderen Grund: Ich glaube nicht, dass Sie Ihrer Freundin Viola das in nüchternem Zustand angetan hätten.«

Es war ein Treffer. Nora Vogt fasste sich an den Hals, und Pia konnte sehen, wie ihre Hand zitterte, deshalb bekräftigte sie es noch einmal.

»Ich glaube nicht, dass Sie Viola das in nüchternem Zustand angetan hätten. Sie hätten vielleicht Fahrerflucht begangen, aber Sie hätten nicht Theresas Leiche weggebracht. Sie hätten nie bewusst beschlossen, Ihre Freundin in Ungewissheit über das Schicksal ihrer Tochter zu lassen. Sie hätten nie bewusst beschlossen, Ihre Freundin diesem Albtraum auszusetzen. Sie hätten nie bewusst dafür gesorgt, dass Ihre Freundin tagelang zwischen Hoffnung und Angst schwanken würde. Zwischen der Hoffnung, dass ihr kleines Mädchen noch lebt, und der Vorstellung, dass sie irgendeinem Perversen in die Hände gefallen ist, der sie wieder und wieder missbraucht.«

Pia machte eine Pause, um ihre Worte wirken zu lassen – und sie wirkten. Nora Vogts Hand krallte sich in der dünnen Haut an ihrem Hals fest. Sie erwiderte nichts.

»Aber ich nehme an, daran haben Sie in dem Moment nicht gedacht«, fuhr Pia fort. »Ich nehme an, in dem Moment dachten Sie nur daran, dass es für Sie sicherer wäre, Theresas Leiche wegzubringen als einfach Fahrerflucht zu begehen. Damit niemand herausfindet, wann und wo und wie sie gestorben ist. Aus dem Grund haben Sie auch auf dem Rückweg Theresas Roller mitgenommen und in die Garage der Brunners zurückgestellt. Wissen Sie«, behauptete Pia dann, »ich kann das sogar verstehen. Ich bin mir sicher, dass Sie in dem Moment große Angst hatten. Angst vor Strafe. Angst, Ihre Freunde zu verlieren. Angst, von Ihren Nachbarn geächtet zu werden. Und Sie waren betrunken, deswegen haben Sie in dem Moment keinen klaren Gedanken fassen und keine vernünftige Entscheidung treffen können.«

Pia machte eine weitere Pause. Nora Vogt wich ihrem Blick aus, doch Pia konnte sehen, wie es in der Frau arbeitete, auch wenn sie nicht sicher war, was da arbeitete. Angst? Selbstzweifel? Der Wunsch, das eigene Gewissen zu erleichtern? Oder der Wunsch, irgendwie ungestraft aus dieser Sache herauszukommen? Beides?

»Ich kann das wirklich verstehen«, fuhr Pia fort. »Ich habe auch schon betrunken Dinge getan, die ich hinterher bereut habe. Und ich bin mir sicher, dass Sie bereuen, was geschehen ist. Sie bereuen es sogar sehr, nicht wahr?«

Es war ein weiterer Treffer. Nora Vogt zerrte an der Haut an ihrem Hals, als wollte sie sie abziehen.

Pia nickte langsam. »Ja, ich bin sicher, das tun Sie. Und ich bin sicher, dass Sie alles in Ihrer Macht Stehende tun würden, um es ungeschehen zu machen. Nicht wahr?«

Nora Vogt zerrte.

»Nur, dass Sie die Macht dazu nicht haben.«

Nora Vogt zerrte.

»Aber dafür haben Sie die Macht, etwas anderes zu tun, Frau Vogt. Sie können Marco und Viola ihre Tochter nicht zurückbringen, aber Sie haben die Macht, ihnen etwas Frieden zu schenken. Sie haben die Macht, sie aus ihrem Albtraum zu erlösen. Meinen Sie nicht, es ist an der Zeit, das zu tun?«

Endlich reagierte Nora Vogt. Langsam, sehr langsam hob sie den Blick, doch sie sah nicht in Pias Richtung, sondern an ihr vorbei. Und dann weiteten ihre Augen sich im Schock. Als Pia sich umdrehte und ihrem Blick folgte, erkannte sie wieso.

Neben einem Johannisbeerstrauch, der auf der Grenze zwischen dem vogtschen und dem brunnerschen Garten wuchs, stand Viola Brunner. Sie war kreidebleich und zitterte am ganzen Körper. Sie öffnete den Mund, um etwas zu sagen, doch sie brauchte mehrere Anläufe.

»Ist das wahr?«

Ihre Worte waren so leise, dass sie kaum zu ihnen hinübertrugen. Nora Vogt hatte sie jedoch gehört. Sie blickte zu ihrer Freundin, ihre Hand ließ ihren Hals los und fiel schlaff herunter.

Und dann sagte sie: »Ich weiß nicht, wie es geschehen konnte. Ich bin gar nicht so schnell gefahren. Tessi war plötzlich einfach da, vor mir auf der Straße, ich konnte nicht mehr bremsen. Ich habe sie erfasst, sie wurde hochgeschleudert und … Ich bin sofort ausgestiegen. Im ersten Moment dachte ich, ihr wäre nichts passiert. Sie sah so unversehrt aus. Aber sie reagierte nicht, und dann sah ich, dass Blut aus ihrem Ohr tropfte und …« Ein Zittern ging durch ihren Körper, flehend sah sie zu ihrer Freundin hin. »Ich wollte den Krankenwagen rufen, Viola, wirklich, aber ich hatte kein Handy dabei. Deshalb wollte ich Theresa selbst ins Krankenhaus bringen. Doch als ich sie hochhob, wurde mir klar …« Sie schluckte. »Mir wurde klar … Sie war tot. Ich geriet in Panik und …« Sie schluchzte auf und konnte nicht mehr weitersprechen.

Dafür sprach Viola Brunner. »Tessi ist tot?«, fragte sie ungläubig. Dann stand sie starr da, und Pia konnte sehen, wie die Erkenntnis, die sie seit drei Tagen von sich fernzuhalten versuchte, sie mit voller Wucht erfasste. »Tessi ist tot«, flüsterte sie. »Sie ist wirklich tot.« Und dann stieß sie einen Schrei aus, der Pia durch Mark und Bein ging.

Nora Vogt machte eine Bewegung auf sie zu, doch Pia hielt sie zurück. Dafür ging Matthias Hering zu Viola, schloss sie in seine Arme und führte sie weg.

Als ihre verzweifelten Schreie schließlich leiser wurden, wandte Pia sich an Nora Vogt.

»Wo haben Sie die Leiche hingebracht?«

Nora Vogt starrte immer noch auf die Stelle, an der Viola Brunner zuletzt gestanden hatte. Langsam, sehr langsam drehte sie sich zu Pia um. Ihre Augen waren voller Tränen. »Es tut mir leid, es tut mir so unendlich leid.«

Pia glaubte ihr. »Wo haben Sie die Leiche hingebracht?«

Nora Vogt seufzte tief. »Es gibt da einen Teich, im Wald auf der anderen Seite von Neustadt …«

»Dann lasst uns versuchen, ein Leben zu retten«, wiederholte Judith noch einmal und ging voraus.

So leise wie möglich huschten sie über die Wiese, Gerd schlich hinter die Scheune, Judith und Thilo liefen zum Tor. Es war nicht verriegelt, Thilo legte beide Hände dagegen, um es schnell aufschieben zu können. Judith entsicherte ihre Pistole. Dann nickte sie Thilo zu.

12

Erik

Ich kann nicht mehr.

Ich kann nicht mehr kämpfen, ich kann nicht mehr bleiben, ich kann dem Nichts nicht mehr widerstehen.

Das Nichts ist da, es ist direkt vor mir, streckt seine Arme nach mir aus, will mich umschließen, mich einsaugen, mich fortbringen von hier.

Joelle. Selbst der Gedanke an meine Tochter vermag mich nicht mehr zu halten. Es tut mir leid, Joelle, ich gebe jetzt auf. Vielleicht ist es doch besser so.

Ich versuche, mich ganz auf Joelle zu konzentrieren. Ich will, dass mein letzter Gedanke ihr gilt. Ich will die Erinnerung an sie mitnehmen ins Nichts.

Es ist da. Das Nichts reißt das Scheunentor auf, es wird hell hinter meinen geschwollenen Augenlidern.

»Polizei. Herr Brunner, nehmen Sie die Hände hoch, oder wir schießen. Treten Sie von Herrn Lange weg! Herr Brunner, treten Sie von Herrn Lange weg! Treten Sie von ihm weg!«

LESEPROBE

1

Priska

Ich wollte nie ein Gutmensch sein. Nicht einmal als kleines Mädchen, als ich noch in meiner heilen Prinzessinnenwelt mit Tennisstunden und Klavierunterricht im Überfluss lebte, dachte ich übers Teilen nach. Und später schon gar nicht. Ich wollte immer nur erfolgreich und unabhängig sein, vor allem Letzteres. Begehrt, aber nicht begehrend.

Doch natürlich wollte ich auch nie ein schlechter Mensch werden. Nur Psychopathen haben den Wunsch, Böses zu tun. Ich wollte einfach im moralischen Mittelfeld mitlaufen, auf der Leiter des Lebens nach oben klettern, ohne meine Energie dafür zu vergeuden, andere mit mir auf die nächste Sprosse zu hieven, aber auch ohne sie nach unten zu treten. Denn jeder ist seines Glückes Schmied.

Was ich mir dabei nicht klargemacht habe: Manchmal stellt das Schicksal uns vor die Wahl – gut oder böse –, und wir bekommen nur Sekunden, um uns zu entscheiden.

Wehe denen, die das Gutsein nicht geübt haben.

»Sie ist Veganerin? Und das sagst du mir erst jetzt?« Ich nehme einen tiefen Zug von meiner Abendzigarette und trete gegen ein Büschel Unkraut, das zwischen den Fugen unserer Terrassenplatten wuchert, als würde es dafür bezahlt. Die Sonne ist schon vor zwei Stunden untergegangen, doch durchs Wohnzimmerfenster fällt so viel Licht, dass ich die ersten Meter um mich herum überblicken kann. Bis zum Wasser reicht der Schein allerdings nicht, in den dunklen Schatten ist nicht zu erkennen, wo unser Grundstück aufhört und der See beginnt. »Flo hat das Essen für das ganze Wochenende schon geplant und eine Riesenbestellung beim Fischhändler aufgegeben. Er will morgen eine Fischpfanne machen.«

»Äh, das tut mir leid. Sorry, Sis, ich habe es einfach total vergessen.«

Ich lasse kurz das Handy sinken. »Wie konntest du das vergessen? Ich habe dich letzte Woche gefragt, ob Anna Allergien oder Unverträglichkeiten hat.«

»Die hat sie ja nicht. Sie isst nur aus ethischen Gründen keine tierischen Produkte.« Moritz schweigt einen Augenblick lang, und ich stelle mir vor, wie sich sein Teddygesicht zu einer zerknirschten Grimasse verzieht. Das macht es immer, wenn er Chaos anrichtet – was oft vorkommt. »Aber hör mal – wenn es zu kompliziert ist, das noch zu ändern, dann soll Florian einfach die geplante Pfanne machen. Vielleicht kann Anna den Fisch weglassen.«

»In der Pfanne ist auch Sahne drin oder Schmand oder so etwas.«

»Hm, das macht es schwieriger. Vielleicht kann Florian für Anna einfach ein bisschen extra Gemüse anbraten? Oder wir bringen Brot und veganen Aufstrich mit.«

»Und dann isst Anna das ganze Wochenende Sandwiches, während wir anderen in Flos Kochkünsten schwelgen?«, frage ich skeptisch.

»Sie sagt, das sei kein Problem für sie. Eigentlich wäre es ihr sogar am liebsten so. Sie will euch auf keinen Fall Mühe machen.«

Ach, echt nicht? Ich inhaliere noch etwas Nikotin. »Und Anna ist wirklich zu hundert Prozent Veganerin?«, hake ich nach.

»Nicht bloß so eine, die sich auf Insta politisch korrekt und megawoke mit Falafel Buddha Bowl inszeniert, während sie sich heimlich bei Burger King einen Doppelwhopper reinzieht?«

Moritz lacht. »Anna ist zu hundert Prozent Veganerin und zu hundert Prozent authentisch – weswegen sie zu hundert Prozent Instagram hasst. Sie hat überhaupt nur aus beruflichen Gründen einen Account. Und wie gesagt, sie will keine Mühe machen. Sandwiches wären absolut okay.«

Ich denke über den Vorschlag nach. Auf den ersten Blick gefällt er mir, auf den zweiten ist er selbst mir zu pragmatisch. Abgesehen davon wird Flo ohnehin dagegen sein. Im Gegensatz zu mir ist mein Mann ein begeisterter, fürsorglicher Gastgeber. Im Gegensatz zu mir kann er auch kochen, weil er nicht mit dreizehn Jahren beschlossen hat, es niemals zu lernen. Als sich damals mein Leben von einem Tag auf den anderen mit einem Riesenknall änderte, habe ich einige Vorsätze gefasst. An die meisten habe ich mich gehalten, an den wichtigsten allerdings nicht.

»Lasst den Aufstrich mal zu Hause, das bekommen wir schon hin. Sonst noch irgendwelche Last-minute-Informationen? Müssen wir einen Treppenlift einbauen, weil Anna im Rollstuhl sitzt, oder eine Katzenklappe, weil sie ihren Lieblingstiger mitbringt?«

»Den lässt sie zu Hause.«

»Dann bin ich beruhigt. Und wann sollen wir mit euch rechnen?«

»Wir planen, gegen halb fünf da zu sein, damit wir noch im Hellen ankommen. Also«, fügt Moritz hinzu, »noch einmal Sorry wegen der Extramühe. Ich bin sicher, es wird ein großartiges Wochenende. Wir freuen uns total auf euch.«

»Wir freuen uns auch.«

Das ist nicht nur eine Floskel. Ich freue mich, zumindest auf Moritz. Ich habe ihn seit meiner Hochzeit vor acht Monaten nicht gesehen. Das ist der Nachteil daran, dass ich von Baden-Württemberg nach Schleswig-Holstein gezogen bin: Jetzt trennen mich sechshundertfünfzig Kilometer von meinem kleinen

Bruder. Allerdings bin ich mir noch nicht sicher, ob ich mich auch auf seine neue Freundin freue.

Ich stecke mein Handy in meine Hosentasche und rauche mit Genuss meine Zigarette zu Ende. Ich genieße dieses Ritual. Ich habe mir für Flo das Rauchen abgewöhnt, bis auf diese eine abendliche Zigarette. Ich habe ihm ein Ultimatum gestellt – »Wenn die letzte Zigarette verschwindet, tue ich es auch.« –, und Flo hat das akzeptiert. Dabei wusste er genauso gut wie ich, dass ich für ihn nicht nur auf die letzte Zigarette, sondern notfalls auch aufs Essen, Trinken und Atmen verzichten würde. Die schlichte Wahrheit ist: Ich bin verrückt nach ihm – und er nach mir.

Ich trete die Zigarette aus und lege die Kippe in die Blechdose, die an der Hauswand bereitsteht. Dann drücke ich die Terrassentür auf und kehre ins hell erleuchtete Wohnzimmer zurück. Flo steht in der offenen Küche an der Spüle und schrubbt an einer gusseisernen Pfanne herum, während er aus vollem Hals und ziemlich schief »Love to go« schmettert, laut genug, um Kelvin Jones zu übertönen, der im Radio mitzuhalten versucht.

Als ich Flos knackigen Po betrachte, der im Rhythmus der Musik hin und her zuckt, kann ich nicht widerstehen. Leise schlüpfe ich aus meinen Turnschuhen, schäle mich aus Jeans und Bluse und schleiche mich an meinen Mann heran. Von hinten lege ich meine Arme um ihn, schiebe die Hände tief in die Taschen seiner Jeans und presse mich an ihn.

Flo singt weiter, erst als die letzte Strophe verklungen ist, dreht er sich zu mir um. Als er sieht, dass ich nur BH und Slip trage, leuchten seine Augen. »Uh, Nachtisch.«

Wir treiben es direkt in der Küche und dann noch einmal auf der Couch im Wohnzimmer, wobei Flo zwischendurch geistesgegenwärtig das Licht dimmt. Als wir das Haus gekauft haben, hat Flo mit seinem Partner aus der Schreinerei die alten Fenster durch riesige Panoramascheiben ersetzt, für die wir noch keine passenden Vorhänge gefunden haben. Das hat uns bis vor kurzem auch nicht gestört. Die Fensterfront geht zum Garten und zum See hinaus, niemand kann hineinschauen. Das dachten wir zumindest, bis wir uns eines Abends bei schönster Festbeleuchtung im Wohnzimmer vergnügten und irgendwann bemerkten, dass ein Ruderboot nur wenige Meter von unserem Bootssteg entfernt vorbeischipperte, darin zwei Personen, die – wie im Mondschein gut erkennbar – interessiert zu uns herübersahen. Ich weiß nicht, ob es zwei Fischer auf nächtlicher Angeltour oder zwei Voyeure auf Spannertour waren, doch danach habe ich angefangen, Stoffmuster zu wälzen.

Als wir nackt und zufrieden in einem Nest aus Decken auf dem Teppich vor unserer Couch kuscheln, erzähle ich Flo, dass er seine Kochpläne fürs Wochenende über den Haufen werfen muss. Er reagiert gelassen. Flo ist meistens gelassen, regelrecht tiefenentspannt, eine Eigenschaft, um die ich ihn oft beneide und die mich manchmal in den Wahnsinn treibt.

»Kein Problem, ich koche etwas anderes, und wir frieren den Fisch ein. Oder ich koche für Anna etwas extra. Allerdings müssten wir dann noch ein paar Sachen einkaufen, und ich komme morgen nicht früher von der Baustelle weg.«

»Ich kann das übernehmen. Ich habe ab zwei Uhr meinen Kalender geblockt.« Ich hebe meinen Kopf von Flos nackter Brust. »Kennst du denn vegane Rezepte?«

Flo zieht eine gespielt beleidigte Miene. »Du vergisst, dass du den ehemaligen Souschef von Imkes Café geheiratet hast.«

»Sohn der Besitzerin, der als Teenager nach der Schule ausgeholfen hat, trifft es wohl eher.«

»Immerhin habe ich Gemüse für Chili sin carne und Veggie Burger geschnippelt. Keine Sorge, ich bekomme das hin. Ich bitte Imke, mir ein paar einfache Rezepte zu schicken.«

Flo greift zu seinem Handy, um eine Whatsapp an seine Mutter zu tippen. Während ich mitlese, sage ich nachdenklich: »Ich hoffe, sie ist in Ordnung und den ganzen Aufwand wert.«

»Anna? Warum sollte sie nicht in Ordnung sein? Sie ist Moritz' Freundin, er würde sie nicht mögen, wenn sie nicht okay wäre.«

»Das ist kein Kriterium. Moritz mag jeden. Er hat sich auf unserer Hochzeit sogar mit deiner Cousine Esther unterhalten und hinterher gemeint, sie sei doch ganz nett.«

Flo legt das Handy wieder weg. »Und dafür werde ich ihm ewig dankbar sein, so konnte Esther in der Zeit nicht die Kellner beleidigen oder den DJ vergraulen.« Dann schneidet er eine Grimasse. »Oder sind neurotische Zicken etwa Moritz' Typ? Wie waren denn seine bisherigen Freundinnen so?«

»Das ist es ja, ich kenne keine. Er hat mir noch nie eine vorgestellt. Ich bin nicht mal sicher, ob er schon eine Beziehung hatte.«

»Natürlich hatte er. Er ist dreißig, alles andere wäre unnatürlich. Männer haben Bedürfnisse. Apropos …«

Flo küsst mich auf die Nase, dann zieht er mit seinen Lippen eine Spur über meine Wange, meinen Hals hinab und zu meiner Schulter, und ich spüre, wie ich wieder feucht werde.

Als am nächsten Morgen um halb sechs Uhr mein Wecker klingelt, regnet es. Die Tropfen prasseln in einem rhythmischen Stakkato auf das Fensterbrett, und für einen Moment kämpfe ich gegen die Versuchung an, mich an Flo zu kuscheln und noch eine halbe Stunde liegen zu bleiben. Dann gewinnt meine Selbstdisziplin. Ich stehe auf, schlüpfe in meine Sportkleidung und schließe leise die Schlafzimmertür hinter mir. Seit drei Monaten trainiere ich für meinen ersten Halbmarathon. Nachdem ich meinen Nikotinkonsum drastisch reduziert hatte, fühlte ich mich eine Zeit lang ganz kribbelig, bis ich feststellte, dass das Gefühl nicht nur beim Sex mit Flo nachließ – ohnehin mein Heilmittel schlechthin gegen dunkle Gefühle und finstere Dämonen aller

Art –, sondern auch beim Laufen. Seitdem laufe ich fast täglich, und seit ich beschlossen habe, beim Kiel-Marathon mitzumachen, habe ich sogar einen Trainingsplan.

Der sieht heute eine lockere Zwölf-Kilometer-Runde vor, daher schleiche ich die Treppe hinunter und schnappe mir Laufschuhe, Stirnlampe und Regenjacke. Doch als ich die Haustür öffne, pralle ich zurück angesichts der Wand aus Wasser vor mir. Ich habe mich geirrt. Es regnet nicht, es schüttet. Es gießt wie aus Kübeln. Ich kann vor Regen kaum die Straßenlaterne erkennen.

Ich schließe die Haustür wieder. Halbmarathon hin, Trainingsplan her, wenn ich da rauslaufe, kann ich auch eine Runde im See schwimmen. Stattdessen gehe ich in die Küche und schalte die Kaffeemaschine ein. Wenn ich mich ranhalte, kann ich eine Stunde früher im Büro sein als geplant und mittags mit etwas Glück eine Stunde eher gehen und trainieren, bevor Moritz und Anna kommen. Bis dahin sollte auch der Regen nachgelassen haben, so viel Wasser kann es im Himmel gar nicht geben, dass er den ganzen Tag anhält.

Meine Hoffnung erweist sich als berechtigt. Im Laufe des Vormittags lässt der Regen nach, und es klart auf. Als ich um halb zwei den Kieler Standort der *Schwaben Consulting Group* verlasse, den ich nach meinem Umzug von Stuttgart hierher selbst mit aufgebaut habe, fegt ein frischer Wind die letzten Wolken davon, und als ich um drei meinen Wagen in unserem Carport abstelle, strahlt die Oktobersonne von einem blitzblank gewaschenen blauen Himmel. Die Fahrt von meiner Arbeitsstelle nach Hause dauert normalerweise nur vierzig Minuten, doch ich habe unterwegs eingekauft. Flos Mutter hat gestern noch einige vegane Rezepte geschickt. Ich habe die Zutaten beim Supermarkt um alles Mögliche ergänzt, auf dem vegan stand – von Hafermilch über Gemüsebrotaufstrich bis hin zu Weingummis ohne Gelatine –, außerdem habe ich beim Bäcker einen Apfelkuchen geholt, der angeblich ebenfalls tierproduktfrei ist.

Ich habe so viel eingekauft, dass ich eine Weile mit Einräumen beschäftigt bin, doch dann flitze ich die Treppe hoch und schlüpfe in meine Sportklamotten. Es ist Viertel nach drei. Für zwölf Kilometer reicht die Zeit nicht, doch acht sollten drin sein – zumal Moritz nie pünktlich ist. Ich rechne frühestens um fünf mit ihm.

Unser Haus liegt an einer Straße, die am Plöner See entlang von unserem Dorf zum nächsten führt. Zwischen den Orten erstreckt sich das große Forstgebiet, in dem ich regelmäßig meine Runden drehe. Heute ist es dort noch nass. Die Wege sind von Pfützen übersät und teils schlammig, Regentropfen glitzern an den Blättern der Buchen und Eichen und an den Nadeln der Fichten und Lärchen im Sonnenlicht. Die Luft ist dampfig, ich komme noch schneller ins Schwitzen als sonst, schon nach zwei Kilometern klebt meine Funktionskleidung feucht an mir.

Ich begegne keiner Menschenseele. Selbst in der Hochsaison ist im Forst nicht viel los. Die meisten Touristen konzentrieren ihre Aktivitäten auf den See, und die wenigen Wanderer zerstreuen sich rasch. An die Einsamkeit hier musste ich mich erst gewöhnen, genauso wie an die Stille und die Tatsache, dass der nächste Supermarkt fünf Kilometer entfernt ist. Ich habe immer in der Stadt gelebt, auch meine verschiedenen Einsatzorte waren immer in Großstädten – wo die Kunden einer großen Unternehmensberatung halt sitzen. Wenn es nach mir gegangen wäre, hätten Flo und ich uns daher eine Wohnung in einem schicken Neubau in Kiel gesucht, aber dummerweise hat er stattdessen dieses heruntergekommene Haus am Großen Plöner See entdeckt. Er erzählte mir davon mit so viel Begeisterung, dass ich mich breitschlagen ließ, es mir anzusehen – was ein Fehler war. Denn zwischen dem Zeitpunkt meiner Zusage und dem frühesten Besichtigungstermin, den ich einrichten konnte, lagen drei Wochen, in denen Flo bereits die Sanierung plante und sich das fertige Haus und unser gemeinsames Leben darin in buntesten Farben ausmalte. Als ich bei der Besichtigung Einwände erhob – zu groß, zu abseits, zu teuer –, hatte er auf jeden eine Antwort parat. Diese Antworten waren zwar nicht alle plausibel, wurden von Flo aber mit solchem Enthusiasmus vorgetragen, dass ich es nicht übers Herz brachte, seinen Traum zu zerstören.

Mittlerweile fühle ich mich in dem Haus halbwegs heimisch, zumindest wenn Flo da ist. Andererseits besagt das nichts: Flo ist mein Zuhause, egal, wo wir sind. Wenn ich mit ihm zusammen bin, fühle ich mich vollständig – und so war es vom ersten Tag an. Dabei hatte ich vorher nicht das Gefühl, unvollständig zu sein. Ich hatte nicht das Gefühl, dass mir im Leben etwas fehlt. Das habe ich erst kennengelernt, als ich mich für einige Tage von Flo trennte, weil ich glaubte, dass es das Richtige wäre. Weil ich glaubte, dazu gezwungen zu sein. Weil ich glaubte, dass es keinen anderen Weg gäbe. Doch dann habe ich einen gefunden.

Während ich mein Tempo anziehe, über holprige Pfade renne und Pfützen ausweiche, frage ich mich, ob Moritz mit Anna so glücklich ist wie ich mit Flo. Ich würde es ihm gönnen. Moritz ist zwar ein nervtötender Schussel, aber ein toller Bruder. Er verdient das Beste. Die Beste. Doch ist Anna die Beste für ihn? Moritz ist viel zu gutmütig, was, wenn sie ihn ausnutzt? Sie hat ihn schon überredet, mit ihr ehrenamtlich bei der Heidelberger Tafel auszuhelfen, obwohl er seine Energie lieber in sein Leben stecken sollte als in das anderer. Und wieso arbeitet Anna in einem Tattoostudio? Hat sie keine richtige Ausbildung?

Meine Gedanken kreisen so sehr um diese Fragen, dass ich nicht aufpasse und mit Schwung in eine Pfütze trete. Schlamm spritzt hoch, bis in mein Gesicht und in meinen zum Atmen geöffneten Mund. Angewidert spucke ich aus, dann muss ich jedoch lachen, als mir klar wird, wo ich bin und was ich tue. Hätte mir vor zwei Jahren jemand gesagt, dass ich einmal freiwillig durch einen schlammigen Wald joggen würde statt auf einem frisch desinfizierten Laufband in einem Topfitnessstudio, hätte ich ihn ausgelacht. Doch das ist alles Teil meines neuen Lebens. Meines wunderbaren Lebens mit dem wunderbarsten Mann der Welt.

Grinsend laufe ich wieder los, und eine Viertelstunde später erreiche ich glücklich und außer Atem das Tor in dem hässlichen, aber wenigstens blickdichten Bretterzaun, der unser Grundstück auf der Ostseite begrenzt. Flo hat vor, ihn zu ersetzen oder wenigstens ordentlich zu begrünen, das ist allerdings ein Projekt fürs nächste Jahr. Das Tor knarrt kläglich, als ich hindurchschlüpfe und in den Garten gehe, um mich dort ausgiebig zu dehnen. Doch daraus wird nichts, denn als ich um die Hausecke herumkomme, sehe ich jemanden auf unserem Bootssteg stehen.

Im ersten Moment glaube ich, dass meine Augen mir einen Streich spielen, denn ich gucke gegen die Sonne. Ich blinzele, doch das Bild bleibt. Ein Mann steht auf unserem Grundstück auf unserem Bootssteg. Breitbeinig, mit dem Rücken zum Ufer, blickt er auf den See hinaus und scheint sich dabei so zu Hause zu fühlen, dass er sogar seine Jacke ausgezogen und über einen der Pfähle gehängt hat, die den Steg stützen.

Ärger steigt in mir hoch. »He, was fällt Ihnen ein?«, rufe ich, während ich auf den Steg zugehe.

Der Mann reagiert nicht, also rufe ich noch einmal, doch der Fremde kehrt mir weiterhin den Rücken zu. Und dann merke ich, dass er mir gar nicht so fremd ist. Er kommt mir bekannt vor, nicht nur bekannt, sondern vertraut. Nein, das kann nicht sein, das ist ausgeschlossen. Ich muss mich irren.

Natürlich, ich irre mich. Das Gegenlicht ist schuld. Ich gehe weiter, doch wie von selbst werden meine Schritte immer langsamer, und meine Beine fühlen sich plötzlich an wie Blei. Das ist lächerlich! *Er* kann nicht hier sein. *Er* darf nicht hier sein. Er ist weit weg. *Er* gehört zu meinem alten Leben, nicht zu meinem neuen. Ich muss mich einfach irren.

Doch ich irre mich nicht. Mit jedem Schritt, den ich mache, wächst die Gewissheit und mit ihr meine Bestürzung. Was hat das zu bedeuten? Warum ist er hier? WARUM IST ER HIER?

Ich bekomme die Antwort, als ich nur noch wenige Meter vom Steg entfernt bin. Ich habe ihn fast erreicht, da dreht *er* sich um und sieht mich an. Und in diesem Blick liegt alles, was ich wissen muss. Dieser Blick reißt mir den Boden unter den Füßen weg. Dieser Blick lässt mich in den Abgrund stürzen.

Eine halbe Stunde später habe ich wieder Grund unter meinen Füßen. Ich stehe auf unserem Bootssteg, starre ins klare Wasser und erblicke den Tod. Was habe ich getan?

Wind kommt auf, eine laue Brise nur, doch sie lässt mich in meiner durchgeschwitzten Kleidung frösteln. Was habe ich getan?

In dem Moment vibriert mein Handy. Automatisch ziehe ich es aus der Tasche meiner Funktionsjacke und starre auf eine Whatsapp von Moritz. Die Sonne spiegelt sich im Display, es dauert, bis ich die Nachricht entziffern kann. Dann lasse ich vor Schreck fast das Handy ins Wasser fallen.

Nein! Nicht jetzt! Nicht schon jetzt!

Panisch sehe ich mich auf dem Steg um. Was soll ich tun? Was kann ich tun?

Es gibt nur eine Möglichkeit: Ich muss hier weg. Ich will loslaufen, doch da fällt mein Blick auf seine Jacke, die immer noch am Pfosten hängt, unberührt von dem Drama, dessen Zeugin sie geworden ist. Es ist ein heller Kurzmantel aus irgendeinem teuren Stoff. Mein erster Impuls ist, das Ding zu ihm in den See zu werfen, aber vermutlich würde es eine Ewigkeit dauern, bis es untergeht. Und wenn jemand ihn in der Zwischenzeit sieht … Nein! Der Mantel muss genauso verschwinden wie ich. Ich schnappe ihn mir und laufe los.

Annika Strauss
Nachtfahrt
Thriller
387 Seiten. Klappenbroschur
ISBN 978-3-7466-4162-1
Auch als E-Book lieferbar

Wie willst du ein mörderisches Spiel gewinnen, ohne die Regeln zu kennen?

Die Nachricht vom Unfalltod ihres Vaters ist ein Schock für Katharina Holten. Nicht nur muss sie nach Hause zurückkehren und sich um die Fahrschule des Vaters kümmern, sie sieht sich auch mit dem Ereignis konfrontiert, das ihr Leben Jahre zuvor vollkommen auf den Kopf gestellt hat. Da verschwindet ihre Nichte Ronja. Wenn es Katharina nicht gelingt, herauszufinden, was das mit der Geschichte ihrer Familie zu tun hat, droht das junge Mädchen getötet zu werden. Eine atemlose Jagd gegen die Zeit beginnt …

Ein packender Psychothriller über ein tödliches Familiengeheimnis

Regelmäßige Informationen erhalten Sie über unseren Newsletter.
Jetzt anmelden unter: www.aufbau-verlage.de/newsletter

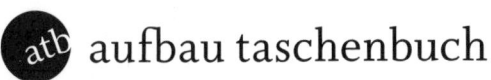

aufbau taschenbuch